AtV

PHILIPPA GREGORY hat Geschichte und englische Literatur des 18. Jahrhunderts studiert. Sie arbeitete als Journalistin und für BBC Radio und wurde dann freie Schriftstellerin. Philippa Gregory ist heute eine der populärsten Autorinnen Großbritanniens. Sie lebt mit ihrer Familie in Nordengland.

Weitere Werke: Die Glut (1988, AtV 1663), Die weise Frau (1993), Die Traumsammlerin (1995), Meridon (1996), Die Schwiegertochter (1998, AtV 1849-5), Die Lügenfrau (2000, AtV 1834-7), Irdische Freuden (2003, AtV 1906-8), Der Herr der Rosen (2003, AtV 1956-4), Die Schwester der Königin (2004, Rütten & Loening 00710-1).

Bristol 1787: Der Kaufmann Josiah Cole will hoch hinaus. Mühsam haben er und seine Schwester sich dank des Handels mit Tabak, Rum und Zucker, vor allem aber dank des Sklavenhandels emporgearbeitet. Drei stolze Schiffe hat Josiah inzwischen auf See. Nun hofft er, mit Hilfe seiner Heirat mit Frances Scott – immerhin einer mit der Aristokratie verwandten, wohlgebildeten Lady – den Sprung in die erste Reihe der Bristoler Kaufleute zu schaffen. Der Umzug vom Speicherhaus in eine elegante Stadtvilla, der Erwerb des Kurbades Hot Well, halsbrecherische Spekulationen mit seinen drei Schiffen markieren seinen Aufstieg, an dem Frances teilhat. Trotzdem ist es für die zartbesaitete Pfarrerstochter nicht leicht, Tag für Tag die lieblose Ehe mit Josiah und die abweisende Haltung ihrer Schwägerin zu ertragen. Mehr und mehr fühlt sie sich zu einem ihrer Sklaven hingezogen, einem Edelmann in seinem afrikanischen Heimatland Yoruba, den sie zusammen mit anderen Schwarzen zum Verkauf als Diener an wohlhabende englische Haushalte vorbereiten soll.

Philippa Gregory

Die Farben der Liebe

Historischer Roman

Aus dem Englischen
von Justine Hubert

Aufbau Taschenbuch Verlag

Titel der Originalausgabe
A Respectable Trade

ISBN 3-7466-2151-8

3. Auflage 2005
Aufbau Taschenbuch Verlag GmbH, Berlin

Umschlaggestaltung gold, Anke Fesel und Kai Dieterich
unter Verwendung einer Illustration von Geoff Hunt
Druck Oldenbourg Taschenbuch GmbH, Plzeň
Printed in Czech Republic

www.aufbau-taschenbuch.de

Dieses Buch
ist den Kindern des Dorfes Sika in Gambia
und allen Menschen Afrikas gewidmet,
wo immer sie heute sind.

1. Kapitel

Mehuru erwachte in der Morgendämmerung, als die Luft kühl über seinen ausgestreckten Körper strich. Im Halbdunkel öffnete er die Augen und sog hörbar die Luft ein, wie wenn die leichte Brise ihm irgendeinen fremden Geruch zutrug. Sein Traum, eine beunruhigende Vision von einem Schiff, das im Schatten der aufkommenden Nacht seinen Anker lichtete und geräuschlos eine tiefe Felsschlucht entlangsegelte, war noch frisch.

Er erhob sich von seinem Lager, schlang sich ein Leintuch um und ging leise zur Tür. Die Stadt Oyo lag ruhig da. Er blickte die Straße hinunter; nirgendwo schimmerte ein Licht. Nur in der massiven Palastmauer bemerkte er einen wandernden, flackernden Schein, vermutlich ein Bediensteter, der von Raum zu Raum schritt, wobei die Fackel auf seinem Weg in jedem Fenster aufleuchtete.

Kein Grund zur Furcht, es gab nichts, was ihn beunruhigen konnte, und dennoch stand er wachsam da und lauschte, als bringe ihm das Kuup-kuup-kuup der jagenden Eulen oder das schwache Quieksen der Fledermäuse, das um die Steintürme des Palastes in der Luft hing, eine Warnung herüber.

Ein kurzer Schauer überlief ihn, und er kehrte der Türöffnung den Rücken zu. Der Traum war äußerst deutlich gewesen – nur der Anblick einer Tauschlinge, die von einem Steinkai herabfiel und sich durchs Wasser zum Bug eines Schiffes hinschlängelte, während sie von oben her eingeholt zu werden schien, worauf sich das Schiff still von Land entfernte. Eigentlich lag darin nichts Beängstigendes, aber der Traum wurde von einem dumpfen Gefühl von Bedrohung verdunkelt, das ihn immer noch erfüllte.

Leise rief er nach seinem jungen Sklaven Siko, der zu Füßen seines Bettes schlief. »Mach Tee«, sagte er kurz angebunden, als der Junge hochkam und sich die Augen rieb.

»Mitten in der Nacht«, protestierte Siko, hielt aber inne, als er die Miene seines Gebieters gewahrte. »Ja, Master.«

Mehuru wartete in der Tür, bis ihm der Junge den kleinen Messingtopf mit Pfefferminztee reichte. Der scharfe aromatische Duft beruhigte ihn. In seinem Traum hatte es widerwärtig gerochen, eine Ausdünstung von Krankheit und Tod. Das Schiff, das die Küste bei Dunkelheit verließ und kein Kielwasser hinter sich herzog, hatte einen Gestank verströmt, als berge es Aas in sich.

Der Traum mußte etwas bedeuten. Mehuru war als *obalawa*, als Seher, ausgebildet und gehörte zu den obersten Priestern des Landes. Er war imstande, seine eigenen Träume auszulegen.

Über den Dächern der Stadt wurde der Himmel fahler, schimmernd wie eine Perle, gestreift von dünnen Wolkenbändern so zart wie Musselin. Während er schaute, zerflossen sie, und die Farben des Himmels vertieften sich langsam zu Grau und dann zu einem verschleierten hellen Blau. Am östlichen Horizont stieg die Sonne auf, eine weiße brennende Scheibe.

Mehuru schüttelte den Traum ab. Ein Tag voller Geschäftigkeit erwartete ihn: ein Treffen im Palast und eine Gelegenheit für ihn, sich als Mann von Entschlußkraft und Ehrgeiz zu erweisen. Er verdrängte den Traum. Sollte er zurückkehren, war immer noch Zeit, darüber nachzudenken. Ein prächtiger, glänzend cremefarbener und weißer Morgen zog herauf, voller Versprechen. Ein solcher Tag sollte nicht von der dunklen Silhouette eines imaginären Schiffes verfinstert werden. Mehuru ging hinein und wies Siko an, das Wasser für seine morgendliche Reinigung warm zu machen und seine besten Gewänder herauszulegen.

In den Wasserstraßen von Bristol – wo das Salzwasser des Bristol-Kanals auf Süßwasser trifft – entlohnte das Sklavenschiff *Daisy* den Lotsen, der es durch die heimtückische enge Felsschlucht des Avon gesteuert hatte, und machte die Bugsierleinen der Boote los, die es sicher im Schlepptau in die offene See gebracht hatten. Es setzte bei Sonnenaufgang und leichtem Wind, der von West wehte, Segel. Kapitän Lisle nahm sich die Seekarten vor und zeichnete seinen Kurs Richtung Afrika zur Küste von Guinea ein. Der Kajütenjunge hatte ein sauberes Hemd für ihn bereitgelegt und Wasser in eine Schüssel geschüttet. Er goß es in den Krug zurück, wobei er das Porzellangefäß vorsichtig in seinen schmutzigen, schwieligen Händen hielt. Mindestens zwei Monate würde es dauern, ehe Afrika in Sicht käme, und Kapitän Lisle war nicht der Mann, der sauberes Wasser unnütz vergeudete.

Cole & Söhne
Redclift Dock
Bristol *Montag, 15. September 1787*

Werte Miss Scott!

In einer delikaten Angelegenheit wende ich mich mit diesen Zeilen direkt an Sie, wiewohl sie besser an Seine Lordschaft gerichtet wären. Indes ich jedoch bisher noch nicht die Bekanntschaft Seiner Lordschaft machen durfte und indes Sie mir zu verstehen gaben, daß Sie vorhaben, ganz und gar auf eigenen Füßen zu stehen, wird man mir vielleicht meine Vermessenheit verzeihen.

Es war mir ein außerordentliches Vergnügen, anläßlich Ihres Besuchs in meiner Niederlassung, bei dem Sie sich um den Posten einer Gouvernante bewarben, Ihre Bekanntschaft zu machen. Doch Ihre Herkunft und Ihr persönliches Auftreten machten mir klar, daß keine Rede davon sein konnte, Sie als meine Angestellte in Erwägung zu ziehen. Ebendiese Erkenntnis veranlaßte mich, das Gespräch mit Ihnen schnell zu beenden.

Inzwischen ist mir ein Gedanke durch den Kopf gegangen, den ich Ihnen unterbreiten will: nämlich daß ich Sie gern als meine Ehefrau betrachten würde.

Natürlich werden einige Leute sagen, daß ich als Bristoler

Kaufmann in meinem Wunsch, mich mit Ihrer Familie zu verbinden, allzu ehrgeizige Pläne verfolge. Doch Sie meinten selbst, daß die Umstände Ihnen nicht erlaubten, frei wählen zu können. Und obwohl ich mich mit Geschäften abgebe – »Handel treibe«, wie Seine Lordschaft es ganz gewiß nennen würde –, so ist es ein respektierlicher Handel und noch dazu einer mit den besten Aussichten.

Sie werden mit nichts anderem als dem Haus zu tun haben, in das Sie als meine Frau kommen. Bisher haben Sie nur meine Räume im Speicherhaus kennengelernt, aber ich versichere Ihnen, ich werde baldigst umziehen – mit meiner Schwester, die weiterhin bei mir wohnen bleibt – in ein großzügiges, elegantes Haus in der besten Gegend der Stadt, nämlich am Queens Square gelegen, den Seine Lordschaft vermutlich kennt.

Was Ihre Versorgung und die Mitgift angeht, so wird gewiß alles zwischen Seiner Lordschaft und mir zur Zufriedenheit geregelt werden. Dabei versichere ich Ihnen, daß Sie mich generös finden werden, sollten Sie geneigt sein, meinen Heiratsantrag mit Wohlwollen in Betracht zu ziehen.

Ich bin mir durchaus der Ehre bewußt, die Sie mir erweisen würden, Madam, wie ich mir ebenso darüber im klaren bin, welchen Vorteil für mich eine Verbindung mit Ihnen verspricht. Doch darf ich mich indes auch der Hoffnung hingeben, daß mein Antrag Sie vor einer lebenslänglichen Tätigkeit bewahren wird, zu der Ihre auserlesenen Talente und aristokratischen Beziehungen Sie ohnehin ungeeignet erscheinen lassen?

Ich verbleibe
als Ihr ergebenster Diener
Josiah Cole

Josiah streute mit ruhiger Hand Sand über das Papier und pustete ihn dann sacht weg. Er erhob sich aus seinem Sessel, ging zu dem hohen Fenster hinüber und blickte hinaus. Unter ihm lagen die Speicher und das dunkle Wasser des Redclift Dock. Die Flut war da, und die Schiffe tanzten behaglich an ihren Liegeplätzen auf und ab; ihre Takelage knarrte in dem leichten, eiskalten Wind und gab ein gleichmäßiges stöhnendes Geräusch von sich. Auf Coles Ladekai befand sich ein Haufen Abfall auf dem Kopfsteinpflaster, verstreute Reste von Strohballen und zusammengerollte Taue. Josiah hatte seine *Daisy* mit der Morgenflut auslaufen sehen. Sie mußte nun auf See sein, mit all seinen Hoffnungen, die ihre Fahrt begleiteten. Er konnte nichts tun als warten. Warten auf Nachrichten von der *Daisy* und warten auf die Ankunft seines zweiten Schiffes, der *Lily*, die sich mühsam von den Westindischen Inseln her durch die Meere vorankämpfte, schwerbeladen mit Zucker und Rum. Sein drittes Schiff, die *Rose*, sollte gerade in Afrika Ladung nehmen.

Von Natur aus war Josiah kein geduldiger Mensch, aber seine Tätigkeit als Kaufmann in diesem Handelszweig mit lediglich drei kleinen, auf seinen Namen eingetragenen Schiffen hatten ihm Zielstrebigkeit und endlose Geduld beigebracht. Jede Schiffsreise dauerte länger als ein Jahr, und hatte ein Schiff vom Bristoler Dock abgelegt, erfuhr er erst wieder etwas, wenn es zurückkehrte. Mit nichts konnte er dessen Fahrt beschleunigen, ihm waren die Hände gebunden, er konnte nichts tun, um sein Kapital zu vermehren. Nachdem er die *Daisy* mit Fracht und Proviant versorgt, seine Order erteilt und das Segelsetzen verfolgt hatte, gab es nichts als warten, hinabstarren auf die Abfälle, die auf dem schmierigen Wasser des Hafens hin und her schwappten. Der unverwechselbare Geruch seiner Schiffe – nach angsterfülltem Schweiß und Krankheit, überlagert von berauschendem Alkohol und Zucker – hing über dem Ladekai wie ein verpesteter Dunsthauch.

Selbst Josiahs eigene Kleidung roch leicht danach; die Locken seiner Perücke und seine Hände waren davon durchtränkt. Das hatte er nicht eher bemerkt, bis sich Miss Scott während der ganzen Unterredung an jenem Freitag das Taschentuch vors Gesicht gepreßt hatte – erfüllte der beißende Geruch des Handels doch den kleinen Raum über dem Speicher und das besonders zu den Zeiten, da ein Schiff am Kai lag.

Josiah blickte auf den Brief in seiner Hand. Er war sehr offen und ohne Umschweife verfaßt, so wie ein Geschäftsmann schreibt, wenn man seine Anweisungen verstehen und gehorsamst befolgen soll. Josiah war mit dem flotten Stil der aristokratischen Welt nicht vertraut. Nun besah er sich den Brief kritisch. Wenn sie ihn Lord Scott zeigte, würde der das Schreiben wegen der grob-ehrlichen Klarheit verächtlich abtun? War der Ton zu demütig, oder war die Erwähnung des Hauses am Queens Square, das er beileibe noch nicht erworben hatte, zu prahlerisch?

Er zuckte die Achseln. Der hartnäckige Ehrgeiz, der ihn bis hierhergebracht hatte, würde ihn auch weiter voranbringen – bis zur gesellschaftlichen Anerkennung durch die großen Kaufherren der Stadt. Ohne deren Freundschaft konnte er kein großes Geld machen, ohne Geld aber konnte er keine Freundschaft erkaufen. Es war ein Teufelskreis – ohne künftige Aussichten für einen ehrgeizigen Mann. Die Großen lenkten die Geschicke des Hafens und der City von Bristol. Ohne sie würde Josiah für alle Zeiten am Rande der Docks, am Rande der Handelswelt hängenbleiben wie eine Ratte am Hanfseil. Miss Scott und ihr Onkel Lord Scott würden ihm die Türen öffnen, die ihm selbst seine Entschlossenheit nicht aufzuschließen vermochte ... falls sie es wollte.

Frances faltete Josiah Coles Brief auseinander und las ihn zum zehnten, ja zum zwanzigsten Male. Sie steckte ihn in die Tasche ihres schlichten Kleides und ging in die gewölbte, marmorgeflieste Halle hinunter in das Arbeitszimmer Seiner Lordschaft. Sie klopfte leicht an und trat dann ein.

Lord Scott blickte von seiner Zeitung auf.

»Frances?«

»Ich habe eine Antwort erhalten«, sagte sie ohne große Vorrede. »Von diesem Kaufmann aus Bristol.«

»Hat er dir die Stelle angeboten?«

Sie schüttelte den Kopf und zog den Brief hervor. »Er schreibt nichts von dem Posten oder von Schülern. Er bietet mir seine Hand an.«

»Gütiger Himmel!« Lord Scott nahm den Brief und überflog ihn. »Und was denkst du?«

»Ich weiß nicht, was ich davon halten soll«, sagte sie zögernd. »Bei Mrs. Snelling mag ich nicht länger bleiben. Ich verabscheue sie und werde mit ihren Kindern nicht fertig.«

»Du kannst hierbleiben ...«

Über ihre Miene huschte ein feines, wehmütiges Lächeln, ihr abgehärmtes Gesicht wurde plötzlich weicher und zeigte einen Schimmer von Schalkhaftigkeit. »Seien Sie nicht so leichtfertig, Onkel.«

Er grinste als Erwiderung. »Lady Scott wird meinen Wünschen folgen. Wenn ich sage, daß du unser Gast bist, gilt das ein für allemal.«

»Ich glaube nicht, daß ich zur Behaglichkeit Ihrer Ladyschaft etwas beitragen könnte und sie etwas zu der meinigen.« Ihrer Ladyschaft und deren drei vornehmen Töchtern wäre eine arme Verwandte in ihrem Hause nicht willkommen. Und Frances wußte, daß sie in Kürze für sie alles herbeiholen und hinterherschleppen müßte, ohne Lohn, unerwünscht, ein unbezahltes Faktotum. »Ich möchte lieber auf eigenen Füßen stehen und für meinen Unterhalt sorgen.«

Seine Lordschaft wiegte den Kopf hin und her. »Du bist nicht dazu erzogen«, bemerkte er. »Mein Bruder hätte Geld für dich beiseite tun oder mit einer Ausbildung für dich Vorsorge treffen sollen.«

Frances wandte ihr Gesicht ab und kämpfte mit den Tränen. »Ich vermute, er ist nicht mit Absicht gestorben.«

»Es tut mir leid. Es liegt mir fern, ihn zu kritisieren.«

Sie nickte und rieb sich die Augen mit dem Handrücken. Ihre Ladyschaft hätte ein besticktes Taschentuch dazu benutzt. Doch Lord Scott schätzte an seiner Nichte eher den Mangel an Raffinesse.

»Das ist vielleicht das beste Angebot, das ich je erhalte«, meinte Frances abrupt.

Er stimmte ihr zu. Sie war nie eine Schönheit gewesen, und nun war sie bereits vierunddreißig; und der Schmelz der

Jugend hatte sich abgenutzt, war Kummer und Enttäuschung in ihrem Gesicht gewichen. Sie war ihrer Herkunft nach nicht dazu bestimmt gewesen, als Gouvernante ihr Auskommen zu finden, und ihre Dienstherren hatten keine besondere Rücksichtnahme walten lassen. Lord Scott hatte ihr die erste Stellung verschafft und bemerkt, wie sie in den letzten Monaten blasser, verbissener und unglücklicher geworden war. Dann hatte sie sich auf eine Anzeige von Cole & Söhne gemeldet, weil sie dachte, im Hause eines aufblühenden Kaufmanns der City ein bißchen besser behandelt zu werden als im Landhaus einer Frau, die Spaß daran fand, sie zu schikanieren.

»Was hast du für einen Eindruck von ihm?« fragte der Lord.

Sie zuckte die Schultern. »Nun, er war höflich und freundlich«, sagte sie. »Als Geschäftsmann wird er mich vermutlich recht gut behandeln – er versteht sich auf Verträge und deren Einhaltung.«

»Ich kann keinen Vertrag über dein künftiges Glück abschließen.«

Ein halbtrauriges, klägliches Lächeln glitt über ihre Züge. »Ich erwarte nicht, glücklich zu sein«, sagte sie bescheiden. »Ich bin kein törichtes Mädchen mehr. Ich erhoffe mir eine angenehme gesellschaftliche Stellung und einen Mann, der für mich sorgt. Ich entkomme stumpfsinniger Plackerei, verliebt habe ich mich nicht.«

Er nickte. »Das klingt, als hättest du dich bereits entschieden.«

Sie überlegte einen Augenblick. »Wollen Sie mir abraten, Onkel?«

»Nein, ich kann dir nichts Besseres anbieten, und du könntest vermutlich ein schlechteres Los ziehen.«

Frances stand auf und reckte ihre Schultern, als würde sie die Herausforderung annehmen. Ihr Onkel hatte Mut nie für eine weibliche Tugend gehalten, aber es beeindruckte ihn, welche Tapferkeit sie aufbot, um ihr Leben selbst in die Hand zu nehmen und etwas daraus zu machen.

»Mein Entschluß steht fest«, sagte sie. Sie schaute ihn an. »Sie werden mich unterstützen?«

»Gewiß. Ich werde ihm schreiben und mir den Ehevertrag genau anschauen; wenn er dich jedoch schlecht behandelt oder dein Leben dort die Hölle ist, werde ich dir nicht helfen können. Du bist dann eine verheiratete Frau, Frances, du bist sein Eigentum genauso wie seine Schiffe oder seine Waren.«

»Es kann keine schlimmere Sklaverei geben, als für Mrs. Snelling zu arbeiten«, sagte sie. »Ich werde es tun.«

Sehr fein in ein langes, besticktes Gewand aus indigofarbener Seide gekleidet und mit einem Stab mit eingeschnitzter Schlange, seiner persönlichen Schutzgottheit, in der Hand, spazierte Mehuru den Hügel hinauf zum Palast von Alt-Oyo. Sein junger Sklave Siko trabte hinter ihm her.

Seit zwei Monaten zogen sich die Beratungen des Rates nun schon hin, und heute versammelte man sich wieder. Der Alafin – der König – hatte auf dem Thron Platz genommen, seine Mutter saß hinter ihm. Auch der Anführer der Krieger war gekommen, der sein narbiges Gesicht nach allen Seiten wandte, immer argwöhnisch auf der Hut. Der Rat, der für die Gesetze und deren Durchführung in der weitreichenden Föderation des Reiches der Yoruba verantwortlich war, war vollständig anwesend; auch Mehurus unmittelbarer Vorgesetzter, der Hohepriester, saß dort auf einem Schemel.

Mehuru schlüpfte hinein und stellte sich dicht neben den Priester. Die Debatte war bereits monatelang im Gange; sie war von solcher Wichtigkeit, daß niemand eine übereilte Entscheidung treffen wollte. Endlich war eine Übereinstimmung in Sicht.

»Wir brauchen die Feuerwaffen«, sagte der alte Krieger kurz und knapp. »Wegen der notwendigen Gewehre müssen wir mit den Weißen Handel treiben. Ohne Gewehre und Kanonen gibt es für die Sicherheit des Königreichs keine Gewähr. Nehmt das Königreich Dahomey, wo man Sklaven gegen Waffen tauscht, es ist schnell zum mächtigsten von allen aufgestiegen.

Ich warne euch: sie werden eines Tages gegen uns ziehen, und ohne eigene Waffen gibt es kein Überleben. Das ist mein letztes Wort. Wir müssen mit den Weißen Handel treiben wegen der Waffen, und sie sind nur auf Sklaven aus. Es geht hier längst nicht mehr um Gold oder Elfenbein oder Pfeffer. Die wollen nichts anderes als Menschen!«

Darauf entstand ein langes, nachdenkliches Schweigen. Der Alafin, ein gewählter Herrscher, wandte sich an das Oberhaupt des Rates. »Und Eure Ansicht?«

Der Angesprochene stand auf und verbeugte sich. »Wenn wir unsere eigenen Leute einfangen oder die Männer anderer Stämme entführen, werden wir uns innerhalb einer Generation zugrunde richten«, sagte er. »Die Stärke des Königreichs hängt von seinem Frieden ab. Ein Land, das Sklavenhandel betreibt, ist in ständigem Aufruhr, indem es Krieg mit Einzelwesen führt, mit anderen Stämmen. Und wir werden niemals die Nachfrage der Weißen nach Sklaven befriedigen können. Sie werden uns zusammen mit unseren Opfern verschlingen.«

Er machte eine Pause. »Denkt an unsere Geschichte«, fuhr er mit Überzeugungskraft fort. »Dieses große Volk geht auf die Gründung einer einzigen Stadt zurück. All die anderen Städte und Stämme haben sich uns angeschlossen, weil wir Frieden und einen fairen Handel garantieren. Wir *müssen* den Frieden innerhalb unserer Grenzen bewahren.«

Der König nickte, und die Königin, seine Mutter, lehnte sich vor und flüsterte ihm leise etwas zu. Schließlich wandte er sich dem Hohenpriester zu, Mehurus Vorgesetzten. »Und Euer Schlußwort?«

Der Hohepriester erhob sich. Seine kräftigen Schultern, verbreitert durch einen Umhang aus kostbaren Federn, versperrten Mehuru den Blick auf den Hofstaat und dessen ernste Mienen. »Es ist eine Sünde wider die Väter, einen Mann seiner Heimat zu entreißen«, begann er ernst. Mehuru wußte, daß sein Votum das Ergebnis monatelanger Meditation war. Es war schließlich die wichtigste Versammlung, die je abgehalten worden war. Von ihr hing die Zukunft des gesamten Yoruba-

Volkes ab, vielleicht sogar die Zukunft des ganzen afrikanischen Kontinents. »Ein Mann muß innerhalb seiner Gemeinschaft frei sein – es sei denn, er ist ein Verbrecher. Ein Bürger muß frei sein.«

Mehuru blickte sich um. In den Gesichtern zeichneten sich Bedenken ab, aber die Zuhörer nickten.

»Es ist eine Sünde wider die Erde«, erklärte der Hohepriester. »Am Ende kehrt alles zur Erde zurück, zu den Vätern, den Ahnen und Göttern. Es ist eine Sünde, einen Mann von seinem Feld zu rauben. Ich sage, wir sollten niemanden als Sklaven gefangennehmen und niemanden verkaufen. Ich sage, wir müssen das Volk innerhalb unserer Grenzen beschützen. Es muß auf seinen Feldern sicher sein.«

Ein langes Schweigen entstand. Dann erhob sich der König. »Hört folgendes«, sagte er. Die alten Frauen, die dafür verantwortlich waren, die Beschlüsse des Rates festzuhalten, beugten sich vor, um seine Worte zu vernehmen. »Das ist die Entscheidung des Rates des Königreichs Yoruba und mein Befehl. Der Sklavenhandel mit den Weißen – gleich welcher Nation – hat sofort aufzuhören. Das Entführen von Sklaven innerhalb unserer Grenzen ist verboten. Weißen und ihren Abgesandten auf der Jagd nach Sklaven wird keine sichere Durchreise mehr gewährt. Anderer Handel mit den Nationen der Weißen wie der mit Gold, Elfenbein, Lederwaren, Messinggerätschaften und Gewürzen ist gestattet.«

Ein Gemurmel von Zustimmung schlug dem König entgegen, und er setzte sich wieder. »Nun haben wir unsere politischen Grundsätze dargelegt«, sagte er mit einem wehmütigen Lächeln, »alles, was wir nun tun müssen, ist, sie durchzusetzen, während schwarze Sklavenhändler an unsere westlichen Grenzen hämmern und die Schiffe der Weißen vor unserer Küste im Süden auf und ab kreuzen.«

Mehuru lehnte sich vor und flüsterte dem Hohenpriester etwas zu. Der nickte und erhob sich. »Der Obalawa Mehuru hat einen Vorschlag zu machen«, sagte er. »Nämlich daß wir von der Priesterschaft bevollmächtigte Abgesandte aufs Land und in die Ortschaften schicken sollten, die den Leuten erklären, warum wir uns von dem einträglichen Handel abkehren. Einige Orte machen bereits ein hübsches Vermögen mit diesem Geschäft. Wir müssen sie überzeugen, daß sich das gegen ihre eigenen Interessen richtet. Ein Verbot zu verkünden, das reicht nicht aus.«

Der König nickte zustimmend. »Das ist Sache der Priester«, erklärte er. »Wir werden die Verfügungen an die örtlichen Ältesten weitergeben, von unserem Rat hier bis ins kleinste Dorf.« Er warf Mehuru ein kleines Lächeln zu. »Du kannst das in die Wege leiten«, sagte er.

Mehuru verneigte sich tief und verbarg seinen triumphierenden Blick. Er würde in den fernen Norden des Yoruba-Reiches reisen, er würde dort in den Städten längs der Grenze mit den Leuten reden und sie überzeugen, vom verbotenen Sklavenraub abzulassen. Er würde seinem Land auf äußerst wichtige Weise dienen, und sollte seine Mission erfolgreich sein, würde er sich hohes Ansehen erwerben und sein Glück machen.

»Ich fühle mich geehrt«, sagte er voller Respekt.

2. Kapitel

Whiteleaze bei Bath
Somerset *Donnerstag, 25. September 1787*

Werter Mr. Cole!

Ich fühle mich geehrt und bin mir zutiefst des Kompliments bewußt, das Sie mir in Ihrem freundlichen Brief und ebenso mit Ihrem Antrag erweisen.

In der Tat war ich über die abrupte Beendigung meines Vorstellungsgesprächs erstaunt – bevor Sie mir überhaupt meine Pflichten erklärten oder mich mit meinen Schülern bekannt machten; aber nunmehr verstehe ich.

Mit der größten Freude nehme ich Ihren Antrag an. Ich will Ihre Frau werden.

Mein Onkel, Lord Scott, wird Ihnen mit getrennter Post einen Brief zugehen lassen. Er sagte mir, er werde in nächster Zeit Bristol einen kurzen Besuch abstatten und selbst Gelegenheit nehmen, Ihre Bekanntschaft zu machen, um den Ehevertrag und den Termin der Zeremonie festzulegen.

Bitte übermitteln Sie Ihrer Schwester Miss Cole meine besten Empfehlungen.

Ihre sehr ergebene
Frances Scott

Josiah klopfte leicht an die Tür des Wohnzimmers, das gleichzeitig auch ihr Empfangszimmer war, und trat ein. Seine Schwester saß am Tisch, die Bücher der Handelsfirma Cole & Söhne lagen vor ihr ausgebreitet. Im Kamin brannte ein kleines Kohlenfeuer, der Raum war klamm und kalt. Ihr Gesicht war blaß, nur die Nasenspitze zeigte etwas Farbe, gerötet von einer Erkältung. Sie trug ein braunes Kleid und eine schwarze Jacke darüber und kurze schwarze Handschuhe mit halben Fingern. Als er hereinkam, schaute sie auf, die Feder in der Hand.

»Ich habe eine Antwort von Miss Scott.«

»Hat sie zugestimmt?«

»Ja. Seine Lordschaft höchstpersönlich kommt nach Bristol, um den Ehevertrag aufzusetzen.«

»Ich hoffe, er wird seinen Zweck erfüllen«, bemerkte Sarah Cole kalt. »Eine Frau wie sie kostet eine Menge Geld.«

»Sie bringt eine Mitgift mit«, erklärte Josiah mit Nachdruck. »Wenn nichts von ihrem Vater kommt, dann wird ihr Onkel, Lord Scott, sie wahrscheinlich mit etwas ausstatten.«

»Sie wird ein größeres Haus brauchen und eine Kutsche und eine Zofe verlangen.«

Josiah nickte und weigerte sich, mit ihr zu streiten.

»Sie wird einen aristokratischen Geschmack haben«, bemerkte Sarah mißbilligend.

»Es ist ein Risiko«, erwiderte Josiah mit einem kleinen Lächeln. »Wie unsere anderen Unternehmungen auch.«

»Beim Handel kennen wir die Risiken. Miss Scott stellt eine völlig neue Art von Ware dar.«

Josiahs Stirnrunzeln bedeutete ihr, daß sie zu weit gegangen war. Als seine ältere Schwester, die während ihrer gesamten mutterlosen Kindheit für ihn Verantwortung getragen hatte, hatte sie den großen Einfluß auf ihn bewahrt. »Wir müssen uns Mühe geben, sie nicht zu kränken«, sagte er. »Sie wird unsere Geschäfte zunächst als sehr befremdlich empfinden.«

»Sie war darauf gefaßt, hier als Angestellte anzutreten«, erinnerte ihn Sarah.

»Selbst dann.«

Darauf entstand ein kurzes, irritierendes Schweigen. Bruder und Schwester warteten ab, daß der andere etwas sagte.

»Ich gehe ins Kaffeehaus«, sagte Josiah. »Ich will sehen, ob sich jemand als Partner bei uns beteiligt, wenn die *Lily* einläuft. Sie ist Ende November fällig. Wir müssen Handelsgüter beschaffen und das Schiff wieder instand setzen.«

Sarah blickte in die Aufzeichnungen vor sich. »Sie ist diesen Monat von Jamaika abgesegelt, so Gott will.«

Josiah stampfte mit seinem großen Fuß auf dem Holzboden auf, was Glück bringen sollte. Die bescheidene Schnalle auf seinem Schuh blinkte im Licht. »Du hast die Geschäftsbücher mit den Abrechnungen von der letzten Reise der *Lily* zur Hand?«

»Du solltest besser einen Partner suchen, ohne sie ihm vorzulegen. Mit knapper Not haben wir noch unseren Einsatz herausgekriegt.«

Josiah lachte. Seine großen Schneidezähne waren vom Tabak verfärbt. »Sehr gut«, sagte er. »Aber es ist ein gutes Schiff, und Kapitän Merrick ist in der Regel zuverlässig.«

Sarah erhob sich, ging zum Fenster hinüber und blickte hinunter. »Wenn du Mr. Peters im Kaffeehaus antriffst, erinnere ihn, daß wir auf sein Geld für die Ausrüstung der *Daisy* warten«, sagte sie. »Das Schiff ist bereits seit zwei Wochen unterwegs, und er hat bisher noch nichts für seinen Schiffspart bezahlt. Auf die Art können wir keinen Kredit mehr gewähren.«

»Ich werde es ihm mitteilen«, sagte Josiah. »Ich bin zum Essen wieder zurück.« Er machte an der Tür halt. »Du beglückwünschst mich nicht zu meiner Verlobung?«

Sie wandte sich nicht vom Fenster ab, so daß ihm ihr Gesicht verborgen blieb. Er sah nicht ihren Ausdruck von bitterer Verstimmung. Die Jahre, da Sarah im heiratsfähigen Alter war, waren mit Plackerei erst für ihren Vater und dann für dessen Erben, ihren Bruder, dahingegangen – Jahre, in denen sie winzige Gewinne aus einem riskanten Geschäft herausgepreßt hatte.

»Natürlich«, sagte sie, »ich gratuliere dir und hoffe, es bringt dir das, was du dir erhoffst.«

Siko sträubte sich, Oyo zu verlassen. Er war an die Stadt gewöhnt, ein Stadtjunge, der sich, als seine Eltern gestorben waren, selbst in die Sklavenabhängigkeit bei Mehuru verkauft hatte. Er hatte sich gedacht, daß er im Dienst eines jungen Mannes mit einer Laufbahn im Umkreis des Hofes vor den Unannehmlichkeiten der Landarbeit und des Landlebens verschont bliebe. Folglich war er gründlich abgeneigt, sich aufs Land zu begeben, das er als gefährliche Gegend betrachtete, wo wilde Tiere und bärbeißige Bauern hausten.

»Zum letzten Mal«, befahl Mehuru knapp. »Beeil dich mit dem Packen und hol die Pferde, oder ich verkaufe dich an ein Bordell.«

Siko beugte seinen Kopf angesichts der leeren Drohung und bewegte sich nur ein wenig schneller. Er war davon überzeugt, daß Mehuru ihn nicht schlecht behandeln würde – und in der Tat, sie waren übereingekommen, daß er Geld sparte, um seine Freiheit von seinem jungen Herrn zurückzukaufen.

»Sollten wir nicht ein paar Träger und Wachen mitnehmen?« fragte er. »Mein Bruder sagt, er würde gern mitkommen.«

»Wir werden entlang der Handelsrouten reisen«, sagte Mehuru geduldig. »Dort wimmelt es den ganzen Weg über von den Trägern und Wachen der Handelskarawanen. Sollte es gefährlich werden, könnten wir uns ihnen anschließen. Meine Mission ist dringlich, wir haben es eilig. Du aber möchtest, daß wir auf den Straßen herumtrödeln und bei jedem Dorf haltmachen!«

»Ich möchte, daß wir gemütlich hier in der Stadt bleiben«, murrte Siko in eine Satteltasche. Laut sagte er: »Fertig gepackt, Herr, und bereit zur Abreise.«

Mehuru wies ihn an, die Reisetaschen auf den Pferden festzumachen, und ging in sein Zimmer. In der Ecke bewahrte er seine rituellen Gegenstände auf, ausgebreitet zur Meditation. Das prachtvolle, geweihte Tablett war aus poliertem Holz gefertigt und mit schalenförmigen Vertiefungen versehen. Dort befanden sich Kaurimuscheln, der kleine Beutel mit gefüllter Asche, ein Stück Kreide, ein Fläschchen mit Öl. Mehuru nahm eins nach dem anderen auf und steckte alles in ein weiches Ledersäckchen, wobei er seinen Geist auf die Gegenstände richtete und auf eine Vision wartete.

Nichts geschah. Statt dessen erschien ihm wieder der Bug eines Schiffes, das sanft auf klarem tropischem Gewässer schaukelte. Er sah einen Schwarm kleiner Fische, die nach der Kupferverkleidung des hölzernen Rumpfes schnappten, etwas, das er im Wachzustand nie gesehen hatte. Und erneut hatte er den starken widerwärtigen Geruch von Zucker und Krankheit in der Nase.

»Was bedeutet das?« flüsterte er leise. »Was bedeutet das?«

Er erschauerte, als wäre der Tag nicht voll pulsierender Hitze, sondern als spürte er die Kälte des Todes. »Was hat das zu bedeuten, das Schiff?« Er wartete auf eine Antwort, aber er hörte nichts außer Sikos Gejammer vor dem Koch über die Aussichten dieser beschwerlichen Reise und das Tschilpen einer Schar glänzender Stare, die sich auf dem Dachfirst versammelten; ihr tiefblaues Gefieder schillerte in der Morgensonne.

Er zuckte die Achseln. Kein Schiff könnte ihn in Gefahr bringen; seine Reise führte ihn landeinwärts nach Norden. Im Norden lagen die weiten, langgestreckten Flächen der Savanne, dort gab es einen Fluß oder zwei, leicht zu durchwaten oder mit einem Boot zu überqueren, und dann weiter nördlich – an den Grenzen des mächtigen Yoruba-Königreichs – befand sich die große Wüste der Sahel. Kein Schiff konnte ihn so weit von der Küste entfernt bedrohen. Vielleicht sollte er das Schiff als ein gutes Omen betrachten, möglicherweise war es die Vision eines Sklavenschiffs, das nicht mehr länger wie zufällig vor den Stränden seiner Heimat aufkreuzen würde, um die Kinder des Landes so gefräßig wie eine plündernde Hyäne einzufangen.

Mehuru nahm den Sack mit seiner persönlichen Habe auf und warf ihn sich über die Schulter. Was immer die Vision bedeutete, er hatte eine Aufgabe vor sich, und nichts sollte ihn davon abbringen. Er schnürte seinen Reiseumhang zu einer ordentlichen Rolle zusammen und schritt in den leuchtenden Mittagssonnenschein hinaus. Die Pferde warteten, und die großen Stadttore, tief in das mächtige Mauerwerk der berühmten Stadt Oyo eingelassen, standen seit Tagesanbruch offen.

»So!« sagte er vergnügt zu Siko. »Laß uns aufbrechen!«

Das Kaffeehaus am Hafen befand sich auf der anderen Seite des Flusses, jenseits von Josiahs Dock, und so nahm er das kleine Fährboot hinüber und warf dem jungen Burschen, der ihn ruderte, ein Halbpennystück zu. Das Kaffeehaus war der übliche Treffpunkt aller Bristoler Kaufleute, angefangen vom erfolgreichen Mann bis zum kleinsten Händler. Als Josiah die schmale Tür aufstieß, brannten ihm von dem starken aromatischen Rauch die Augen. Die Luft war zum Schneiden vom Tabakqualm und duftete nach dem vertrauten heißen Kaffee, nach Rum und Zuckersirup. Josiah wanderte mit dem Hut unter dem Arm langsam von Tisch zu Tisch, um festzustellen, wer da war. Er kannte jeden, aber nur wenige machten regelmäßig Geschäfte mit ihm. Am besten Tisch, der am weitesten von dem klammen, feuchten Zug, den die aufschwingende Tür verursachte, entfernt war, hatten sich die großen Kaufherren von Bristol versammelt. Sie steckten in prächtigen Überröcken und in steifem Leinen und schauten nicht einmal auf, als Josiah ihnen sein guten Tag entbot. Josiah Cole war ihrer Aufmerksamkeit nicht wert.

Er nickte höflich in ihre Richtung und schluckte die Brüskierung. Wenn er erst einmal durch Heirat Neffe von Lord Scott wäre, würden sie seinen Gruß erwidern und ihn auffordern, an ihrem Tisch Platz zu nehmen. Dann gewährte man ihm auch Einblick in die Ladungsmanifeste, die alle Frachtgüter eines Schiffes verzeichneten und dort ausgebreitet auf ihrem Tisch lagen. Und er erhielte die Chance, sich an den großen Handelskompanien und dem ganzen großen Warenumschlag auf See zu beteiligen. Desgleichen würde er ihre Freundschaft erringen und für seine eigenen Unternehmungen Zugang zu ihrem Kapital haben. Sie würden ihn bitten, ihrer altehrwürdigen Handelsgesellschaft beizutreten – den Merchant Venturers von Bristol –, und der ganze Profit und all die Möglichkeiten der zweitgrößten Provinzstadt Großbritanniens würden ihm offenstehen.

»Josiah!« rief eine Stimme. »Hierher!«

Josiah drehte sich um und entdeckte einen Tisch mit Leuten wie er, kleine Kaufleute, die sich mit ihren Einlagen immer wieder den Risiken eines Verlusts auf See aussetzten. Männer, die wegen des höchsten Handelspreises einander in die Haare gerieten und dennoch weggefegt würden, wenn ein einziges Schiff unterging. Noch war er auf den Umgang mit ihnen angewiesen. Sein Vater war seinerzeit viel unbedeutender gewesen – trieb er doch seinen Handel mit einer Flotte von flachliegenden Lastkähnen den Severn hinauf und hinunter: Kohle aus Wales, Weizen aus Somerset, Vieh aus Cornwall. Erst am Ende seines Lebens hatte George Cole ein seetüchtiges Schiff besessen, ein heruntergekommenes ehemaliges Kaperschiff, das gerade mal eine Seereise für ihn unternahm, ehe es sank. Allerdings hatte es auf dieser einzigen Fahrt ein französisches Handelsschiff aufgebracht und sich dessen gesamter Ladung bemächtigt. Das hatte einen Gewinn von Tausenden Pfunden bedeutet, und Cole war ein gemachter Mann und gründete die Schiffahrtslinie Cole. George Cole hatte die Firma Cole & Söhne genannt, und sie seinem Sohn und seiner Tochter hinterlassen. Die Geschwister hatten sich nun zur Lebensaufgabe gemacht, noch weiter zu expandieren.

Zwei Männer rückten auf einer Bank enger zusammen, um für Josiah Platz zu machen. Ihre feuchten Sachen verströmten in der Wärme den Dunst nach ranzigem, schalem Schweiß und nasser Wolle.

»Guten Tag«, sagte Josiah. Er winkte dem Bedienten zu, Kaffee zu bringen, und der Junge servierte ihm einen Topf Kaffee und eine große Schüssel mit feuchten braunen Zuckerstücken.

»Mit der *Daisy* hast du ins Schwarze getroffen«, erklärte der Mann, der ihn gerufen hatte. »Die Preise für Zucker halten sich. Bloß der Tabak ist das Verschiffen nicht wert.«

Josiah nickte. »Die Fracht hat sich gelohnt«, sagte er. »Ich kaufe Tabak nie außerhalb der Saison. Ich nehme nur Zucker. Damit bin ich bei der *Daisy* gut gefahren, und wir haben sie schnell wieder losgeschickt.«

»Hast du 'nen Teilhaber für deine nächste Überseetour?« fragte ihn der Mann, der ihm am Tisch gegenübersaß. Er sprach mit einem schwerfälligen Somerset-Akzent.

»Ich suche einen Partner für die *Lily*. Sie wird in zwei Monaten einlaufen.«

»Unter welchem Kapitän?«

»Kapitän Merrick. In ganz Bristol gibt es keinen mit mehr Erfahrung«, erwiderte Josiah.

Der Mann nickte. »Hast du die Abrechnungen über ihre letzte Fahrt?«

Josiah schüttelte den Kopf und log mit müheloser Gewandtheit. »Sie sind bei den Akziseeinnehmern«, erklärte er ohne Zögern. »Hatte letztens ein bißchen Ärger mit dem Zoll. Und die *Daisy* läuft ihr auf jeden Fall den Rang ab. Sie ist erst kürzlich zurückgekehrt und hat einen Gewinn von dreihundert Pfund für jeden Teilhaber abgeworfen. Du findest weit und breit nichts, was dein Geld besser heckt.«

Der Mann nickte. »Mag sein«, sagte er unsicher.

Josiah ließ zwei dicke Brocken braunen Zucker in seinen Kaffeetopf fallen, genoß die Süße, den besonderen Geruch des Handels, und machte ein Zeichen, daß man ihm ein Glas schweren dunklen Rum bringen möge.

»Wie es beliebt«, sagte er gleichgültig. »Ich habe andere Leute an der Hand, an die das Angebot zuallererst geht, vielleicht. Ich habe das nur erwähnt, weil du Interesse gezeigt hast. Laß es gut sein.«

»O nein«, sagte der Mann rasch. »Welchen Betrag als Anteil hast du denn im Auge?«

»Ein Viertel«, entgegnete Josiah kühl. Er sah vom Tisch weg und nickte grüßend einem anderen Mann zu.

»Und wieviel wäre das?«

Josiah tat so, als hörte er kaum hin. »Oh, ich weiß nicht recht ...« Er zuckte die Achseln. »Vielleicht tausend Pfund pro

Anteil, vielleicht neunhundert. Sagen wir, nicht mehr als neunhundert.«

Der Mann wirkte ziemlich niedergeschlagen. «Ich hätte nicht gedacht, daß es so viel ausmacht.«

Josiah lächelte mit seinen braun verfärbten Zähnen zu ihm hin. »Du wirst nicht darüber jammern, daß es zuviel ist, wenn dabei am Ende ein Profit von zwanzig oder dreißig Prozent herausschaut. Eh?«

»Und wer ist der Makler des Schiffseigners? Auch du? Du wirst die ganze Ausrüstung und die Bestückung veranlassen?«

»Ja, ich selbst«, sagte Josiah. »Das mache ich immer. Das würde ich niemand anderem anvertrauen. Aber ich sollte dich nicht damit behelligen. Da ist Mr. Wheeler, dem habe ich eine Geschäftseinlage bei der *Lily* versprochen.«

»Nein, warte«, protestierte der Mann. »Ich werde einen Anteil nehmen, Josiah. Ich will meinen Schiffspart haben!«

Josiah nickte leicht. »Wie du wünschst, Samuel.« Er streckte seine Hand aus, und der andere schlug rasch ein. »Komm heute nachmittag in mein Kontor und bring deine Schuldverschreibung mit. Ich halte den Vertrag bereit.«

Der Mann nickte ebenfalls, halb aufgestachelt, halb ängstlich. Er erhob sich vom Tisch und ging hinaus. Er würde den ganzen Nachmittag damit beschäftigt sein, in der Stadt nach Krediten herumzurennen, um seinen Anteil aufzubringen.

»Ich hätte nicht gedacht, daß er für neunhundert Pfund steht«, bemerkte einer der anderen Männer. »Du solltest dir das Geld zeigen lassen, ehe du unterschreibst, Josiah.«

Josiah tat den Rat achselzuckend ab. Unwillkürlich schweiften seine Augen zu dem Tisch am oberen Ende hin. Man hatte zum Frühstück Pastete bestellt, einen Schinken, etwas Brot und Käse. Sie tranken dort Portwein, rissen laut Witze, und ihre Gesichter waren gerötet. Sie mußten nicht um die Ersparnisse eines kleinen Mannes feilschen, um ein Schiff und die nächste Fracht zu finanzieren. Diese Kaufleute teilten die profitablen Seeunternehmungen unter sich auf. Sie schöpften zu gleichen Teilen die Profite aus den Docks ab – sogar die

Lastkähne, die regelmäßig den Avon flußauf und flußab befuhren, zahlten Gebühren an sie, selbst die kleinen Fährboote und auch die Leuchttürme entrichteten ihren Pachtzins.

»Ich habe einige Neuigkeiten«, sagte Josiah ohne Übergang. »Ich werde heiraten.«

An dem kleinen Tisch entstand ein verblüfftes Schweigen.

»Die Nichte von Lord Scott von Whiteleaze«, fuhr Josiah fort. »Seine Lordschaft wird mich bald aufsuchen, und wir werden den Ehevertrag aufsetzen.«

»Mein Gott! Josiah!« rief einer aus.

»Wo hast du denn die Lady kennengelernt?« fragte ein anderer. Der Rest riß vor Staunen den Mund auf.

»Sie kam bei uns vorbei«, log Josiah überzeugend. »Sie ist mit einer Freundin meiner Schwester bekannt. Aus der Schulzeit.«

Die Männer waren sprachlos. »Ich habe angenommen, du bleibst bis in alle Ewigkeit Junggeselle«, meinte einer.

»Mit Sarah an deiner Seite, die dir den Haushalt führt. Hab nie gedacht, daß du heiraten wirst!«

»Ich habe eben auf die Richtige gewartet«, entgegnete Josiah steif. »Und bis mein Vermögen es mir gestattet, der Frau an meiner Seite die angemessene Stellung im Leben zu bieten.«

Allgemeine Zustimmung regte sich. Doch die Neuigkeit war zu verblüffend, als daß man sie rasch verdauen konnte. «Ich hätte nicht gedacht, daß er so gut dasteht«, murmelte einer der Männer vor sich hin.

»Ich werde vom Speicherhaus wegziehen«, gab Josiah bekannt. »Für meine Frau brauche ich ein neues Zuhause.«

»Wo willst du denn hin?«

»Ich werde ein Haus am Queens Square kaufen«, sagte Josiah. Und wieder spähte er zu dem anderen Tisch hinüber. Den Kaufleuten dort gehörte der Queens Square in seiner Gänze; er war von der Handelsgesellschaft nach ihren Angaben erbaut worden, und sie konnten nach ihrem Belieben darüber beschließen, ob sie an ihn verkauften oder nicht. Geld allein würde nicht den Ausschlag geben, daß er sich in ihrer Nähe einkaufen durfte; jedoch mit Lord Scotts Nichte an seiner Seite würde er an dem eleganten Platz mit seinen Backsteinfassaden willkommen sein. Josiah würde sie alle »Nachbar« nennen, und seine neue Frau würde an den Empfangstagen ihren Frauen Besuche abstatten.

Die Männer am Tisch nickten. »Und die Lady ...«

»Wollen wir nicht zum Geschäft zurückkehren?« fragte Josiah mit einem kleinen siegessicheren Lächeln. »Ich denke, es ist genug über die Lady, die künftige Mrs. Cole, geredet worden.«

Sie pflichteten ihm bei, beeindruckt vom Triumph seiner Heirat wie auch von der verhaltenen Würde Josiahs.

»Was die Fahrt der *Lily* betrifft«, sagte einer von ihnen. »Ich meine, ich werde doch einen Anteil erwerben. Wird Seine Lordschaft mit uns mithalten?«

Josiah lächelte schwach. »Oh, ich denke schon«, sagte er.

Mehurus Mission war erfolgreich. Er reiste von Stadt zu Stadt und machte auf seinem Weg nach Nordwesten über die großen sich dahinziehenden Savannen-Ebenen des Yoruba-Landes auch bei den Ältesten der größeren Ansiedlungen halt. Die Dorfleute spürten, daß das, was er sagte, vernünftig war. Denn trotz der Gewinne, die der Sklavenhandel abwarf – sie lagen jenseits aller Vorstellungen der Landwirtschaft betreibenden Gemeinden –, es kursierten schauerliche Geschichten, verworren weitererzählt, über Flüsse, in denen keiner sich zu fischen getraute, und über Wälder, in die sich niemand hineinwagte. Ganze Gegenden waren entvölkert, Hunderte, Tausende Frauen und Kinder preisgegeben und verhungernd auf den Feldern, die sie nicht allein bestellen konnten. Es glich einer Heimsuchung, die sich von der Küste her ins Innere ausbreitete. Es war eine Seuche, die junge Männer und Frauen, die gesündesten und stärksten, wegriß und die Kranken, die Alten und die Kleinkinder zurückließ.

Diese Pest der Sklaverei wirkte anders als jede andere Plage. Sie nahm die Gesunden, die Kühnsten, genau die Männer und

Frauen, die die Zukunft bestimmen sollten. Gewehre und Gold und prächtige Kleider konnten Afrika nicht für den Verlust seiner vielversprechendsten Kinder entschädigen. Es waren diejenigen, die das Land in Zukunft führen sollten, die entlang der Flüsse und der Handelswege geraubt wurden.

»Dem muß ein für allemal ein Riegel vorgeschoben werden«, verkündete Mehuru fest vor den Ältesten jeder Stadt, die er besuchte. »Das Volk muß das eindämmen und bestimmen, daß damit Schluß gemacht wird. Was würde sonst aus uns werden? Die Handelswege nach Norden sind bereits unsicher. Wir transportieren unsere Lederwaren, unsere Messinggerätschaften, all unsere kostbaren Güter nach Norden, über die Sahel-Wüste hinweg in die arabischen Länder, und von dort kaufen wir unsere Gewürze und unsere Seide. Unser gesamter Handel verlief stets von Nord nach Süd, und nun durchschneiden die Sklavenhändler diese Lebensader.

Die Wälder und Ebenen des Küstenstrichs sind bald wüst. Wer will noch fischen, wenn die Strände aufgegeben sind? Woher bekommen wir Salz, wenn die Frauen es nicht mehr in den Salzsiedepfannen eindampfen können? Woher beziehen wir unsere Nahrung, wenn die Felder brachliegen? Wie kann ein Land stark, sicher und reich sein, wenn jeden Tag hundert, zweihundert Menschen geraubt werden?«

Die Männer der dörflichen Räte pflichteten ihm bei. Manche trugen den Erlös aus dem Sklavenhandel in Form von lumpigen Baumwollhemden, gewebt in Manchester, und Gewehren, geschmiedet in Birmingham, zur Schau. Aber ihre Besitzer wurden rasch gewahr, daß die leuchtenden Farben des Baumwollgewebes nach einigem Waschen ausblichen und die Gewehre für den Benutzer genauso tödlich waren wie für das mögliche Opfer, wenn sie versagten. Niemand konnte leugnen, daß der Sklavenhandel ein ungleiches Geschäft war, in dem Afrika seine glänzendsten Söhne im Austausch für billiges Zeug und Ausschuß hingab.

Auf seinem Weg nach Norden überzeugte Mehuru die Leute und redete ihnen gut zu. Er und Siko hatten sich inzwischen daran gewöhnt, am Tage zu reiten und nachts zu kampieren. In der offenen Savanne erwies sich Siko als recht geschickt und kochte über kleinen Lagerfeuern ihre Mahlzeiten. Der junge Mann und sein Diener aßen gemeinsam, teilten die gleiche Schüssel und schliefen, in ihre Umhänge gewickelt, Seite an Seite. Ihre Tätigkeit hielt sie gesund, sie waren abgehärtet und gingen freundlich miteinander um. Jedesmal, wenn sie anhielten, um den Ältesten die neuen Gesetze zu erläutern, hörten sie Neuigkeiten, und niemals gute. Die Handelsgüter waren fehlerhaft, die Musketen zerbarsten beim ersten Schuß in viele Stücke, wobei sie Menschen verkrüppelten und töteten. Der Rum war wie Gift, die Goldborten und die modisch-eleganten Hüte waren grell aufgemachter Plunder. Noch schlimmer, die Weißen hatten Banden von afrikanischen Straßenräubern eingesetzt, die keinem Stamm angehörten und keinem Gesetz folgten als ihrer eigenen Begierde. Sie trieben sich an den Flüssen herum und gingen auf Menschenjagd – griffen hier einen einzelnen Mann auf, dort ein Kind, das mit seiner Mutter Versteck spielte, oder ein Mädchen auf dem Weg zu seinem Liebsten. Wo man Kidnapper und Diebe duldete und sie mit Munition entlohnt wurden, da konnte kein Recht walten.

Einige Stämme an der Küste handelten inzwischen mit nichts anderem als Sklaven. Sie hatten sich von einer reichen Tradition des Fischfangs, Ackerbaus, des Jagens und des gewöhnlichen Handels abgewandt und betrieben ausschließlich Sklavenhandel. Nun verkauften sie Männer und hatten Gold, um alles zu erwerben, was sie brauchten. Stämme von Briganten waren sie geworden, grausame Horden von Gesetzlosen.

Und die Weißen erwiesen den Königen der Küstenstämme längst nicht mehr ihre Ehrerbietung. Sie hatten ihre eigenen Burgen aus Stein gebaut und ihre eigenen Kanonen in ihren Forts aufgestellt. Den Fluß hinauf und hinab hatten sie eigene große Niederlassungen eingerichtet mit gewaltigen Schuppen aus Stein, in die sie die Sklaven steckten, Hunderte, ja Tausende, und dann brachte man sie mit Booten flußabwärts zu den Forts an der Flußmündung. Man tat nicht mehr so, als gestatteten afrikanische Könige diesen Handel. Das war ein Geschäft der Weißen, und die afrikanischen Krieger waren ihre Handlanger. Inzwischen hatte sich das Gleichgewicht der Stärke ganz und gar verschoben. Die Weißen beherrschten nun mit der Wucht ihrer Kanonen und der Macht ihres Goldes die gesamte Küstenregion.

Je mehr Mehuru erfuhr, um so mehr war er davon überzeugt, daß die Stämme von Yoruba im Recht waren, sich hartnäckig gegen die Sklaverei zu wehren. Die Niedertracht der Sklaventreiber, deren willkürliche Grausamkeit gegenüber dem einzelnen schreckte ihn weniger auf als die Bedrohung der gesamten Zukunft des Kontinents, die wie eine Vision der Hölle vor ihm aufstieg: ein Land, beherrscht von Gewehren zum Vorteil von Fremden, ein Land, in dem niemand mehr sicher war.

»Wenn Sklaverei eine so üble Sache ist«, sagte Siko eines Nachts, als sie nebeneinander unter dem dunklen Himmelszelt lagen, »dann werdet Ihr mich vermutlich freilassen, sobald wir wieder zurück in Oyo sind.«

Mehuru streckte einen Fuß aus und stupste seinen Diener sanft an. »Du kannst dich selbst loskaufen, wie wir es vereinbarten«, meinte er. »Du hast mich sowieso die Jahre über ausgenommen bis aufs Hemd.«

Mehuru lächelte, als er einschlief; doch in der Nacht träumte er unter dem unschuldigen Himmelsgewölbe wieder von dem Schiff. Er sah es in warmem seichtem Gewässer kreuzen, sein Deck von einem mit Stroh gedeckten Unterstand verunstaltet, dessen Seiten mit Netzen verhangen waren. In seinem Kielwasser blinkten hier und da dunkle, dreieckige Flossen. Haifische folgten dem Schiff, angelockt von dem Abfall, der über Bord geworfen wurde, und von dem verheißungsvollen Gestank nach Krankheit und Verzweiflung. Sie witterten Blut und die Wahrscheinlichkeit des Todes. Der Bug zerteilte das saubere Wasser wie ein Messer das Fleisch, und das aufgerissene Kielwasser glich einer Wunde. Mehuru schreckte auf und fand sich in Schweiß gebadet, als wäre er in

Panik fortgelaufen. Es war wieder das Schiff, das Schiff seines Alptraums.

Er weckte Siko. Es war knapp vor Tagesanbruch, und es verlangte ihn nach dessen Gesellschaft. »Laß uns schwimmen gehen«, sagte er. »Laß uns zum Fluß hinuntergehen.«

Der Junge wollte nicht aufstehen, er lenkte ab, indem er vor Krokodilen und Flußpferden im Wasser warnte und vor giftigen Schlangen auf dem Pfad dorthin. Mehuru griff lachend nach einer Ecke des Umhangs und rollte ihn heraus.

»Komm schon«, sagte er ungeduldig. Er wollte den Traum wegspülen, er wollte wie ein Kind im Wasser spielen und dann zurückkommen und zum Frühstück Brei essen. Sie hatten sich an der Biegung eines Flusses niedergelassen und auf der trockenen Sandbank geschlafen. Mehuru ließ seine Sachen bei der Glutasche ihres nächtlichen Feuers liegen und rannte halbnackt zum Fluß. Siko trottete hinter ihm her und beschwerte sich weiter. Die Kühle der Nacht machte Mehurus Kopf klar, er fühlte, wie sein Atem hastiger wurde und wie der dunkle unheilvolle Schatten des Schiffes entschwand.

Vor ihm lag der Fluß, gesäumt von Bäumen; die hohen wippenden Kronen der Rhun-Palmen gaben ein gleichmäßiges, tröstliches Säuseln von sich, wenn die dürren Blätterwedel gegeneinanderrieben. Er lief zwischen Johannisbrotbäumen mit ihren knorrigen Stämmen hindurch, wobei die flatternden, gefiederten Blütenblätter seinen Kopf streiften. Er konnte den Fluß sehen, sein grünes Wasser schimmerte durch das dichte Gestrüpp. Ein Schwarm Bananenfresser stob oben vorbei, buntgefleckte Vögel riefen ihr Ku-up, ku-up in einem melodischen Geplapper, und leuchtend-bunt gefärbte Papageien flogen auf, als Mehuru und Siko nun Seite an Seite vorbeirannten. Unter Mehurus Füßen knirschte der weiße Sand, und er machte eine Pause, um Atem zu schöpfen und das Wasser nach Krokodilen und Flußpferden abzusuchen. Aus dem Augenwinkel bemerkte er plötzlich, wie ein Schatten vorwärtsschoß, und im gleichen Moment verspürte er einen Schlag, der ihn zu Boden warf.

Er kämpfte, um seine Arme frei zu bekommen, aber er lag, sich hilflos unter dem Gewicht seines Angreifers windend, da. Er hörte einen anderen Mann nach vorn laufen und sah eine geschwungene Keule über sich. In Panik rief er: »Siko! Lauf! Lauf!«, als ein Hieb seinen Kopf zu zermalmen schien und ihn in Finsternis versinken ließ.

Sein letzter Gedanke war – während der dunkle Umriß des Alptraum-Schiffes in seiner Erinnerung aufstieg, um das Sonnenlicht und den Schimmer des grünen Wassers zu verfinstern –, daß er als Schlangenpriester eher als andere Leute hätte wissen müssen, wie weit die Sklaventreiber bereits ins Innere des Landes vorgedrungen waren.

In Mrs. Daleys Haus
Dowry Parade
Hot Well, Bristol *11. November 1787*

Liebe Frances!

Ich schreibe dies, bevor ich nach London abreise, da ich vermute, daß Du sogleich wissen willst, was ich von Mr. Josiah Cole halte.

Ich finde ihn unscheinbar und simpel; ein Mann, auf dessen Wort wir uns verlassen können, meine ich. Ich habe in die Bücher seiner Handelsgesellschaft Einblick genommen, und er scheint mir recht wohlsituiert zu sein, obwohl er zu seinem Bedauern nicht Mitglied der Merchant Adventurers und auch nicht der Afrikanischen Kompanie ist. Jedoch die Bekannten, die Du mitbringst, könnten dafür sorgen, daß man seine Person künftig mit anderen Augen ansieht.

Er hat keine größeren Anforderungen gestellt, was Deine Mitgift angeht, und wir haben die Dinge zu unserer Zufriedenheit geregelt. Ich habe in Deinem Namen einen Anteil an einem seiner Schiffe, der Daisy, *gezeichnet, die in diesem Monat in Afrika Ladung nimmt. Eins seiner anderen Schiffe, die* Lily, *lief in den Hafen ein, während ich dort weilte, und ich beobachtete, wie seine Reichtümer in Form von Zucker und Rum gelöscht wur-*

den. Es ist ein riskantes Geschäft, aber überaus lukrativ. Ohne weiteres kann ich davon ausgehen, daß für Dich während Deiner Ehe gut gesorgt wird, und im Fall der Witwenschaft wirst Du Dich einer gleichwertigen Vermögenszuwendung erfreuen können. Wir sind übereingekommen, daß zur Heirat keine Eile besteht und Du in der Zwischenzeit Deinen Vertrag mit Mrs. Snelling erfüllen kannst. Er seinerseits hofft, unterdes für seine neue Familie ein passendes Haus zu erwerben, so daß wir das Datum auf den Juli nächsten Jahres festgesetzt haben. Es ist gewiß nicht das, was Dein Vater für Dich gewünscht hätte, aber ich stimme Dir zu, daß es das Beste ist, was Du erwarten kannst.

Über die Schüler, die Du unterrichten sollst, sagte er nichts weiter – lediglich, daß er ein Projekt für später im Sinn habe. Meine hauptsächlichste Sorge ist Deine Schwägerin, Miss Sarah Cole, die mir von der Verbindung nicht angetan zu sein scheint. Wie auch immer, Du bist schon mit anderen schwierigen häuslichen Situationen wie zum Beispiel mit denen bei Mrs. Snelling fertig geworden.

Ich werde binnen einer Woche zu Hause sein und dann zu Mrs. Snellings Wohnsitz hinüberfahren, um die Dinge mit Dir direkt zu besprechen.

Dein
Scott

Als Mehuru das Bewußtsein wiedererlangte, schmerzte sein Kopf und Fliegen summten auf seiner blutigen Stirn. Die Arme waren ihm auf den Rücken gebunden, und sein Nacken war mit groben Hanfstricken fest an einen gabelförmigen Holzbügel gezurrt. An seiner Seite in einem anderen Holzbügel befand sich der jämmerlich wimmernde Siko, und beide steckten sie paarweise am Hals wie eine mißgebildete Yamswurzel zusammen, der zwillingsartige Knollen gewachsen waren. Sie wurden hochgepeitscht und dann den Flußpfad entlanggetrieben bis zu der Stelle, wo ihre Fänger die Boote versteckt hatten. Jedes Straucheln Sikos zerrte an Mehurus Hals und brachte ihn aus dem Gleichgewicht. Sie fielen beide in einer hilflosen Umarmung hin und wurden geschlagen, bis sie wieder auf den Füßen standen. Nur wenn sie in die Köpfe sklavisch nach unten beugten und in einen schlurfenden Trott verfielen, kamen sie vorwärts, doch selbst dann scheuerten sie sich den Nacken auf, und aus Quetschungen wurden blutende Wunden.

»Es tut mir leid, Herr, es tut mir leid«, weinte Siko. »Es tut mir leid.«

»Mir muß es leid tun«, sagte Mehuru nur einmal, als sie sich auf die Beine hochkämpften. »Ich nahm dich auf die Reise mit, fernab deiner und meiner Heimat. Ich hätte vorsichtiger sein müssen. Aber ich hatte keine Ahnung, daß sie schon so weit ins Landesinnere vorgedrungen sind.«

Er brachte diesen Gedanken nicht zu Ende. Er hatte nicht versagt, was Siko anging. Wenn die Sklaventreiber so tief im Land ihr grausames Handwerk ausübten, dann lag ganz Afrika offen und wehrlos vor ihnen, und Mehuru konnte niemanden warnen. »Allein die Götter wissen, wie das ausgehen mag«, sagte er zu sich selbst. Er fürchtete für das Yoruba-Königreich und um dessen Vorhaben, den Sklavenhandel zu boykottieren. Noch wußte er zu wenig, als daß er sich um sich selbst Sorgen gemacht hätte.

Siko weinte wie ein kleines Kind, doch Mehuru behielt die Ruhe. Er glaubte, daß innerhalb der Grenzes des Yoruba-Landes seine Autorität anerkannt würde. Die Männer, die sie gefangengenommen hatten, waren ungebildete, gewalttätige Bauern der übelsten Art. Mehuru versuchte, mit ihnen in allen afrikanischen Sprachen, die er kannte, zu reden, aber als Antwort drohten sie nur mit dem Stock. Er beschloß zu warten, bis sie ihr Hauptlager erreichten. Dort würde Mehuru ihren Vorgesetzten erklären, wer er ist, und man würde sie umgehend freilassen. In Augenblicken voller Hoffnung dachte Mehuru, welch ausgezeichnete Anekdote er bei seiner Rückkehr an den Hof zu erzählen hätte und als was für ein Held er selbst gelten würde: einer, der die Sklaverei bekämpft und persönlich in Gefahr geschwebt hatte.

Der Fußmarsch dauerte drei Tage. Dann stießen sie flußabwärts auf die Boote der Sklaventreiber. Bei jedem Halt begaben sich die Männer auf die Jagd und brachten als Beute einen Mann, eine Frau oder ein kleines Kind mit. Bisher war Mehurus Ablehnung des Sklavenhandels reine Theorie gewesen; als er nun jedoch die Frauen krank vor Angst sah und Kinder, die so verstört waren, daß sie nicht einmal weinen konnten, da wußte er, daß er den Sklavenhandel zutiefst verabscheute und sein Leben lang dagegen auftreten würde. Er sehnte sich an den Hof zurück – nicht nur um dort mit seiner Flucht zu prahlen, sondern um seine Stimme dem Chor der Ankläger hinzuzufügen. Er hatte gehört, daß man es Sünde nannte, aber als er das Auspeitschen und die willkürliche Brutalität nun erlebte, verstand er zum erstenmal in seinem behaglichen, müßigen Leben, was Todsünde bedeutete.

Und er war erschrocken – wenn die Sklavenhändler bereits so weit nach Norden und Osten gekommen waren, wie weit würden sie noch vordringen? Afrika war ein riesiger Kontinent, dicht besiedelt mit Menschen, die auf fruchtbarem Boden gut leben konnten. Sklavenhändler, die die Flußläufe benutzten, konnten tief und tiefer in das Herz der Völker vorstoßen. Mehuru hatte sich im Grenzland des Yoruba-Königreichs befunden und war damit immerhin Tausende von Meilen von der Küste entfernt. Wie weit würden sie auf ihrer Menschenjagd noch ins Innere des Kontinents gelangen? Was konnte sie aufhalten?

Inzwischen waren es zwanzig Gefangene, die auf die Boote verteilt wurden. Alle mußten auf dem rauhen Holzboden knien, immer noch Nacken an Nacken gefesselt. Die Sonne brannte auf ihre Köpfe, und wo die Peitschenhiebe die Haut zerschnitten hatten, krochen Fliegen herum und labten sich. Mit den nach hinten gebundenen Armen fühlte Mehuru, wie sich die Haut auf seinem Rücken bei der Berührung der Insekten zusammenzog, er spürte, wie ihre Füßchen sanft auf seinen Augenlidern herumtasteten und wie ihre Rüssel in die klaffende Wunde auf seinem Gesicht drangen. Die Männer ruderten die Boote in die Strommitte und erreichten die glatte, schnelle Strömung, aber die Fliegen wurden nicht fortgeweht. Sie folgten ihnen wie ein tanzender Schleier, verlockt von den Ausdünstungen des Angstschweißes und der offenen Schwären.

Das übervolle Kanu glitt an grünen, dichtbewaldeten Ufern vorbei wie ein Traum, nur leicht schaukelnd, da die Männer es in der Mitte der Strömung hielten. Gelegentlich war der Fluß so breit, daß man kaum Land zu beiden Seiten erblickte, dann wieder verengte er sich, und Mehuru suchte sehnsüchtig die Ufer ab. Die Sonne stach auf sie herunter, das Boot schaukelte wie eine Wiege. Der Hitzedunst flimmerte auf den Uferbänken, und die Fliegen schwirrten um ihre Köpfe. Mehuru dachte an die stille Fahrt des Schiffes, seines Alptraum-Schiffes, und die Haifische in dessen Kielwasser und den Geruch, den es in seinem Traum verbreitete.

Am fünften Tag erblickten sie nach einer Flußbiegung vor sich ein großes Gebäude aus Stein, das nur von Weißen errichtet sein konnte, die immer eine merkwürdige Vorliebe für kastenförmige Umrisse an den Tag gelegt und die Konturen der einheimischen Landschaft und Umgebung mißachtet hatten. Es war ein klotziger Würfel mit kleinen Fensterschlitzen, das steile Dach mit Stroh gedeckt. In das Flußbett hinaus ragte davor eine Holzmole, die zu einem Steinkai führte. Dahinter befand sich eine Gruppe von Hütten, ein armseliger, vernachlässigter Ort ohne Frauen, die ihn saubergehalten hätten, und ohne Männer, die das Land bestellten.

Mehuru hoffte, daß er hier wenigstens jemanden finden würde, der vernünftig wäre und sie freiließe. Er bangte vor allem um Siko, der aufgehört hatte zu klagen und wie betäubt wirkte. Der Junge saß schweigend im Boot, seine Augen starrten auf das grüne Wasser, und weder die Schmerzen des Halsbügels noch das unbequeme Hocken in der heißen Mittagssonne veranlaßten ihn zu sprechen. Seine Augen waren blind vor Furcht, er aß nichts. Mehuru wollte, daß beide freikämen, noch ehe der Junge krank wurde. Er mußte all seine Energie aufbieten und nach jemandem verlangen, der hier die Aufsicht führte.

Aber da war niemand am Landungssteg. Es gab nur ein großes Eisentor in der wuchtigen Steinmauer, und die Gefangenen von Mehurus Boot wurden einfach mit laut geschrienen Kommandos und Peitschenhieben durch das Tor entladen. Die Männer ignorierten Mehurus Anliegen, ihren Vorgesetzten zu sprechen, und trieben ihn mit dem Rest seiner Leidensgenossen in den Eingang. Als das Außentor hinter ihnen zugeschlagen wurde, öffnete sich ein zweites Tor vor ihnen, und sie stolperten in einen riesigen gemauerten Raum – zehnmal größer als der größte Lagerschuppen. Eine Gruppe von Aufsehern stieß sie alle in eine Reihe und kettete sie zügig und geschickt mit einer Kette an, die durch ihre Handfesseln lief, und jedes Ende wurde an einem Ring im Mauerwerk befestigt. Mehuru bemerkte die plumpen gußeisernen Fesseln und Ketten, die in nichts an die leichten, handwerklich kunstvoll gefertigten Metallgegenstände seines Volkes erinnerten. Aber sie waren gut genug, um ihn zu fesseln, sie alle zu fesseln.

Die Zeit verging. Mehuru versuchte, jeden Tagesanbruch auf dem schmutzigen Boden zu markieren, aber da war gar kein Platz. Sie waren so eng zusammengepfercht, und jeden Tag kamen neue hinzu, ein paar oder gar ein Dutzend. Die Nahrung war dürftig und oft verdorben. Viele waren krank, erbrachen sich in den überschwappenden Exkrementenkübel oder erleichterten sich unkontrolliert auf den Erdboden. Der Gestank war scheußlich. Es gab kein Wasser zum Waschen und keine Kleidung zum Wechseln. Mehuru hatte sich in der aufflackernden Panik über seine Erniedrigung in der Gewalt. Er wehrte sich dagegen, sich vom Schmutz und der Demütigung unterkriegen zu lassen, und redete ermunternd auf Siko ein.

»Es muß sich um einen Irrtum handeln«, sagte Mehuru. »Sie hätten uns nicht gefangennehmen dürfen. Sobald ein Zuständiger auftaucht, werde ich ihm sagen, wer ich bin. Einen Abgesandten der Yoruba kann man nicht so behandeln. Wenn sie erst begreifen, wer ich bin, werden sie uns laufenlassen.«

Siko erwiderte nichts, er sah Mehuru nicht an.

Als neue Gefangene hereingebracht wurden, versuchte Mehuru mit den Aufsehern zu reden. Jedesmal, wenn jemand in Rufweite war, sprach er ihn an, zuerst in der Yoruba-Sprache, dann in der von Dahomey oder in Mandinka. »Sag deinem Vorgesetzten, daß ich ein Obalawa von Yoruba bin, in einer Mission für den König unterwegs. Sag ihm, der König wird ein stattliches Lösegeld für mich bezahlen. Sag ihm, ich wünsche ihn zu sprechen.«

Sie verstanden ihn nicht oder wollten ihn nicht verstehen. Mehuru wußte, er mußte Geduld aufbringen und warten, bis er mit einem der Oberen sprechen konnte. Dann würde er freigelassen und konnte fordern, daß Siko mit ihm zurückkehrte. Sein größter Kummer war, daß sie Siko behalten könnten, während sie ihn freigaben, und er so sein Versprechen seinem Sklaven gegenüber, ihm vollkommenen Schutz als Gegenleistung für seinen vollkommenen Gehorsam zu gewähren, nicht erfüllen könnte.

Die Sorge um Siko beherrschte ihn, sie wurde zum alleinigen Gegenstand seiner Überlegungen. Während er sich als Gebieter wähnte, als wohlhabenden Mann mit Pflichten anderen gegenüber, konnte er so tun, als ob er nicht in diesen beklemmenden Lagerschuppen gehörte, besudelt von seinem eigenen Dreck, mit schmutzigen Händen und verfilzten Haaren. Er dachte, sein gesunder Verstand hänge von ihm ab, wenn er sich fest daran erinnerte, daß er nicht hierhergehöre, daß er kein Sklave sei – er war ein Abgesandter der Yoruba, der sich auf einer Botschaftsreise für den Alafin höchstpersönlich befand.

Nach etwa einem Monat, in dem sich die Bedingungen im Lagerschuppen noch verschlimmert hatten, kam es zu einem Ereignis wie auf einem Markt aus einem bösen Alptraum. Ein weiteres Boot, das Boot eines Weißen, war mit zwei weißen Männern an Bord stromaufwärts von der Küste her erschienen. Mehuru bereitete sich darauf vor, ihnen zu erklären, daß man ihn auf freien Fuß setzen müsse. Alle Gefangenen wurden einzeln aus dem Schuppen herausgezerrt und vor einen

Weißen gebracht, der sich auf einem Stuhl unter einem Baum rekelte.

Mehuru sah zum erstenmal einen Weißen, die Rasse, die sein Land zerstörte. Er hatte einen hoch aufragenden Dämon oder einen imposanten Gott erwartet und nicht diesen schmutzigen Schwächling. Seine Haut war bleich, seine Kleider waren grau und verdreckt, und der Gestank, der von ihm ausging, als er da in der Sonne saß, war so eklig, daß er sogar den aus dem Lagerschuppen überdeckte. Der Mann schwitzte die ganze Zeit über aus allen Poren. Während er seine Kaufobjekte einschätzte, rutschte er ständig auf seinem Sitz im Schatten hin und her, ihm wurde heiß und heißer, und seine fürchterliche Blässe verwandelte sich in eine nicht weniger erschreckende aufwallende Rötung, unter der sein Gesicht glänzte und vor Schweiß triefte.

Als sie Mehuru mit einem Ruck an dem Strick um seinen Nacken vorwärtsstießen, war er äußerst erschrocken über das leichenhafte Antlitz des Mannes und die ekelhaften Büschel stoppliger Haare auf dem Kinn und über dem offenen Kragen seines schmutzigen Hemdes, daß es ihm für einen Moment die Sprache verschlug. Doch dann reckte er sich zu seiner vollen Größe auf und sah dem Mann in die Augen.

»Ich bin Abgesandter der Föderation von Yoruba«, sagte er klar und deutlich. »Man muß mich sofort freilassen, oder es kommt zu einer ernsthaften Vergeltung.« Er wiederholte seinen Satz zuerst auf portugiesisch, der Sprache der Sklavenhändler, und dann in allen afrikanischen Sprachen, die er kannte. »Ich verlange die Freilassung meines persönlichen Dieners sowie meine eigene Freiheit«, sagte er bestimmt.

Der Weiße drehte seinen Kopf zur Seite, hustete und spuckte einen Klumpen von ansteckendem gelbem Schleim in die Gegend. Er nickte einem zweiten Weißen zu, der vortrat. Mehuru zwang sich, nicht zurückzuzucken; der Mann roch widerlich nach Alkohol und nach scharfem, ranzigem Schweiß. Mehuru zog die Luft durch den Mund ein und wiederholte seine Forderung nochmals auf portugiesisch.

Der Weiße fühlte sich zu keiner Antwort bemüßigt. Er grapschte mit seinen schmutzigen Händen in Mehurus Gesicht, zog dessen Lippen hoch, um die Zähne zu begutachten. Mehuru wich ruckartig zurück und stolperte über seine Fußfesseln. »Was fällt Ihnen ein!« schrie er. Sofort packten ihn zwei afrikanische Sklaventreiber von hinten und hielten ihn mit unerbittlich hartem Griff fest.

»Laßt mich gehen!« schrie Mehuru erneut. Er unterdrückte seine aufwallende Angst und sprach in klarem Portugiesisch. »Es handelt sich um einen Irrtum«, warnte er sie eindringlich. »Ich bin Abgesandter der Föderation von Yoruba.«

Der weiße Mann winkte der Wache, ihn festzuhalten, lehnte sich vor und riß Mehurus Lendenschurz beiseite. Er schob die Vorhaut des Penis zurück, um festzustellen, ob er angesteckt war. Dann bedeutete er den Leuten, ihn vornüberzubeugen, damit er sehen konnte, ob sich von der Ruhr Blut in seinem After zeigte.

Mehurus empörter Aufschrei blieb ihm in der Kehle stecken. Als er die dreckigen Finger auf sich spürte, erstickte er fast vor Scham. Siko beobachtete ihn, seine Augen waren vor Entsetzen weit aufgerissen. »Schon gut«, beruhigte Mehuru ihn mit unglaubwürdig klingenden Worten. »Wir werden ihre Vorgesetzten verständigen und alles erklären.«

Es war eine gespielte Tapferkeit, kein echter Mut. In jener Nacht, als Siko sich in Schlaf geweint hatte und mit zuckenden Gliedern den Traum von Freiheit träumte, saß Mehuru still da, mit trockenen Augen und wie versteinert vor Schreck. Die Fingerspuren der Weißen versengten seine Haut, die Erinnerung an ihr bleiches Starren war in sein Gedächtnis eingebrannt. Sie hatten ihn mit ihren fahlen, verwaschenen Augen angeblickt, als sei er ein Nichts, als sei er ein bloßes Stück Fleisch, eine Handelsware. Sie hatten ihn als ein Nichts betrachtet, und Mehuru meinte aus ihren schrecklich transparenten Augen den Tod seiner Individualität herauszulesen. Er glaubte, wenn er das Gefühl dafür verlor, wer er war, wenn er das Gefühl für seine Kultur aufgab, für seine Religion und seine eigenen magischen Kräfte, dann wäre er tatsächlich ein Sklave.

Nur der Gott, die Schlange, war in jener langen einsamen Nacht bei ihm. Mehuru flehte ihn an, ihn vor den Männern, die so weiß wie Geister aussahen, zu retten, und der Schlangengott lachte leise aus seinem langen Schlund heraus: »Alle Menschen sind tote Menschen, alle Menschen sind Geister.« Mehuru fand keinen Schlaf in dieser Nacht, obwohl er äußerst erschöpft war.

Am nächsten Tag wurden die ausgewählten hundert Sklaven in Kanus zusammengepfercht und flußabwärts befördert. Mehuru konnte sich nicht länger auf seine mächtige Stellung als Repräsentant des Alafin der Yoruba berufen. Infolgedessen hielt er nach einer Möglichkeit zu fliehen Ausschau, zu rennen, wie ein Sklave auszureißen – in die Freiheit.

Aber auch das war unmöglich. Weder auf dem Fluß noch als sie am Küstenstrand ausgeladen wurden. Die Sklaventreiber verstanden sich auf ihr Geschäft. Mehuru bemerkte, daß sie im Umgang mit vielen zornigen, verängstigten Menschen Übung hatten. Sie kamen nicht in ihre Reichweite, sondern peitschten ihre Gefangenen aus der Entfernung mit langen Lederriemen in Reih und Glied. Mehuru war wachsam und auf dem Sprung, um seine gesamte aneinandergefesselte Reihe zur Flucht zu bewegen – zur Flucht in Richtung Marktplatz –, wo man in dem allgemeinen Tumult vielleicht Werkzeuge finden würde, um die Ketten zu sprengen, und Speere, um zu kämpfen, und wo man sich anschließend in alle Richtungen zerstreuen konnte. Aber die meisten waren zu lahm, um schnell genug zu rennen, und zu viele kleine Kinder schrien nach ihren aneinandergefesselten Müttern.

Mehuru wartete, täuschte Gehorsam vor und lauerte auf eine Gelegenheit. Sie wurden durch das kleine Dorf auf die Mündung des Flusses zu getrieben und hinunter auf den weiten weißen Strand, wo Boote, Boote der Weißen, an deren Kielen die Wellen leckten, ans Ufer gezogen waren.

Als er das Schiff erblickte, das große Schiff, das, auf und ab tanzend, jenseits der weißen Brecher vor Anker lag, sank sein Mut. Es war das Schiff seiner Alpträume, das ihn nun holen kam. Der heiße, feuchte Wind, der ständig an der Küste wehte, brachte den Geruch des Todes so deutlich herüber, wie er auch schon die Witwen weinen hören konnte. Mehuru starrte auf das Wasser um den Rumpf des Schiffes und bemerkte die schnell aufzuckende Haifischflosse – ganz so wie in seinem Traum. Er schaute zum Bug, von dem er geträumt hatte, daß er so leicht durchs Wasser schnitt, und er ahnte, daß er viele Meilen die Meere durchpflügen würde. Sogar das Tau aus seinem Traum war straff gespannt, wenn das Schiff in seiner Vertäuung hoch und nieder schwang. Es war alles so, wie er es im voraus gewußt hatte.

Verzweiflung packte Mehuru nun. Vor Monaten war das Schiff vor ihm aufgetaucht, er hatte es Segel setzen und irgendwo vor seiner heimatlichen Küste ankommen sehen, und hier lag es also und erwartete ihn. Er schloß die Augen, wie ein Mann seine Augen vor dem Tod schließt, und ließ sich von ihnen wie ein Opferlamm an Bord treiben.

3. Kapitel

Frances Scott, nunmehr Frances Scott Cole, schloß die Tür zu dem Raum, der ihr als Schlafzimmer dienen sollte, und sah sich darin um. Es war ein kahles, einfaches Zimmer ohne jeden behaglichen hübschen Schmuck. Das Bett war ein massives zweischläfriges Himmelbett mit vier Pfosten aus wuchtigem, dunklem Holz mit einem kleinen Nachttisch an der Seite. Waschschüssel und Wasserkrug befanden sich auf einem anderen, dazu passenden Tisch. Dann gab es noch eine Truhe für ihre Sachen und einen Spiegel an der Wand. Es hatte vorher Josiah gehört; nun würde er das Nachbarzimmer benutzen, außer in den Nächten, wenn er es vorzog, bei ihr zu schlafen.

Im Zimmer roch es. Das ganze Haus stank nach dem hochsommerlichen Abfall im Hafenbecken. Lediglich ein heftiger Regenguß oder eine besonders hohe Flut konnte die Luft für Frances, die nicht an diesen stinkenden Flußufern aufgewachsen war, reinigen.

Josiah hatte am Queens Square noch kein Haus erworben; aber er hatte versprochen, bald eines zu finden. Als der Termin der Hochzeit im Juli näher rückte, hatte Frances zugestimmt, die ersten Monate nach der Heirat noch über dem Speicher in den Kaianlagen von Bristol zu wohnen.

Der Raum lag im Halbdunkel. Nur ein bißchen kaltes Mondlicht fand seinen Weg durch das Flügelfenster, noch dazu verfinstert von der überhängenden Felsklippe, die an der Rückseite des Hauses turmhoch aufragte. Sogar am Mittag würde es dunkel und klamm darin sein. Frances stellte die Kerze auf dem Nachttisch ab, ging zum Spiegel hinüber und löste ihr Haar. Ihr Spiegelbild schaute ihr teilnahmslos entgegen. Sie war ein hübsches Kind gewesen, aber das war viele Jahre her. Nun war sie fünfunddreißig, und niemand würde sich bei ihrem Alter verschätzen. Ihre Stirn war zerfurcht, um ihre Mundwinkel hatten sich herabgezogene Linien von Unzufriedenheit eingegraben. Ihre blasse Haut wirkte dünn wie Pergament und trocken, und um ihre dunklen Augen lagen leichte braune Schatten. Ihre Konstitution war sehr zart, geerbt von ihrer Mutter, die an Schwindsucht gestorben war. Am schönsten waren ihre dunklen Haare, die keine grauen Strähnen zeigten. Sie sah so aus, wie sie auch gestern ausgesehen hatte – eine Lady, die sich an einen brüchigen gesellschaftlichen Status klammerte, von unbeständiger Gesundheit, unverheiratet, verarmt und rasch alternd.

Doch eigentlich hatte sich alles geändert. Frances lächelte leicht und nahm die silberne Haarbürste zur Hand. Sie war nun verheiratet, und ein gänzlich neues Leben lag vor ihr. Es schien eine nüchterne Entscheidung gewesen zu sein – der Ehestand mit fünfunddreißig Jahren, wo andere Frauen bereits Matronen mit einer Familie waren. Aber alles war besser, als sich als Gouvernante in einer Stellung von vornehmtuender Knechtschaft zu befinden. Alles war besser, als zu beobachten, wie ihr Platz beim Dinner unerbittlich nach unten ans Ende der Tafel rutschte, bis man sie eines Tages bat, im Kinderzimmer zu speisen, und sie so ganz und gar von der feinen Gesellschaft ausgeschlossen blieb. Es war in der Tat eine nüchterne Entscheidung gewesen – aber es war ihr gar nichts anderes übriggeblieben.

Frances begann ihr Haar zu einem dicken Zopf zu flechten, bevor sie zu Bett ging. Das Hochzeitsdinner war angenehmer verlaufen, als sie erwartet hatte. Lord Scott war so nett gewesen wie immer, obwohl die Anwesenheit seiner kalten, unfreundlichen Frau sich wie ein Frostschauer über alles gelegt hatte. Frances hatte befürchtet, daß Josiah sich rüpelhaft benehmen und betrinken könnte, aber der Abend war so würdig wie bei einem Begräbnis über die Bühne gegangen. Sarah und Josiah hatten allein die Familie der Coles vertreten, so daß Frances' Ängste – daß da Dutzende von vulgären Verwandten aus den alten Bristoler Fachwerkhäusern auftauchten – unbegründet waren. Das Dinner war vorzüglich zubereitet, ein bißchen reichhaltig für nur fünf Personen. Die Weine – wie es sich für Bristol gehörte – schmeckten exzellent.

In dem stickigen, winzigen Empfangszimmer hatte Frances am unteren Ende des Tisches gesessen und, ohne mit der Wimper zu zucken, ewig gelächelt. Jedermann an der Tafel wußte, eine Heirat mit einem Mann wie Josiah war nicht gerade das, was sie sich gewünscht hatte. Und jeder wußte auch, daß sie keine andere Wahl gehabt hatte. Die Kälte in ihrem Herzen spiegelte sich in der kühlen Gelassenheit ihrer Miene wider.

Ihre Gemütsruhe war nur einmal ins Schwanken geraten. Als nämlich Lord Scott beim Abschied ihre Hand ergriff und ihr zuflüsterte: »Gott segne dich, meine Liebe, es ist das Beste, was du tun konntest – unter den Umständen.« Dieses taktvolle Eingeständnis, daß sie verwaist war und ohne einen Pfennig dastand, ließ sie erschauern. »Ich bete, daß sich für dich alles zum Guten wendet«, fügte er hinzu.

Lord Scott konnte in Zukunft nichts mehr für sie tun, wenn es ihr schlechtgehen sollte. Frances gehörte nun Josiah Cole mit Leib und Seele. Sie hatte versprochen, ihm zu gehorchen, bis der Tod sie schied.

»Es wird schon alles gutgehen«, sprach sie sich leise Mut zu. Sie band die Nachthaube unterm Kinn fest und trat auf die kalten Fußbodendielen vor dem Bett. Sie hatte an dem Abend geweint, als ihr Vater starb, und sie hatte die erste Nacht geweint, als sie in einem fremden Haus schlafen mußte, weit weg von der Pfarrei auf dem Lande und weit entfernt von der vornehmen Stellung, die sie als einzige Tochter des Pfarrers genossen hatte. Gegen die Ungerechtigkeit eines Daseins, in dem die Frau vollkommen vom Mann abhängig war, hatte sie seither aufbegehrt. Eine Frau, die ihren Vater verlor, mußte einen Ehegatten finden. Frances hatte nicht geheiratet, als es an der Zeit gewesen wäre, in der kurzen Blüte ihrer Jugend. Sie hatte ihr Ziel zu hoch gesteckt, und ihr Vater war zu stolz gewesen. Er hatte nicht begriffen, daß ein Mann, im Grunde jeder Mann, besser war als das harte Schicksal einer alten Jungfer. Der Tod des Vaters verdammte Frances zum Alleinsein und zur Armut und zu den nicht enden wollenden Kränkungen im Dienst als Gouvernante.

Sie stieg in das breite Bett und legte ihren Kopf auf das schlichte Leinenkissen. Heute nacht würde sie nicht weinen. Sie war eine verheiratete Frau und hatte ihre eigene Dinnertafel, auch wenn es nur ein kleiner Tisch an einer Seite des winzigen Wohnzimmers war. Der Rest ihres Lebens würde davon bestimmt sein, ihre Wünsche den finanziellen Möglichkeiten ihres Gatten anzupassen. Wenn Josiah seinen Weg nach oben machte, würde sie mit ihm aufsteigen; wenn nicht, mußte sie das mit Fassung tragen und froh sein, einen solchen Zufluchtsort wie dieses kleine Haus gefunden zu haben. Sie zog die Decken über die Schulter hoch, als ließe trotz der schwülen Nachtluft die Kälte ihrer Seele jede Pore ihres Körpers frösteln. Sie hatte das Gefühl, daß Tränen oder irgendwelche Empfindungen sie nie wieder aufwühlen würden. Sie war verzweifelt und vor Kummer erschöpft, und sie faßte das irrtümlich als die Gemütsruhe des fortgeschrittenen Alters auf.

Sie hörte ein leichtes Pochen an der Tür zwischen Josiahs Zimmer und dem ihren, und ihr Ehemann, gekleidet in ein einfaches Leinennachthemd, trat mit einer Kerze in der Hand ein. Nachdem er die Kerze auf dem Nachttisch abgesetzt hatte, blieb er unschlüssig stehen und schaute sie an. Ganz offensichtlich wußte er nicht, was er tun sollte.

»Ich hoffe, dir hat das Dinner gefallen«, sagte er unbeholfen.

Frances nickte. »Danke«, sagte sie in ihrem kühlen, gleichbleibenden Ton.

Josiahs marokkanische Lederpantoffeln scharrten auf den Holzdielen. Er blickte äußerst unbehaglich drein. »Die Weine waren ausgezeichnet«, sagte er dann unvermittelt.

Frances bestätigte das.

Dann herrschte Schweigen. Frances bemerkte, daß Josiah vor Verlegenheit Qualen litt. Die beiden wußten nicht, wie ein Ehemann seine ehelichen Rechte einfordern sollte. Keiner von beiden hatte eine Ahnung, wie eine Ehefrau ihr Einverständnis kundzutun hatte. Frances' kleiner trockener Husten machte sich in ihrer Kehle bemerkbar, und sie räusperte sich.

»Es ist schon spät«, bemerkte Josiah.

Dann schlug sie die Decken zurück. »Willst du ins Bett kommen, Gatte?« fragte sie so höflich kühl, als böte sie ihm eine Tasse Tee an.

Josiah lief vor Erleichterung rot an. »Danke«, sagte er. Er schlüpfte aus seinen Pantoffeln und glitt ins Bett neben sie. Einen Moment lagen sie Seite an Seite, wobei sie sich hüteten, einander zu berühren. Dann beugte sich Josiah hinüber und blies beide Kerzen aus. In der Sicherheit, die ihm die plötzliche Dunkelheit bot, erhob er sich über Frances und zog ihr das Nachthemd hoch. Frances lag mit geschlossenen Augen und zusammengebissenen Zähnen still unter ihm. Das war eine Pflicht, der man nachkommen mußte. Josiah fummelte eine Weile ungeschickt herum, dann brabbelte er etwas vor sich hin und drehte sich zur Seite.

»Es klappt nicht recht«, meinte er kurz. »Ich habe zuviel Wein getrunken.«

Frances öffnete die Augen. Sie konnte nur den Umriß seines Profils erkennen. Sie wußte nicht, was man von ihr erwartete.

»Das macht nichts«, sagte er, mehr sich selbst tröstend als seine Ehefrau. »Das wird sich mit der Zeit schon finden. Wir haben keine Eile damit. Schließlich haben wir ja beide nicht vor lauter Verlangen geheiratet.«

Darauf folgte ein langes, ziemlich bedrückendes Schweigen. »Nein«, räumte Frances ein. »Keiner von uns hat das.«

»Guten Morgen, Ma'am«, sagte eine Stimme, und die Vorhänge rasselten auf der Messingstange, als das Hausmädchen sie zurückzog und sie am Ende der Bettpfosten befestigte.

Frances regte sich und schlug die Augen auf. Das Mädchen, das gestern abend das Essen aufgetragen hatte, stand mit einem kleinen Silbertablett vor ihr; darauf befanden sich ein Kännchen mit heißer Schokolade und eine warme Pastete.

Frances setzte sich auf und erhielt das Serviertablett auf die Knie gereicht.

»Danke.«

Das Hausmädchen machte einen Knicks.

»Der Herr sagte, ich soll Ihnen ausrichten, daß er früh fortmußte«, sagte sie. »Aber Miss Cole erwartet Sie im Wohnzimmer unten, sobald Sie sich angekleidet haben. Sie ist bereits dort.«

Frances nickte. Sie ließ sich Zeit, bis das Mädchen wieder verschwunden war, und schlang dann das Frühstück mitsamt der heißen Schokolade hinunter. Sie sprang aus dem Bett und ging zum Wasserkrug hinüber, um sich das Gesicht zu waschen. Plötzlich hielt sie inne und dachte an ihre neue Stellung. Sie war nicht mehr die Gouvernante, die die Treppen hinuntereilte vor lauter Angst, die Dame des Hauses warten zu lassen. Bei dem Gedanken lächelte Frances und schüttete Wasser in die Schüssel. Sie wusch ihr Gesicht und klopfte es trocken; sie genoß das Gefühl von Muße. Ihre Morgengarderobe lag auf der wuchtigen Holztruhe bereit: ein Leinenhemd, ein Morgenkleid aus weißem Musselin, bestickt am Saum, und dazu eine nicht ernst zu nehmende Seidenschürze, um Frances' vorgeblichen Eifer für Hausarbeit anzudeuten.

Die Sachen waren neu. Lady Scott hatte ganze Ballen Stoff spendiert, als der Ehevertrag unterzeichnet war. Ihre gesamte Garderobe war erneuert und aufgebessert worden durch Geschenke ihrer Cousinen und ihrer Tante. Frances war klar, es war das letzte, was ihre Tante je für sie tun würde, und sie nahm die abgelegten Dinge und die Meter von Seide und bedankte sich dafür nicht mehr, als es die Höflichkeit erforderte. In Zukunft mußte ihr Mann für neue Kleider sorgen, und es war im Ehevertrag sogar eine Summe, das sogenannte Nadelgeld, für ihre persönlichen Bedürfnisse ausgesetzt worden. Niemals mehr würde Frances ihre Seidenstrümpfe wieder und wieder stopfen.

Sie streifte das Unterhemd über und drehte sich um, als es an der Tür klopfte und das Hausmädchen erneut erschien.

Frances saß am Toilettentisch und bürstete ihr Haar in gleichmäßigen Strichen mit der silbernen Bürste, und das Mädchen half ihr, es in zwei Zöpfe zu flechten und es mit einer hübschen Spitzenborte für die Haube am Kopf festzustecken. Sie war ziemlich langsam und stellte sich nicht sehr geschickt an. Am Ende fiel ihr sogar die Haarbürste aus der Hand.

»Verzeihung, Mrs. Cole«, sagte sie verlegen. »Ich bin sonst nicht als Zofe beschäftigt.«

»Hat denn Miss Cole ihr eigenes Mädchen?«

»Sie zieht sich selbst an.«

Frances verbarg ihre Überraschung. Sie hatte noch nie gehört, daß eine Lady sich alleine ankleidete, und wunderte sich, wie Sarah wohl mit den feinen, überzogenen Knöpfen auf dem Rücken zurechtkam. Sogar als Gouvernante hatte Frances sich eine Zofe ausgeborgt, die ihr das Haar frisierte und beim Zuknöpfen half. Zum erstenmal wurde Frances gewahr, daß sie auf einer niederen Stufe der sozialen Leiter gelandet war. Das Mädchen schüttelte das Morgenkleid zurecht und hielt es Frances zum Hineinschlüpfen bereit; dann knöpfte sie hinten die zwei Dutzend Perlmuttknöpfe zu und band die Schürzenbänder zu einer Schleife zusammen. Zum Schluß stellte sie die hübschen, wenig strapazierfähigen Schuhchen aus rosa Seide hin.

»Soll ich Sie zum Wohnzimmer runterbringen, Ma'am?«

»Ja«, antwortete Frances.

Sie folgte der Frau die Treppe hinunter. Es ist ein schrecklich enges, dunkles Haus, dachte sie, eingezwängt zwischen einen großen Speicher und einen zweiten kleineren. Die Haustür führte direkt auf den Kai, und eine Hintertür ging auf den Hof, der von dem finsteren roten Sandsteinfelsen überragt wurde. Der war Teil des Gebäudes; man hatte das Haus in die überhängende Felswand hineingebaut. Die Bristoler Lagerräume zogen sich über viele Meilen tief in den roten Felsen hinein und bildeten dort über viele Meilen fortlaufende, höhlenartige Sandsteinlabyrinthe.

Es war beileibe kein Haus für eine Lady. Die Fässer, die über das Kopfsteinpflaster des Kais gerollt wurden, verursachten einen Heidenlärm. Kleinhändler und Hausierer riefen ihre Waren aus und versuchten, sich in dem Geschrei der noch lauter gebrüllten Kommandos von den Schiffen, die ihre Ladung löschten, Gehör zu verschaffen. Frances wußte nicht, ob Josiah eine Kutsche besaß, und sie war sich nicht sicher, ob man ihr erlaubte, entlang der Kaianlagen vor ihrer Haustür spazierenzugehen, ohne ihren guten Ruf zu gefährden. Als Nichte eines Lords mit einem edlen Stammbaum im Hintergrund, aber auch als Frau eines Mannes, dessen Haus nicht größer war als ein Laden, mußte sie sich sogar ihr Auftreten sehr genau überlegen.

Bristol war keine vornehme Stadt; eigentlich bestand sie aus nichts als dem Hafen, aus Kais und nicht aus Bürgersteigen. Jede Straße Richtung Stadtzentrum war im Grunde eine Brücke mit einem Fluß darunter. Die City selbst war eingezwängt zwischen den Ufern des Flusses mit Segelschiffen, deren Masten die Schornsteine der Häuser überragten und deren Bugspitzen fast an die Haustüren stießen. Wenn die Flut hoch stand, schaukelten die Boote hin und her und tanzten auf und ab, und die Matrosen blickten von der Takelage den Leuten ins Schlafzimmer und riefen den Hausmädchen unflätige Wörter hinterher. Bei Ebbe hingegen versanken die Schiffe im stinkenden Schlick des Hafengrundes, und die Abfälle von den Schiffen und die Abwässer der Stadt gluckten träge um ihre Rümpfe.

Das Hausmädchen blieb vor der dunklen Holztür des Wohnzimmers stehen, klopfte leicht an und trat beiseite. Frances drehte den Türknauf und ging hinein. Sarah Cole erhob sich von ihrem Platz am Tisch, ohne ein Lächeln ihres von einer schmucklosen Morgenhaube umrahmten Gesichts.

»Kein Grund zu klopfen«, murmelte sie kalt. »Du bist nun hier die Gebieterin.« Sie legte ihre Hand auf ein großes Schlüsselbund auf dem Tisch. »Das hier sind die Schlüssel vom gesamten Haushalt. Mein Bruder hat mich angewiesen, sie dir auszuhändigen, falls du wünschst, alles selbst zu übernehmen.«

Frances zögerte, und Sarah Cole zeigte auf einen ominösen Stapel von Hauptbüchern mit dunklem Rücken. »Dort sind auch die Haushaltsbücher«, fuhr sie fort. »Ich denke, du wirst alles ordentlich vorfinden. Einmal im Monat habe ich sie immer zur Unterschrift meinem Bruder vorgelegt. Das wird künftig deine Sache sein.«

»Du meine Güte«, entfuhr es Frances.

Das harte Gesicht der älteren Frau strahlte vor Stolz. »Es ist meine Lebensaufgabe gewesen, diesen Haushalt so reibungslos zu führen wie unsere Handelsgesellschaft auch. Die Haushaltsbücher stehen den Rechnungsbüchern in nichts nach. Ich führe beide.«

»Er muß dir sehr dankbar sein«, sagte Frances vorsichtig.

Miss Coles machte eine strenge Miene. »Er hat keinen Grund dazu«, erwiderte sie. »Wirklich keinen Grund«, wiederholte sie. »Ich habe meine Pflicht getan und habe dabei auch mein Vermögen gehütet, was du gewiß auch vorhast, wie ich annehme. Geschäft und Haushalt gehörten zu meinen Aufgaben – sowohl bei meinem Papa als auch bei meinem Bruder, all die Jahre über, seit Mama tot ist. Nun ist es meine Pflicht, die Haushaltsbücher dir zu übergeben.«

Frances ging zum Tisch und öffnete eines an einer beliebigen Stelle. Es war wie von einem Graveur in perfekt gestochener Schrift geschrieben.

»An Mr. Sykes, Metzger … 3 Pfund, 4 Shilling, 6 Pence.« Daneben befand sich ein anderer Eintrag, und ihm folgten Seite für Seite weitere.

Frances blätterte die Seiten um. Sie flatterten vorbei mit den geringfügigen Bargeldsummen vieler Jahre. »Von Rechnungen verstehe ich nichts«, bekannte Frances. »Im Haushalt meines Vaters hat die Köchin das übernommen. Ich habe am Monatsende lediglich den Betrag nachgeprüft. Ich fürchte, ich weiß nicht, wie man das macht.«

Miss Cole zog eine Augenbraue hoch. »Sie hat euch gewiß übers Ohr gehauen«, sagte sie.

»O nein! Die Köchin war bei uns, solange ich denken kann,

und hing an meinem Vater und mir. Sie hätte uns nie betrogen. Sie gehörte doch zur Familie.«

Miss Cole tat das mit einem Achselzucken ab. »Ich weiß nicht, wie es in herrschaftlichen Häusern zugeht«, äußerte sie säuerlich. »Ich bin die Schwester eines Kaufmanns und auch die Tochter eines Kaufmanns. Ich habe keine Dienstboten, die zur Familie gehören. Ich bin es gewohnt, deren Arbeit zu kontrollieren, und wenn ich eine Unregelmäßigkeit entdecke, dann gebe ich ihnen den Laufpaß.«

»Es war kaum ein herrschaftliches Haus, sondern eine kleine Landpfarrei auf Lord Scotts Besitzungen.«

»Ich wurde in der Hütte eines Kohlengräbers geboren«, erwiderte Miss Cole schneidend. »Ich denke, dein Landpfarrhaus wäre mir sehr großartig vorgekommen.«

Frances ließ eine Pause. Diese Frau würde sie täglich um sich haben; selbst wenn sie umzögen, käme sie mit. Sie würden zusammenleben, sie wäre bis ans Ende ihrer Tage immer da. Sie zwang sich zu einem Lächeln. »Es gibt so viel, was ich nicht weiß, was euer Leben und das Geschäft betrifft«, sagte sie. »Ich hoffe, du wirst mir alles beibringen, Miss Cole, und mir helfen, daß ich meinen Teil des Vertrages erfülle und deinem Bruder eine gute Frau bin.«

Das Gesicht ihrer Schwägerin blieb hart. »Ich weiß nicht, was du für einen Vertrag gemacht hast. Ich weiß nicht, wozu er eine Frau brauchte, und noch dazu so eine wie dich.«

Angesichts dieser schroffen Offenheit blickte Frances irritiert drein. »Na, das nenne ich in der Tat ehrlich gesprochen!«

Sarah nickte. »Ich sage immer, was ich denke. Ich bin die Tochter eines einfachen Kaufmanns.«

»Du wolltest also nicht, daß er heiratet?« fragte Frances couragiert.

»Wieso sollte ich das wollen? All die Jahre haben wir zusammengelebt und gemeinsam für die Firma gearbeitet. Wir haben sie großgemacht und es von einem Schiff auf drei Schiffe gebracht. Den Handel und unseren Gewinn haben wir verdreifacht. Und nun will Josiah ein Stadthaus und eine elegante

Lady als Frau. Aber wer soll das alles bezahlen? Sollen wir neuerdings unser Geld für Häuser aus dem Fenster werfen? Was bringen die denn ein? Und was bringst du ein?«

Frances schnappte nach Luft. Sie fühlte, wie ihr Herz über diese unverblümte Rede ihres Gegenübers vor Pein pochte. »Wirklich … Miss Cole …«

»Du hast gefragt, und ich habe geantwortet«, sagte die Schwägerin störrisch.

Frances griff sich an die Kehle. »Ich hoffe, daß du nicht zu meiner Feindin wirst«, flüsterte sie.

Sarah Cole beäugte Frances' weißes Gesicht und zuckte die Schultern. »Welchen Sinn hätte das?« sagte sie. »Schließlich ist das Ganze eine geschäftliche Vereinbarung. Aber du solltest meine Rechnungsbücher lieber nicht verwalten, wenn du keine Ahnung davon hast.«

»Würdet du sie lieber weiterführen?« fragte Frances. »Zumindest bis ich gelernt habe, wie man es macht. Wäre es dir recht, wenn du sie wie bisher weiterführtest und ich dir dabei über die Schulter schaue und alles von dir lerne?«

»Wenn du das wünschst, wäre es gewiß so am besten.«

»Ich habe nicht die Absicht, dich von deinem Platz zu verdrängen«, stieß Frances hastig hervor. »Noch möchte ich Streit in diesem Haus.«

»Du wirkst auch nicht gerade streitsüchtig«, entgegnete Sarah mit bitterem Humor.

Frances wurde rot, als sie lächelte. »Das bin ich wirklich nicht! Ich kann weder Streit ertragen noch mag ich, wenn sich Leute anschreien.«

Sarah nickte. »Verstehe. Du leidest an Überempfindlichkeit.«

Frances, die noch nie gehört hatte, daß man das als ein Gebrechen bezeichnete, lachte leicht verunsichert auf. »So wurde ich eben erzogen«, sagte sie.

»Na gut, ich bin keine Lady, und ich danke Gott dafür«, sagte Sarah. »Aber ich werde das berücksichtigen. Du hast von mir nichts zu befürchten. Jetzt werde ich dir das ganze Haus zeigen«, fuhr sie fort und wandte sich sogleich um. »Du kennst bisher nur das Wohnzimmer hier und dein Schlafzimmer oben.«

Es gab nicht viel zu sehen. Das Wohn- und Empfangszimmer in einem nahm im ersten Stock die ganze Tiefe des Hauses ein, wobei man aus den vorderen Fenstern auf den Kai blickte; nach hinten ging es auf den alles überschattenden Felsen hinaus. Es gab einen kleinen Eßtisch mit sechs harten Stühlen, wo Miss Cole am Tage arbeitete und wo mitten am Vormittag das Frühstück serviert wurde, das Dinner am Nachmittag und das Abendbrot spätabends. Zwei geradlehnige Sessel standen zu beiden Seiten des Kamins. Dort war auch Miss Coles Handarbeitskästchen. Die Wände waren mit Kalk getüncht und ohne Bilder oder anderem Dekor, die Dielen bestanden aus einfachem, gewachstem Holz. Lediglich vor der Feuerstelle lag ein dünner Kaminvorleger.

Der seitlich sich anschließende Raum, Josiahs Kontor, war noch schlichter. Man überblickte von dort aus auch den Kai; vor den Fenstern gab es aber nicht einmal Vorhänge, sondern nur bedrohliche, schwarz gestrichene Jalousien. Josiahs Schreibpult mit einem großen Kapitänssessel aus Holz befand sich vor dem Fenster links vom Kamin. Ein weiterer Sessel mit einem kleinen Tisch stand direkt vor dem Kamin. An den Wänden hingen drei Landkarten, eine von der Südküste Englands, eine von der Westküste Afrikas – nicht mehr als eine sich windende gestrichelte Küstenline und ein vollständig leeres Landesinnere –, und die dritte war eine Navigationskarte der Untiefen und Strömungen um die Westindischen Inseln. Das war alles. Frances, die von der Tür her den spartanischen Raum in sich aufnahm, fragte sich, was die Coles wohl zu ihrem Vergnügen unternahmen, wo sie ihre Freunde empfingen und unterhielten. In keinem Raum ließ sich etwas Privates aufspüren, alles deutete ausschließlich auf ein Leben in Arbeit hin.

Miss Cole warf einen sehnsüchtigen Blick aus dem Fenster, bevor sie sich abwandte. Unmittelbar darunter wurde am Kai das Schiff der Reederei Cole, die *Rose*, gelöscht. Sarah Cole hätte wohl lieber deren Profit in das Hauptbuch eingetragen.

Im Stockwerk darüber lagen die Schlafzimmer. Josiahs und Miss Coles Räume gingen auf die Docks hinaus; Frances' Zimmer auf der Rückseite war ruhiger und wurde von dem roten Sandsteinfels beschirmt. Wenn sie das Fenster öffnete und sich hinauslehnte, konnte sie auf den kopfsteingepflasterten Hinterhof blicken, den man von der Küche aus betrat und der von den hohen Mauern des Speichers eingeschlossen war. Und jenseits kamen dann die krummen kleinen Gassen zum Vorschein, die vom Hafenbecken zur Kirche St. Mary Redclift oben auf dem Hügel führten. Zu ihrer Linken tauchte der hohe Schlot der Bleikugelgießerei auf. Zur Rechten, höher als die Kirchturmspitze, befand sich die dicke brennofenförmige Esse der Glashütte. Unaufhörlich herrschte ein ohrenbetäubender Lärm, der Krach von der Metallfabrik und das Dröhnen und Rasseln der Schmelzöfen. Der saure, giftige Geruch nach Blei hing über dem ganzen Viertel.

Über diesem Stockwerk lagen die Dachkammern für die Bediensteten und der Wäsche- und Vorratsraum. Mit verhaltenem Stolz zeigte Miss Cole ihrer Schwägerin die ganze dürftige Armut der Räumlichkeiten und führte sie wieder nach unten zum Eingang und in den Flur.

Dieser war hoffnungslos düster, das einzige Licht fiel durch eine verrußte, fächerförmige Lünette über der Haustür. An seinem hinteren Ende befand sich der Zugang zur Küche. Sie konnten hören, wie jemand Teig auf einem Brett durchknetete und dabei leise vor sich hin sang. Es war der erste fröhliche Laut in dem sonst finsteren, trübsinnigen Haus.

Beim Klang der sich nähernden Schritte von Miss Cole brach der Gesang sofort ab, und das Schlagen des Teiges wurde lauter und rascher.

Sarah Cole öffnete die Küchentür und ließ Frances zuerst eintreten. »Hier ist eure neue Herrin, Mrs. Cole«, sagte sie schroff und ließ ihre Augen prüfend durch die Küche wandern.

Die Köchin – bemehlt bis zu den Ellbogen – machte einen Knicks, und das Hausmädchen für die oberen Regionen, Brown, erhob sich vom Tisch, wo sie gerade das Silber und die

Gläser polierte. Eine kleine bucklige Küchenmagd huschte vom Hinterhof herein und wischte sich die Hände an einer Schürze aus Juteleinen ab, machte einen Knicks und starrte die neue Herrin an. Frances lächelte sie alle unvoreingenommen an.

»Mrs. Allen ist die Köchin hier. Das Hausmädchen heißt Brown. Mrs. Allen geht die Mahlzeiten für jede Woche mit mir durch und legt mir die Haushaltsrechnungen vor.« Sarah warf von der Seite her einen raschen Blick auf Frances. »Du kannst bei der Gelegenheit dabeisein. Wie immer jeden Montag nachmittag, wenn es dir recht ist!«

»Wunderbar«, stimmte Frances höflich zu.

Die scheue kleine Küchenmagd blieb gänzlich unbeachtet.

»Ihr könnt mit der Arbeit fortfahren«, ordnete Miss Cole barsch an und ging den Weg von der Küche voran durch den winzigen Flur hinauf ins Wohnzimmer.

Sie setzte sich an den Tisch und zog eins der Hauptbücher zu sich heran. Dann griff sie zur Feder. Frances nahm in ziemlicher Verlegenheit auf der schmalen Fensterbank Platz und schaute auf den Kai.

Die Flut war da, und der widerliche Gestank des Schlicks hatte etwas nachgelassen. Die Sonne funkelte über dem Hafenwasser, und quecksilbrige Lichter vom Wasser spiegelten sich tanzend an der Zimmerdecke. Der Kai war voller Leute, die handelten, die die Schiffe be- und entluden, die mit Waren hausierten, Tauwerk ausbesserten und die Decks der auslaufenden Schiffe mit stinkendem heißem Teer aus großen dampfenden Fässern kalfaterten. Das Schiff der Coles, die *Rose*, wurde immer noch gelöscht; ihre Fracht, große volle Fässer mit Rum und Zucker, wurde am Kai aufgestapelt. Der intensive Geruch eines solchen Handelsschiffes wehte Frances selbst hinter den geschlossenen Fenstern an und setzte sich sogar im ganzen Haus fort: Zucker, Kloake und Leid. Wie sie so hinunterstarrte, sah sie, wie Josiah bekräftigend auf eins der Fässer schlug, dann in die hohle Hand spukte und einen Handel mit einem anderen Mann durch Handschlag besiegelte.

Sarahs Feder kratzte über das Papier. Im Raum war es stickig und heiß, denn die Fenster hielt man wegen des Gestanks und Lärms von draußen fest geschlossen.

»Ich sollte ein bißchen an die Luft gehen«, sagte Frances nach einer Weile. »Ich will einen Spaziergang machen und die Stadt ansehen.«

Miss Cole schaute auf und hielt dabei ihren Finger fest auf der Zeile, wo sie war. »Brown wird dich begleiten müssen. Du kannst auf dem Kai nicht allein langlaufen.«

Frances nickte und stand auf. »Gut, gut.«

Sarah schüttelte den Kopf, ohne diesmal ihre Augen vom Buch zu lösen. »Brown ist jetzt im Haus beschäftigt. Du mußt also vermutlich bis zum Nachmittag damit warten.«

Darauf folgte ein kurzes Schweigen.

»Ich sehe Mr. Cole da unten am Kai«, sagte Frances. »Kann ich nicht zu ihm hinuntergehen?«

Sarah ließ kurz von ihrer Arbeit ab. »Er ist mit seinen Geschäften befaßt. Jetzt hat er keine Zeit für dich, und die Männer, mit denen er da zu tun hat, sind nicht von der Sorte, mit denen er dich gern bekannt sehen würde. Es sind keine Gentlemen. Du mußt Geduld haben. Du bist keine Lady mehr, die sich nur dem Müßiggang widmen kann«, erlaubte sich Miss Cole gehässig zu äußern. »Du kannst hier nicht deinen Launen nachgehen.«

»Nein«, antwortete Frances und wandte ihre Aufmerksamkeit wieder den Vorgängen auf dem Kai zu. »Ich sehe, daß das nicht geht.«

Die meisten Matrosen hatten ihre Heuer erhalten und das Schiff verlassen, nur der Kapitän und ein anderer Mann mit einem schmuddligen kleinen Zopf beobachteten die Segelmacher, die die zerfetzten Segel aus den Kästen zerrten und sie auf dem Dock ausbreiteten. Josiah inspizierte die abgenutzten Leinwände und gab seine Zustimmung, alles auf einem Lastschlitten zusammenzubinden. Darauf legten sich die Männer die Seile über die Schulter und machten sich daran, den Schlitten wegzuziehen.

Frances nahm Josiah von ihrem günstigen Aussichtspunkt aus in einer seltsam verkürzten Perspektive wahr, als wäre er nicht ein mächtiger Mann in einer Männerwelt, sondern ein kleiner Mensch, der sich abstrampelte.

»Es ist befremdlich, wenn ich sehe, wie ihr euer Geld verdient«, sagte sie gedankenlos und errötete sogleich vor Verlegenheit. »Verzeih! Ich sprach, ohne weiter nachzudenken.«

»Für mich ist das ganz und gar nicht befremdlich«, bemerkte Miss Cole. Sie hatte es nicht als Kränkung aufgefaßt, wie Frances befürchtet hatte. »Die meiste Zeit meines Lebens habe ich in diesem Haus verbracht. Ich habe darauf gewartet, daß unsere Schiffe einliefen, und ich wußte stets, welchen Gewinn oder Verlust sie auf jeder Überfahrt machten. Bereits als Kind von neun Jahren habe ich mich um nichts anderes gekümmert. Das Schiff da draußen, die *Rose*, hat sich bestens bewährt.«

»Welch ein hübscher Name«, sagte Frances.

Miss Cole zeigte ihr dünnes Lächeln. »Seit unserem ersten Schiff, einem gekaperten französischen Handelsschiff namens *Marguerite*, tragen all unsere Schiffe Namen von Blumen«, sagte sie. »Marguerite bedeutet Daisy auf englisch, wie du weißt. Wir besitzen jetzt drei: die *Rose*, die hier vertäut liegt, die *Daisy*, die auf den Westindischen Inseln sein sollte und die *Lily*, die vor einigen Monaten hier im Hafen war und in Afrika Fracht nehmen sollte, so Gott will.«

»Du sagst ›sollte‹ in beiden Fällen … Weißt du nicht genau, wo sie sich befinden?«

»Woher sollte ich das wissen? Ich weiß genau, wann sie Segel setzten, und ich weiß, wann sie fällig sind, aber zwischen ihrem Bestimmungsort und dem Heimathafen liegt der unermeßliche und höchst gefährliche Ozean. Wir müssen abwarten. Der größte Teil des Lebens eines Überseekaufmanns besteht aus Warten, währenddessen darf er sich nicht in die Karten gucken lassen.«

»Bist du jemals mitgesegelt?«

»Kein Mensch von Verstand würde nach Afrika segeln«, antwortete Miss Cole. »Das ist eine Todesfalle.«

»Und woandershin?«

Miss Cole wandte sich vom Fenster ab und wieder ihren Büchern zu. »Kommt nicht in Frage«, sagte sie irritiert. »Welchen Handel sollte es sonst noch geben?«

»Ich weiß nicht«, meinte Frances. »Ich dachte, vielleicht Indien oder China.«

»Wir sind hier in Bristol«, erklärte Miss Cole geduldig wie zu einem Kind. »Im Herzen des Zuckerhandels. Wir treiben Handel mit Westindien und den beiden Amerika. Damit hat mein Vater sein Vermögen gemacht, und damit werden wir das unsere machen.«

»Nur mit Zucker?«

»Es gibt kein lukrativeres Geschäft«, sagte Miss Cole bestimmt. »Der Handel wirft viel ab.«

»Aber er ist so unsicher.«

»Wir vertrauen auf unsere Fähigkeiten«, sagte Sarah andächtig. »Und wir alle befinden uns in der barmherzigen Hand Gottes.«

Sie wußten sich nicht in der Hand eines barmherzigen Gottes. Sie waren weit weg von jedem Gott. Sie lagen sehr eng zusammen, nebeneinandergestapelt, Seite an Seite wie gefällte Baumstämme in einem Holzstoß. Wenn das Schiff schlingerte, dann rollten sie schwer in eine Richtung, prallten auf und quetschten sich, und wenn es im heftigen Seegang stampfte, rollten sie wieder zurück. Wenn es sich über einer gewaltigen Welle aufbäumte und dann herabstürzte, war es, als würden ihnen, so zusammengepfercht in einer groben Holzkiste, die mit jeder Welle immer wieder auf dem Boden aufschlug, alle Rippen gebrochen. Innerhalb eines Tages waren sie grün und blau von dem Aufprall auf die Planken, innerhalb einer Woche war die Haut aufgerieben. Bei schwerem Seegang ergoß sich die See von Deck durch die Grätinge in den Laderaum, wo sie lagen, und die Exkrementenkübel kippten um, und der ganze Dreck schwabbte um sie herum. Bei Schlechtwetter erhielten sie keine Nahrung, und diejenigen, die sich nicht vor Seekrankheit erbrachen oder bereits an Typhus erkrankt waren, quälte nun der Hunger. Bei ruhiger See wurden sie an Deck getrieben; sie torkelten hoch und mußten sich unter einem strahlenden, gleichgültigen Himmel waschen und mit einem einzigen schmutzigen Lappen trockenreiben. Ein Mann paßte auf, daß sie ihren Mund mit Essig und Wasser ausspülten und es durch das Netz in die mächtigen Wellen spuckten, die unaufhaltsam vom fernen Horizont her gegen das kleine Schiff rollten, so hoch wie ein Berg. Es war ein Alptraum, ein langer unglaublicher Alptraum, der mit jedem Tag bedrückender wurde.

Zunächst hatte Mehuru angenommen, die Mannschaft bestünde aus Geistern und daß er beim Anblick des Schiffes gestorben sei und es sich nun um eine lange Strafe nach dem Tode handelte. Die Haut der Schiffsbesatzung war dermaßen bleich, und ihre Augen waren leer und ohne Farbe oder Wärme. Mit ihrer fürchterlichen Häßlichkeit konnte er sich kaum abfinden. Sie sahen nicht wie Männer aus und handelten nicht wie solche, sondern benahmen sich so, als würden sie eine besondere Spezies darstellen und anders als Mehuru, als Siko und die zweihundert Gefangenen an Bord sein. Sie stießen sie herum mit Knüppeln, sie peitschten sie aus mit kalter Grausamkeit. Keinmal schauten sie in ihre Gesichter, niemals kreuzten sich ihre Blicke. Sie strahlten eine derart frostige und widernatürliche Gleichgültigkeit aus, daß Mehuru fühlte, wie seine ganze Seele erstarrte und vor ihnen zurückschreckte. Das konnten keine Menschen sein.

Der Ratschlag des Schlangengottes wurde immer düsterer. Die Stimme wurde schwächer und kraftloser, je weiter sie sich entfernten. Eines Tages stieg in Mehuru die fürchterliche Gewißheit auf, er habe nun seinen Berater ganz verloren. Ihn verließen die magischen Kräfte, die ihn zurückgeholt hätten. Die Götter verstreuten sich, und Mehuru konnte kein Opfer darbringen. Er hatte keine Lieblingsschlange zum Haustier, die er füttern konnte, er hatte keinen Rauch, um die Gottheit zu besänftigen, oder Knochen, mit denen sie spielen konnte. Das einzige, was ihm blieb, war zu träumen, daß er dem Gott Vergnügen bereitete und ihm seine tiefsten Gedanken anvertraute. So lag der Schlangenpriester in der pechschwarzen Finsternis auf dem Rücken, der sich an den schwitzenden Planken wundrieb, in dem schwappenden Schmutz des Kielraums, und erschuf sich in seiner Phantasie eine makellose Blume, eine Blume von einem Hibiskusstrauch in hellem Scharlachrot, gekräuselt wie Seide. Dann malte er sich eine mit Juwelen geschmückte Schlange aus und überreichte ihr die Blume in einer Schale aus weißem Ton, übersät mit winzigen blauen Steinen.

Diese drei Phantasiegebilde waren fast zuviel für ihn: die glitzernde Schlange, die prächtige Blume und die weiße Schale mit dem blauen Muster. In der schweißtreibenden Marter des schwarzen Laderaums – mit Gefährten, die rings um ihn starben – schloß Mehuru die Augen und beschwor drei makellos vollkommene Formen: Gott in einer Blume, Gott in einem Tier, Gott in einem Menschen, und alle führten seine Hände, damit er mit Tonerde und kleinen blauen Steinen arbeitete.

In der Dunkelheit gab es keine Möglichkeit festzustellen, wie die Zeit verstrich. Gelegentlich wachte Mehuru auf und dachte, daß er vielleicht gestorben sei und daß der Glaube der Yoruba, nach dem man bei den Menschen bleibt, die man liebte und über sie wachte, durch und durch falsch war. Das Leben nach dem Tode bestand aus einem beständigen Rollen und Stampfen, aus Hitze und Gestank und dem Grauen, gegen Kranke geschleudert zu werden, denen man nicht helfen konnte. Es war kein anderes Gefühl da als Haß auf sie, weil sie einen andauernd so grob stießen, und Hunger auf ihren Anteil der Nahrung.

Manchmal öffneten die Matrosen die Lukendeckel und brüllten in die Finsternis hinunter, daß die Gefangenen heraufkommen sollten. Im Sonnenlicht schmerzten die Augen, und sie mußten an Deck stehen, während ein Mann die Trommel schlug und ein anderer mit der Peitsche knallte. Mehuru sah sie mit äußerster Verwunderung an. Die Matrosen wollten, daß sie tanzten. So folgsam wie idiotische Kinder – mit den

Gewehren ringsum und den schnalzenden Peitschen, die den Takt angaben. So schlurften und hopsten sie herum, während andere den Auftrag hatten, den Laderaum zu säubern und die Toten und Sterbenden über Bord zu werfen. Der Schlangenpriester versenkte sich tief in sein inneres Selbst, während sein Körper hüpfte und tänzelte.

Wenn die Bewegung wegen ihrer Gesundheit angeordnet war, war es für Mehuru unbegreiflich, warum sie so kärglich ernährt wurden. Wenn ihre Wärter sie gesund und stark haben wollten, warum ließen sie so viele wegen Wassermangels in der unerträglichen Hitze des Laderaums krank werden. Sie ließen Eimer mit abgestandenem warmem Wasser herunter und verdorbene Yamswurzeln, die von Insekten nur so wimmelten. Nicht genug Wasser und nie genug zu essen. Sie hatten über zweihundert Männer an Bord, und irgendwo auf dem Schiff hielten sie noch Frauen und kleine Kinder gefangen, möglicherweise nochmals hundert. Allein aus Mehurus Ladefach unten waren bereits fünf Mann tot. Einer hatte sich selbst über Bord gestürzt, zwei waren erkrankt, einer war zu Tode geprügelt worden und nicht wieder zurückgekehrt, und der letzte hatte Nahrung und Trinken verweigert und die anderen jeden Tag beim Essen beobachtet, bis er dahingestorben war. Mehurus Vorstellungskraft reichte nicht, das ganze Ausmaß zu erfassen. Er kam überhaupt nicht darauf, daß man damit rechnete, von den mehr als dreihundert Verschifften am Ende nur etwa zweihundertvierzig Überlebende zu haben. Es war nicht notwendig, daß sie alle überlebten! Es ging hier um etwas, das sich kaufmännisch rechnen mußte. Mehuru kam es gar nicht in den Sinn, daß sein Leben als Verlust abgebucht werden konnte.

Er begann die Ankunft der Essenkübel zu fürchten. Wenn sie sich zu zehnt um einen Kübel scharen mußten und mit ihren schmutzigen Händen aßen, erkannte er, wie viele bereits vom Tode gezeichnet waren. Das waren diejenigen, die tatenlos zusahen und einander nicht wegdrückten, um an die Nahrung zu gelangen. Mehuru nahm sich eisern vor, um seinen Teil zu kämpfen und dann seinem Nachbarn zur Rechten etwas abzugeben. Er hatte sich das als eine Art Pflichtübung auferlegt, nicht als einen Akt der Liebe. Er dachte, er würde nie wieder jemanden lieben, niemals in seinem Leben.

Als Mehuru gegessen und der langsam vor sich hin sterbende Mann neben ihm seinen wabbligen Haferbrei heruntergemummelt hatte, schloß er die Augen und versuchte, das Bild einer makellosen winzigen Schlange als ein Opfer für den Gott herbeizuzaubern.

Er wußte, daß sein Geist noch intakt war, wenn er die Schlange leicht und ohne Widerstand herbeirufen konnte. Sie war wichtiger für ihn als das Schiff, lebendiger als die feuchtkalte Berührung des sterbenden Mannes neben ihm. Die Schlange öffnete ihren Mund und sang für ihn, als Mehuru seine Haut naß vor Schweiß werden fühlte und seine Seele sich davonstahl und der Finsternis entschlüpfte. Er wußte, er müßte im Wachzustand verharren, um auf Siko aufzupassen; aber er hatte Siko, seit sie losgesegelt waren, nicht mehr gesehen – außer einmal an Deck. Er lastete es sich an, seine Pflicht ihm gegenüber verletzt und sich einer tödlichen Sünde schuldig gemacht zu haben, da er den Jungen in Gefahr gebracht hatte. Aber er konnte sich nicht wach halten, nicht auf seinem Posten ausharren. Als sie weiter und weiter westwärts segelten, sank der Schlangenpriester in eine tiefe, tödliche Teilnahmslosigkeit.

Er hatte keine Ahnung, wie lange sie unterwegs waren, aber als sie zum Tanzen an Deck kamen, wurden mehr schlaffe Körper über Bord geworfen, und es waren jedesmal weniger, die da noch tanzten. Mehuru hielt still Ausschau nach den Kindern, nach den Kleinen, die man aufs Schiff geschleppt hatte, rund wie schöne Beeren und so dunkel glänzend wie das heilige Holz des Maulbeerbaums. Sie waren nun dünn und manche krank, aber am schlimmsten war, daß das strahlende Leben aus ihnen herausgesickert war. Sie schrien nicht mehr wie verzweifelte, flügge gewordene Kleine nach ihren Müttern, es waren verlorene Kinder. Ob sie lebten oder starben, es würde eine Lücke in ihrer Seele geben, die durch nichts zu ersetzen war. Wie sollten sie Achtung vor ihren Vätern haben und wie ihre eigenen Kinder lieben, wenn ihre mächtigste Erinnerung in Verzweiflung übergegangen war?

Mehuru nahm an, daß etwa vierzig seiner Leidensgefährten gestorben waren und zwei Mann von der Schiffsbesatzung, als das Geräusch des Schiffes sich eines Nachts veränderte. Es gab eiliges Gerenne an Deck über ihm und schroffe Kommandos und besorgtes Gebrülle, und dann endete das mächtige schlingernde Gieren schließlich, und er hörte das Krachen, als die Ankerkette schnell von unten die Hussing hochgezogen wurde und das Schiff eine Kralle in das Bett des Ozeans auswarf und darauf ruhig zum Stillstand kam. Wie zum Tanzen brachte man sie nach oben, aber dann wurden ihnen Fesseln angelegt, von den Armen zu den Beinen, und sie wurden am Hals aneinandergebunden. Der Kapitän, noch bleicher als zuvor und dünner von der Seereise, sah sich jeden zitternden schwarzen Mann und jede Frau und jedes Kleinkind an, bevor er sie in Reih und Glied aufstellen ließ und an die Kette legte. Einige, einige wenige, winkte er unter Bewachung eines Matrosen zur Seite, der ihnen lässig eine Muskete an die Köpfe hielt. Mehuru dachte an die Unzuverlässigkeit der nach Afrika verkauften Musketen und fragte sich, ob das nicht eine günstige Gelegenheit sei, sich auf den Mann zu stürzen. Doch als er sich umschaute, wohin er fliehen könnte, fühlte er sich schlimmer dran als je zuvor auf der langen Fahrt. Sie befanden sich nicht mehr vor der Küste Afrikas. Wo immer sie nun angekommen waren, es war ein Land, das er nicht kannte.

Ihn verließ der letzte Rest an Mut, und als der Kapitän ihn zu der kleinen Gruppe herüberwinkte, ging er widerstandslos wie ein Kind zu denen hin, die bereits ausgesondert waren. Siko sah er zum letztenmal, als der Junge ergeben zu der langen Kette hinhumpelte und seinen Nacken in den Halsreifen beugte. Mehuru rang nach einem Laut aus seiner Kehle, um ihn zu rufen, um ihm alles Gute zu wünschen, ihm zu versichern, daß er zurückkäme, um ihn vielleicht zu finden. Aber er blieb stumm. Siko schaute ihn an, ein langer vorwurfsvoller, verzweifelter Blick, und Mehuru brachte noch immer keinen Ton über die Lippen. Er schlug die Augen nieder und wandte sich ab, und als man ihnen befahl, wieder in den Laderaum zurückzukehren, ging er, ohne sich umzudrehen, vorbei. Als sie ihn in die befremdlich leere Buchte brachten, um ihn zu fesseln, streckte er die Handgelenke vor wie ein törichtes, zutrauliches Kind.

Eine übergroße Sehnsucht nach seiner Heimat überfiel ihn so schmerzlich, daß er – krank bis ins Innnerste – zu sterben glaubte. Er lag im Dunklen, weigerte sich, die Augen zu öffnen und wies die Nahrung von sich. Die kleine Gruppe von zwanzig Menschen wurde weiterhin dort unten gefangengehalten: Zwei andere Männer, gefesselt und mit Fußeisen wie er angebunden, und fünf Frauen mit Halseisen und längeren Ketten, so daß sie sich zwar etwas bewegen, allerdings nicht die Männer erreichen konnten. Die kleineren Kinder liefen frei herum, zwei waren noch recht wacklig auf den Beinen. Die restlichen – von vier Jahren aufwärts bis zum Jugendlichen – trugen leichte Ketten an den Handgelenken und den Fußknöcheln.

Eine der Frauen rief Mehuru zu, doch etwas zu essen, aber er wandte seinen Kopf ab und schloß die Augen. Ein Kleines torkelte unsicher durch den schlammigen Dreck, der den Boden überflutete, und brachte ihm eine Schale. Mehuru sah frische Früchte – die ersten, die er nach der zweimonatigen Reise erblickte, und doch ließ er sich nicht von seinem Verlangen überwältigen. Er würde nichts essen. Man hatte ihn der Heimat und seines Volkes beraubt. Man hatte ihn seines Dieners beraubt und auch seiner Pflicht, ihn zu beschützen. Man hatte ihm sein Leben geraubt. Er wollte nicht mehr leben.

Tage vergingen, und das Schiff segelte immer noch nicht weiter. Sie wurden an Deck befohlen und mußten sich dort einen kleinen Schutz gegen die Sonne bauen. Wie Hühner wurden sie in einem Gehege auf Stroh gehalten. Unten arbeiteten sie, um den Dreck von zweihundert Menschen zu beseitigen, die für fast sechzig Tage wie Tiere dort eingepfercht gewesen waren. Sie kratzten die Exkremente zusammen und den

Schmutz, und dann erschien der Kapitän mit einem Taschentuch vorm Gesicht unter Deck und entzündete Räucherkerzen mit Kampfer, die Tag und Nacht brannten und dennoch nicht den Gestank wegnahmen.

Mehuru wollte nicht reden. Er aß jeden Tag ein bißchen Reis und trank ein wenig frisches Süßwassser. Als die Frauen ihn nach seinem Namen fragten oder freundschaftlich seine Hand berührten und das Leid teilen wollten, drehte er sich weg. Nichts sollte ihn mehr ans Leben binden.

Die Matrosen wohnten auf dem Schiff und arbeiteten bei Tage, sie nahmen Fracht an Bord und bereiteten es für die nächste Fahrt vor. In ihren langen Pausen kamen sie die Frauen holen. Diese kehrten dann übel zugerichtet zurück und manchmal mit Blutflecken, den Kopf zwischen den Händen. Der an Händen und Füßen gefesselte Mehuru wandte vor dem Entsetzen in ihren Gesichtern den Kopf ab.

Eine Frau kehrte überhaupt nicht mehr zurück, und danach war es den Matrosen untersagt, sie zu belästigen. Die Kleinen vermißten sie sehr, denn sie hatte mit ihnen gespielt, sie gefüttert und ihnen etwas vorgesungen. Ohne sie schienen sie noch mehr verloren. Ein kleines Mädchen hockte den größten Teil des Tages neben Mehuru und stieß mit dem Kopf sanft gegen die Decksplanke. Mehuru lag mit geschlossenen Augen da, wobei das Holz unter ihm von dem stetigen Schlag wie eine Trommel dröhnte.

Der Kapitän kam erneut an Bord, und das Schiff setzte Segel, nur halb beladen mit großen Fässern von Zucker und Rum. Das kleine Mädchen verschwand, sie holten es eines Tages weg, aber Mehuru hörte immer noch das Bum-bum-bum seines Kopfes auf Holz. Es schlug wie ein Herz, es trommelte wie eine Anklage.

Er schloß die Augen und verweigerte den Reis, trank nur Wasser. Er fühlte sich wegtreiben. Keiner der Gegenstände, die ein Obalawa mit sich führen sollte, war vorhanden, und er konnte seinen Vätern nicht ankündigen, daß er ihre Hilfe brauchte, um hinüberzugelangen. Er nahm an, der Baum mit seinem Geist war vom Sturm gebeugt worden und zerbarst vielleicht; er betete, daß er umstürzen möge, so daß sein Geist aus ihm entfliehen und er sterben könne.

Der Schlangenpriester bereitete sich darauf vor, sich jenen zuzugesellen, die sich niedergesetzt hatten, um zu sterben, und dabei mit leeren Augen in die Finsternis starrten. Er fürchtete, seine Väter nicht zu finden, wenn er so verendete. Einzig der Schlangengott hatte ihn mit seinen riesigen glänzenden Augen gesehen und würde wissen, wo sein Sohn weilte, fortgeschleppt weit weg über das große Wasser.

4. Kapitel

Josiah kam gegen Mittag nach Hause zurück, um ein Glas Porter und ein Stück Pastete zu sich zu nehmen. Frances erwartete ihn oben auf der Treppe.

»Ich würde gern einen Spaziergang machen«, sagte sie, »aber Brown kann mich am Vormittag nicht begleiten.«

Josiah war von seinen Geschäften in Anspruch genommen, von einem fehlenden großen Faß Tabak – einer großen runden Tonne, vollgepreßt mit süßriechenden getrockneten Blättern –, und er blickte sie an, als wäre sie eine unliebsame Unterbrechung, eine Plage. »Ich denke, ich werde dir eine Kutsche besorgen«, sagte er abwesend. »Du kannnst am Hafen nicht allein herumlaufen.«

»Das habe ich begriffen«, sagte Frances, »aber ich möchte ausgehen.«

Er seufzte, seine Gedanken befaßten sich noch mit der *Rose* und dem fehlenden Frachtstück. »Vielleicht können wir einen Wagen mieten.«

»Heute?«

»Ich habe viel zu tun«, erwiderte er. »Und Ärger mit dem Schiff. Da ist unerklärlicherweise ein ganzes Tabakfaß verschwunden, und der Kapitän kann mir keine befriedigende Auskunft geben. Ich muß die Akzise dafür bezahlen, als hätte ich es sicher unter meinem Zollverschluß, und obendrein muß ich noch den Verlust tragen.«

»Das ist ärgerlich und tut mir leid«, sagte Frances höflich. »Wo könnte ich eine Kutsche mieten?«

Josiah brach in ein plötzliches kurzes Gebell von Lachen aus. »Du bist hartnäckig, Mrs. Cole.«

Frances errötete, als er ihren neuen Namen gebrauchte.

»Verzeih«, sagte sie. »Zu Hause bin ich am Morgen immer in den Gärten spazierengegangen. Mit meiner Gesundheit steht es nicht zum besten, wie du weißt, und der Tag ist schön, und ich wollte an die Luft.«

»Nein, nein, es ist mein Fehler. Ich habe nicht so vorgesorgt, wie ich es für dich hätte tun sollen«, sagte er entschuldigend. »Ich werde selbst eine Kutsche mieten und mit dir heute nachmittag ausfahren und dir ein paar Sehenswürdigkeiten der Stadt zeigen.«

»Wenn es keine Mühe macht ...«

»Es unterbricht zwar meine Arbeit«, sagte er freimütig. »Aber ich muß dir etwas Abwechslung bieten. Was ist mit Handarbeit oder Malen oder sonst dergleichen?«

»Nicht den ganzen Tag.«

»Gewiß nicht.« Josiah überlegte ein Weilchen, nickte und steuerte dann auf sein Kontor zu.

»Wann soll ich denn fertig sein zur Ausfahrt?« rief Frances ihm nach.

»Um zwei«, sagte er. »Sag Brown, sie soll zum Kutschenhof gehen und einen Wagen mieten, einen Landauer oder irgendeine offene Kutsche.« Er nickte in ihre Richtung und machte dann entschlossen die Tür vor ihrer Nase zu. Frances zögerte und ging ins Wohnzimmer zurück.

Miss Coles Platz war leer, ihr Hauptbuch mit der Seite der *Rose* lag offen da. Frances lehnte sich über den Stuhl und betrachtete den akribischen Marsch der Zahlenkolonnen das Blatt hinunter, die den Ertrag von geringfügigen Waren zu geringfügigen Preisen aufzeichneten. Sixpence für Goldlitze, 3 Pence pro Stück für kleine Messer, 4 Pence pro Stück für Messingtöpfe. Sie zuckte die Schultern. Sie konnte sich nicht vorstellen, wie Miss Cole es aushielt, den ganzen Tag mit diesen unbedeutenden Summen zuzubringen, noch welchen Sinn das bei einem so großen Unternehmen hatte. Es war ihr schleierhaft, welchen Bedarf ein Handelsschiff, das zu den Sugar Islands segelte, an Goldlitze oder kleinen Messern hatte. Frances kehrte zu ihrem Fensterplatz zurück und wartete darauf, daß es zwei Uhr wurde.

Die Kutsche war pünktlich; sie stand vor der Tür, als Frances mit einem Gedicht von einem Hut auf dem Kopf, gekrönt von zwei riesigen Federn, die Stufen herunterkam. Sie trug nun ihre Ausgehgarderobe: einen Mantel mit einem großen Kragen und Ärmeln mit pelzbesetzten Aufschlägen. Eingedenk der Einfachheit von Sarahs Kleidung, war Frances ziemlich erleichtert, nur Josiah vorzufinden, der an der Tür auf sie wartete, während Sarah sich oben im Wohnzimmer einschloß.

»Ich hatte befürchtet, du hättest es vergessen«, sagte sie. »Ist dein Faß Tabak wieder aufgetaucht?«

»Der Pflanzer in Jamaika hat uns betrogen oder sich geirrt«, antwortete Josiah. »Und der Kapitän hat es falsch im Ladungsverzeichnis für die Verzollung angegeben. Es mußte alles schnell gehen. Ich hatte ihn selbst zur Eile gedrängt, das war das letzte der neuen Tabakernte. Man sieht ja, was dabei herauskommt.«

»Tut mir leid das Ganze«, sagte Frances unsicher. Sie spürte, daß sie Mitgefühl zeigen sollte, wie für jemand, der einen Verlust erlitten hat. Doch ihre Erziehung, das vulgäre Thema Geld zu vermeiden, war zu übermächtig.

»Ich werde dem Pflanzer schreiben und den Brief mit der *Rose* mitgeben, wenn sie lossegelt«, entschied Josiah. »Innerhalb von vierzehn oder fünfzehn Monaten läuft sie wieder ein, und die Sache ist dann geregelt.«

»Du meine Güte!« sagte Frances.

»Und bis dahin werde ich den Verlust tragen«, sagte er gereizt. »Geradeso wie ich den Plantagenbesitzern für jeweils zwei Jahre Kredit einräumen muß.« Er sah sie an, und seine Stirn glättete sich. »Mach dir weiter keine Gedanken darüber. Ich will jetzt mit dir ausfahren.« Er half ihr den kleinen Schritt in die Kutsche hinauf. Frances öffnete ihren Schirm gegen die blendende Sommersonne und neigte ihn so, daß der Schatten auf ihr Gesicht fiel.

»Zuerst zum Queens Square«, befahl Josiah dem Kutscher. »Genau dort will ich ein Haus kaufen«, erklärte er Frances.

»Erst fahren wir quer durch die Altstadt. Laß dich da ja nicht vom Schmutz und all dem Lärm verwirren. Queens Square ist dagegen tatsächlich sehr elegant.«

Die Kutsche bewegte sich vorwärts, holperte über das Kopfsteinpflaster, und Matrosen und Schauerleute gaben ihr nur unwillig den Weg frei. Die Straßenhändler beäugten Frances' feine Garderobe, und ein Mädchen mit einem Bauchladen, das Brunnenkresse verkaufte, drehte ihren Kopf beiseite und spuckte auf die Erde.

Sie fuhren die Back Lane entlang, die auskragenden Dächer der Häuser über ihren Köpfen machten alles so eng, daß die Straßen ständig im Zwielicht lagen, in einem trüben Nebel von fauliger Luft. Einen Streifen in der Straßenmitte beschien die Sonne, aber die Fassaden und die übelstinkenden Abfallhaufen befanden sich im Schatten. Mächtige Holzbalken über ihnen stützten einzeln die Häuser gegeneinander ab, was aussah, als würden sie jederzeit allesamt zusammenstürzen. Die breite Rinne inmitten der Straße war eine offene Gosse, schlammig und schlierig vom Spülwasser, Schmutz und Abfall. In der Hitze stank es, und Schwärme von sich ständig vermehrenden Taufliegen flogen auf. Leute fluchten, als die Kutsche vorbeizuckelte und sie mit Modder bespritzte. Die Pferdehufe rutschten ab und suchten auf den schmierigen Steinen festen Tritt zu fassen, und die Kutsche holperte und senkte sich; der Weg war nahezu unpassierbar. Frances war besorgt, daß die Pferde sich die Knochen brachen und steckenblieben. Sie packte ihren Sonnenschirm ein bißchen fester und hielt eine behandschuhte Hand vor ihr Gesicht, um sich vor dem widerlichen Gestank der Gasse zu schützen.

Jeder Türeingang, jeder Torweg führte zu einer Werkstatt. Da gab es Holzschnitzer und Näherinnen, Böttcher und Metallhandwerker und einen Perückenmacher, der auch Zähne zog. Dort fand man eine kleine schäbige Apotheke, die mit Laudanum und reinem Opium schwunghaften Handel trieb. Jedes zweite Haus jedoch schien einen Gin-Laden zu beherbergen, jedes dritte ein Bordell. Alles glich einer mittelalterlichen Stadt mit überhängenden Fachwerkhäusern, zum Bersten voll mit kleinem gefährlichem Gewerbe.

Frances hatte nur zwei von ihren fünfunddreißig Jahren außerhalb der ländlichen Pfarrei verbracht und starrte nun voller Entsetzen von einem zum anderen ominösen dunklen Hauseingang. Die blassen Bewohner starrten auf sie zurück, und einer rief der Kutsche deftige Schimpfwörter hinterher und warf eine Handvoll Dreck nach ihr.

»Hier herrscht wahrlich ein rauher Ton«, räumte Josiah ein. »Bristol ist eine Stadt der Arbeit, meine Liebe, nicht des Müßiggangs.«

»Wie können die Menschen das nur ertragen?«

Er gab ein schnarrendes Lachen von sich. »Du bist hier in einer wohlhabenden, blühenden Straße, meine Liebe. Wenn ich dir die Kohlenbergleute in Bedminster zeigen würde, dann hättest du Grund, schockiert zu sein. Die leben wie die Tiere in ihrem eigenen Schmutz, und kein halbwegs Wohlhabender wagt sich in ihre Nähe. Sie leben ganz für sich, ohne Pfarrer oder Amtspersonen – völlig außerhalb der Gesellschaft, völlig ohne Gesetz.«

Weiter den Hügel hinauf und im jähen Gegensatz zu dem Wirrwarr der Dächer unterhalb erhob sich am Ende einer hochaufsteigenden langen Treppe die reichverzierte und über und über geschmückte Kirche von St. Mary Redclift. Doch sie wandten sich von dem Kirchturm ab und wieder der City zu, indem sie eine Brücke passierten.

»Mit dem Fährboot über den Fluß wäre es schneller gegangen«, erklärte Josiah. »Queens Square befindet sich meinem Liegeplatz direkt gegenüber. Wenn wir erst einmal unser Haus bezogen haben, werde ich täglich das Boot benutzen. Der Bursche bringt mich für jeweils einen halben Penny hinüber.«

»Gewiß können einen diese Straßen und Gassen hier krank machen«, sagte Frances. Sie versuchte krampfhaft, ihr Entsetzen in der Stimme zu unterdrücken.

»Sie sind in der Tat die Pest, Madam!« ereiferte sich Josiah. «Wenn man nicht stirbt, weil ein Narr einem das Dach überm

Kopf anzündet, oder man getötet wird, weil etwas auf einen herabstürzt, oder man an den giftigen Dämpfen der Fabriken krepiert, dann verendet man an Cholera oder Typhus oder beidem. Das faulige Wasser und die Sommersonne bilden zusammen eine tödliche Gefahr.«

»Ich wundere mich, daß deine Familie sich diesen Ort ausgesucht hat«, sagte Frances matt.

Josiah lachte kurz auf. »Wir hatten keine andere Wahl! Es ging nicht darum, uns irgend etwas auszusuchen. Wir kauften, was wir uns leisten konnten, wo auch immer. Mein Vater hat das Speicherhaus und den Liegeplatz aus seinem Gewinn als Kapitän eines Kaperschiffes erworben, und danach haben wir dort gewohnt. Wir waren froh, überhaupt ein eigenes Grundstück zu haben und mit dem Gewerbe auf eigenen Füßen zu stehen.«

»Dein Vater war ein Freibeuter?«

Josiah nickte und lachte dann abrupt, als er ihre erschreckte Miene bemerkte. »Sieh nicht so entgeistert drein, Mrs. Cole, er war Freibeuter, kein Seeräuber! Ein Freibrief der Krone gestattete es ihm, feindliche französische Schiffe anzugreifen. Er nahm sein einziges leckes altes Boot und erbeutete eine französische Brigg, ein zweimastiges Segelschiff. Das war unsere erste Chance. Sie hieß *Marguerite*. Wir zahlten unsere Abgaben an die Krone, behielten das Schiff und trieben nun Handel. Das war die Grundlage unseres Vermögens, die Grundlage für unsere Handelsseefahrt. Als die *Marguerite* sank, nannten wir unser nächstes Schiff nach ihr *Daisy*.«

Frances hatte begriffen. Die Kutsche bewegte sich auf eine hölzerne Brücke zu. Als sie hinunterblickte, sah sie das Wasser mit Unrat vorbeiströmen. Abfälle, Müll, Exkremente und das ganze Treibgut und die über Bord geworfenen Gegenstände tanzten auf der hereinkommenden Flut um die Pfeiler der Brücke auf und nieder.

Die Kutsche rumpelte den Kai auf der Nordseite des Flusses entlang, und dann öffnete sich die Straße vor ihnen unversehens mit überraschender Anmut. Es gab plötzlich eine Allee mit jungen Platanen, deren breite Blätter noch schön frisch aussahen, und in der Mitte des Platzes erhob sich auf glattem grünem Rasen das prächtige Standbild eines Mannes auf einem galoppierenden Pferd. Vom Fluß her stank es hier weniger, und den Lärm der Gassen am Fluß hatten sie ebenfalls hinter sich gelassen.

»Queens Square«, sagte Josiah mit Genugtuung, »kann es mit jedem Crescent in Bath aufnehmen, eh?«

Er übertrieb natürlich. Der Platz war nicht so großartig wie in Bath. Ihm fehlten die leichte, mühelose Regelmäßigkeit jener halbkreisförmigen eleganten Häuserreihen und deren selbstsichere Ausgewogenheit. Ein Teil des Platzes war aus goldschimmerndem Bathstein erbaut, der andere aus rotem Backstein. Die Dachprofile und der Schmuck an den Häusern waren durchaus eigenwillig – jedes Haus besaß seine Eigenart. Im ganzen war ein wohlproportionierter Platz entstanden, gesäumt von jungen Bäumen, unterteilt in vier Abschnitte durch lange Alleen, die von Nord nach Süd und von Ost nach West verliefen. In der Mitte kreuzten sich die Wege, und die Reiterstatue bildete einen hübschen Mittelpunkt. Alle Häuser waren neu; einige sahen wie Londoner Gebäude in schmuckem Ziegelrot mit weißen Mörtelfugen aus, und an den Ecken besaßen sie weiße Steinbänder. Am östlichen Ende befand sich ein elegantes, großes Gebäude mit zwei Flügeln aus gelbem Stein: das Zollhaus.

Die Pferde hielten vor dem ersten Haus in der südwestlichen Ecke, einem der größten und imposantesten dort. »Hier werden wir wohnen«, verkündete Josiah. »Danach trachte ich seit Jahren.«

Frances sah ihn überrascht an. Nie zuvor war ihr ein Mann begegnet, der irgend etwas anderes begehrte, als die Position zu behalten, für die er bestimmt war. Sie hatte Männer über den Verfall der Sitten klagen hören; aber nie suchten sie nach einer Veränderung. Ihr Vater hatte gepredigt, es sei Gottes Wille, daß der Mensch auf dem Platz bliebe, wo er hineingeboren war. Ein guter Christ verharrte dort, wo es Gott gefallen hatte ihn hinzustellen. Ihrer Erfahrung nach war Josiah Cole der erste, der seinem Ehrgeiz nachging – der mehr haben wollte, als ihm gegeben war. Es war eine umstürzlerische Haltung.

»Du trachtest danach?«

»Mein Vater wurde auf dem Erdboden in einem Schuppen geboren«, sagte Josiah. »Meine Schwester in der Kate eines Bergmanns, als Tochter eines Kohlengräbers. Ich wurde auf einem Steinfußboden in einem Speicherhaus geboren. Mein Sohn soll in einem richtigen Bett zur Welt kommen, in einem richtigen Haus. Meine Familie ist im Aufstieg begriffen, Madam. Noch bevor sich das Jahrhundert verabschiedet, werden wir zur Oberschicht gehören. Wir werden ein Landhaus und eine Kutsche besitzen. Dies ist nur ein Schritt auf unserem Weg, noch nicht unsere endgültige Bestimmung.«

Bei der Erwähnung des Sohnes errötete Frances, aber Josiah bemerkte gar nicht, daß er ihr Zartgefühl verletzt hatte. Er zeigte auf das mächtige Haus, das beste am Queens Square, drei Stockwerke in rotem Backstein hoch mit kleinen Mansardenfenstern im Dachstuhl. Hohe weiße Steinpilaster umrahmten die Fenster in jedem Stock, und über jedem Fenster befand sich ein aus Stein gemeißeltes Gesicht. Der Eingang hatte eine große, imposante Doppeltür, seitlich begrenzt von Säulen. Steingemeißelte Torpfosten und schmiedeeiserne Gitter schützten die Vorderseite des Hauses und betonten seine Gewichtigkeit. »Das ist es, Mrs. Cole. Das ist unser künftiges Anwesen. Zufällig weiß ich, daß es zum Verkauf steht, und ich werde mitbieten, darauf kannst du dich verlassen. Und ich werde es bekommen. Niemand wird mich übertrumpfen, koste es, was es wolle. Inzwischen wissen alle, daß wir vermählt sind – folglich bemühe ich mich um ein Stadthaus für meine Familie.«

Frances blickte sich um und stellte sich vor, wie man hier wohnen würde. Der Vorhang an einem der Salonfenster bewegte sich, und undeutlich nahm sie eine Frau wahr, die rasch vom Fenster zurücktrat. Natürlich war das hier eine in sich zurückgezogene winzige Gemeinschaft mit tiefverwurzelten Traditionen. Gewiß gab es kleine Fehden und Dinge, die nicht so leicht vergessen wurden. Frances kümmerte es nicht. Sie hatte in einer ländlichen Gegend gewohnt, abhängig vom guten Willen des Lords, ihres Onkels. Sie wußte, was man in kleinen Gemeinschaften zu erwarten hatte.

»Wir sollten weiterfahren«, sagte sie sanft zu Josiah. »Wir erregen Aufsehen, wenn wir länger hier halten und uns umgucken.«

»So?«

»Diese Leute werden unsere Nachbarn sein«, erklärte sie. »Wir müsssen darauf achten, einen angenehmen Eindruck zu machen.«

Josiah war drauf und dran zu widersprechen, aber sie bemerkte, wie er zögerte und dann nickte. »Das weißt du am besten, Mrs. Cole«, stimmte er zu. »Du mußt mir das beibringen. Ich werde mich danach richten. Nun, gibt es noch etwas, das du gern sehen würdest?«

»Ich kenne die Stadt überhaupt noch nicht«, sagte Frances. »Hier war ich noch nie. Bekannte von mir, die zum Picknick zur Felsschlucht hinausfuhren, durch die sich der Avon zwängt, schwärmten von dem großartigen Anblick.«

Josiah lehnte sich vor und gab dem Kutscher eine Anweisung. »Wir können zur Schlucht hinüberfahren«, sagte er. »Du wirst es nicht länger so großartig finden, wenn du weißt, wie hoch meine Schlepperkosten deswegen sind. Wir können nach Hot Well fahren, das am Fuße der Schlucht liegt. Speziell auf das Kurbad habe ich auch ein Auge geworfen.«

Die Kutsche wendete auf dem Square und ratterte einen anderen Kai entlang neben einem anderen Flußarm.

»Das ist wieder der Avon?« fragte Frances.

»Der Fluß hier heißt Frome«, verbesserte Josiah sie.

»Ganz so, als wohnten wir auf einer Insel«, sagte Frances, »vom Wasser umgeben.« Beinahe hätte sie »von stinkendem Wasser« gesagt.

»Die alte Stadt war eine Verteidigungsanlage, umgeben von

zwei Flüssen, dem Avon und dem Frome – wie ein Burggraben«, erläuterte Josiah. »Heute sind das alles Docks.«

Sie warteten, bis die Zugbrücke vor ihnen heruntergelassen wurde, und dann rollte die Kutsche über die Holzplanken und fuhr nach links, weg von den Docks.

Frances blickte nach vorn, und zum erstenmal schien ihr die Stadt aus mehr als nur Hafenslums zu bestehen. Das hübsche Grün von College Green tauchte vor ihnen auf mit zwei Kirchen zur Linken. Die College-Kirche war ein imposantes Bauwerk mit dem Palast des Bischofs dahinter. Frances hörte Vogelgesang – nicht das nervös machende Gekreisch der Möwen, sondern das sommerliche Zwitschern einer Amsel. Als sie nach oben schaute, sah sie Schwalben und Mauersegler herabstoßen und um die hohen Türme der Kathedrale kreisen.

Das dichte Laubwerk der Ulmen warf dunkle, grüne Schatten über die Straße, und als sie den steilen Hügel hinauffuhren, wurde die Luft fühlbar frischer und reiner, und die Sonne schien hell auf die neuen Häuser.

»Ach, wenn wir doch nur hier oben wohnen könnten!« rief Frances aus. Vom Weg zurückgesetzt und terrassenförmig angelegt, standen da vereinzelt Häuser aus gelblichem Stein, erbaut in jenem Stil, den Frances so mochte – schlicht und regelmäßig mit quadratischen Grundrissen.

Josiah schüttelte mißbilligend den Kopf. »Das ist bloß eine Marotte, die bald vergessen ist. Ein paar Leute bauen hier zwar, aber kein echter Kaufmann würde deswegen aus der City wegziehen, denn der Fluß ist unsere Lebensader. Clifton befindet sich zu weit weg. Hier ist alles ländlich, nichts Städtisches ist vorhanden. Wie gesagt, manche kaufen hier Land und stellen Häuser drauf, aber da wird nie das Herz einer Stadt schlagen. Wir Kaufleute werden immer an den Flußufern wohnen, dort, wo sich die Stadt seit jeher befand. Da wird sie auch bleiben.«

Oben auf dem Hügel zweigten sie nach links ab, die Kutsche zuckelte langsam einen hohen Berg hoch und rollte dann wieder hinunter zum Fluß.

»Aber wenn wir uns eine Kutsche halten, kannst du damit

jederzeit zu deinen Geschäften in die City fahren«, bemerkte Frances und vermied dabei sorgfältig, daß ihre Stimme allzuviel Interesse verriet. »Das sind recht hübsche Häuser, und die Luft ist wunderbar rein. Klare Luft bedeutet mir viel, und für meine Gesundheit habe ich sie auch nötig.«

Josiah blieb bei seiner Ablehnung. »Das alles ist lediglich eine Marotte «, wiederholte er. »Das geht vorbei, und jene Voreiligen, die dort Land erworben und gebaut haben, werden sich gründlich ruinieren. Glaube mir, meine Liebe, Park Street liegt schon außerhalb der Stadtgrenze, und aus Clifton wird nie etwas anderes werden als ein kleines abgelegenes Kaff.« Er machte einen langen Hals, um ein Schiff im Trockendock in Augenschein zu nehmen. »Die *Traveller*«, sagte er mit leiser Genugtuung. »Man sagte mir, sie sei übel leckgeschlagen. Das wird Thomas Williams ganz schön aus dem Sattel heben.«

Ein Stück weiter vor ihnen verbreiterte sich der Fluß und nahm nun zwischen den Ufern mit dickem Schlick in gewundenen Mäandern seinen Lauf. Dunkle Waldungen erhoben sich zu beiden Seiten und endeten an den unteren Felsvorsprüngen der weißen Kalksteinklippen, die sich über dem Fluß auftürmten. Die kleine Straße schmiegte sich eng ans Ufer und folgte dessen Windungen, wobei sie von überhängenden Klippen überdacht wurde. Es war eine imposante Landschaft. Über den Köpfen kreisten schreiende Möwen, die herunterschossen und nach winzigen Fischen tauchten. Ein kleines Fischerboot glitt schnell mit der Ebbe flußabwärts, seine Segel standen prall im Wind. Die Luft war salzig und rein und feucht vom Geruch der See. Ein flachgehender Frachtkahn kreuzte von einer Seite zur anderen und passierte ein Fährboot, das von einem Mann gerudert wurde, der mit seiner blauen Jacke und dem roten Taschentuch auf dem Kopf verwegen wie ein Pirat aussah.

»Einfach überwältigend!« sagte Frances. Das war Lady Scotts Lieblingswort für höchstes Lob. »Eine wundervolle Landschaft, Mr. Cole. So romantisch! Und wild dazu!«

Mit seinem Stock tippte Josiah dem Kutscher auf den Rükken und bedeutete ihm anzuhalten. »Willst du ein Stückchen laufen, meine Liebe?«

Der Kutscher ließ den kleinen Fußtritt herunter, und Frances stieg aus und nahm Josiahs Arm. »Da oberhalb ist der St.-Vincent-Felsen«, sagte er. »Eine ziemliche Attraktion für Leute, die so etwas lieben!«

Frances reckte ihren Hals nach den hohen weißen Klippen mit dem wildwuchernden Gestrüpp, das herunterrankte. »So etwas Hübsches habe ich noch nie gesehen! Man kommt sich vor wie in Italien.«

Langsam schritt das Paar die kleine Promenade am Fluß entlang, die behaglich unter den Felsen eingebettet lag. Eine Allee junger Bäume war in doppelter Reihe als Schattenspender angepflanzt worden und bildete einen reizvollen Uferweg. Weiter vorn zur Rechten gab es eine hübsche Kolonnade mit Geschäften, im Halbkreis etwas vom Ufer zurückgesetzt und mit kleinen vorgezogenen Säulen versehen, so daß die Besucher auf dem Wege zu und von dem Brunnenhaus von Hot Well geschützt unter ihr wandeln und die Auslagen in den Läden bewundern konnten. Es war alles so niedlich wie eine Reihe von Puppenhäusern, ein Dutzend kleiner Backsteingeschäfte *en miniature* unter der weißen Kolonnade.

Frances und Josiah spazierten den mit Steinplatten belegten Weg entlang, schauten in die Schaufenster mit den Modeartikeln, den Hüten und Handschuhen, und in den vollgestopften Apothekerladen. Es gab auch eine kleine Leihbücherei, wo außerdem Schreib- und Kurzwaren angeboten wurden.

»Da ist ja Miss Yearsleys Bücherei«, rief Frances munter aus.

»Wer ist das?«

»Nun, Anna Yearsley, die Dichterin, die Milchmädchenpoetin! Ein unverbildetes, natürliches Talent!«

Josiah bedankte sich für die Information. »Ich habe nicht allzuviel mit Dichterinnen zu tun gehabt«, bekannte er, »oder mit Milchmädchen. Aber ich kenne ihre Bücherei. Ringsum ist alles neu gebaut, alles brandneu, und sie wird dafür eine Stange Geld an Miete zahlen müssen. Die Merchant Venturers haben eine Menge Kapital investiert, um das hier zur elegantesten Gegend von Bristol zu machen.«

»Ich denke, auch mein Onkel stieg in Hot Well ab, als er dich seinerzeit aufsuchte«, sagte Frances. »In der Dowry Parade. Er war voll des Lobes über das Hotel, aber es war auch sehr teuer, wie er meinte.«

Josiah nickte. »Wer immer das übernimmt, muß erst einmal ein Vermögen hineinstecken, bis sich die Investition rentiert hat. Nicht nur die Geschäfte, sondern auch das Kurbad selbst sind erst kürzlich verschönert worden. Bäume wurden gepflanzt. Jahrelang war der Brunnen für jedermann zugänglich. Für Sixpence fuhr man mit einem Einspänner von der City hier heraus und trank kostenlos von der Quelle. Jeder neue Pächter wird künftig dafür etwas berechnen müssen und die gewöhnlichen Leute möglichst ausschließen. Wenn das Kurbad etwas abwerfen soll, dürfen nur vornehme Leute Zutritt haben, meinst du nicht auch? Möchtest du nicht ein Glas von dem Brunnen probieren? Nicht wegen deiner Gesundheit, sondern nur so zum Vergnügen?«

Sie spazierten zum Brunnenhaus, das sich ganz am äußersten Rand des Flusses befand; die Fenster blickten aufs Wasser und weiter weg auf den Wald von Rownham. Josiah bezahlte Eintritt, und sie gingen hinein. Drinnen herrschte reges Treiben. In einer Ecke spielte ein Streichquartett ländliche Tänze. Invaliden taten ihre Krankheit mit Metern von Schals und Decken über ihren Knien kund, aber es gab auch andere, die einzig wegen der Geselligkeit hier waren, um in den Winkeln zu flirten und zu lachen. Selbstbewußt promenierten einige Leute die ganze Länge der Räumlichkeiten auf und ab, sie blieben stehen, um Bekannte zu begrüßen, und beäugten die Neuankömmlinge.

Frances richtete den Kragen ihrer Garderobe, damit er elegant in den Nacken fiel, und hakte sich dann bei Josiah ein. Er schien niemanden zu kennen. Niemand kam auf ihn zu, um mit ihm zu reden, niemand begrüßte ihn.

»Hast du keine Freunde und Bekannten hier?« fragte sie

enttäuscht, nachdem sie einmal die Länge abgeschritten hatten. Am Brunnen machten sie schließlich halt. Josiah zahlte, und die Frau steckte die Münze ein und reichte Frances ein kleines Glas hinüber. Der Brunnen war leicht gefärbt und wolkig, sprudelnd mit kleinen Bläschen.

»Meine Freunde sind fleißige Händler, keine Vergnügungssüchtigen«, entgegnete Josiah kühl. »Sie sind jetzt am Nachmittag in ihren Lagerhäusern und nicht beim Tanzen, Promenieren oder Brunnen-Trinken. Wie schmeckt er übrigens?«

Frances nahm versuchsweise ein Schlückchen. »Recht gut«, sagte sie verhalten. »Mild, ein wenig wie Milch. Und ziemlich heiß.«

»Sehr kräftigend!« mischte sich die Frau vom Brunnen ein. »Besonders für Damen. Sehr wirksam bei Hautleiden, Leibschmerzen und für die Lunge.«

Frances wurde rot angesichts der freimütigen Rede der Angestellten und trank gequält den Rest. »Ich hätte keine Lust, es jeden Tag zu trinken.«

»Viele Leute tun das«, antwortete Josiah. »Einigen wurde sogar ein Glas davon alle zwei Stunden verordnet. Denk dabei einmal an den Profit des Pächters! Viele kommen wegen der Quelle her und bleiben wochenlang. Und überall in der Stadt wird das Wasser von Straßenhändlern angeboten und an den Hintertüren wie Milch verkauft. Auch wird es auf Flaschen gezogen und im ganzen Land vertrieben. Ein sehr gutes Geschäft, wenn es sich jemand leisten kann, sich da einzukaufen.« Er nahm ihren Arm und führte sie durch das Brunnenhaus. »Läßt es sich deiner Meinung nach mit dem Brunnenhaus in Bath vergleichen?« fragte er. »Das muß ich unbedingt in Erfahrung bringen.«

Frances dachte darüber nach, wie sie ihm das ohne Kränkung wohl am besten erklären könnte. »Natürlich ist das hier alles kleiner«, begann sie behutsam. »Aber sehr viel hübscher. Die Landschaft ist wundervoll, besser als in Bath. Aber Bath hat mehr … Bath ist mehr … schon länger bekannt.«

»Ein kleines hübsches Bad nur, aber ich denke, es wird sich

mausern«, sagte Josiah, als sie das Gebäude verließen. »Ich bin froh, daß du den Ort magst. Ich freue mich, daß du die Felsenschlucht des Avon liebst, auch wenn dir der Geschmack des Wassers weniger behagt.«

»Man muß einfach begeistert sein«, sagte Frances. Die Kutsche war ihnen zum Brunnenhaus hin gefolgt; und Frances griff nach der Hand des Kutschers und stieg ein. »Ich liebe hübsche Landschaft über alles.«

»Zeichnest du eigentlich nach der Natur?« fragte Josiah.

»Ein bißchen«, sagte Frances. »Hier draußen würde ich mich gern im Skizzieren versuchen.«

»Dem steht nichts im Wege«, sagte Josiah. »Du kannst die Kutsche bestellen, wenn dir der Sinn danach steht, und meine Schwester wird dich gewiß begleiten. Du könntest uns beibringen, wie man sich Mußestunden gönnt, Mrs. Cole. Und wir unterrichten dich im Geschäftlichen.«

»Das wäre wunderbar«, sagte Frances schlicht. Die Kutsche wandte sich wieder der Stadt zu und dem dunklen kleinen Haus am lärmenden Kai, das angefüllt war mit dem Gestank vom Hafen. »Das wäre wunderbar«, wiederholte sie entschlossen.

5. Kapitel

Josiahs Bemühungen, das Haus Nummer 29 am Queens Square zu erwerben, waren zunächst erfolglos. Es gehörte Mr. Stephen Waring, einem Mitglied der ehrenwerten Merchant Venturers und gleichfalls Mitglied der Kaufmannsgilde von Bristol. Er ließ sich gerade ein riesiges Haus in der neuangelegten Great George Street errichten, auf halbem Wege die Park Street hinauf. Josiah unternahm einen Vorstoß, als Mr. Waring im Kaffeehaus saß – mit seinem Schwager an seiner Seite, ebenfalls ein Merchant Venturer, während sein Cousin hinter ihm stand.

»Guten Tag«, grüßte Josiah Cole. Er nahm sich zusammen, um nicht allzu ehrerbietig zu klingen, aber er hörte selbst sein Minderwertigkeitsgefühl heraus – den Anflug von Somerset-Dialekt, die Spur von Servilität, eben den Ton eines Mannes, der auf dem Fußboden eines Speicherhauses geboren worden war. »Guten Tag, Mr. Waring.«

Der Angesprochene schaute hoch. »Cole?«

»Ich wollte anfragen, ob ich Sie in einer geschäftlichen Angelegenheit sprechen kann?« Josiah hielt seinen flachen Dreispitz in der Hand und ertappte sich dabei, wie er ihn drehte und leicht auf dessen Ecken herumtrommelte. Er war nervös wie ein Diener vor seinem Herrn.

»Ja?«

Josiah starrte die anderen beiden Männer an. Sie blickten mit unverhohlener Neugier zurück. Keiner traf Anstalten, sich vom Tisch zurückzuziehen, sie machten sich nicht einmal die Mühe, sich abzuwenden. Josiah mußte sein Anliegen vor allen ausbreiten.

»Ich bin an Ihrem Haus am Queens Square interessiert«,

sagte er. »Wie ich hörte, wollen Sie es verkaufen? Ich bin frisch verheiratet und meine Frau ...«

Der Kaufmann lachte liebenswürdig. »Ich glaube nicht, daß es Ihren Vorstellungen entspricht, Cole«, sagte er scheinheilig. «Es liegt von Ihrem Speicherhaus aus auf der falschen Seite des Flusses, und meine Nachbarn würden eine sehr armselige Gesellschaft für Sie abgeben.« Er grinste zu seinem Schwager hinüber und kehrte Josiah den Rücken zu. Das Gespräch war beendet.

Josiah Cole errötete vor Verlegenheit. Es blieb ihm nichts anderes übrig, als eine Verbeugung anzudeuten und an den Tisch zurückzukehren, an dem er für gewöhnlich seine Geschäfte erledigte, zu den kleinen Kaufleuten und den unbeschäftigten Kapitänen. Sie hatten ihn beobachtet; jeder im Kaffeehaus hatte zugeschaut, wie man ihm eine Abfuhr erteilte. Josiah zog einen Stuhl heran und setzte sich; dabei versuchte er unbekümmert auszusehen und seine Kränkung zu verbergen.

»Ich habe Mr. Waring gegenüber mein Interesse für das Haus am Queens Square bekundet«, sagte er allgemein zu dem Tisch hin. »Demnächst werde ich ihm ein schriftliches Angebot unterbreiten.«

»Waring ist ein vermögender Mann«, machte ihn Kapitän Legge aufmerksam. »Man sagt, daß er mehr als zweitausend Pfund für sein neues Haus da draußen hinter der Park Street gezahlt hat.«

Josiah blinzelte erstaunt. »Das ist aber auch ein *neues* Haus!« brachte er vor. »Von Grund auf neu und auf seine besonderen Bedürfnisse zugeschnitten. Das Haus am Queens Square hat dagegen nahezu siebzig Jahre auf dem Buckel.«

»Und Warings Vater und die übrigen Grundeigentümer haben bereits im ersten Jahr ihr Schäfchen ins trockene gebracht«, fügte ein kleiner Kaufmann hinzu. »Die Pacht für jene Häuser war reinster Wucher. Manche Pächter hatten sich gleich ruiniert, wenn sie nicht zu den Merchant Venturers gehörten, die besondere Zahlungsbedingungen genossen.«

Ein anderer Kaufmann nickte. »Wie günstig war es doch,

daß die Gilde von Bristol sich entschloß, ausgerechnet in rotem Ziegelstein bauen zu lassen, als der Waring-Familie die Ziegelei gehörte«, bemerkte er boshaft.

»Das reicht«, sagte Josiah schnell und schielte zum Tisch hinüber, wo Mr. Waring einen der Kapitäne seines Handelsschiffes zu sich bestellt hatte und das Ladungsverzeichnis für den Zoll überprüfte. »Die Gilde und die Merchant Venturers haben zusammen diese Stadt zur Blüte gebracht. Das wissen wir doch alle.«

»Denen beizutreten, das wäre was, eh, Josiah?«

Josiah Cole fühlte sich ertappt. »Gentlemen«, sagte er, »die Pläne für meine Zukunft gehen nur mich allein etwas an, denke ich. Nun, ich habe vernommen, daß Sie an meinem Zucker interessiert sind, Mr. Williams. Soll ich Ihnen eine Probe zusenden?«

Frances saß am Tisch im Wohnzimmer, wo die Hauptbücher der Seereederei vor ihr ausgebreitet lagen. Sarah unterwies sie in Geschäftsdingen, indem sie ihr die Verzeichnisse der *Daisy* zeigte, die im Dezember zu Hause zurückerwartet wurde.

»Diese Seite hier belegt, welche Summen aufgebracht werden müssen, um ein Schiff auszurüsten«, erklärte Sarah geduldig. »Sieh her, hier ist jeder einzelne Posten aufgeführt; und diese Spalte«, Sarahs Finger folgte den mit Tinte punktierten Linien, »weist detailliert die einzelnen Kosten aus. Und am Fuße der Seite steht die Gesamtsumme.«

»Aha«, sagte Frances. Draußen wurde gerade die *Rose* fertiggemacht und mit neuen Tauen und frisch reparierten Segeln versehen. Vom Kai drang ein ständiges Gebrüll von Kommandos und das Geschrei der Schiffslieferanten herein. Am Mast hatte man einen Flaschenzug angebracht, der jedesmal kreischte, wenn er das Gewicht der Ladung aufnahm, und dann begann die Mannschaft sich im Sprechchor anzufeuern, wenn sie zusammen die Seile hochzog. Die Sonne brannte durch die Fensterscheiben des Wohnzimmers, und das reflektierte Licht an der Decke tanzte ein wirres Ballett. Die Flut strömte herein, und der Dreck und die Kloake, die flußabwärts abgelaufen waren, klatschten nun wieder an der Kaimauer auf und nieder. Der Wind wehte von der Felsschlucht des Avon her und trug den beißenden Geruch von gebranntem Kalk von den Waldungen bei Clifton mit sich und vermischte sich mit dem durchdringenden Gestank von Bristol: dem Sieden von Fett für Seife, dem Rauch von den Schmelzöfen. Das Fenster war wie üblich fest verschlossen. Im Zimmer war es heiß und stickig, die Sonne glühte gnadenlos. Frances hatte Kopfschmerzen; sie saß regunglos und aufrecht da und klagte nicht.

»Also Reparatur und Ausrüstung des Schiffes betrugen 907 Pfund und 2 Shilling.«

Sarah Cole nickte. »Richtig. Die nächste Seite führt die Handelsgüter auf, mit denen es bestückt wurde.«

Frances fuhr sich mit ihren kühlen Fingern über die Augenlider. »Was bedeuten all diese Namen?«

»Das sind unsere vier Partner bei diesem Geschäft. Kaufleute und Händler, die sich an der Überfahrt beteiligten. Hier siehst du, daß zwei für die Handelsware selbst aufkommen. Einer ist ein Messerschmied – er stellt Messer, Gabeln und Zinngeschirr zur Verfügung. Die Bücher weisen die einzelnen Waren und deren Wert aus. Der andere, ein Kurzwarenhändler, bietet Kleidung, Litze und diverse Hüte an. Die anderen Gegenstände, zum Beispiel Glasperlen, auch italienische blaue Perlen, und die Gewehre kaufen wir selbst ein, wobei die anderen Partner die Gelder geben.«

Frances Augen folgten den Eintragungen die Seite hinunter. Es waren viele Dinge aufgezählt, aber den größten Posten machten die Kosten für Musketen aus. Bonni-Musketen, jede für 9 Shilling, dann kamen die Kosten für Schießpulver und Feuersteine. »Was für eine Menge Gewehre«, sagte sie.

»Das sind die gängigsten Handelswaren«, erklärte Sarah Cole, »und die größten Ausgaben für uns. Man kann sie nur in Birmingham kaufen, denn kein Schußwaffenhersteller aus Birmingham beteiligt sich als Partner bei uns. Die sind rasch bei der Hand, mit unserer Hilfe Profit zu machen, aber teilen nicht unser Risiko. Da siehst du mal, Frances, wieviel Geld man aufbringen muß, um ein Schiff loszuschicken!«

Frances schaute zermürbt unten auf die Seite. »Ja, 5692 Pfund, 16 Shilling, 0 Pence«, sagte sie. »Welch ein Haufen Geld!«

»Jetzt geht dir ein Licht auf!« rief Sarah aus. »Allmählich beginnst du zu verstehen. Aus diesem Grund will ich kein großartiges Haus haben. Darum halte ich mir keine Kutsche und Pferde. Ich wage zu behaupten, Lord Scott könnte eine solche Summe nicht aufbringen, und noch dazu dreimal innerhalb von zwei Jahren. So oft schicken wir ein Schiff auf die Reise!«

»Ich weiß nicht«, sagte Frances widerwillig. »Ich hatte bisher nichts mit Geldgeschäften zu tun.«

Sarah lachte triumphierend. »Nunmehr bist du die Frau eines Kaufmanns«, sagte sie. »Es ist nur recht und billig, daß du weißt, woher das Geld kommt. Wenn du eine Kutsche willst oder ein neues Seidenkleid – alles muß erst einmal erwirtschaftet werden.« Liebevoll glättete Sarah die Seiten mit der flachen Hand. »Alles stammt von hier.«

Sie blätterte um. »Hier finden wir jetzt die Aufstellung über die Transaktionen in Afrika«, fuhr sie fort. »Ich vervollständige die Bücher, wenn mir der Kapitän bei der Rückkehr sein Logbuch vorlegt. Sieh hier: Erworben innerhalb von sechs Monaten an der Küste von Afrika – 312 zum Durchschnittspreis von 14 Pfund für jeden. Verlust auf See – 62. Preis in Jamaika durchschnittlich 50 Pfund für jeden. Einnahme 12500 Pfund minus die Kosten des Kaufs sind gleich 8132 Pfund.« Sie wartete, damit Frances etwas sagte.

»Sehr gewinnträchtig«, meinte Frances schließlich.

»Scheint so«, erwiderte Sarah verdrießlich. »Von dem Gewinn kaufen wir Zucker, Tabak und Rum für 4830 Pfund. Den Plantagenbesitzern räumen wir einen Kredit von 1750 Pfund ein, und wir zahlen die Heuer für die Hälfte der Mannschaft, was 130 Pfund ausmacht.« Ihre Finger liefen über die Zahlenreihen, und Frances' Augen folgten ihnen. Alles was sie sah, war der gepflegte saubere Fingernagel und die schwarzen Tintenzahlen, die er entlangglitt.

»Und weiter«, fuhr Sarah Cole fort. »Ehe das Schiff in den Hafen läuft, muß es den Lotsen im Bristol-Kanal bezahlen, und dann den anderen auf dem Avon ebenfalls. Jeder Leuchtturm erhält seine Gebühr, ebenso die neue Brücke. Die Ruderboote, die es durch die Schlucht ins Schlepptau nehmen, kosten Geld, der Bürgermeister verlangt etwas und auch der Kaiaufseher, außerdem ist noch Hafengeld fällig.«

»Du lieber Himmel!« sagte Frances, von dem Ganzen ermüdet.

»Kein Wunder, daß uns die Kaufleute von Liverpool den Seehandel kaputtmachen«, murmelte Sarah Cole vor sich hin. »Die segeln direkt in ein tiefes Wasserbecken und zahlen wenig für den Liegeplatz am Kai. Kein Wunder, daß sie immer größere Schiffe bauen.« Sie richtete ihre Aufmerksamkeit nun wieder auf Frances. »Was steht also für ein Gewinn am Ende der Seite?«

Frances starrte gelangweilt auf die letzte Eintragung. »Hier – 2513 Pfund.«

»Geteilt durch die Anzahl der Partner – fünf, uns inbegriffen«, half Sarah nach.

Frances blickte auf die Endsumme. »Macht für jeden 502 Pfund.«

Sarah bestätigte die Rechnung und wartete auf eine Reaktion.

»Nach all dem Aufwand und den Sorgen?«

»Und uns gehört das Schiff, und wir unterhalten das Speicherhaus und geben den Pflanzern in Jamaika Kredit, dazu kommen noch all die Unkosten, die die Partner nicht sehen«, fügte Sarah hinzu.

»Es scheint nicht viel für uns übrigzubleiben«, sagte Frances.

Sarah stand vom Tisch auf und ging zum Fenster hinüber. »Für eine zweijährige Investition ist das für die Teilhaber ein passabler Profit«, sagte sie. »Für einen kleinen Mann mit kleinem Einkommen ist das durchaus ein gutes Geschäft. Doch das ist meinem Bruder jetzt nicht mehr genug! Mit diesen Zahlen kann er sein Geld alle fünf Jahre verdoppeln, aber neuerdings will er das von heute auf morgen – möglichst in sechs Monaten – erreichen. Das scheint mir nicht der rechte Weg. Ich habe dir das alles gezeigt, weil du unser Geschäft kennenlernen sollst, und du siehst selbst, daß wir nicht den nötigen Gewinn erzielen.«

»Warum nicht?«

Die Schwägerin zuckte die Schultern. »Steigende Preise ringsum. Die Kosten für die Reparaturen und die Ausrüstung gehen ständig in die Höhe. Der Preis für Zucker sinkt dagegen, da immer mehr Pflanzer ihren Anbau erweitern und jede Ernte mehr Ertrag bringt. Der Krieg in Nordamerika macht die Fahrt für Handelsschiffe gefährlich, so daß die Versicherungen mehr verlangen. Die Franzosen importieren den Zucker aus eigenen Kolonien und verkaufen ihn sogar nach England. Außerdem habe ich gehört, daß einer herausgefunden hat, wie man Zucker aus einer Futterpflanze – angeblich einer Rübe – herstellt. Wenn sie Zucker aus Mohrrüben machen, sind wir tatsächlich ruiniert.«

Sie kehrte zum Tisch zurück und schloß das Hauptbuch sanft, wobei ihr Finger über den Schiffsnamen fuhr; *Daisy* prangte vorn auf dem in Leder gebundenen Buch. »Die Kaufleute von Liverpool besitzen Schiffe zweimal so groß wie die *Daisy*«, sagte sie beunruhigt. »Und sie machen die Überfahrt in der Hälfte der Zeit. Das bedeutet, daß sie viermal soviel Profit herausschlagen wie wir! Stell dir das mal vor! Zweimal den Betrag aus dem Handel in nur der Hälfte der Zeit.

Die großen Kaufleute von Bristol sind Mitglieder der Königlichen Afrikanischen Kompanie, und sie müssen nicht vor der Küste warten und all die kleinen Stützpunkte die Flüsse hinauf und hinunter Handel treiben und hier etwas kaufen und dort etwas loswerden. Die ankern in einem Fort der Königlichen Afrikanischen Kompanie und nehmen dort Lebensmittel und Wasser auf, das für sie bereitsteht, und ebenso ist der Handel organisiert. Sie verringern den Verlust von Menschenleben bei der Mannschaft um die Hälfte, da sie von Westafrika innerhalb eines Monats weg sind, während wir uns sechs Monate dort aufhalten müssen, um die Fracht zusammenzubekommen.

Wenn sie die Westindischen Inseln erreichen, treffen sie dort auf ihren Handelsvertreter, der sie am Kai in Empfang nimmt. Er hat schon die Fracht bereitgestellt, er hat alles zum Verkauf Nötige eingeleitet. Er hat die Preise gemacht, während sie noch auf See waren. Sie handeln mit den besten Plantagen und schließen Verträge ab. Wenn sie Kredit gewähren, haben sie Schuldverschreibungen in der Tasche, die sie mit nach Hause bringen, wo sie in London bei Vorlage sofort von den Beauftragten des Pflanzers eingelöst werden. So kommen sie innerhalb eines Vierteljahres zu ihrem Geld. Und wir geben Kredit und müssen warten, bis unser Schiff wieder nach Westindien segelt. Manchmal dauert es zwei Jahre, bis man uns etwas zahlt! Die Leute, mit denen wir es zu tun haben, besitzen keinen Vertreter in London. Es sind die kleineren Pflanzer, und sie verlangen Kredit von uns. Für die kleinen Leute ist das heutzutage kein Geschäft mehr.«

»Aber Josiah scheint so voller Zuversicht«, hielt ihr Frances entgegen.

Sarah machte ein verbittertes Gesicht. »Ja«, stimmte sie zu. »Er ist sehr zuversichtlich. In den Lagerräumen von Redclift hat er seinen Zucker, sein Zollspeicher ist voll mit Tabak und Rum. Er sieht sozusagen aus den allerkleinsten Verkäufen Gold hereinströmen, und unten am Schiffsliegeplatz ist er eifrig wie jeder andere kleine Händler bei seinen Geschäften. Aber ich verbringe meine Tage über den Rechnungsbüchern und sehe, wie die Gewinne bei steigenden Kosten fallen. Die Welt verändert sich, und wir müssen uns auch verändern!«

»Mein Onkel nahm an, daß Josiah ein wohlhabender Mann sei«, wandte Frances ein und klammerte sich dabei an diese Hoffnung.

Sarah zuckte wieder die Schultern. »Was weiß der schon?« sagte sie respektlos. »Ich nehme an, er hat in seinem ganzen Leben noch nie ein Bündel Rechnungen durchgesehen. Er schaut sich seine Pachteinkünfte an und weiter nichts. Doch ich habe mein Leben mit diesen Büchern zugebracht, und ich kann sie lesen, wie du einen Roman liest. Ich bemerke, daß jede einzelne Seereise, sei es nun die Hin- oder Rückfahrt, immer weniger abwirft. Jeden Tag kostet es mehr, und die Risiken werden größer.«

»Was kann man dagegen tun?« fragte Frances. »Können wir nicht ein größeres Schiff einsetzen? Oder eine andere Art von Handel versuchen?«

Sarah Cole musterte Frances geringschätzig. »Nein«, sagte sie mit einem leichten Lächeln. »Aus diesem ganz bestimmten *Handel* können wir nicht aussteigen. Das ist der einzige, auf den wir uns gut verstehen. Er bildet die Grundlage unseres Vermögens und unser Erbe. Was immer man auch sagt, ich werde niemals meinen Segen dazu geben, daß wir uns davon verabschieden. Im Gegenteil – wir müssen eisern daran festhalten – aber ihn völlig umgestalten.«

»Und wie?«

»Wir importieren Sklaven direkt«, sagte Sarah sehr leise. »Wir bringen schwarze Sklaven nach England. Wir bieten jedem Haushalt in England einen ausgebildeten schwarzen Sklaven an. Wir nennen sie Scott-Sklaven – dir zu Ehren – und machen ein Vermögen damit.«

Auf dem Kai gab es einen lauten Krach, als etwas Schweres herunterfiel, gefolgt von einigem Geschrei. Doch die beiden Frauen hörten es nicht.

»Was?«

»Wir verschiffen bereits Sklaven«, sagte Sarah hitzig. »Du hast die Abrechungen gesehen. Die Zahlen. Du hast bemerkt, daß wir dreihundertundzwölf bei der letzten Fahrt der *Daisy* gekauft haben, du hast es selbst schwarz auf weiß gelesen. Da gab es Abgänge auf der Überfahrt – zweiundsechzig, du verstehst, es starben zweiundsechzig während der Seereise. Du kennst den Preis, zu dem sie in Jamaika verkauft wurden – jeder brachte fünfzig Pfund. Meine Idee ist, zur Probe eine Auswahl nach England herüberzubringen, sie hier als Hausdiener abzurichten und dann an Familien zu verkaufen. Ist das nicht gerade Mode?«

»Ja«, sagte Frances zögernd. Lady Scott hatte einen kleinen schwarzen Jungen, der ihr den Fächer nachtrug und Botengänge erledigte, und jede Lady in London hatte eine schwarze Zofe oder einen hübschen schwarzen Lakaien, der hinten auf der Kutsche mitfuhr, und ein kleines schwarzes Mädchen, das mit den Kindern spielte. Aber all die Schwarzen, die Frances kannte, stammten einzig aus Westindien, mitgebracht von zurückkehrenden Plantagenbesitzern, gekauft von mit Sklaven handelnden Kapitänen. »Läßt sich denn eine große Anzahl unterrichten und dann auch verkaufen?«

»Warum nicht?« meinte Sarah gebieterisch. »Man hat es in der Vergangenheit getan. Bereits im letzten Jahrhundert haben die Leute Sklaven direkt aus Afrika importiert. Wie ich hörte, hat ein Kaufmann aus Liverpool dieses Jahr ein Dutzend mitgebracht. Sie beanspruchen wenig Platz auf dem Schiff, das von den Sugar Islands eintrifft, und werden in England pro Kopf zu achtzig bis neunzig Pfund gehandelt. Wenn unsere Sklaven in dem Ruf von gutem Benehmen und hervorragender Ausbildung stehen, werden wir einen höheren Preis fordern können. Und du wirst sie unterrichten. Das sind die Schüler, von denen die Rede war, als du dich als Gouvernante bei uns meldetest. Statt des Lohns bist du nun als Gattin von Josiah am Gewinn beteiligt, aber es ist immer noch deine Aufgabe. Man wird sich wegen ihrer Gewandtheit und ihrer Ausbildung um sie reißen, und das mußt du zustande bringen.«

»Ich bin nicht sicher ...«, sagte Frances.

»Du hast keine Wahl«, unterbrach Sarah sie kalt. »Wir sind Bristoler Kaufleute, wie du weißt. Aus der Ferne hast du den Handel durchaus akzeptiert und uns wegen einer Anstellung aufgesucht.«

»Ich hatte keine Ahnung, daß ich Hauslehrerin für Sklaven sein sollte ... Josiah hat das nie erwähnt.«

»Du kannst keine Einwände haben. Du weißt, woher unser Reichtum rührt.«

»Ich habe keine Einwände«, sagte Frances. »Natürlich habe ich keine. Ich weiß, daß es eine gute Tat ist, die Afrikaner ihrem Heidentum zu entreißen und ihnen gottesfürchtige Werke und Religion beizubringen.«

»Es sind keine Menschen, nicht, was wir darunter verstehen«, erinnerte Sarah sie. »Es sind Tiere. Sie können nicht sprechen, wenn wir es ihnen nicht beibringen; andernfalls grunzen und stöhnen sie nur. Es sind keine richtigen Menschen!«

»Oh«, meinte Frances. »Darüber habe ich noch nicht nachgedacht. Bisher hatte ich nicht viel mit ihnen zu tun. Lady Scott hat einen kleinen Negerpagen, aber ich bin noch keinem erwachsenen Schwarzen begegnet.«

»Also wirst du sie unterrichten?«

Frances nickte. »Ich habe nur gezögert, weil ich nicht weiß, ob ich das kann. Kinder habe ich unterrichtet, aber das waren Kinder von Menschen. Ich weiß nicht, wie ich Niggern etwas beibringen soll.«

Sarah war unerbittlich. »Laß dir gesagt sein, Schwägerin, du solltest dich besser darauf einrichten. Das wird für Cole & Söhne die Rettung und der Grundstein zu unserem künftigen Erfolg. Wenn wir ausgebildete Sklaven verkaufen, dann machen wir damit so viel Geld, um Josiahs Ehrgeiz zu befriedigen, was den Erwerb eines Hauses am Queens Square betrifft. Wenn nicht, gibt es auch keinen Queens Square für dich, dann bleibst du für immer und ewig hier bei dem schmutzigen Wasser der Docks – kalt und feucht im Winter, tödlich im Sommer.«

Ein langes Schweigen entstand. Frances fühlte, wie es ihr die Luft abschnürte, und sie legte die Hand an die Kehle, um ihren Puls zu beruhigen. »Du übertreibst hoffentlich, nicht wahr?« bohrte sie nach. Ein kleines Hüsteln stieg in ihr hoch und schüttelte sie einen Augenblick.

Sarah wartete, bis ihre Schwägerin wieder zu Atem gekommen war. »Dem Sklavenhandel wird langsam der Boden entzogen«, sagte sie. »Wenn in einigen Jahren unsere Bristoler Partner bessere Umsätze im Landkauf oder Häuserbau oder in neuen Läden oder im Baumwollimport für Manchester erzielen, werden sie nicht länger ihr Geld in unser Geschäft stecken. Dann können wir unsere Schiffe nicht mehr ausrüsten und unsere Investition – in diese Schiffe, in unser Lagerhaus und in den Liegeplatz – ist zum Fenster hinausgeworfen. Wir haben so viel Geld im Sklavenhandel angelegt, daß wir ihn weiterbetreiben müssen, und zwar so, daß er sich rentiert.«

»Ich will es versuchen, Sarah. Ich tue mein Bestes und werde sie unterrichten.«

Ein frostiges Lächeln huschte über Sarahs Gesicht. »Du bist Erzieherin, nicht wahr?« fragte sie. »Auf unsere Anzeige hin wegen einer solchen Stelle hast du dich doch gemeldet. Die ganze Zeit über hatten wir nur eines im Sinn: daß du sie unterrichtest. Doch statt für Lohn zu arbeiten, tust du nun alles für dich selbst. Du wirst ihre Lehrerin sein, du wirst ihnen ihren Platz zuweisen und ihnen ein Zeugnis ausstellen. Du wirst dafür sorgen, daß unser Plan gelingt. Dafür bekommst du das neue Stadthaus. Du willst das doch, nicht wahr?«

Frances Blick schweifte durch das winzige Wohnzimmer, und sie atmete die schlechte Luft ein. »Ja«, sagte sie. »Natürlich möchte ich das.«

6. Kapitel

Am Nachmittag erschien Josiah in gedankenvollem Schweigen zu seiner Mahlzeit. Frances war noch wenig vertraut mit seinen Stimmungen und selbst müde von Sarahs stundenlanger Lektion über Soll und Haben. Sie saß am Ende des Tisches und sagte nichts. Der Husten quälte sie. Sie nippte am Wasser, um ihn zu unterdrücken. Sarah wartete, daß man das Tischtuch wegnahm und eine Karaffe mit Portwein neben Josiah stellte. Dann erst fragte sie: »Ärger?«

Er hob die Hand und lächelte. »Ich habe mich den ganzen Tag um eine ordentliche Versicherung für die *Rose* gekümmert. Aber seit der Sache mit der *Zong* wird es immer schwieriger.«

»Was hat es mit der *Zong* gegeben?« erkundigte sich Frances.

»Geschäftskram«, erwiderte Josiah und tat die Frage damit ab.

»Sie sollte eingeweiht werden«, betonte Miss Cole. »Ab jetzt ist das Geschäft doch auch ihre Sache.«

»Klar, du hast vollkommen recht«, stimmte Josiah ihr zu. »Der Fall der *Zong*, meine Liebe, liegt sechs Jahre zurück und betraf das gute alte Schiff, was mit den Versicherern immer noch nicht geklärt ist.«

»Wieso?« fragte Frances neugierig.

»Nun, das ist eine lange Geschichte, doch Fakt ist, der *Zong* ging auf der Fahrt nach Jamaika das Trinkwasser aus. Es gab viele Kranke an Bord, und der Kapitän traf die Entscheidung, ein Viertel der Ladung über Bord zu werfen.«

»Welche Ladung?«

»Sie versteht nicht!« rief Miss Cole aus.

»Es ist doch ganz einfach«, sagte Josiah brüsk. »Der Kapitän befürchtete, daß fast alle seine vierhundertsiebzig Sklaven verdursteten, so warf er einen Teil einfach ins Meer.«

Frances schaute von Josiahs Gesicht in das seiner Schwester. »Wegen des Trinkwassers?«

Josiah erlaubte sich ein flüchtiges Lächeln. »Nun, das behauptet jedenfalls der Kapitän. Jedoch mitten in diesem netten Töten begann es zu regnen, und es regnete zwei Tage lang.«

Miss Cole verbarg ein Grinsen hinter ihrer flachen Hand. »Und die gute *Zong* lief mit vollen Trinkwasserfässern in Jamaika ein.«

Die beiden lachten über Frances und erwarteten, daß sie den Spaß verstand. Sie schüttelte jedoch den Kopf.

»Es war Betrug«, rief Miss Cole ungeduldig aus.

»Der Kapitän log«, erklärte Josiah. »Schau her, Frances, er hatte einen schlechten Posten Sklaven an Bord, sehr kranke Leute, die wegstarben, die umfielen wie die Fliegen. Sklaven, die an einer Krankheit sterben, sind ein Minus – ein Verlust für die Händler; aber für Sklaven, die auf See ertrinken, zahlt die Versicherung. Kapitän Luke Colling hatte die schlaue Idee, all die kranken Männer und Frauen über Bord zu werfen und dafür Versicherungsgelder zu kassieren.«

»Er tötete sie wegen der Versicherungssumme?«

Josiah nickte. »In drei Gruppen, über drei Tage verteilt, wenn ich mich recht erinnere. Insgesamt einhunderteinunddreißig.«

»Und dann behaupten sie, die Schiffseigner von Liverpool seien besser«, frohlockte Miss Cole. »Von einem Bristoler Kapitän hat man bisher noch nicht von so einem Schwindel gehört.«

»Er hat nicht betrogen, Schwester«, korrigierte Josiah sie. »Er wollte mit seinem Schiff Gewinn machen. Lord Mansfield höchstselbst hat dem Gericht vorgesessen und ein Wiederaufnahmeverfahren beantragt.«

»Der Kapitän wurde des Mordes angeklagt?« fragte Frances.

Der Blick, den beide Frances zuwarfen, war voll blanken

Unverständnisses. »Lieber Gott, nein!« Josiah schüttelte den Kopf. »Sklaven zu töten ist kein Verbrechen. Das war eine Zivilsache vor Gericht. Die Versicherer weigerten sich, zu zahlen. Sie argumentierten, daß Sklaven nur gegen Unfall versichert sind, nicht gegen absichtliches Ertränken. Sie gewannen die erste Runde vor Gericht, und dann ging das Ganze in die Berufung. Lord Mansfield, der zweite Kronanwalt, saß dem Gericht vor, wie ich schon sagte. Er verkündete, es sei dasselbe, als wären Pferde über Bord gegangen, und daß die Eigentümer ihre Güter zu dem Behufe versichert hätten, Geld zu bekommen, wenn sie ins Meer fielen, ganz gleich aus welchen Gründen.«

Miss Cole lächelte mild triumphierend. »Er sagte, daß Sklaven Eigentum sind. Lord Mansfield bestätigte, daß sie soviel wie Pferde sind.«

»Doch diese Sache hat uns seither in große Schwierigkeiten gebracht«, fuhr Josiah fort. Er rieb sich das Gesicht, und sein jungenhafter Überschwang war plötzlich wie weggeblasen. »Weil Seine Lordschaft entschied, daß der Verlust aller Sklaven auf See von der Versicherung zu erstatten sei, besteht die Angst, daß Kapitäne, die mit Verlust fahren, ihre Sklaven einfach ertränken, um dann ihre Ansprüche geltend zu machen. Die Versicherer trauen uns nicht mehr über den Weg. Den ganzen Tag habe ich damit zugebracht, jemanden zu finden, der mir eine Ladung Sklaven versichert, aber sie stellen so viele Bedingungen und haben Klauseln, daß sich das Ganze überhaupt nicht mehr lohnt.«

Sarah sah plötzlich ängstlich aus. »Wir dürfen es nicht riskieren, ohne Versicherung auszulaufen«, sagte sie. »Was ist, wenn das Schiff sinkt, und wir alles verlieren? Oder es gibt eine Meuterei der Sklaven an Bord? Josiah, geh ja kein Risiko ein!«

»Ich weiß! Ich weiß!« fertigte er sie kurz ab. »Aber im Augenblick versichern sie nur gegen Aufruhr. Sie wollen bei Krankheit oder Selbstmord nichts entschädigen. Auch wenn ein Sklave zu Tode geprügelt wurde, zahlen sie nicht. Oder wenn einer sich zu Tode hungert. Wenn sie sich selbst umbringen, was kann ich dafür? Ich kann derartige Verluste nicht tragen.«

Sarah blieb ernst. »Irgend jemand muß uns versichern.«

Josiah hob mürrisch die Schultern. »Sie gehören alle zu einem Verband. Wenn es mir gelänge, in die Merchant Venturers hineinzukommen, dann würde ich meine Versicherung mit ihnen teilen, da sie gegenseitig füreinander einstehen. Nur die kleinen Fische schwimmen draußen herum und versuchen, nach Kleinigkeiten zu schnappen. Wenn ich in den inneren Kern der Handelsgesellschaft vorstoßen könnte, wäre ich gerettet.«

Er brach ab und sah Frances an, und seine Stimmung besserte sich. »Wir werden es schaffen, ich weiß es. Mit dem Haus am Queens Square und mit dir, Mrs. Cole, was mir einigen Rückhalt in der Welt gibt. Wir werden da hinziehen. Seit zwei Generationen treiben wir Handel, wir sind respektable Bristoler Kaufleute. Sie werden mich einladen, ihnen beizutreten, und zwar bald!«

»Es ist ein alter Handel«, sagte Frances. »Ein ehrbarer.« Sie dachte an das Schiff im Nieselregen. An die einhunderteinunddreißig Menschen, die über Bord in die schwere See geworfen wurden, die sich an Taue klammerten und schrien und dann, auf und ab hüpfend, im Kielwasser des Schiffes lagen, als es die Wellen ohne sie durchpflügte. Dabei versuchten sie verzweifelt, ihm gegen die Gewalt des Windes und der Wogen hinterherzuschwimmen, um schließlich am Rand ihres Gesichtsfeldes eine schwarze, sichelförmige Flosse geradewegs auf sie zusteuern zu sehen, die eilig das Wasser durchschnitt.

»Die *Rose* steht kurz vor der Abfahrt«, sagte Sarah. »Innerhalb einer Woche muß die Versicherung abgeschlossen sein. Und außerdem fehlen uns noch zwei Teilhaber.«

»Ich werde sie kriegen«, versprach Josiah. »Ich kriege sie rechtzeitig, genauso wie die nötigen Partner. Das Schiff kann hier nicht ewig am Dock liegenbleiben und mein Geld auffressen und nichts tun. Ich beschaffe die Versicherung und auch die Teilhaber. Vertrau mir, Sarah, mir ist es bisher immer gelungen.«

Josiah versuchte es, aber die Stimmung in der City, die so empfindlich reagierte wie ein am Rand des Meeres nach Abfällen suchender Schwarm kleiner Watvögel, war gegen ihn. Es wurde in der Stadt gemunkelt, daß Josiah Cole sein sicheres Gespür eingebüßt habe. Er verbrachte zu viel Zeit mit seiner neuen Frau, man hatte ihn in einer gemieteten Kutsche nach Hot Well und nach Clifton hinauffahren sehen. Er stand in Verhandlungen wegen eines Hauskaufs am Queens Square. Man sagte, er wolle sich dem Müßiggang verschreiben, bald würde er zu vornehm sein, um noch hart zu verhandeln. Die kleinen Händler und Kaufleute, die mit ihren geringen Rücklagen in den Kaffeehäusern herumsaßen, um sie gewinnbringend zu investieren, wollten ihr Geld bei einem Mann anlegen, der dessen Wert so zu schätzen wußte wie sie selbst. Und sie hielten nach jemand Ausschau, der das Klimpern von hundert schwer erworbenen Guineas in ihrer kleinen Börse bewunderte. Bei Josiah hatten sie den Verdacht, daß er sie überrundet hatte, erkannten jedoch nicht, daß er in die Kluft zwischen den beiden Welten der härtesten City von ganz England geraten war. Die großen Kaufleute, die Merchant Venturers, hatten keinen Platz für ihn. Ihre Frauen mochten murmeln, daß die neue Mrs. Cole früher eine Miss Scott und Nichte von Lord Scott war, und leise wünschen, mit ihr befreundet zu sein; aber die neue Mrs. Cole war nur in der Kirche zu sehen, und sie besuchte St. Mary Redclift und nicht die vornehme Kathedrale auf der Nordseite des Flusses in College Green.

Die Damen konnten sie nicht in diesem gräßlichen kleinen Haus am Hafen aufsuchen. Allein die Fahrt vor die Haustür war mehr, als ihr Magen vertrug. Sie schickten ihre Lakaien, um ihre Karten abzugeben, aber sie machten nicht persönlich ihre Aufwartung. Und Frances, die Zeichen sehr wohl verstand, wußte, daß sie bis zum Umzug in das neue große Haus am Queens Square warten mußte.

Am Ende der Woche entschied sich Josiah fürs Hasardspiel. Er wollte die *Rose* lediglich mit der Versicherung für die Waren auslaufen lassen. Keiner hätte ihm die Sklaven versichert. Josiah war zu verzweifelt auf Gewinn aus, um noch warten zu können. Er riß seine Kopfbedeckung herunter, nahm Kapitän Smedley beim Arm, als sie den Kai entlangschritten, und stieß ihn in Richtung Schiff.

»Los!« rief er aus. »Segeln Sie los, als wäre es Ihr eigenes Schiff. Ganz ehrlich, Kapitän Smedley, aus dieser Reise werden wir eine Menge Kapital herausschlagen, aber wir nehmen auch ein großes Risiko auf uns.«

Der Kapitän nickte. »Ich bin bereit. Ich werde bei Kingsroad an Bord gehen, wenn der Lotse das Schiff durch den Kanal geleitet hat. Wie immer werde ich für Sie mein Bestes tun, Mr. Cole.«

»In Ihrer Kabine liegt eine Anweisung für Sie.« Josiahs Miene verriet seinen Eifer. »Auf dieser Reise werden wir das Gesetz ein wenig beugen müssen, Kapitän Smedley. Sie werden damit hoffentlich keine Schwierigkeiten haben, nehme ich an.«

»Solange das Schiff und meine Mannschaft sicher sind ...«

Josiah nickte. »Halten Sie das Schiff aus jeder Gefahr, was immer passiert. Es wird in der Morgendämmerung mit der Flut Segel setzen. Die Anweisung liegt in Ihrer Kabine auf dem Kartentisch.«

Der Kapitän bückte sich, nahm Josiahs Hut auf und reichte ihn mit einem Lächeln herüber. »Setzen Sie ihn auf, Mr. Cole. Ich sehe Sie schon bei den Merchant Venturers!«

Josiah entblößte seine braunen Zähne. »So Gott will«, sagte er knapp.

Am nächsten Morgen war Josiah früh aufgestanden und wartete am Kai in dichtem, kaltem Nebel. Die *Rose* nahm ihre letzte Fracht an Bord, noch mehr Kisten mit Handelsgütern wurden zügig und sicher aus Josiahs Speicher herausgetragen. Kiste auf Kiste voller Musketen mit Feuersteinen, Kugeln und

Schießpulver aus Birmingham. Josiah überflutete Afrika mit Munition, um dessen Bedarf daran zu befriedigen.

Kapitän Smedley befand sich nicht an Bord; er würde das Schiff erst am Ankerplatz von Kingsroad besteigen, wenn der Lotse es hinter den Ruderbooten, die es schleppten, durch die Avon-Felsschlucht gesteuert hatte. Josiah schrieb ihm einen Brief, in dem sich seine endgültigen Instruktionen befanden, und hinterließ ihn in der Kabine.

4. September 1788

Mit allem Nachdruck möchte ich darauf hinweisen, daß gerade auf dieser Reise über allem anderen der Profit steht. Zu diesem Behufe wählen Sie die allerbesten Neger aus, die Sie nur auftreiben können; und halten Sie sich nicht allzulange vor der Küste Afrikas auf. Verschiffen Sie Frauen und jüngere Kinder und verstauen Sie sie recht eng. Ich wünsche, daß Sie nicht weniger als 600 an Bord nehmen. Was den Extra-Profit angeht, so werden die möglichen Toten bei der Überfahrt von der erhöhten Anzahl der Mitgeführten wettgemacht.

Auf dieser Handelstour, einzig und allein auf dieser Seereise, sollen Sie direkt zu den spanischen Kolonien segeln und die Sklaven dort verkaufen, und zwar gegen ungemünztes Gold. Die Papiere, die für diese Seereise ausgestellt wurden, erwähnen die spanischen Kolonien nicht, und Sie müssen diesen Brief sofort nach dem Lesen vernichten. Ich bin mir darüber im klaren, daß es Schmuggel ist, und Sie erhalten bei der Rückkehr einen Bonus. Das wird das einzige Mal sein, daß ich Sie um den Handel mit den Spaniern ersuche, und ich werde den Erfolg gebührend belohnen. Kaufen Sie soviel Zucker, wie man Ihnen anbietet, vorausgesetzt er ist von guter Qualität. Nehmen Sie jedoch keine Kreditverschreibungen an. Ich will nichts als Gold und Zucker. Lassen Sie mich nicht im Stich, Kapitän Smedley – verschifffen Sie so viele, wie Sie kriegen können, und pferchen Sie sie eng zusammen.

Verführerisch schaukelte die *Rose* auf der Flut, die Wellen klatschten an die Kaimauer. Der Lotse kam an Bord, als Josiah

Cole beobachtete, wie die Schleppkähne ihre Bugsierleinen befestigten.

»Mach's gut!« sagte Josiah im Flüsterton. Das Schiff war für den mittleren Teil seiner Fahrt nicht versichert und gefährlich überladen. Seiner Schwester das mitzuteilen wagte er nicht; er wagte kaum, es sich selbst einzugestehen.

Die Schauerleute lösten die Vertäuung der *Rose*, und das Tau schlängelte sich durch das grüne Wasser und wurde eingeholt. Die geruderten Schleppboote bewegten sich langsam vorwärts, und die Bugsierleinen sprangen aus dem Wasser hoch und zitterten, ehe sie straff gespannt wurden, wobei sie ihrer ganzen Länge nach silbern glänzende Tropfen versprühten. Da gab es diesen stillen, köstlichen Augenblick, wo das Schiff zögerte, als würde es nicht glauben, daß es jetz frei war, frei in seinem Element – nach Wochen vertäut an Land. Dann erst legte die *Rose* sacht, nahezu widerstrebend, vom Dock ab und gewann an Fahrt, als sie den Avon-Kanal in Richtung der hohen Felsschlucht entlangglitt.

»Viel Glück!« murmelte Josiah beschwörend. Das Schiff fuhr diesmal mit einer zu geringen Kapitalbeteiligung. Es war von ihm und nur drei anderen kleinen Partnern finanziert worden, wobei er selbst drei Anteile und die Partner jeweils einen Anteil hielten. Für den Erwerb der zusätzlichen Waren hatte sich Josiah Geld geborgt, er schuldete folglich mehr als tausend Pfund. Diesmal hatte er für die *Rose* nicht genügend Kapital zusammengebracht, und sie war unterversichert. Josiah war nichts anderes übriggeblieben, als die *Rose* loszuschicken und mit ihr außerhalb des Gesetzes mit den spanischen Plantagen Handel zu treiben. Das war ein Risiko, das er nie zuvor eingegangen war; doch die Spanier zahlten sehr gut und in Gold. Josiah segelte damit hart am Wind. »Viel Glück!« rief er seinem Schiff nach.

Wie um Josiahs Glauben an sein Glück zu bestätigen, nahm Mr. Waring genau an jenem Tag – als die Sonne sich erhoben hatte und rot durch den Qualm aus dem Fabrikschlot der Bleikugelgießerei sichtbar wurde – mit seiner Frau das Frühstück ein und beschloß letztendlich das Haus am Queens Square an die Coles zu verkaufen. Mrs. Waring hatte von der Gattin des Bischofs erfahren, daß die neue Mrs. Cole die Tochter von Reverend John Scott war, der die Pfarre von Claverton Down innegehabt hatte. Stephen Waring äußerte offen seine Verwunderung, daß eine Lady wie Miss Scott einen Mann wie Josiah Cole geheiratet haben sollte und über dessen Zuckerlager Quartier genommen hatte. Aber Mrs. Waring war scharfsinniger. »Ich nehme an, wenn Josiah Cole für Lord Scott gut genug ist, dann ist er auch gut genug, unser Haus zu kaufen«, bemerkte sie spitzbübisch. »Und ich wage zu behaupten, Mr. Waring, daß du einen entsprechenden Preis verlangen kannst, wenn Mr. Cole für seine neue Frau ein gutes Haus erwerben will.«

Mr. Waring sagte darauf nichts, aber als er sich in sein Kontor zurückgezogen hatte, machte er Josiah Cole ein schriftliches Angebot und nannte dabei eine so hohe Summe für das Haus, die jeden abschrecken mußte, der nicht äußerst erpicht darauf war.

Wenn Josiah im Kaffeehaus zu den Stammgästen am oberen Tisch gezählt hätte, wäre ihm zu Ohren gekommen, daß auch andere Häuser am Queens Square bald zum Verkauf stünden. Wäre Josiah mit den wohlhabenden Männern der City bekannt gewesen, hätte er nicht überstürzt bei Queens Square Nr. 29 zugegriffen, wo doch Nr. 18 und Nr. 31 ebenso innerhalb eines Monats angeboten werden sollten. Denn die reichsten Kaufleute zogen von dem Platz weg; im Zentrum der Stadt wurde es ihnen zu laut, zu schmutzig und zu voll. Ihre Frauen hatten den Ehrgeiz, sich wie Ladys dem vornehmen Müßiggang zu widmen. Sie verschmähten einen Salon, der gleichzeitig auch als Geschäftszimmer dienen mußte.

Park Street war inzwischen den ganzen Hügel hinauf gepflastert, und zu beiden Seiten der Straße schossen elegante Stadtvillen in blaßem, honigfarbenem Sandstein in die Höhe. Die ersten Häuser in der Great George Street waren bereits verkauft und andere geplant. Schlau berechnende Leute kauften rings um die Great George Street Land auf, ebenso zu beiden Seiten der Park Street, und Architekten entwarfen Pläne für elegante, in Terrassen angelegte Reihenhäuser, eine Reihe über der anderen hügelaufwärts. Über einen Makler verhandelte Mr. Waring insgeheim wegen eines Grundstücks weit weg von den Hafenanlagen. Josiahs Vorliebe für die Nähe zur City teilte er durchaus nicht. Mr. Waring interessierte sich für Clifton.

Queens Square kam aus der Mode, und die Preise würden fallen, sobald das publik wurde. Mr. Waring öffnete den Brief nochmals und fügte unten eine Nachschrift hinzu:

Ich kann Ihnen das Angebot für das Haus zu diesem Preis nur für eine Woche machen, Mr. Cole. Ich habe eine dringliche Anfrage von einem anderen Interessenten, dem ich innerhalb von acht Tagen eine Antwort geben muß.

Er faltete das Blatt, tropfte rotes Wachs darauf und preßte sein Siegel hinein. Mit Überlegung nahm er ein weiteres Blatt Papier zur Hand.

Lieber Tom!

Tu mir den Gefallen und biete Dein Haus erst nach einer Woche an. Ich habe einen Käufer für meins, und ich möchte nicht, daß er irritiert wird.

Er kritzelte seine Initialen darunter, streute Sand über die Notiz, klingelte nach einem Lakaien, der beide Briefe überbringen sollte, und ging dann zufrieden in den Salon hinüber.

»Ich denke, du solltest Mrs. Cole einen Besuch abstatten, meine Liebe«, sagte er zu seiner Frau. »Speicherhaus hin oder her, ich meine, sie wird uns diese Bekanntschaft hoch anrechnen. Und zweifellos werde ich mich glücklich schätzen, mit ihrem Mann ins Geschäft zu kommen.«

7. Kapitel

»Wir müssen uns emporschwingen«, sagte Josiah zu Sarah mit Stephen Warings Botschaft in der Hand. »Wir müssen in die Kreise aufsteigen, wo Kapital zur Verfügung steht. Die kleinen Leute scheuen immer mehr das Risiko, und die großen wollen nur große Investitionen vornehmen. Du hast recht, mit dem Sklavenhandel geht es vorübergehend bergab. Er wird wieder aufblühen – wir haben das Auf und Ab ja schon erlebt –, und wir müssen in dieser Flaute durchhalten. Diese Stadt bietet riesige Möglichkeiten; wir brauchen sie nur zu ergreifen. Wir müssen in die Kreise jener eindringen, die wissen, wie man es macht.«

Sarah war vor lauter Angst bleich geworden. »Wir hatten nur drei Partner für die *Rose*«, meinte sie. »Und sie wird frühestens Ende des nächsten Jahres zurückkehren. Die *Daisy* wird nicht vor Dezember einlaufen. Wir dürfen uns einfach finanziell nicht übernehmen, Josiah. Mr. Warings Angebot für das Haus ist viel zu hoch. Wir schleppen für die *Rose* ein zu großes Risiko mit, außerdem ist da viel zuviel eigenes Kapital gebunden. Es ist unmöglich, jetzt auch noch ein neues Haus zu kaufen!«

»Dann müssen wir eben borgen«, erwiderte Josiah entschieden. »Ein anderes Haus steht in den nächsten Monaten, vielleicht sogar Jahren, nicht zum Verkauf an. Du weißt, wie begehrt diese Adresse ist, Sarah. Fast ein Jahr habe ich diese Chance herbeigesehnt. Wir müssen es jetzt erwerben, es hat keinen Zweck zu warten. Dann borgen wir eben.«

Sarah schüttelte den Kopf. Schulden fürchtete sie mehr als alles andere. »Ist nichts von ihrer Mitgift übrig?« Sie nickte hinauf an die Decke zu Frances' Zimmer, die sich mit Kopfschmerzen hingelegt hatte, die Fenstervorhänge gegen die

Straßengeräusche und den Gestank der Abfälle in den Hinterhöfen zugezogen.

»Nein, alles wurde in die *Daisy* investiert.«

»Gott möge sie unversehrt zurückgeleiten und uns Gewinn bescheren!«

Josiah beugte den Kopf. »So sei es!« sagte er.

Von der Daisy
auf Saint Kitts *15. August 1788*

Lieber Mr. Cole!

Ich übersende Ihnen diesen Brief mit der morgen auslaufenden Adventure, *um Ihnen mitzuteilen, daß ich gut in Saint Kitts angekommen bin, dem Himmel sei Dank!*

Morgen bereite ich alles zum Verkauf der Mehrzahl der Sklaven vor, die allgemein gesund und äußerlich in guter Verfassung sind. Die Preise scheinen hier niedriger als bei meinem letzten Besuch zu sein, aber ich versichere Ihnen, ich tue mein Bestes.

Gemäß Ihrer Anweisung habe ich 20 Sklaven für Ihren Gebrauch zurückgestellt, drei Männer, fünf Frauen, vier Kleinkinder, vier Mädchen und vier Jungen. Wie Sie anordneten, werde ich sie nach Hause mitbringen und auch dafür sorgen, daß sie Decken bekommen, damit sie nicht vor Kälte krank werden.

Morgen werde ich auch nach anderer Fracht Ausschau halten, aber ich fürchte, so spät am Ende der Saison läßt sich wenig machen. Seien Sie gewiß, daß ich – Ihrem Auftrag gemäß – mein Bestes tue.

Mit Gottes Hilfe werde ich meine Geschäfte hier im Laufe des Monats abschließen und so schnell wie möglich in Richtung Bristol auf Fahrt gehen. Ich hoffe, Ihnen im Dezember 1788 meine Aufwartung zu machen.

Ihr ergebenster Diener
Kapitän William Lisle

Josiah schob den Brief Sarah hin. Sie legte ihre Handarbeit beiseite und griff danach.

»Woher hast du ihn?«

»Vom Kapitän der *Adventure*, der eine gute Überfahrt hatte. Der Brief ist vom August datiert, er hat nur sechs Wochen bis nach Hause gebraucht. Er sagt, der Handel in Saint Kitts ist nicht sonderlich gut.«

»Was bedeutet das hinsichtlich der Sklaven?« Sarah überflog den Brief und schaute dann hoch. »Zwanzig«, sagte sie. »Und wie ich auftrug, Kinder – und er bringt sogar ganz kleine mit.«

»Kleine?« mischte sich Frances ein, die am Tisch Eintragungen in das Haushaltsbuch vornahm. Ein Stapel Rechnungen lag unter einem Briefbeschwerer, und sie hakte die geringfügigen Summen ab, die sie eintrug und zusammenzählte.

»Wenn man Kinder noch im Säuglingsalter kaufen könnte, wäre das ein Geschäft«, erklärte Sarah. »Sie lernen zwangsläufig am schnellsten, und sie arbeiten für einen auch die längste Zeit.«

»Oh«, sagte Frances. »Wann kommen sie an?«

»Spätestens im Januar«, antwortete Josiah. »Es dauert länger als einen Monat, das Schiff auf den Westindischen Inseln zu beladen, und dann muß man bei der Heimreise mit den Herbststürmen rechnen. Mit Gottes Hilfe werden sie hoffentlich um Weihnachten sicher landen.«

»Dann wohnen wir schon in dem neuen Haus«, sagte Frances. Der sich neigende Sommer hatte den gräßlichen Gestank vom Hafen etwas bereinigt und die ständige Furcht vor Cholera und Typhus in der Altstadt gebannt; doch der Herbstwind und der Regen verurteilten Frances dazu, noch öfter drin zu bleiben. Die winzigen Räume und niedrigen Decken verursachten ihr eine quälende Platzangst. Eigentlich war das Haus ein bloßer Speicher geblieben – mit Wohnräumen, die man an einer Seite angefügt hatte. Die Kamine waren unzulänglich, und der ständige Qualm ließ Frances ewig husten. Das häßliche Regenwetter machte Ausfahrten zu einem seltenen Vergnügen, und zwischen den Hafenarbeitern konnte sie nicht spazierengehen. Folglich verbrachte sie Tag für Tag mit Sarah in dem engen Wohnzimmer, wenn sie es nicht vorzog, allein in ihrer ungeheizten Schlafkammer zu sitzen. Niemand kam in das kleine Haus am Kai zu Besuch. Keiner lud sie zu Gesellschaften ein. Erst der Umzug zum Queens Square könnte der Einsamkeit und Isolation der Coles ein Ende bereiten. »Sicher werden wir dann schon im neuen Haus wohnen!«

Josiah warf ihr einen flüchtigen Blick zu. »Tut mir leid, daß es sich so hinzieht«, sagte er. »Das ist allein Mr. Warings Schuld. Ich habe die Anzahlung geleistet, die wir ausgehandelt haben, aber sein Baumeister braucht für das neue Haus länger als vorgesehen. Das Wetter spielte nicht mit. So wartet nun einer auf den anderen.«

»Jedenfalls wären wir unter Druck geraten, wenn wir die volle Summe gleich hätten zahlen müssen«, betonte Sarah spitz. »Nach der Ankunft der *Daisy* haben wir wenigstens für die letzte Rate noch deren Ausbeute zur Verfügung.«

»Noch weitere zwei oder drei Monate hier!« rief Frances unwillkürlich aus.

Sarah sah ihre Schwägerin durchdringend an. »Dieses Haus war für meine Mutter ein Palast. Und ich war mein Leben lang stolz, hier zu wohnen.«

Frances biß sich auf die Lippe. In den vier Monaten ihrer Ehe hatte sie gelernt, daß Sarah ihr Heim heftig verteidigte. »Ich wollte nicht unhöflich sein«, sagte sie vorsichtig. »Aber ich möchte so gern an die Luft, außerdem stört mich der Lärm vom Kai sehr. Und niemand besucht uns, bevor wir nicht umziehen.« Sie blickte Josiah an. »Es war Teil des Vertrags«, erinnerte sie beide. »Josiah versicherte mir in seinem Brief, daß wir am Queens Square wohnen würden.«

»Da hat sie recht«, meinte Josiah anständigerweise. »Der Queens Square gehört zu *unserem* Teil der Abmachungen. Wir ziehen sobald wie möglich um, und wenn nötig, beschaffe ich das Geld, mit oder ohne die *Daisy*.«

»Du meinst borgen«, unterbrach Sarah ihn bissig.

»Ich denke an Verkauf im voraus«, erwiderte Josiah mit fester Stimme. »Ich kann die Fracht von der *Daisy* vorher verkaufen, während sie noch auf See ist, und somit die restliche Summe für den Queens Square auf den Tisch legen.«

»Das ist ein Risiko«, mahnte Sarah. Sie sah Frances dabei an und hoffte auf Beistand von ihrer Seite. »Wenn die *Daisy* Schiffbruch erleidet, müssen wir den Verlust tragen und auch noch den Käufern Rückzahlung leisten. Ich bin sicher, Frances würde nicht wollen, daß wir ihr zuliebe ein solches Risiko auf uns nehmen.«

Frances warf Josiah ein geziertes Lächeln zu. »Wenn du denkst, die Sache ist das Risiko wert, Gatte, dann muß ich deiner Entscheidung zustimmen. Und wenn garantiert ist, daß wir das Haus bekommen …«

»Sehr weiblich gesehen«, kommentierte Sarah das sauertöpfisch.

»Sobald Mr. Waring das Haus räumt, werde ich alles begleichen, und wir ziehen zum Queens Square«, erklärte Josiah und beendete damit das Thema. »Ich freue mich über die Nachricht, daß es Kapitän Lisle gutgeht. Die *Daisy* hat uns immer Glück gebracht. Glück möge sie geleiten, wenn sie für die Heimfahrt Segel setzt.«

Als die *Daisy* auslaufen sollte, wurde die kleine Schutzhütte auf Deck abgebaut, und die Sklaven wurden in den Laderaum gebracht. Mehuru war so schwach, daß er nicht aufstehen konnte. Er lag auf dem schmutzigen Stroh und beobachtete, wie die anderen ihre Hände und Füße für die Fesseln hinhielten.

Die Sonne glitzerte auf dem blauen Wasser, der Anlegeplatz auf Saint Kitts flimmerte vor seinen geblendeten Augen. Die dunkelgrünen Abhänge der Berge verschmolzen langsam mit dem tieferen wunderschönen Grasland seiner Heimat. Mehuru dachte, daß sein Körper sich bald aus dem hartnäckigen Griff des Lebens befreien würde. Bald würden die Schmerzen aufhören, und er würde zu Hause sein. Wenn die Götter ihm gewogen wären, wenn seine Ahnen seine Seele suchten, würde er zu Hause sein und wieder auf der Brust der freundlichen, fruchtbaren Erde Afrikas liegen.

Der Kapitän, der die Sklaven überwachte, als sie hinuntergeschafft wurden, bemerkte zum erstenmal, daß Mehurus Haut und seine Muskeln ausgezehrt waren.

»Was zum Teufel fehlt denn dem?« fragte er scharf. »Ist er krank?«

Sie behielten ihn im Auge, als das Essen kam, und stellten fest, daß er dalag und sein Gesicht abwandte. Daraufhin befestigten sie eine Eisenmaske mit einem Trichter an seinem Kopf und flößten ihm zweimal am Tag flüssige Nahrung ein. Am ersten Tag fühlte Mehuru nichts, er trieb und glitt die lieblichen Flüsse seiner Heimat entlang. Doch in der Nacht wurde er von gräßlichen Schmerzen gequält, als sein zusammengeschrumpfter Magen sich kolikartig zusammenzog. Am nächsten Tag spürte er die unbarmherzige Hitze der Suppe, die seinen Mund und die Kehle verbrannte. Den dritten Tag kämpfte er gegen das Essen an, aber sie zwangen es ihm trotzdem hinein. Am vierten Tag nahmen sie ihm die Maske ab, und er bemerkte, daß er hungrig war. Nun kehrte er von seiner Reise in die Dunkelheit zurück und vernahm die Stimme des Schlangengottes, die ihm zu Geduld und Weisheit riet. Er fühlte sich selbst weiser, da er alles gewagt hatte, und suchte in sich selbst die Energie zum Überleben, als lebendiger Geist, da man ihm all seine Kraft als Mann, als menschliches Wesen geraubt hatte.

Das Schiff setzte Segel. Mehuru rollte wieder auf seinem Wandbrett hin und her und fragte sich, ob er den Rest seines Lebens im Halbdunkel zubringen mußte, wo die See durch die Gräting hereinschwappte und wo er Sehnsucht nach seiner Heimat hatte und für ewig im Exil war. Er wollte nicht länger fasten, da er nicht den festen Griff der Weißen ertragen konnte und den scharfen, üblen Schmerz, wenn die heiße Suppe seine Kehle bedrohlich herunterrann. Statt dessen nahm er seinen Anteil aus dem Topf zu sich.

Es wurde bitterkalt, kälter als Mehuru es je erlebt hatte. Als sie zum Tanzen an Deck gebracht wurden, konnte Mehuru weder das Meer noch die Sonne ausmachen. Das Wasser war ein einziges trübes Grau, und der Wind trug eine Spur von

Eiseskälte herüber. Unverständlich war ihm, welche Bahn die Sonne genommen hatte; sie ging immer weiter weg und hatte ihre Glut und Kraft verloren. Tag um Tag wurde sie kleiner und blasser. Mehuru dachte, das Schiff segle in ständiger Nacht. Wenn der Schatten der oberen Gitterroste über den Boden des Laderaums wanderte, waren die Quadrate von Sonnenlicht matt und bleich. Durch den Rost konnte er den verschleierten Himmel sehen, von Wolken durchzogen. Noch nie hatte er einen solchen trüben Himmel erblickt. Selbst während der Regenzeit zu Hause rissen die Unwetterwolken plötzlich auf, und die Sonne brannte wieder auf die Erde herab. Um sich zu wärmen, lagen er und ein anderer Mann dicht aneinandergedrängt da. Mehuru vermißte die früheren Gefährten, die nicht mehr da waren. In dem widerhallenden Laderaum befanden sich nur noch wenige, und sie hatten Angst und konnten sich gegenseitig nicht trösten.

Eins der kleineren Kinder wurde krank. Sie dachten, es würde vor Kälte sterben. Als die Sonne matter wurde, bemerkte Mehuru, daß auch das Kind schwächer wurde. Sie konnten nichts tun. Es schrie ein wenig, sehr jämmerlich, und starb, während eine Frau es in ihren Armen wiegte. Als Mehuru es an Deck brachte, wurde es ihm roh entrissen, und sie warfen es über Bord. Die kleinen Arme und Beine schleuderten herum, als es durch die Luft flog, und Mehuru stockte das Herz, weil er dachte, es schrie. Doch das Schiff tauchte voran in die tiefen grauen Wellen, und das auf dem Wasser tanzende kleine schwarze Köpfchen wurde verschlungen.

Die Tage, Wochen, ja Monate zogen sich hin und waren nicht mehr zu zählen. Sie bekamen die Ruhr, und ein Mann starb wie auch ein weiteres Kind. Das Wetter war zu stürmisch, als daß sie auf Deck tanzen konnten, und außerdem waren alle schon sehr entkräftet. Mehuru überlegte, ob sie wohl so lange segeln würden, bis alle tot waren. Als man sie hinauf befahl, damit sie die Exkrementenkübel leerten, rutschten zwei der Jungen durch die um die Takelage aufgehängten Netze, die sie an Bord halten sollten, und stürzten sich ins Meer. Mehuru fühlte Scham über ihren Verlust. Er hätte ihnen Hoffnung einflößen müssen und einen Grund, zu leben. Aber eigentlich gab es keine Hoffnung und keinen Grund, am Leben zu bleiben.

Die Nahrung, die man in Kübeln brachte, schmeckte mehr und mehr verdorben, war jedoch nicht verfault, was an der Kälte lag. Dann spürte er in einer Nacht, wie das Rollen und Stampfen des schwerfälligen Schiffes ruhiger wurde. Er hörte die Rufe der Matrosen, die die Segel einholten. Eine ganze Weile schaukelten sie sacht hin und her, als gingen sie vor Anker, und dann gab es einen neuerlichen Ruck, als das Schiff ins Schlepptau genommen wurde.

Mehuru wartete in der Finsternis des Laderaums und lauschte auf Geräusche, die ihm verrieten, was an Deck vor sich ging. Und wieder spürte er das Vorwärtsdrängen des Schiffes, das sich einem Hafen nähert, und hörte das zunehmende Lärmen vom Kai. Die anderen wurden wach, die Frauen umklammerten einander vor Furcht, die Kinder wimmerten. Ein fauler, saurer Geruch nach Schmutz wie von einem alten Abfallhaufen stieg ihnen in die Nase. Er durchdrang selbst den stinkenden Laderaum des Sklavenschiffes. Dann folgten ein fürchterlicher Krach von durcheinanderrufenden Stimmen und das Knirschen arbeitender Gerätschaften. Mehuru raffte sich die Decke um die Schultern und bebte ein wenig vor Angst und Kälte. Schließlich wurde die Gräting hochgehoben, und man beorderte sie an Deck. Auf wackligen Beinen kletterten sie hinauf und standen zitternd vor Kälte da. Ängstlich sahen sie sich um.

Sie konnten wenig erkennen, denn es dämmerte noch nicht, und nur wenige Laternen waren am Ende des Takelwerks und an der Reling aufgehängt. Eine Eisenkette wurde vor ihnen ausgelegt und ihre Halseisen damit verbunden, und dann hieß man sie, eine schmale Plankenrampe zum Kai hinunterzugehen. Mehuru, dessen Füße von den kalten, harten Kopfsteinen zurückzuckten, spürte das erstemal seit sechs Monaten wieder festen Boden unter sich. Den Kälteschmerz, der von seinen

Fußsohlen hochkroch, konnte er sich nicht erklären. Mit leichten, schneidenden Schlägen auf Schultern und Rücken wurden sie vorwärtsgepeitscht und dabei angebrüllt, so wie Männer eine Viehherde treiben. Die kalte Luft im Gesicht und die scharfe Kälte unter den Füßen verrieten Mehuru, daß er in einem schrecklichen Exil angekommen war, wo es nur tote Menschen gab. Der Schlangengott allein wußte, was sie mit ihm vorhatten.

Mehuru atmete drei-, viermal tief die eisige Luft ein und versuchte, seine Panik zu unterdrücken. Vor ihm befand sich ein hohes Gebäude ohne Licht und mit bogenförmigen Toreingängen wie aufklaffende Mäuler, die zu Lagerräumen führten. Bei ihrer Ankunft öffnete sich eine schmale Tür an der Seite des Hauses, und sie wurden in einen Flur gedrängt und durch eine andere Tür in die Küche. Die Wärme und der Geruch vom Kochen versetzte ihm einen Stich vor Heimweh, doch ein Schlag ins Genick zwang ihn vorwärts, und er war aus der Küche hinaus, ehe er sich umschauen konnte.

Am hinteren Ende der Küche stand eine dicke Holztür offen. Mehuru und die anderen Sklaven stolperten vier grob aus dem Felsen herausgehauene Stufen hinunter, wobei ihre Ketten am Nacken des jeweils nächsten ruckten, als man sie unten die Wand entlang in eine Reihe stieß. Es war halb Keller, halb Höhle. Mehuru bemerkte einige alte Weinfässer und ein Regal, wo früher Flaschen gelagert haben mußten. In die weichen roten Sandsteinmauern hatte man neue Eisenringe eingelassen, die ihre Halsketten halten sollten, und außerdem gab es Verankerungen für ihre Fußfesseln. Ein fremder Mann, dessen Kleidung nach Land und nicht nach Meer roch, ging die Reihe entlang, schloß jeden einzelnen an die Mauer an und stieß dabei mit dem Fuß sauberes Stroh um ihre kalten Füße. Dann hob er die Laterne hoch und betrachtete sie sorgfältig wie ein guter Stallbursche, der seinen Stall noch einmal prüfend überblickt, bevor er ihn zur Nacht verläßt. Danach ging der Fremde fort und nahm die Laterne mit. Sie hörten die Tür oben am Ende der Stufen zuschlagen und waren so vom Licht und der Wärme der Küche ausgesperrt, allein gelassen, lebendig begraben in der feuchten Höhle und all der Finsternis.

Dann ließ die Schlange sanft ein Wort vernehmen: »Verzweiflung.«

Als Sarah mit dem Frühstückstablett eine Nachricht an Frances schickte, erfuhr diese, daß die *Daisy* in der Morgendämmerung am Kai angelegt hatte, und sie wurde gebeten, sobald sie fertig angekleidet war, unten zu erscheinen. Das lange ängstliche Warten auf das Schiff war vorbei, und Frances sollte ihre Arbeit aufnehmen. Sie zog ein einfaches graues Kleid an und setzte ihre schlichteste Haube auf. Über ihr Zurückgleiten auf den Posten einer Gouvernante war sie in keinster Weise verärgert. Die Wintertage in dem kleinen Speicherhaus waren sehr lang. Bereits um vier Uhr nachmittags wurde es dunkel, und außerdem war es zu kalt für Spazierfahrten. Die Ränder des Kais waren jeden Morgen mit Rauhreif überzogen, und der Rauch von den Glasschmelzöfen hing als Nebel über den Dächern. Nirgendwo sang ein Vogel, nur die Möwen kreischten, und zu sehen war nichts als das kalte, überfrorene Kopfsteinpflaster. Nichts von den Vergnügungen, die Lady Scott und die Ladys von Whiteleaze für selbstverständlich hielten, gab es hier, keine Spaziergänge zwischen winterlichen Sträuchen, keine gemütlichen Nachmittage in den Treibhäusern.

Frances erinnerte sich an den jährlichen Wettbewerb zwischen ihr und ihrem Vater, wer von ihnen in der Hecke im untersten Teil des Pfarrgartens die ersten Schneeglöckchen entdeckte. Sie konnte den Winter ohne Aussicht auf Blumen, ohne langsam knospende Bäume kaum ertragen. In Bristol hatte sie so viele Romane verschlungen wie nie zuvor, sie hatte dutzende Male vom Wohnzimmerfenster aus Skizzen angefertigt: die vorspringende Kaimauer der Coles im Vordergrund, das Profil der Querbalken von den Kränen der Merchant Venturers auf der gegenüberliegenden Seite des schmutzigen Flusses, den Wald von Masten und die glatte viereckige Fassade des Speicherhauses dort drüben. Sie hatte viel mehr gestopft und gesäumt, als sie für nötig gehalten hatte, und immer noch gab es Stunden am Tag, die unausgefüllt blieben.

Der Umzug zum Queens Square hätte sie abgelenkt, aber Mr. Waring hatte das Haus noch immer nicht geräumt. Josiah mußte mit wachsendem Ärger feststellen, daß er einem viel zu hohen Preis für das Anwesen zugestimmt hatte und noch dazu an einem Ort, wo inzwischen andere Grundstücke billig angeboten wurden – und er konnte es noch nicht einmal in Besitz nehmen.

Frances strich ihre Haube glatt und ging die Treppe hinunter ins Wohnzimmer. Bruder und Schwester erwarteten sie schon.

»Die *Daisy* ist eingetroffen mit einer guten Ladung von Zucker und Rum und der ersten Sendung deiner Sklaven.« Josiah strahlte sie freudig an. »Hier habe ich eine Liste von allen.«

»Meine Sklaven?«

»Sie wurden von deiner Mitgift gekauft und sollen von dir ausgebildet werden. Und du wirst ihnen auch Namen geben«, erklärte Josiah. »Es ist nur recht und billig, wenn sie *deine* Sklaven sind, meine Liebe. Und gewiß hat Sarah mit ihrer Annahme recht, daß sie einen höheren Preis erzielen, wenn man erfährt, sie gehören dir.«

»Wir rechneten mit zwanzig«, warf Sarah ein. »Die Verluste sind übel, und ich muß mit Kapitän Lisle darüber noch ein ernstes Wort sprechen. Er hat nur dreizehn abgeliefert.«

Josiah händigte seiner Frau die Liste aus. Sie las:

Zwei gesunde Männer
Vier gesunde Frauen
Zwei Jungen im Alter von sieben und sechzehn
Drei Mädchen zwischen sieben und vierzehn Jahren
Zwei kleine Jungen im Alter von zwei und fünf

»Ich habe nicht erwartet, daß alle überleben«, sagte Josiah. »Du weißt doch, Sarah, obwohl wir zwanzig von hundert auf dem Atlantik einbüßen, sterben weitere fünfundzwanzig im ersten Jahr auf den Plantagen. Auch hier müssen wir darauf gefaßt sein, daß wir einige im ersten Jahr verlieren.«

»Trotzdem ist es aber eine ausgezeichnete Mischung«, tröstete sich Sarah. »Ich habe ausdrücklich auf kleinen Kindern bestanden. Die lassen sich nämlich einfacher unterrichten, und die Nachfrage besteht nach sehr jungen schwarzen Pagen.« Ihre Augen leuchteten, sie lächelte sogar. Frances hatte ihre Schwägerin noch nie so munter erlebt.

»Wie schnell kannst du ihnen Englisch beibringen?« fragte Josiah. »Bisher können sie nichts. Aber das ist wahrscheinlich besser so. Sie haben noch keinen groben Akzent und auch nicht das Patois der Inseln gelernt. Sie werden also reines Englisch sprechen, wenn sie hier unterrichtet werden, nicht wahr?«

Frances lachte und wurde von ihrem Optimismus angesteckt. »Das nehme ich an. Aber ich kenne mich mit Niggern nicht aus. Ob sie nun rasch lernen oder langsam, kann ich erst sagen, wenn ich sie gesehen habe. Wo sind sie jetzt?«

»Das Schiff hat in der Nacht angelegt, und ich habe sie ausgeladen und im Keller verstaut«, sagte Josiah. »Vorher wurde dort aufgeräumt und Stroh auf den Boden gestreut. Es ist wohl das beste, meine ich, wenn sie dort unten gehalten werden, bis sie erzogen sind, im Haus ohne Ketten herumzulaufen. Der Keller ist sicher, es gibt nur eine schwere Holztür, die in die Küche führt. Willst du sie hier im Wohnzimmmer unterrichten?«

»Ja«, antwortete Frances. Sie blickte sich im Raum um. »Aber es sind zu viele. Alle auf einmal geht nicht. Ich werde zur ersten Stunde nur sechs nehmen und die anderen am Nachmittag.«

Sarah war ungehalten. »Eile tut not!« sagte sie. »Je schneller sie was gelernt haben, um so eher können wir sie verkaufen.«

»Ich brauche eine Weile, um mich an sie zu gewöhnen«, sagte Frances.

»Sie hat recht«, kam Josiah ihr freundlich zu Hilfe. »Sie braucht die Gewöhnung. Ich habe einen guten Mann eingestellt, meine Liebe, der auf den Sugar Islands mit Sklaven zu tun hatte – durch und durch ein erfahrener Sklaventreiber. John Bates wird ihnen das Essen bringen, für Sauberkeit sorgen und ihnen die Flausen austreiben und sie für dich verprügeln.«

»Wir können sofort hinuntergehen und sie in Augenschein nehmen«, meinte Sarah eifrig. Sie war Feuer und Flamme, und auf ihren bleichen Wangen erschienen zwei rote Flecken.

Josiah lachte. »Ich habe sie gleich inspiziert, als sie ausgeladen wurden. Darum schaut sie euch nur alleine an. Ich muß meinen Geschäften nachgehen, aber ich bin auf eure Einschätzung heute abend gespannt.« Er nickte Sarah zu, nahm dann aber Frances' Hand, über die er sich leicht beugte. »Wenn du das alles zustande bringst, bin ich dir sehr verbunden«, sagte er förmlich. »Unser Wohl hängt davon ab.«

Frances machte eine unsichere Bewegung. »Ich tue mein Bestes, Josiah«, versprach sie.

»Mehr verlange ich nicht«, sagte er und verließ das Zimmer.

Frances stand am Fenster und sah zu, wie sich unten Josiahs dunkler Dreispitz unter den Schauerleuten am Kai bewegte, die die *Daisy* entluden.

»Was für einen langen Weg sie zurückgelegt haben«, sagte sie. »Und was für eine fürchterliche Seereise es gewesen sein muß. Den ganzen Weg von Afrika zu den Westindischen Inseln und dann bis nach England, bei stürmischer See und gelegentlich in einer Flaute, bei Hitze und Kälte. Welche Ängste sie ausgestanden haben müssen.«

»Oh, das bezweifle ich«, meinte Sarah Cole. »Sie fühlen nicht so wie wir, wie du weißt. Und sie begreifen die Dinge nicht so wie wir. Selbst jetzt werden sie kaum wissen, daß sie von ihrer Heimat so weit entfernt sind und nie mehr zurückkehren werden.«

8. Kapitel

In gekränktem Schweigen stand die Köchin am Küchentisch. Brown wusch das zweitbeste Porzellangeschirr im Spülbecken ab. Sie drehte sich um, als Sarah und Frances hereinkamen, und machte einen Knicks. Die Küchenmagd wich mit gesenktem Blick zur Seite und wischte ihre schmutzigen Hände an der Juteleinenschürze ab.

Miss Cole nickte ihren Angestellten zu und bahnte sich den Weg am Küchentisch vorbei zu der massiven Holztür, die oben und unten mit einem Querriegel versehen und mit einem Schloß gesichert war. Neben der Tür hing ein schwerer Schlüssel an einem Ring; Sarah nahm ihn ab und steckte ihn in das Schloß. Dann schob sie die Riegel zurück.

»Sind sie abgefüttert worden?« fragte sie. Es war, als erkundigte sie sich nach dem Wohlergehen von Kutschpferden.

»Ja, Miss Cole.« Das kleine Küchenmädchen knickste. »Und Mr. Bates hat den Schmutzeimer rausgebracht.«

Miss Cole nickte und forderte ihre Schwägerin auf, ihr zu folgen. Frances ging auf die Tür zu und zögerte dann. Vor ihr befand sich eine enge, gangähnliche Höhle, herausgehauen aus dem roten Sandsteinfelsen, erleuchtet von der Laterne mit Hornplatten, welche Sarah hoch an einen Haken im weichen Stein hängte.

Die Decke des Tunnels war an ihrer höchsten Stelle etwa sechs Fuß hoch. Frances konnte die Schrammen und Schürfspuren der Hacken und Schaufeln erkennen, wo man den Keller aus der Felswand ausgetrieben hatte. Der Boden war uneben, an vielen Stellen zerfurcht vom Rollen der Zucker- und Weinfässer. Ein starker, beißender Geruch schlug ihr entgegen. Ein Geruch nach altem, lange gelagertem Wein und ein neuer

Geruch nach Männern und Frauen, die seit Monaten in ihrem eigenen Dreck lebten – ein Geruch nach Entwürdigung und Verzweiflung. Sie schreckte zurück, aber Miss Cole hatte sie am Arm gepackt und zog sie vorwärts.

»Davon stammt all das Geld, um dir deine bestickten Morgenkleider zu kaufen«, stieß sie scharf hervor. »In dieser Welt muß Geld verdient werden. Und wir verdienen es auf unsere Weise. Es ist ein guter Handel, und ein ehrbarer dazu.«

»Es war nur der Geruch ...«

»Die Schiffe stinken noch schlimmer als das hier, und unsere Matrosen müssen hinaus und damit zurechtkommen. Die Bleifabriken vergiften ihre Arbeiter, und dein Onkel kauft deren Schrotkugeln für die Jagd. Doch dich hat man vom Alltag ferngehalten, von all den schmutzigen Sachen, Schwägerin. Aber nun bist du die Frau eines Mannes, der seinen Unterhalt im Schweiße seines Angesichts verdient, dessen Hände zum Feierabend schmutzig sind. Und ich bin stolz darauf. Ich möchte keine Lady sein, die nichts von der wirklichen Welt versteht. Ich bin stets bereit, mir mein täglich Brot selbst zu verdienen.«

In dem flackernden Licht sah Sarahs Gesicht freudig erregt aus. Frances zog ihren Arm weg. »Und ich bin bereit, meine Rolle zu spielen«, sagte sie mit schlichter Würde. »Ich habe einen Anteil am Wohlstand dieser Familie erworben, und ich bin imstande, dafür zu arbeiten. Sarah, ich habe nie dem bloßen Müßiggang gefrönt. Und du brauchst nicht deinen Zeigefinger gegen mich zu erheben.«

»Gut«, meinte Sarah kurz angebunden und schritt voran, sicheren Fußes lief sie den vertrauten Gang entlang. Frances folgte ihr; es roch noch stärker nach Schweiß, Kummer und Krankheit.

»Da sind sie!« rief Sarah begeistert. »Schau sie dir an! Und tatsächlich sind alle in guter Verfassung! Da werde ich wohl Kapitän Lisle doch eine Prämie auszahlen.«

Frances blinzelte und versuchte, sich an die Dunkelheit zu gewöhnen. Der Gang hatte sich zu einer runden Höhle mit schweigenden Menschen erweitert. Undeutlich konnte sie den Glanz des Kerzenlichts in schimmernden Augen ausmachen und ein schwaches Klirren von Eisen hören, wenn sich jemand bewegte. Sie spürte, daß da eine stumme Menge in dem engen Kellerraum saß. Wie Hunde waren sie aneinandergekettet und außerdem an Ringen in den Wänden festgemacht. Jeder Mann, jede Frau und jedes Kind trug einen leichten Eisenkragen um den Hals, und über diesen Bügeln blickten ihre Gesichter teilnahmslos und matt vor hoffnungslosem Leid. Sie konnte Blutflecken sehen, wo ihre Hälse durchgescheuert waren, und Eiter an den Halseisen, wo die Wunden infiziert waren.

Ein Ring im Halseisen hielt die Ketten für die Handfesseln, ein anderer hielt die Kette, die sie paarweise aneinanderschmiedete, wobei die Kettenglieder hinter ihren Köpfen zu den Bolzen in der Mauer führten. Ihre Füße waren in schweren Fußfesseln am Boden angepflockt. Alles roch nach Exkrementen und der kranken, süßlichen Ausdünstung von faulendem Fleisch. Frances preßte sich eine Hand auf den Mund, um die Übelkeit zu ersticken; und darüber war ihr Gesicht so weiß wie ein Höhlenfisch in unterirdischer Finsternis. Ihre Augen waren so dunkel wie die der Sklaven.

Niemand sah sie an. Niemand machte sich die Mühe, auch nur hochzuschauen. Jene mit offenen Augen starrten geradeaus vor sich hin oder blickten auf ihre zuckenden Füße, die nackt in dem mulchigen Stroh standen. Die meisten hockten auf der Steinbank, die aus dem Fels herausgeschlagen war, und lehnten sich gegen die Wand; ihre Köpfe berührten dabei leicht den feuchten Stein, ihre Augen waren fest geschlossen.

Frances kam zu Atem und flüsterte: »Mein Gott!«

Miss Cole bemerkte, wie bleich Frances war. »Was ist denn?«

»Ich weiß nicht«, erwiderte Frances. Sie schaute ringsum in die Gesichter der dreizehn Schwarzen, die so regungslos in der Dunkelheit verharrten wie verzweifelte Statuen. Die ganze Grausamkeit des Sklavenhandels offenbarte sich ihr wie ein Spalt der Hölle, der sich vor ihren Füßen auftat. »Das habe ich nicht gewußt«, murmelte sie.

Miss Cole nickte energisch, als bestätigte das nur ihre schlechte Meinung über die Schwägerin. »Also, jetzt weißt du es!« sagte sie und wandte sich ab, um hinaufzugehen.

Frances wollte ihr schon folgen, aber dann blieb sie wie angewurzelt stehen. Sie hatte das befremdliche Gefühl, als beobachtete sie jemand. Sie spürte es so deutlich, als hätte ihr jemand seine warme Hand in den Nacken gelegt. Sie drehte sich rasch um, vergaß dabei den unebenen Boden und mußte sich an der feuchten Wand abstützen, um das Gleichgewicht nicht zu verlieren.

Einer der Sklaven blickte sie an. Seine Haut war schwarz, so schwarz wie eine reife dunkle Weintraube, seine Nasenflügel zuckten, sein Mund war wie von Meisterhand gemeißelt. Seltsam blaue Linien, die sich in verschlungenen Mustern über seine Wangenknochen zogen, verzierten seine Wangen. Das gleiche Muster lief wie ein Band um seine Stirn. Den Kopf gegen die Wand gelehnt, hatte er dagestanden mit demselben leeren Blick wie die anderen Gefangenen. Aber etwas an ihr hatte seine Aufmerksamkeit erregt, und sein Kopf war herumgefahren, die Kette am Halseisen klirrte. Seine Augen trafen die ihren.

Er schaute sie an, als würde er sie kennen. Sie fühlte eine Berührung, so deutlich wie einen leichten Schlag ins Gesicht – eine befremdliche Empfindung, als ob sie gleich in Ohnmacht fiele. Der Moment, da sie ihn anschaute und er zurückblickte, schien sich ins Unendliche zu dehnen.

»Nun komm schon, Frances«, klang Miss Coles Stimme scharf und altjüngferlich.

Frances rührte sich nicht von der Stelle. Sie starrte weiter auf den Mann, und er blickte teilnahmslos zurück.

Miss Cole machte kehrt, um nachzusehen, was mit Frances los war. »Oh, du schaust dir die Tätowierungen an, nicht wahr?« sagte sie. »Grotesk, was? Und heidnisch. Ein Kapitän erzählte mir einmal, daß diejenigen mit Tätowierungen Zauberer und Priester ihres heidnischen Glaubens sind. Sie halten mit den Geistern Zwiesprache und können die Zukunft voraussagen.« Sie lachte ihr seltenes Lachen. »Der da kann kein guter Wahrsager seines Schicksals gewesen sein!«

Frances blickte den Mann an. Sein Gesicht war immer noch ausdruckslos.

»Verstehen sie kein bißchen Englisch?«

»Sie müssen es erst lernen«, sagte Miss Cole und hielt die Tür am Ende des Ganges auf. Frances wandte sich unwillig ab und folgte ihr. »Die Peitsche ist die einzige Sprache, die sie verstehen.«

Am Eingang hielt Frances inne und blickte auf den Mann zurück. Sie hätte ihn gern berührt, nur leicht, ein sanfter Druck mit ihrer Fingerspitze auf die Innenseite seines Handgelenks, da, wo seine schwarze Haut weich war.

Er wandte den Kopf, um zu beobachten, wie sie verschwand; der Saum ihres grauen Kleides und der Schatten der sich schließenden Tür waren das letzte, was er sah.

Die Tür wurde abrupt zugemacht, und das Tageslicht und der Klang der Stimmen erloschen. Die Sklaven blieben im Dunkeln zurück.

Mehuru lehnte seinen Kopf gegen die feuchte Mauer und schloß die Augen.

Diesmal versank er nicht in Verzweiflung. Der Ratschlag des Schlangengottes war verschwommen, und man konnte ihm nicht immer gehorchen. Wie alle Götter schickte er einen neckend auf eine falsche Fährte. Der Schlangenpriester richtete seinen Geist nach innen und wartete, daß die Erde unter seinen Füßen zu beben aufhörte. Eine der Frauen weinte, aber die zutiefst verängstigten Kinder verhielten sich ruhig. Sie blickten zu Mehuru hin, der ihnen einen Rat geben und laut aussprechen sollte, was als nächstes geschehen würde. Das kleinste der Kinder von noch nicht einmal drei Jahren beobachtete Mehurus Gesicht mit den großen erwartungsvollen Augen eines Babys. Mehuru schüttelte den Kopf und blickte weg. Er wußte es nicht. Er konnte niemandem Trost spenden.

Nach einer Weile öffnete sich die Tür wieder, und der Mann brachte ihnen Brotlaibe, die ungewohnt fremdartig schmeckten, Scheiben von gekochtem Fleisch, zäh wie altes Rindfleisch, und einige harte gute Früchte mit einer grünen Schale und süßem, weißem Inneren. Außerdem erhielten sie sauberes, sauer schmeckendes Wasser in einer Schale.

Kurze Zeit später erschien der Mann erneut und ließ sie in einer Reihe antreten. Mehuru sah keine Möglichkeit zur Flucht. Er mußte sich geschlagen geben. Er wußte nicht, wo er war; noch nie hatte er von einem Ort gehört, wo die Luft kalt und grau war und nach Rauch und Schmutz roch. So folgte er in seiner erbärmlichen Abhängigkeit gehorsam wie eins der Kinder. Im Gürtel des Aufsehers steckten zwei Pistolen, und in der Hand hielt er eine lange, dicke Pferdepeitsche. Keiner hatte gegen ihn eine Chance. Sie reihten sich auf wie zusammengetriebenes Vieh und taten, was man von ihnen verlangte, zottelten den Tunnel entlang bis zu den vier flachen Stufen in die Wärme und die ergötzliche Normalität der Küche.

Sie durften nicht verweilen. Ein Bursche wartete auf sie, der sie durch die Küchentür auf den Hinterhof führte. Mehuru fürchtete, man brächte sie wieder auf das Schiff, wo sie erneut eine schreckliche lange Reise antreten müßten, so daß er sich gar nicht umblickte, sondern seine nackten Füße ansah, die sich sklavisch auf den kalten Pflastersteinen dahinschleppten. Er war kein Mensch mehr, sondern ein abgerichtetes Tier.

»Vorwärts, du hier!« sagte der Mann schroff und zerrte an Mehurus Kette. Sie befanden sich in einem gepflasterten Hof, umgeben von hohen Ziegelmauern. Über ihnen und zu jeder Seite ragten finster die Umrisse des Speicherhauses mit schmalen, vergitterten Fenstern auf. Mehuru starrte die grausige Fassade hoch. Er kannte Steingebäude von früher, die Stadt Oyo hatte höhere Mauern und größere Bauwerke als dieses hier, doch war ihm noch nie eine solche zweckbetonte Häßlichkeit vor Augen gekommen. Das durchgehende Rot der glatten Ziegelmauer erschreckte ihn. Er befürchtete, die Steine wären mit Blut gefärbt.

Der Mann schrie auf ihn ein und stieß Mehuru zu einer Pumpe in der Mitte des Hofes. Der Gehilfe des älteren Mannes pumpte angestrengt, bis Wasser in einen Eimer floß, und der große Mann schüttete nun Eimer für Eimer auf ihre Köpfe und machte ihnen mit Gesten klar, daß sie sich selbst mit einem Stück Seife waschen sollten. Die Seife stank nach alter Asche und ranzigem Fett. Mehuru zitterte elendiglich und beeilte sich zu tun, was man ihm befahl.

Zwei der Frauen vergingen vor Angst, weil sie annahmen, sie sollten dem weißen Mann zum Essen vorgesetzt werden und müßten dazu sauber sein. Darum wäre es für sie sicherer, schmutzig zu bleiben, dachten sie. Sie hielten ihre Lendenschurze fest zusammen und duckten sich unter den Wassereimern weg. Am Ende stieß der Bursche sie mit einer Mistgabel vorwärts und lachte hämisch, wenn sie zwischen dem eisigen Wasser und den scharfen Zinken zurückzuckten. Er leckte sich die Lippen, und der Sklaventreiber lachte schallend, als er bemerkte, wie die Frauen mit Blicken ihre gefesselten Gefährten um Hilfe anflehten. Die beiden Männer blickten in all ihrem untätigen Elend zurück und wünschten, sie wären blind.

Nacheinander wuschen sich alle und trockneten sich mit dem einzigen rauhen Lappen ab. Dann ging die Hintertür auf, und die Küchenmagd brachte ihnen Kleidungsstücke und kicherte dabei über die unbehagliche Nacktheit der Gefangenen. Der Bursche, inzwischen gelangweilt von dem Spaß, zog einem der Jungen die Kleider über und überließ es dem Rest, etwas Passendes zu finden. Die Frauen hielten ihre Hände vor ihren Schoß gespreizt, ihre schwarzen Gesichter schienen noch dunkler vor Scham. Der Bursche grinste und schob einer Frau seinen neugierigen Finger zwischen die zusammengepreßten Gesäßbacken.

Mehuru redete sanft auf sie ein, und sie machte sich mit langsamer, stummer Würde frei. Nun fiel das Auge des Gehilfen auf Mehuru, und er wurde plötzlich von den blauen Tätowierungen auf dessen Stirn und Wangen angezogen.

»Was starrst du so?« fragte er aggressiv und fuchtelte dabei mit der Mistgabel herum. »Wo guckst du hin, du Biest, du?«

»Geschieht es jetzt?« fragte Mehuru die Schlange gespannt im verborgensten Winkel seines Verstandes. »Wird er mich jetzt aufspießen und töten?«

Die Schlange schwieg.

Mehuru blickte auf den Boden. Da nahm der Bursche die Mistgabel herunter, seltsam unzufrieden.

»Ich verabscheue sie!« sagte er zu dem Sklavenaufseher. »Schaffen wir sie weg vom Hof und in den Keller!«

John Bates schüttelte den Kopf. »Sie sollen hinauf«, erklärte er. »Die neue Herrin will ihnen Englisch beibringen, wenn sie kann. Dann sollen sie in Stellung gegeben werden.«

Der Bursche sah auf die Schwarzen. »Sie können sprechen?« fragte er ungläubig. Er trat näher an Mehuru heran. »Kannst du sprechen?« schrie er Mehuru ins Gesicht.

Mehuru zuckte vor der Spucke zurück. Er wußte nicht, was der junge Mann gesagt hatte. Der streckte seine Zunge heraus und deutete darauf.

»Hast du 'ne Zunge?« schrie er aufgeregt. »Kannst du mit mir reden?«

Ein Seufzer von blankem Entsetzen entfuhr den anderen beim Anblick der erschreckend roten Zunge, die zwischen den obszön rosa Lippen hervorschoß.

»Sachte! Beruhigt euch«, sagte Mehuru zu seinen Gefährten in seiner eigenen Sprache. »Seid still!«

»Er macht ein Geräusch«, rief der Bursche entzückt. »Sag noch was, du Tier! Sag noch was!«

Mehuru sah in das Gesicht des jungen Mannes hinunter. Die gemeinen graugrünen Augen blickten neugierig zu ihm hoch. Die gespenstische furchtbare Haut war mit braunen Flecken gesprenkelt, als hätte der Junge eine merkwürdige Krankheit.

»Na, komm schon«, sagte der Aufseher gelangweilt von dem Interesse des Gehilfen. »Du hast doch schon genug Nigger gesehen.«

»Nicht direkt aus Afrika, nein«, antwortete der. »Ich habe welche gesehen, die bereits zahm waren, von den Sugar Islands.

Noch nie welche direkt aus Afrika. Sie fressen einander auf, stimmt's?«

»Dich würden sie nicht fressen«, sagte Bates. »Du stinkst viel zu sehr. Los jetzt, bringen wir sie rein.«

Sie teilten sie, mit der Mistgabel stoßend, in zwei Hälften auf. Eine Gruppe ließen sie angekettet im Hof stehen, die andere, wozu Mehuru, zwei Frauen, zwei kleine Jungen und ein Jugendlicher gehörten, führten sie in Ketten zur Küchentür. Mehuru sah sich nach den anderen um, die in dem kalten Wind zitterten.

»Die Götter seien mit euch«, sagte er.

Der andere Mann blickte ihm nach. »Mögen wir uns an einem besseren Ort wiedersehen«, murmelte er. Sie schlurften in die Küche, nach vorn gebeugt, um das Gewicht und die kantigen Ecken der Halseisen besser zu ertragen. Mehuru sah in den schlechtsitzenden Kniebundhosen und dem Hemd verwundbarer aus als in seinem eigenen Lendenschurz. Niemand hatte es für nötig gehalten, ihnen Schuhe und Strümpfe zu besorgen, und so endeten die neuen Hosen gleich unterhalb der Knie, und er war barfuß. Die Frauen trugen billige Kleider, die bis zu den Knöcheln reichten.

Frances und Miss Cole warteten im Flur auf sie. Als Frances die Sklaven sah, entfuhr ihr vor Überraschung ein kleiner Seufzer. Es war die Zerbrechlichkeit der kleinen zarten Kinder, die ihr einen Schlag versetzte. Ihre Kittel und Hosen waren viel zu groß, ihre kleinen schwarzen Hälse waren dem breiten Band der Halseisen ungeschützt preisgegeben. Der kleinste Junge ist vielleicht zwei, dachte sie, und der andere, der neben ihm stand und sie mit riesigen schwarzen Augen betrachtete, war nicht älter als fünf Jahre. Beide starrten sie ernst und eindringlich mit der Offenherzigkeit von Kindern an, deren Erfahrung von Grausamkeit und Verlust noch nicht die frühe Erinnerung an Liebe ausgelöscht hatte. Sie waren noch fähig zu hoffen.

»Sie riechen nicht mehr so übel, Ma'am«, erklärte John Bates laut. »Sollen sie ins Wohnzimmer rauf?«

»Ja, bringen Sie sie die Treppe hinauf«, antwortete Miss Cole befehlsgewohnt. »Sind sie ungefährlich?«

»Folgsam und still wie tote Ratten«, versicherte John Bates ihr vergnügt.

»Während der ersten Lektion sollen sie angekettet bleiben«, entschied Miss Cole beunruhigt. Sie schritt die Reihe ab, alle Augen waren auf den Boden geheftet. Sie zitterten leicht, als die geisterhafte Frau an ihnen vorbeistapfte.

»Nun kommt schon!« sagte sie und wandte sich zur Treppe in den ersten Stock. John Bates schubste die Frau am Anfang der Kette an, und die anderen folgten ihr mit fest aufeinandergepreßten Lippen, um in ihrer Panik nicht loszuschreien. Lediglich die weit aufgerissenen Augen verrieten ihre Angst, ebenso der schwache Glanz von Schweiß auf ihren Gesichtern.

Frances beobachtete jeden, der an ihr vorbeistolperte. Die beiden Frauen sahen aus, als hätten sie am meisten gelitten. Ihre Haut war etwas heller, und sie hielten einander fest; beide waren im Nacken mit Narben übersät, und eine hatte eine nicht verheilte Wunde auf einem Jochbein. Nach ihnen kam ein verlegener, unbeholfener Jugendlicher, der versuchte, eine höfliche Distanz zu ihnen einzuhalten, er wurde jedoch von der kurzen Kette mitgezogen. Frances drehte ihren Kopf weg, trat zurück und ließ alle an sich vorbei. Sie sah nicht hoch, auch nicht, als sie das dumpfe Zischen hörte und jemand mit dem dicken Ende der Peitsche geschlagen wurde.

»Er hinkte hinterher, Ma'am«, erklärte Bates munter.

Miss Cole führte sie die enge Stiege hinauf. Als sie den Raum betraten, zögerten sie und wußten nicht, was nun käme. Miss Cole zog einen Stuhl heran, brachte es aber nicht fertig, die erste Schwarze anzufassen und auf den Stuhl zu setzen.

»Bates!« rief sie schroff. Er legte seine breite Hand auf die Schulter der Frau und drückte sie auf den Stuhl. Dann schlüpften die zweite Frau und der größere Junge auf den Rand der harten Stühle und sahen Miss Cole und Frances verängstigt an. Die kleinen Jungen mußten hinaufgehoben werden. John Bates wandte sich vom Tisch ab und ließ sich mit dem Rücken gegen die Tür nieder, zwei Pistolen im Gürtel und die Peitsche quer vor sich auf den Knien.

»Setz dich ans obere Ende des Tisches, Frances, und fang mit dem Unterricht an«, befahl Miss Cole.

Mehuru hielt seinen Kopf gesenkt, aber er bemerkte den Befehlston in der Stimme der Frau und auch, daß die junge weiße Frau gehorchte.

Die jüngere Frau bot einen schrecklichen Anblick für Mehuru. Sie war so glatt und so bleich wie poliertes Elfenbein. Aber das schlimmste war ihr Haar, das so lang und so dick war wie Algen im Fluß, und es war in einer besonderen Art auf ihrem Kopf aufgetürmt, mit offenen Strähnen, die ihr über den Nacken fielen und sich um ihr Gesicht lockten. Heruntergelassen mußte es ihr wie ein furchtbar glattes Gewand bis zum Gesäß reichen. Ihre Augen waren so dunkel wie die seinen, und sie bewegte sich mit kleinen Schritten und einem krummen Rücken, als haßte sie sich selbst, als wollte sie ihre Brüste und ihren Bauch verstecken.

Sie war knochendürr und klein wie ein häßliches Kind. Er prüfte forschend ihren Körper und sah die Nutzlosigkeit ihres engen Beckens und des flachen Hinterteils. Sie war zu dünn, ein Mann konnte sie nicht umarmen und sich mit ihr lustvoll auf dem Boden wälzen. Sie würde niemals einen Liebhaber packen und ihn mit einem Lachen nehmen. Sie würde nicht freudig aufschreien, wenn sie dem Höhepunkt der Lust entgegenstrebte. Er dachte an seine Liebste zu Hause und wie er immer seine Schulter gegen ihren offenen Mund drängte, um ihre singenden Schreie zu dämpfen, wenn sie ihm ihre Schenkel öffnete. Von dem allen wußte diese geisterhafte Frau hier nichts und würde es nie lernen. Sie bewegte sich, als habe sie sich ihr ganzes bisheriges Leben jegliches Vergnügen versagt, als habe sie niemals Lust gekannt und nie ein Verlangen verspürt. Sie benahm sich wie eine verschämte Verbrecherin, nicht wie eine Frau.

Plötzlich bemerkte Mehuru, daß sie ihn anschaute, und er fürchtete, daß man ihm seine Gedanken vom Gesicht ablesen konnte. Prompt stieg ihm das Blut ins Gesicht, und er sah weg.

9. Kapitel

Frances holte tief Luft. Sie setzte sich schwungvolll auf den Stuhl am oberen Ende des Tisches. Sarah ging zum Fensterplatz und starrte alle begierig an. »Fang an«, sagte sie ungeduldig. »Bringe ihnen etwas bei!«

Von draußen drangen laute Geräusche herein. Josiah war dabei, seinen Zucker zu verauktionieren. Frances konnte seine erregten Rufe hören, als die Gebote höher stiegen.

»Fang an«, drängte Sarah ihre Schwägerin.

Frances' Augen schweiften um den Tisch. Die Kinder wimmerten leise, jedes reckte sich zu der ihm benachbarten Frau hin. Nur Mehuru sah sie mit dem eigenartigen abschätzenden Blick an. Als sich ihre Augen trafen, neigte er leicht den Kopf. Es war, als hätte er ihr eine Art Erlaubnis erteilt. Sie spürte ein unerwartetes Gefühl von Demut ihr gegenüber. Dann betrachtete sie ihn genauer. Seine Stirn war von Tätowierungen umsäumt, die sich dunkelblau von seiner schwarzen Haut abhoben. Um seinen Mund gab es ein halbes Dutzend blauer Kreise, die den Blick auf seine sinnlichen Lippen lenkten. Die Augen waren dunkel und unergründlich, die Nase breit und flach. Seine Haut war vollkommen schwarz und glatt. Frances verspürte ein Verlangen, ihn zu berühren, zu fühlen, ob es ihn wirklich gab.

Sie wandte die Augen von ihm ab und klopfte mit der flachen Hand auf den Tisch. »Tisch«, sagte sie ruhig.

Alle starrten sie schweigend an, geradezu versteinert vor Angst.

Sie schlug erneut auf den Tisch. »Tisch«, wiederholte sie etwas bestimmter.

Miss Cole warf einen funkelnden Blick über die gebeugten

schwarzen Köpfe hinweg zu Frances hinüber. »Sie wissen offensichtlich nicht, was du meinst«, sagte sie. »Du mußt sie selbst sprechen lassen.«

Frances zog hörbar die Luft ein und machte eine Pause. Sie wußte nicht, was sie tun sollte.

»Verzeihung, Ma'am, der da kann reden«, mischte sich John Bates ein und wies mit dem dicken Ende seiner Peitsche auf Mehuru. »Sagte was im Hof, als der Junge ihn aufforderte, ein Geräusch zu machen. Der da mit den Zeichen im Gesicht.«

Frances sah Mehuru an. »Sag: Tisch«, befahl sie ihm ohne große Hoffnung. »Tisch!«

»Tü-isch«, antwortete Mehuru.

Frances war entzückt. Er hatte eine angenehme, selbstsichere Stimme, wie ein Mann, der gewohnt ist, daß man auf ihn hört. Sie war so überrascht, als hätte der Tisch selbst gesagt, wie er heißt. Das hätte sie nicht gedacht – sie hatte nicht erwartet, daß er eine solche kräftige Baritonstimme hatte.

»Richtig«, nickte sie.

»Die anderen sollen das nachsprechen!« Miss Cole fegte von dem Fensterplatz herbei, ihre flachen Brüste hoben sich vor Erregung. »Sie sollen es auch sagen! Alle sollen es nachsprechen!«

»Nun du!« Frances zeigte auf die Frau am Ende des Tisches und schlug dabei leicht auf den Tisch. »Tisch«, wiederholte sie geduldig.

Mit den Fingerspitzen trommelte der ältere Junge in der alten überlieferten Trommelsprache seiner Heimat eine Botschaft auf den Tisch. »Was?« fragte der Rhythmus eindringlich. »Was?«

»Sprich nach!« trommelte Mehuru zurück. Er blickte in die Runde und nickte den erschrockenen Gefährten zu. »Sprich nach!« trommelten seine Finger erneut. Es waren nicht die vertraut und warm klingenden Trommelfelle der Heimat, die Nachrichten über viele Meilen durchs Land trugen, jedoch war es immerhin eine Kraft, ein kleines einigendes Geheimnis, das ihnen geblieben war.

»Sie sollen damit aufhören!« brauste Miss Cole augenblicklich verärgert auf. »Der nächste soll sprechen.«

Frances zeigte wieder auf die Frau und schlug auf den Tisch. Ihre Handfläche hinterließ einen scharfen, rücksichtslosen Laut, anders als Mehurus verführerisches Trommeln. »Tisch«, sagte sie.

»Tü-isch«, antwortete die Frau im Flüsterton.

»Ja!« Miss Coles schrille Aufgeregtheit erschreckte alle. Eingeschüchtert schauten sie Mehuru an, der seine Augen auf die glänzende Tischfläche gesenkt hatte.

»Sie sollen es im Chor sagen, Frances!« befahl Miss Cole. Hochaufgerichtet stand sie am Ende des Tisches, auf ihren bläßlichen Wangen erschienen rote Flecken. »Sie sollen sprechen!« schrie sie.

»Tisch«, sagte Frances. »T-t-tisch.«

»Tü-isch«, klang es von allen.

Unbemerkt beobachtete Mehuru Frances. Seine Augen waren immer noch gesenkt, und er sah die auf den Kopf gestellte Widerspiegelung ihres blassen Gesichts auf der polierten Fläche.

»Tü-isch«, sagte er mit den anderen, doch in seinem Inneren rief er die Schlange.

Der Schlangengott würde wissen, wer diese geisterhafte Frau war und was sie im Schilde führte. Er rief die Schlange herbei und bat um einen Blick in die Zukunft. Von weit her schien sie in ihren langen Schlund hineinzulachen und zu sagen: »Vorausschau ist leicht.« Darauf erblickte der Schlangenpriester diese Frau, wie sie mit ihrem Haar in dicken Flechten auf einem hohen Bett mit sehr vielen weißen Laken thronte. Sie lag auf dem Rücken, und ihr Gesicht war naß vor Tränen. Mehuru spürte die Eiseskälte um sie herum und ihre Einsamkeit. Er dachte, daß er in seinem ganzen Leben noch nie einer Frau mit so viel Macht begegnet war – Macht über ihn und all die anderen –, und trotzdem lag sie in einzigartiger Untätigkeit da wie ein Stein und war betrübt wegen nichts.

Sie war niedergeschlagen und verängstigt, eine Frau, die ihre

Macht nicht ausspielen wollte. Ganz und gar eine Närrin, die vorgezogen hatte, die Augen zu verschließen. Sie hatte ihre eigenen Gefühle nicht wahrhaben wollen, ihre eigene Natur verleugnet. Was zurückgeblieben war, war die kalte Hülle ihres Körpers – eine ewige Flut von Tränen. Das Licht in dem Raum und das Bettzeug waren sehr kalt und weiß. Mehuru war klar, es mußte dieses Land sein, doch er wußte nicht genau, um welche Zeit es sich handelte. Die Schlange zischte ihr Lachen in sein Ohr und sagte: »Was sollen Zeit oder Ort schon für eine Rolle spielen für dich? Für dich, der du im Hier und Jetzt gefangen bist?«

»Tü-isch«, wiederholte Mehuru mit den anderen. Tü-isch? Was meinte sie damit? Meint sie das Holz oder die bestimmte Holzart? Meint sie die Politur, die dem Holz den Glanz verleiht? Meint sie den Namen des Tischlers? Oder den Gott der Holzschnitzer? Meint sie das Gefühl von Holz unter ihrer Handfläche oder das Geräusch, das es macht, wenn man so daraufschlägt?

Frances bemerkte am anderen Tischende Mehurus Stirnrunzeln, als er das Wort wiederholte. Plötzlich überflutete sie ein Gefühl der Hilflosigkeit. Wenn sie ihnen das Sprechen nicht beibringen konnte, dann würde man das Experiment abbrechen, und alle würden auf den Plantagen landen! Und keiner lebte lange bei der harten Arbeit auf den Zuckerrohrfeldern. Ein Viertel würde schon vor Ablauf des ersten Jahres krepieren, die Hälfte der anderen würde nicht länger als vier Jahre durchhalten.

Genau darum überquerten die Sklavenhändler die weiten Gründe des Atlantik hin und zurück und versorgten die Plantagen mit Männern, Frauen und Kindern, und dort wurden sie so gewiß aufgefressen, wie sie Zuckerrohr zermalmten. Sie schufteten so hart, sie lebten in solcher Armut, daß sie es nicht einmal schafften, für Nachwuchs als Ersatz für die Toten zu sorgen. Kinder starben, bevor sie erwachsen wurden. Frauen starben, bevor sie gebären konnten, und Männer starben, ohne bei einer Frau gelegen und ihren Samen weitergegeben zu haben. Jeden Monat, jede Woche und jeden Tag mußten neue Sklaven gefangen, verschifft und verkauft werden. Ohne sie gingen die Plantagen zugrunde, und die Engländer bekämen keinen Zucker mehr, keinen Tabak, keine Baumwolle und keinen Rum.

Frances hatte bisher ein ganz alltägliches Leben geführt – ohne irgendwelche Höhepunkte. Nun war sie plötzlich für das Überleben von dreizehn Menschen verantwortlich, und einer von ihnen war ein Mann, der dasaß, als wäre er in einen Mantel von Magie gehüllt. Sie bewegte sich schnell zur Anrichte.

»Gläser«, sagte sie und hielt zwei Weingläser hin.

»Kla-sser«, wiederholten sie.

»Messer – Gabeln – Löffel«, sagte sie unbeirrt und legte sie auf den Tisch.

In Panik plapperten sie die Wörter nach, sie war zu schnell vorangegangen. Eins der kleinen Kinder fing zu weinen an. Noch immer stand Miss Cole am Tisch, vor Eifer hochrot und mit raschem Atem.

»Der da«, sagte sie abrupt und zeigte auf Mehuru. »Der Mann mit den Zeichen im Gesicht. Er versteht das meiste, der paßt auf.«

Das sinnlose Wiederholen von Wörtern ging in Schweigen über. «Stelle fest, wie der da heißt«, forderte Miss Cole ihre Schwägerin auf. »Du kannst ihn unterrichten, und er kann es den anderen in ihrer Sprache erklären.«

Frances wandte sich Mehuru zu. Sie konnte seine Angst riechen.

Dann legte sie ihre Hand an die untere Hälfte ihres Halses. »Frances«, sagte sie. »Frances.«

Dann zeigte sie auf ihn. Mehuru schluckte.

»Fran-sess«, wiederholte er gelehrig. Er fühlte sich, als säße ein zappelndes Tier in seinem Hirn gefangen. Was meinte sie nun? Fran-sess? Hieß so das Wort für Frau? Oder für die Kehle? Bedeutete es Durst? Oder war es das Wort für den jagenden Puls seines Herzens, den er fühlte, als er ihre Geste nachahmte und sich die Hand auch dorthin legte?

»Doch nicht du! Du Idiot!« rief Miss Cole irritiert, als er auf sich zeigte und »Frances« sagte. Seine dunklen Augen waren wachsam auf sie gerichtet, als erwarteten sie einen Angriff, wußten aber nicht, welche der beiden fremden Frauen als erste aufspringen würde.

»Ich bin Frances«, sagte die jüngere Frau schnell. Dann wies sie auf die ältere. »Miss Cole.« Mehuru registrierte die Abneigung in ihrer Stimme. Als nächstes deutete sie auf den Weißen mit der Peitsche, der die Eimer voll Wasser über sie geschüttet und gelacht hatte, als die Frau von seinem Gehilfen belästigt wurde. »John Bates«, sagte sie.

Mehuru nickte. Nunmehr hatte er verstanden: es waren Namen. Er selbst hatte vier Namen. Jetzt nannte er seinen in der Öffentlichkeit üblichen Namen, den jedermann benutzen konnte, ohne dabei seine Seele anzurufen oder ihm Schaden zuzufügen, wenn er ihn aussprach. Er legte die Hand auf seine Brust und sah ihr in die Augen. »Mehuru«, sagte er.

Frances' schwarze Augen starrten ihn an und weiteten sich. Sie lehnte sich ein wenig vor, als wollte sie ihn besser verstehen. Sie legte die Hand an ihren Hals und fühlte ihren eigenen raschen Puls in den Fingerspitzen.

»Frances«, wiederholte sie nochmals. Dann langte sie mit dem Arm über den Tisch und legte Mehuru ihre Hand auf die Brust. Sie spürte, wie ihre Finger dabei leicht zitterten.

»Mehuru«, sagte sie beinahe zärtlich.

Ihr schmales weißes Gesicht war ihm voll zugewandt. »Mehuru?« fragte sie, Bestätigung suchend. Durch das dünne Leinenhemd spürte sie die Wärme seiner Haut. Sie konnte den Duft seiner frischgewaschenen Haut riechen. Die Tätowierungen auf seinem Gesicht bildeten feine, grazile Linien in Blau. Unter seinen Augen war die Haut ebenfalls schwach blau vor Erschöpfung und Kummer. Seine Lider hoben sich, und sein Blick traf den ihren. Er war so argwöhnisch wie ein Tier in der Falle.

»Mehuru«, sagte sie schleppend.

Eine Welle von Furcht überkam seine Gefährten. Ein neuer

tiefer Schrecken durchfuhr sie wie ein heißer Wind, der übers Grasland streicht. Sie vernahmen die Stimme einer Frau, die zu ihrem Geliebten spricht.

Mehuru hörte sie auch. Er senkte die Augen, um ihrem durchdringenden, schrecklichen Blick auszuweichen.

»Mehuru«, sagte er gehorsam. »Fran-sess.«

Miss Cole frohlockte. Am liebsten hätte sie die Sklaven den ganzen Tag in dem dämmrigen, stickigen Wohnzimmer gehalten, damit sie neue Dinge lernten. Aber Frances weigerte sich.

»Sie werden langsam müde«, erhob sie Einspruch. »Und ich bin auch erschöpft. Für heute ist es genug.«

Miss Cole nickte unwillig. »Bates, Sie müssen sie in der jeweiligen Gruppe zusammengekettet lassen, damit wir sie nicht durcheinanderbringen«, ordnete sie an. «Schaffen Sie diese hier morgen vormittag zu ihrem nächsten Unterricht herauf.«

Frances senkte den Kopf. Mehuru war halbwegs auf der Hut. Die beiden weißen Frauen sprachen miteinander, aber ihre Stimmen waren kalt vor Abneigung. Die ältere redete in scharfem Kommandoton, aber auch die jüngere verfügte über Macht. Der Mann an der Tür, Johnbates genannt, war ihr Diener.

In seiner einstigen eigenen Welt hatte Mehuru ebenfalls Befehle erteilt, und er kannte den geneigten Kopf, der es gewohnt war, sich zu beugen. Johnbates mochte gefährlich sein, doch für die Frauen war er ein Nichts.

»Bringen Sie sie in den Keller zurück«, sagte Miss Cole zu dem Aufseher.

Mehuru sah kurz zu Frances hinüber und traf den Seitenblick ihrer schwarzen Augen. Ihre Haut verfärbte sich, und Mehuru war sehr erstaunt, ja fasziniert, als plötzlich ein Hauch von tiefem Rot aus dem weißen Halstuch aufstieg und ihr ganzes Gesicht überzog. »Rot wie Jasminblüten«, dachte Mehuru. »Rot wie eine Zunge.«

Frances räusperte sich. »Sie sollten nicht in den Keller zurückgebracht werden, wo es so kalt und dunkel und schmutzig ist«, sagte sie. »Wo sie doch nun gewaschen sind und saubere Sachen anhaben.«

Miss Cole schaute noch zum Fenster hinaus und genoß das Gefühl, daß sie etwas erreicht hatte. »Was?«

»Wir müssen ihnen nach und nach beibringen, sich sauberzuhalten«, sagte Frances. Sie fühlte, wie sie für sich einige geheime Reserven an weiblicher List entdeckte, die Fähigkeit, etwas zu sagen und etwas anderes im Auge zu haben. »Wir haben sie nun gewaschen und eingekleidet, da sollten sie nicht in ein schmutziges, dunkles Loch zurück.«

Miss Cole wandte sich überrascht vom Fenster ab. »Wieso nicht?« fragte sie.

»Weil sie dann nur wieder gründlich gewaschen werden müssen. Eigentlich sollten sie doch lernen, sich sauberzuhalten und in Betten zu schlafen und richtige Sachen zu tragen«, versuchte Frances ihre Schwägerin zu überzeugen. »Sie müssen Licht haben. Sie sollten normales Essen auf Tellern bekommen. Außerdem muß der Fußboden sauber sein, und Bänke sollten da stehen.«

»Aber es sind doch Sklaven!« protestierte Miss Cole.

Frances legte verschmitzt ihren Kopf auf die Seite. »Tut mir leid. Ich habe wohl nicht verstanden«, täuschte sie listig vor. »Ich nahm an, sie sollten als Diener ausgebildet werden.«

Miss Cole öffnete den Mund zu einer scharfen Entgegnung, zögerte dann aber. Ihre Schwägerin hatte recht. Man konnte nicht früh genug mit der Ausbildung beginnen und ihnen die Normen eines anständigen christlichen Haushalts beibringen. Und sie könnten ihre Kellerhöhle ja schließlich selbst reinigen.

»He, Bates«, sagte sie kurz angebunden. »Bringen Sie sie zurück in ihr Kellerloch, damit sie dort unten ausmisten. Lassen Sie sie schrubben, und legen Sie Matten auf den Boden. Stellen sie Bänke zum Sitzen hin, und hängen Sie eine Laterne hoch an einen Haken.«

»Man sollte sie auch von den Ketten befreien«, fügte Frances hinzu. Sie streckte ihre Hand nach Mehurus zusammengepreßten Fäusten aus und berührte die Fesseln an seinem Handgelenk. Mehuru erstarrte, als würde ihn ein fremdes Tier streifen.

»Noch nicht, noch nicht«, erwiderte Miss Cole nervös. Sie blickte in die teilnahmslosen Gesichter in der Runde. »Erst wenn sie ein wenig zahmer geworden sind.«

»Ich kann ihnen etwas Leinen geben zum Umwickeln der Fesseln«, bot John Bates von der Tür her an. »Das verhindert, daß ihre Hemden blutig werden. Hilft auch gegen den Gestank. Die Entzündungen gehen in Eiter über, wenn sie zu lange im Eisen stecken.«

»Das wird genügen«, sagte Miss Cole voller Abscheu. »Treffen Sie alle Vorkehrungen, die nötig sind, Bates. Bringen Sie die hier weg und die andere Gruppe am Nachmittag her. Diese hier sollen morgen vormittag wiederkommen.«

Der Aufseher nickte und trat zur Seite. Mehuru beobachtete ihn aufmerksam, sah dessen leichte Verbeugung zu der älteren Frau hin und das mehr oberflächliche Nicken zu der jüngeren. Die ältere stand also höher, wie er gedacht hatte. Er erhob sich vom Stuhl und bemerkte, wie Miss Cole vor seiner Größe und Stärke zurückfuhr.

Seine Gefährten folgten ihm auf dem Fuße und wankten mit ihrem qualvollen Schlurfgang aus dem Raum. Auf dem Treppenabsatz sammelten sie sich, erschrocken über die engen Holzstufen. Mehuru rief sich die Weisheit der Schlange ins Gedächtnis: »Jede Haut verliert man einmal«, und schritt voran wie ein Geist, einen Fuß vor den anderen setzend, den Körper aufrecht. Die anderen folgten seinem Beispiel. Frances behielt Mehurus Kopf im Auge, bis er in der Küche verschwunden war und sie das Lamentieren der Köchin hörte.

»Nun«, sagte Miss Cole kalt und enthüllte damit ihre Genugtuung. »Es bleibt noch eine Stunde bis zum Mittag. Ich schlage vor, du widmest dich in der Zwischenzeit den Haushaltsabrechungen.«

Frances drehte sich willig um. »Ja, Sarah«, sagte sie.

Die beiden Frauen kehrten ins Wohnzimmer zurück. Miss Cole breitete die Rechnungen und das Hauptbuch aus und verwies Sarah auf die Feder in der Schreibzeuggarnitur. Frances nickte, setzte sich hin und zog das Buch zu sich heran.

Miss Cole schob sich einen Stuhl unmittelbar neben Frances' Ellbogen und beobachtete den Marsch der Zahlenkolonnen die Zeilen abwärts.

»Sehr gut.« Sie nahm ihren Nähkorb und verkündete, daß sie Frances mit den Zahlen allein lassen wolle. »Du willst sie gewiß noch studieren.«

Frances nickte wieder, ohne ein Wort zu sagen. Aber sobald ihre Schwägerin die Tür hinter sich geschlossen hatte, stieß sie alles beiseite und legte ihr Gesicht auf das kühle polierte Holz.

Sie hatte ein ganz merkwürdiges Gefühl, als schwebte sie auf Wolken wie nach einem Glas jungem Wein. Das Zimmer schien nicht länger muffig oder bedrückend, das Funkeln der Sonne an der Decke versprach einen strahlenden Wintertag, der Lärm vom geschäftigen Kai war eher fröhlich. Sie fühlte sich wieder als Mädchen, jung und voller Erwartung. Ganz zu Anfang, als ihre Mutter noch lebte, war Frances ein hübsches, gehätscheltes, hoffnungsvolles Kind gewesen. Nun rührte sich unter der kalten Schale der Enttäuschungen als Erwachsene ihre Seele, als würde sie erwärmt und wieder lebendig. Eine ganze Weile saß sie still da und gab sich ihrer Empfindung einer unerklärlichen Hochstimmung hin. Ihr war schleierhaft, warum sie plötzlich dachte, daß Freude möglich sei. Sie verstand nicht, warum ihr die Luft ein wenig reiner vorkam und das Haus weniger niederschmetternd.

»Mehuru«, flüsterte sie gedankenvoll über den offenen Seiten des Hauptbuchs.

Sie hatte nicht darüber nachgedacht, woher er kam. Sie hatte keine Ahnung von einem Afrika, bevor die Briten dort aufgetaucht waren, von dem riesigen Kontinent, bevölkert von vielfältigen und unterschiedlichen Völkerschaften und Königreichen, mit Handels- und Warentauschzentren, mit Handelskarawanen, die zwischen den Völkern hin und her zogen; von Männern und Frauen, von denen einige wie Bauern auf dem Lande arbeiteten, andere in den kleinen und großen Städten wohnten, einige über erbliche Königreiche herrschten und auf Thronen von Gold und Elfenbein saßen, verehrt wie Götter.

Sie interessierte sich nicht dafür, daß diese Sklaven aus einer lebendigen, schöpferischen Kultur herausgerissen waren. Angesichts des schwarzen Sklaven fühlte sie sich auf eine Weise stark und mächtig wie nie zuvor. Sie war immer nur eine junge Frau in einer Welt gewesen, in der die Männer die uneingeschränkte Macht besaßen. Zum erstenmal in ihrem Leben war sie in der Lage, einen Mann anzuschauen, dem sie Befehle erteilen konnte. Zum erstenmal erprobte sie als Frau ihre Macht und konnte in ihrer Welt etwas bewirken. Wenn sie klug war und geschickt vorging, konnte sie ihn vom Sterben auf den Plantagen bewahren. Sie nickte und spürte, wie sich ihre Lippen zu einem Lächeln kräuselten. »Ich kann sein Leben retten«, sagte sie gefühlvoll. »Und er muß mir gehorchen!«

Sie erhob sich und ging zum Spiegel über dem Kamin. Dort erwartete sie das Gesicht des Mädchens aus der Zeit zu sehen, als ihre Mutter noch lebte und ihr Vater erfolgreich und glücklich war. Sie hielt nach dem pausbäckigen selbstbewußten Mädchen Ausschau und war überrascht, das Spiegelbild der abgespannten, hageren Frau zu erblicken, das ihr entgegenstarrte.

Doch ihre Augen strahlten.

Der von der Laterne erhellte Keller leuchtete in dämmrigem Rot. Die aus dem rötlichen Sandstein gehauenen Wände glichen roten Ziegeln. Das Lampenlicht warf ein unheilvolles karminrotes Glühen auf die Gesichter der Sklaven, als sie sich um Mehuru scharten. Sie waren alle noch angekettet, und die letzten an den Enden der Reihe waren an der Wand festgepflockt. Mehuru – dessen Onkel Schmied war, ein begnadeter Handwerker – untersuchte die Ketten auf einen Fehler im Metall. Wenn Eisen zu schnell erkaltete, bildeten sich manchmal Bruchstellen, und es ließ sich so leicht brechen, wie auch Stein leicht zerbröckelte. Im düsteren Licht einer Talgkerze prüfte er aufmerksam jedes Glied. Ein jeder stand geduldig wartend in der Reihe. Mehuru schüttelte den Kopf.

»Die Kette ist makellos«, sagte er in seiner heimischen Sprache. Für die beiden Frauen, die einem anderen Volk angehörten und ihn nicht verstanden, nahm er zwei Fäuste zusammen, um die Festigkeit anzudeuten, und schüttelte traurig den Kopf. Sie begriffen.

»Wir müssen mit der Flucht warten, bis sie uns losmachen.«

Die anderen nickten todernst. »Weißt du, wohin wir laufen können, Obalawa?« fragte eine der Frauen. Sie neigte ihren Kopf ein wenig, als sie ihn ansprach, mit dem instinktiven Respekt einer Frau vor einem Mann und ebenfalls mit der Ehrerbietung eines bloßen Sterblichen einem Mann gegenüber, der mit den Göttern redete.

»Nein«, bekannte der Schlangenpriester ehrlich. »Ich habe hier keine Erleuchtung. Ich bin blind wie ihr. Ich bin verloren wie ihr.«

Ein Schauer von Enttäuschung überlief sie alle. Die Frauen stöhnten leise. Die beiden Fulani-Frauen blickten von einem ängstlichen Gesicht ins andere und versuchten zu verstehen, was gesagt wurde. Mehuru widerstand der Versuchung, sie anzulächeln, um damit etwa seine eigenen Landsleute zu beruhigen. Er konnte ihnen nur falschen Trost bieten, und in diesem Erdloch wollte er nicht mit den Zauberkräften spielen.

»Meine Macht versagt hier«, sagte er. »Ich habe sie eingebüßt, so wie die Sonne ihre Kraft verloren hat. Ich weiß nicht mehr als ihr. Zu Hause war ich ein Priester, dem die Götter zuhörten, ich war hoch angesehen bei Hofe, und der König lieh mir sein Ohr. Hier muß ich lernen, daß ich ein Nichts bin. Ich bin kein Mann, sondern ein Sklave. Ich weiß nicht mehr als jeder einzelne von euch.«

»Wenn wir weglaufen«, schlug eine Frau vor, »wenn wir da mit der Nachmittagssonne zur Rechten gehen, kommen wir nach Hause. Erinnerst du dich, auf dem großen Schiff, als wir die anderen verloren, stand doch die Nachmittagssonne immer links. Wir müssen nach Süden gehen.«

»Wenn dort Land ist«, gab der andere Mann, Kbara, zu bedenken. »Es scheint überall Wasser zu sein. Erinnert euch, wir sind viele Tage gesegelt, waren Wochen und Monate auf dem Meer. Wer würde eine solche Seereise machen, wenn man zu Fuß laufen könnte. Wer würde dafür extra ein Schiff bauen? Diese Leute hier haben Pferde und Wagen. Wenn es Land gäbe, wären sie zu Lande gereist. Vielleicht sind wir aus unserer Welt in diese durch ein großes Zeitmeer gekommen.«

Instinktiv blickten alle auf den Schlangenpriester – er kannte die Mysterien der einen Welt und der anderen, er sollte es wissen.

Mehuru machte eine verneinende Geste. »Ich weiß es nicht«, sagte er. «Es würde mir reichen, wenn wir aus diesem Haus und vor diesen Leuten fliehen könnten. Und vor dieser Frau«, fügte er sehr leise hinzu.

»Irgendwo müssen doch richtige Leute sein«, meinte Kbara verzweifelt. »Sie können nicht alle weiß sein. Sie verzehren Nahrung, also müssen irgendwo richtige Leute sein, die Ernten einbringen und Viehherden halten. Es müssen Leute wie wir hier wohnen, die die Felder bearbeiten. Sie essen Fleisch, also muß es doch auch Hirten wie die Fulani geben.«

Mehuru nickte. »Vielleicht.«

»Wenigstens haben sie uns mit Kleidung versorgt und Wasser gebracht und jetzt Licht«, sagte eine Frau voller Hoffnung. »Sie können doch nicht vorhaben, uns zu essen, oder? Sie hätten sonst schon längst damit begonnen, nicht wahr?«

»Ich glaube nicht, daß sie das vorhaben«, sagte Mehuru mit Bedacht. »Ich denke, sie bringen uns ihre Sprache zu einem ganz bestimmten Zweck bei.«

Die anderen nickten. »Zu welchem?«

»Um für sie zu arbeiten«, gab Mehuru zu verstehen. »Wenn wir einen Sklaven von weit her gehabt hätten, hätten wir ihn auch unsere Sprache gelehrt.«

Die jüngere Frau wich vor Ekel an die Wand zurück. »Um sie zu bedienen?« stieß sie hervor. »Um ihnen Essen zu kochen, ihre Häuser sauberzumachen und sie anzufassen und ihren Geruch und die Kälte ihrer Augen zu ertragen! Das kann ich nicht!«

Mehuru blickte sie an, und sein Gesicht zeigte eine Welt von Leid. »Ich denke, sie unterrichten uns, damit wir all das für sie tun, und schlimmer«, sagte er.

Dann wandte er sich von dem um die Kerze gescharten Kreis ab, hockte sich mit dem Gesicht zur feuchten Mauer hin und lehnte den Kopf gegen den kalten Stein, voller Sehnsucht nach der Hitze und den Düften Afrikas.

10. Kapitel

Vom Kaffeehaus sandte Josiah Nachricht, daß er zum Dinner Gäste mitbringen würde, einen Gentleman und dessen Tochter. Brown überbrachte die Botschaft ihrer Herrin, als sie auf dem Bett lag und sich nach dem Unterricht mit der zweiten Gruppe der Sklaven ausruhte. Frances steckte ihre Haube fest und ging hinunter.

»Wir nehmen das Dinner um fünf ein«, sagte Miss Cole. »Ich habe schon zum Konditor nach einigen Süßspeisen geschickt und die Köchin angewiesen, eine besonders gute Mahlzeit zuzubereiten. Da du dich wieder zurückgezogen hattest, meinte ich, daß ich die Vorbereitungen allein treffen sollte, um dich nicht zu stören. Bist du wieder krank? Was ist es diesmal? Der Husten oder dein Kopfweh?«

»Nichts dergleichen«, antwortete Frances. Seit sie in das kleine Haus am übelriechenden Fluß gekommen war, fühlte sie sich zum erstenmal wohl. »Mir geht es sehr gut.«

Sarah zog ihre dünnen Augenbrauen hoch. »Das freut mich zu hören. Du kannst hier gleich deinen Tee trinken, wenn du willst«, tat sie kund. »Heute nachmittag habe ich keine Zeit dazu. Ich werde noch einmal nach der Köchin sehen und mich dann umziehen.«

»Das werde ich auch tun«, sagte Frances gehorsam, als sie Miss Cole aus dem Wohnzimmer folgte und die enge Treppe zu den oberen Schlafräumen hinaufstieg. »Wer sind denn unsere Gäste? Hat Josiah das gesagt?«

»Sir Charles Fairley und seine Tochter«, erwiderte Sarah. »Ich habe Sir Charles bei seinem früheren Besuch in England bereits kennengelernt, aber Miss Fairley kenne ich nicht. Er ist in Jamaika eine sehr bedeutende Persönlichkeit und ein guter

Kunde von uns. Wir kaufen unseren Zucker bei ihm, und er bezahlt Spitzenpreise für die Sklaven. Dabei hat er einen so großen Bedarf an Sklaven, daß wir ihn kaum decken können.«

»Besitzt er so große Ländereien?« fragte Frances naiv.

»Er hat einen horrenden Verbrauch«, antwortete Sarah vorsichtig. »Er bringt Sklaven rascher durch als jeder andere Pflanzer.«

Frances hatte verstanden. Sie begann die beschönigenden Ausdrücke des Sklavenhandels zu begreifen.

»Es ist nicht nötig, sich zum Dinner besonders fein zu machen«, sagte Sarah recht giftig, als sie an der Tür ihres Zimmers anlangte. »Unsere Gäste kennen mich, und sie kennen meinen Bruder als ehrenwerten Kaufmann, nicht als Angehörigen des niederen Adels. Für solche Gelegenheiten besitze ich nur ein Kleid aus dunkler Seide – das ziehe ich an. Wenn du etwas Schlichtes hättest, wäre das angebracht.«

»Ich habe ein lockeres Gewand aus grauer Seide«, sagte Frances leicht besorgt.

»Das klingt sehr passend«, entgegnete Sarah.

Frances nickte, ging in ihr Schlafzimmer und schloß die Tür. Am Toilettentisch warf ihr der Spiegel ein Lächeln zurück. Sie wirkte hübsch, mädchenhaft und aufsässig. »Ich werde mir Mühe geben, zum Davonlaufen häßlich auszusehen«, sprach sie in den Spiegel hinein. »Damit du nicht die Fassung verlierst, liebste Schwägerin.«

Frances und Miss Cole hatten im Wohnzimmer, das gleichzeitig dem Empfang von Gästen diente, zu beiden Seiten des Kaminfeuers Platz genommen und warteten auf die Besucher. Miss Cole strahlte in einem festlichen Kleid aus dunkelblauer Seide mit einer kurzen Schleppe. Frances hatte ein Kleid aus grauem Seidenmoiree und graue Seidenhandschuhe gewählt. Es besaß eine hochgezogene Taille und einen langen weiten Rock hinten mit einem lose aufgenähten Stoffstreifen wie eine Schleppe. Die weißen Seidenärmel waren mit grauem Samt abgesetzt, sehr fein. Eine Stunde hatte Mrs. Brown damit zugebracht, mit der heißen Ondulierschere Frances Locken zu drehen, die ihr Gesicht eng anliegend einrahmen sollten; sie hatte sich dann aber mit sanften Wellen zufriedengegeben anstelle der von der Mode vorgeschriebenen Korkenzieherlocken. Vom Glanz der Seide hob sich Frances' Haut wie warme Sahne ab. Miss Cole betrachtete sie mißgünstig.

»Ich denke, wir sollten während des Wartens nicht müßig sein und die Zeit mit Nähen nutzen«, sagte sie.

Frances nahm aus ihrem Nähkästchen ein Batisttaschentuch und begann es mit kleinen gleichmäßigen Stichen zu umsäumen. Beide Frauen sprachen kein Wort. Dann hörten sie Josiah die Tür öffnen und Schritte auf der Treppe. Frances legte ihre Handarbeit weg und stand auf, um die Besucher zu begrüßen.

Als erster trat Sir Charles ein, seine Tochter folgte. Er hatte ein großflächiges, rotes Gesicht, seine breite Brust und sein Bauch wölbten sich unter der wunderbar bestickten Weste. Dunkle Kniebundhosen umspannten seine dicken Schenkel, ein hoher weißer Stehkragen umschloß eng sein Doppelkinn, der blaue Rock war mit Zobelfell abgefüttert, was ihn noch vierschrötiger erscheinen ließ.

»Das ist also die Angetraute!« sagte er überschwenglich zu Frances, nachdem er Miss Cole mit einem Handkuß begrüßt hatte.

Frances machte einen kleinen Knicks und ließ ihn ihre Hand mit seinen feuchten Händen umfassen und dann küssen.

»Oh, Papa!« rief Miss Fairley mit fremdartigem Akzent recht kraftlos aus.

»Hier, Miss Cole, das ist meine Tochter Honoria, von der ich Ihnen soviel erzählt habe – nun endlich einmal in England!« sagte er zu Sarah. Dann wandte er sich Frances zu. »Es ist mir eine Ehre, Ihnen meine Tochter vorzustellen, Mrs. Cole.«

Frances knickste vor dem Mädchen. Sie war blaß und schlank und trug ein Seidenkleid in kaltem Weiß, das ihrem unscheinbaren Haar und dem bleichen Teint noch den letzten Rest von Farbe entzog. Um die Schultern hatte sie sich einen Schal aus silbernem Flor geschlungen, und große Perlen schmückten ihren Hals, die Ohren und Handgelenke. Ein zweiter Schal aus warmer weißer Wolle hing von ihrer rechten Schulter, als befürchtete sie, es sei bei den Coles nicht geheizt.

»Bin geehrt«, sagte sie kühl. Ihr starker Akzent paßte überhaupt nicht zu ihrer streng konventionellen Aufmachung.

Hinter den Gästen kam Josiah herein. »Nehmen Sie doch Platz, Sir Charles«, sagte er. »Was möchten Sie trinken? Das Dinner wird in Kürze aufgetragen.«

»Ich nehme ein Glas Rum mit Wasser, wenn Sie eins von meinen ausgezeichneten Fässern im Hause haben.« Der dicke Mann zwinkerte Frances zu. »Das ist das Schlimmste am Leben auf den Sugar Islands, Mrs. Cole. Man gewinnt an allem dort Geschmack. An der Sonne, den Getränken, der Gesellschaft. Sie sollten uns mal besuchen. Sie wären uns höchst willkommen, nicht wahr, Honoria?«

Das Mädchen nickte kaum wahrnehmbar. »Für Ladys gibt es dort sehr wenig Gesellschaft«, sagte sie im schwungvollen Rhythmus der Inselsprache.

»Aber das Wetter!« Sir Charles nahm sein Glas von der Bedienung. »Ich versichere Ihnen, seit wir lossegelten ist mir noch nicht wieder warm geworden.«

»Hier ist es in der Tat sehr feucht gewesen«, bemerkte Miss Cole. »Manchmal glaube ich, der Dezember ist der schlimmste Monat im Jahr, immer kalt und oft naß.«

»Ich bin verwöhnt, Miss Cole, das muß ich gestehen. Selbst wenn ich im Hochsommer herkäme, wäre mir immer noch kalt.«

Frances nippte an ihrem Glas Fruchtsaftlikör. In der Zimmertür stand das Küchenmädchen und flüsterte Mrs. Brown etwas zu; die trat heran und flüsterte ihrerseits Josiah Cole etwas ins Ohr.

»Ich bitte zu Tisch«, sagte Josiah. »Sie müssen uns so nehmen, wie wir sind, Sir Charles. Sie wissen, wir sind einfache Kaufleute. Wir speisen gleich hier am Tisch im Empfangszimmer. Wollen Sie hier Platz nehmen? Und Miss Honoria dort?«

Sie setzten sich. Frances, die ihr Leben lang immer an einem Tisch für wenigstens zwölf Personen gespeist hatte, versuchte sich von Honorias unfeinem Herumglotzen in dem beengten Raum nicht brüskieren zu lassen.

Brown stellte sich in die Tür und nahm die Speisen vom Küchenmädchen entgegen; man hörte sie mit den heißen, schweren Platten die Treppe heraufstampfen. Josiah schaute Frances mit einem besorgten Blick über den Tisch hinweg an, und sie fühlte plötzlich Mitleid mit seiner Unbehaglichkeit. Er wußte, daß nicht alles der Etikette entsprach, hatte aber keine Ahnung, wie es richtig wäre. Frances lächelte ihm zu, und seine Miene hellte sich sogleich auf.

»Geht es dir gut, Mrs. Cole?« fragte er. »Hast du einen vergnüglichen Tag gehabt?«

»Ich fühle mich sehr wohl«, versicherte ihm Frances. Sie bemerkte Sarahs erstaunten Blick über ihren entschieden munteren Ton. »Ich fühle mich ausgesprochen wohl.«

»Ich finde es schade, daß mich Ihre Sklaven nicht bedienen«, äußerte Sir Charles. »Josiah hat mir erzählt, daß Sie ein Dutzend in der Ausbildung haben.«

»Die werden erst in einigen Monaten soweit sein«, erklärte Josiah. »Meine Frau bringt ihnen das Sprechen bei.«

Honoria warf Frances einen Blick schreckensbleicher Verachtung zu. »*Sie* richten Sklaven ab?«

Frances nickte, ihr die Stirn bietend. »Ja.«

»Bei uns ist das Männersache«, warf Sir Charles schroff ein. »Auf meiner Plantage bilden die alten Arbeiter die neuen aus. Das ist Männersache, die Sie Ihrer Frau da zumuten, Cole.«

»Ein Sklavenaufseher hilft ihr, und außerdem machen sie keine Schwierigkeiten. Wir haben nur zwei Männer, die übrigen sind Frauen und kleine Kinder.«

Brown lief um den Tisch und servierte die Suppe aus einer großen Terrine. Frances stellte fest, daß das beste Silber zu diesem Anlaß aus der Vorratskammer heruntergebracht worden war.

»Die brauchen nicht Liebe, die brauchen Hiebe!« rief Sir Charles aus. Er lachte, ein Lachen höchster Befriedigung. »Haben Sie gehört? Nicht Liebe, sondern Hiebe!«

Miss Cole kicherte vergnügt, Josiah grinste.

»Sie sind wie die Kinder«, erklärte Sir Charles. »Die vergessen alles, wenn man es ihnen nicht einbleut. Und sie sind mürrisch und trotzig. Auf meiner Plantage wird jeden Tag irgendwer ausgepeitscht. Auf den Feldern beziehen sie ebenso Schläge, und mindestens einmal am Tag wird einer in den Stock gespannt und ausgepeitscht. Und, oh, ich lasse ihnen vom Schmied am Feuer immer wieder eins draufbrennen und manchmal wegen ihrer Frechheit die Zunge aufschlitzen. Ich plage mich wahrlich, um mir Strafen auszudenken, die abschrecken, sie aber nicht so sehr verletzen, daß sie nicht mehr arbeitsfähig sind oder weiterverkauft werden können.«

»So dumm«, meinte Honoria ohne Anteilnahme mit ihrer hohen reizenden Stimme. »Die sind ja so dumm.«

»Wie hoch ist die Sterberate?« fragte Josiah.

Sir Charles zuckte die Schultern. »Ich vermute, wir verlieren von unseren zweihundert ungefähr fünfzig oder sechzig im Jahr. Die vermehren sich kaum. Ständig verlieren wir Frauen im Kindbett, und die Kinder kommen oft tot zur Welt. Wenn ich jemanden predigen höre, man solle den Sklavenhandel abschaffen, da möchte ich mal wissen, wie sie sich vorstellen, eine Plantage zu bewirtschaften. Wie sonst sollte man denn Zuckerrohr anbauen?«

Josiah nickte beifällig und ließ Brown Wein nachschenken. »Das ist pures Verkennen der Lage«, sagte er. »Und es ist Mode. Das vergeht wieder mitsamt den paar jungen schwafelnden Geistlichen und einigen Parlamentsabgeordneten, die Karriere machen wollen. Methodisten und Radikale! Das legt sich wieder. Das sind doch nur ein paar dreckige Radikale, die stänkern und Unterschriften für ihre Petitionen sammeln. Die führenden Männer unseres Landes wissen schon, was der Sklavenhandel wert ist, und sie nehmen gern Zucker in den Tee. Wir lassen uns nicht vom Pöbel in die Enge treiben.

Schauen Sie sich Bristol an. Vor dem Sklavenhandel war es eine kleine Stadt, kein Vergleich zu heute. Die hier gemachten Vermögen setzen der Sklaverei ein Denkmal. Und Liverpool gründet sich auf den Atlantikhandel. Fast jeden Tag wird dort ein neues großes Gebäude oder ein Rathaus eingeweiht. Die Leute wissen, wo ihr Nutzen liegt. Das andere ist die Agitation von Memmen, die vergeht.«

»Das hoffe ich«, sagte Sir Charles mit Nachdruck. »Ich kann Ihnen gar nicht sagen, wie uns das beunruhigt, wenn wir hören, wie diese Narren hetzen und nörgeln. Was ist mit diesem Wilberforce und seiner Gesetzesvorlage?«

Josiahs Gesicht verfinsterte sich, und er goß sich neuen Wein ein. »Die wird im Mai im Parlament eingebracht«, sagte er. »Aber wir sind gerüstet. Unsere Leute werden mehr Beweise verlangen und eine Abstimmung hinauszögern; sie kann auf den Sankt-Nimmerleins-Tag verschoben werden, sagt man. Die großen Leute des Handels aus Liverpool und London und von hier wollen gemeinsam einvernehmlich vorgehen, und sie haben ihre eigennützigen Gründe und ihre Taschen gespickt voll. Ich glaube nicht, daß eine Handvoll Geistlicher und einige ignorante Arbeiter gegen sie ankommen. Im Parlament sitzt nicht ein Mitglied, das nicht seine Investition absichern muß. Die werden kaum so abstimmen, daß sie sich selbst aus dem Geschäft hinausfegen.«

»Zwei Parlamentsleuten zahle ich eine Pension«, teilte Sir Charles mit. »Um meine Interessen zu schützen. Aber mich packt die Wut, wenn ich von diesen Radikalen höre. Die wissen überhaupt nichts vom Sklavenhandel. Die haben keine Ahnung von unseren Schwierigkeiten. Alle Besucher der Plantage von Clearwater sind bei der Abreise davon überzeugt gewesen, daß wir das Land auf die einzig mögliche Weise bewirtschaften. Weiße Arbeiter kann man nicht krie-gen, und die Indianer sind jetzt alle tot – kein einziger hat die ersten paar Jahre nach unserer Ankunft dort überlebt. Was sollten wir sonst tun? Und die Sklaven in Afrika würden auch nur Jagd aufeinander machen und sich gegenseitig bei lebendigem Leibe verbrennen. Wir haben sie von der übelsten Sorte von Gottlosigkeit errettet und ihnen Arbeit und Disziplin beigebracht. Also, da könnte ich Ihnen Geschichten erzählen ...«

»Papa!« murmelte Honoria.

»Ich bitte um Entschuldigung«, sagte Sir Charles. »Meine Tochter hat so ein zartes Gemüt«, erklärte er Frances. »Solche Dinge sollte ich nicht vor ihren Ohren erwähnen.«

»Ich hasse Nigger«, bemerkte Honoria leise zu Frances, als sich die Herren über den Tisch hinweg unterhielten. »Ich möchte wissen, wie Sie es fertigbekommen, ihnen Unterricht zu geben. Ich dulde sie nicht in meiner Nähe.«

»Haben Sie keine schwarzen Diener?«

»Die meisten von ihnen sind Mischlinge«, antwortete Honoria. »Mulatten. Die bevorzugen wir als Hauspersonal.«

»Mischlinge?« Frances wiederholte das ungewohnte Wort.

»Ja«, sagte Honoria gelassen. »Papa vermischt gern den Bestand.«

Frances vernahm die vornehme Umschreibung, aber sie wollte nicht erforschen, was das bedeutete. »Und wie ist das so?« fragte sie. »Das Leben auf der Plantage?«

Honoria blickte zu ihrem Vater und zu Josiah und Sarah, die ihm zuhörten. »Furchtbar eintönig«, klagte sie. »Es gibt kaum Gesellschaft, wenn wir nicht nach Jamestown fahren, und selbst dort finden im Jahr nur zwei Bälle statt. Wir sind hierhergekommen, damit ich mir Kleider kaufe und ...« – sie lächelte ein wenig – »Bekanntschaften machen kann.«

»Mit jungen Gentlemen?« wagte Frances zu fragen und wurde mit einem weiteren winzigen Lächeln bedacht.

»Von früh bis spät habe ich nichts weiter zu tun als zuzuschauen, wie das Zuckerrohr wächst, und die Hausmädchen zu tyrannisieren«, fuhr Honoria fort. »Mama verbringt den ganzen Tag im Bett. Sie ist so empfindlich, sie ist wirklich furchtbar empfindlich. Sie läßt Nanny – meine alte schwarze Kinderfrau – alle naselang wegen diesem oder jenem hinauf- und hinunterrennen, schickt das Essen in die Küche zurück, beschwert sich und macht unaufhörlich Theater.«

Frances versuchte sich das große weiße Haus mitten im Meer üppiger grüner Bäume vorzustellen, darin drei unzufriedene Weiße, die Rum trinken und im Schatten ihre eingebildeten Krankheiten pflegen, während draußen in der unbarmherzigen Sonne zweihundert aus ihrer Heimat Vertriebene schufteten und ausgepeitscht wurden, wenn sie zu langsam waren, und ihrem Zuhause und der Familie nachtrauerten.

Brown räumte die Suppe ab und stellte den Tisch mit Speisen voll: Koteletts, Rindslende, eine Wildbretpastete und Kalbsbries.

»Ihr Bristoler Kaufleute tischt sehr gut auf!« rief Sir Charles aus. »Ich genieße jeden Besuch in Ihrem Hause, Miss Cole.«

Miss Cole zeigte ihr saures Lächeln und fragte, wie lange die Fairleys in Bristol zu bleiben gedachten. Sir Charles umriß einen Reiseplan, der darauf angelegt war, für Miss Honoria einen Gatten zu angeln. In Bath wollten sie Garderobe einkaufen und der Trinkhalle des Kurorts einen Besuch abstatten, danach sollte es im Sommer aufs Land gehen, und im Winter wollten sie bei Freunden in London wohnen, um die Saison mitzumachen.

»Wir beabsichtigen, uns im nächsten Frühjahr wieder einzuschiffen«, schloß er. »Falls Honoria mich nicht mit anderen Plänen überrascht!«

Honoria senkte die Augen auf den Tisch und versuchte zu erröten. »Oh, Papa!«

»Und wer hat die Aufsicht über Ihre Plantage während Ihrer Abwesenheit?« erkundigte sich Josiah. »Haben Sie einen Verwalter, dem Sie trauen können?«

»Ich habe einen Aufseher«, nickte Sir Charles. »Einen Mann aus Jamestown, der sich hocharbeitet. Ein roher Kerl, aber ich kann ihm eine Schiffsladung anvertrauen. Er weiß, wie man sie behandeln muß, und kennt keine Gnade. Wenn ich heimkehre, wird es im Sklavenquartier einige traurige Gesichter geben und auf dem Friedhof einige neue Grabhügel, aber Scherereien gab es nicht.«

»Gewiß haben Sie auf Clearwater nie Scherereien?« bemerkte Miss Cole.

Sir Charles schüttelte den Kopf, während sein Teller abgeräumt wurde. »Ich schlafe immer mit dem Gewehr neben dem Bett«, sagte er. »Man weiß nie, woran man bei ihnen ist, Miss Cole. Man muß immer vor Augen haben, wie viele das sind; die ganze Zeit über muß man auf der Hut sein. Vergessen Sie nicht, daß wir nur drei sind, Lady Fairley, Honoria und ich, und die sind zweihundert und mehr, wenn man die Besucher in ihren Hütten mitzählt, von denen ich nichts weiß, und die Entflohenen, die sich in den Wäldern ringsum verbergen. Tag und Nacht muß ich die Oberhand behalten. Sie warten ständig – warten auf eine Gelegenheit. Wer ist der nächste, eh? Wo passiert's als nächstes?«

Er nickte Frances zu. »Wenn Sie den Unterricht durchführen, dann denken Sie an meine Worte, Mrs. Cole. Es sind Mörder. Alle sind geborene Mörder. Bleiben Sie ständig auf der Hut.«

»Unser Aufseher paßt dabei auf, und er hat eine Peitsche«, sagte Miss Cole. »Außerdem tragen sie Fesseln.«

»So ist es recht!« empfahl Sir Charles. »Behandeln Sie sie so, bis ihr Geist gebrochen ist, bis sich ihr Lebenswille beugt. Sie müssen den Tod herbeisehnen. Solange sie am Leben hängen, wollen sie es bessern – da fängt der Ärger an.«

Miss Cole machte ein nachdenkliches Gesicht. »Vielleicht sind wir schon zu gut zu ihnen gewesen ...«

Sir Charles schüttelte den Kopf. Brown stellte als Nachtisch eine große Portion heißer gewürzter Milch mit Zucker, Wein und Zitrone vor ihn hin und goß Sahne darauf. »Brechen Sie Ihren Geist, und halten Sie sie unten«, riet er. »Trennen Sie die Hengste von den Frauen, halten Sie sie unterernährt, sehen Sie zu, daß sie abmagern. Sorgen Sie dafür, daß sie für geringe Belohnungen alles für Sie tun, und wenn sich das kleinste Anzeichen von Widerstand rührt, dann prügeln Sie sie, bis sie draufgehen – oder schlagen Sie einen tot, wenn nötig. Das merken sich die anderen, da können Sie Gift drauf nehmen.«

Miss Cole lächelte ihn an. »Sie sind so gütig«, sagte sie. »Ich werde gründlich darüber nachdenken.«

Er strahlte zurück. »Eine vernünftige Frau«, verkündete er freudig. »Josiah, zu solchen Helfern muß man Ihnen gratulieren. Schönheit und Verstand. Sie werden es noch weit bringen, das weiß ich.«

Josiah fühlte sich geschmeichelt und erhob sein Glas. Frances schob die Nachspeise unberührt beiseite. Sie hatte einen bitteren Geschmack im Mund, ihr wurde übel von dem Gerede.

Die Gentlemen unterhielten sich über den Handel, während Obst und Konfekt aufgetragen wurden. Honoria kaute auf einer kandierten Pflaume herum, ihre fahlen, ausdruckslosen braunen Augen verrieten Langeweile. Frances saß ganz still da, die Hände auf dem Schoß, das Gesicht eine Maske höflichen Interesses; sie wäre am liebsten taub gewesen.

Als ihr Josiah ein Zeichen gab, erhob sie sich vom Tisch und führte die Damen zu Plätzen am Kamin. Das war die traurige Parodie des Rituals, wie es der Landadel pflegte, wenn ein Teil der Tischgesellschaft sich in andere Räume zurückzog. Ihre Miene verriet nichts, sie geleitete Honoria auf ihren Sessel am Kamin, als würde Lady Scott höchstselbst in diesem Zimmer das Dinner einnehmen und dort sitzen.

»Gehen wir in mein Kontor hinüber«, verkündete Josiah. »Wir genehmigen uns dort einen guten Tropfen und kommen später wieder zu Ihnen zurück, meine Damen.«

Standhaft staksten sie aus dem Raum, denn sie hatten fast vier Flaschen geleert. Honoria, Sarah und Frances plauderten und nippten an ihrem Tee. Die Herren kamen nicht wieder. Die oberflächliche Unterhaltung verebbte und erstarb völlig. Ganz ungeniert beobachtete Honoria die Zeiger der Uhr auf dem Kaminsims. Als sie neun schlug, fragte sie, ob das Mädchen ihrem Papa mitteilen könne, daß sie aufbrechen wolle.

Sir Charles erschien in der Tür, elend betrunken. »Tut mir leid, meine Liebe«, sagte er. »Ich schicke dich in einer Sänfte nach Hause, versteh doch, eine Sänfte. Brown ist schon eine holen gegangen, und sie bringt dich heim. Wir sehen uns dann morgen vormittag, meine Liebe. Am Vormittag. Josiah und ich rücken gerade die Welt zurecht und machen soeben einem sehr hübschen Portwein den Garaus. Wirklich ein sehr hübscher Portwein. Ich esse hier spät noch etwas.«

Honoria nickte und ließ sich von Frances mit dem Umhang helfen.

»Ich gehe zu Bett«, sagte Frances leise zu Josiah.

»Tu das«, antwortete er aufgeräumt. »Wir machen die Nacht durch. Brauchst nicht auf mich zu warten.«

Die Männer zogen sich wieder in Josiahs Kontor zurück, öffneten die nächste Flasche und ließen etwas zum Abendessen aus der Küche kommen. Gegen Mitternacht waren sie völlig betrunken.

»Schnappen wir uns doch eins von den Sklavenmädchen«, schlug Sir Charles vor. »So zum Zeitvertreib.«

Josiah schaute ihn wie eine Eule an. »Hier ist nicht Clearwater«, bemerkte er. »Wir müssen an das Personal denken und an die Damen.«

Sir Charles ließ wieder sein lautes, fröhliches Lachen hören. »Zum Teufel mit den Bediensteten. Und die Damen wissen schon, wann sie weggucken müssen. Lady Fairley weiß, wann sie besser wegsehen muß, da können Sie sich drauf verlassen.«

»Das geht nicht«, wandte Josiah ein. »Ich habe die Schlüssel nicht, und überhaupt würde das Mrs. Cole nicht gefallen.«

»Sie braucht es doch gar nicht zu wissen«, entgegnete Sir Charles. »Machen Sie schon, Josiah. Seien Sie doch nicht so ein verdammter Methodist.«

Zwar war Josiah betrunken, doch immer noch sträubte er sich. »In England ist das nicht üblich«, sagte er. »Das versichere ich Ihnen, mein lieber Freund. Lassen Sie uns ausgehen und eine Frau nehmen, wenn Sie es wünschen … aber mit Sklavinnen im eigenen Haus … gehört sich nicht.«

»Ich weiß, was sich gehört!« Sir Charles fing an ungemütlich zu werden. »Ich bin ein verdammter Baronet … bin Baronet! Ich muß wissen, was sich gehört, denke ich. Ich bin gut genug, Ihnen die Sklaven zu einem stattlichen Gewinn für Sie abzukaufen und Ihnen am Kai Zucker zu Schleuderpreisen zu verkaufen. Ich weiß, was sich gehört, nicht wahr?«

»Ich meinte doch bloß ...«

»Und hier bin ich und mache Ihnen das Angebot, bei einem Ihrer Schiffe mit einem Anteil von eintausend Pfund einzusteigen, wenn ich Sie erinnern darf, Josiah! Da hätte ich doch gedacht, ich weiß, was sich gehört!«

»Schon gut, schon gut«, rief Josiah schnell.

»Ja, schon gut«, erwiderte Sir Charles, wobei seine Laune wieder zu eitel Sonnenschein umschlug. »Schon gut. Also holen wir uns ein Mädchen, Josiah! Rütteln wir den Lagerbestand wach.«

»Sie sind im Keller«, brachte Josiah vor. »Und meine Frau verfügt über alle Schlüssel.«

»Schicken Sie ihr eine Nachricht, teilen Sie ihr mit, wir wollen uns die Sklaven anschauen.« Sir Charles verriet die für einen Betrunkenen charakteristische Hartnäckigkeit. »Kommen Sie schon, Mann. Sie können doch nicht schon im ersten Ehejahr unter dem Pantoffel stehen! Wer ist hier der Herr im Haus?«

»Ich!« antwortete Josiah getroffen.

»Dann besorgen Sie uns rasch ein verdammtes Weib!«

Josiah griff nach dem Klingelzug, und das Hausmädchen Brown kam müde hereingeschlurft, um zu hören, was der Hausherr jetzt wollte. »Sag Mrs. Cole, wir möchten eine von den Sklavinnen sehen«, befahl Josiah. »Bitte sie, mir die Schlüssel auszuhändigen.«

Brown knickste und ging.

Sir Charles grinste voller Erwartung und goß sich Portwein nach. »Ich garantiere Ihnen«, strahlte er, »wenn Sie erst einmal auf den Geschmack gekommen sind, haben Sie keinen Appetit mehr auf etwas anderes. Zu Hause nehme ich mir welche, wann immer ich Lust habe.«

Josiah verbarg seinen Ekel. »Holen Sie sich da keine afrikanischen Krankheiten, Sir Charles? Keine afrikanische Seuche?«

Der Mann nickte. »Ja,ja – und reich sie auch gleich weiter! Aber ich bin ziemlich leichtsinnig geworden, wissen Sie. Es hat etwas für sich, Herr zu sein, absoluter Gebieter über so viele.

Es hat schon etwas Erregendes zu wissen, daß einem jede Frau zu Willen sein muß und daß die anderen nichts machen können als zuschauen.« Mit einem unsicheren kleinen Lacher stieß er eine Wolke Zigarrenrauch aus. »Es gibt nichts Vergleichbares. Dieses Empire, das wir da haben, ist eine prächtige Sache, Josiah. Es macht uns Engländer Göttern gleich.«

Dem stimmte Josiah zu, nippte am Portwein und schluckte seinen Widerwillen hinunter. Es klopfte, und Frances stand in der Tür; sie trug ein loses Gewand und hatte sich die Haube hastig auf dem Haar festgesteckt. »Kann ich dich sprechen, Gatte?« sagte sie.

Josiah erhob sich und ging zur Tür, schloß sie halb, damit der Gast das Gespräch nicht hören konnte. »Was machst du hier unten in diesem Aufzug?«

Frances schaute an ihrem Morgenrock hinunter, die übliche Hauskleidung zu dieser Stunde für Damen. »Ich war schon schlafen gegangen«, antwortete sie besonnen.

»Du trittst halb angezogen vor einen Gast?«

Frances entfuhr ein kurzes Lachen, doch als sie Josiahs Miene sah, merkte sie, daß es ihm ernst war. »Entschuldige bitte, Gatte«, sagte sie vorsichtig. »Ich hatte keine Ahnung, daß du daran etwas auszusetzen hättest.«

Plötzlich tat sich vor beiden die Kluft zwischen ihrer Welt und seiner weit auf. Josiah war sich bewußt, daß in allen Fragen der Etikette sie recht haben mußte. Aber er besaß Ehrgeiz und sorgte sich um sein Ansehen. »Ich habe aber etwas auszusetzen«, sagte er und wußte, daß er unrecht hatte und töricht klang. »Habe ich!«

Vor seiner Gereiztheit im betrunkenen Zustand auf der Hut, senkte Frances den Kopf. »Soll ich mich umziehen gehen?« fragte sie.

»Nein. Erkläre mir lieber, warum du heruntergekommen bist.«

»Brown brachte mir eine Nachricht.« Seine Mißfallensäußerung hatte Frances verwirrt; sie bemühte sich, die Oberhand zu gewinnen. »Ich wollte dich fragen … es scheint mir so merkwürdig, zu dieser Nachtstunde … darf ich fragen, weshalb du eine Frau sehen willst?«

»Nein, das darfst du nicht, Madam! Sir Charles möchte die Sklaven inspizieren. Ich habe nach den Schlüsseln geschickt, die sich in deiner Obhut befinden. Es war nicht nötig, daß du selbst herunterkommst. Und ich verbitte mir die Fragen.«

»Er will bloß eine Frau sehen?« unterbrach ihn Frances. »Um sie sich anzuschauen? Er hat nicht vor – äh –, sie zu belästigen?«

Röte schoß Josiah ins Gesicht. »Verzeihung, Mrs. Cole, deine Kühnheit erstaunt mich! Bitte gib mir die Schlüssel, und zieh dich auf dein Zimmer zurück. Ich möchte nicht, daß Sir Charles dich so sieht und hört, wie du ihm etwas unterstellst.«

Frances blieb standhaft, puterrot vor Verlegenheit. »Ich kann dir die Schlüssel nicht geben«, beharrte sie mit leicht bebender Stimme. »Ich bitte dich, Sir, das nicht zu verlangen. Ich soll sie unterweisen, sie sind mir anvertraut. Du sprichst von meinen Schülern. Ich kann das nicht zulassen. Ich muß eine Garantie von dir haben.«

Josiah trat hinaus in den Korridor und schloß die Tür hinter sich. In seinem betrunkenen Zustand zitterte er vor Zorn, der Speichel spritzte, als er sie anzischte. »Du bist schamlos! Deine Andeutungen sind schamlos! Sir Charles ist ein Gast, für dessen Ehre ich die Hand ins Feuer lege! Ein Mann, der seit vielen Jahren mit mir und meinem Hause einträgliche Geschäfte macht. Wenn er sich eine unserer Sklavinnen anschauen möchte, dann gestatten wir das natürlich. Warum nicht? Warum um alles in der Welt nicht? Geh eine von den Frauen holen, Mrs. Cole.«

Frances wich vor ihm zurück, bis sie den Endpfosten des Treppengeländers erreichte. »Ich muß dich bitten, mir zu versichern …«, flehte sie kraftlos.

»Ich soll etwas versichern?« wiederholte er nahe daran, einen Wutanfall zu bekommen.

Vor seinem Aufbrausen strich sie die Segel, ihr blieb die Luft weg, und sie hielt sich die Hand auf ihr pochendes Herz. »Nun gut. Aber ihr werdet sie nur anschauen, nicht wahr?«

»Hol eine von den Sklavinnen, Mrs. Cole«, sagte er wütend. »Du hättest dort bleiben sollen, wo du warst, und mir mit Brown die Schlüssel schicken sollen. Ich bin sehr ungehalten. Wo du schon darauf bestanden hast, selbst hier unten zu erscheinen, such du die Frau auch selbst aus, und dann gehst du zu Bett!«

Frances war kreidebleich im Gesicht, als sie sich von ihm abwandte und schleppend die Treppe zur Küche hinunterschritt.

Mrs. Brown und John Bates saßen zu beiden Seiten des Küchenherds und warteten darauf, daß die Familie sich zur Ruhe begab, damit sie abschließen konnten. Als sie ihre Schritte hörten, standen sie auf.

»Es tut mir leid, euch so spät um etwas bitten zu müssen«, sagte sie. Ihre Lippen waren so kalt und steif, daß ihr das Sprechen schwerfiel. »Bates, können Sie mit mir in den Keller kommen? Ihr Herr möchte eine der Sklavinnen sehen.«

Bates fuhr mit den Armen in die Ärmel seiner Jacke und strich sie glatt. Frances wandte sich zur Kellertür und schloß sie auf.

Der Keller unter ihr lag im Dunklen. Als sie die Stufen hinabstieg, hörte sie die Ketten klirren. Einige Sklaven hatten geschlafen, aber als sie die Tür aufgehen hörten, bewegten sie sich unruhig und wachten auf. Mehuru kam langsam hoch und schaute von John Bates zu Frances, um in ihren Gesichtern zu lesen.

Sie wich seinem Blick aus, sah sich im düsteren, flackernden Laternenschein im Keller um und zeigte dann auf die stärkste Frau, auf diejenige, die ihr am robustesten schien. »Die«, sagte sie.

John Bates ging zu ihr hin und löste die Handfesseln. Als er auf sie zukam, schreckte sie zurück und warf Frances einen Blick zu – einen sowohl fragenden als auch flehenden Blick. Frances' Miene verriet nichts, sie glich einer kalten Statue.

»Was will sie von mir?« wollte die Frau von Mehuru wissen.

Er schüttelte den Kopf, seine Augen auf Frances gerichtet. Er erkannte, wie machtlos sie war. Er spürte ihre Niederlage und noch etwas ... ihre tiefe Scham.

»Ich weiß es nicht«, antwortete er sanft. »Hab Mut, Schwester.«

Die Frau zitterte und wäre beinahe hingefallen, doch John Bates packte sie um die Taille und schob sie zur Treppe. Die Beine versagten ihr, und sie kroch voran. »Sie wollen mich essen«, flüsterte sie. »Sieh ihr Gesicht an. Sie kommt mich holen und will mich essen.«

Rasch schaute Mehuru Frances an und bemerkte, daß sich ihre dünnen Lippen noch weiter zusammengezogen hatten. »Nein«, sagte er mit Gewißheit. »Sie kann nichts dafür.«

»Rette mich«, bat die Frau sanft. »Mehuru, rette mich!«

Als Mehuru so still dastand, fühlte er plötzlich seine ganze Hilflosigkeit. Daß sie vergewaltigt werden würde, wußte er, und er konnte nichts anderes tun als zusehen, wie sie sie mitnahmen. Er war seiner Kraft beraubt, vielleicht für immer. »Hab Mut, Schwester«, sagte er mit zusammengepreßten Lippen. »Wir gehören einem stolzen Volk an. Ertrag es mit Stolz.« Schon während er sprach, nahm er die gespielte Tapferkeit seiner Stimme wahr. Nun war er kein stolzer Mann mehr; er war weniger als ein Tier, denn er besaß nicht einmal eine sichere Höhle.

Die Füße versagten nicht mehr ihren Dienst, es gelang ihr aufzustehen.

Der ungeduldig werdende Bates fragte Frances: »Soll ich sie etwa hinauf tragen? Ich glaube nicht, daß sie da hochsteigen kann.«

»Ja«, ordnete Frances knapp an. Sie wagte es nicht, Mehuru anzublicken, sondern hielt die Augen auf ihre Füße gerichtet. Sie hatte zierliche graue Seidenschuhe an, die zu ihrem Dinnerkleid paßten. Sie streckte ihre Zehen vor und betrachtete den Glanz der Seide und das Glitzern der Straßsteine auf der Schnalle.

John Bates nahm die Frau hoch. Als seine fleischige Schulter in ihren ausgemergelten Bauch stieß, stöhnte sie, doch sie war still, als er die Stufen hinaufstieg. Offenbar war sie vor Angst ohnmächtig geworden, ihr Kopf wippte bei jedem

Schritt, die Arme hingen schlaff herunter. »Soll ich sie in Mr. Coles Kontor schaffen?« fragte er.

»Ja.« Frances verschloß den Keller wieder sorgfältig. Langsam trottete Bates mit seiner Last durch die Küche, Frances folgte ihm. Schweigend sah Brown zu, als sie an ihr vorbeigingen. Frances richtete die Augen auf die schiefen Absätze von Bates' Stiefel.

Als sie von der warmen, erleuchteten Küche in den dunklen Flur traten, begann die Frau Gebete zu murmeln, der Tod möge sie erlösen. Immer wieder rief sie den Namen ihres Ehemannes, der immer noch auf sie wartete, immer noch auf eine Nachricht hoffte. Immer wieder rief sie ihre Vorfahren an, einen Platz für sie freizuhalten, und bat sie um Vergebung für alles Unrecht, das sie getan haben mochte, so daß man sie von zu Hause weggeholt hatte und sie in der Fremde ehrlos sterben sollte.

Frances hörte das gestammelte Flehen, ohne es zu verstehen. Sie wußte nicht, daß die Frau sie anrief und wissen wollte, was man von ihr wollte, was sie von ihr zu tun verlangten, ob es eine Möglichkeit gab, sie zu verschonen. Frances lief hinter Bates her und hielt ganz an ihrer Unwissenheit fest, taub und blind gegenüber dem Schmerz.

Sie klopfte an Josiahs Tür und öffnete sie mit ungerührtem Gesicht. Bates marschierte mit seiner Bürde hinein, und Frances schloß die Tür und ging festen Schrittes die Treppe hinauf Richtung Schlafzimmer. Durch die geschlossene Tür des Kontors hörte sie die Frau plötzlich rufen: »Di-isch! Di-isch!« Verzweifelt versuchte sie, es ihnen recht zu machen und »Tisch« zu sagen, wie man es von ihr am Vormittag verlangt hatte. Zu tun, was immer sie wollten.

Einen Augenblick verharrte Frances bei diesem verzweifelten Ruf, dann ging sie mit entschlossener, bitterer Miene langsam, langsam die Treppe weiter hinauf. Sie saß vor ihrem Toilettentisch und sah sich im Pfeilerspiegel an, wie bleich sie war – da hörte sie einen Schrei furchtbarer Qual, der von einer groben Hand schnell erstickt wurde.

Frances löste ihre Haube und flocht sich die Haare, zog ihr Nachtkleid an und ging zu Bett. »Ich habe einen Vertrag geschlossen«, sagte sie zu sich selbst. »Ich wußte, mir würde es nicht immer gefallen.«

Sie zog sich die kalten weißen Bettücher bis zum Kinn und blieb still liegen. Dann schloß sie die Augen. Im unteren Stockwerk hörte sie ein rhythmisches Ächzen, das andauerte und immer weiter ging wie eine schwerfällig arbeitende Maschine, und am Ende ein lautes Stöhnen der Befriedigung.

Frances legte beide Hände auf ihr Gesicht und drückte sie nieder, als wollte sie sich ersticken, die Luft absperren wie auch die Geräusche verstummen lassen. »Ich habe einen Vertrag geschlossen«, flüsterte sie. »Man hat mich gewarnt, daß es anders sein würde als zu Hause. Aber ich habe es getan. Das war mein Handel.«

Unten war es still. Dann hörte Frances, wie die Tür zum Kontor ihres Gatten geöffnet wurde und jemand mit schweren Schritten hinunterging – mit einer Last zurück in das Gewölbe. Ihr bleiches Gesicht zeigte keinerlei Regung, sie rührte sich nicht. Sie lag so still und kalt da wie das Bildnis einer Dame aus weißem Marmor, und sie hörte nichts, sie sah nichts und sie dachte an überhaupt nichts.

11. Kapitel

John Bates schleppte die junge Frau die Treppe hinunter wie ein Stauer das Ladegut am Kai und warf sie unsanft zurück auf ihr Strohlager. Er spürte, daß die weit aufgerissenen Augen aller anderen anklagend auf ihm ruhten.

»Also, ich hab nichts getan«, murmelte er halb zu sich selbst.

Den Kopf zwischen den Händen kroch sie auf dem Stroh herum, zusammengekrümmt vor Schmerzen im Leib. Bates hatte Schwierigkeiten, sie auszustrecken, um ihr den Halsring anzulegen.

Mit großen ängstlichen Augen blickten ihn die kleinen Kinder an, fünf und zwei Jahre alt, aber sie waren zu klug, um laut zu heulen.

»O verflucht«, äußerte John Bates gereizt, nahm die Laterne vom Haken, stampfte die Treppe hinauf und ließ sie in der Dunkelheit und Stille zurück.

Im Kontor machten Sir Charles und Josiah eine neue Flasche Portwein auf. Sir Charles war gesättigt und zufrieden mit der Welt, während Josiah sein Unbehagen verbarg. Mit dem Sklavenhandel hatte er ein Vermögen gemacht, aber noch nie zuvor hatte er einen einzelnen Menschen mißhandelt. All der Schmerz und Kummer hatten sich weit weg von ihm ereignet, außer Sicht- und Hörweite. Zusehen zu müssen, wie eine Frau auf dem Kaminvorleger seines Kontors vergewaltigt wurde, bereitete ihm ein unbehagliches Gefühl. Er hatte am Fenster gesessen und so getan, als beobachtete er den stockfinsteren Kai, während Sir Charles sich über der Frau abmühte, aber er konnte nichts daran ändern, daß er ihr halb ersticktes leidvolles Wimmern und den Geruch ihrer Angst wahrnahm wie auch die ranzige Ausdünstung von Sir Charles' ungewaschenem Körper.

Er erinnerte sich daran, daß sie ein Tier war mit nur tierischen Gefühlen, aber ihm hatte ihr gequältes Gesicht nicht gefallen, als sie sie schließlich vom Boden hochhoben. Nicht einmal der beste Portwein konnte den unangenehmen Geschmack in seinem Mund wegwaschen. Etwas zu sagen traute er sich nicht. Sir Charles war für Cole & Söhne ein wichtiger Kunde, und außerdem befürchtete Josiah, daß er bei seinem Mangel an Begierde kein richtiger Mann war.

Es dämmerte fast, eine graue Winterdämmerung ohne Sonne, als sich die Männer trennten. Josiah verabschiedete sich von Sir Charles, stieg die Treppe zu seinem Zimmer hoch und ging ins Bett.

Frances lag noch wach, ihr war kalt, und der Kopf summte vor Schmerz. Sie hörte, wie er sich im Nachbarzimmer hinlegte und das Licht ausblies. Sie wußte nicht, daß er sich einsamer denn je in seinem Leben fühlte und daß er eine Schiffsladung Handelsgüter dafür geben würde, zu ihr ins Bett zu kommen und ein bißchen menschliche Wärme zu spüren.

Später wachte Frances in der Dunkelheit eines kalten Morgens auf, ihr Kopf ein einziges Gewitter von Schmerzen. Wie kleine Nadelstiche tanzte Licht gegen ihre Augenlider. Ihre Schultern waren verspannt, der Hals steif. Selbst die Gesichtshaut und die Wangenknochen schmerzten, als habe sie Wechselfieber.

Die Tür von Josiahs Schlafzimmer knarrte. »Ich muß mich entschuldigen«, begann Josiah ohne weitere Vorrede.

Frances konnte die Augen kaum öffnen. »Ich bin krank«, sagte sie. »Verzeih mir.«

Josiah stutzte. »Ich wollte mit dir reden«, entgegnete er beharrlich.

»Ich kann nicht.« In Frances' Stimme lag ein Hauch von Entschlossenheit.

»Kann ich dir etwas bringen?«

»Mein Laudanum aus meinem Schreibpult.«

Er öffnete den Deckel des Kästchens. Im hinteren Fach befand sich ein Fläschchen. »Wie viele Tropfen?«

»Drei.«

Er ließ drei Tropfen in das Glas Wasser neben ihrem Bett fallen und reichte es ihr. Sie trank mit geschlossenen Augen und sank auf das Kissen zurück, um zu warten, daß das Mittel wirkte.

»Sir Charles benahm sich ungehörig für ein englisches Haus«, sprach er steif. »Du hattest recht, Einspruch zu erheben. Ich hatte ein bißchen zuviel getrunken und mußte überdies gastfreundlich sein. Aber als ich heute früh aufwachte, da dachte ich, ich hätte auf dich hören sollen. Ich entschuldige mich.«

»Du brauchst nichts weiter zu sagen«, bemerkte Frances. Sie wandte den Kopf ab und schloß die Augen.

»Der Frau wurde kein Schmerz zugefügt«, erklärte Josiah. »Und Sir Charles ist in den frühen Morgenstunden in sein Hotel zurückgekehrt. Ich fürchte, bei dem langen Aufenthalt auf den Sugar Islands ist ihm der englische Anstand abhanden gekommen.«

Er wartete und blickte auf Frances, als hoffte er auf ein paar Worte.

»Ich habe mich entschuldigt«, sagte er mit zunehmender Schärfe.

»Es tut mir leid«, flüsterte Frances matt. »Mein Kopf ...«

»Wenn du aufstehst und dich anziehst, wird dir zweifellos besser werden«, sagte er ohne Mitgefühl. »Ich verlasse dich nun, ich habe zu tun. Zur gewohnten Zeit komme ich zum Dinner nach Hause. Das Mädchen wird dir die Schokolade bringen – meine Schwester erwartet dich um neun unten.«

»Im Wohnzimmer?«

»Zum Unterricht«, sagte er ruhig. »Die Sklaven sind dann alle dort. Heute. Ich habe mir überlegt, daß sie alle zusammen Unterricht bekommen, jeden Tag. Sonst dauert es zu lange.«

»Das kann ich nicht«, protestierte Frances standhaft. »Mir geht es einfach zu schlecht.«

»Dann mach nicht so lange«, entgegnete Josiah unverzüglich. »Aber fang um neun an, nimm die ganze Gruppe und schick sie nach einer Stunde oder so weg. Kein Tag sollte versäumt werden. Sir Charles ist davon überzeugt, daß sie jeden Tag arbeiten müssen, damit sie nicht aufsässig werden.«

Frances suchte nach Gründen, das abzulehnen, doch ihr fiel keiner ein. »Ich wünschte, du hättest sie nicht in dein Kontor holen lassen«, sagte sie mürrisch.

»Ich habe nichts getan«, brachte Josiah verlegen vor. Er ließ eine Pause. Keiner von beiden konnte darüber sprechen, was genau vorgefallen war. »Der Frau ist kein Leid geschehen«, wiederholte er. »In Clearwater und überhaupt auf jeder Plantage passiert so etwas fast jeden Tag.« Er zögerte, nahm zu Gemeinplätzen Zuflucht. »Es ist nicht so, daß sie verletzt ist. Sie hat doch nichts anderes erwartet.«

Beide schwiegen. Josiah wandte sich zur Tür.

»Ich schäme mich«, sagte Frances plötzlich. In ihrem Kopf pochte der Schmerz, als sei ihm bewußt, daß die Wahrheit endlich laut ausgesprochen worden war.

Josiah schloß die Tür leise hinter sich und vermied es tunlichst, ihre Worte zu hören.

Einer nach dem anderen kamen alle dreizehn Sklaven ins Zimmer und setzten sich an den Tisch, ohne sie anzuschauen. Sie drängten sich zusammen. Frances saß schon auf ihrem Platz und blickte nicht auf, als sie eintraten, doch sie spürte Mehurus Nähe, als er seinen Stuhl zurückzog und sich zu ihrer Rechten hinsetzte. Als sie auf die polierte Tischplatte hinuntersah, konnte sie seine sich sanft umklammernden Hände sehen. Sie sehnte sich danach, daß er sie auf ihre pochenden Schläfen legte und sagte, daß er ihr vergab, damit sie sich selbst verzeihen könnte.

Sie warf ihm einen raschen schmerzerfüllten Blick zu. Seine Augen begegneten den ihren in einem langen, abschätzenden Blick und wandten sich dann ab. Er wollte sie nicht mehr anschauen, obwohl Frances darauf wartete. Die anderen Sklaven saßen schweigend um den Tisch und beobachteten sie. Zaghaft streckte sie ihre Hand aus und berührte leicht die seine mit ihrem Zeigefinger. Es war nur eine winzige Berührung, aber sie klang bei ihr nach – die Wärme seiner schmalen, starken Hand unter ihrer Fingerspitze.

»Mehuru«, sagte sie leise.

Er schaute auf zu ihr. Sie legte ihre Hand an ihren Halsansatz. »Frances«, sprach sie laut, und dann sagte sie sehr leise, zu leise für Miss Cole und den Sklaventreiber John Bates und für alle anderen Sklaven: »Es tut mir leid. Ich konnte es nicht verhindern.«

Mehuru sah sie mit einem harten, unversöhnlichen und wütenden Blick an und konnte ihr Flüstern nicht hören, und hätte er es gehört, hätte er es nicht verstanden.

Der Unterricht verlief nicht gut. Miss Cole stöhnte auf ihrem Platz am Fenster und benutzte einen silbernen Zahnstocher für ihre Zähne, der an den verfärbten Schmelz klickte. Seit dem Mahl am gestrigen Abend litt sie an Verdauungsstörungen, und von Zeit zu Zeit rutschte sie auf ihrem Sitz hin und her mit einem kurzen Ächzen des Unbehagens. John Bates stand wie eine Statue mit dem Rücken zur Tür, die Peitsche quer vor seinem Bauch. Mehuru wollte Frances nicht mehr in die Augen sehen. Die vergewaltigte Frau saß ganz still da, den Kopf so tief gesenkt, daß er fast auf dem Tisch ruhte und die blauen Flecke an den Schläfen und der tote Ausdruck ihrer Augen verborgen blieben. Ununterbrochen weinte der kleinste Junge, er gab halb erstickte, verzweifelte Schluchzer von sich. Er hockte still auf seinem Platz, vornübergebeugt, so daß die Tränen auf die nackten Knie fielen, die aus den Hosen guckten. Er war erst zwei, er wußte nicht, wie er alles still aushalten sollte. Frances brachte es nicht fertig, ihnen einfache Wörter einzutrichtern, während das Kind in lautlosem Kummer bibberte.

«Mach, daß sie ihren Namen sagen«, empfahl Miss Cole und stand von ihrem Platz am Fenster auf. »Damit hast du gestern aufgehört. Was ist eigentlich heute mit denen los?«

Frances sah sie an. »Sir Charles hat sie in der Nacht aufgescheucht«, sagte sie.

Ein kurzes Schweigen entstand. Miss Cole begriff vollkommen. »Weshalb?« fragte sie trotzdem, um Frances herauszufordern, die Wahrheit auszusprechen.

»Ich weiß nicht«, erwiderte Frances und stellte sich ahnungslos. In dieser Antwort schwang mit, daß Miss Cole genau verstanden hatte, was vorgefallen war, und daß Frances große Scham empfand.

»Also, das ist kein Grund, daß sie so abgestumpft dasitzen«, sagte Sarah energisch. »Sie sollten nichts dagegen haben, daß man sie sich anschaut. Frag sie nach ihrem Namen, alle.« Sie zeigte auf Mehuru. »Er hat letztes Mal seinen Namen genannt. Frag die anderen, wie sie heißen.«

Frances nickte. Sie legte ihre Hand auf den warmen Kambrik am Hals ihres Kleides und sprach ihren Namen, dann wies sie auf den einen, dann auf den nächsten. Heute wollten sie nicht reden. Unruhig rutschten sie auf ihren Stühlen herum und starrten sie verängstigt an. Als sie auf die Frau zeigte, die Sir Charles aus ihrem Loch hatte holen lassen, gaben die anderen ein leises Stöhnen von sich, so leise wie das Knarren sich wiegender Bäume im Wald.

Wieder berührte Frances Mehurus Handrücken. Die Wärme der dunklen Haut unter ihren Fingern gab ihr Mut. »Mehuru«, sagte sie ruhig. »Diese Frau. Wie heißt sie?« Sie zeigte auf sich selbst. »Ich bin Frances.« Sie zeigte auf ihn. »Mehuru.« Sie zeigte auf die Frau. »Wie ist ihr Name?« fragte sie.

»Sie möchte deinen Namen wissen«, sagte Mehuru zu der Frau mit sanfter Stimme, als spräche man zu einer tödlich verwundeten Schwester. Doch unter dem ruhigen Ton brannte sein Unmut, und Frances konnte ihn heraushören.

»Mein Name ist Schande«, sagte die Frau leise. »Mein Name ist Schande. Mein Name ist Gestorben-vor-Schande.«

Frances runzelte die Stirn bei den letzten Worten und wandte sich dann fragend Mehuru zu.

»Schande«, sagte er in Yoruba. »Gestorben vor Schande.«

Frances' benommene Miene hellte sich auf, sie nickte. »Gestorben vor Schande«, wiederholte sie erfreut, ohne zu ahnen, was sie da aussprach. Sie wies auf den nächsten. »Und wer ist das?«

Kbara ließ den Kopf gesenkt. »Verzweiflung«, sagte er in seiner Sprache Mandinka.

»Verzweiflung«, wiederholte Frances beglückt. »So kommen wir weiter. Und wer ist das?«

»Heimatlos«, antwortete das Mädchen in Wolof.

»Heimatlos!« wiederholte Frances sorgfältig, wobei sie den Klang nachahmte.

Einen Augenblick schloß Mehuru die Augen vor Grauen, als er hörte, wie Frances' aufmunternde helle Stimme diese furchtbaren Wörter aussprach.

»Und sie?«

»Leid.«

»Und der?«

»Verflucht!«

»Und sie?«

»Verloren.«

»Es wäre viel besser, wenn du ihnen englische Namen geben würdest«, unterbrach Miss Cole. »Kein Mensch wird dieses Kauderwelsch aussprechen können. Ihm fehlt jeglicher Sinn. Gib ihnen neue Namen, christliche Namen.«

Frances zögerte. »Das mache ich, wenn ich ihre afrikanischen Namen gelernt habe.« Sie lächelte den Sklaven zu. Mehuru wich vor der schrecklichen Blässe ihres Mundes und den weißen Zähnen zwischen ihren blutleeren Lippen zurück. »Sie müssen mir erst einmal vertrauen«, sagte Frances. »Wir müssen Freunde werden.«

Sie erhob sich vom Tisch, ging zur Anrichte und klopfte auf das polierte Holz. »Anrichte.« Sie wartete auf Mehurus Reaktion, spürte aber seinen Widerstand. »Anrichte«, sagte sie noch einmal.

Mitten auf der Anrichte stand eine Glasschale mit einem Berg teurer Treibhausfrüchte vom gestrigen Dinner. Frances nahm eine reife Aprikose in die Hand und brachte sie zum Tisch. Sie legte sie vor Mehuru hin, so wie eine Dorfbewohnerin eine Gabe vor dem Schrein eines unversöhnlichen Gottes ablegt. Ihre Miene zeigte das gleiche unterwürfig bittende Lächeln.

»Aprikose«, sagte sie.

Mehuru blickte von der Frucht in ihr gespanntes Gesicht. Die anderen verrieten leichte Unruhe. Frances bemerkte es nicht, sie sah sie nicht einmal. »Mehuru.« Seinen Namen sprach sie wie eine Liebkosung aus. «Das ist eine Aprikose. Aprikose.«

Ihren flehenden Ausdruck konnte er nicht ertragen. Er senkte die Augen auf den polierten Tisch. »Aprikose«, sagte er sehr leise.

Langsam atmete Frances aus, als habe er eine langersehnte geheime Abmachung mit ihr getroffen. Sie führte die Aprikose zum Mund und biß ein kleines Stück ab. Dann nahm sie den Bissen von ihren Lippen und reichte ihn wortlos Mehuru. Sie schauten sich in die Augen, schließlich hob er die Hand und nahm das Stück der goldenen Frucht und steckte es sich in den Mund.

»Gut«, sagte sie und nickte ihm zu.

»Gut«, wiederholte er gehorsam. Sein Blick kehrte wieder zum Tisch zurück. Seine Miene verriet nichts.

Von der Anrichte nahm Frances ein Messer und schnitt die Aprikose in kleine Stücke für die übrigen der Gruppe. »Aprikose«, sagte sie zu jedem einzelnen von ihnen. Wenn sie das Wort wiederholten, erhielt jeder ein Stück. Sie verzehrten es mit Genuß, ohne einen Laut.

»Gut«, sagte sie.

Dieses Wort sprachen sie mechanisch nach, ohne es zu verstehen. Ständig schauten sie zu Mehuru nach einem Zeichen, wie sie sich gegenüber dieser merkwürdigen, gefährlichen Frau verhalten sollten, die nachts zu ihnen kommen konnte wie Ayelala, die Göttin des Todes und Gerichts, aber bei Tage als Bittstellerin um Vergebung bat und jedesmal ein unsinniges Wort sagte.

Frances wies nun auf den Obstteller. »Teller«, sagte sie. »Messer.«

»Tä-lerr«, sagten sie unsicher. »Me-ssa.«

Mehuru spürte, wie sein Bewußtsein sich von der Realität abwandte, wie ein verwundetes Tier sich in seine Höhle verkriecht, im Dunklen liegt und den Tod herbeisehnt.

»Tä-lerr. Me-ssa.«

Frances schaute sich die verschlossenen Gesichter rund um den Tisch an. »Lächelt!« befahl sie plötzlich. Sie zeigte ihre entblößten Zähne. »Lächelt!«

Vor ihrem furchtbaren weißen Gesicht und dem großen offenen Mund schreckten sie zurück. »Oh, Väter, rettet uns!« murmelte ein Junge. Eine Frau schluchzte vor Angst.

»Sachte«, mahnte Mehuru sanft. Noch immer befand er sich in seiner Höhle, seine dunklen Augen beobachteten Frances, seine Seele sicher versteckt vor ihr.

Frances drehte sich zu ihm, ihre Augen – so dunkel wie seine – flehten ihn an. »Ich versuche euch zu helfen«, sagte sie. »Ihr müßt lernen, und ich muß euch etwas beibringen. Lächelt.«

»Lächel«, sagte Mehuru sanft zu ihr. Mit toten, fühllosen Augen verzerrte er die Lippen zu einer gräßlichen Parodie von Freude. »Lächel«, sagte er.

12. Kapitel

Als der Unterricht um halb elf vorüber war und die Sklaven weggeschickt wurden, blieb Frances am Tisch sitzen.

»Möchtest du vor dem Frühstück einen Tee nehmen?« bot ihr Sarah an.

Frances schüttelte den Kopf. »Ich werde nicht frühstücken«, sagte sie.

Es folgte ein kurzes Schweigen. »Frances …«, warnte Sarah. »Ich hoffe, du hängst keinen Hirngespinsten nach.«

Frances hob den Kopf. »Hirngespinste!« rief sie aus. »Ich habe keine Hirngespinste. Ich bin todunglücklich! Ich glaube nicht, daß ich damit fortfahren kann, Sarah. Man hätte es nicht von mir verlangen dürfen. Ich werde mit Josiah reden. Ich glaube nicht, daß dieser Plan funktioniert. Man kann sie nicht unterrichten, und ich sehe mich außerstande, es zu tun.«

Sarah verließ den Platz am Fenster und setzte sich ihr gegenüber. »Du willst bloß nicht«, erklärte sie offen heraus.

»Ich kann es nicht«, erwiderte Frances. »Ich kann sie nicht auf ein Leben in Sklaverei vorbereiten, bei dem sie jeder Herr mißhandeln kann, wie er will.«

»Nicht in England«, entgegnete Sarah schnell. »In England werden sie nicht mißhandelt. Man wird sie als Diener ansehen.«

»Dann sollen sie auch wirklich Diener sein«, erwiderte Frances. »Mit Lohn und dem Recht zu gehen, wenn sie sich in einer unangenehmen Lage befinden.«

Es entstand eine Pause. »Und wo bliebe dann der Gewinn?« fragte Sarah einfach. »Du hast wohl vergessen, warum wir das tun, Frances. Wir tun es, um sie zu verkaufen wie Zucker oder Tabak. Unser Ziel ist es, sie mit Gewinn zu verkaufen.«

Frances ließ den Kopf in ihre Hände fallen und umklammerte den Schädel mit den dichten Locken. »Ich kann es nicht«, sagte sie unglücklich.

Einen Moment beobachtete Sarah sie. »Aber gegen die Sklaverei hast du im Prinzip nichts einzuwenden«, bemerkte sie leise.

»Natürlich nicht«, sagte Frances.

»Du hast nichts gegen den Gewinn daraus einzuwenden und dagegen, dich an all den Sachen zu erfreuen, die uns die Sklaverei einbringt.«

»Nein.«

»Dann besteht dein einziger Einwand darin, daß du die Arbeit nicht selbst übernehmen willst.«

Frances hob den Kopf. »Ja«, sagte sie.

Sarah zuckte die Schultern und erhob sich vom Tisch. »Das ist kein Prinzip, das ist Faulheit. Ich habe meinen Bruder gewarnt, daß eine feine Lady nicht bereit wäre, für sein Geschäft so zu schuften wie er und ich. Aber er glaubte, du verstündest den Handel, den du eingegangen bist. Du wolltest eine Familie und ein Dach über dem Kopf, und er wollte eine arbeitsame Frau. Du brachtest ihm aristokratische Verbindungen, und er gab dir ein stattliches Auskommen. Er hält seine Seite der Abmachung, das Haus am Queens Square wird dir gehören. Aber du möchtest dein Versprechen brechen.«

»Ich bin nicht faul«, erwiderte Frances verletzt.

»Dann halte deine Seite des Vertrages ein«, sagte Sarah Cole mit fester Stimme. »Wir halten unseren Teil ein.«

Im Untergeschoß bewachte John Bates die beiden Frauen, die den Kübel hinausbrachten und ihn auf dem Abfallhaufen entleerten. Die junge Frau, die sich Gestorben-vor-Schande nannte, blieb ein bißchen zurück, als sie durch den Hof liefen, nahm ein paar Handvoll Erde vom Fuß der Mauer und schob sie sich oben ins Kleid.

Als sie wieder im düsteren Keller saßen, brachte ihnen John Bates einen Eimer mit Essen – etwas Brot, ein paar Kartoffelschalen, die Reste und Knochen von Sir Charles' Braten. Sie nahmen sich etwas mit der rechten Hand aus dem Eimer, einer nach dem anderen, und legten die Brocken vor sich auf die Teller.

Mehuru nahm das Aprikosenstück aus dem Mund, das er unter der Zunge behalten hatte, seit er es von Frances beim Unterricht erhalten hatte. Er hockte sich hin, legte es sorgfältig zwischen seine nackten Füße auf den Boden und schaute es minutenlang an. Seine Mitgefangenen setzten sich schweigend um ihn herum. Er war der Obalawa, er konnte mit den Vätern sprechen.

»Aprikose«, sagte Mehuru leise.

Beim Gedanken an ihren Speichel an dem Stück Obst, den er in seinen Mund bekommen hatte, schnürte es ihm vor Entsetzen die Kehle zusammen.

»Willst du nicht essen?« fragte eine der Frauen sacht.

Er schüttelte den Kopf. Was Sir Charles übriggelassen hatte, wollte er nicht anrühren. Er trank nur Wasser und beobachtete die Frau, die sich Gestorben-vor-Schande nannte. Als sie an die Reihe kam, sich etwas aus dem Eimer zu greifen, schüttete sie statt dessen die Erde aus ihrem Kleid auf den Teller und nahm Bissen für Bissen davon, bis ihr Gesicht ganz verdreckt war und ihr Atem nach Tod roch.

Mehuru hinderte sie nicht daran. Er konnte sie nicht bitten weiterzuleben. Er konnte ihr nicht versichern, daß sie keinen Schaden genommen habe und daß ihr Ehemann, der sie liebte, nichts davon erfahren würde. Daß das kleine Baby, das sie in Afrika zurückgelassen hatte, nie eine Kränkung erführe, weil ihre Mutter entehrt worden war. Daß hier alles fremd war und sie alle neuen, furchtbaren Sitten gegenüberstünden, daß sie es aber überleben würden. Er hatte kein Recht, sie wider ihr besseres Wissen zu überreden. Außerdem konnte er ihr keine Hoffnung geben und hatte selbst keine. Sie saßen im Halbdunkel, alle begruben ihr Gesicht in den Händen. Als sie sehr leise zu wehklagen begann, stimmten sie ein zu einem leisen Klagechor.

»He« sagte oben die Köchin. »Was ist das?« Sie rührte den Teig für eine Torte an.

»Die sind das«, äußerte die Küchenmagd beunruhigt. »Die jammern.«

»Mr. Bates! Mr. Bates!« rief die Köchin. »Was machen die denn da unten?«

John Bates lauschte an der Kellertür. »Die singen doch bloß«, sagte er. »Und seufzen.«

»Weshalb?« wollte die Köchin gereizt wissen. »Das haben sie noch nie gemacht. Ich kann in der Küche nicht arbeiten, wenn welche im Keller singen und jammern. Das kann keiner von mir verlangen.«

Bates hielt inne. »Ich werde sie verprügeln«, erbot er sich. Er nahm seine Peitsche, schloß die Kellertür auf und rannte hinunter. Beim Klang seiner Stiefelschritte standen die Sklaven auf und wandten ihre Gesichter ihm und dem Licht und dem guten Backgeruch zu. In dem kleinen Raum schlug er mit der Peitsche wild um sich und hörte sie sausen und knallen, wenn sie einen Arm traf, ein Gesicht oder ein Ohr. Kbara schrie auf, eine Frau kreischte. John Bates erwartete irgendeinen Protest. Sie kauerten sich zusammen und beobachteten sein scharlachrotes Gesicht und seine hervorquellenden Augen. »Das genügt«, schrie er sie an, unverständliche Worte der Drohung. »Hört auf mit dem Krach.« Er machte kehrt und marschierte die Treppe hinauf. Sie hörten, wie die Tür oben zuschlug und sich der Schlüssel im Schloß drehte.

Eine Weile saßen sie schweigend im Dunklen. Dann verschloß Gestorben-vor-Schande ihren Mund mit den Händen und bejammerte ihren Schmerz, so leise sie konnte. Die anderen Frauen drängten sich um sie und wehklagten mit ihr so sanft, wie sich das Flöten des Bananenfressers in der Heimat anhört.

Ganz leise begann Mehuru die Gebete für die Toten zu sprechen und rief die Ahnen von Gestorben-vor-Schande an, ihre Tochter heimzuholen, zurück über das lange, breite Meer, damit sie die Sonne wieder auf ihrem Gesicht spüre und in fruchtbarer Erde ruhe.

»Die fangen wieder an«, sagte die Köchin scharf.

Bates lauschte. »Man kann sie kaum hören.«

»Aber ich kann sie hören! Ich glaube, ich werde Miss Cole am besten sagen, mir reicht es hier. Schon morgen könnte ich kündigen und würde überall mit offenen Armen empfangen, denn meine gute Küche bei Cole wird gerühmt in der Stadt. Ich kann den Teig nicht locker kriegen, wenn Wilde im Keller jammern. Das kann keiner von mir verlangen.«

In seiner Verärgerung wandte sich John Bates an die Küchenmagd: »Geh zu Brown und sage ihr, sie soll Mrs. Cole mitteilen, daß die Sklaven rumjammern. Sie soll ihnen doch das Sprechen beibringen. Da kann sie ihnen ja wohl auch beibringen, still zu sein!«

Die Küchenmagd nahm sich die grobe, schmutzige Schürze ab, unter der ein Baumwollkittel zum Vorschein kam, der fast genauso vor Dreck starrte. Sie trippelte zur Treppe und fand Mrs. Brown beim Putzen des kleinen Tisches im Flur. Brown drückte ihr das Staubtuch in die Hand, ging zum Wohnzimmer hinauf und klopfte an.

»Verzeihung, Mrs. Cole«, begann sie. »Die Sklaven jammern im Keller.«

Frances schaute Miss Cole an. »Jammern?«

Sarah wartete. »Willst du sie sich selbst überlassen, Frances?« fragte sie herausfordernd. »Wenn du dich nicht um sie kümmerst und ich keine Zeit dafür habe, dann müssen sie eben in ihrem Loch weiterjammern, bis mein Bruder nach Hause kommt.«

»Bates sagt, er könnte sie verprügeln«, gab Brown unaufgefordert von sich.

»Ich komme«, sagte Frances. Sie ging voran die Hintertreppe hinunter. Sarah folgte ihr. Die Köchin stand hinter dem Küchentisch und schlug mit dem Nudelholz auf einen Teigkloß. Aus dem Keller kam ein tiefes, leises Geräusch wie das Keuchen eines verletzten Tieres.

»Ich habe ihnen nur einen kleinen Klaps übergebrannt«, verteidigte sich Bates. »Aber sie haben wieder angefangen. Eine

Weile waren sie still. Sie wissen, daß sie etwas Unrechtes tun. Soll ich sie noch einmal verprügeln?«

»Nein«, sagte Frances rasch.

»Hatten sie einen Grund, damit anzufangen?« fragte Miss Cole. »Sind sie gefüttert worden?«

»Sie haben den Schweinesterz gekriegt«, antwortete die Köchin, ohne sich umzudrehen; ihr breites Kreuz verriet ihre absolute Mißbilligung. »Und gutes Essen war auch noch drin. Dann fingen sie mit dem Krach an. Das gehört sich nicht bei einer christlichen Küche. Das bin ich nicht gewöhnt.«

»Natürlich«, sagte Miss Cole sogleich. »Wir sorgen dafür, daß das aufhört. Das wird sofort abgestellt. Frances, geh hinunter und sieh nach, was da los ist.«

Voller Groll zuckte Frances die Schultern. »Woher soll ich das wissen? Damit habe ich keine Erfahrung.«

»Ich könnte sie auspeitschen, Ma'am«, erbot sich Bates. »So haben wir's immer in Jamaika gemacht. Auspeitschen, bis sie still sind.«

»Nein«, sagte Frances. »Ich möchte nicht, daß sie geschlagen werden.«

»Dann mußt du sie eben auf andere Weise zum Schweigen bringen«, verlangte Miss Cole. »Entweder mit Worten oder mit Schlägen, Frances, sie müssen Ruhe halten.«

Widerstrebend ging Frances zur Treppe. Bates schloß auf und hielt die Peitsche in Bereitschaft. »Vielleicht gehe ich besser voran«, bemerkte er warnend. Frances vernahm die Angst in seiner Stimme.

»Sie sind angekettet?«

»Ja, Ma'am.«

Bates ging vor ihr die Treppe hinunter. Um sich an die Düsternis zu gewöhnen, kniff sie die Augen zusammen. In der Mitte des Kellers sah sie den Eßkübel, um den die Teller standen. Auf einem Teller bemerkte sie einen dunklen Schmutzfleck, wie Schlamm.

»Bringen Sie mir das her«, befahl sie John Bates.

Er bewegte sich auf die vier Frauen zu, die sich von ihm

wegbeugten wie ein raschelndes Zuckerrohrfeld im Wind. Die Gestorben-vor-Schande genannte Frau hatte sich Erde aufs Haupt gestreut und ihr Gesicht damit bedeckt; sie wehklagte so leise wie ein Atemhauch in ihre hohlen Hände.

Bates streckte Frances den Teller hin. »Sieht wie Erde aus, Ma'am.«

Frances schaute zu Mehuru. Ausdruckslos blickte er herüber. Sein Gesicht verriet nicht das geringste Zucken. Er sah sie an, wie man einen betrügerischen Markthändler ansieht – mit kühler Verachtung.

»Ißt sie Erde?« fragte Frances. »Warum sollte sie Erde essen?«

Bates zuckte die Schultern. Mit dieser Bewegung hob er die Peitsche, und die lange Peitschenschnur zischte nieder auf das Stroh am Boden. Die Frauen schoben sich ein kleines Stückchen weiter an die Wand zurück, weg von ihm.

Frances zeigte Mehuru den Teller. »Gestorben-vor-Schande?« fragte sie, wobei sie den Namen der Frau in deren seltsamer Aussprache nachahmte.

Mehuru nickte.

»Sie ißt Erde?« fragte Frances.

Seine Miene blieb ohne Regung.

»Das begreife ich nicht«, sagte Frances, die nur zu gut verstand. Sie wandte sich John Bates zu. »Ich begreife das nicht«, sagte sie mit Nachdruck.

»Es sind eben Wilde«, meinte er unaufgefordert. »Vielleicht essen sie in ihrem Land die ganze Zeit über Erde. Vielleicht wollte sie zur Abwechslung mal Bristoler Erde kosten.« Er kicherte ein bißchen, wurde aber ernst, als Frances ihn finster anschaute.

Dann drehte sie sich um und ging mit dem Teller wieder hinauf in die Küche. »Es ist die Frau, die Schande heißt.« Den afrikanischen Namen sprach sie sorgfältig aus. »Sie hat Erde gegessen. Ich glaube, sie ist vielleicht krank.«

»Welche ist das? Du weißt doch, ich kann mir ihre Namen nicht merken.«

Frances wurde rot. »Das ist diejenige … das ist diejenige …«

Frances brachte es nicht über die Lippen, daß es diejenige war, die sie am Vorabend selbst Sir Charles geschickt hatte. Vor den Bediensteten konnte sie so etwas nicht sagen.

»Oh.« Miss Cole begriff sofort. »Nun, das ist kein Grund. Es muß an etwas anderem liegen.«

»Sollen wir den Doktor holen?« fragte Frances.

Miss Cole schüttelte den Kopf. »Nein, ist zu teuer. Außerdem, woher soll der Arzt von Weißen wissen, was da zu tun ist?«

»Der Hufschmied könnte das wissen, Ma'am«, schlug Bates vor. »Pferde fressen manchmal Erde. Ein Hufschmied wüßte das vielleicht.«

Miss Cole klapperte mit dem Zahnstocher an ihren Zähnen herum. »Sir Charles«, sagte sie schließlich. Sie wandte sich Bates zu. »Laufen Sie zu seinem Hotel und schauen Sie nach, ob er da ist. Grüßen Sie ihn freundlich von mir und fragen ihn, ob er mal herüberkommen könnte. Wir brauchen seinen Rat.«

Mit einer leichten Verbeugung nahm John Bates seinen Hut vom Stuhl und ging zur Hintertür hinaus. Daraufhin widmete sich Miss Cole der Köchin. »Das wird alles ganz schnell wieder in Ordnung sein«, versicherte sie ihr. »Sir Charles hat sehr viel Erfahrung im Umgang mit Sklaven. Bis zum Dinner ist alles geregelt. Und ich werde dafür sorgen, daß mein Bruder erfährt, daß Sie bei der Arbeit gestört wurden.«

Die Köchin klatschte eine Teigschicht über eine gefüllte Pastete und schlug sofort den Rand um. »Das hoffe ich auch, Miss Cole«, sagte sie drohend. »Ich muß schon sagen, das bin ich nicht gewöhnt.«

Miss Cole gab Frances ein Zeichen, nach oben voranzugehen. Wieder nahm sie den Platz am Fenster ein, schaute hinunter auf den Kai und beobachtete, wie Bates auf das kleine Fährboot wartete, das ihn ans andere Ufer des Avon zu Sir Charles' Hotel bringen sollte. »Ich hoffe, Sir Charles ist da«, sagte sie. »Sonst müssen wir nach meinem Bruder schicken.«

Frances reagierte nicht. Ihr war klar, daß sie Sir Charles mit seiner fragwürdigen Kenntnis über Sklaven nicht hätten rufen sollen. Sie wußte, warum die Frau, die sich Gestorben-vor-Schande nannte, Erde aß und sich Erde auf den Kopf streute und ihr Gesicht damit beschmierte. Frances wußte, Sarah lud einen Frauenschänder ein anzuordnen, wie man sein Opfer behandeln sollte. Sie wußte, daß ihr Gewissen allmählich in einen Sog geriet, dem sie nicht standhalten konnte.

»Woher will der denn wissen, was zu tun ist?«

»Clearwater ist eine der am besten geführten Plantagen auf Jamaika.«

»Aber er sagte doch, daß ein Viertel seiner Sklaven im ersten Jahr stirbt und ein weiteres Viertel innerhalb der folgenden vier Jahre, allein durch Krankheiten.«

»Das ist ein guter Durchschnitt«, bemerkte Miss Cole. »Einige Plantagen, besonders die tiefer liegenden in der Fiebergegend, verlieren alle Sklaven innerhalb zweier Saisons.«

Frances setzte sich an den Tisch und nahm das Bettuch wieder auf, das sie stopfte. »Sir Charles sagte, von zehn aus Afrika stammmenden Sklaven sterben zwei auf der Überfahrt, zwei weitere im ersten Jahr und dann noch zwei bis Ende des vierten Jahres«, sagte sie mit kontrolliert neutraler Stimme. »So daß von je zehn gefangenen und eingeschifften Sklaven nach dem fünften Jahr nur noch vier am Leben sind.«

Miss Cole bestätigte das. »Und deshalb ist das ja ein so sicherer Handel«, erklärte sie. »Genau deshalb läuft unser Geschäft ja so gut.«

Frances neigte ihren Kopf. »Ich verstehe.«

Schweigend saßen die beiden Frauen da, bis die zum Kai hinunterstarrende Miss Cole ausrief: »Da ist er ja!« Sir Charles schlenderte zur Haustür und pochte mit dem perlmuttbesetzten Griff seines Stocks an.

Das Zimmer betrat er hinter Brown. Er küßte Miss Cole flüchtig die Hand, beugte sich tief über Frances' Hand und küßte sie sanft. Dann richtete er sich auf und warf ihr ein vertrauliches, schelmisches Lächeln zu. Er machte den Eindruck eines charmanten Jungen, den man mit vollen Taschen im Obstgarten erwischt hat. Tatsächlich zwinkerte er beinahe.

»Verzeihen Sie mir«, sagte er in seinem herzlichen, koketten Ton. »Ich hätte Ihnen heute früh meine Aufwartung machen müssen. Meine Tochter und ich haben bei Ihnen einen höchst vorzüglichen Abend verbracht. Aber leider habe ich verschlafen – Ihr Wein war sehr gut!«

»Wir haben nach Ihnen geschickt, weil wir Schwierigkeiten mit einer der Sklavinnen haben«, unterbrach ihn Miss Cole.

Nachdem er Frances' Miene forschend geprüft hatte, wandte er sich lächelnd Miss Cole zu. »Wie immer ich Ihnen helfen kann – Sie können ganz und gar über mich verfügen.«

»Meine Schwägerin hat die Aufsicht über sie«, sagte Miss Cole und schob ihr damit die Verantwortung zu. »Und jetzt benimmt sich eine von ihnen sehr merkwürdig. Eigentlich jammern alle, und das stört die Köchin.«

Sir Charles gab ein kurzes verführerisches Lachen von sich und ließ für Frances ein Lächeln über sein Gesicht huschen. »Wir können nicht zulassen, daß sich diese ausgezeichnete Köchin auch nur einen Augenblick belästigt fühlt. Möchten Sie, daß ich mir alle anschaue?«

»Es geht nur um eine«, sagte Frances gelassen. »Sie will keine Nahrung zu sich nehmen ... Sie ißt ...«

»Erde?« warf er ein.

Verblüfft starrte Frances ihn an. »Das wissen Sie?«

Er zuckte die Schultern. »Das ist nichts Ungewöhnliches. Eine miese Angewohnheit, nicht wahr? Frauen tun das oft. Das macht sie hundekrank, sie kriegen Ausschlag, und meist krepieren sie daran. Das liegt an ihrer irrsinnigen Bosheit. Die wissen, sie bringen Sie damit um den Verkaufspreis. Wahnsinnig vor Bosheit sind die, sag ich. Sie werden ein sogenanntes Zaumzeug benötigen, Ma'am.«

»Ein Zaumzeug?«

Gereizt ließ er ein ärgerliches Zungenschnalzen vernehmen. »Natürlich, Sie werden ja keins zur Hand haben. Ich dachte, wir sind bei mir zu Hause! Wir legen ihnen ein Zaumzeug an, eine Art Maulkorb, wenn sie Erde fressen. Sie kriegen ein Eisengitter vors Gesicht und über den Mund einen Metallknebel. Der Aufseher muß es zu den Mahlzeiten abnehmen und aufpassen, daß sie richtig essen. Die übrige Zeit müssen sie es tragen. Die sind schlau wie die Affen. Wenn sie Dreck fressen wollen, kommen sie auch immer irgendwie ran. Da hilft nur, ihnen den Mund zu verstopfen.«

»Und diese Vorrichtungen benutzen Sie häufig?« fragte Miss Cole interessiert.

»Ohne dieses Gerät könnten wir auf der Plantage nichts mit ihnen anfangen. Alle, die Erde fressen, kriegen das um, und viele Leute benutzen es sogar für ihre Köchinnnen und Küchenmädchen, damit sie nicht kosten können. Das kommt häufig vor, aber unsere Maßnahme schafft Abhilfe. Ich könnte Ihnen eine Zeichnung machen, und der Hufschmied fertigt es danach an. Früher legte man das einem zänkischen Weib um – es hat nämlich auch den Vorteil, daß es stumm macht! Welche macht denn Ärger, und wie groß ist sie?«

Miss Cole schaute Frances an, die schon sagen wollte: »Die, die Sie vergewaltigt haben«, aber sie brachte es einfach nicht über die Lippen. Der Mann stand vor ihr, lächelnd, selbstsicher, charmant. Sie konnte ihn nicht Frauenschänder nennen. Er hatte eine Frau mißbraucht, und die aß nun Erde und streute sich welche auf den Kopf – und Frances war stumm.

»Die größte von den Frauen«, sagte sie verzagt.

»Nun, dann brauchen Sie ein mittelgroßes Gerät«, sagte Sir Charles gemütlich. »Es muß so eng sitzen, daß es sich in den Mund bohrt und gegen die Lippen, die Zähne und den Gaumen drückt. Auf die Weise lernen sie schnell. Wenn sie ein bißchen aus dem Mund bluten, ist das nicht weiter schlimm. Hier, ich zeichne es Ihnen auf.«

Miss Cole bat ihn zum Tisch und legte ihm Papier und Feder hin. Mit zügigen sicheren Strichen entwarf er einen kleinen Helm mit einer Aussparung für die Nase und einer ebenen Platte, die den Mund verschloß; der Helm wurde hinten mit Lederriemen festgebunden.

»Verlieren Sie nicht den Mut«, meinte er freundlich zu Frances. »Ein kleiner Rückschlag will nichts besagen. Ich bin überzeugt, Sie werden es schaffen.«

»Danke«, erwiderte Frances gestelzt.

»Nun kommen Sie beide mit zu meinem Hotel!« gebot er. »Dort gibt es ein Glas Wein und einen kleinen Lunch. Honoria wird sich zu uns gesellen; sie möchte gern die Freundschaft mit Ihnen, Mrs. Cole, vertiefen.«

Frances blickte flüchtig zu Miss Cole, die nervös war und sich geschmeichelt fühlte. »Sie müssen uns ein bißchen Zeit lassen, den Hut aufzusetzen. Brauche ich einen Umhang oder genügt ein Schal?«

»Es ist kalt wie immer, aber es hat aufgehört zu regnen, Gott sei Dank!« rief Sir Charles. »Ich warte so lange, wie Sie brauchen, Miss Cole. Es kommt nicht oft vor, daß ich die Ehre habe, an jedem Arm eine Schönheit auszuführen. Für dieses Privileg würde ich den ganzen Tag warten.« Er lächelte Miss Cole zu, und sie errötete vor Vergnügen. Seine funkelnden Seitenblicke auf Frances waren als Kompliment für sie gedacht. Der kleine Raum war erfüllt von seiner kraftstrotzenden Männlichkeit und seiner Selbstgefälligkeit, wie begehrenswert er war.

Langsam ging Frances zur Tür. Sie wollte ihre Hand nicht auf Sir Charles' Arm legen. Sie wollte mit ihm nicht speisen. Sie wollte nicht sein wissendes Lächeln sehen oder sich sein halb schuldiges, halb prahlerisches Glucksen anhören. Sie mußte daran denken, wie er die schwarze Frau ohne ihre Zustimmung genommen hatte und daß er sich brutal gegen ihren Willen all die anderen schwarzen Frauen gefügig gemacht hatte. An der Tür blieb sie stehen, um sich zu einer Absage aufzuraffen.

»Das ist mir eine große Freude«, strahlte Sir Charles. »Ich habe so wenig Gelegenheit, mich der Gesellschaft englischer Damen widmen zu können. Von Minute zu Minute fühle ich mich zivilisierter.«

Frances spürte den Verrat ihres schwachen, höflichen Lächelns. »Oh, gut«, sagte sie.

13. Kapitel

Der Lunch war nicht besonders erfreulich, obwohl Sir Charles sich als charmanter, überschwenglicher Gastgeber erwies und Miss Cole entzückt war von seiner Gesellschaft. Honoria verhielt sich so höflich kühl wie am Abend davor. Frances spürte, wie das schmerzhafte Pochen in ihren Kopf zurückkehrte.

»Sie sind blaß, Mrs. Cole«, sagte Honoria mit ihrem starken, trägen Akzent. »Sie können glücklich sein. Zu Hause muß ich die ganze Zeit mein Gesicht vor der Sonne schützen. Mama hat solche Angst, daß ich braun werde – so braun wie diese Mädchen.«

»Es geht mir nicht gut«, sagte Frances ruhig.

»Die Anstrengungen des jungen Ehelebens, wie?« unterbrach Sir Charles und schickte Frances ein vertrauliches Lächeln über den Tisch. »Ein Haus führen, die Sklaven unterrichten. Sie müssen Josiah sagen, er soll sie nicht so sehr strapazieren.«

»Die Arbeit ist es nicht«, sagte Frances. »Zu Hause habe ich mich mehr abgemüht.« Plötzlich durchfuhr sie das Heimweh nach dem Pfarrhaus und dem kleinen Dorf, wo alle Leute sie und ihren Vater gut kannten und wo Rechtschaffenheit ihr ständiger Begleiter gewesen war. »Bei jedem Wetter bin ich dort spazierengegangen. Ich habe die Armen besucht, mein Vater war dort Pfarrer und mein Onkel, Lord Scott, der Grundherr. Es ist die ländliche Umgebung, die mir fehlt. Ich habe in den Bergen bei Bath gewohnt.«

»Und nun sitzen Sie eingepfercht in der Stadt!« rief Sir Charles mitfühlend aus. »Ich wünschte, ich könnte die Damen nach Clearwater mitnehmen.« Sein Lächeln galt auch Sarah, doch seine Augen hielt er auf Frances gerichtet. »Sie könnten sich in der Hängematte ausruhen und über zweihundert Acres

Land aufs Meer hinausblicken, Mrs. Cole! Der Boden ist so schwer und so überaus fruchtbar, wie man es nur wünschen kann, und ein Dutzend Sklaven, die alles für Sie tun, was immer Sie begehren! Das würde die Farbe auf Ihre Wangen wieder zurückkehren lassen. Und ich selbst würde Ihnen einen Rumpunsch zubereiten, der Ihr Herz ein bißchen schneller schlagen ließe.« Zärtlichkeit lag in seiner Stimme. Unbehaglich blickte Frances flüchtig zu Sarah.

»Meine Schwägerin ist glücklich, wo sie ist«, sagte Sarah. »Und in weniger als einem Monat werden wir am Queens Square wohnen. Der Kauf des Hauses verzögert sich im Augenblick noch, doch wenn er zustande kommt, dann werden wir den dortigen Garten zu unserem Vergnügen haben.«

»Eine ausgezeichnete Adresse«, stimmte Sir Charles zu. »Aber wieso haben Sie nicht an die Anhöhe von Park Street gedacht? Ich habe die Stadt kaum wiedererkannt, so viel ist seit meinem letzten Besuch hier gebaut worden. Überall am Rande schießen Häuserreihen wie Pilze aus dem Boden.«

Miss Cole schüttelte entschlossen den Kopf. »Nein. Wir ziehen es vor, in der Stadt zu wohnen. Mein Bruder sagt, ein Kaufmann ist dann glücklich, wenn er die Masten seiner Schiffe sehen kann.«

»Ich bin überzeugt, daß er das am besten weiß«, sagte Sir Charles liebenswürdig. »Wenn ich Sie dann also das nächstemal besuchen komme, werde ich Sie in einem schönen Stadthaus antreffen, Mrs. Cole.«

»Ja«, sagte Frances matt.

Sir Charles winkte dem schwarzen Sklaven, der hinter ihm stand, nach mehr Wein, und der Mann trat heran und schenkte ein. Frances schüttelte den Kopf. »Zu Mittag trinke ich nur Wasser.«

»Na, deshalb sehen Sie so blaß aus!« stieß Sir Charles hervor. »Sie müssen mir erlauben, Ihnen etwas von meinem eigenen Rum in einem von mir zubereiteten Punsch anzubieten.« Er machte eine Kopfbewegung zu dem Sklaven hin. »Punsch, Sammy. Punsch. Schnell, schnell!«

Der Mann verbeugte sich, ohne zu lächeln. »Ja, Sir.«

»Machen Sie sich bitte keine Umstände«, hielt ihm Frances entgegen. »Ich versichere Ihnen, Sir Charles …«

Lächelnd beugte er sich zu ihr, streckte die Hand aus und legte sie auf die ihre. Ohne daß es Miss Cole gewahr wurde, schob er den kleinen Finger unter ihr Handgelenk und streichelte ihre zarte Haut. »Sie müssen Nachsicht üben mit mir«, sagte er mit warmer Stimme. »Ich bin von den Sugar Islands verwöhnt und trage meine genußsüchtige Art mit mir herum. Sie müssen Nachsicht üben mit mir, Mrs. Cole.«

Im Gedanken an die schonungslose Zügellosigkeit der letzten Nacht und an die Frau, die sich heute Erde aufs Gesicht schmierte und ihren Mund mit Schmutz füllte, zog Frances ihre Hand zurück.

»Sie sind ein ausgezeichneter Gastgeber«, verkündete Miss Cole mit schneidender Stimme, wobei sie Frances scharf im Auge behielt. »Meine Schwägerin ist entzückt, Ihren Punsch kosten zu dürfen, und dann müssen wir aufbrechen. Am Nachmittag haben wir viel zu tun, wie Sie begreifen werden. Meine Schwägerin ist keine Lady mehr mit aller Muße der Welt, sondern die Frau eines sehr beschäftigten Kaufmanns. Sie hat jetzt Verpflichtungen.«

Sir Charles warf Frances einen mitleidigen Blick zu. Dann trat der Sklave mit der silbernen Punschschüssel ein, und Sir Charles widmete seine Aufmerksamkeit nun dem Getränk.

»Heute noch muß ich etwas Geschäftliches mit Mr. Cole besprechen«, sagte er, nachdem er die Zitrone ausgequetscht und Zucker hineingetan hatte. Er nickte wieder zu dem Sklaven hin und beobachtete ihn genau, während er die silbernen Becher mit Punsch herumreichte.

»Mein Bruder wird sich sehr freuen«, antwortete Sarah sogleich. »Kann ich Ihnen bei etwas behilflich sein?«

»Sie können mich beraten, Ma'am«, meinte Sir Charles freudig. »Ich mache mir Gedanken, wie ich meine Gelder am besten nach England bringen kann. Ich habe vor, einige Investitionen zu tätigen und auch Land zu erwerben. Eines Tages werde ich natürlich für immer zurückkehren, und ich muß an Honorias Mitgift denken. Meine Goldbarren möchte ich keinem fremden Schiff anvertrauen, aber ich habe keinen Agenten hier in England, der meine Geschäfte in die Hand nimmt und sich um meine Kreditbriefe kümmert. Sogar jetzt habe ich etwas Gold bei mir, aber ich brauche eine Person, die es für mich verwaltet und investiert.«

Einen Augenblick dachte Miss Cole nach. »Haben Sie keine Verwandten hier?«

Er verneinte. »Bisher hat das alles mein Bruder besorgt, er war mein Kommissionär. Aber er starb vor zwei Jahren, und ich habe niemanden, der seinen Platz einnehmen kann.«

Miss Cole räusperte sich. »Wenn ich mir erlauben darf, Ihnen unsere Dienste anzubieten ...«, begann sie sondierend. »Wir haben eine lange und erfolgreiche Geschäftsbeziehung, Sir Charles. Ich weiß, mein Bruder und ich würden uns geehrt fühlen ... Sie könnten Ihre Gelder bei uns unterbringen, und wir würden als Ihre Vertreter in England fungieren. Wir könnten alles, was Sie brauchen, kaufen und Ihnen mit unseren Schiffen schicken. Sie könnten Schuldscheine für alle bei anderen Händlern erworbenen Sklaven ausstellen, und wir würden sie einlösen, wenn sie uns präsentiert werden.«

Sir Charles zögerte. »Mir ist bekannt, daß Handelsgesellschaften ihre Geschäfte so abwickeln. Aber die meisten sitzen in London und, verzeihen Sie mir, es sind alles größere Firmen.«

Sarah beleckte sich die trockenen Lippen. »Wir expandieren, wie Sie wissen«, fuhr sie beharrlich fort. »Und wir haben Kapitalreserven, auf die wir zurückgreifen können. Wir haben Erfahrung mit dem Sklavenhandel.«

»Aber der Erwerb von Grund und Boden ...« Seine Zweifel ließ Sir Charles schweigend ausklingen. Ohne es auszusprechen, deutete er an, daß ein emporgekommener Bristoler Handelsmann kaum fähig wäre, gutes Agrarland zu kaufen.

»Natürlich würden Sie sich den Besitz selbst aussuchen wollen«, fuhr Sarah verzweifelt fort. »Aber wir könnten für Sie die Pacht eintreiben.«

»Ja«, sagte Sir Charles bedächtig. »Aber Land ist etwas ganz anderes als der Handel, meine liebe Miss Cole.«

»Ich bin überzeugt davon, daß mein Onkel Lord Scott sich glücklich schätzen würde, Ihnen behilflich zu sein«, flocht Frances plötzlich ein.

Sowohl Sir Charles als auch Sarah schauten sie überrascht an. Frances wollte ein für allemal den Eindruck aus der Welt schaffen, daß sie bei einem geschäftlichen Gespräch nichts zu sagen hätte und daß sie lediglich ein untätiger Nutznießer wäre wie Miss Honoria, die gelangweilt aus dem Fenster starrte.

»Er erzählte mir, daß Josiah ihn irgendwann aufsuchen würde«, sagte Frances. »Und er besitzt Ländereien in Somerset und auch ein großes Anwesen in Schottland und eine Menge Land in Irland.«

»Lord Scott wäre in der Tat bereit, mich zu beraten?« fragte Sir Charles. Er warf Honoria einen flüchtigen Blick zu. »Sie würden uns mit ihm bekannt machen?«

Wenn Frances vielleicht auch nicht viel von Geschäften verstand, so wußte sie doch einiges über den Wert gesellschaftlicher Beziehungen. »Mein Onkel Lord Scott wäre gewiß hocherfreut, Ihnen behilflich zu sein und Sie und Miss Honoria in Scott House in London willkommen zu heißen. Meine Tante und mein Onkel sind zur Saison immer dort. Meistens gibt meine Tante Lady Scott einen Ball. Ich könnte sie um Einladungen bitten.«

Während der geschäftlichen Unterhaltung hatte sich Honoria Tagträumen hingegeben, doch nun richtete sie sich in ihrem Sessel auf und starrte ihren Vater bedeutungsvoll an.

»Gut, gut«, grinste Sir Charles befriedigt. »Was für eine ausgezeichnete Idee! Lord Scotts Bekanntschaft zu machen wäre mir eine Ehre. Ich würde mich sehr freuen, eine Vereinbarung mit Ihnen abzuschließen, wenn Lord Scott unser Berater werden würde. Was für eine glänzende Idee!« Er strahlte Frances an und zwinkerte Honoria taktlos zu. »Ich wäre Ihnen dankbar«, verkündete er. »Dankbar, die Bekanntschaft Seiner

Lordschaft zu machen. Und Miss Honoria würde über eine Einladung zum Ball entzückt sein, das bezweifle ich nicht. Sie sind sehr entgegenkommend, Mrs. Cole. Ich weiß das zu schätzen.«

»Es ist mir ein Vergnügen«, sagte Frances kühl. Sie wußte, daß es töricht war, Sir Charles einen Gefallen zu tun, doch es hatte ihren Stolz verletzt, daß sie am Lunchtisch vernachlässigt und von der Unterhaltung ausgeschlossen worden war, und so war sie von dem unwürdigen Verlangen angetrieben worden, Sarah auszustechen. Sie wußte nicht, wie sie als Sir Charles' Gast ihn auf Distanz halten sollte. Und sie hatte den Wunsch, Miss Honoria in ihre Schranken zu verweisen.

Sir Charles schickte die Damen in seiner Mietkutsche nach Hause, da es zu regnen begonnen hatte. Als sie in die Nähe des Kais gelangten, konnte Frances den Übelkeit erregenden Gestank des Flusses riechen. Der Regen drückte Rußwolken vom dunklen Himmel herunter. Der schmutzige Rauch von der Esse der Glasschmelzöfen und von der Bleihütte hing um den Turm von St. Mary's, verdreckte das verschlungene Maßwerk und zog verrußte Tränenspuren über die Gesichter der in Stein gehauenen Heiligen. Schon wurde es dunkel von der frühen Dämmerung des Mittwinters. Sarah sprudelte vor Hochstimmung, die sie sich zu zügeln bemühte. »Das hast du gut gemacht, Frances«, erklärte sie. »Wirklich sehr gut. Sir Charles ist ein feiner Mann als Freund.«

Frances spürte, wie ihre momentane Erregung abebbte. »Ich mag Sir Charles nicht«, sagte sie mit schwacher Stimme. »Und ich habe Kopfschmerzen.«

»Für uns ist es ganz wichtig«, brauste Sarah auf. »Und deine Erwähnung Lord Scotts hat uns viel geholfen. Glaubst du, du wirst dafür sorgen können, daß Seine Lordschaft darauf eingeht?«

Frances stieg aus der Kutsche und lief zur Haustür. Nahe dem Dock von Cole lag ein neues Schiff im Hafen, und der große Kran der Merchant Venturers kreischte, als er hinausschwang und Fässer aus dem Laderaum hob. Das Geräusch ging Frances auf die ohnehin schon angespannten Nerven. Es tat ihr leid, daß sie sich hatte bewegen lassen, zu dem Lunch zu gehen, und sie war wütend über sich wegen ihrer Gefälligkeit gegenüber Sir Charles. Sie hatte in die Welt der Überredung und des Geschäfts vordringen wollen. Als sie an dem schmuddligen kleinen Haus am Kai anlangte, wurde ihr bewußt, daß sie all ihre gesellschaftlichen Anreize an einen Frauenschänder verschwendet hatte, zum Nutzen einer unbedeutenden Handelsgesellschaft des Hafens.

»Lord Scott ist um mein Wohl besorgt«, sagte Frances distanziert. »Ich bin sicher, daß er alles tut, worum ich ihn bitte.«

»Wenn wir ihn dazu kriegen mitzumachen, können wir hier alle Geschäfte für Sir Charles abwickeln und werden stets über flüssiges Geld verfügen.«

Die Tür ging auf. Frances trat vor ihrer Schwägerin ein. »Das hoffe ich, wirklich«, erwiderte sie und unterdrückte dabei ein Hüsteln.

Sarah schlug ihre Zähne aufeinander. »Du hast das angeboten«, erinnerte sie Frances. »Du wirst die Erwartungen erfüllen müssen. Du kannst doch nicht etwas versprechen und dann einen Rückzieher machen. Hier geht es ums Geschäft, dein Wort ist heilig.«

»Es handelt sich doch nicht um Religion«, entgegnete Frances scharf. »Du sprichst, als sei ein Vertrag eins der Zehn Gebote.«

Sarah nickte. »Das ist er aber. Genau das ist es, was du als Frau eines Kaufmanns noch lernen mußt. Brich lieber eines der Gebote, bevor du dein Wort brichst. Alles, worauf sich dieses Haus gründet, hängt vom Verlaß auf unser Wort ab.«

»Ich werde mich bemühen, das zu verstehen«, sagte Frances mit dumpfem Unwillen. »Ich unterrichte die Sklaven, Schwägerin. Ich will alles in meiner Macht Stehende tun, was unserem Gschäft dient. Und wenn Josiah es wünscht, werde ich Lord Scott um seinen Rat bitten und ihn ersuchen, Sir Charles und Miss Honoria ins Scott House einzuladen.«

»Er ist ein feiner Gentleman«, meinte Sarah hartnäckig.

»Er würde sich in Scott House wie zu Hause fühlen, ohne Zweifel.«

»Deine Zuversicht teile ich nicht. Aber Lord Scott wird schon verstehen und Nachsicht üben.«

Sarah bemerkte die Brüskierung, ging aber nicht weiter darauf ein. Brown schloß die Haustür hinter ihnen, als Frances die Treppe hinaufstieg.

»Am Nachmittag wirst du den Sklaven wieder Unterricht geben«, rief ihr Sarah ins Gedächtnis.

»Ich werde mich erst einmal ausruhen und stehe dann um vier Uhr zur Verfügung.«

»Hoffentlich geht es dir dann besser«, sagte Sarah mürrisch. »Heute hast du deine Sache gut gemacht, Schwägerin. Das erkenne ich an.«

Frances nickte und ging auf ihr Zimmer, schloß die Tür und lehnte sich dagegen. Wenn sie mit einem Riegel versehen wäre, hätte sie die Tür gegen ihre Schwägerin verriegelt, gegen das Platzangst verursachende Haus und gegen die aufdringliche Vulgarität von Sir Charles.

Das kleine unangenehme Streicheln seines Fingers an ihrem Handgelenk war Sarah entgangen, und Frances wußte nicht, was sie dazu gesagt hätte. In ihrer Welt – in der Welt des Landadels – gehörte das Flirten nach der Eheschließung zum normalen Umgang. Aber in dieser ängstlich bedachten Welt Bristoler Kaufleute, wo vom äußeren Schein ein Vermögen abhing, wußte Frances nicht, wie sie sich verhalten sollte.

Sie hatte keine Gefühle, die ihr Richtschnur gewesen wären. Selbst als Mädchen hatte sie sich nie verliebt. Die vorübergehenden Schwärmereien und Seelenqualen ihrer Vettern und Cousinen bei Bällen, Tanzabenden und Picknicks hatte sie mit mildem Amüsement beobachtet. Wenn sie als kalt verschrien war, stritt sie das nicht ab. Ihr mangelte es an Leidenschaft, und mit den Jahren war sie kühl und abweisend geworden. Der Tod ihrer Mutter und ein Jahr danach der ihres Vaters hatten sie gelehrt, daß der Preis der Liebe Verletzlichkeit ist, und sie wollte nie mehr den Kummer eines Verlusts erleiden. Sie glaubte, daß all ihre Gefühle mit dem Vater gestorben seien, daß sie sich diese aus dem Herzen geweint habe und daß sie für den Rest ihres Lebens alles wie durch eine dicke Glasscheibe sehen und wie durch Handschuhe hindurch fühlen werde.

Frances rieb sich das Gesicht und drückte die Finger gegen die Schläfen, wo die Kopfschmerzen dröhnten. Sie legte sich aufs Bett und starrte an die Decke. Unter ihrem Fenster rollte jemand Fässer; das Poltern des Holzes auf den Kopfsteinen schien das ganze Haus zu erschüttern. Sie bewegte den Kopf auf dem Kissen, um eine bequeme Lage zu finden, was ihr aber nicht gelang. Dann schloß sie die Augen und schlief ein.

Ihre Schlafzimmertür ging auf, und Mrs. Brown kam herein.

»Miss Cole sagte, ich soll sie wecken«, brachte sie kleinlaut vor. »Sie hat befohlen, die Sklaven aus dem Keller zu holen. Bates wird sie raufbringen, wenn Sie es sagen.«

Frances gähnte. »Ich habe geschlafen.«

»Sie sind übermüdet, gestern abend spät das Dinner mit Sir Charles und heute Lunch mit ihm.« Brown ging im Zimmer herum, faltete Wäsche zusammen und räumte sie weg, dann legte sie Frances' silberne Bürste und den Kamm auf der schweren Kommode zurecht. »Selbst Miss Cole hat geruht, und das passiert nicht allzu oft.«

Frances richtete sich im Bett auf. »Ich werde mich umziehen«, entschied sie, als sie sich das zerknitterte Musselinkleid besah. In dieser Stadt blieb nichts sauber. Zu Hause trug sie ein Kleid den ganzen Tag, doch in Bristol bedeckte der ständig herumwirbelnde Schmutz und die Asche alles mit einer feinen, dunklen Staubschicht, die weißes Leinen binnen Stunden verunreinigte.

»Da ist das Musselinkleid mit dem Blütenmuster und der grünen Schärpe, das ist hübsch. Aber ziemlich fein für zu Hause«, schlug Brown vor.

»Das nehme ich«, sagte Frances.

Brown schüttelte das Kleid an der Schulternaht zurecht und

hielt es Frances breit hin, damit sie es betrachten konnte. Das seidene Oberteil war enggeschnitten und hatte glatte, enganliegende Ärmel. Der weiße Musselin war mit Blütenranken gemustert und die grüne Schärpe mit dazu passenden Blumen bestickt. Es war ein Frühlingskleid zum Spazieren auf einem warmen, kurzgeschnittenen Rasen auf dem Lande.

Frances nickte und breitete die Arme aus, während Brown die Haken auf ihrem Rücken löste und ihr half, aus dem alten Kleid auszusteigen; dann warf sie ihr das Nachmittagskleid über den Kopf.

»Binde mir einfach die Haare zurück«, gebot Frances. »Ich will einen Knoten haben.«

»Sie haben so bübsche Haare«, sagte Brown. »Ich könnte Ihnen ein paar kleine Locken machen. In der Küche brennt noch Feuer, ich könnte die Brennschere ganz schnell erhitzen.«

»Nein«, erwiderte Frances und langte nach einem warmen Schultertuch, denn es war kalt in ihrem Schlafzimmer. Mit Dienern wollte sie nicht zu vertraulich werden, und sie dachte, daß sich die Locken kaum lohnten, wenn sie niemand anderes betrachtete als ihr Mann und ihre Schwägerin. Mehuru würde sie natürlich sehen, aber ihm war es gleich, ob sie Locken trug oder glattes Haar. Einen Augenblick fragte sie sich, ob er sie überhaupt als Frau sah oder nur als Sklavenhalter und Feind. Sie hoffte sehr, daß er wußte, sie war nicht seine Feindin. »Sag Bates, er soll die Sklaven nach oben bringen. Wir können sofort beginnen«, sagte sie.

Sie wartete, während Brown in die Küche hinunterlief, und dann hörte sie die Sklaven von dort langsam die Hintertreppe heraufstolpern. Sie vernahm ihr leises, ängstliches Flüstern auf dem Flur; dann trat sie auf den oberen Treppenabsatz und ging hinunter.

Als Mehuru hörte, wie oben eine Tür geschlossen wurde, schaute er hinauf und sah sie fast schwebend heruntersteigen wie einen Geist im Nebel eines weißen Kleides. Frances blieb auf den Stufen stehen, als sie bemerkte, wie er den Kopf hob und sie beobachtete, und legte sich eine Hand an den Hals, in dem ihr Puls plötzlich pochte. Mehuru nahm wahr, wie ihr die Röte ins Gesicht schoß und wieder schwand, so daß sie noch blasser aussah als zuvor.

»Mehuru«, sagte sie.

»Fran-sess.«

Sie folgte ihnen und paßte auf, wie sie ihre gewohnten Plätze einnahmen. Sie lächelte ein wenig. »Hallo«, sagte sie.

Sie hatten glatte, unveränderliche Gesichter, wie aus Ebenholz.

Diesmal war Frances mit den Sklaven praktisch allein, denn Bates befand sich zwar mit seiner Peitsche an der Tür, hörte aber nicht zu und behielt sie auch nicht im Auge. Er stand wie ein gelangweilter Wachtposten da. Miss Coles Fensterplatz blieb leer. Ohne die anderen zu beachten, starrte Frances Mehuru an. Sie war nervös und fühlte sich wie benommen. »Mehuru«, sagte sie noch einmal. Er blickte sie an, sprach aber nicht.

Sie schaute sich im Raum um und überlegte, was sie ihnen beibringen könnte. Dann ging sie zum Fenster, griff nach dem Vorhang und hielt ihn ihnen hin. »Vorhang«, sagte Frances.

Sie sah Mehuru an. »Vorhang«, wiederholte sie und nickte auffordernd. »Vorhang«, sprach sie mit fester Stimme.

Mehuru unterdrückte einen trostlosen Seufzer. »Vorr-ang.«

»Das ist richtig!« strahlte Frances. »Vorhang.«

Sie klopfte ans Fenster. »Fenster«, erklärte sie ihnen.

»Fen-ster.«

Sie nahm am Kopf des Tisches Platz und wies auf die Stuhllehne. »Stuhl«, sagte sie. Die Sklaven wiederholten das Wort teilnahmslos. Dann schlug sie mit der Hand auf den Tisch. »Was ist das?« fragte sie Mehuru. »Was ist das?«

»Tisch«, antwortete er mühelos.

Sie zeigte auf den Vorhang, das Fenster und den Stuhl. Er wiederholte alle Wörter, denn er hatte sie sich sofort gemerkt und brauchte keine Gedächtnishilfe. Die Substantive prägte er sich so leicht und schnell ein wie ein Sprachkundiger. Er hatte eine ganze Menge Portugiesisch gelernt, so daß ihm eine andere europäische Sprache keine großen Schwierigkeiten bot. Er hörte sich John Bates' Befehle genau an, und wenn er in der Küche war, lauschte er den Worten, die dort gesprochen wurden. Die ganze Zeit über reimte er sich die Bedeutung der Wörter zusammen. Wie einem Kind brachte ihm Frances einzelne Wörter bei, während er bereits, wenn er aus dem Keller geholt wurde, ihre Bedeutung erriet und sie miteinander verknüpfte.

Nun erhob sich Frances und ging zum Fenster. Unauffällig beobachtete er sie genau, wie man ein Tier beobachtet, wenn man nicht weiß, ob es wild oder zahm ist.

»Komm her«, winkte sie ihm. Er stand auf und lief vorsichtig zu ihr, lautlos mit den nackten Füßen auf den Dielen und dem Teppich. Ihr gefiel es, ihm etwas zu befehlen, und sie mochte die Art, wie er still an ihre Seite trat. Ihr ganzes Leben lang hatte sie Männern machtlos gegenübergestanden, aber jetzt hatte sie einen, der sich wie ein Tänzer bewegte und selbst ihrer kleinsten Geste bedingungslos gehorchte.

»Sieh mal«, sagte sie und zeigte nach draußen. »Sieh mal, ein Schiff. Ein Schiff.«

Mehuru hatte noch nie zur Vorderseite des Hauses hinausgeblickt. Außer dem hinteren Hof hatte er noch nichts anderes gesehen als einen kleinen Fetzen schmutzigen Himmels. Als er nun hinausschaute, sah er bei Ebbe im Hafen das Schiff im Schlick liegen, das sie auf der langen, langen Reise aus der Heimat hierhergebracht hatte. Es sah jetzt nicht so furchterregend aus, dachte er bei sich. Im Hafen vor Anker und entladen sah es verletzlich aus, nicht wie das glatte, alles verschlingende Ungeheuer seiner Alpträume.

An Deck konnte er die Grätinge erkennen, die all die Monate seinen Himmel gebildet hatten und nun herausgehoben waren und an der Reling lehnten. Den Laderaum konnte er sehen, in dem er gelebt hatte; nun war er blank geschrubbt und für die neue Ladung bereit. Die Segel waren von den Masten eingeholt; sie wurden auf den Segelböden der Speicher ausgebessert und neu genäht. Am Kai banden Matrosen die Taue und Trosse wieder an. Mehuru erkannte, wie das Schiff bereitgemacht wurde. Bald würde es wieder lossegeln, dachte er. Auf die lange Reise gehen über die grauen, gefährlichen Meere bis vor die Küste seines Heimatlandes, wo es dann darauf wartete, das Leute, seine Leute, zu zweit und zu dritt gepackt und auf dem furchtbaren Raubzug zusammengebunden wurden, weggeschleppt zu ihrem Sterben oder zu einem so grausamen Leben, daß sie immer wieder den Tod herbeisehnten.

»Schiff«, lächelte Frances. »Schiff. Das Schiff kennst du, es ist die *Daisy*, die euch hierherbrachte.«

Mehuru nickte. Er kannte das Schiff. Besser, als irgendein Seeman es kennen konnte, kannte er es, denn das Blut von seinem Rücken klebte an den Planken des Laderaums, und es waren seine nackten Füße gewesen, die auf dem Deck getanzt hatten, und sein Stolz, seine Lebensfreude und sein Menschentum, deren er im stinkenden Kielraum beraubt worden war. Er kannte das Schiff.

»Schiff«, sagte er kühl.

»Verzeihung, Ma'am«, warf Bates von der Tür her ein. »Aber die Kleinen heulen schon wieder.«

Das Kleinste hockte auf seinem Stuhl und schwankte hin und her; unaufhörlich liefen Tränen über sein Gesicht. Der kleine, erst fünfjährige Junge daneben hielt sich den Ärmel der Fulani-Frau vors Gesicht; seine Schultern bebten beim Schluchzen. Die beiden Siebenjährigen, ein Mädchen und ein Junge, hatten trockene Augen, aber sie fürchteten sich; es sah aus, als würden sie jeden Moment losheulen. Frances schaute sich alle an.

»Also«, rief sie heiter und nahm einen Teller von der Anrichte. »Was ist das?«

Es ging mit der Bezeichnung von einzelnen Sachen weiter, bis Brown anklopfte und hereinlugte. »Der Hufschmied ist da, Ma'am«, sagte sie. »Er bringt das Ding, das Sie bestellt haben.«

»Das wird der Maulkorb sein«, sagte Frances. Voller Unruhe blickte sie flüchtig zu Mehuru. Er hörte genau zu und achtete auf ihren Ton. Die Worte verstand er nicht, aber er bemerkte ihren kurzen, schuldbewußten Blick.

»Was?« klopfte Kbara aufgeregt auf den Tisch.

»Weiß nicht«, klopfte er zurück.

»Vielleicht bringen Sie sie besser weg«, sagte Frances zu John Bates. »Legen Sie das Zaumzeug im Keller an.«

»Ich mache es, wenn sie angekettet sind«, erwiderte er. »Der Große, der Heide, könnte Schwierigkeiten machen.«

»Sehr gut«, stimmte Frances zu. Sie wollte nichts damit zu tun haben, wollte nicht zusehen, wie dieser Maulkorb angepaßt wurde. Sie wollte nichts von dem Kampf hören.

»Den jungen Burschen nehme ich mit runter, und ich werde meine Pistolen tragen«, sagte Bates. »Wenn sie sich wehrt, werde ich vielleicht meine Peitsche gebrauchen müssen.«

Frances zögerte. Sie schaute zu der Frau. Leblos war sie und hatte sich am Unterricht nicht beteiligt, sie hatte nichts gesagt und keinen Laut von sich gegeben. Ihre Augen waren eingesunken, und sie war blind vor Verzweiflung. Sie schien nichts zu hören und zu merken. »Sehr gut«, sagte Frances, womit sie die Frau im Stich ließ. »Tun Sie alles Nötige.«

Bates nickte und öffnete die Tür. Mit einem Ruck zog er die Kette durch die Halsringe, und die Sklaven bildeten eine Reihe. Regentropfen spritzten an die Fenster des Wohnzimmers. Bei derem Klang fröstelte es Mehuru. Zu Hause gab es eine kurze Regenzeit und eine lange Periode heißen, trockenen Wetters. Das Land, in dem jeden Tag kalter, alles klamm machender Regen herrschte, war ihm nicht begreiflich. Er glaubte, ihm würde nie mehr warm werden. Selbst wenn ein Wunder geschähe und er nach Hause käme und sich mitten am Tage plötzlich am Ufer des Flusses befände, dann würde er immer noch diese tödliche Kälte in den Knochen spüren, dachte er, und den faulen Gestank in der Nase haben.

Als er die Kellertreppe hinunterging, stolperte er und zog mit der Kette das jüngste Kind am Halsring, das hinter ihm kam. Bei dem Schmerz schrie es nicht einmal auf. Es schien so tief verzweifelt, daß es nicht mehr reagierte. Mehuru reichte mit der Hand hinunter, aber das Kind blickte nicht hoch zu ihm. Es weinte immer noch still vor sich hin.

Der junge Gehilfe fesselte sie an die Wand, indem er bei jedem Sklaven die Kette vom Halsring durch den Ring in der Mauer zog. Dann gingen Bates und der Junge zu Gestorben-vor-Schande und lösten ihre Kette. Sie wehrte sich nicht und blickte auch Mehuru nicht hilfesuchend an. Teilnahmslos ließ sie alles mit sich geschehen, ohne zu wissen, was sie mit ihr vorhatten, und gleichgültig, was sie tun würden.

»Wir könnten sie uns nehmen, und keiner würde es bemerken«, sagte der junge Bursche. Er kicherte – ein seltsam lebendiger Laut in dem Loch.

»Na los«, sagte Bates unbekümmert. »Der Gentleman hat sie genommen, warum nicht wir auch?«

Sie legten die Frau auf den Boden; sie blieb still liegen, drehte den Kopf von ihnen weg und schloß die Augen. Der Junge bestieg sie zuerst, schnell und ungeschickt; dann kam Bates, der grob mit ihr verfuhr. Die Frau sagte nichts, stöhnte nur, als Bates in sie eindrang. Mehuru beobachtete die grausige Szene, die sich direkt vor seinen Füßen abspielte. Ihm wurde schwindlig vor Wut und schwindlig vor Schmerz und wegen seiner Hilflosigkeit.

Die Männer standen auf, aber Gestorben-vor-Schande lag weiter still da.

»Ist mit ihr alles in Ordnung?« fragte der Junge.

Bates stieß sie versuchsweise mit seiner Stiefelspitze an. Sie bewegte sich nicht.

»Schwester«, sagte Mehuru. Langsam, ganz langsam drehte sie ihren Kopf und sah ihn an. Er erblickte ihre glasigen Augen. Sie war irgendwohin entschwunden, wo man sie nicht erreichen konnte, und es wäre grausam, sie zuruckzurufen.

»Du bist in der Obhut deiner Väter«, sagte Mehuru ihr in das ausdruckslose, blinde Gesicht. »Sie lieben dich trotz allem.«

»Machen wir weiter«, sagte Bates. »Den kann ich nicht leiden.« Er wies mit einem Kopfruck auf Mehuru. »Der lernt schnell. Das ist unnatürlich. Sie sollte denen keinen solchen Unterricht geben. Das ist nicht richtig.«

Er hob den Maulkorb auf. »Du nimmst sie in die Zwinge«, befahl er. »Stell dich auf die Ketten am Handgelenk und am Hals, und schlage sie mit dem Peitschenstiel, wenn sie aufmuckt.«

Er kniete sich über den Kopf der Frau und zwängte ihr Gesicht rücksichtslos in die Maske. Es war eine Metallplatte mit einer dreieckigen Aussparung für die Nase. Über den Mund lief ein breites Band. Die Vorrichtung wurde hinten am Kopf mit dicken Lederriemen und Schnallen befestigt. Bates setzte sie der Frau aufs Gesicht und stieß dann ihren Kopf zur Seite, um die Riemen festzuziehen. Sie sagte nichts und leistete keinerlei Widerstand. Mehuru beobachtete, daß sie wie eine Puppe herumhing, und fragte sich, ob sie ohnmächtig war, denn ihr Hals war so schlaff. Doch dann ließen sie den Kopf wieder auf den Boden fallen, und er sah ihre leeren schwarzen Augen zu beiden Seiten der Maske schimmern.

»Kette sie an«, sagte Bates.

Sie mußten sie auf die Füße stemmen und an die Wand lehnen, damit sie die Kette am Halsring durch den Ring in der Mauer ziehen konnten. Das dauerte seine Zeit, und die anderen ließen sich nieder oder blieben stehen.

»Jetzt geh und hol den Kübel mit dem Essen«, sagte Bates.

»Was ist mit der da? Wie soll sie denn was essen?«

»Heute abend kommt sie ohne was aus. Und morgen wird sie Hunger haben, und dann kriegt sie was. Wird ihr eine Lehre sein.«

Eilig lief der Junge los und kam zurück, als Bates eine neue Kerze in die Laterne steckte, sie anzündete und nach oben an den Haken hängte. Dann paßte Bates auf, wie der Junge den Kübel mit Essen, die dreizehn Teller und den Wasserkrug mit den Zinnbechern in Reichweite der Sklaven hinstellte. Schließlich ging auch er weg und schlug die Tür hinter sich zu.

14. Kapitel

Die Kerze hatte getropft, bis sie verbraucht war, und die Kleinen waren schon eine Weile eingeschlafen. Die Frauen hatten die weinenden Jüngsten in ihre Arme geschlossen, um sie zu trösten, und drückten sie im Schlaf an sich. Eine Zeitlang hatte Mehuru gelauscht und auf den Schlangengott gewartet, aber der war ihm nicht erschienen. Er lehnte sich zurück an die kalte Mauer, schloß die Augen und richtete sich zum Schlafen ein.

Irgend etwas stieß an seinen Fuß. «Obalawa«, sagte eine gedämpfte Stimme.

Es war die Frau, die sich Gestorben-vor-Schande nannte. Sie konnte nicht schlafen, ihr Gesicht war von der schrecklichen Maske, die man ihr angelegt hatte, halb verborgen. Den Mund bedeckte sie gänzlich, und die Nase blutete auf beiden Seiten, wo sie an die rauhen Kanten der grob herausgeschnittenen Aussparung stieß. Sie sprach nur mühsam mit zusammengepreßten Lippen, wobei die Wörter von der Platte auf dem Mund verzerrt wurden. »Du bist ein Obalawa, ein mächtiger Priester.«

»Dazu wurde ich ausgebildet«, sagte Mehuru behutsam. »Ich habe mein Leben dieser Aufgabe gewidmet. Aber ich verliere meinen Seherblick, Schwester. Dieses Land hier macht mich blind.«. Ihre Rede konnte er kaum verstehen, aber er wußte, was sie wollte.

»Wie einen Hund haben sie mich geknebelt. Sie haben mich geschändet, und jetzt lassen sie mich verhungern.«

»Ich weiß, Schwester«, erwiderte Mehuru sanft. »Es bereitet mir Schmerz.«

»Wünsche mich tot, Obalawa«, sagte sie schlicht. »Ich muß zu meinen Vätern gehen. Sie mögen mir verzeihen.«

Er hielt einen Augenblick inne. »Vielleicht würden sie uns nicht erlauben, dich zu begraben, wie es sich gehört. Mit deinen Sachen …« Er unterbrach sich. Sie hatte hier nicht ihre Sachen. Keinen Kochtopf, kein Stück Kreide, keine Perlen für ihr Haar, keinen Napf, keinen Löffel, kein scharfes Messer, keine Hacke, keinen Beutel mit Münzen oder Muschelgeld, keinen Kamm. Nicht die hübschen kleinen Dinge, die einer jungen Frau ins Grab beigegeben werden sollten, keine dieser Gegenstände würde mit Gestorben-vor-Schande in die andere Welt mitgehen. Und ihr Sohn wäre nicht da, ihr kleiner Sohn, der ihr als erster Lebewohl sagen, ihr bei der Begräbniszeremonie das Gesicht waschen und sie zum Abschied küssen sollte – sie hatte ihn verlassen, bevor er etwas anderes als ihren Namen sagen konnte, bevor er etwas anderes tun als rufen, sie rufen konnte, und er bekam nie mehr Antwort.

Sie nickte. »Die Väter mögen mir verzeihen.«

»Vielleicht verbessert sich unsere Lage«, sagte Mehuru. »Vielleicht erlangen wir die Freiheit, und es gibt einen Weg nach Hause. Den Tod zu wählen ist oft ein Fehler wie auch eine Sünde gegen das Herz der Natur.«

In der Dunkelheit glänzten ihre Augen hinter der Metallplatte. Wie ein maskierter Tänzer sah sie aus, der bei einem Begräbnis tanzen sollte. Unheimlich schaute sie aus, geheimnisvoll. »Was siehst du, Obalawa?«

Der Schlangenpriester richtete seine Augen fest auf das schimmernde Metall, das sie knebelte. Er blickte in den schwachen Schein, als könne er darin vielleicht ein Bild ihrer Zukunft sehen. Dann schüttelte er den Kopf. »Ich erkenne nicht, daß wir nach Hause kommen«, bekannte er.

»Und ich könnte gar nicht nach Hause gehen«, sagte sie einfach. »Sieh noch mal. Sieh mich an. Sieh in mich hinein.«

Mehuru beugte sich vor und nahm sie in sich auf, die seltsame, ausdruckslose Form ihres maskierten Gesichts, die hochgezogenen Schultern einer Frau in tiefer Qual, die hängenden Kleider, die ihre weichen Brüste und die klare Linie ihrer Hüften umhüllten. Und dann beugte er sich noch näher zu ihr und spürte den Beginn neuen Lebens. Ihm entfuhr ein leiser, verborgener Seufzer. Er konnte Sir Charles' Kind sehen.

Die Frau nickte, aber Mehuru ließ das Gespür für diesen Embryo nicht entgleiten. Irgend etwas stimmte nicht damit. Er holte tief Luft. Wenn er den Rauch hätte, wenn er das Wasser hätte, wenn er das polierte Tablett und die Kaurimuscheln für die kompliziert zu berechnende Prophezeiung hätte, dann könnte er sagen, was nicht stimmte.

»Das Kind«, sagte er. »Ich glaube, es ist krank.«

»Der Mann hatte eine Krankheit«, antwortete sie. »Er war ganz siech, er roch faulig, wie der Tod.«

Mehuru stimmte zu. Das Kind würde nicht lange leben, er würde kein lebensfähiges Wesen töten, wenn er der Frau mit dem werdenden Kind den Tod wünschte. Und Gestorben-vor-Schande führte jetzt kein lebenswertes Leben.

»Kannst du mich tot wünschen?« fragte sie. »Schmerzlos, aber schnell?«

Mit geschlossenen Augen wartete Mehuru auf ein Zeichen. Geduldig saß die Frau neben ihm und beobachtete das Gesicht des Schlangenpriesters. Fast eine Stunde schwiegen sie, bis Mehuru langsam zischend sprach: »Ja.«

»Die Göttin wird dich nicht essen«, verkündete sie großherzig, um ihn von aller Schuld freizusprechen und vor allen Vorwürfen in Schutz zu nehmen, so daß die Göttin Ayelala, die alle Gesetzesbrecher bestraft, ihm nichts antue.

»Dich auch nicht«, erwiderte Mehuru den Segensspruch.

Er schaute sie ein letztes Mal an; mühsam schleppte sie sich zu ihrem Platz neben den anderen Frauen und legte sich hin. Er erkannte, daß sein Wünschen nur ihr eigenes Verlangen ergänzte. Ihre Augen waren schon tot; sie waren so stumpf wie jetzt die Metallplatte vor ihrem Mund.

Dann hörte er, wie sie sich in der Dunkelheit leise bewegte und die Arme um sich legte. Er hörte, wie der zusammengedrückte Mund die Menschen nannte, die sie liebte: ihren kleinen Sohn, ihren Ehemann, ihre Mutter und dann die Vorfahren, die zu ihr kommen mochten und trotz allem, was in ihrem

Leben schlecht war, ihr vielleicht vergeben würden. Und dann vernahm er das lange, lange Schweigen einer Frau, die auf den Tod wartete.

Mehuru setzte sich auf, starrte in die Dunkelheit und begann mit den Wünschen.

In der dunklen Höhle hörte er am Morgen, wie sich die Frauen regten und dann jäh ausriefen »O weh! Sie ist tot.«

»Mehuru! Hast du das gewußt? Gestorben-vor-Schande ist tot!«

Er stand auf und wankte leicht wegen seiner steifen Glieder. »Ich habe es gewußt«, sagte er.

Der am anderen Ende der Reihe an die Mauer gefesselte Kbara war wach. »Was sollen wir tun? Sie muß hier begraben werden.«

Eine Frau schob das Stroh beiseite und klopfte auf den Boden. Es war Sandstein. »Haben die denn keine Erde in diesem verfluchten Land?« fragte sie. »Wie sollen wir denn unsere Schwester begraben, wo sie begraben werden sollte, unter dem Boden ihrer Hütte?«

»Sie wußte es«, erklärte Mehuru ihnen. »Sie war darauf vorbereitet, daß sie nicht begraben werden kann, wie es sich gehört.«

Die Frau, die sich Leid nannte, kam näher zu ihm. »Sie hat mit dir geredet?«

Mehuru sagte nichts.

»Also, was sollen wir tun?« wollte Kbara wissen. »Sollen wir nach ihnen rufen?«

»Mache nicht, daß sie mit der Peitsche kommen«, warf das Heimatlos genannte Mädchen rasch ein. »Wenn wir rufen, kommen sie mit der Peitsche.«

»Wir werden leise für sie singen«, entschied Leid. »Und wir richten sie her, so gut wie wir es können. Dann kann Mehuru es ihnen sagen. Mehuru, du wirst nach Frances fragen und es ihr erzählen.«

Er nickte. Es fühlte sich erleichtert, daß eine Frau das in die

Hand nahm. Sie wußten, was zu tun war, es war ihre Sache. Sie scharten sich um die Tote. Er vernahm ihr leises Klagen, ein geflüstertes Lied, und er hörte ihre Füße im Stroh rascheln, während sie sich bewegten, ihr zerschlissenes Kleid glattstrichen und den nicht maskierten Teil ihres Gesichts wuschen.

»Das ist nicht richtig«, rief das Verloren genannte Mädchen verzweifelt. »Was können wir nur tun?«

Kbara, Mehuru und der ältere Junge Verflucht warteten beunruhigt. Eigentlich müßten sie in der Hütte bei ihrem eigenen Herd das Grab für die Frau schaufeln, so daß sie immer bei ihrer Familie blieb. Sie müßten in den benachbarten Häusern ihren Tod verkünden. Sie müßten ein Geschenk für die hinterbliebene Familie besorgen oder irgendeine Hilfeleistung übernehmen. Sie müßten das Abschiedsfest vorbereiten helfen, sie müßten ihre Gewehre laden, um das Dahinscheiden mit Salven zu begleiten, sie müßten ihre Schritte üben und die grausigen Masken für den Totentanz fertigmachen. Es gab so viel zu tun, wenn jemand starb, besondes wenn es eine junge Frau war. Und jetzt standen sie wie die Narren herum, wie unvermögende Narren.

Sie waren erleichtert, als die Tür aufging. John Bates kam mit einer großen Schüssel Haferbrei herein. Er fuhr zurück, als Mehuru hervortrat, soweit die Kette es erlaubte, um ihn zu begrüßen.

»Langsam, langsam«, sagte Bates unsicher. »Sch-sch, immer mit der Ruhe.«

»Frances«, sagte Mehuru leise. »Sehen … Frances.«

Vor Verblüffung ließ John Bates beinah die Schüssel fallen.

»Johnbates«, sagte Mehuru freundlich. »Ich … will … Frances.«

»Mein Gott, der spricht«, rief Bates aus. »Er hat meinen Namen gesagt.« Er drehte den Kopf und brüllte hinauf: »Der Schwarze redet. Der Große! Er gibt Wörter von sich!«

Oben auf der Treppe erschien die Köchin. »Wenn Sie fertig sind, mache ich die Tür zu«, sagte sie verdrossen. »Ich will sie nicht den ganzen Tag offenstehen haben. Soll ich Sie einschließen?«

»Warten Sie eine Minute, wenn's recht ist.« Er stieß Mehuru die Schüssel in die Arme.

»Frances sehen«, wiederholte Mehuru.

»Frances«, äffte der Aufseher ihn nach. »Mrs. Cole. Aber ich weiß, was du meinst. Ich sage es ihr.« Er sperrte den Mund auf und schrie plötzlich laut. Von seinen Lippen flog Speichel in den Brei, und Mehuru spürte ihn auf seinem Gesicht. »Ich sag's ihr!«

Er wandte sich um und stieg hinauf. »Erstaunlich«, sagte er, als er die Tür schloß und in die Küche trat. »Hier, Mrs. Brown, sagen Sie Mrs. Cole, daß der große Nigger sie sprechen will. Das hat er noch nie gemacht. Er hat ihren Namen gesagt.«

Brown rümpfte verächtlich die Nase. »Die ist noch nicht mal aufgewacht«, schnaubte sie. Sie machte gerade das Tablett für ihre Herrin zurecht: heiße Schokolade und ein Brötchen mit frischgestampfter Butter und Pflaumenmus.

»Gut, dann sagen Sie es ihr, wenn Sie ihr das Frühstück bringen«, meinte Bates. »Sie wird das wissen wollen, wo sie sich doch solche Mühe mit ihnen gibt.«

Ohne zu antworten, nahm Brown das Tablett und rauschte aus der Küche. Aber in dem Augenblick, als sie ihre Herrin weckte, das Tablett vor ihr auf das Bett stellte und die Vorhänge aufzog, wußte sie, daß Bates recht hatte.

»Der große Sklave hat nach Ihnen gefragt«, sagte sie.

Frances nahm gerade die Tasse hoch und hielt inne. »Er hat nach mir gefragt?«

»Er sagte: ›Frances sehen‹, wie John Bates in der Küche berichtete. Ich sagte, ich werde es Ihnen mitteilen. Ich hoffe, ich habe nichts falsch gemacht.«

»Nein, ist schon in Ordnung«, antwortete Frances. »Am besten, ich gehe gleich hin.«

»Trinken Sie nicht erst die Schokolade?«

Frances schob das Tablett beiseite und stieg aus dem Bett. »Nein, du kannst mir später eine neue machen.« Sie hatte sich inzwischen angewöhnt zu bestellen, was sie haben wollte. »Gib mir den Morgenrock und binde mir die Haare zurück. Ich gehe gleich zu ihm hinunter. Ist Mr. Cole zu Hause?«

»Nein, Ma'am. Er ist schon weg – mit der Fähre hinüber ins Hotel zu Sir Charles Fairley.«

»Dann gehe ich im Morgenrock hinunter.«

Frances bürstete ihr Haar selbst, steckte sich sorgfältig die Haube fest und band sich das lose Gewand zu. »Sage der Köchin, daß ich auf dem Weg bin«, sagte Frances in Beachtung der Hoheit, welche die Köchin über ihre Küche ausübte.

Es herrschte eisiges Schweigen, als sie die Küche betrat. John Bates wartete an der Kellertür. »Er hat Ihren Namen gesagt, Mrs. Cole, glockenklar. Soll ich Sie nach unten begleiten? Soll ich die Peitsche mitnehmen?«

Frances war drauf und dran abzulehnen, doch dann zögerte sie.

»Sie wissen nicht, was der vorhat«, warnte Bates. »Es könnte eine Falle sein, Ma'am. Ich hole auch meine Pistolen, bevor Sie runtersteigen.«

Eine alte dunkle Angst ergriff Frances. Die Angst einer Frau unter mehreren Männern, die Angst einer Gattung in der Minderheit unter anderen, die Angst des Herrn, umringt von Sklaven; die Angst des Sklaventreibers, der weiß, daß er gehaßt wird; die Angst des Sklavenhändlers, wenn er einsieht, daß er ein Verbrecher ist. Sie hatte den scharfen Geschmack im Mund, den Geschmack von Macht über andere, und die Angst, daß sie ihrerseits Macht über einen gewinnen könnten. Dann dachte sie an Mehuru und an seine dunklen Augen und an ihre Vorstellung von ihm als einzelnem – nicht als Mitglied einer gefährlichen Menge. Sie hatte absolutes Vertrauen zu ihm.

»Ich gehe allein hinunter«, sagte sie unbeschwert, während sie die Tür öffnete, und stieg hinab.

Mehuru trat vor, um sie zu begrüßen, und sie erkannte sogleich an seinem Gesicht, daß etwas Einschneidendes passiert war.

»Frances.«

»Mehuru.«

Er sagte einfach: »Gestorben-vor-Schande«, und Frances wußte nicht, daß seine Worte mehr waren als ein Name – als der Name, den sich die Frau selbst gegeben hatte –, nämlich die Diagnose ihrer Krankheit und nun auch schließlich ihr Grabspruch.

»Ist sie krank?«

Langsam schüttelte er den Kopf. Er neigte ihn auf eine Seite, als ahme er unendliche Müdigkeit nach, und schloß dann die Augen.

»Tot?«

Er schaute sie fragend an.

Frances ahmte seine Gesten nach und schloß die Augen. »Tot?«

Mehuru nickte. »Tot«, sagte er mit einer tiefen, festen Stimme und nahm das Wort in sein wachsendes englisches Vokabular auf.

Er trat zur Seite, so daß Frances den leblosen Körper und die Frauen sehen konnte, die am Kopf- und Fußende saßen und sehr leise sangen.

Frances ging vor und schreckte zurück. Sie hatte den Maulkorb vergessen. Das Gesicht der jungen Frau war in Eisen gezwängt. Von dort, wo der Knebel in Mund und Zahnfleisch einschnitt, waren Blut und Speichel über ihren Hals gelaufen. Sie sah wie das Opfer einer barbarischen, mittelalterlichen Folter aus. Und Frances hatte sie angeordnet. Jetzt war die Frau tot. Eine Stille lag über ihr, die endgültig war. Friedlich wirkte sie; selbst mit dem seltsamen Helm, mit Halsring und Kette, mit Hand- und Fußfesseln sah sie aus, als ruhte sie gelassen. Zum erstenmal machte sie den Eindruck, als sei sie frei, als sei sie allen Zwängen entkommen, die sie ihr auferlegt hatten.

Frances schüttelte den Kopf, sie leugnete die Wahrheit, leugnete ihre Verantwortung. »Aber es ging ihr doch gut«, sagte sie. »Außer daß ...« Sie unterbrach sich; sie konnte sich nicht zu der Feststellung durchringen, daß es Gestorben-vor-Schande je gut gegangen wäre. Sie war eine Gefangene in einem fremden

Land, Opfer einer Vergewaltigung und so verzweifelt, daß sie Mund und Bauch mit Erde gefüllt hatte, und trotz des grausamen Knebels war sie ihren Peinigern entkommen und hatte ihre Zuflucht im Tod gefunden.

Plötzlich wollte sich Frances nicht mehr herausreden, nicht einmal vor Mehuru. Sie wußte, sie hatte schuld, sie hatte den Raub und den Tod der Frau zu verantworten. Sie war mit ihrer Gefangenschaft und ihrer Mißhandlung heimlich einverstanden gewesen, gar mit ihrer Vergewaltigung. Indem sie ihr gesellschaftliches Prestige für Josiahs Reichtum und Wohlergehen einsetzte, hatte sie sich daran beteiligt, dieser jungen Frau fern ihrer Heimat das Lebenslicht auszublasen. Der Frau war Gewalt angetan worden, und Frances hatte mit dem Schänder gespeist und ihm Einladungen zu einem Ball der vornehmen Gesellschaft versprochen.

»Es tut mir leid«, sagte Frances mit leiser Stimme. Die Worte verstand Mehuru nicht, aber er glaubte, sie sprach zum erstenmal in einem ehrlichen Ton zu ihm.

Er beugte den Kopf zu einer merkwürdig feierlichen Geste. In seiner Sprache sagte er dann: »Wir alle haben Schuld zu tragen.«

Frances sagte nichts; schweigend standen sie einander zugewandt da. Als sie ihr Gesicht hob, erschrak er tief: Tränen füllten ihre dunklen Augen. Gebannt schaute er zu, wie eine über ihre Wange lief. Er streckte die Hand aus und befühlte sie, fast als wollte er wissen, ob sie echt sei. Frances blieb ganz still stehen, als er sie mit der Fingerspitze sanft und vorsichtig berührte, so leicht, als streichelte sie eine Feder.

Langsam führte er den tränennassen Finger an seine Lippen. Er war feucht und salzig wie von einer richtigen Träne. Er kostete sie auf seiner Zunge und starrte ihr in die Augen, als wollte er sie lesen wie das Orakel von Ifa. »Es tut mir sehr, sehr leid«, sagte sie wieder.

15. Kapitel

Man schaffte die Leiche von Gestorben-vor-Schande weg. Es gab gedämpfte Schmerzensausbrüche, als Bates in den Keller kam, sie bei den Handgelenken packte und wie eine Puppe die Treppe hinaufzerrte.

»Mehuru, sie sollte gewaschen und in ein Tuch gehüllt werden«, warf ihm Leid vor. »Das hast du Frances nicht gesagt!«

»Wie hätte ich ihr das sagen können?« fragte er. »Ich kenne die Wörter für eine richtige Beerdigung nicht. Ich habe ihr gesagt, daß unsere Schwester tot ist. Ich dachte, sie würde schon wissen, was da zu tun ist. Ich dachte, sie würde das Richtige veranlassen.«

Ängstlich schauten sie zu, aber die Tür oben an der Treppe knallte zu.

»Vielleicht werden sie sie begraben wie ihre eigenen Leute«, sagte Kbara. »Vielleicht gehen sie respektvoll mit ihr um. Vielleicht nicht auf unsere Art, aber es könnte dennoch gut sein.«

Das Heimatlos genannte Mädchen blickte ihn zornig an. »Sie ist unsere Schwester«, sagte sie. »Natürlich sollte sie auf unsere Art beerdigt werden. Wie sonst kann sie ihre Väter finden?«

Kbara verstand den Sinn der auf Wolof gesprochenen Worte und wollte gerade antworten, da schüttelte Mehuru den Kopf. Zu Hause gab es das Gelede-Fest – das Fest zur Besänftigung der Mütter –, allein dazu bestimmt, die furchteinflößende Macht der Frauen auf das Gute zu richten. Zehn Tage lang wurde dabei gefeiert und getanzt und den rituellen Aufführungen zugeschaut, um die magische Macht der Frauen zu zügeln. Hier in dieser dunklen Höhle, so unheilvoll wie ein Grab und unheilvoll wie ein Mutterschoß, würden die Frauen schäumen vor unterdrückten Begierden. Hier fehlten ihre Kinder, hier fehlten ihre Mütter, da konnten sich ihr Gram und ihr Zorn gegen alles richten. Jedenfalls hatte das Mädchen recht. Mehuru hatte beim Tod von Gestorben-vor-Schande versagt, wie er auch zu ihren Lebzeiten versagt hatte.

»Ich bin es, der schuld hatte, Heimatlos«, sagte er freundlich in ihrer Sprache. »Nicht Kbara. Wir sind hier keine Männer, wir sind machtlos. Ich kann nicht für euch sorgen oder jagen oder das Feld bestellen, nicht einmal euch beschützen. Ich konnte Frances nicht mitteilen, was erforderlich ist. Sie schien betrübt zu sein, und ich habe geglaubt, sie würde das Richtige für unsere Schwester tun. Mir war nicht klar, daß diese Menschen hier das eine fühlen und das andere tun. Es sind wirklich Fremde.«

»War sie betrübt wegen Gestorben-vor-Schande?« fragte ihn der Verflucht genannte Junge.

»Sie hatte Tränen in den Augen«, antwortete Mehuru. »Ich habe ihr vertraut. Ich dachte, sie muß sich um uns sorgen.«

Die Leid genannte Frau schüttelte den Kopf. »Es ist eine schreckliche Frau. Sie vergoß Tränen und schickt doch den Frauenschänder, sein Opfer zu begraben?«

»Ja«, sagte Mehuru. »So ist es.« Er setzte sich auf die Steinbank, zog die Knie ans Kinn hoch und schlang die Arme darum, um sich von der Welt abzukapseln, wie auch von den anderen.

»Betest du, Obalawa?« fragte Verflucht mit seiner liebenswerten rauhen Stimme, die sich gerade im Stimmbruch befand und unversehens in Piepsen umschlagen konnte.

Mehuru schüttelte den Kopf. »Ich kann keinen Gott anrufen«, gestand er. »Er kommt nicht mehr zu mir. Ich warte auf ihn, aber er kommt nicht. Ich warte darauf, daß ich begreife, aber auch das stellt sich nicht ein. Vielleicht wird eines Tages etwas eintreten, das all diesem Leid einen Sinn gibt. Vielleicht werde ich eines Tages begreifen, warum wir so leiden.«

Der Tod von Gestorben-vor-Schande soll am Tagesablauf nichts ändern, verfügte Sarah Cole. Der Leichnam wurde auf den Friedhof von Redclift gebracht und in ein namenloses Grab gelegt. Das war kein Armenbegräbnis; Sarah bezahlte drei Pennys für die Grabstelle und verbuchte die Summe im Hauptbuch der Firma als Verlust. Als sie Sand auf die Tinte streute und das Hauptbuch zuklappte, schaute sie Frances vorwurfsvoll an. »Ein Verlust«, sagte sie tadelnd. »Du solltest ihnen lieber langsam beibringen, daß sie zu gehorchen haben. Wir müssen daraus einen Nutzen ziehen.«

Wortlos kamen sie herein und setzten sich auf ihre Plätze. Heute weinten die beiden jüngsten Kinder nicht, sie waren zu erschüttert. Frances gewahrte, daß ihre kleinen Gesichter in Tischhöhe so ausdruckslos und leer aussahen wie unbeschriebene Schiefertafeln.

Für den heutigen Unterricht hatte sie ihre Mappe mit Skizzen und Aquarellen mitgebracht und stellte die Staffelei am Ende des Tisches auf. Das erste Bild zeigte die lange Ulmenallee vor dem Haus in Whiteleaze.

»Das ist ein Haus«, sagte sie. Sie nickte Mehuru zu. »Haus.«

Jetzt begriffen sie, was sie von ihnen wollte, und sie wiederholten die Wörter ohne Nachdruck, ohne Interesse. Sie konnte das Papier damit meinen oder die Staffelei. Sie konnte den Künstler oder die Götter meinen, die Männer und Frauen die Fähigkeit verleihen, zu träumen und Kunstwerke zu schaffen. Es war ihnen gleich. Sie wiederholten die Wörter, wie sie es wollte.

»Das war mein Haus«, erklärte sie Mehuru. »Nun, es gehörte meinem Onkel. Ich hielt mich dort sehr oft auf, und wir speisten dort zwei- oder dreimal die Woche.«

Auf dem Fensterplatz beugte sich Sarah Cole vor, um auf die Staffelei zu schauen; ihre Neugier war stärker als ihre Verärgerung über die Schwägerin.

Frances zeigte auf sich und dann auf das Haus und sagte zu Mehuru: »Das war mein Haus. Mein Haus.«

Dann ist auch sie hier eine Fremde, dachte Mehuru. Das erklärte das seltsame Gefühl der Verlassenheit, das sie umgab, ihre Machtlosigkeit an diesem Ort. Sie war kürzlich zugereist und hatte das Haus noch nicht zu ihrem Heim gemacht. Er dachte an sein Land und die sorgfältigen Schritte, mit denen man die Braut in ihr neues Heim einführte. Zunächst holte die ältere Ehefrau die neue Braut ab und brachte sie in das Haus ihres Mannes. Ihr wurden die Füße gewaschen, und man schickte sie in seinen Raum. Dann wohnte sie im Haus der älteren Ehefrau als deren Schützling, um zu lernen, was zu tun war und wie man es richtig machte. Drei Monate lang suchte sie ihre Eltern nur nachts auf, wenn das Tagwerk getan war. Das glich fast einem Spiel, wenn sie sich zur Mutter nach Hause schlich, und wenn es in den ersten Monaten Schwierigkeiten gab, konnte über sie in der Dunkelheit gewispert werden. Nach drei Monaten war die Lehrzeit um, und die junge Frau wußte um ihre Rechte. In jener Welt kannten Männer und Frauen ihre gegenseitigen Pflichten, und die Götter waren freundlich. Bevor die Sklavenhändler kamen und bevor die mit ihnen Handel treibenden Stämme bewaffnet waren und ihre Nachbarvölker überfielen, herrschten besonders glückliche Umstände: ein fruchtbares Land mit gedeihlichem Wetter und eine lange, lang gefestigte politische Stabilität.

Frances blätterte um und zeigte ihnen ein Stilleben in Aquarell. »Das sind Früchte«, sagte sie. »Früchte.«

Sie wies auf die gemalten Früchte, und sie plapperten die Namen nach. »Apfel, Birne, Weintrauben, Pfirsich.«

Dann schlug sie ein neues Zeichenblatt auf. Ein Zwergspaniel war darauf abgebildet, der am Rande eines Kornfelds saß. Im hellgelben Getreide standen viele rote Mohnblumen und blaue Kornblumen. Die Hecke am Feldrain zierten Hundsrosen und die gesenkten Köpfe des Fingerhuts.

»Das war mein Hund«, sagte Frances. »Mein kleiner Hund.« Ihre Stimme zitterte ein wenig. »Ich mußte ihn weggeben, als ich eine Arbeit aufnahm. Es war ein Spaniel.«

Mehuru vernahm den Kummer in ihrer Stimme und wandte seinen Blick vom Bild auf ihr Gesicht. Sie versuchte, ihm zuzulächeln. »Mein kleiner Hund«, sagte sie. »Mein Gefährte.« Sie zog ein kleines Taschentuch aus ihrer Tasche. »Es war ein wunderbarer kleiner Hund, er hat mich überallhin begleitet. Und ich habe ihn verloren und mein Zuhause verloren und meinen Papa verloren …«

Die Frauen starrten Mehuru an. »Ihre Tränen bedeuten also nicht viel«, bemerkte Leid voller Bitterkeit. »Eine Träne für Gestorben-vor-Schande, die von drei Männern vergewaltigt wurde und in einem Loch starb, und ein Dutzend Tränen für das Bild eines Affen.«

»Nein«, sagte Mehuru. »Es war dumm von mir, ihr zu vertrauen. Ihre Tränen bedeuten überhaupt nicht viel.«

»Die schnattern miteinander«, unterbrach Miss Cole vom Fensterplatz. »Wie sollen die denn was lernen, wenn sie andauernd in ihrer Sprache miteinander reden und dir nicht einmal zuhören?«

Frances räusperte sich und wischte sich die Augen. »Ich bitte um Verzeihung« sagte sie zu den mürrischen schwarzen Gesichtern. Dann blätterte sie auf der Staffelei wieder um und zeigte eine Kirche. »Das ist die Kirche meines Vaters«, sagte sie. Sie schaute Mehuru an und deutete auf das Gebäude. »Kirche«, sagte sie. »Jesus. Kirche.«

In einem trostlosen Gemurmel sprachen die Sklaven die Wörter nach. Frances lächelte zufrieden. »Später werde ich euch Geschichten aus der Bibel erzählen«, versprach sie.

Wieder blätterte sie um. »Und das sind Blumen.« Sie zeigte auf die gezeichneten Blüten und nannte deren Namen. Sie sprachen die Namen nach.

Dann verließ Frances die Staffelei und setzte sich an den Kopf des Tisches. »Nun«, sagte sie freundlich, »ich heiße Frances. Ich bin aus England.« Sie zeigte auf Mehuru. »Dein Name ist Mehuru, du kommst aus Afrika.«

Voller Unwillen starrte er sie an.

»Nun los«, verhöhnte ihn Leid. »Du bist ihr Liebling. Du hast ihre Träne geschmeckt. Du hast ihr vertraut. Rede schon, wie sie es befiehlt.«

»Sage: ›Mein Name ist Mehuru, ich komme aus Afrika‹«, wiederholte Frances ihre Aufforderung.

Er starrte sie lange mit einem brennenden, vorwurfsvollen Blick an. Frances stammelte, denn sie hatte den Faden verloren. »Was ist los?« fragte sie ihn mit gedämpfter Stimme und sah flüchtig zu Miss Cole. »Was ist denn los?«

Er drehte den Kopf weg, zweifellos eine Brüskierung.

»Mehuru«, flüsterte sie eindringlich. »Was soll das?«

»Mein Name ist Mehuru«, wiederholte er in klarem, perfektem Englisch, wobei er sie genau nachahmte, doch sein Tonfall verriet Wut, der Gehorsam glich einer einzigen Beleidigung. »Mein Name ist Mehuru. Ich komme aus Afrika.«

In blendender Laune kam Josiah Cole nach Hause, gerade zurecht zum Dinner. Frances, die sich oben gerade umkleidete, hörte ihn mit seiner Schwester sprechen, als er die Treppe hinaufstieg.

»Zwei gute Dinge heute erreicht. Sir Charles erwägt, Geld bei uns zu deponieren und uns als seine Bevollmächtigten hier einzusetzen. Es war gut von dir, meine Liebe, ihm das vorzuschlagen, und Frances macht uns alle Ehre. Wenn wir ihm und Miss Honoria Einladungen zu dem Ball bei Lord Scott besorgen können, werde ich ihr Dank schulden. Und noch besser – Waring hat nun endlich den Verkauf seines Hauses an mich abgeschlossen! Ich hatte mich schon gefragt, ob er vorhatte, mich im Stich zu lassen.«

»Und ich möchte wissen, ob es nicht besser wäre, von dem Kauf ganz und gar zurückzutreten«, meinte Sarah. »Brown erzählte mir, daß Nr. 31 auch zum Verkauf angeboten werden soll. Wenn zwei Häuser in so kurzer Zeit auf den Markt kommen, muß das doch auf den Preis drücken.«

»Queens Square wird immer Queens Square bleiben«, erklärte Josiah mit fester Stimme. »Von Zeit zu Zeit können Preise fluktuieren, aber das bleibt immer die beste Gegend Bristols.«

»Mag sein«, erwiderte Sarah, ihn bedrängend. »Aber hab doch etwas Geduld, Bruder, und überlege! Bei zwei Grundstücken an dem Platz kannst du doch mit Waring handeln, du könntest ihn zwingen, mit dem Preis herunterzugehen.«

»Der Handel ist beschlossene Sache«, sagte Josiah unnachgiebig. »Und ich habe ihn mit Handschlag besiegelt. Mein Wort gilt, das wissen alle. Und außerdem habe ich den Preis akzeptiert. Ich laufe doch jetzt nicht wieder hin und verlange einen Nachlaß.«

»Und wann ziehen wir um? Wann mußt du den Rest der Summe auf den Tisch legen?«

Frances machte die Tür ihres Schlafzimmers auf, und die beiden verstummten.

»Entschuldige!« Plötzlich versagte ihr der Mut, als meinte sie, eine geheime Abmachung belauscht zu haben. »Aber ich habe dich vom Haus reden hören. Ist der Kauf endlich perfekt?«

Josiah strahlte sie an, kam die letzten paar Stufen hoch, ergriff ihre Hand und küßte sie. »Ja, tatsächlich, es gehört uns!« rief er. »Du kannst morgen dort einziehen!«

»Morgen schon?«

»Mein Bruder übertreibt«, sagte Sarah. »So ist er eben.«

»Ich übertreibe nicht!« widersprach er. »Das Haus wird gerade geräumt. Wenn Mr. Waring auszieht, dann macht er das schnell. Er und seine Frau sind inzwischen in ein Hotel gezogen, und die Dienerschaft wurde beauftragt, alle Sachen wegzubringen. Er schickte mir ein Briefchen, daß wir morgen die Schlüssel bekommen und dann das Haus in Besitz nehmen können.«

»Und das Geld«, wollte Sarah dringend wissen, ohne Frances' Ausruf des Entzückens zu beachten. »Wann ist es fällig? Wir haben es nicht bei der Hand, Josiah, das weißt du doch.«

Er ergriff ihren Arm. »Habe Vertrauen, Sarah«, drängte er sie. »Ein Haus am Queens Square kauft man nicht so einfach mit zurückgelegten Pfennigen. Ich habe einen langlaufenden Kredit auf die Gewinne aufgenommen, die wir von der *Rose* erwarten. Den brauche ich erst zurückzuzahlen, wenn das Schiff Ende nächsten Jahres einläuft. Das ist meine erste große Investition. Und ich habe noch andere in petto. Auf diese Chance habe ich lange gehofft.«

»Du hast eine Schiffsladung bereits im voraus verkauft?« Sarah war schockiert. »So was haben wir doch noch nie gemacht, Josiah! Das Risiko …«

»Das ist ja wunderbar!« unterbrach Frances. »Müssen wir da nicht eine Menge Möbel kaufen? Müssen in dem Haus nicht die Wandbespannungen erneuert werden, und muß nicht alles gestrichen werden? Vor dem Umzug gibt es noch eine Menge zu tun.«

»Das wirst du selbst sehen«, antwortete Josiah freudig. »Morgen früh gehen wir als erstes hin, und dann kannst du entscheiden. Aber ich glaube, es braucht nicht viel gemacht zu werden. Erst im vergangenen Jahr hat Mrs. Waring alles im chinesischen Stil herrichten lassen. Wenn dir das zusagt, dann schaffen wir einfach unsere Möbel hin, und fertig ist der neue Wohnsitz.«

Im Innern schwor sich Frances, wie scheußlich die chinesische Ausstattung auch wäre, sie würde sich nicht beklagen. »Ich bin überzeugt, daß es ganz entzückend ist! Ich sehne mich so danach, am Queens Square zu wohnen.«

»Wir gehen damit aber ein Risiko ein«, fiel Sarah ihr ins Wort. »Man muß auf mich hören! Wenn wir das Geschäft auf diese Weise führen, gehen wir ein Risiko ein. Wir treiben unseren Handel auf Kredit, und das haben wir noch nie getan.«

Frances' Hoffnungen wurden gedämpft. Sie blickte Josiah fragend an.

»Wir haben klein angefangen«, stellte er fest. »Es ging mit kleinen Geschäften los, Sarah, und wir mußten uns bescheiden. Aber Männer, die etwas wagen, können einen großen Profit machen. Es lohnt sich, das Risiko auf sich zu nehmen.«

Unwillkürlich rang Sarah die Hände. »Das Risiko ist zu groß«, sagte sie. Frances schaute sie gespannt an. Die Schwägerin war den Tränen nahe. »Wenn der *Rose* etwas passiert, sind wir über Nacht ruiniert. Mit so einem Wagnis setzen wir unser Handelshaus aufs Spiel.«

Einen Augenblick zögerte Josiah und dachte daran, ihr von den anderen Risiken zu erzählen, die er mit der *Rose* eingegangen war – daß sie für ihre mittlere Überfahrt nicht versichert war, außerdem überladen, und daß sie Order hatte, Sklaven in die spanischen Kolonien zu schmuggeln. Doch Sarahs ängstliches, bleiches Gesicht hielt ihn davon ab. Er brachte es nicht fertig, ihrer Wut und ihrer Sorge entgegenzutreten. Er streckte seinen Arm aus und faßte beschwichtigend ihre verkrampften Hände. »Beruhige dich, Schwester«, bat er sie inständig. »Du hast keinen Grund zur Sorge.«

Sie schaute ihn an, als habe er überhaupt nicht verstanden. »Ich wurde auf dem Fußboden einer elenden Kohlengräberkate geboren«, sagte sie. »Ich war arm, Josiah, was du nie warst. Du wurdest geboren, als es uns schon besser ging; du weißt nicht, was Not und Elend bedeuten.« Sie sah Frances an. »Du auch nicht. Du denkst, hier arbeiten und über dem Speicher zu wohnen sei Armut. Ich weiß, daß du das denkst, denn ich habe gesehen, wie du die Nase rümpfst über unser Leben und wie du es geringschätzt. Aber ich habe Not gelitten, wie ihr beide sie euch nicht vorstellen könnt. Ich bin barfuß gegangen, weil ich keine Schuhe hatte, und zu beißen hatte ich auch nichts. Es schmerzt mich, wenn du davon sprichst, unsere Lebensgrundlage aufs Spiel zu setzen. Als ob die Armut nicht jeden Tag unseres Lebens darauf wartet, uns zu verschlingen.« Sie hatte sich erregt, ihre Augen glänzten von Tränen. »Wir schwimmen in einem kleinen Trog auf dem großen Strom der Armut«, weinte sie, »und deine Schulden und waghalsigen Spekulationen werden uns kentern lassen, Josiah!«

Ihre Heftigkeit machte ihn betroffen. »Sarah … ich …«

»Versprich mir, daß du uns nicht in Schulden stürzt«, verlangte sie. »Versprich mir, daß wir mit Mr. Waring einen Vertrag aufsetzen, daß wir ihm die ausstehende Summe später von unserem Gewinn bezahlen und nicht dafür unsere Ladung im voraus verpfänden.«

Josiah sah niedergeschlagen aus. »Sei still, Schwester«, sagte er unsicher. »Es tut mir leid, daß du dir solche Sorgen machst …«

»Versprich es mir!«

»Es ist zu spät«, gab er zu. »Ich habe zugesagt, Waring alles auf einmal zu bezahlen. Die Summe habe ich mir geliehen, sie stammt teils aus dem Gewinn der *Daisy*, und die Ladung der *Rose* habe ich ebenfalls verkauft. Das Glücksrad dreht sich! Du wirst es akzeptieren müssen.« Das übrige Vabanquespiel – die fehlende Versicherung, den Schmuggel – behielt er für sich.

Alle Farbe war aus Sarahs Gesicht gewichen, und sie wankte, als ob sie vor Angst in Ohnmacht fiele. Als stille Beobachterin der beiden dachte Frances, daß die Ältere aussah, als habe sie ihre große Liebe verloren. Sarah war zwanghaft von dem Gedanken finanzieller Sicherheit besessen. Vor nichts fürchtete sie sich mehr als vor Schulden.

Sie atmete tief und faßte sich wieder. »Ich bedaure, das zu hören.«

»Alles ist unter Dach und Fach«, erklärte Josiah, um den endgültigen Abschluß des Kaufs auf sie wirken zu lassen.

»Dann kann ich nichts mehr dazu sagen«, sprach sie mit Würde, »außer daß ich wünschte, du hättest es erst einmal mit mir besprochen, Josiah«. Sorgfältig vermied sie es, Frances anzusehen. »Früher hättest du das mit mir besprochen. Selbst jetzt hättest du das tun sollen.«

»Ich hätte es mit dir besprochen«, besänftigte er sie, »aber es fand alles im Kaffeehaus statt und ließ sich ganz schnell und mühelos einfädeln. Und das Risiko ist gering, Sarah. Die *Rose* ist ein tüchtiges Schiff. Es gibt keinen Grund zu der Befürchtung, daß sie nicht sicher zurückkehren wird.«

Sofort klopfte Sarah auf das Holz des Treppengeländers, und Frances sah, wie Josiah unwillkürlich auf die hölzerne Stufe stampfte.

»Wir mußten das Haus am Queens Square kaufen, oder wir hätten unsere Anzahlung aus dem Fenster geworfen«, rief er ihr ins Gedächtnis. »Und ich habe Frances im Ehevertrag ein neues Haus versprochen.«

»Dieses Haus hier war der Stolz unseres Vaters«, bemerkte Sarah.

Josiah wandte sich auf der Treppe zu ihr um und lächelte sie an. »Für uns ist das ein gutes Haus gewesen«, pflichtete er ihr bei. »Hier haben wir angefangen. Aber jetzt gilt es aufzusteigen in der Welt!« Er blieb stehen und lachte. »Doch nun muß ich erst einmal da hinauf«, meinte er scherzend, »um mich vor dem Dinner oben zu waschen. Ich verhungere. Mittags war ich heute zu beschäftigt und habe nichts gegessen.«

»Womit?« fragte Sarah, die ihm folgte. »Hast du Partner für die *Daisy* gefunden?«

»Sir Charles hat einen Anteil genommen, für tausend Pfund natürlich, und ich habe noch andere Partner an der Hand«, sagte Josiah vergnügt. »Geld heckt Geld. Wo jetzt bekannt geworden ist, daß Sir Charles sich beteiligt hat, wollen andere auch mithalten. Und wenn wir erst mal am Queens Square wohnen, wird das sogar noch leichter. Wie ist es dir heute ergangen?«

»Nicht besonders gut«, antwortete Sarah. »Frances hat eine der neuen Sklavinnen verloren.«

Josiah schaute sofort Frances an und sah ihre betroffene Miene. »Eine ab und zu fällt nicht ins Gewicht«, sagte er freundlich. »Sarah, du darfst ihr keine Vorwürfe machen. Wir müssen immer damit rechnen, zwei oder drei von einem Schub zu verlieren. Das macht nichts.«

Er kam die letzten Stufen hoch, nahm Frances bei der Hand und führte sie in ihr Zimmer.

»Es tut mir leid«, sagte sie. »Ich glaube, man hätte mir nicht die Verantwortung übertragen sollen. Es war die Frau …« Sie wollte Sir Charles die Schuld geben, aber sie vermochte es nicht, das auszusprechen, was er getan hatte. »Es war eine von den Frauen. Sie aß Erde, und ich ließ ihr dieses Zaumzeug anlegen, und jetzt ist sie tot.«

Zärtlich setzte Josiah sie vor ihren Spiegel und stellte sich hinter sie, die Hände auf ihren Schultern. »Es macht nichts«, sagte er freundlich. »Das versichere ich dir, meine Liebe, gräme dich nicht. Eine ab und zu, das fällt nicht ins Gewicht. Es ist ein Versuch. Wenn er gelingt und wir sie mit Gewinn verkaufen, dann wiederholen wir das in großem Stil. Falls sie morgen alle sterben, dann wissen wir, daß es sich nicht lohnt. Mach dir keine Sorgen, meine Liebe, du tust dein Bestes. Es ist nicht einfach, Sklaven abzurichten.«

Er löste ihre Nadel im Haar, so daß sich der Knoten öffnete und ihr die Haare über die Schulter fielen.

Frances fühlte sich angenehm umhegt, als wäre sie ein kleines Mädchen, dem die Mutter einen Zopf flechtet. »Ich weiß nicht, ob ich ihnen etwas beibringen kann, Josiah. Das ist nicht wie der Unterricht bei Kindern. Sie sind so ganz anders als wir, und der Mann, der das meiste versteht, Mehuru …« Sie unterbrach sich. »Er ist nicht wie ein Sklave«, erklärte sie ungeschickt. »Mir kommt er nicht wie ein Sklave vor. Ich sehe in ihm ständig einen zivilisierten Menschen.«

Josiah nahm die Silberbürste und strich ihr sanft über die Haare. »Das ist doch Unsinn«, meinte er freundlich. »Du bist ein wenig erschöpft. Du tust dein Bestes, meine Liebe, es ist nichts weiter als ein Versuch, ein Experiment. Wir müssen es darauf ankommen lassen und etwas riskieren. Ich bin ein verwegener Unternehmer, Frances, kein braver Ladenbesitzer!«

Er strich ihr das Haar aus der Stirn und von den Schläfen, wo ihr Puls pochte. Es war eine besänftigende, zärtliche Geste, der Druck der weichen Borsten auf ihrem Kopf und dann der schwungvolle Bürstenstrich.

»Mir ist unbehaglich zumute«, gestand Frances, »wenn ich daran denke, daß ich die Aufsicht über sie habe.«

»So ist der Sklavenhandel nun einmal«, tröstete Josiah sie. »Du darfst dir nicht vorstellen, daß es Menschen sind, sonst wirst du nicht mehr froh. Es sind Wesen, meine Liebe, es sind Handelsgüter, und englische Kaufleute haben mit ihnen schon seit mehr als hundert Jahren Handel getrieben.«

»So lange schon? Das ist mir alles neu, ahnungslos wie ich war. Also, wie viele Menschen haben wir zu Sklaven gemacht?«

»Oh, meine Liebe! Wer kann das sagen. Die englischen Schiffe wurden mit jedem Jahr größer. Der Handel wuchs sich aufs Doppelte und sogar Vierfache aus.«

Im Spiegel bemerkte Frances ihre betroffene Miene. »Hunderte von Sklaven? Tausende?« fragte sie.

Josiah zuckte die Schultern. »Mehr. Viel, viel mehr. Millionen. Es ist ein riesig ausgedehnter Handel – in diesem Jahrhundert nahmen allein die Engländer drei Millionen Sklaven, und die anderen europäischen Länder handeln ebenfalls damit.« Er strich ihr die Haare aus dem Gesicht. »Ich merke, das überrascht dich«, sagte er. »Es ist ein gewaltiger Handel, wie gesagt, wirklich das Rückgrat Britanniens; es gibt bei uns keinen Hafen, der nicht mitmacht. Im ganzen Land gibt es keine Familie, die nicht Nutzen davon hätte. Wir profitieren alle davon. Es ist der größte Handel, den die Welt je erlebt hat. Er geht hin und zurück über den Atlantik und schafft Riesenvermögen. Wir *alle* profitieren davon.«

»Das habe ich nicht gewußt«, erwiderte Frances. Sie dachte an die unbeschwerte Unterhaltung an der Dinnertafel ihres Onkels, an die freundlich mahnenden Predigten ihres Vaters wider die Sünden der Faulheit und Völlerei. Vor ihren Ohren hatte niemand die Moral des Sklavenhandels in Frage gestellt. Nichts hatte sie vernommen als Klagen über Radikale und Abolutionisten, die den Wohlstand bedrohen, die Kolonien ruinieren und faulen Arbeitern mehr Lohn zahlen wollten. »Aber das muß doch Afrika zerstören«, stieß sie plötzlich hervor. »So viele Leute wurden geraubt, alles junge Menschen und die meisten davon Männer. Das muß doch ganze Dörfer entvölkert und ganze Landstriche verheert haben.«

Sie versuchte sich vorzustellen, wie es England ergangen wäre, wenn innerhalb von nur hundert Jahren drei Millionen junge Männer und Frauen weggeraubt worden wären. Das Land wäre verödet. Es gäbe keinen Reichtum, keine Bauernhöfe, keine Industrie, keine Landstraßen. Es hätte die Nation ins Herz getroffen. Und das Fehlen von drei Millionen Menschen würde bedeuten, daß keine Kinder gezeugt und geboren würden. In der nächsten Generation fehlten sieben Millionen, in der folgenden fünfzehn Millionen. Eine Lücke wurde entstehen, ein Abgrund, in den sich Armut und Verzweiflung ergössen. Erfindungen blieben aus, die Industrie könnte sich nicht entfalten, Bauerngüter lägen brach, das gesamte Gefüge der Gesellschaft und der Ordnung bräche zusammen.

Josiah nickte. »Afrika ist unser Bauerngut, meine Liebe. Das Gut liefert das Vieh, und wir schiffen es dorthin, wo es benötigt wird. Ganz Afrika ist unser Bauerngut, das Sklaven züchtet für den Dienst in der zivilisierten Welt. Das ist ein höchst treffliches, leistungsfähiges System.«

Frances beugte sich vor und ließ die Haare übers Gesicht fallen, um es vor Josiahs leichtem Lächeln zu verbergen. Bei dieser Vorstellung von der Welt, die sich ihr nun eröffnete, wurde ihr schwindlig. Sie konnte sich nicht erklären, wieso sie von all dem nichts erfahren hatte, wie sorgfältig alles verborgen und verbrämt wurde. Und jetzt hing ihr Lebensunterhalt vom weiteren Fortgang dieses Systems ab. »Da stimmt etwas nicht«, sagte sie, aber sie sprach ohne innere Überzeugung. »Das kann man nicht gutheißen, daß wir einen ganzen Erdteil zu unserem eigenen Vorteil benutzen. Und sie sind kein Vieh, Josiah. Die Männer und Frauen, die ich unterrichte, die sind kein Vieh. Es sind Menschen, und sie fühlen wie wir – jedenfalls denke ich das.«

»Wer weiß?« fragte Josiah wenig beunruhigt. »Wenn du ihnen das Sprechen beigebracht und sie zivilisiert hast, wirst du ihnen vielleicht auch christliche Gefühle anerziehen, Frances. Das wäre eine gute Sache. Ich bin davon überzeugt, daß du das gut machst, viel besser, als es die meisten Damen könnten.«

Sanft und gleichmäßig bürstete Josiah ihr Haar; dann fuhr seine Hand hinunter, und er streichelte ihr den Nacken. Frances blieb still sitzen und ließ ihn gewähren. Sie dachte daran, daß er Tausende Tode verursacht haben mußte, und an das Herzeleid in Hunderten, Tausenden, Millionen von Familien. Sie blickte auf und sah sein Gesicht im Spiegel.

»Ich befürchte, es ist nicht richtig, Josiah«, sagte sie.

Er lächelte sie an. »Du siehst sehr hübsch aus«, sagte er leise. »Ich liebe dein offenes Haar.«

16. Kapitel

Frances wurde schon früh von Josiah geweckt. Er war selbst in ihr Zimmer gekommen und zog nun die Gardinen und den kleinen Vorhang am Kopfende ihres Bettes zurück. Noch vor dem Morgengrauen hatte die Küchenmagd in stiller Geschäftigkeit Feuer gemacht, so daß der Raum nun warm war.

»Jetzt aber aufgestanden, Mrs. Cole!« rief Josiah fröhlich aus. »Für acht Uhr habe ich eine Kutsche bestellt. Heute ist der Tag, an dem ich dir unser neues Haus zeige!«

Frances richtete sich in ihrem Bett auf und lachte über seinen Eifer. »Aber die Warings werden immer noch beim Packen sein!«

»Ich werde sie zur Hintertür hinauswerfen, wenn du vorn den Fuß über die Schwelle setzt!« rief Josiah aus.

Es klopfte, und Brown stand mit Frances' Tablett in den Händen zögernd auf der Schwelle.

»Ich nehme das schon!« sagte Josiah und eilte zu ihr. Er stellte das Tablett auf Frances' Knie ab. »So, nun iß schön auf, mein Weib, ich erwarte dich in einer Stunde unten. Und ja nicht später!«

Frances lächelte ihn an. »Ich werde pünktlich sein«, versprach sie.

Josiah beugte sich über sie, um ihr einen Kuß auf die Stirn zu geben. Einem Impuls folgend, hob Frances ihr Gesicht, so daß sich ihre Lippen trafen. Josiahs Kuß war sehr sanft. Frances empfand eine große Zärtlichkeit für ihn, wo er doch so überschwenglich wie ein kleiner Junge war, der gerade ein Geschenk öffnen wollte. Mochte er in den Augen von Lady Scott nur ein vulgärer Händler sein, doch Frances war bewußt, daß er ihr Gatte war und daß ihr zukünftiger Reichtum und ihr Glück einzig von ihm abhingen. Außerdem gewann er immer mehr ihre Zuneigung.

»In einer Stunde«, sagte Josiah geradezu übermütig und verließ ihr Zimmer.

Die Mietkutsche wartete draußen auf dem gepflasterten Kai. Frances hatte ihr bestes dunkelblaues Samtkleid angezogen und trug dazu einen Mantel mit passendem blauem Hut und Muff.

»Du siehst wunderschön aus«, sagte Josiah. Er wußte nicht, daß das Kleid schon alt und sorgfältig an den Nähten aufgetrennt war – die abgewetzten Stellen in der Naht versteckt, wo man sie nicht sehen konnte. »Du siehst sehr vornehm aus. Wie eine richtige Lady.«

Bei diesen Worten zuckte Frances zusammen. »Das will ich doch sehr hoffen.«

Josiah nahm den leichten Tadel in ihrer Stimme wahr. »Natürlich, natürlich«, fügte er hastig hinzu. »Gehen wir?«

Sarah stand auf dem oberen Treppenabsatz. Frances zögerte ein wenig. »Kommst du nicht mit, Sarah?«

»Es muß noch einiges erledigt werden, damit die *Daisy* rechtzeitig auslaufen kann. Die Ladung muß geordert und geprüft und die Papiere müssen ausgestellt werden. Außerdem fehlt noch die Ausfuhrdeklaration. Also werde ich damit den Vormittag verbringen.«

Bei dieser ein wenig vorwurfsvollen Antwort wurde Frances etwas unschlüssig, doch Josiah reagierte äußerst vergnügt und sagte: »Ausgezeichnet! Und glaub ja nicht, daß wir uns inzwischen amüsieren, Schwester. In dieser Stadt gibt es viele Möglichkeiten, Geld zu machen, und eine davon ist, nach außen hin wohlhabend zu wirken. Dieser Umzug ist unsere Chance, das schwöre ich!«

»Und wie steht es heute nachmittag mit dem Unterricht?« fragte Sarah recht streng.

»Ja, ja«, erwiderte Josiah. Er öffnete die Tür, führte Frances zur Kutsche und half ihr hinein. »Und sag Brown, daß die Sklaven beim Packen helfen sollen. Ich möchte so schnell wie möglich dort einziehen. Sie können heute schon damit anfangen.«

Frances machte es sich in der Kutsche bequem und warf ein leicht entschuldigendes Lächeln auf das dunkle Haus und die verärgerte Sarah. Als der Wagen sich in Gang setzte und bereits über die Pflastersteine vorwärtsholperte, schwang sich Josiah auf den Sitz neben ihr. »So sauer wie eine Zitrone«, flüsterte Josiah aufgeräumt und leicht außer Atem. »Nun, Mrs. Cole, jetzt wirst du etwas zu Gesicht bekommen!«

In der Tat, das Haus war nach der chinesischen Mode eingerichtet. Als Frances erstmals den großen Empfangssalon sah, mußte sie die Augen schließen. Er war mit prächtigem Stuckwerk verziert, das sich aufs herrlichste vom oberen Drittel der Wände bis zur Mittelrosette an der Decke erstreckte. Dort prangten Drachen, Cherubine, geschwungene Blätter, Ranken wilden Weins und der letzte Schrei – langschnäblige Ziervögel. Die Wände waren mit rotem Samtplüsch ausgeschlagen – etwas gewagt in Anbetracht der Tatsache, daß der ganz mit verzweigten Weinranken und Trauben gemusterte Teppich in Blau gehalten war und die Vorhänge grün waren.

»Sehr vornehm«, sagte Josiah zufrieden. »Sehr modisch. So farbenprächtig! Ich bezweifle, daß es in Bristol noch ein so herrschaftliches Haus gibt!«

»Das bezweifle ich auch«, sagte Frances. Sie verließ den Raum und warf einen Blick in den zweiten Salon auf der gegenüberliegenden Seite, der etwas kleiner und schlichter war. »Das ist ein hübsches Zimmer.«

»Das behalte ich mir vor«, entschied Josiah sogleich. »Am schönsten für dich ist doch gewiß das Damenzimmer nach vorne hinaus, nicht wahr? Dieser rückwärtig gelegene Raum wird mir als Geschäftszimmer dienen. So können die Händler, die mich aufsuchen, die Hintertür benutzen. Stell dir vor, wir besitzen zwei Haustüren, Mrs. Cole! Welch ein Luxus! Keine Handwerker und Lieferanten mehr, die an die Vordertür klopfen! Keine Kaufleute mehr, die durch deine Halle stapfen.«

Frances lächelte. Trotz des übertriebenen Stucks und der überwältigenden Farbenpracht war es ein schönes Haus, das einfache, rechteckige Formen aufwies. Vier Räume im Erdgeschoß, vier im Stockwerk darüber, vier weitere noch höher, und dann die Mansarden im Dachgeschoß. Küche und Zimmer der Dienstboten lagen unten dicht beieinander zur Hofseite hinaus. Im Keller wurden Wein und Vorräte gelagert. Während sie in der Halle standen, hörten sie ein lautes Krachen und gedämpfte Flüche; ein Diener der Warings hatte etwas zu Boden fallen lassen.

»Wir werden mehr Personal einstellen müssen«, dachte Frances laut. »In einem so großen Haus können Brown und das Küchenmädchen allein die Arbeit nicht bewältigen.«

»Jawohl«, sagte Josiah mit Zufriedenheit. »Fürs erste werden wir die Sklaven einsetzen. Und neue Möbel müssen her, um die Zimmer ein wenig aufzufüllen. Da kommen doch wohl nur chinesische Stücke in Frage, nicht wahr, meine Liebe? Ich habe da einen Mann im Auge, der sehr gute Imitationen preiswert aus Indien einführt. Der Unterschied fällt keinem auf, sag ich dir.«

Frances konnte sich ein Lächeln abringen. »Ich denke, ich nehme lieber einfache englische Möbel.«

»Aber Chinoiserien sind jetzt sehr in Mode!« wies Josiah sie zurecht. »Die sind das allerneueste! Wo das Haus doch schon so eingerichtet ist!«

Frances blickte ihn kurz von der Seite an.

»Ist es für deinen Geschmack ein wenig zu überladen?« fragte er kleinlaut. Plötzlich war er sich nicht mehr sicher. »Ich hielt es für elegant. Entspricht es nicht deinen Vorstellungen?«

Frances berührte mit ihrem Handschuh seine Hand. »Mr. Cole, es ist wirklich sehr hübsch«, sagte sie. »Und es ist wirklich ganz nach der derzeitigen Mode. Aber ich meine, wir würden nicht ganz so …«, sie zögerte, da sie die rechten Worte finden wollte, um ihn nicht zu verletzen, »... nicht ganz so neu wirken, wenn wir Möbel kauften, die nicht so überaus modisch sind; das würde auf eine gute Herkunft deuten.«

»Herkunft also?« fragte Josiah. »Aber nicht Möbel aus zweiter Hand etwa? Die Sachen anderer Leute will ich nicht in meinem Haus haben. Ich bin kein Gerichtsvollzieher, daß ich auf Sesseln fremder Menschen sitze.«

»Die Möbel meiner Eltern stehen in Whiteleaze«, bemerkte Frances. »Ein paar sind wirklich schön, und es ist gut, mit Möbeln zu wohnen, die nicht nagelneu sind. Sie verleihen dem Haus so etwas wie Tradition.«

»Altes Zeug?« fragte Josiah, der immer noch auf Streit aus war. »Wir wollen kein altes Zeug.«

»Aus der Scott-Familie«, fügte Frances rasch hinzu. »Erbstücke.«

»Oh, Erbstücke!« Josiah lächelte sofort. »Ich dachte, du meinst altes, abgenutztes Gerümpel. Erbstücke sind ausgezeichnet. Und mit dem Wappen der Scotts? Tragen sie alle das Wappen der Scotts? Oder aber wir könnten auf alles Neugekaufte das Wappen der Scotts auftragen lassen, nicht wahr?«

Frances wollte den Vorschlag schon ablehnen, doch dann bemerkte sie seinen Eifer. »Aber ja«, sagte sie, und dachte, daß niemand von Bedeutung sie jemals zu Gesicht bekommen würde. »Warum nicht?«

»Doch wir werden auch ein paar chinesische Dinge kaufen«, sagte Josiah mit Beharrlichkeit. »Hohe Vasen und so etwas.«

»Ja«, sagte Frances. »Ich werde heute nachmittag an Lady Scott schreiben und um die Möbel meines Vaters bitten. Dann können wir sehen, was noch fehlt.«

»Aber ein oder zwei hohe Vasen müssen her!« drang Josiah weiter in sie. »Was auch immer du für Möbel hast. Wir müssen unbedingt ein oder zwei hohe chinesische Vasen haben. Und Porzellandrachen. Neulich habe ich welche aus rotem Porzellan gesehen. Drachen machen was her!«

Frances kicherte. »Ohne sie könnte ich hier gar nicht leben!« erklärte sie ihm. »Ich bin regelrecht versessen auf Drachen!«

Josiah warf ihr ein halb beschämtes, reumütiges Lächeln zu. »Du hältst mich für einen Narren. Doch Sachen aus China sind nun mal Mode.«

»So ist es«, stimmte Frances zu. »Und solange wir nicht zuviel davon haben, wird die Einrichtung ganz reizend wirken.«

»Ich baue auf deinen Geschmack.«

Zum zweitenmal an diesem Tag sah sich Frances veranlaßt, ihm ihre Zuneigung zu zeigen. Sie reckte sich zu ihm hoch und gab ihm einen trockenen Kuß auf die Wange. »Aber ja«, versprach sie. »Es soll alles ganz hübsch werden.«

Ihre Zärtlichkeit überraschte ihn. So standen sie eine Weile in peinlichem Schweigen da.

»Ich möchte gern noch die oberen Zimmer anschauen.« Frances ging weiter und lief die Treppen hinauf. Josiah folgte ihr.

Erst als sie das ganze Haus besichtigt hatte, von den Kammern im Dachgeschoß bis zur Küche mit den besonders modern eingerichteten Herdstellen, war Josiah bereit, die Dienerschaft der Warings in Ruhe die letzen Dinge einpacken zu lassen, damit sie endlich fertig wurden und die große Vordertür hinter sich zuzogen.

Sie waren gerade im Gehen, als draußen eine Kutsche vorfuhr. Es war Mrs. Waring.

»Mrs. Cole.« Sie stieg aus, um Frances die Hand zu schütteln. »Sie müssen meinen spontanen Überfall verzeihen, aber ich wollte Sie so gern hier antreffen und Ihnen in Ihrem neuen Haus alles Gute wünschen. Uns hat es Glück gebracht, und ich hoffe, daß das bei Ihnen auch der Fall sein wird.«

»Das ist sehr freundlich von Ihnen«, erwiderte Frances und ergriff den angeschmuddelten Glacéhandschuh der Besucherin. »Darf ich Ihnen meinen Gatten vorstellen? Mr. Cole.«

Mrs. Waring warf ihm ein Lächeln zu und reichte ihm zwei Finger zur Begrüßung. »Und werden Sie sofort einziehen?« fragte sie. »Und werden Sie Gäste empfangen? Werden wir hier bald Lord und Lady Scott kennenlernen können?«

Frances nickte. »Wir werden Neujahr einziehen. Mein Onkel und meine Tante werden häufig zu Gast sein, daran zweifle ich nicht. Vielleicht würden Sie gern einmal zum Tee kommen, wenn wir uns hier eingerichtet haben?«

Mrs. Waring lächelte. »Es wäre mir ein großes Vergnügen.«

»Wir empfangen immer donnerstags«, sagte Frances ungezwungen. Josiah, der bis zu diesem Moment nicht gewußt hatte, daß sie einen solchen Tag vorgesehen hatte, öffnete den Mund, um etwas zu sagen, schwieg dann aber. Es war ihm aufgefallen, daß Frances in diesen Dingen ebenso viele ungeahnte Fähigkeiten an den Tag legte wie er bei seinen Geschäften im Hafen.

»Und Mr. Waring?« erkundigte sich Frances ruhig.

»Danke. Er ist wohlauf. Er wird mich mit Freuden begleiten. Und wie geht es Ihrer Schwägerin?«

»Miss Cole erfreut sich bester Gesundheit«, entgegnete Frances. »Doch ich will Sie nicht länger hier auf der Straße aufhalten.« Ihre Stimme klang leicht vorwurfsvoll.

Mrs. Waring eilte sofort zu ihrer Kutsche. »O nein! Natürlich! Dann also donnerstags!«

»Ich würde mich freuen, Sie zu empfangen«, sagte Frances liebenswürdig. »Guten Tag.«

Die Kutsche setzte sich in Bewegung, und Frances hob eine Hand und winkte ihr andeutungsweise nach. »Um Himmels willen«, sagte Josiah beeindruckt. »Du hast sie so reizend behandelt, meine Liebe, du hast sie ja richtig gebauchstreichelt.«

Frances versuchte, ihm einen tadelnden Blick zuzuwerfen, doch ein weiteres Mal an diesem Tag konnte sie ein kleines Kichern nicht zurückhalten. »Nicht gebauchstreichelt«, sagte sie. »Bitte, sag so etwas nicht, Josiah. Niemals wieder. Nicht gebauchstreichelt.«

Er grinste. »Sehr wohl. Nun komm schon, Mrs. Cole. Ich muß dir noch etwas anderes zeigen, ehe wir nach Hause fahren.«

Frances kletterte in die Kutsche, und Josiah wies den Kutscher an, nach Hot Well hinauszufahren. Sie rumpelten die Park Street hinauf und bogen dann in eine Straße hinunter, die am Fluß entlang verlief. Es herrschte gerade Flut, und auf dem Wasser tanzte der helle Sonnenschein. Die Luft war warm und roch salzig. Über dem Fluß kreisten Möwen, deren Gefieder in der Sonne blinkte, wenn sie nach Abfall tauchten. Frances ließ das Fenster der Kutsche herunter und sah über den Fluß zur Fähre von Rownham hinüber, die auf dem anderen Ufer lag.

»Im Sommer möchte ich gern hinüber und dort ein Picknick machen«, sagte sie.

»Du wirst womöglich eine Beschäftigung haben, die dich auf dieser Seite des Flusses festhält«, warnte Josiah sie ahnungsvoll.

Die Kutsche fuhr vor der kleinen Geschäftskolonnade vor, die zum Brunnenhaus mit der Trinkhalle führte.

»Die Merchant Venturers, denen die Kuranlage, diese Ladenreihe und sogar die Hälfte aller Pensionen hier gehört, suchen einen Pächter, der das alles übernimmt«, sagte Josiah.

Frances schluckte. »Doch wohl nicht du?«

Josiah warf ihr einen kurzen, verschwörerischen Blick zu. »Kein Wort zu Sarah, die würde eher sterben. Doch ich glaube, daß ich es wagen werde. Nicht alle Grundstücke, nein, auf keinen Fall. Doch ich glaube, daß ich aus der Mineralquelle und dem Kurbad ein wenig Geld herausschlagen kann. Meinst du nicht auch?«

»Das geht dir doch schon seit geraumer Zeit durch den Kopf«, bemerkte Frances scharfsinnig. »Schon damals, als wir zum erstenmal hier waren, hast du daran gedacht.«

»Gerüchte kursierten schon seinerzeit, aber die ganze Anlage gehört der Handelsgesellschaft«, sagte Josiah. »Ohne die Zustimmung der Merchant Venturers kann ich die Pacht nicht erwerben. Ohne deren Segen gibt es keine Möglichkeit, in das Geschäft einzusteigen.«

Frances nickte und blickte auf die hübsche kleine Zeile von neuen Geschäften und das hochaufragende Brunnenhaus.

»Wenn ich es bekäme, meinst du, daß sich daraus was machen läßt?« fragte Josiah. »Ich habe mir gedacht, wenn du mich hinsichtlich allem, was die vornehme Gesellschaft angeht, berätst und mir sagst, was zu tun ist, und wenn man Lord Scott dazu bewegen könnte, herzukommen, und Lady Scott ... wenn wir es zu einem so exklusiven Ort wie Bath machen würden?«

Frances knabberte an der Spitze ihres Handschuhs und dachte nach.

»Es müßte schon im gleichen Rang wie Bath stehen«, fuhr Josiah fort. »Jetzt kommen zwar Kurgäste, aber die Saison ist zu kurz. Man müßte mehr Besucher anlocken. Im Winter ist es hier wie ausgestorben; wir müßten dafür sorgen, daß die hiesige Gesellschaft ebenfalls erscheint. Und ich weiß nicht, wie man das anstellt. Hast du eine Idee?«

»Ja«, sagte Frances schließlich. »Ich glaube, ich weiß, was nötig ist und wie es attraktiver wird. Und sicher kenne ich die Leute, die wir herlocken müßten, damit es zu einem eleganten Kurort aufsteigt. All das traue ich mir zu. Doch dazu braucht man viel, viel Geld, Josiah. Keine Ahnung, wieviel.«

Er nickte. »Mit dem Pachtvertrag in der Tasche könnte ich Kredit aufnehmen. Doch dazu müßte ich erst Pächter werden, und das kostet Geld.« Er biß die Zähne zusammen und schlug dann plötzlich in einer Geste der Enttäuschung seine Faust in die offene Handfläche. »Wohin ich mich auch in dieser Stadt wende, sie stehen mir immer im Wege«, stöhnte er. »Ich kann keine Versicherung zu ihren Bedingungen und ihren Zinsen abschließen. Ich kann kein Schiff entladen, ohne ihren Kran dazu zu mieten. Zu allem, was ich tue, brauche ich ihren Segen. Ich muß einfach einer von ihnen werden, Frances. Ich muß es einfach schaffen.«

»Das begreife ich«, pflichtete ihm Frances bei. »Das habe ich von Anfang an auch so gesehen. Aber was steht denn deiner Aufnahme entgegen? Jetzt, wo du ein erfolgreicher Kaufmann bist.«

»Mit dem Haus am Queens Square und dir, mit Lady Scott im Rücken und mit Sir Charles, der mit uns zusammen investiert, werden sie sicher an mir interessiert sein, oder?«

»Mrs. Waring.« Frances nannte den Schlüssel zu ihrem gesellschaftlichen Erfolg.

»Du hast recht. Sie und ihre Freundinnen und deren Gatten«, stimmte Josiah eifrig zu. »Alle sind Teil eines Geflechts, in das wir eindringen müssen. Wir müssen Zutritt erlangen, koste es, was es wolle!«

Frances nickte und lächelte ihn an. »Dafür kann ich sorgen«, erklärte sie. »Das kann ich für dich tun, Mr. Cole. Mrs. Waring und ihr ganzer Anhang sind keine Hürde für mich. Die kann ich ohne Mühe nehmen, wenn du es wünschst.«

Den ganzen restlichen Dezember über blieb Sarah schweigsam und übel gelaunt. Das Weihnachtsfest näherte sich und ging in dem Haus am Hafen ohne größeren Trubel als dem zusätzlichen Besuch der Kirche und einem freien Tag für die Köchin und Mrs. Brown vorüber. So wurde ihnen um die Mittagszeit ein kalter Imbiß für das spätere Dinner zubereitet. Schon früh wollte man sich zur Ruhe begeben. Frances, die beim Weihnachtsessen gerade kalten, getrockneten Schinken mit kalten gekochten Kartoffeln und einer kalten Hühnchenpastete zu sich nahm, tröstete sich mit dem Gedanken, daß sie im nächsten Monat endlich im neuen Haus am Queens Square sein würden und ihr die Zusammenstellung des Dinners obliegen würde. Sie versuchte, nicht an die laute fröhliche Dinnertafel auf Whiteleaze und in dem kleinen Pfarrhaus zu denken, als ihre Mutter und ihr Vater noch lebten. Sie schlang sich ein Tuch eng um die Schultern und ging zu Bett. Als sie früh aufwachte, stellte sie fest, daß sie sich trostsuchend am Kopfkissen festgeklammert hatte. Am Morgen des zweiten Weihnachtsfeiertags standen Sterne am Himmel, und an ihrem Fenster zeichneten sich Eisblumen ab, die erst lange nach dem Frühstück zu schmelzen begannen. Auf Whiteleaze ging man da auf die Jagd, die Hunde sammelten sich auf dem Rasen vor dem Haus, und Lord Scott glänzte in seinem roten Rock. Oder die Familie war in London, wo sie am Vormittag eine endlose Reihe von Besuchern empfing, die ihre Pelze und hübschen Stiefel vorführten.

Frances trug ihr wärmstes Kleid und saß, so nah es ging, am Wohnzimmerkamin. Ihre Zehenspitzen brannten schmerzhaft in den Stiefeln wegen der roten Frostbeulen, die sie sich geholt hatte. Sie spürte, daß sie in dem stickigen Raum kaum noch atmen konnte. Auf der anderen Seite des Kamins saß Sarah aufrecht, in Wollschals gehüllt, und kurierte eine Erkältung aus. Sie zog die Nase hoch. Frances schätzte, daß sie dreimal in der Minute schniefte. Die langen Winterabende verbrachten sie mit Handarbeiten, lasen Predigten und warteten darauf, daß die Uhr auf neun Uhr vorrückte, denn dann konnte das Tablett mit dem Tee gebracht werden; danach gingen sie zu Bett.

Der Umzug ins neue Haus im Januar verlief nicht so glatt, wie Josiah es in seiner Zuversicht angenommen hatte. Das Haus am Kai wurde in dem Wirrwarr des Packens und des wieder Auspackens von sofort benötigten Dingen vollkommen auf den Kopf gestellt. Es war vorgesehen, die Möbel, die Vorräte, den Wein und die Lebensmittel und all die aufgehobenen Briefe und Zeitungen über die Brücke zum Platz auf der anderen Flußseite zu transportieren. Doch obwohl die Sklaven unter der Aufsicht von John Bates und seinem Burschen die Arbeit verrichteten, brauchte man mehrere Tage. Und in den zwei Tagen des größten Chaos mußte Frances in einem Schlafzimmer ruhen, in dem sich nichts außer ihrem Bett befand, und sie mußte ihr Frühstück von gewöhnlichem Küchengeschirr einnehmen.

Nur die besten Stücke wählte Frances vom Speicherhaus aus und schickte sie über den Fluß. Die Möbel der Coles waren alt und schäbig, die meisten noch dazu schlecht gearbeitet. Frances ließ beinahe das gesamte Mobiliar von Josiahs Kontor zurück; sein ausgedientes Schreibpult und der Kapitänssessel waren von Holzwürmern zerfressen. Voller Stolz beharrte Sarah auf die Mitnahme aller Schlafzimmermöbel und des Tischs samt der sechs Stühle aus dem Wohnzimmer. »Die habe ich selbst ausgesucht«, erklärte sie Frances und fuhr über das billige Nußbaumholz, »in dem Jahr, als wir die *Lily* kauften.«

»Reizend«, sagte Frances.

Dann trafen aus Whiteleaze die Fuhrwerke mit Frances' eingelagerten Möbeln ein. Lord Scott schrieb dazu, daß er Frances in ihrem neuen Haus alles Gute wünsche. Auch Lady Scott schickte eine Karte, und Frances, die von Ihrer Ladyschaft nur wenig Mitgefühl erwartete, dankte ihr für die kühle Geste der Höflichkeit und legte die Karte auf das Silbertablett in der Eingangshalle, damit die anderen Besucher, die ebenfalls ihre Karten dort hinterließen, sie nicht übersehen konnten.

Trotz der allseitigen Geschäftigkeit und des Durcheinanders dachte Frances daran, für die Sklaven eine Livree und Schuhe zu bestellen. »Sie können nicht barfuß die Straße zum Queens Square hoch und runter laufen«, sagte sie beharrlich, als ihr Sarah die hohen Ausgaben vor Augen hielt. »Wenn sie frieren, werden sie sich eine Erkältung holen, und sie haben schon lauter böse Frostbeulen an den Füßen. Wenn alle krank sind, haben wir den Schaden, abgesehen davon ist es ungeheuer nützlich, wenn sie vor aller Welt proper und vornehm angezogen erscheinen, wie es unserem Hause gebührt.«

Für die Sklaven wurden zwei Räume im Dachgeschoß bestimmt, einer für die Frauen, Mädchen und kleinen Kinder, und der andere für die Männer und Jungen. Strohsäcke und Decken sollten sie bekommen und zum Waschen Schüsseln und Krüge und richtige Nachttöpfe für die Notdurft. Man sollte sie als Diener behandeln und ihnen die Handfesseln und Ketten abnehmen.

»Aber zur Nacht werden sie eingesperrt«, bestimmte Miss Cole. »Und die Fenster erhalten ein stabiles Gitter!«

Frances nickte. Durch den Umzug hatte sie wenigstens den Status der Dame des Hauses erworben. Sie traf die Entscheidungen für den neuen Wohnsitz. Einzig aus reiner Höflichkeit besprach sie alles mit Sarah. »Früher oder später müssen wir sie sowieso freilassen«, betonte sie. »Wir müßten darauf vertrauen, daß sie nicht fortrennen. Außerdem, wohin sollten sie auch fortlaufen?«

»Es gibt viele Leute, die sie nur zu gerne entführen würden, um sie zu verkaufen«, sagte Miss Cole. »Schiffskapitäne, die auf dem Rückweg zu den Westindischen Inseln sind, die England nur einen Besuch abstatten. Oder englische Familien, die die Gelegenheit nutzen wollen, einen Diener für umsonst zu bekommen. Oder sie fliehen einfach und leben in Freiheit.«

»Diese schwarzen Männer, die im Hafen arbeiten – sind das freie Menschen?« fragte Frances.

»Die meisten von ihnen ja«, erwiderte Sarah. »Ihre Herren sind vielleicht gestorben und haben ihnen per Testament die Freiheit geschenkt, oder sie haben am Ende so viel verdient, daß sie sich freikaufen konnten. Oder aber sie sind geflohen. Jetzt findet man viele freie Schwarze. In London gibt es Zehntausende. Und in jedem Hafen kommen ständig neue dazu.«

»Also könnten unsere Sklaven eines Tages auch frei sein«, überlegte Frances laut. Sie dachte daran, was Mehuru mit seiner Freiheit wohl anfinge. Sie wußte nicht, was er vorhatte; blickte er sie jetzt an, so machte er ein undurchdringliches Gesicht. In der Hast des Umzugs hatte sie an den meisten Tagen nur verkürzten Unterricht erteilt und manchmal sogar überhaupt keinen.

Auch ohne Stunden lernten sie viele Wörter, Befehle und Flüche. Besonders Mehuru schenkte den Gesprächen in seiner Umgebung große Aufmerksamkeit, und Frances, die ihn dabei beobachtete, wie er eine Ladung Bettzeug auf die Schultern hob, bemerkte, daß er die Unterhaltung verstand. Doch ganz gleich, wie gut Mehuru die Sprache beherrschte, Frances konnte ihm nicht befehlen zu reden. Nichts konnte ihn dazu bewegen, sich mit ihr zu unterhalten. Sein Blick war verschleiert, und er täuschte völliges Unverständnis vor. Das war seine letzte Möglichkeit, sich zu wehren. Das hatte Frances nicht vorausgesehen – daß Mehuru sich weigerte, den Mund aufzumachen. Richtete sie eine Frage an ihn, dann wirkte sein Gesicht absichtlich teilnahmslos und stur. Manchmal dachte sie, daß er vielleicht eine Million englischer Wörter kannte, daß er so fließend wie Josiah sprechen könne und sich doch hinter vorgespielter Ignoranz verstecke und für dumm gehalten werden wolle.

Frances wußte, daß er sie für den Tod von Gestorben-vor-Schande verantwortlich machte. Sie wußte, daß er ihr vorwarf, die Frau an Sir Charles ausgeliefert zu haben. Doch die Zeit verging, und Frances eilte vom oberen Stockwerk des Hauses mehrmals am Tag in die Küche und beaufsichtigte in den neuen Räumlichkeiten das Auspacken und Aufstellen der Möbel; und nach und nach verdrängte sie diesen Gedanken. Wie Josiah gesagt hatte, war die Frau nur eine von vielen Sklaven, und es war klar, daß sie im ersten Jahr womöglich zwei oder drei verlieren könnten. Wäre die Frau nicht in dem Kellerloch gestorben, dann wäre sie vielleicht an einer Erkältung oder einer anderen Krankheit draufgegangen. Frances hatte noch viel zu erledigen, so daß sie darüber ihr schlechtes Gewissen vergaß. Das Vergessen fiel ihr leichter als die Erinnerung.

Mehuru vergaß jedoch Gestorben-vor-Schande nicht, auch die anderen taten es nicht. Den Trubel im neuen Haus verfolgten sie mit Argwohn, da sie nicht wußten, was das Ganze zu bedeuten hatte. Die neuen Strümpfe und Schuhe waren die ersten Tage über unerträglich unbequem, denn die vom Barfußlaufen mit Hornhaut überzogenen Füße ließen sich nur mühsam in das billige, steife Leder zwängen. Doch nach ein paar Tagen fanden sie langsam Gefallen daran, und wenn sie über den Redclift-Kai zur Brücke und wieder zurück auf dem schmutzigen Kopfsteinpflaster um gefrorene Abfallhaufen herumliefen, dann waren sie froh, Schuhe zu tragen.

Von der Last des Halseisens und dem ständigen Klirren der Ketten befreit, versuchte Mehuru, sich aufzurichten und umzublicken. Doch seine Halsmuskeln waren ganz steif geworden, da er an das Gewicht des Halsrings gewöhnt war. Über Tage hinweg gelang es ihm nicht, wie ein Mensch zu gehen, er konnte sich nicht von dem schlurfenden, sklavischen Schritt eines Hundes lösen, der sein Leben über an einen Strick gebunden war. In Strümpfen und Schuhen, in warmen

Kniebundhosen und einem schmutzigen Hemd schleppte sich Mehuru vom Kai zum neuen Haus und trug Lasten und schob einen Karren und war sich dessen bewußt, daß er mit gesenktem Kopf und gebeugtem Nacken ging – wie ein Mann ohne Stolz, wie ein Mann ohne Hoffnung, wie ein Sklave, der er ja war.

17. Kapitel

Ende Januar war der Umzug in das Haus am Queens Square beendet, und Frances konnte am darauffolgenden Donnerstag ihre erste Teegesellschaft abhalten.

Mr. und Mrs. Waring erschienen, und Mrs. Waring hatte ihre Schwester, Mrs. Shore, mitgebracht, die mit einem der bedeutendsten Kaufherren der Bristoler Merchant Venturers verheiratet war. Als sie gerade den Tee zu sich nahmen, wurde ein Mr. Woolwick angekündigt, der dem neuen Nachbarn seine Aufwartung machen wollte.

»Sie werden mir verzeihen, daß ich hier so hereinplatze«, entschuldigte er sich. »Doch da wir Tür an Tür wohnen und ich die Kutschen bemerkte, meinte ich, ich könnte kurz vorbeischauen.«

»Aber natürlich«, sagte Frances. Sie nickte Brown zu, eine weitere Teetasse zu bringen. »Ich bin entzückt über Ihren Besuch. Sind Sie schon mit Mr. und Mrs. Waring und Mrs. Shore bekannt?«

Mr. Woolwick nickte Mr. Waring zu und verbeugte sich vor den Damen. »Ja. Ich fürchte, wir sind ein eng zusammengeschweißter kleiner Kreis. Mrs. Shores Gatte ist mein Vetter.«

Frances lächelte. »Dann sollten Sie wohl eher mich vorstellen«, sagte sie freundlich. »Denn ich scheine die einzige Fremde hier zu sein.«

»Neuankömmlinge sind immer herzlich willkommen«, erklärte Mr. Waring galant. »Insbesondere solche Damen wie Sie. Haben Sie in Bristol keine Freunde, Mrs. Cole?«

»Nur meine liebe Schwägerin«, sagte Frances taktvoll. Sarah Cole, die hinter dem Tablett mit dem Tee saß, lächelte verkniffen. »Ich wurde in der Gegend um Bath geboren und wuchs auch dort auf.«

»Auf Whiteleaze?« fragte Mr. Woolwick.

»Oh, dann kennen Sie meinen Onkel, Lord Scott?«

»Natürlich habe ich von ihm gehört. Und wir sind Mitglieder des gleichen Clubs in London, wurden einander aber noch nicht vorgestellt.«

»Ich hoffe, daß er und Lady Scott uns bald einen Besuch abstatten werden«, sagte Frances. »Und mit meinen Cousinen, den Misses Scott.«

»Befindet sich Mr. Cole nicht zu Hause?« fragte Mrs. Waring.

Frances lächelte sie an. »Ich weiß nicht, wie es sich mit Mr. Waring verhält, aber mein Gatte ist eigenartigerweise äußerst zurückhaltend, was die Teestunde anbelangt. Nur gut, daß er keinen Tee importiert.«

Mr. Waring und Mr. Woolwick lachten mitfühlend.

»Ich zum Beispiel, ich nehme Tee nur unter Protest zu mir«, gestand Mr. Waring. »Doch bei dieser Gelegenheit hier und bei dieser Gastgeberin war ich leicht zu überreden!«

»Gut, ich hoffe, daß ich Sie ein andermal auch zu einem Abendessen überreden kann«, sagte Frances unbekümmert und schaute ihn nun an. »Ich habe festgestellt, daß ich meinen Mann mit dem Versprechen einer erlesenen Tafel leichter locken kann als mit Tee.«

»Die Herren ziehen es meist vor, sich tagsüber der Arbeit zu widmen«, stimmte Mrs. Waring zu. »Doch was sie den ganzen Tag über im Kaffeehaus festhält, ist mir ein Rätsel.«

»Nun, sie trinken Kaffee, und wir trinken Tee, und alle verwenden wir Zucker!« rief Frances aus.

»Mrs. Cole, Sie haben alles gelernt, was vom Geschäft zu lernen ist.« Mr. Woolwick strahlte sie an. »Mr. Cole kann sich sehr glücklich schätzen.«

Frances unterdrückte den Gedanken, wie ihre Eltern wohl ein solches Kompliment für ihre Tochter aufgenommemn hätten. Deren einzige Sorge im Leben galt der Aufrechterhaltung der fragwürdigen Vertrautheit mit den adligen Verwandten auf

Whiteleaze und einem genügenden Abstand zur Welt der Geschäftemacher. Und nun flirtete ihre Tochter in einem Salon nett mit den Kaufleuten von Bristol und nahm deren Komplimente über ihren Geschäftssinn entgegen.

Da öffnete sich die Tür, und Josiah trat ein. Er sah sehr elegant aus und trug auf Frances' Bitte hin lederne Reithosen, polierte Stiefel und einen gut geschnittenen braunen Rock, der dunkelbraune Ärmelaufschläge und einen Kragen im gleichen Farbton besaß. Er hatte seinen besten Anzug vorführen wollen, doch Frances hatte ihn davon abgebracht. Er wirkte in Reitkleidern besser, ungezwungener, als käme er aus besseren Verhältnissen. »Aber ich besitze gar kein Pferd«, hatte er protestiert.

»Noch besitzt du keins«, korrigierte ihn Frances. »Wennschon, sie werden nicht erfahren, daß du keinen Ausritt gemacht hast.«

»An einem Wochentag?« begehrte er auf.

Frances hielt ihren Zeigefinger hoch. »Reithosen«, sagte sie, und Josiah hatte gehorcht.

»Ah, da ist ja Mr. Cole!« rief Frances absichtlich überrascht aus. Sie stellte ihn den Damen vor, dann begrüßte er die Gentlemen. »Und ich habe mich schon beschwert, daß ich dich nicht zum Tee verführen kann, Mr. Cole!«

»Das kannst du tatsächlich nicht«, sagte er. »Doch ich habe für die Herren Punsch bestellt, wenn Sie gern in meinem Salon ein Glas zu sich nehmen wollen?«

Sofort erhoben sich Stephen Waring und George Woolwick.

»Nun, so gehen Sie«, sagte Frances nachsichtig. »Aber entführe meine Gäste nicht allzu lange, Mr. Cole!« Sie drehte sich um und lächelte den Damen zu. »So können wir zumindest in Ruhe miteinander plaudern. Sie müssen mir von allen wichtigen Leuten berichten, die ich in Bristol kennenlernen muß, und Mrs. Waring, wenn ich Sie das fragen darf, könnten Sie mir sagen, wer Ihre Hüte anfertigt? Mir war aufgefallen, daß Sie neulich einen äußerst hübschen Hut getragen haben, und auch diese Haube ist ganz bezaubernd!«

Unter Sarahs erstaunten Blicken ging Frances ganz leicht

vom Bezaubern der Herren dazu über, die Damen zu entzücken. Josiah hatte die Männer so geschickt aus dem Salon gelockt wie ein Dieb, der in fremden Taschen nach ein paar Münzen angelt, und er führte sie nun zu einer Unterhaltung über den Stand der Geschäfte und einem Glas Punsch fort. Niemand hätte sich denken können, daß dieser Ablauf von Frances in allen Einzelheiten geplant und arrangiert worden war. Erst als Brown den letzten Besucher hinausgelassen hatte, rief Josiah nach einer Flasche Champagner, entkorkte diese im Hauptsalon und verspritzte das köstliche Naß über den Kaminvorleger.

»Wir trinken auf dich, Mrs. Cole!« rief er und goß Frances das sprudelnde Getränk ein. »Und auf dich, Sarah! Und jetzt trinke ich auf mich, da mir gerade eine Versicherung für die *Daisy* zu den Bedingungen der Merchant Venturers angeboten worden ist. Ich hatte schon die Befürchtung, daß ich sie ohne Versicherung auf die Reise schicken müßte. Nun kann sie in See stechen, und die *Lily* wird jeden Tag eintreffen, und die wollen sie auch versichern. Und ich bin ein ganzes Stück weiter, um zum Eintritt in diese Handelsgesellschaft aufgefordert zu werden.«

»Ist das noch nicht geschehen?« fragte Frances, führte das Glas zum Mund und nippte kurz daran.

»Gerade eben in meinem Arbeitszimmer!« bestätigte Josiah. »Ich konnte es erst kaum glauben. Sie tranken mit mir ein Glas Punsch, sie fragten mich nach Lord Scott und Sir Charles aus, und ich verhielt mich so, wie du es mir gesagt hattest – ganz diskret. Ich habe nichts verlauten lassen, und sie hörten mehr heraus, als der Wahrheit entspricht. Sie sind sich sicher, daß Seine Lordschaft und Sir Charles meine Partner sind, und als nächstes kam, ob ich wohl einen Versicherer für meine Schiffe benötige? – Ja, bitte, sage ich, und dann, ob ich gern auf eine kleine Abendgesellschaft gehen würde – nur für Gentlemen – nächste Woche im Zollhaus? – Ja, sehr gern, sage ich!«

Frances jubelte vor Freude und stieß mit ihm an. »Was für ein Erfolg! Und das alles so schnell!«

Josiah schüttelte den Kopf. »Ich wußte, daß wir es schaffen

würden«, sagte er. »Ich wußte, daß du es schaffen könntest. Doch ich hätte nie gedacht, daß es uns bereits an unserem ersten Empfangstag in den Schoß fallen würde.«

Vor Freude mußte Frances lachen, zum erstenmal seit Jahren. »Und alles, was ich tun muß, ist, einen gräßlichen Hut von Mrs. Warings Putzmacherin zu kaufen!«

»Ich werde dich dafür entschädigen«, versprach Josiah rasch. »Ich werde ihn für dich kaufen, und du kannst ihn ins Hafenwasser werfen.«

»Das begreife ich nicht«, sagte Sarah langsam. »Ich dachte, daß du nicht zu Frances' Teegesellschaft kommen wolltest.«

»Eine List! Eine List!« rief Josiah triumphierend aus. »Frances hat an alles gedacht, Tee für die Damen und Punsch in einem anderen Raum für die Herren. Und wie du siehst, so hatte sie recht, Schwester. Wir haben an einem Nachmittag größere Fortschritte gemacht als in unserem ganzen Geschäftsleben.«

Sarah stellte ihr Champagnerglas mit ungewöhnlicher Heftigkeit ab. »Ich sehe, daß wir uns für Leute ausgeben, die wir nicht sind«, sagte sie giftig. »Ich sehe, daß wir behaupten, mit Geschäftspartnern zusammenzuarbeiten, die wir gar nicht haben. Ich sehe, daß wir versuchen, über unsere Verhältnisse zu leben, und daß wir Freundschaft und Partnerschaft vortäuschen, wo davon keine Rede sein kann. Ich bin die Tochter eines Mannes, der sich nicht dafür geschämt hat, nur ein Kohlengräber gewesen zu sein, und der später stolz darauf war, nur einen flachen Lastkahn auf dem Fluß zu besitzen. Jetzt stelle ich fest, daß ich vorgeben muß, mit Lady Scott von Whiteleaze, der ich nur einmal begegnet bin und die mich nicht besonders interessierte, freundschaftlich zu verkehren.«

Frances wandte sich mit erschütterter Miene an Josiah.

»Sarah …«, fing er an.

»Wir waren Handelsleute«, sagte sie hitzig. »Frances macht uns zu Scharlatanen.«

»Der Umzug und all die Veränderungen waren einfach zuviel für dich …«

»Aber nein, keinesfalls«, widersprach ihm Sarah. »Nie war

es mir zuviel, Tag für Tag all die Stunden mit den Firmenpapieren und den Rechnungen zuzubringen. Aber wenn ich im Salon sitzen und fremden Damen eine ganze Reihe von Lügen auftischen muß – ja!, dann bin ich es leid, welche Wende unsere Geschäfte genommen haben. Ich habe die Buchhaltung gemacht und die Faktur und war Mitreederin in diesem Handelshaus. Und nun erwartet ihr von mir, daß ich in einem Salon unter herumschnatternden Gänsen sitze und mit ihnen plaudere.«

Josiah war ganz erstaunt. »Du hast immer noch deinen Platz in der Firma, Sarah.«

»Ich kann mich nicht verstellen und über Hüte schwatzen«, sagte sie verbittert. »Ich kann nicht die Liebreizende spielen, so wie es Frances tut.«

»Ich habe dich nicht gebeten …«

»Das machst du doch! Du machst es doch!« stieß sie leidenschaftlich hervor. »Den ganzen Nachmittag habe ich mir hier den Unsinn angehört, während du dich in deinem Arbeitszimmer übers Geschäft unterhalten hast. Es ist aber auch *mein* Geschäft! Es ist auch *mein* Erbe! Du hast nie einen Pfennig ausgegeben, ohne es mit mir abzusprechen. Ich wußte über alle Transaktionen in den Büchern Bescheid. Ich wußte über jede Guinea Bescheid, die wir gemacht haben. Und jetzt läßt du mich bei den Damen, während du mit den Männern übers Geschäft sprichst.«

»Das muß nun mal sein!« rief Josiah aus. »Wir konnten nicht so weitermachen. Wir können nicht länger einfach bloß eine kleine Hafenhandelsfirma sein, in der du über den Büchern hockst und ich am Hafenkai bin. Wir werden richtige Buchhalter einstellen, wir werden ein Kontor eröffnen. Wir müssen aufsteigen«, sagte Josiah aufgebracht. »Wir müssen Ladys und Gentlemen sein.«

»Ich bin keine Lady!« schrie ihn Sarah an. »Ich bin die Tochter eines Arbeitsmannes und stolz darauf.«

Ein betretenes Schweigen folgte.

»Es tut mir so leid«, sagte Frances matt. Sie schluckte die

Angst vor Sarahs Zorn hinunter und mußte husten. Ihr kleiner nervöser, auszehrender Husten hallte in dem Raum laut wider. »Ich wollte dich nicht beleidigen, Sarah. Ich wollte dich nicht in Verlegenheit bringen.«

Sarah zuckte heftig die Schultern. Ihr Gesicht bebte noch immer vor Wut. »Du kannst nichts dafür. Es liegt an der Art, wie du erzogen wurdest. Aber ich kann mich nicht verstellen, und ich werde mich nicht verstellen. Ich bin die Tochter eines Händlers und die Schwester eines Händlers. Meine ganze Erziehung galt einzig diesem Geschäft. Das ist das Geschäft, was ich verstehe; ein ehrenhaftes Geschäft, das von schwer arbeitenden Kaufleuten geführt wird. Sich in die bessere Gesellschaft einzuschleichen, sich mit den Gentlemen der Handelsgilde zu vereinen, sich als Verwandte von Lords und Ladys auszugeben und ihren Namen auszunutzen ... dafür bin ich nicht geschaffen, und ich kann es einfach nicht tun.«

Josiah schwieg. Beide Frauen warteten darauf, daß er etwas sagte. »Einen anderen Weg gibt es nicht«, sagte er schließlich. »Ich muß zu den Merchant Venturers gehören, das weißt du, Sarah. Ich kann das Kapital nicht bekommen und keine Versicherung; ich komme nicht an die richtige Kundschaft heran, wenn ich nicht dabei bin.«

»Sie hätten dich am Ende auf Grund deiner eigenen Verdienste aufgenommen«, erwiderte sie, ohne Frances dabei anzuschauen. »Du hättest nicht heiraten und dich einen Verwandten von Lords nennen müssen.«

»Niemals«, sagte er freiheraus. »Du hast keine Ahnung, wie sie mich dort im Kaffeehaus und am Hafen behandelt haben, Sarah. Sie hätten mich weiter geschnitten ohne dieses Haus und ohne Frances. Wir hätten für immer und ewig dort unten bleiben müssen.«

»Es gibt schlimmere Häuser«, sagte sie verbittert. »Du erinnerst dich wohl nicht mehr daran, Josiah, wo unsere Familie herkommt. Es gibt schlimmere Orte als das Speicherhaus eines wohlhabenden Handelsmannes.«

»Und es gibt bessere«, hielt er starrköpfig dagegen. »Wir

steigen auf, Sarah. Frances weiß, was zu tun ist. Ich weiß, wie man davon profitieren kann. Du solltest dich darüber freuen. Du *mußt* lernen, dich darüber zu freuen.«

Ihr knochiges Gesicht war ganz weiß, ihr Blick verbissen. »Ich fürchte mich davor«, sagte sie ganz niedergeschlagen.

Josiah gab keine Antwort.

»Ich wünsche euch beiden eine gute Nacht.« Sarah ging auf die Tür zu. »Ich werde auf meinem Zimmer essen.«

Auf der Schwelle zögerte sie ein wenig, als erwartete sie, daß Josiah sie zurückriefe, doch er blieb mit dem Rücken zum Kamin stehen und ließ sie gehen.

Mit einem festen Ruck fiel die Tür hinter ihr ins Schloß. Josiah und Frances schwiegen.

»Es tut mir so leid ...«, wiederholte Frances verlegen.

»Es ist nicht deine Schuld«, sagte Josiah. »Es ging alles zu schnell für sie, der Umzug und unser Vorankommen. Und sie ist so altmodisch und starrsinnig wie ein altes Weib.«

»Aber es ist doch die richtige Entscheidung, oder?« fragte Frances, auf Bestätigung hoffend. »Das ist doch der richtige Weg für dich? Oder meinst du auch, daß alles zu rasch geht?«

»Das ist keine Seifenblase, die zerplatzt«, sagte Josiah, der seine Zuversicht wiedergewann. »Das ist das Ziel, auf das ich jahrelang hingearbeitet habe. Selbst mein Vater wäre ein Merchant Venturer gewesen, wenn sich ihm die Möglichkeit dafür geboten hätte. Meine Familie ist im Aufsteigen begriffen, und die Welle, auf der wir reiten, wird uns schon nach oben tragen. Trink deinen Champagner aus, Frances, wir haben heute nachmittag gute Arbeit geleistet. Ganz gleich, was Sarah sagt!«

Ihr gemeinsames Abendessen verlief recht merkwürdig. In den ganzen sechs Monaten ihrer Ehe war es nun das erstemal, daß sie allein speisten. Es war das erstemal, daß sie nicht den kritischen Blicken Sarahs ausgesetzt waren. Frances, die die lange Tafel zu Josiah hinabblickte, der am anderen Ende Platz genommen hatte, dachte, sie habe zum erstenmal das Gefühl, wirklich mit ihm verheiratet zu sein. Sie hatten gemeinsame Pläne und Ziele, sie teilten die Freude über ihren ersten Erfolg.

Sie hatten zusammen das Haus ausgesucht und die Möbel dazu. Die wirkten zwar recht unterschiedlich, manche waren eher protzig, andere wieder elegant, doch das spiegelte nur den Charakter ihrer Ehe und die Kompromisse wider, die sie beide um der Harmonie willen eingegangen waren.

Sie beobachtete ihn, wie er am Tisch ihres Vaters so dasaß, und hatte plötzlich keine Furcht mehr davor, was der davon gehalten hätte. Wenn überhaupt, so quälte sie der Gedanke an die Sorgen, die sich ihr Vater vermutlich gemacht hätte. Einen solchen Schwiegersohn hätte er nicht ausgesucht. Doch Frances meinte, daß ihr Vater auf ihr Leben viel zu wenig Rücksicht genommen hatte, denn er hatte keine Vorkehrungen getroffen – weder was einen Freier betraf, noch was ein unabhängiges Vermögen anging. Josiah war der einzige gewesen, der sich angeboten hatte. Auch wenn er nicht dem entsprach, was ihr Vater gewünscht hätte, auch wenn er nicht richtig sprach und die falschen Kleider trug und sein Geschmack für die Einrichtung des Hauses selbst für Bristoler Verhältnisse etwas zu prahlerisch war, so tat er doch seine Arbeit und bemühte sich sehr, ihnen den rechten Platz in der Gesellschaft zu verschaffen. Und so konnte sie nicht umhin, ihm für sein beharrliches Aufwärtsstreben und seinen Wunsch, sie auf dem Weg nach oben mit sich zu ziehen, Respekt zu zollen. Ihr Vater hatte ihr nichts hinterlassen, und so war sie gezwungen gewesen, Josiahs Antrag anzunehmen. Josiahs treuherzige Vision von ihrer beider Reichtum und Wohlstand veranlaßten Frances, sich ihm dankbar zu zeigen. Zumindest hatte sie nun jemanden, der für sie sorgte.

Sie lächelte ihn über den Tisch hinweg an, und Josiah, der immer für ihre Anerkennung empfänglich war, lächelte zurück.

So schlug Frances in jener Nacht, als Josiah ihr Zimmer betrat, für ihn die Decken ihres Betts zurück und mußte zum erstenmal nicht zurückzucken, als er sich zu ihr legte. Ehe Josiah sie umarmte, blies er die Kerze aus, und ganz unerwartet hemmte seine Verlegenheit diesmal nicht die Manneskraft, und er war in der Lage, seine Pflicht zu tun, ohne Frances dabei allzuviel Schmerzen zuzufügen und sich selbst Verdruß zu bereiten.

Liebe war es nicht, von der Liebe war es noch weit entfernt; doch es war besser als jemals zuvor, und weitaus besser, als beide es jemals erwartet hatten.

In der Mansarde darüber konnte Mehuru keinen Schlaf finden. Der Raum erhielt durch ein kleines Fenster Licht, das quer in die Dachschiefer eingelassen und mit dicken Holzlatten gesichert war. Er lag auf dem Rücken und konnte die Sterne sehen, die wie silberne Nadelköpfe auf indigofarbener Seide wirkten. Wäre er eine Frau gewesen, dann hätte er vor Einsamkeit geweint.

Seine drei Freunde schliefen: Kbara und der Junge, der sich selbst den Namen Verflucht gegeben hatte, und der Traurig genannte Junge. Die zwei Kleinen befanden sich nebenan bei den Frauen und Mädchen. Mehuru rief den Schlangengott an, ihm einen Blick in die Zukunft zu gewähren und ihm zu offenbaren, was mit ihnen geschehen würde.

Keine Antwort. Der Schlangenpriester dachte, daß die Kälte der Luft nun in seinen Körper gedrungen sei und daß die dunklen Tagesanbrüche und die grauen Nachmittage seine farbige Vorstellungskraft wie auch jedes einzelne Pigment seiner Haut ausbleichen würden. Die Schlange entglitt ihm von Tag zu Tag mehr, bis er, wie er befürchtete, eines Tages ein Engländer wäre, so abgestumpft und träge wie alle, und dann gar nichts mehr von einem Afrikaner in ihm steckte.

Er dachte an sein Haus in Oyo: an die Kühle am Morgen und die Art, wie die Sonne die Wände und das Pflaster der Straße vergoldete, wie sich die roten und schwarzen Würgervögel um den Brunnen versammelten und darauf warteten, daß Siko Wasser für sie vergoß, in dem sie baden und von dem sie trinken konnten. Er dachte an das kühle Innere seines Hauses, das, selbst wenn die Sonne draußen brannte, schattig und friedlich war, und er dachte an die behagliche Wärme der Außenmauer, wenn er von einer Reise zurückkehrte und sich an sie lehnte. Er dachte an seine Kleider, an die aufwendig bestickten Hofkleider aus wogender, heller Seide, an die glatten Hauskleider aus Baumwolle, an die weichen, wollenen Reiseumhänge. In Gedanken sah er jeden Stein des Türsturzes, zählte in seinem heftigen Heimweh jeden einzelnen. Er dachte an die Silhouette von Oyo, an die hohen Palastmauern, die beeindruckenden Türme, den prächtigen stolzen Schwung der Stadtmauer, die jeden Bürger schützte und eine Stadt umgab, auf die jedermann stolz sein konnte.

All das ging er in Gedanlen durch, er liebte jeden Stein und jeden Winkel. Er dachte an Oyo wie ein Mann an eine Frau denkt, die er verehrt, an jede kleine Einzelheit von ihr. Und er richtete seinen Blick auf einen kleinen, weit entfernten Stern, den er durch das Fenster ausmachen konnte, und wünschte sich, daß dieses neue Leben ein Traum wäre und daß er in seinem Haus aufwachte und sich in seinem Bett befände und daß Siko eine Messingschale Pfefferminztee brächte und eine hoffnungsvolle Welt vor ihm läge.

Schließlich war die *Daisy*, versichert und von der vollen Anzahl von Partnern mitfinanziert, zum Ablegen bereit. Am 20. Februar wohnte Josiah ihrem Auslaufen bei. Kapitän Lisle befand sich an Bord des Schiffes, das flußabwärts gelotst werden sollte.

»Ich werde Ihnen zwei weitere Dutzend Sklaven mitbringen, die Ihre Frau ausbilden kann«, versprach er. »Sind Sie sicher, daß Sie nicht mehr haben wollen?«

Josiah schüttelte den Kopf und lachte. »Das ist nur ein kleiner Teil meiner Unternehmungen, nicht mein ganzes Geschäft«, sagte er. »Verkaufen Sie die Sklaven, und bringen Sie mir guten Zucker!«

»Darauf können Sie sich verlassen«, versicherte Kapitän Lisle. Josiah gab ihm die Hand und schritt die Laufplanke hinab.

Die Matrosen schoben den Steg an Land und machten die Taue los, ehe sich die Ruderboote ins Zeug legten. Josiah winkte seinem auslaufenden Schiff nach. Bei der letzten Fahrt hatte es ihm einen Gewinn von tausend Pfund gebracht, und damit rechnete er erneut. Er hatte zwar mehr Schulden, als sein Vater ein Leben lang verdient hatte, aber er blieb zuversichtlich. Er investierte große Summen, und er verdiente große Summen.

»Gute Fahrt«, rief Josiah über das graue Wasser hinüber.

Als die Ruderboote die *Daisy* vom Kai wegzogen, neigte sich der Bug kurz nach vorn, als würde sie auf Wiedersehen sagen. Josiah beobachtete, wie sich das keilförmige Heck seines Schiffes schwerfällig von ihm entfernte. Darüber kreisten eine Schar Möwen, die auf ein paar Abfälle aus der Kombüse warteten. Als das Schiff langsam in der Flußbiegung verschwand, sah Josiah zum letztenmal die Umrisse der sauberen Takelage, die starke, meisterhaft gebaute Schiffsgestalt im Wasser und die Wolke von Möwen, die wie trauernde Engel um sie herum kreisten und kreischten.

In dem stattlichen Stadthaus arbeiteten die Sklaven wie Diener. Sie hatten alle Hände voll zu tun. Jeden Tag mußten die Zimmer gefegt, die großen Fensterrahmen entstaubt und die Glasscheiben vom Schmutz und Sand der in Bristol ständig wehenden Dreckschwaden aus den unterschiedlichsten Fabriken befreit werden. Vorhänge, Teppiche, die gesamte Wäsche des Hauses mußten unentwegt gereinigt werden.

Alle Räume wurden durch offenes Kohlenfeuer beheizt, und jeden Morgen schleppten Kbara und Mehuru bis an den Rand gefüllte Kohlenkästen vom Keller an der Rückseite des Hauses hinein, und die Frauen reinigten unter der nervösen Aufsicht der Küchenmagd die Roste, schichteten das Brennmaterial auf und mühten sich mit einer Zunderbüchse ab, bis die Flammen entfacht waren. Frances hatte es gern, wenn bereits vor ihrem Erwachen in ihrem Schlafzimmer das Feuer brannte. Und noch am Vormittag loderte es in allen Kaminen in den unteren Räumen. Die Sklaven wischten die Fußböden und schrubbten sie mit Wasser und Seife. Sie lagen auf den Knien, verstreuten aufgebrühte Teeblätter und bürsteten damit die Teppiche ab. Kbara und Mehuru trugen die prächtigen türkischen Teppiche von Frances in den Hof und bearbeiteten sie mit Rohrklopfern. Mehuru begutachtete eingehend die Qualität der Webart. Sie waren weitaus schlechter als die Teppiche auf dem Steinboden und an den Wänden seines Hauses. Er schätzte, daß man sie von arabischen Händlern erworben hatte und daß die Weißen seiner Meinung nach übers Ohr gehauen worden waren.

Für Mehuru war die Hausarbeit so, als hätte man ein Vollblutpferd vor einen Karren gespannt. Sie fiel ihm nicht sonderlich schwer, aber er fühlte sich durch den Schmutz und die Schinderei entwürdigt und unterdrückt. Er mußte die Küchenabfälle hinausschaffen und im Hinterhof verbrennen. Er mußte die Nachttöpfe aus den Zimmern in den Dungkarren entleeren, wenn dieser immer morgens an die Hinterseite der Häuser fuhr. Er verrichtete Arbeiten, die sein eigener Sklave Siko nicht ausgeführt hätte. Er spürte, wie seine Hände immer gröber wurden und Schwielen bekamen, und seine Fingernägel, die einst sorgfältig manikürt worden waren, wurden rissig und brachen zu regelrechten Stümpfen mit Schmutzrändern ab.

Von Tag zu Tag wurde sein Englisch besser. Von John Bates lernte er ein Dutzend Flüche und von der Köchin eine Flut von Schimpfwörtern. Er konnte sogar einen englischen Akzent vom anderen unterscheiden: die affektierte Vornehmtuerei von Mrs. Browns Salonstimme und den schnarrenden Akzent aus Somerset in der Küche und an der Hintertür.

Der Unterricht wurde fortgeführt. Am Vormittag und in den Nachmittagsstunden versammelten sich die Sklaven unter dem üppigen Deckendekor um den Tisch im Speisezimmer. Alle konnten inzwischen die Gegenstände benennen und kurze, klare Sätze verstehen. Eines Tages gab Frances Sarahs Drängen nach, und so erhielten alle neue Namen, englische Namen. Unbedacht wählte Frances diese aus biblischen Geschichten aus, beinah rein zufällig. Sie fing mit den Kindern an. Die beiden kleinsten Jungen wurden James und John genannt, die drei Mädchen hießen Susan, Ruth und Naomi, und die beiden Jugendlichen waren nun Matthew und Mark. Die drei Frauen hießen fortan Mary, Martha und Elizabeth. Kbara nannte sie Julius, dann fiel ihr Blick auf Mehuru.

»Ich werde dich Cicero nennen«, lächelte sie. Ihm kam sie wie ein kleines Mädchen vor, das ihren Puppen Namen gab.

Mehuru empfand einen leicht brennenden Zorn; in diesen Tagen der Knechtschaft und des Erduldens eine ungewöhnliche Gefühlsregung für ihn.

»Ich heiße Mehuru, ich komme aus Afrika«, sagte er und erinnerte sie an die Lektion, die sie ihm beigebracht hatte. Er würde keinen fremden Namen annehmen. Ihm war, als stehle sie ihm das letzte, was er aus seiner Heimat noch bewahrt hatte, seinen Namen und seine Identität.

Frances nickte. »Das ist sehr gut«, sagte sie. Sie war immer noch heiter und bemerkte nicht den Ernst seines Widerstands. »Wirklich sehr gut. Doch ihr braucht jetzt alle neue Namen, englische Namen. Das wird euch gefallen. Und du und Julius, ihr habt ganz besondere Namen – nämlich klassische. Das ist groß in Mode. Julius wird Julius sein, und du bist Cicero.«

Der Schlangenpriester schüttelte den Kopf. »Ich heiße Mehuru«, wiederholte er. Seine Stimme war ruhig, aber sie enthielt einen warnenden Unterton. Frances lächelte nicht mehr. Sie wandte sich an die anderen. »Ihr könnt gehen«, sagte sie und nickte John Bates zu. »Bringen Sie sie in die Küche und sehen Sie nach, was die Köchin für sie zu tun hat«, lautete ihre Anweisung.

»Vielleicht sollte ich besser bei Ihnen bleiben, Ma'am«, meinte Bates. »Wenn er frech wird, gebe ich ihm eins mit der Peitsche!«

Wie versteinert schaute Mehuru Bates an.

»Bloß weil einer richtig sprechen kann, heißt das noch lange nicht, daß er nicht ausgepeitscht werden darf«, fuhr Bates fort, und seine Worte zielten auf Mehuru. »Selbst wenn er Chinesisch könnte, es gibt kein Gesetz, das die Prügelstrafe verbietet.«

»Ich weiß«, sagte Frances. »Aber ich benötige Sie nicht, Bates. Bringen Sie die anderen weg.«

Die Sklaven schlurften hinaus und ließen die beiden allein. Immer noch saßen sie nebeneinander am Eßtisch.

»Ich möchte, daß du Cicero heißt«, erklärte ihm Frances ruhig.

Mehuru wog ihre Entschlossenheit ab. »Nicht mein Name«, sagte er. »Ich habe einen Namen. Ich werde keinen anderen annehmen.«

»Die Engländer mögen keine afrikanischen Namen«, sagte Frances.

»Dann sollten sie auch keine … afrikanischen Sklaven nehmen.«

Sie stieß ein ungeduldigen kurzen Seufzer aus. »Sklaven müssen das tun, was ihnen befohlen wird.«

Mehuru sagte nichts.

»Ich möchte dich Cicero nennen«, fuhr sie fort. »Das war ein bewundernswerter Mann, ein großartiger Römer. Es ist ein Kompliment für dich, wenn du nach ihm benannt wirst.«

Sie hatte viel zu schnell für ihn gesprochen, und er verstand nicht, was sie mit den Wörtern »bewundernswert«, »Römer« oder »Kompliment« meinte. Doch ihre Absicht war allzu deutlich.

»Ich heiße Mehuru«, wiederholte er.

Frances holte aus und gab ihm einen leichten Klaps auf die Hand, die auf dem polierten Tisch lag – es war eine impulsive, spielerische Geste. »Cicero! Ich will dich Cicero nennen!«

In dem Moment, als sie ihn schlug, packte er ihre Hand. Ganz erstaunt schnappte sie nach Luft. Eiseskälte wehte sie an. Ganz unerwartet war sie nun still, ihr Mund stand leicht offen, ihre Augen blickten wachsam umher.

Er dachte, daß sie losschreien würde, doch sie war wie erstarrt. Er bewegte sich nicht, ließ sie nicht los. Sein Gesicht war dem ihren ganz nah, in seinen Augen stand große Wut. Sie waren sich so nah wie Liebende, die gerade miteinander stritten. Sie hatte die Augen weit aufgerissen. Als sie die Luft ausstieß, konnte er ihren warmen Atem auf seiner Wange spüren. Langsam, ganz langsam atmete Mehuru aus, und die Spannung wich aus seinem Gesicht, dem Hals und den Schultern. Seine Finger lösten sich und ließen sie los.

Frances sprang auf die Füße und floh auf die verschlossene Tür zu, doch sie riß sie nicht auf, um nach John Bates zu rufen. Mit abgewendetem Gesicht blieb sie davor stehen und umfaßte ihr Handgelenk, an dem er sie festgehalten hatte.

»Bitte«, sagte er so demütig, wie sie es nur wünschen konnte. »Sie stehlen mir alles. Lassen Sie mir meinen Namen.«

Frances drehte sich langsam um und sah ihm in die Augen. Er wirkte nicht wie ein Bittender, er war ganz ernst. Sie ging zum Tisch zurück, an dem er immer noch saß, und legte freundlich eine Hand auf seine Schulter. Er blickte zu ihr hoch. Doch in seinem Gesicht oder der Neigung seines Kopfes lag immer noch nichts Bittendes. Er sah sie fest an, ganz ohne Furcht und ohne Sanftheit.

»Du *bist* mein Sklave«, sagte Frances, als wolle sie sich und ihn an diese Tatsache erinnern. »Ich kann dich nennen, wie ich will.«

»Ja.«

»Also werde ich dich Cicero nennen. Das ist ein hübscher Name.«

Mehuru stand auf, und Frances trat unwillkürlich einen Schritt zurück.

»Nun gut.«

Er stellte sich vor sie hin und wartete, seine Hände an den Seiten, seine Augen auf ihr Gesicht gerichtet. Die schlichte dunkelgrüne Livree, die Frances gewählt hatte, betonte noch den dunklen Schimmer seiner Haut und die blauen Tätowierungen um Mund und Augen.

Frances Wangen röteten sich und verblaßten sogleich wieder. Sie streckte ihm eine Hand entgegen.

»Ich werde dich Cicero nennen«, wiederholte sie. Es schien, als wollte sie dazu eine Art Erlaubnis von ihm einholen.

Ihre Finger berührten seine Handfläche. Er reagierte nicht. Frances blickte nach unten und bemerkte den Kontrast ihrer weißen Hand und seiner weichen dunklen Haut.

»Cicero«, flüsterte sie.

Er griff nicht nach ihrer Hand, er kam nicht näher. Wie ein Fels stand er vor ihr. Obschon sie einen Schritt, einen winzigen halben Schritt auf ihn zuging, reagierte er überhaupt nicht. Er sah sie nicht einmal an, sondern starrte über ihren Kopf hinweg auf die leere Wand, als wolle er die offenen freien Ebenen seiner Heimat in der Seidentapete erkennen.

Frances wandte sich von ihm ab und ging zum Fenster hinüber. »Du kannst gehen, Cicero«, sagte sie plötzlich.

Ohne sich umzusehen, lief er auf die Tür zu.

»Morgen geht es mit dem Unterricht weiter«, fuhr sie fort, um seine Aufmerksamkeit zurückzugewinnen. »Cicero? Du wirst morgen zur nächsten Stunde erscheinen.«

Mehuru senkte den Kopf und verließ schweigend den Raum.

18. Kapitel

Nachdem Josiah sein Schiff flußabwärts verabschiedet hatte, nahm er die Fähre zum Nordufer zurück. Doch er ging nicht nach Hause zum Frühstück. Statt dessen suchte er das Kaffeehaus auf, in dem sich die Kaufleute trafen. Obwohl es noch früh am Morgen war, herrschte dort schon reges Treiben. Er blickte sich nach einem freundlichen Gesicht um und begab sich auf seinen üblichen Platz.

»Josiah Cole! He! Josiah!«

Er drehte sich um. Vom besten Tisch her nickte ihm Stephen Waring zu. George Woolwick winkte ihn heran. »Hier ist für Sie noch ein Platz!« rief er.

Josiah grüßte mit stolzgeschwellter Brust beiläufig die Freunde an seinem alten Tisch und schritt, so ungezwungen er nur konnte, durch den gefüllten Raum zum wichtigsten Tisch im Kaffeehaus: an den mit einem weißen Tuch gedeckten Tisch, der immer zuerst bedient wurde und an dem man die erlesensten Dinge servierte.

»Vetter, das ist Josiah Cole,« sagte George Woolwick zu seinem Nachbarn. »Josiah, das ist mein Vetter John Shore. Sie haben vor kurzem seine Frau beim Tee Ihrer Gattin kennengelernt.«

»Aber natürlich.« Josiah nickte dem Mann zu, der seinen Stuhl verrückte, um für Josiah Cole Platz zu machen.

»Mrs. Shore hat mir alles erzählt«, sagte John Shore. »Sie hat sich in Ihrem Haus gründlich umgeschaut. Ich habe bestimmt nicht zum letztenmal davon gehört, das weiß ich genau. Sie sagte, daß Ihre Frau ein paar erlesene Möbel besitzt, und ich würde gern wissen wollen, wo sie sie erworben hat.«

»Die chinesischen Stücke?«

John Shore runzelte leicht die Stirn. »Nein, die chinesischen hat sie nicht erwähnt. Ich dachte, daß sie die alten Sachen meinte. Doch vielleicht habe ich nicht richtig hingehört.«

»Oh.« Voller Genugtuung dachte Josiah daran, wie sehr sich Frances gegen die Chinoiserien gewehrt hatte. »Ich glaube, die besten Stücke stammen aus Whiteleaze. Meine Frau war eine Miss Scott von Whiteleaze, und sie besitzt ein paar hübsche Dinge.«

»Also keine Chance, sie ihr abzukaufen?« fragte John etwas traurig.

Josiah schüttelte den Kopf. »Es sind Erbstücke«, sagte er. »Ich würde meinen, unerschwinglich. Sie wissen doch, wie diese alten Familien sind; unerschwingliches Erbgut mit dem Wappen der Scotts darauf.«

»Nun, dann werde ich Mrs. Shore mitteilen müssen, daß ein Erwerb aussichtslos ist«, sagte John Shore mit Entschiedenheit. »Darüber wird sie nicht gerade erbaut sein!«

Josiah brachte ein mitleidvolles Lächeln zustande. »Manches setzen sich die Damen einfach in den Kopf«, sagte er. »Mrs. Cole etwa will die Haushaltsführung selbst in die Hand nehmen, ganz gleich, was ich sage.«

»Und es ist ein verdammt großes Haus, das zu bewirtschaften ist«, mischte sich Stephen Waring ein. »Sahen Sie sich gezwungen, viele neue Bedienstete einzustellen?«

»Nicht einen einzigen«, entgegnete Josiah selbstgefällig. »Ich habe vor kurzer Zeit ein paar Nigger für die Hausarbeiten importieren lassen, und meine Frau hat sie unterwiesen. Sie machen ihre Aufgaben perfekt.«

»Beim Allmächtigen, das ist eine gute Idee«, rief Stephen Waring aus. »Doch ich dachte, daß Ihr Hausmädchen Engländerin ist?«

»Oh, die habe ich bisher behalten«, sagte Josiah vornehmtuerisch. »Doch wenn es nach meiner Frau geht, dann werden wir nur noch Sklaven anstellen. Sie sind flink und gehorsam, und wenn sie eine gute Ausbildung bekommen haben, sind sie besser als englische Dienstboten.«

»Was ist das für eine Rasse?« fragte George Woolwick. »Ich denke immer, daß die Menschen von Dahomey ziemlich aufsässig sind.«

»Nette Sklaven würden sich nur umbringen«, sagte Stephen Waring. »Die werden melancholisch und sterben weg, sie legen sich einfach so hin und sterben.«

»Meine Sklaven sind sozusagen handverlesen und kommen vornehmlich vom Stamm der Yoruba, zwei Frauen sind Fulani, dann gibt es da noch ein Mandinko und eine Wolof-Frau«, erläuterte Josiah. »Doch es kommt einzig auf ihre Ausbildung an! Sie sind nicht trübsinnig und bringen sich nicht um, weil sie hier in England von meiner Frau fortlaufend unterrichtet werden. Sie haben noch nie eine Plantage gesehen, sie kennen nichts anderes, als wie wir hier die Dinge handhaben. Wenn diese Plantagen-Hausdiener nach England kommen, sind sie bereits völlig verdorben. Doch meine Sklaven stammen direkt von der Küste, und sie sind nach meinem Willen abgerichtet.«

»Und Sie sagen, daß sie von Ihrer Gattin ausgebildet werden?« wollte Stephen Waring noch einmal wissen.

Josiah zögerte. Frances hatte ihm eingetrichtert, was er sagen sollte, bis er selbst in der Lage war, überzeugend zu argumentieren. Sie hatte ihn instruiert, nicht ihre Zeit als Gouvernante zu erwähnen. »In ihren Händen lag seinerzeit die Bewirtschaftung eines äußerst großen Hauses«, bemerkte er ganz ruhig. »Das war auf Whiteleaze und in der Pfarrei ihres Vaters. Sie hat große Erfahrung im Umgang mit einer ganzen Schar von Dienern. Ein Dutzend Sklaven sind da gar nichts.«

Stephen Waring nickte, und die anderen Männer sahen recht beeindruckt aus. Josiah schaute sich um und gab dem Schankburschen zu verstehen, ihm einen Krug Dünnbier und zum Frühstück einen Teller mit Brot, Schinken und Rindfleisch zu bringen.

»Und werden Sie die Sklaven für Ihren persönlichen Gebrauch behalten?« erkundigte sich George Woolwick.

»Die meisten werde ich wohl verkaufen«, sagte Josiah. »Wenn wir uns in dem neuen Haus richtig eingerichtet haben und wenn ihre Ausbildung abgeschlossen ist, werde ich sie als englische Diener verkaufen. Die Männer eignen sich als Lakaien oder sogar Butler. Die Frauen können als ranghohe Dienstboten oder als Zofen von Ladys eingestellt werden.«

»Vermutlich würde Mrs. Shore gern einen haben«, sagte John Shore rasch. »Bitte reservieren Sie Ihren besten Diener für sie. Ich weiß, daß sie gern einen haben würde.«

Josiah nickte. »Ich werde das vormerken«, sagte er. »Der beste von ihnen heißt Cicero, glaube ich. Ich werde ihn für Sie reservieren.«

»Sind auch Kinder dabei?« fragte Stephen Waring.

»Zwei kleine Jungen, zwei im Alter von sieben und fünfzehn Jahren und drei Mädchen«, erwiderte Josiah.

»Ich nehme einen von den kleinen Jungen«, sagte Stephen Waring. »Meine Frau wünscht für unsere Kinder einen kleinen Spielgefährten, und wenn er größer ist, ist er als Page zu gebrauchen.«

»Einer von ihnen ist sehr hübsch«, sagte Josiah.

»Keine Krankheiten?«

Josiah schüttelte den Kopf. »Sie befinden sich schon seit über einem Vierteljahr in meinem Haus«, sagte er. »Wenn sie für den Verkauf zur Verfügung stehen, dann werden sie so gesund wie englische Kinder sein. Wie ich immer sage, da ich sie von der Küste hierherbringe und sie in meinem Haus ausbilde, lasse ich sie auch gründlich untersuchen, ehe ich sie weiterverkaufe.«

»Bei Gott! Das ist ein ganz hübsches Geschäft«, sagte John Shore begeistert. »Wieviel nehmen Sie, Cole? Das habe ich noch gar nicht gefragt.«

»Einhundertzehn für jeden.« Josiah nannte den astronomischen Preis von Frances.

Es herrschte ein erstauntes Schweigen. »Du lieber Himmel!« sagte Stephen Waring. »Woher haben Sie nur diesen Preis?«

»Von meiner Frau«, bekannte Josiah einfach. »Sie sagt mir, daß Lady Scott diesen Preis für den Sklaven zahlt, den wir für sie ausbilden. Das ist einfach ein guter Preis für die besten Sklaven.« Er zögerte und wog ihr Interesse ab. »Jeder ist durch und durch ein englischer Diener; noch dazu einer, der nie um Lohn oder einen freien Tag feilscht oder zu einem anderen Arbeitgeber wechseln kann. Bedenken Sie nur, was Sie Ihren Dienern an Lohn zahlen – und wie die sich benehmen! Von der Warte aus überlegen Sie einmal, wie wertvoll ein Sklave ist!« Er hielt inne und zuckte leicht die Achseln. »Aber wenn Sie Ihre Reservierung rückgängig machen wollen, meine Herren, bin ich Ihnen nicht böse. Ich kann sie allemal loswerden, wie Sie sich denken können. Die Londoner Damen sind ganz verrückt nach ihnen.«

»Nein, Mrs. Shore wird sicher auf einen bestehen«, sagte John Shore nun noch entschlossener. »Wenn sogar Lady Scott einen bestellt hat, wie Sie sagen?«

»Jawohl.« Der Bursche stellte Josiah einen Krug Bier hin und brachte eine Rinderkeule zum Tisch. Dann machte er sich daran, saftige rosafarbene Scheiben abzuschneiden und sie auf einem Teller fächerartig zu arrangieren. Josiah blickte an ihm vorbei zu dem Tisch hinüber, an dem bisher sein Stammplatz gewesen war. Seine alten Freunde gafften ihn in seiner neuen, nun höheren Stellung an. Josiah grinste.

»Und Mrs. Waring muß ihren Pagen bekommen«, fiel Stephen Waring ein. »Sagten Sie einhundertzehn?«

»Guineas.« Josiah nahm einen Schluck Bier und lächelte Stephen Waring über den Rand des Kruges an. »Guineas, wenn's recht ist.«

»Sie sind ein gerissener Geschäftsmann«, sagte Waring freundlich. »Ich frage mich, ob Sie an einem Geschäft interessiert sind, das ich vorzuschlagen habe. Ich will in meiner Kohlengrube in Bedminster einen tiefen Schacht absenken und brauche zusätzliches Kapital, um das Ganze zu finanzieren. Es würde sich um einen Kredit zu, sagen wir, vier Prozent über zwei Jahre handeln.«

Josiah nahm die Frühstücksplatte entgegen und beugte sich darüber, um seine Begeisterung zu verbergen. »Das wäre schon denkbar«, sagte er. »An welche Summe dachten Sie?«

Waring zuckte die Schultern. »Nicht mehr als fünftausend Pfund. Ich weiß nicht, ob Sie diese Summe aufbringen können.«

Josiah hob den Kopf. Seine Miene wirkte ganz ruhig. »Das könnte ich schon«, sagte er gelassen. »Das hinge natürlich von dem Projekt ab.«

»Sehr wohl!« Stephen Waring nickte. »Vielleicht wollen Sie mit mir hinreiten und die Mine besichtigen. Qualitätskohle, wenn wir an sie dort unten herankommen. Haben Sie heute nachmittag schon etwas vor?«

Josiah beschmierte eine Scheibe Brot mit Butter und legte das Fleisch darauf. »Ausgezeichnet, Mr. Waring. Ich freue mich, mitzukommen und mir das anzusehen.«

»Sehr gut«, lautete die Antwort. »Und nun wollen wir uns mal diese Zahlen für die Hafengebühren anschauen. Der Stadtverwalter schlägt vor, daß wir die Hafengebühren anheben, um daraus Gelder für den Bau eines Schwimmdocks zu ziehen. Natürlich benötigen wir schon seit Jahren ein Schwimmdock, aber unternommen wurde bisher noch nichts. Hier sind die Pläne.« Aus einer Rolle neben seinem Stuhl zog er einen Bogen Papier heraus. »Das würde bedeuten, daß sich die Gebühren erneut erhöhen ...«

»Aber nicht für uns«, fügte John Shore rasch hinzu. »Nicht für die Merchant Venturers.«

»Nein, nicht für uns«, bekräftigte Stephen Waring. »Die kleinen Leute können die Kosten tragen. Für uns entsteht daraus keine zusätzliche Belastung.«

Gegen Mittag kehrte Josiah heim, um sich seinen Reitrock und die Breeches anzuziehen. Frances hatte ein Pferd bestellt, das am Mietstall bereitstehen sollte. Sie verabschiedete ihn an der Tür.

»Ich werde die Investition nicht machen«, sagte Josiah. Frances reichte ihm die Handschuhe und hielt seinen Hut. »Es sei denn, es ist ein höchst einträgliches Geschäft. Ich müßte mir das ganze Geld leihen, und ich bezweifle, daß ich es zu einem günstigen Zinssatz bekomme.«

»Sag weder zu noch ab«, wies ihn Frances an. Sie verstand nichts von Zinssätzen, aber sie wußte, daß es unklug wäre, einen neuen Bekannten zu enttäuschen. »Zögere die Antwort so lange hinaus, bis du Mitglied der Merchant Venturers bist. Zögere alles bis zu der Abendgesellschaft hinaus, und prüfe dann, woher der Wind weht.«

»Ich verfüge nicht über das Kapital«, sagte Josiah. »Ich müßte mir das Geld leihen, um es bei ihm zu investieren. Doch das habe ich ihm nicht gesagt. Ich ließ ihn in dem Glauben, ich hätte Tausende unter meinem Bett.«

»So ist es richtig«, sagte Frances ermunternd.

»Ich wünschte, du hättest mich in dem Kaffeehaus sehen können.« Josiah grinste. »Ich saß am oberen Tisch und frühstückte mit ihnen allen zusammen. Und dann wurde ich in die Pläne für das neue Dock eingeweiht und erörterte mit ihnen die Hafengebühren. Dazu verkaufte ich außerdem die Sklaven! An diesem Vormittag noch vor dem Frühstück habe ich mehr als zweihundert Guineas gemacht!«

Frances lächelte, denn sie bemerkte seinen Enthusiasmus. »Wir sind auf dem richtigen Weg«, versicherte sie ihm. »Aber gib deine zweihundert Guineas nicht aus, ehe du sie in Händen hältst!«

»Das sind deine zweihundert«, sagte er gerechterweise. »Die Sklaven wurden von deiner Mitgift gekauft und von dir ausgebildet. Du bist die Besitzerin. Sie gehören dir, Miss Scott.«

»Dann bewahre meine zweihundert Guineas für mich auf! Ich bin mir nicht sicher, ob ich einen Bergwerksschacht möchte.«

»Wie auch immer, ich glaube nicht, daß es sich lohnt. Wir sollten uns nicht übernehmen. Wenn ich bedenke, war er auf ein schnelles Geschäft bei diesem Grundstück hier aus. Das werde ich nicht vergessen. Heute erfuhr ich, daß bald zwei weitere Häuser an diesem Platz zum Verkauf stehen. Hätte ich noch gewartet, dann hätte ich eine Menge gespart.«

»Zwei weitere Häuser werden verkauft?« Frances war sofort hellwach. »Warum nur?«

»Oh, aus unterschiedlichen Gründen. Mit den Gebäuden ist alles in Ordnung, meine Liebe, hab keine Angst.«

»Nein, das habe ich auch nicht befürchtet. Aber warum bietet man sie an?«

»Eine Familie zieht nach Clifton, und die andere läßt in der Nähe der Park Street bauen, glaube ich.«

Frances machte ein nachdenkliches Gesicht. Josiah nahm ihr seinen Hut ab. »Das ist dumm von ihnen«, sagte er gelassen. »Glaub mir, das wird hier immer die beste Adresse von Bristol sein. Clifton liegt zu weit draußen, und die Häuser der Park Street sind ein Sammelsurium von Baustilen. So einen vornehmen Platz wie diesen gibt es nicht noch einmal.«

»Nein«, stimmte Frances höflich zu. Dann bemerkte sie, wie der Schatten eines Selbstzweifels über sein Gesicht huschte. Nicht immer war Josiah so zuversichtlich, wie er sich den Anschein gab, und er vertraute ihrem Urteil immer mehr. »Ich weiß, daß du recht hast«, versicherte sie ihm. »Und das hier ist ein wunderschönes Haus! Woanders würde ich nicht wohnen wollen!«

»Es ist das beste«, wiederholte Josiah. »Das größte und das beste am ganzen Platz. Kein anderes besitzt diese Proportionen. Es ist eine gute Wertanlage.«

Frances nickte. »Das weiß ich.«

Josiah öffnete die Tür und verabschiedete sich. »Vor Einbruch der Dunkelheit bin ich zurück«, sagte er. »Gegen fünf Uhr.«

»Dann werden wir heute das Dinner erst spät einnehmen. Ich wünsche dir einen schönen Ausritt.« Frances winkte ihm nach und ging wieder hinein, um sich im großen Salon niederzulassen.

Sarah saß am Tisch mit dem Rechnungsbuch für die Daisy. Auf der Türschwelle zögerte Frances, doch dann schaute Sarah auf. »Komm nur herein«, sagte sie. »Ich wollte dich gern sprechen.« Sarah klappte das Buch zu und wartete, bis sich Frances einen Stuhl herangezogen und recht nervös ihr gegenüber Platz genommen hatte.

»Ich wollte mich gerade auf den Nachmittagsunterricht vorbereiten«, fing Frances sich verteidigend an.

»Das ist es nicht.«

»Ist es immer noch wegen der Teegesellschaft?«

»Nein, es ist wichtiger.«

Ein kurzes Schweigen folgte.

»Du hast auf meinen Bruder einen großen Einfluß«, begann Sarah. »Besonders seit unserem Umzug hierher. Er bewundert deinen Geschmack, und er nimmt deinen Rat an.«

Frances nickte, sagte aber nichts.

»Du solltest dir über unsere Situation im klaren sein«, sagte Sarah.

»Ist sie denn nicht besser geworden?«

»Woher denn, wenn wir unsere Ausgaben mit dem Umzug fast vervierfacht haben und unsere Einkünfte die gleichen geblieben sind?«

»Ist es denn hier so viel teurer?«

Sarah biß sich auf die Lippen, um sich zurückzuhalten. »Anstatt eines Kamins brennen nun vier am Tag«, sagte sie. »Du hast für fünf Räume Vorhänge und Tapeten gekauft. Du hast Porzellan gekauft – diese chinesischen Vasen und die Porzellandrachen – und eine Reihe von Einrichtungsgegenständen. Ich weiß, daß du viele deiner eigenen Möbel mitgebracht hast, doch unabhängig davon mußten auch die Fuhrleute bezahlt werden. Heute hat Josiah ein Pferd genommen, dreimal in der Woche mietest du eine Kutsche. Ich glaube, daß du bald eine eigene Kutsche haben willst, und dann werden wir Pferde kaufen und einen Stall brauchen. Hinzu käme noch der Lohn für den Kutscher, der den Wagen für dich fährt.«

»Josiah hat sich das Pferd gemietet, weil er zu den Kohlengruben von Mr. Waring reiten muß, um eventuell ein neues Geschäft anzubahnen«, bemerkte Frances. »Wir verschwenden kein Geld, Schwägerin. Wir führen ein Haus in dem Stile, wie er sich für Josiahs Position gehört.«

Sarah kniff den Mund zusammen und legte die Hände sanft in den Schoß. Sie wollte nicht in Wut geraten. »Ich bin mir der

Absichten meines Bruders bewußt«, sagte sie ruhig. »Und ich weiß, daß du ihn darin unterstützt. Doch ich muß dich daran erinnern, Frances, daß wir nicht über das Geld für ein Leben auf so großem Fuß verfügen. Die Ausgaben für die Haushaltsführung haben sich mehr als verdoppelt. Heute sind deine Schneiderrechnungen eingetroffen. In einem Monat hast du mehr ausgegeben als ich in einem Jahr. Unser Geschäft trägt solche Ausgaben nicht.«

»Josiah hat heute Bestellungen für zwei Sklaven entgegengenommen«, entgegnete Frances. »Von zwei Herren, die auf meiner Teegesellschaft waren. Zu einem Preis von einhundertzehn Guineas pro Kopf!«

»Dann soll er sie sofort verkaufen, damit wir unverzüglich die zweihundertzwanzig Guineas zur Verfügung haben. Beim Kerzenzieher sind für die Vorräte der *Daisy* Rechnungen offen, und darüber hinaus gibt es eine Forderung des Segelmachers, die ich nicht bezahlen kann.«

Frances schüttelte den Kopf. «Sie sind noch nicht dazu bereit«, sagte sie widerwillig. «Sie können bisher nur einfache Aufgaben übernehmen, nur Mehuru – Cicero – spricht fließend Englisch.«

»Sie müssen so rasch wie möglich verkauft werden«, sagte Sarah. »Alle, bis auf zwei Frauen. Jetzt, wo wir ein so großes Haus haben, benötigen wir die beiden, damit sie die ganze Arbeit machen. Nach Ostern werde ich Brown und das Küchenmädchen entlassen. Wir können uns nicht so viele Dienstboten leisten.«

»Ja.« Plötzlich mußte Frances an Mehurus Hand denken, an seine warme Handfläche unter ihrem Finger, an die faszinierende Zeichnung brauner Linien, die sich von seiner etwas blasseren Handfläche abhoben, an die Neigung seines Kopfes und an den bedeutungsvollen Augenblick zwischen ihnen, als er ihre Hand ergriffen hatte. »Ich wünsche ...«

»Was?«

»Ich wünsche, daß wir sie länger hierbehalten. Sie müssen noch so manches lernen. Für sie ist hier alles fremd.«

»Du unterrichtest sie doch nicht zu ihrem Vergnügen«,

sagte Sarah. »Du tust das, um ihren Wert zu steigern. Und die *Daisy* wird auf ihrer Rückfahrt noch ein weiteres Dutzend Sklaven mitbringen.«

»Es wird nicht das gleiche sein«, murmelte Frances eher für sich.

»Dir ist doch wohl nicht entfallen, daß es nur Sklaven sind!« fuhr Sarah sie an. »Es sind Handelsgüter, Schwägerin, so wie Zucker oder Messingtöpfe.«

»Das habe ich nicht vergessen«, sagte Frances eilig. »Ich werde meine Stellung ihnen gegenüber nicht vergessen. Mein ganzes Leben lang habe ich Dienern Befehle erteilt.«

»Es sind keine Diener. Es sind Waren.«

»Das vergesse ich nicht«, sagte Frances.

Am letzten Tag des Februar beobachtete Josiah, die Hände in den tiefen Taschen seines neuen Wintermantels vergraben, wie sein Schiff, die *Lily*, in den Hafen einlief.

Es war an diesem Tag unwirtlich kalt, doch nichts konnte das strahlende Lächeln von Josiahs Gesicht vertreiben. Die Ruderboote geleiteten das Schiff vorsichtig ins Becken, die Hafenarbeiter brachten Fender an und fingen die Taue auf, um sie festzumachen. Dann wurde der Plankensteg niedergelassen, und Josiah schritt an Bord.

»Sie haben viel Zeit herausgeholt«, sagte er zum Kapitän.

»Das haben wir«, erwiderte dieser. »Und einen ansehlichen Gewinn obendrein. Auf den Westindischen Inseln sind die Preise für Sklaven wieder recht hoch, für ein paar der besten habe ich siebzig Pfund erhalten!«

Josiahs Grinsen wurde noch breiter. »Und der Zuckerpreis? Und wie ist es mit Tabak?«

»Günstig«, sagte der Mann. »Ich glaube, Sie werden zufrieden sein. Ich habe die Bücher hier.«

»Und wieviel Gold haben Sie an Bord?«

Der Kapitän nickte zu seiner Kabine hinüber. »In meiner Kassette habe ich Gold im Wert von dreihundert Pfund. Es ist alles eingetragen.«

»Das will ich als erstes«, sagte Josiah. »Das brauche ich gleich.«

»Erst muß noch die Mannschaft bezahlt und die Prämie ausgehändigt werden«, wandte der Mann ein.

»Zahlen Sie morgen alles aus«, sagte Josiah. »Ich werde mich schon darum kümmern. Sie kriegen Ihren Anteil, keine Sorge.« Er pfiff einen der Matrosen heran, und der Kapitän wies ihn an, die Kassette über die Laufplanke ins alte, leere Speicherhaus zu tragen.

»So habe ich ihn noch nie sehen«, sagte der Kapitän zu sich selbst. »Gewöhnlich will er zuerst die Bücher oder die Ladung ansehen. Noch nie hat er die Kassette an Land bringen lassen, ohne zuvor den Tabak probiert zu haben.«

Er zuckte die Schultern und rief der Mannschaft zu, mit dem Löschen anzufangen. Sie zurrten am Mast ein Rad fest und begannen, die schweren Tabakfässer aus dem Laderaum hochzuziehen und auf den Landungskai zu hieven. Im Frachtraum stank es nach den Sklaven; die Männer hatten sich die Halstücher um den Mund gebunden. Nicht einmal der starke Geruch des Tabaks und der satte, schwere Duft der Melasse konnten den Gestank überdecken.

Josiah zählte in seinem Kontor das Geld und türmte die Münzen auf den jeweiligen Rechnungen auf. Noch immer hatte er nicht alle Rechnungen der *Daisy* beglichen, auch wenn sie nun schon seit über einer Woche auf See war. Für das Haus am Queens Square hatte er beim Tischler und beim Stukkateur Schulden. Die Gewinne der Reise der *Lily* – die gewöhnlich für ihre Reparaturen und den neuen Proviant draufgingen – mußten nun auf Josiahs Gläubiger aufgeteilt werden, und er würde neue Partner für die nächste Reise des Schiffs ausfindig machen müssen, um die Kosten zu decken.

»Verdammt!« Josiah hatte eine Münze auf dem Tisch klimpern lassen und gemerkt, daß sie falsch war. Sie klang nicht echt. Sie war aus leichtem, vergoldetem Metall und täuschte Gold vor. Ihm fehlte nur eine Guinea; in der Kassette befanden sich mehr als dreihundert Pfund, und sein Schiff quoll über von Zucker und Tabak; doch einen kurzen Moment lang sah Josiah völlig entsetzt aus, denn er wußte, daß man ihn betrogen hatte.

Scott House
London *Freitag, 20. März 1789*

Liebe Nichte!

Mit diesem Brief übermittle ich Dir meine herzlichsten Grüße und teile Dir mit, daß die Familie Ende Mai auf Whiteleaze eintreffen wird.

Du wirst Dich freuen zu hören, daß Dein Sir Charles Fairley und Miss Honoria ihre Karten bei Lady Scott abgegeben haben und – wie Du gewünscht hattest – zu unserem Ball eingeladen wurden. Trotz eines gewissen rauhen Umgangstons ihrerseits kamen sie der Einladung angemessen gut nach, und insbesondere Sir Charles konnte bei meinen Gästen große Beliebtheit erlangen, da er beim Pikett eine beträchtliche Summe verlor. Ich habe ihn in meinen Club eingeführt, wo ihn seine Unfähigkeit zu gewinnen zu einem Lieblingsgast macht.

In einer ernsthafteren Unterredung teilte er mir mit, daß er die Absicht habe, Cole & Söhne zu seinen Bevollmächtigten zu machen, und ich habe ihm versprochen, daß ich mich selbst umtun werde, um einen geeigneten Besitz für ihn zu finden, und daß ich mich mit Euch beraten werde. Er hat mir die Größe des gesuchten Anwesens und die Gesamtfläche beschrieben, und ich bin sicher, daß sich so etwas auftreiben läßt – und das zu Bedingungen, die für uns alle vorteilhaft sind. Ich bin entzückt, daß aus Dir eine gerissene Geschäftsfrau geworden ist – denn Dein Schicksal hat es nicht anders vorgesehen. Mit Sir Charles hättet Ihr einen Kunden, auf den man stolz sein muß, er ist großzügig und in der Tat hilflos. Ich glaube, daß wir alle von dieser Verbindung profitieren werden. Er schwimmt im Reichtum.

Verzeih, wenn ich offen spreche, aber ich weiß, daß Du es mir nicht verübeln wirst. Du hast Deinem Gatten einen außeror-

dentlichen Dienst erwiesen, indem Du Sir Charles' Vermögen für Euer Handelshaus gewinnen konntest. Ich bin glücklich, daß ich alles in meiner Macht Stehende unternommen habe, um Euch zu helfen – und auch um mir zu helfen, angesichts der Vorzüge einer solchen Verbindung. Zweifellos profitiert auch Sir Charles davon. Ich werde Dich über alle Möglichkeiten einer Investition informieren, von denen ich höre und von denen Ihr erfahren solltet. Mein Lieblingsprojekt ist zur Zeit ein Bauvorhaben in London, von dem ich, wenn es meiner Schätzung nach Gewinn verspricht, einen Geschäftsanteil für Cole & Söhne zurückhalten kann. Außerdem hörte ich von einem neuen Unternehmen für Naßdocks in Liverpool, das ebenfalls Investoren sucht. Ich werde Dich auf dem laufenden halten.

Verzeih diese eigenartige Mischung von Geschäftlichem und Familienangelegenheiten, doch mir ist sehr daran gelegen, daß Dir und Deinem Gatten weiterhin Erfolg beschieden ist. Ich kann mir vorstellen, es wäre Eurer Stellung unter den neuen Nachbarn dienlich, wenn Lady Scott zum nächsten Tee käme, was meinst Du? Ich bin so frei, Dir zu versprechen, daß sie Euch aufsucht, sobald sie wieder auf dem Lande weilt.

Sicher hast du davon gehört, daß die Gegner der Sklaverei, angeführt von Mr. Wilberforce, in dieser Sitzungsperiode eine Gesetzesvorlage im Parlament einbringen wollen, um den Sklavenhandel abzuschaffen. Ich bin sicher, daß sie keinen Sieg davontragen werden. Es gibt zu viele Männer im Abgeordnetenhaus, deren Vermögen von diesem Handel abhängt. Wie dem auch sei, in Zukunft wäret Ihr besser beraten, einen Teil Eures Geschäfts auf andere Zweige als den Sklavenhandel zu verlagern. Mit großer Gewißheit wird bald ein Gesetz verabschiedet werden, daß eine Begrenzung der Anzahl der Nigger vorsieht, die in den Frachträumen transportiert werden dürfen, was die Verschiffung weniger einträglich macht. Solltest Du einen weiteren so wohlhabenden Mann wie Sir Charles finden, dann könntest Du Euer Unternehmen von der Verschiffung auf das Makeln ausrichten. Geld zu bewegen ist viel einfacher als Güter oder gar Menschen zu bewegen, meine Teure!

Ich hoffe, daß Ihr Euch in Eurem neuen Haus gut eingerichtet habt und daß die Möbel unbeschädigt eingetroffen sind. Ich denke oft an Dich, und Dein Glück und Deine Zukunft liegen mir immer sehr am Herzen.

Dein Dich liebender Onkel
Scott von Whiteleaze

Frances legte den Brief beiseite und blickte in die rote Glut des Kamins. Josiah kam erst spät nach Hause. Heute fand das Abendessen für die Kaufleute von Bristol statt. Selten machten sie vor Mitternacht Schluß, und selten kehrte Josiah nüchtern zurück. Selbst in einer Stadt, in der viel getrunken wurde, galten die Ausschweifungen der Handelsgilde als legendär. Josiah kam mit rotem Gesicht heim, roch nach Braten und süßem Rum und war vom Singen unanständiger Lieder und dem Grölen von Witzen ganz heiser.

Zum Frühstück war Sarah meist sehr einsilbig, doch Frances war davon überzeugt, daß sich Josiah auf diese Weise den Weg in die innersten Kreise der Handelsgilde von Bristol und der Merchant Venturers ertrank – das war die unheilige Verbindung, die Bristol völlig beherrschte. Außerdem kam Josiah, ganz gleich, wieviel er die Nacht zuvor getrunken hatte, nie zu spät zu seinen Geschäften. Er war immer zur gleichen Zeit am Hafen, noch vor allen anderen Kaufleuten. Zum Frühstück im Kaffeehaus erschien er als letzter, und er war auch kleinen Transaktionen nicht abgeneigt – mit dem kleinen Investor lediglich mit einer Hutschachtel voll Geld.

Wieder betrachtete Frances den Brief ihres Onkels. Hatte er recht und florierte ihr Geschäft, dann hätte das Abstrampeln nach dem Kapital kleiner Leute vielleicht ein Ende. Man könnte die ständige Sorge um die Versicherung und um die Schiffe wegen der Stürme oder der zerborstenen Masten durch das einfache Überleiten von Geld aus einem profitträchtigen Projekt in ein anderes ersetzen. Sie schüttelte den Kopf. Nichts würde die Coles jemals völlig vom Handel abbringen, nichts könnte ihnen ein solches Gefühl der Sicherheit geben wie ein Speicher voller unter Zollverschluß gehaltenem Tabak und ein Lager voller Rumfässer und Zucker. Ihnen war der unmittelbare Umgang mit Banknoten und Wertpapieren nicht vertraut genug. Sie zogen es vor, Waren zu besitzen, die sie kosten konnten, und über Reichtum zu verfügen, den man wiegen konnte.

Die übrigen Kaufherren von Bristol hatten sich vom Sklavenhandel abgewandt – den hatten sie den schnelleren und seetüchtigeren Schiffen aus Liverpool überlassen. Doch die Coles hatten sich ganz diesem Handel verschrieben und hielten nach wie vor daran fest. Selbst Josiahs Traum, die Mineralquelle Hot Well zu kaufen, konnte nicht sein eigentliches Geschäft als Schiffsreeder und Händler ersetzen, sondern es nur ergänzen.

Das Geld von Sir Charles, das er ihnen vor der Abreise nach London anvertraut hatte, war noch nicht völlig aufgebraucht. Wenn es nach Josiah gegangen wäre, dann hätte er die ganze Summe in einer verschlossenen Truhe unter seinem Bett aufbewahrt. Ausgegeben hätte er es für jene Waren, die Sir Charles ausdrücklich benötigte und für dessen Rechnungen, ansonsten hätte er es nicht angerührt. Er hätte für seine eigenen Schiffe nur Geld gegen eine Schuldverschreibung geliehen. Frances hatte aber darauf bestanden, daß er es für einen Anteil an einem Schiff verwenden sollte, das nach Amerika fuhr, um Baumwolle zu holen. Josiah hatte dann ganz betrübt ein anderes Handelsschiff aus dem Hafen auslaufen sehen, das mit Sir Charles' Geldern in einem anderen Auftrag unterwegs war.

Josiah war um das Geld von Sir Charles ebenso besorgt wie um sein eigenes. Die tüchtige *Endeavour* würde einen Profit von mehr als fünfzig Prozent abwerfen, von denen stattliche vierzig Prozent direkt in die Schatzkammer von Cole & Söhne fließen konnten.

Frances hörte, wie Josiah an die Haustür klopfte und wie sich Kbara müde zum Eingang begab, um ihm zu öffnen.

»Mrs. Cole befindet sich im Salon«, sagte Kbara.

Josiah kam durch die Halle und steckte seinen Kopf in die

Tür zum Salon. «Mein Liebe«, sagte er und mußte wegen des Lichts wie eine Eule blinzeln. »Ich bin so froh, daß du immer noch wach bist. Ich bin dir verbunden«, er nickte. »Dir sehr ergeben.«

Frances unterdrückte ein Kichern. »Ich glaube, lieber Gatte, daß du ziemlich viel getrunken hast.«

»Ein wenig Punsch«, sagte er ernst, »und Portwein und Wein und Sherry und eine hübsche Menge von meinem eigenen ausgezeichneten Rum und einen kleinen Brandy obendrein.«

»Möchtest du gern einen Tee?«

»Auf keinen Fall«, sagte er. »Ich fürchte, daß ich morgen davon Kopfschmerzen bekomme.«

Frances lachte laut. »Du bist äußerst vorsichtig.«

»Wie ein Methodist«, erklärte er. »Nun, Madam, hör auf, dich über einen armen Mann lustig zu machen. Ich habe Neuigkeiten für dich, auf die auch du mehrmals anstoßen wirst.«

Frances reckte sich halb aus ihrem Sessel. »Die Venturers?« fragte sie. »Haben sie dich gebeten, Mitglied zu werden?«

Josiah breitete die Arme aus. »Endlich!« rief er.

Frances rannte durchs Zimmer und umarmte ihn. Sein warmer Atem roch nach Alkohol. »Ich bin ja so froh!«

»Mir ist, als hätte ich hundert Jahre darauf gewartet«, rief er aus. »Endlich! Stell dir vor, keine Hafengebühren mehr, keine Leuchtturmgebühren; und obendrein erhalte ich anteilig Gelder von den Gebühren, die andere zu entrichten haben, wenn sie den Hafen benutzen. Jetzt habe ich Einblick in die Vorhaben für die neuen Docks und weiß, wo ein Lagerhaus gebaut wird. Jetzt bin ich mit dem Herzschlag der Stadt vertraut. Endlich, Frances! Endlich!«

Frances umarmte ihn fest, wobei sie an der Wange seinen zerknitterten Kragen spürte.

»Und das alles haben wir dir zu verdanken«, sagte er ihr ins Ohr. »Deinem Namen, deiner Stellung, dem, was du ihnen vorgespielt hast, deiner Erziehung der Sklaven, Frances, du hast etwas aus mir gemacht!«

»Ich habe nichts gemacht …«

»Du hast etwas aus mir gemacht!« sagte er beharrlich. »Ich wußte, wo ich hinwollte, doch nicht, wie ich dort hingelangen sollte. Zusammen haben wir es geschafft. Von nun an, meine Liebe, gibt es nichts, was wir nicht erreichen können. Ich werde dir eine Kutsche und ein Zweiergespann kaufen, ich werde dir ein Reitpferd schenken. Wir können uns während der Saison ein Haus in London mieten und auf dem Land eins kaufen. Ich kann Pächter von Hot Well werden, und du kannst deine Wunder auch dort vollbringen. Du bist eine Perle, meine Frances, du bist mehr Wert als Perlen!«

»Josiah!« Ganz von dem Lob überwältigt, mußte Frances lächeln.

»Wir werden Söhne haben«, verkündete er wichtig. »Und wir werden ihnen ein Vermögen hinterlassen, für jeden ein Vermögen! Wir werden eine Familie gründen! Ich werde mir die Baronetswürde kaufen, wir werden einen Titel besitzen! Du wirst nicht mehr an einer Ehe unter deinem gesellschaftlichen Niveau leiden müssen. Ich werde aufsteigen, Frances, und du wirst wieder da sein, wo du hingehörst!«

»Ich habe nicht gelitten ...«

Josiah war nicht aufzuhalten. »Ich werde neue Schiffe bauen lassen«, prophezeite er. »So groß wie die Schiffe aus Liverpool und noch schneller. Und das erste Schiff soll *Frances* heißen, das zweite *Perle*, das dritte *Tugend* und das vierte nenne ich *Ehefrau*.«

»Josiah«, sagte Frances liebevoll.

Er ließ sich aufs Sofa fallen. »Ich werde nun eine Weile die Augen zumachen. Danach möchte ich gern ein Glas Punsch, und wir werden auf deine Gesundheit anstoßen.«

»Ich glaube, du solltest besser zu Bett gehen«, schlug Frances zögernd vor.

»Zitrone«, ordnete Josiah schläfrig an. »Frische Zitrone und reichlich von meinem Zucker ...«

Frances ging langsam zum Klingelzug, doch noch bevor sie Kbara beauftragen konnte, war Josiah schon in einen tiefen Schlaf gesunken.

19. Kapitel

Selbst Sarah war über die Neuigkeiten erfreut, als Frances sie beim Frühstück antraf. Doch die Versprechungen von Lord Scott machten ihr auf altjüngferliche Weise wieder Angst. »Wir sollten mit den Ausgaben nichts überstürzen«, sorgte sich Sarah. »Das Geld von Sir Charles soll für sichere Investitionen ausgegeben werden und nicht für risikoreiche Geschäfte. Wir kennen die Risiken der Handelswelt. Was wissen wir aber über Londoner Gebäude und über die Docks von Liverpool?«

»Deshalb soll uns ja Lord Scott zur Seite stehen«, sagte Frances geduldig. »Sir Charles hat uns als seine Agenten und Lord Scott als seinen Berater gewählt. Sir Charles möchte, daß wir für ihn Investitionen tätigen.«

»Wir verstehen uns auf den Seehandel«, sagte Sarah halsstarrig. »Ich könnte ihm in Bristol gute Geldanlagen besorgen. Ich kann für ihn Beteiligungen an Schiffsreisen ausfindig machen, die fünf, ja sogar zehn Prozent abwerfen!«

Es hatte keinen Sinn, das Argument anzuführen, daß Lord Scotts Investitionen dreißig oder vierzig Prozent einbringen könnten. Die Aussicht auf riesige Gewinne ängstigte Sarah beinah ebensosehr wie die Aussicht, zahlungsunfähig zu sein. Frances nickte. »Ich werde Sir Charles schreiben und ihn um Anweisungen bitten.«

Auf dem Anrichtetisch klapperte es. Eine der Sklavinnen, Mary, hatte eine Tasse fallen lassen.

»Sag ihr, daß sie vorsichtiger sein soll«, meinte Sarah.

»Sie versteht selbst sehr gut«, entgegnete Frances. »Du kannst ihr das selbst sagen, wenn du willst.«

»Vorsicht!« ordnete Sarah laut an. «Du, sei vorsichtig!« Die

Frau machte eine Knicks, so wie man es ihr beigebracht hatte. »Verzeihen Sie«, sagte sie. »Verzeihen Sie.«

Frances betrachtete sie. Einen kurzen Moment lang sah sie sie nicht als eine ungeschickte Sklavin, sondern als eine Frau, die ein wenig jünger als Frances selbst war, die sich in dem einfachen grünen Kleid und der weißen Haube auf dem Kopf unwohl fühlte, der es immer zu kalt war, die zwischen der Erschöpfung von ihrer mühseligen Plackerei und der Langeweile ständig wiederholter, sinnloser Tätigkeiten gefangen war.

Sie war eine Fulani, eine von dem Nomadenvolk Westafrikas. Wäre sie jetzt in ihrer Heimat, dann würde sie Holz und Wurzeln sammeln, Bohnen und Beeren pflücken, das Rind bewachen, Hirse in das große Steingefäß schütten und vom Brunnen Wasser holen. Sie würde in einer nicht besonders sorgfältig gebauten Hütte wohnen, die mit anderen Hütten einen Kreis bildete. Bereits im nächsten Jahr oder im Jahr darauf würde die Familie auf neue Weideflächen ziehen und ein neues Dach über dem Kopf errichten. Doch in der bescheidenen Rundhütte befand sich ihr Bett, das in dunkelgefärbten Baumwollstoff eingeschlagen war und vor lauter Farbe leuchtete, und ein geflochtener Palmwedelkorb, in dem ihre Kleider aufbewahrt wurden. Am Fuße ihres Bettes würde eine selbstgeschnitzte Holzwiege stehen, in der ein zartes schokoladenbraunes Baby friedlich schlief. Es war ein Leben, das jeder englische Bauer kannte – das Leben eines Hirten. Ein Dasein, das den Jahreszeiten entsprechend vom Weiterziehen über eine ausgedehnte Ebene bestimmt war, so leicht und frei, wie es eine Herde Antilopen tat. Es war ein Leben, das sich im Einklang mit der Natur änderte, das den Regenzeiten folgte, das mit den Jahreszeiten übereinstimmte. Es war der Sklaverei so fremd wie eine Schar Silberreiher mit schimmernden Flügeln einer sich mausernden Henne in einem Hühnerstall.

»Werden wir die oder eine andere behalten?« fragte Sarah.

Frances war über ihre Gedanken, die so weit abgeschweift waren, erschrocken. »Wir werden beide verkaufen«, beschloß sie, »und nur Elizabeth behalten. Sie macht sich gut in der

Küche. Wie Cicero und ein paar andere ist sie eine Yoruba. Ich glaube, es ist leichter, wenn sie sich untereinander unterhalten können.«

»Aber wir können nur drei behalten«, sagte Sarah. »Einen Mann und zwei Frauen.«

»Ja«, entgegnete Frances. »Im Sommer werden sie verkauft. Sobald sie richtig sprechen und die Befehle ausführen können.« Sie wandte sich um und lächelte die Frau an. »Sag den anderen, daß sie ins Speisezimmer kommen sollen«, erklärte sie und wies auf die Tür. »Ich komme dann und unterrichte weiter.«

Als sie eintrat, warteten die Sklaven schon auf sie. Schweigend saßen sie um den Tisch herum. Frances war jetzt allein mit ihnen. John Bates war entlassen worden. Sie brauchten keinen Aufpasser mit Peitsche mehr, denn sie galten nun als ungefährlich. Auch Hauswirtschaft brauchte man ihnen nicht mehr beizubringen, sie hatten inzwischen gelernt, was alles im Haus zu tun war.

In der Tat waren sie ungefährlich. Sie sprachen nicht mehr davon, zurück in ihre Heimat zu gehen, sie versuchten auch nicht mehr, aus ihrem Gefängnis auszubrechen. Mehuru hatte nicht einmal die Stärke der Gitterstäbe vor dem Dachfenster geprüft. Sie schmiedeten keine Pläne mehr, um die Freiheit zu erlangen. Sie hatten viel zuviel Arbeit und waren einfach zu müde, um an etwas anderes als ans Überleben zu denken. Unglücklicherweise hatten sie auch ihren Mut verloren. Sie trafen keine Vorkehrungen zur Flucht, da sie das Gewirr der vielen Straßen und Gassen mehr fürchteten als die Plackerei in dem Haus. Glücklich waren sie nicht, doch sie fühlten sich in der Sklaverei sicherer, als bei einer Flucht nach draußen ins Unbekannte.

Mehuru war entkräftet und abgespannt. Jeden Morgen stand er gegen fünf Uhr auf, und gegen sechs hatte er die großen Badewannen geleert, Kohlen für die Kamine und die Küche herangeschleppt, die Kamine gesäubert, die Asche entleert, Feuer gemacht und für die Köchin den Abfall herausgebracht. Erst wenn die Köchin fertig war, erhielten er und die anderen Frühstück, denn sie hatte eine Gewohnheit daraus gemacht, die Sklaven ganz zuletzt mit den Überbleibseln vom Tisch der Familie abzuspeisen. Wenn er früh aufwachte, fror er, und auch tagsüber war ihm kalt. Nicht einmal die schwere Arbeit in Haus und Hof konnte ihn durchwärmen. Er nahm ab, auch wenn seine Muskeln straffer und härter als je zuvor waren. Die Frauen waren ebenso überarbeitet, selbst die kleinen Kinder mußten die Fußböden kehren und überall saubermachen. Eines der Kinder hatte einen trockenen, quälenden Husten, der die anderen am Einschlafen hinderte.

»Sehr bald«, artikulierte Frances deutlich und langsam, »steht Ostern vor der Tür. Das ist die Zeit, zu der wir den Tod und die Auferstehung Unseres Herrn feiern. Er ist unser Gott.«

Sie blickte den Tisch entlang. Die Sklaven sahen sie mit leeren Augen an. Da wandte sie sich an Mehuru. »Wir verehren unseren Herrn Jesus«, sagte sie. »Er wurde auf Erden geboren, um uns vor unseren Sünden zu retten.«

»Ein Mensch?«

»Ja, er war ein Mann, der vor vielen Jahren gelebt hat. Er starb für unsere Sünden, und nach seinem Tod fuhr er in den Himmel auf. Jetzt lebt er dort und wacht über uns alle.«

Es folgte eine Pause, in der Mehuru die Bedeutung der Worte aufnahm und gegen seine eigenen Vorstellungen abwog. »Wo ist der Himmel?«

Frances strahlte vor Freude über sein Interesse. »Den Himmel gibt es nicht auf Erden«, erklärte sie. »Er ist das Beste, was es gibt. Der beste Ort. Wenn ihr gut seid«, sagte sie behutsam, »dann kommt ihr nach eurem Tod in den Himmel.«

»An einen anderen Ort?«

Sie nickte. »Weit weg.«

»Wie geht das?« fragte Mehuru. Er suchte nach einfachen Worten, um seine ganze Vorstellungswelt auszudrücken. »Das Beste ist das Zuhause.«

Frances schüttelte den Kopf. »Dein Zuhause ist nicht wichtig. Nicht im Vergleich zur Liebe Gottes. Dein Zuhause, deine

Familie, nichts ist so wichtig, wie Jesus zu gehorchen und in den Himmel zu gelangen.«

Nachdenklich hielt Mehuru inne. Wenn Frances glaubte, daß die Liebe zum eigenen Zuhause und die Gemeinschaft mit der Familie nicht so wichtig war wie ein Mensch, der vor langer Zeit gestorben war, dann war sie noch närrischer, als er gemeint hatte. Wenn sie glaubte, daß das Exil der beste Ort war, dann war es kein Wunder, daß sie Sklaven aus dem Innersten ihres Landes holen ließ und von ihnen erwartete, daß sie auf der Überfahrt sangen und tanzten. »Glauben alle das wirklich?« fragte er skeptisch. »Alle weißen Menschen?«

Frances nickte. »Und ich hoffe, daß ihr das auch glauben werdet. Dann werdet ihr von der Last eurer Sünden und des Todes befreit sein.«

»Ich werde dann *frei* sein?« fragte Mehuru und sprach genüßlich dieses Wort aus.

Nun erkannte Frances ihren Fehler. »Du wirst immer noch ein Sklave sein«, korrigierte sie ihn. »Du wirst frei von deinen Sünden sein.«

»Ein freier Sklave?«

»Ja, ich will sagen … auf gewisse Weise … ja.«

Mehuru sah sie an, und in seinen Augen entdeckte sie, daß er kurz davor war, in Gelächter auszubrechen. Unwillkürlich mußte er lächeln, und schließlich lachte er laut los. »Oh, Frances!«

Frances war nun selbst angesteckt davon. Angesichts seiner heidnischen Querköpfigkeit war es beinahe unmöglich, das alles richtig zu erklären. »Ich meine es ernst«, erwiderte sie protestierend. »Es ist mein Ernst.«

Mehurus glucksendes Lachen war überwältigend. Obwohl die anderen nicht alles verstanden hatten, was gesagt worden war, hatten sie doch begriffen, daß Mehurus gesunder Menschenverstand über die verworrene Theologie von Frances Cole triumphiert hatte, und mußten nun auch lächeln. Mehuru streckte seine Hand aus und legte sie auf Frances' Hand.

»Zuerst müssen Sie mich frei machen«, sagte er und lächelte immer noch.

Zu Ostern schickte Lord Scott Frances einen Karton Osterglocken aus den Wäldern von Whiteleaze. Sie arrangierte sie in einer großen Kristallschale in der Halle, von wo sich ihr reiner Duft über die Treppe im ganzen Haus ausbreitete. Mehuru brachte in einem großen Emaillekrug das Wasser heran.

»Sie duften süß«, sagte er.

Frances beugte sich über die Schale und sog den Duft ein. »Sie riechen nach Frühling«, sagte sie verträumt. »Als ich ein kleines Mädchen war, hatten wir am Ostersonntag auf dem Frühstückstisch immer eine große Schale mit diesen Blumen. Ganz früh bin ich aufgestanden und habe sie für meine Mutter gepflückt. Sie duften wie die Hoffnung, als wäre man jung und und voller Erwartung.«

»Sind das freie Blumen?«

Frances zögerte. »Du meinst wild wachsende Blumen? Ja. Daher ihre besondere Schönheit. Sie wachsen in ganzen Teppichen am Ufer und unter den Bäumen, und jedes Jahr werden es mehr.«

Er lächelte ein wenig und betrachtete ihr Gesicht. Zum erstenmal sah er, wie sie sich über ein Erlebnis der Sinne freute. Es berührte ihn eigenartig, wie sehr sie von dem Duft der Blumen berauscht war. In ihrem über die Blumen geneigten Gesicht spiegelte sich das Gold der Osterglocken wider. Auf ihrer Wange zeichnete sich eine Spur des gelben Blütenpollens ab. Plötzlich verstand er ihre Freude über die Pracht der Blumen: jedes Jahr wurden es mehr. Die Blumen standen in völligem Kontrast zu dem Haus, zur Firma, zum Sklavenhandel, der mit dem Mangel und Hunger anderer Profite machte. Die Erde stellte ungeheure Reichtümer, einen wahren Fluß von Gold zur Verfügung. Doch der Sklavenhandel war falsch, dieser Handel war unnatürlich.

»Immer mehr?« fragte er und erhielt einen verträumten Blick aus ihren dunklen Augen.

»Ja«, erwiderte sie. «Ist das nicht wunderbar? Wenn sie aus der Erde wachsen, sieht man zunächst nur blaßgrüne Schäfte, und erst später entdeckt man dicke kleine Knospen, die sich unversehens öffnen, und der Boden lebt und prangt in vollem Blütengold. Und an den wilden Kirschbäumen gibt es zarte weiße Blüten, die bei Wind hin und her tanzen und einen weißen Blütenregen zur Erde schicken, und die Vögel fangen an, endlos zu zwitschern, und der Kuckuck ruft.«

»Mhm«, sagte er. Viele Wörter waren ihm unbekannt, doch er konnte an der Stimme ihr Gefühl von Wonne ausmachen. Auf einmal sah sie um viele Jahre jünger aus. Aus ihrem Gesicht war das Grau gewichen, sie war ganz von dem Leuchten der Osterglocken umgeben. Mit seiner Hand wischte er ihr den Blütenstaub von der Wange.

Als er sie berührte, erstarrte sie, als hätte sie Angst, doch sie blickte ihn weiterhin an. Seine schwarzen Finger berührten leicht die gelbe Pollenspur. Dann zeigte er ihr den Staub auf seiner Fingerspitze. Sie errötete. Sie erschien ihm jetzt jung und begehrenswert, und er fragte sich, ob sie es auch wußte.

Frances machte einen Schritt zurück. »Du kannst nun gehen, Cicero«, sagte sie.

Der Ostersonntag war eine reine Enttäuschung. Josiah und Sarah hatten nichts weiter vor, als statt Hammelfleisch nun um vier Uhr Gans zu essen und die Geschäftsbücher der Firma einen Tag lang ruhenzulassen. In der Familie Cole gab es keine lustigen Spiele wie Eierrollen von einem Hügel oder Eiersuchen, ja selbst ein Spaziergang auf dem Lande wurde nicht in Erwägung gezogen.

»Kommt euch niemand besuchen?« fragte Frances.

»Nein«, sagte Josiah unsicher. »Ostern haben wir immer im Haus am Kai verbracht, und niemand hat uns dort einen Besuch abgestattet.«

»Hast du nicht deine Freunde oder deine Familie besucht?«

»Unsere Familie lebt in Wales«, erklärte Sarah. »Und als wir nach Bristol zogen, haben wir jeden Kontakt mit ihnen verloren. Es war eine Bergarbeiterfamilie in den Kohlenschächten von South Wales. Mein Vater tat gut daran, das Tal zu verlassen. Er wollte nie wieder dorthin zurück.«

»Was werden wir also heute tun?« fragte Frances fordernd. Bruder und Schwester wirkten gleichermaßen ratlos. Sie wechselten einen Blick voller Unbehagen.

»Ich nahm an, daß du zur Kommunion in die Kirche wolltest«, gab Sarah von sich. »Ich werde zum Gottesdienst in die Kapelle der Protestanten gehen.« Beide Frauen sahen Josiah an. Vor seiner Heirat war er immer mit Sarah zu den Unitariern gegangen. Vielen Kaufleuten hatten es die kalten, ungeschmückten Wände und der einfache Glauben ohne Anmaßung angetan. Eine gute, anständige Predigt und ein paar laut gebrüllte Choräle. Frances, die Tochter eines Pfarrers der anglikanischen Kirche, hielt die Kirchen der Protestanten geringschätzig für den Hort von Schwärmerei und Bekehrerei und einen Treffpunkt von Arbeitern. Ohne Erfolg hatte sie versucht, ihre Ansichten vor Sarah zu verbergen, wohingegen diese kaum einen Hehl daraus gemacht hatte, daß sie in dem Reichtum und der Schönheit der Kirche von St. Mary Redclift Götzenanbetung und päpstliches Pfaffentum sah.

Josiah, der zwischen den Überzeugungen der beiden Frauen stand, ging sonntags manchmal zweimal in die Kirche; morgens begleitete er Sarah und abends Frances. Doch er hatte bemerkt, wie es ihm Frances in ihrer Klugheit vorhergesagt hatte, daß die ehrgeizigen Männer der Handelsgesellschaft der Kathedrale auf der Grünflache nördlich des Flusses den Vorrang gaben.

»Ich werde natürlich die Kathedrale aufsuchen«, sagte Frances. »Aber was fangen wir mit dem Rest des Tages an? Laßt uns eine Landpartie machen.«

»Sonntags fahre ich nie aus«, erklärte Sarah fromm. »Du mußt tun, was dir gefällt. Ich werde zum Gottesdienst in die Kirche gehen, mein Dinner einnehmen, darauf in meiner Bibel lesen, dann kommt mein Abendbrot an die Reihe und schließlich mein Bett. Ich habe keine Veranlassung, einen Tag, der dem Nachdenken und dem Gebet gewidmet sein sollte, mit übermäßigen Geldausgaben zu entweihen.«

Frances verkniff sich eine Erwiderung.

»Nach dem Servieren des Dinners werden die Diener frei haben«, griff nun Josiah ein. »Heute sollte ein kaltes Abendbrot ausreichen, damit die Köchin entlastet ist. Sie werden ihr eigenes Ostermahl haben.«

»Brown und die Küchenmagd sind zu den Feiertagen immer nach Hause gegangen und haben ihre Mütter besucht«, sagte Sarah. »Doch da sie uns morgen ohnehin verlassen, so vermute ich, werden sie heute abend auf unsere Kosten essen.«

Frances nickte. Als sie noch ein kleines Mädchen war, da hatte es im Pfarrhaus zu Ostern immer viele Gäste gegeben. Ihre Eltern hatten für eine Woche stets Freunde aus London eingeladen. Dann gingen alle in den Bergen bei Bath spazieren und pflückten Arme voll wilder Osterglocken. Sie zeichneten die Bäume, die gerade zu knospen anfingen und ihr frisches Grün entfalten wollten. War die Familie von Whiteleaze zu Hause, dann ritten sie weit ins Land hinein, da die Tage ja schon wärmer und die Abende nicht mehr so düster waren. Selbst noch nach dem Tod ihres Vaters, als sie nicht mehr so fröhlich wie früher war, freute sich Frances immer, wenn beim Aufwachen der Himmel strahlte und wenn das Abendessen im goldenen Schein des Sonnenuntergangs serviert wurde.

»Ich hätte etwas Schönes für uns planen sollen«, sagte Josiah niedergeschlagen. »Nächstes Jahr passiert mir das nicht wieder. Es tut mir leid, Frances, wir haben bisher den Osterfeiertagen nie besondere Beachtung geschenkt.«

»Mein Vater hat nichts davon gehalten«, stellte Sarah fest. »Er sagte, die Auferstehung des Herrn sollte andächtig und feierlich begangen werden.«

»Nun, *mein* Vater war Pfarrer, und ich vermute, daß er es doch wissen sollte!« gab Frances schnippisch zurück. »Nächstes Jahr werde ich eine Gesellschaft geben.«

Sarah zog ihre dünnen Augenbrauen hoch und sagte nichts weiter.

Wie sie befürchtet hatte, verlief dieser Tag beinahe ohne jede Freude. Josiah besuchte mit Frances die Kathedrale. Sie trug ihren neuen Hut von Mrs. Warings Putzmacherin. Der Ostersonntagsgottesdienst dauerte länger als gewöhnlich, und die Kirchgänger, die erleichtert das dunkle Gebäude verließen, versammelten sich im Sonnenlicht auf der Rasenfläche außerhalb. Frances freute es, von allen bedeutenden Leuten Bristols begrüßt zu werden, und sie bemerkte, daß Josiah mit den wichtigen Männern ungezwungen verkehrte.

Doch diese kleine Hochstimmung währte nicht lange, und als man die Gans vom Tisch abräumte und der Pudding und das Konfekt verzehrt waren, zog sich der Nachmittag in die Länge, düster und langweilig. Die Sonne war untergegangen, und es fing zu regnen an, ein gleichmäßiges, dunstiges Nieseln, das eine viel zu früh einsetzende Dämmerung heraufbeschwor, so kalt und finster wie im Winter. Sarah hatte es sich vor dem Kaminfeuer im Salon mit einem Buch Predigten bequem gemacht und schien höchst zufrieden zu sein. Josiah döste auf dem Sofa. Frances saß ihnen gegenüber in einem Sessel und fühlte sich so einsam wie eh und je.

Von ganz fern drangen plötzlich durch die Dielen unter ihren Füßen ein stetes, sanftes und dumpfes Schlagen und dann ein paar kaum wahrnehmbare Töne eines Liedes an ihr Ohr. Frances blickte zu ihrem Mann hinüber. Er schlief fest. Hinter dem Predigtbuch schwankte Sarahs Kopf. Da stand Frances auf und ging zur Tür.

Als sie sie einen Spaltbreit geöffnet hatte, konnte sie es besser hören. Aus der Küche kam ein klopfendes Geräusch hoch, so wie das Trommeln des Regens. Frances betrat die Halle und stieß die mit grünem Tuch bespannte Tür auf, die den Gang hinunter zur Küche führte. Kaum hatte sie die Schwelle überschritten, da wurde sie von den Tönen wie von einer dunklen, rasch heranwogenden Welle getroffen.

Es war ein dumpfes Trommeln, und über diesem Rhythmus erklangen Töne, aufregende Töne in einem gegensätzlichen Rhythmus. Die beiden Klänge verfolgten einander; was sie hörte, glich einem Gelächter, einem Spiel, und Frances spürte, wie ihre Füße in dem beharrlichen Takt mitwippen mußten. Dann fing jemand zu singen an, Mehurus feste Stimme. Es war ein Lied über die Liebe und über die Ausgelassenheit junger Frauen und die Freude, ihre Lüste zu befriedigen. Es war ein Yoruba-Lied über den Zauber der Haarlocke einer Frau und den glühenden Seitenblick, wenn sie lächelte. Und bei jeder Strophen- und Zeilenpause fiel zustimmend der Chor von sechs Mitsängern ein.

Frances schritt langsam den Gang entlang und spähte wie ein Kind, das eine fröhliche Gesellschaft beobachten will, durch die halboffene Tür.

Mehuru saß mit einem nach oben gedrehten Holztrog am Küchentisch und hatte ein Paar Holzlöffel vor sich liegen. Es war eine rasch improvisierte Baßtrommel. Die Löffel hatte er beiseite geschoben, da sie zu hart waren, um eine Resonanz zu erzeugen. Nun trommelte er mit bloßen Händen, und seine starken Finger entlockten dem hohlen Bauch des Holztrogs einen tief hallenden Rhythmus, fast eine Melodie. Kbara stand barfuß neben ihm auf den Steinfliesen und wiegte sich dazu hin und her, wobei er auf einen großen Kochtopf schlug, einmal mit einer Metallgabel, dann wieder mit der flachen Hand. Mehuru sang mit zurückgeworfenem Kopf, die Augen halb geschlossen, ganz in die Musik versunken. Seine breiten, sinnlichen Lippen lachten, sein ganzes Gesicht strahlte Freude aus. So hatte ihn Frances noch nie gesehen.

Eine Verwandlung war eingetreten. Von einem starken, grübelnden, unglücklichen Mann hatte er sich in einen Menschen verwandelt, der mit sich selbst vollkommen eins war, der aus seinem Innersten heraus sang und aus Freude über den Rhythmus und über das aufwühlende Trommeln lächelte.

Und die Frauen! Frances reckte den Hals vor. Die Frauen bildeten einen Chor wie aus einer griechischen Tragödie. Sie hatten sich zueinandergesellt, wiegten sich hin und her und sangen, von Mehuru verzaubert wie in Trance. Ab und zu trat eine hervor und tanzte auf ihn zu, ganz für sich allein; aber irgendwie geschah es auch wie auf sein Geheiß. Für eine jede fing Kbaras hohe Trommel einladend zu schlagen an; der Klang wurde immer schärfer, während die Gabel weiter die metallenen, durchdringenden Töne erzeugte, die förmlich auf die Frau herabregneten. Mehuru trommelte schneller, immer schneller, als würde er sie zum Tanz auffordern – dazu, für ihn zu tanzen. Und dann schürzte die Frau – Mary, Martha oder Elizabeth – mit einer Hand ihr Kleid und zeigte die bloßen Füße und die schönen dunklen Beine. Wild hämmerten ihre Füße auf den Boden ein, so daß die Gestalt vor Frances' Augen fast verschwamm. Die Frauen trommelten mit ihren Füßen, vornübergebeugt, mit schwingenden Hüften und erzeugten einen neuen rasenden Rhythmus, ein erotisches Klopfen. Auf dem Höhepunkt ließen sie ihre Röcke wieder fallen und reihten sich lachend und jedes Lob ausschlagend unter die anderen. Mehuru und Kbara riefen ihnen laut Beifall zu und kehrten zu dem langsameren Rhythmus ihres Liedes zurück.

Angesichts dieses vehementen Ausbruchs von Exotik starrte Frances ungläubig in ihre englische Küche. Sie sah sich nach den anderen Bediensteten um und entdeckte, daß sie ebenfalls von der berauschenden Macht des Trommelns hingerissen waren. Während sie das Geschehen beobachtete, wurde die Köchin, die seit der Ankunft der Sklaven eine wahre Hetze gegen diese betrieben hatte, von zwei Kleinen nach vorn geschubst. Nun raffte sie selbst ihr Kleid leicht hoch und hüpfte von einem Fuß auf den anderen. Auch für sie beschleunigten Kbara und Mehuru ihr Tempo, feuerten sie an und schlugen den Rhythmus.

Die Köchin, die sich plötzlich ihrer Reize bewußt war, lief rosig an. »Nein, nein!« sagte sie und entzog den zwei kleinen Jungen ihre Hände. »Die Zeiten, als ich noch getanzt habe, sind vorbei!«

Mehuru schüttelte den Kopf und schlug auf seine Trommel. »Sie sind eine schöne Frau!« rief er. »Eine schöne Frau!«

Die Köchin strahlte ihn an. »Frag doch Brown, ob sie dir nicht eine Gigue vorführt!« sagte sie. »Ihre Mutter ist Irin!«

Mehuru stand auf und klemmte sich den Waschtrog unter den Arm. Er griff einen Holzlöffel und ging auf Brown zu. Dabei lachte er und trommelte den Rhythmus weiter. Frances dachte, daß ihm nicht eine einzige Frau widerstehen könnte.

»Ich kann nicht tanzen«, sträubte sich Brown, doch sie schaute zu Mehuru auf, als sei er ein Gott. Sie konnte es nicht verhindern, daß nun auch sie errötete.

Er sagte nichts, nur seine Musik forderte sie auf. Browns Füße klopften schon mit. »Ich kann nicht«, wiederholte sie. »Ich kann nicht wie ihr tanzen.«

Mehuru trat einen Schritt zurück und klopfte im Takt der Musik mit seinen großen, schmalen Füßen auf den Boden; mit dem ganzen Körper wippte er dazu. Brown stand auf, nahm nun vor ihm Aufstellung und folgte seinen Bewegungen wie ein schmales weißes Spiegelbild seiner Gestalt. Er machte schleifende Schritte und stampfte mit den Füßen auf, und sie machte es ihm nach, er wandte sich nach rechts, und sie tat es ihm gleich. Er drehte sich um und ging vorwärts, und sie folgte ihm. Dann drehte er sich im Kreis, trommelte auf den Trog und rief ihren Namen, und Brown raffte mit beiden Händen die Röcke hoch und ließ ihre Füße den Takt einer irischen Gigue anschlagen. Der Tanz war so wild, wie es nur ging – das tiefe, unwiderstehliche Trommeln Afrikas und der blitzschnelle Step- und Stampftanz der Kelten.

Mehuru mußte laut über Browns unerwartete Hingabe lachen und donnerte, sie lobend, auf die Trommel ein, während er sich den anderen Frauen zuwandte. Jetzt erhob sich die Köchin erneut, die Küchenmagd tanzte hinter ihr, und die Sklaven klatschten im Rhythmus, wippten hin und her und sangen in einer unverständlichen, verheißungsvollen Sprache eine bezwingende, nie endende Melodie.

Und Frances, die diesen plötzlichen Wirbel von Freude und Sinnlichkeit und Leidenschaft auf den Steinfliesen in ihrem kalten, leeren Haus beobachtete, schlüpfte aus ihrem Versteck und eilte davon auf der Flucht vor dem prächtigen, verführerischem Getrommel und dem Gesang. Sie lief in die Halle und dann die Stufen in ihr kaltes Schlafzimmer hinauf, wobei sie ganz undamenhaft laut vor sich hin schluchzte. Krampfhaft versuchte sie, die Tränen zu unterdrücken, bis sie die Tür hinter sich zugestoßen und sich aufs Bett geworfen hatte, wo sie ihre ganze Kälte und Einsamkeit aus sich herausweinen konnte. Als sie ihr Gesicht im Kopfkissen vergrub und zum erstenmal in ihrem Leben den Tränen freien Lauf ließ, da wurde ihr bewußt, daß Mehuru der einzige Mann auf der Welt war, der sie aus ihrem eisigen, tödlich langweiligen Dasein und den Zwängen ladyhaften, englischen Verhaltens befreien konnte, und sie wußte zum erstenmal in ihrem Leben, daß sie sich Hals über Kopf verliebt hatte, wie es nur einmal geschehen würde.

20. Kapitel

Am nächsten Morgen klopfte Mehuru an die Tür des Speisezimmers. Frances saß an dem runden Nußbaumtisch. Ihr gegenüber stand ein zweiter Stuhl. Mitten auf dem Tisch befand sich ein Schale Hyazinthen, deren weiße, wachsartigen Blüten den ganzen Raum mit ihrem Duft erfüllten. Auf den ersten Blick erkannte Mehuru, daß es sich nicht um eine Unterrichtsstunde handeln konnte, da nichts weiter auf dem Tisch lag. Dem unbewegten Gesicht von Frances konnte er jedoch nichts entnehmen. Sie war sehr blaß, und unter ihren Augen zeichnete sich ein bläulicher Schatten ab, so als hätte sie die ganze Nacht nicht geschlafen. Er fragte sich, ob sie krank war, wie nun schon das zweite Kind, das an quälendem Husten litt. Für alle war der langsame Wetterumschwung vom Winter zum Frühjahr nicht sonderlich verträglich. Vielleicht fürchteten sich selbst die Weißen, deren Haut an Nässe und Nebel und die langen grauen Nachmittage angepaßt war, vor der ewigen Dunkelheit und der schwachen, enttäuschend kalten Mittagssonne?

»Setz dich bitte«, sagte Frances. In ihrer Stimme lag ein leichtes Zittern.

Mehuru zog den Stuhl zurück und nahm Platz, die Hände auf dem Tisch leicht gefaltet.

»Ich habe bemerkt … ich habe bemerkt …« Frances setzte an und hielt wieder inne. »Ich habe dich nun monatelang unterrichtet und kenne dich kaum«, stammelte sie. »Ich habe dir Englisch beigebracht und dich nie etwas Persönliches gefragt, über dein Leben, ehe du hierhergekommen bist.«

Mehurus Gesicht glich einer Maske aus Ebenholz, die bewußt keine Regung zeigte. Er verstand Frances' plötzliches Interesse nicht. Er wußte nicht, daß sie sein rhythmisches Trommeln gehört hatte. Er wußte nicht, daß Frances zum erstenmal und auf schmerzliche Weise langsam aufkeimende Gefühle in sich wahrnahm.

»Sie wollen etwas über mich wissen?«

»Erzählst du mir von deiner Heimat, Cicero?«

Plötzlich warf er ihr einen funkelnden Blick zu. »Cicero ist ein englischer Sklave«, sagte er bestimmt. »Cicero wurde hier geboren, in diesem Raum. Dem haben Sie einen Namen gegeben.«

Sie biß sich auf die Oberlippe und saugte sie in den Mund, so daß sie einen Moment lang häßlich und entstellt aussah. »Nun gut. So werde ich dich im Augenblick Mehuru nennen. Wo bist du geboren, Mehuru? Und wo hast du gelebt? Und was hast du gemacht?«

Er zögerte und überlegte, ob er diese unerwartete, überraschende Neugier nicht einfach zurückweisen sollte. Dann gab er nach. Der Freude, von seinem Zuhause zu erzählen, konnte er nicht widerstehen, nicht einmal Frances gegenüber. »Ich wurde in der Stadt Oyo geboren«, sagte er. »Meine Mutter war eine Gefährtin der Mutter des Königs, mein Vater war einer von den Eso-«, hier brach er ab, denn er suchte nach dem englischen Wort. »Ich weiß nicht, wie Sie es nennen …«

»Was hat er gemacht?« Frances lächelte und glaubte, daß ›Eso‹ vielleicht eine Gruppe von Sängern oder Bauern oder irgendeine andere primitive Gruppe war.

»Er hat die Krieger angeführt«, erwiderte Mehuru. »Die auf den Pferden.«

»Kavallerie?« fragte Frances überrascht. »Hattet ihr Pferde?«

»Ja. Eine ganze Armee von Pferden.« Mehuru zögerte und legte sich die Worte zurecht. »Hundert Pferde gehörten jeweils einem Herrn, und jeder Herr gehorchte einem höheren. Und an der Spitze stand ein Kommandeur, und er war dem Alafin – dem König – unterstellt.«

Frances kniff die Augen zusammen. Das klang für einen Stamm nackter Kannibalen alles eher kompliziert. »Wer war noch dem Alafin unterstellt?«

»Der Premierminister und der Rat der Edelleute.« Mehuru

dachte nach. »Sieben Herren, die den Alafin wählen. Und dann gibt es noch unsere Kirche – einen Oberpriester, der mit den Priestern unter ihm das Orakel bewacht. Ich habe für ihn gearbeitet.«

»Du warst also Priester?«

Mehuru nickte. Sein Blick wirkte ganz fern, so als könne er sich kaum entsinnen. »Ich war ein Deuter des Orakels, man befragte mich in gewichtigen Angelegenheiten. Das Orakel sprach sich gegen die Sklaverei aus. Ich habe die Botschaft entgegengenommen.«

»Aber Nigger sind nun mal Sklaven. Ihr selbst haltet euch Sklaven, wie du sagtest«, entgegnete Frances scharf.

»Nicht so wie Sie«, erklärte ihr Mehuru freundlich. »Ein Verbrecher kann zu Sklavenarbeit verurteilt werden, oder ein freier Mann kann sich nach eigenem Ermessen selbst verkaufen …« Plötzlich sah er Siko vor sich, der sich für Geld in Mehurus Schutz begeben hatte und verraten worden war. Jetzt würde er den Jungen nie mehr finden, er war weit weg auf den Sugar Islands. Am Ende war er bereits tot. Schmächtig und viel zu schwach für die zermürbende Knochenarbeit auf den Feldern oder in der drückenden Hitze der Kesselhäuser, viel zu schwach, die brüllende Zuckerrohrbrechmaschine zehn oder zwölf Stunden am Tag zu füttern. Mehuru blickte zur Seite, auf einmal war ihm der Hals wie zugeschnürt. »Ich kann es nicht erzählen.«

»Aber Menschenopfer … ihr bringt mit euren Sklaven Menschenopfer …«

Mehuru sah sie mit leerem Blick an. »Ich weiß nicht, was Sie damit meinen«, sagte er mit großer Würde. »Ich glaube, Sie sprechen von einem anderen Land. In allen Yoruba-Regionen ist Mord ein Verbrechen.«

Frances fühlte sich vor den Kopf gestoßen. »Man hat mir erzählt, daß ganz Afrika das Land von Heiden ist, die alle Menschenopfer darbringen und …« Sie hielt inne. Sie konnte die bestialischen Sexualpraktiken nicht erwähnen. Sie lief rot an. »Und … unschickliche Dinge tun.«

»Afrika ist sehr groß«, erklärte ihr Mehuru geduldig, so wie ein Mann mit einem dickköpfigen und dummen Kind sprechen würde. »Es gibt dort viele verschiedene Völker und viele verschiedene Bräuche. Im Yoruba-Königreich leben wir in Städten, die sauberer sind als diese hier. Wir haben Gesetze, die Taten verbieten, die Ihr Gesetz hier erlaubt; wir handeln, wir betreiben Landwirtschaft, wir jagen, unsere Messingwaren sind berühmt, wir haben reiche Goldminen, unser Leder und unsere Kunstgegenstände werden in fremde Gegenden verkauft, selbst hinter der Sahelwüste. Nun, selbst in diesem Haus gibt es Lederwaren von uns.«

»Afrikanisches Leder?« erkundigte sich Frances ungläubig.

»Die Lederpantoffeln von Mr. Cole«, erwiderte Mehuru.

Frances dachte an Josiahs wunderschön gearbeitete Lederpantoffeln. »Die stammen aus Marokko«, korrigierte sie ihn. »Aus einem arabischen Land.«

Mehuru zuckte die Schultern. »Wir verkaufen unsere Lederwaren an die Araber, und diese verkaufen sie weiter. Sie sind die Händler in diesem Fall und nicht die Hersteller. Diese Lederarbeit stammt ganz sicher aus Yoruba.«

»Das ist nicht möglich«, erwiderte Frances. »Euer Leder müßte eine ungeheure Wegstrecke zurücklegen, um nach Nordafrika zu gelangen. Tausende von Meilen durch Afrika und dann noch durch die Wüste.«

Mehuru nickte. »Wir verfügen über sehr ausgedehnte Handelsrouten mit mächtigen Städten.« Nun huschte ein Schatten über sein Gesicht. »Jedenfalls war das einmal so«, berichtigte er sich mit äußerst leiser Stimme. »Als die Sklavenhändler kamen, wurden diese Routen unsicher. Ich fürchte, daß nun all das vorbei ist.«

Er machte eine Pause. Frances schaute auf ihre Hände, ihre Finger falteten den Stoff ihres Kleides und strichen ihn wieder glatt. Sie trug ein Hauskleid aus Musselin, das mit einem blauen Samtband verziert war, und dazu eine passende blaue Samtjacke. Es war eines ihrer schönsten Gewänder, das sie recht selten anzog. Der Rock war unter ihren nervösen Händen ganz zerknittert, und während er hinsah, glättete sie ihn gerade und legte ihre heiße Hand darauf.

»Mehuru«, sagte sie ganz sanft.

»Was gibt es?«

Auf seine freundliche Stimme hin blickte sie rasch auf. Er sah ihre Lippen beben, und ihr Gesicht verriet, daß sie ihre Gefühle zu kontrollieren versuchte; ihre Hände, ihr ganzer Körper zitterten nun. »Mehuru«, flüsterte sie.

»Sind Sie krank, Frances? Soll ich eine der Frauen rufen?«

Er erhob sich, doch sie hielt ihn mit einer Hand zurück. Er tastete nach der Hand an seinem Arm und verstand sie plötzlich. Er atmete tief ein und erstarrte. Dann blickte er sie eindringlich an.

Schweigend hob sie ihr weißes Gesicht ihm entgegen, ihre Lippen bebten ganz jämmerlich. Eingehend betrachtete er sie von den dunklen Augen bis zum Halsausschnitt ihres Kleides, wo in der Mulde ihres Schlüsselbeins das Blut pulsierte. Dabei atmete sie immer schneller, ihre Wangen röteten sich, und in ihren Augen standen unerklärliche Tränen.

Leise zog er sich zurück. »Ich werde eine der Frauen rufen«, sagte er und verließ den Raum.

Josiah war in spendabler Stimmung und nahm sein Frühstück am Haupttisch des Kaffeehauses ein. Er hatte eine Nachricht von der *Rose* erhalten, die vor Afrika ein Kaperschiff aus Bristol getroffen hatte. Kapitän Smedley schrieb, daß er schnell vorangekommen war und sich nun an der Küste Westafrikas vor Goree Island befand. Er war viel zu diskret, um auf Josiahs Anweisung einzugehen, illegal Sklaven in den spanischen Kolonien zu verkaufen. So versprach er nur, daß er so viele befördern würde, wie er kaufen konnte, und daß er sie dicht an dicht in den Laderäumen verstauen würde. Sie waren bereits halb gefüllt. Josiah solle ihm nur weiter vertrauen und davon ausgehen, daß er wisse, was zu tun sei.

»Sie sind früh dran, Josiah«, bemerkte Stephen Waring, der sich neben ihm niederließ.

»Ja, Morgenstund …«, sagte Josiah.

»Haben Sie noch einmal über meine Kohlenmine nachgedacht?«

Josiah schüttelte den Kopf. »Das mag ein blendendes Geschäft sein, da stimme ich Ihnen zu, aber ich habe ein anderes Projekt im Auge, für das ich flüssig sein muß. Und Sie sind der Mann, dessen Rat ich dazu brauche, wenn es möglich ist.«

Stephen nickte und schnippte dem Burschen seine Bestellung von Schinken und Bier zu. »Wenn ich kann«, sagte er und zeigte sein grinsendes Lächeln. »Sie gehören nun zu den Merchant Venturers. Das bedeutet, Sie müssen sich nur rühren, und schon werden Ihnen ein Dutzend Leute zur Seite springen.«

Josiahs Gesicht glühte ein wenig. »Das werde ich nicht vergessen. Und gerade das gibt mir den Mut, Sie nach den Plänen der Venturers für das Brunnenhaus in Hot Well zu fragen. Wie mir zu Ohren gekommen ist, sucht man dafür einen Pächter. Stimmt das?«

»Ja, möglicherweise«, sagte Stephen zurückhaltend. »Ich bin mir nicht sicher. Ein paar Gerüchte machen die Runde, aber ich weiß es nicht genau. Wären Sie an der Übernahme interessiert?«

»Durchaus!« sagte Josiah. »Natürlich zu angemessenen Bedingungen. Mit einer kleinen Geldanlage und den Ratschlägen meiner Frau und deren Familie kann ich dieses Wagnis wohl eingehen.«

»Ich hätte nie gedacht, daß Sie sich jemals vom Seehandel abwenden würden, Josiah.«

»Man muß seine Investitionen breit fächern«, erklärte Josiah mutig. »Heutzutage ist es sinnvoll, sein Kapital zu verteilen.«

Stephen Waring nickte. »Ich werde mich danach erkundigen«, versprach er. »Und dann, falls Ihnen immer noch daran gelegen ist, könnten Sie es bei dem monatlichen Dinner zur Sprache bringen. Natürlich würde ich Ihren Antrag, die Pacht zu erwerben, unterstützen.«

»Wirklich?«

»Mein guter Mann, warum nicht?« Waring lächelte. »Ein

neues Mitglied und ein neuer Kollege! Ich stehe Ihnen gern zur Verfügung.«

»Sicher werde ich mich darum bewerben«, sagte Josiah, indem er seine sonstige Zurückhaltung aufgab. »Ich müßte aber über die Höhe der bisherigen Kapitaleinlagen von Hot Well unterrichtet werden und einen Überblick über die Einnahmen gewinnen.«

»Völlig irreführend«, murmelte Waring vor sich hin. »Ganz im Vertrauen kann ich Ihnen mitteilen, Josiah, daß die Merchant Venturers viel Geld in die ganze Sache gesteckt haben, und nun fehlt das Kapital, um es zu bewirtschaften. Wir haben da ein prächtiges Gebäude hingesetzt, inzwischen auch den Namen Hot Well allerorts bekannt gemacht – die Gründe liegen auf der Hand, daß es künftig Profit abwerfen wird. Die Venturers wollen es loswerden, sie wollen einfach nur das von ihnen investierte Kapital zurück, und daß jemand anderes die täglichen Ausgaben übernimmt.«

»Also würde ein Neuling …«, sagte Josiah ganz erregt.

»Auf schon getane Arbeit stoßen«, ergänzte Stephen Waring. »Der ganze Umbau, die neue Ladenkolonnade, die neue Pumpanlage, die teuren Wasserfilter – alles ist bereits vorhanden und bereit, gewinnbringend in Gang gesetzt zu werden. Die einzige Sache, die fehlt, sind flüssige Mittel. Wenn Sie der Mann dafür sind – dann geht es nur noch um die Löhne, und schon im zweiten Monat nach Geschäftsaufnahme wird das Geld nur so fließen.«

»Nur die Löhne und das Geld für den Unterhalt?« hakte Josiah noch einmal nach.

Stephen lächelte. »Ich würde es selbst in die Hand nehmen, aber es handelt sich ja um eine ganz andere Branche als meine sonstigen geschäftlichen Unternehmungen. Außerdem fehlt mir die Ehefrau mit solchen Freunden und Bekannten im Hintergrund, wie Ihre Gattin sie hat. Sie sind ein Glückspilz, Cole. Dieses mögliche Angebot ist wie geschaffen für Sie.«

»Gibt es denn keinen anderen Interessenten?«

Stephen zuckte die Schultern. »Gewiß werden auch andere

zuschnappen wollen, sobald sie Wind davon kriegen. Aber wenn das Geld vorhanden ist und ich Sie unterstütze, so meine ich, daß der Zuschlag an Sie gehen wird. Natürlich müßte der Erwerb des Pachtgrundstücks bezahlt werden und die jährliche Pacht.«

»Wieviel würde das etwa kosten?«

»Wie ich schon sagte, ich habe die Zahlen nicht gesehen. Ich glaube, daß sich das Ganze ungefähr auf zweitausend Pfund belaufen könnte.«

Josiah wirkte nun ganz bestürzt. »So viel?«

»Es ist eine teure Anschaffung, aber sie wirft auch einen stolzen Profit ab. Doch ich würde es Ihnen nicht empfehlen, wenn Sie nicht über genügend Kapital verfügen.«

»Das spielt keine Rolle«, sagte Josiah eigensinnig. »Ich verfüge darüber. Wenn die Bedingungen nur angemessen sind.«

Stephen Waring führte ein Stück Schinken zum Mund. »Sie werden das schon vernünftig einschätzen. Soll ich die Zahlen beschaffen?«

»Ja«, sagte Josiah. »Ich wäre interessiert, wenn die Bedingungen stimmen.«

»Natürlich«, er lächelte freundlich. »Ich wünschte nur, ich wäre in der Lage, das Geschäft selbst zu machen.«

Seit Ostern hatte die Köchin den Sklaven gegenüber einen milderen Ton angeschlagen. Nachdem man Brown und der Küchenmagd gekündigt hatte, wirkte die Küche wie verwaist, und der Köchin blieben nur noch die Sklaven als Gesellschaft. An den Abenden saßen alle beisammen. Mehuru, Kbara und die drei Frauen nahmen am Küchentisch ihr Essen ein, während die Kinder an einem kleineren Tisch am Feuer saßen. Seit John Bates' Fortgang erteilte die Köchin nun die Anweisungen in der Küche und an Stelle von Mrs. Brown war die Einteilung der häuslichen Pflichten nun Elizabeth zugefallen. Mehuru war für die Sicherheit des Hauses und des Hofraums verantwortlich.

Ganz allmählich war der Gegensatz zwischen den Sklaven und den freien Angestellten verwischt, und bald stellte die

Küche für alle das Zuhause und den Arbeitsplatz dar. Am Küchenherd war es viel behaglicher als in den kalten Schlafkammern unterm Dach. Nach dem Abendessen räumten die Jungen das Geschirr ab, die Mädchen erledigten den Abwasch, und die Kinder stellten die sauberen Teller fort. Unterdessen rückten Kbara, die drei Frauen und die Köchin ihre Stühle vor die Feuerstelle und unterhielten sich. Mehuru blieb am Küchentisch und las. Frances war Mitglied der Leihbücherei in Hot Well geworden und schickte Mehuru einmal die Woche wegen neuer Lektüre dorthin. Er brachte ihr die Romane, die sie wollte, und für sich selbst Geschichtsbücher, geographische Aufsätze und dicke Wälzer über politische Ökonomie. Er war ganz begierig darauf, mehr über die Welt zu erfahren, als Frances ihm beibringen konnte. Den recht oberflächlichen und simplen Erklärungen von Frances traute er nicht mehr.

Der kleine Junge, der James genannt worden war, mußte weiterhin ständig husten. Elizabeth rief ihn von seiner Arbeit fort, damit er sich neben sie ans Feuer setzte. Als man ihn aus Afrika fortgeschleppt hatte, war er gerade zwei Jahre alt gewesen. Er konnte sich nicht an die Wärme erinnern. Er dachte, ihm sei schon immer kalt gewesen. Auch das Gesicht seiner Mutter hatte er vergessen.

»Du solltest Mrs. Cole von seinem Husten erzählen«, sagte die Köchin zu Martha. »Sag der Missis – Junge krank.«

Elizabeth nickte. »Beide Jungen«, sagte sie. »Ich werde es sagen.«

»Könnte unangenehm werden«, meinte die Köchin. Nachdenklich betrachtete sie das Kind, dessen Augenlider ganz schwer waren. »Weil man bei der schwarzen Hautfarbe nicht sagen kann, ob er blaß ist oder nicht.«

»Ich kann das schon.« Mehuru schaute leicht lächelnd auf. »Er ist blaß, und am Abend ist er sehr heiß, und er hustet häufig.«

»Es ist besser, wenn Mrs. Cole informiert wird«, wiederholte die Köchin. »Sie wird ihn nicht gern verlieren wollen, wo er doch gerade Englisch sprechen lernt und sie so schön am Vormittag bedient.«

»Ja. Für den Verkauf muß er gesund sein«, sagte Mehuru kühl.

Die Köchin schaute auf den Jungen hinunter. Er saß auf dem Boden, lehnte sich gegen Elizabeths Knie und starrte in den Herd. Die Ofentür stand auf, und die Glut erzeugte eine Traumlandschaft, die so verschlungen und lieblich war wie der sich windende Pfad eines heimatliches Flusses.

»Scheint mir nicht richtig zu sein«, sagte die Köchin plötzlich unzufrieden. »Schätze, daß ihn seine Mutter sehr vermißt.«

»Wird so für sie sein, als sei er tot«, sagte Elizabeth auf einmal. Sie sprach langsam und etwas gestelzt Englisch, aber sie konnten sie verstehen. »Er war ihr einziges Kind.«

Der kleine Junge hörte nicht zu; er befand sich weit entfernt an einem Ort, wo es immer warm war, an einem Ort, an dessen Geschmack er sich erinnern konnte, einen unvergeßlichen Geschmack: die süße, milde Zartheit von Mangofrüchten. Seine Augenlider fielen zu, er nickte ein. Elizabeth beugte sich nach unten und hob ihn hoch auf ihren Schoß. In der kauernden Haltung eines Kindes rekelte er sich behaglich.

»Scheint mir nicht richtig zu sein«, wiederholte die Köchin. »Sollt ihr alle verkauft werden?«

»Das weiß ich nicht«, erwiderte Mehuru. »Ein paar von uns werden sie für die Arbeit im Haus brauchen. Sie hat nicht gesagt, wen sie behalten will.«

»Ich will keine neue Dienerschaft«, murrte die Köchin und stand auf. Sie schloß die Ofentür und band ihre Schürze ab. »Ich geh ins Bett«, sagte sie.

Elizabeth zog den kleinen Jungen enger zu sich heran. Er schlief halb und war ganz schlaff vom Fieber. Seine Stirn war heiß und trocken. Mary hob den anderen kleinen Jungen hoch, und so gingen sie zusammen, beide mit einem Kind auf den Hüften, zur Küchentür. Mehuru sah ihnen nach, sah, wie leicht und sicher ihr Gang war, so als befänden sie sich in ihrem Land, auf heimatlichem Boden, und als hielten sie ihre eigenen Babys fest.

»Das ist nicht richtig«, murmelte die Köchin. Sie sah Mehuru an und bemerkte die Verbitterung in seinem Gesicht. »Jawohl«, sagte sie energisch. »Das ist nicht richtig!«

Frances lag auf dem Rücken in ihrem Bett und beobachtete, wie in den verstreichenden Stunden das kalte Mondlicht langsam von einer Seite des Zimmers auf die andere wanderte. Es gab keine Wolken am Himmel, die die scharfe Sichel des Frühlingsmonds hätten bedecken können. Inzwischen war das Feuer im Kamin auf eine zerbröselte, weiße Asche niedergebrannt. Im Haus war es ruhig und still.

Sie fand keinen Schlaf, regungslos lag sie da und lauschte dem steten Pochen ihres Herzens. Sie dachte, daß sie nie wieder schlafen könnte. Sie wußte, daß Mehuru oben in der Kammer schlief. Würde sie rufen, dann würde er aufwachen. Würde sie aus ihrem Bett kriechen, leise die Treppe hinaufschleichen und seine Tür öffnen, dann könnte sie ihn sehen. Einen Moment lang hing sie dieser verbotenen Illusion nach – sie stellte sich ihre Füße auf den kalten Dielen, den knarrenden Stufen nach oben vor, sah, wie die Tür aufflog und er sich im Bett aufsetzte, wie sich seine dunklen Augen öffneten und er sanft zu ihr »Frances?« sagte.

Doch da hielt sie inne – sie wußte nicht, was sie ihm sagen sollte. Sie konnte sich nicht eingestehen, welch eine Sehnsucht, welch eine alles verzehrende Sehnsucht sie, eine verheiratete Frau, mitten in der Nacht in die Kammer eines Dieners – ja, er war noch niedriger als ein Diener –, eines Sklaven, trieb.

Totenbleich starrte Frances an die Decke. Es konnte keinen Grund geben, daß sie so sehr an Mehuru denken mußte. Nicht das Mondlicht, nicht die nächtliche Kälte, auch nicht ihre wachsende Einsicht in sein tragisches Schicksal – daß er seine städtische, kultivierte Gesellschaft gegen die Schinderei in ihrem Haus eintauschen mußte –, nicht ihre eigene Einsamkeit, nicht ihr unerklärliches Verlangen, seinen Trommelschlag zu hören und sein Lachen zu vernehmen. Frances lag in ihrem Bett und war gefangen in den Zwängen der Sittsamkeit, der mächtigen Gewohnheit, ihre Sehnsüchte zu leugnen. Schweigend und schlaflos wartete sie auf den nächsten Morgen, an dem sie ihn wiedersehen würde.

21. Kapitel

Queens Square 29 *2. Mai 1789*

Lieber Onkel!

Vielen Dank für die Osterglocken, wir haben uns sehr darüber gefreut. Am meisten vermisse ich an dem Stadtleben hier die Bäume und die Blumen von Whiteleaze. Mir fällt kaum der Wechsel der Jahreszeiten auf. Jetzt ist Frühling, bald wird Sommer sein, und nur eine kleine Platane verkündet mir das! Josiah und Miss Cole geht es gut, sie lassen Euch herzlich grüßen.

Hier herrscht ziemlich graues und kaltes Wetter, und das gesellschaftliche Leben verläuft recht ruhig. Weder Josiah noch Miss Cole tanzen, und abgesehen von den Bällen gibt es nur wenige gesellschaftliche Vergnügungen oder eine andere Art von Abwechslung. Aus gewissen Gründen bin ich mit meiner Lage nicht so zufrieden, wie ich es sein sollte. Seit Ostern fühle ich mich unruhig und unstet.

Gewiß werden Sie mich daran erinnern, daß ich die Pflicht habe, meinem Gatten gegenüber gehorsam und ihm und seinen Geschäften gegenüber treu ergeben zu sein. Meine Pflichten vergesse ich nicht. Wir sind eine Ehe zu gegenseitigem Vorteil eingegangen, und ich bedaure das auch nicht. Ich habe mir selbst geschworen, daß ich es nie bereuen werde. In der Geschäftswelt verpflichtet sich ein Mann durch sein Wort – und ich habe mein Wort Josiah gegeben. Launen und Grillen kommen und gehen, aber die Pflicht und die Treue halten ewig.

Auf immer
Ihre sehr ergebene Nichte
Frances Cole

Frances las den Brief noch einmal durch, zerknüllte ihn und warf ihn zu den anderen in den Papierkorb neben ihrem Schreibtisch. Diesen Schreibtisch hatte Josiah erworben, ein chinesisches Möbelstück und mit aufwendigen Schnitzereien von feuerspeienden Drachen und kleinen Schüben versehen, die sich hinter chinesischen Booten, Brückenstegen und gewundenen Flüssen versteckten. Frances beugte sich vor und stützte den Kopf in die Hände.

»Der Onkel hat mich gewarnt«, flüsterte sie. »Aber ich habe nicht darauf gehört. Nun ja ...« Ihre Stimme verlor sich in den Gedanken, wie ihr Leben wohl sonst verlaufen wäre, wenn sie Josiahs Heiratsantrag abgelehnt hätte.

Sie gab sich einen Ruck und zog ein anderes Blatt des satinierten Papiers heran, tauchte ihre Feder in die Tinte und schrieb in schmucklosen, spitzen Buchstaben, ganz im Gegensatz zu ihrer sonstigen eleganten Handschrift:

Lieber Onkel!

Ich habe den schrecklichen Fehler begangen, mich in einen Mann zu verlieben, der aller Wahrscheinlichkeit nach völlig anders ist als ich. Außerdem steht er noch unter einem Diener, er ist ein Sklave! Er ist einer meiner Angestellten, und ich werde ihn gewinnbringend an einen anderen Besitzer weiterverkaufen müssen. Alles, was mir jemals über das Benehmen und die natürlichen Gefühle einer Lady beigebracht worden ist, sagt mir, daß das nicht passieren darf. Das darf einfach nicht passieren. Mir darf das nicht passieren.

Sie zerknüllte auch diesen Brief und nahm ihn mit den anderen zum Kamin, in dem Holzspäne und kleine Kohlenstückchen bereitlagen. Frances warf die Briefe obenauf und holte die Siegellackkerze von ihrem Tisch, um damit die sechs Briefbögen anzuzünden. Sie beobachtete, wie die Seiten verkohlten, sich erst verkrümmten und dann in Flammen aufgingen. Sie kniete dabei auf dem Kaminvorleger und verfolgte aufmerksam, wie alles zu Asche zerfiel; sie sah, wie ihre Wörter den Schornstein hinaufstiegen und zu harmlosem Rauch wurden und sich mit dem Dunst vermischten, der immer über Bristol schwebte.

»Ich kann mich nie jemandem anvertrauen«, sagte sie leise. »Ich werde es selbst mir nicht mehr eingestehen. Da hört es auf. Es ist vorbei. Es muß vorbei sein.«

Völlig erschöpft erhob sie sich und kehrte zum Schreibtisch zurück. Sie blies die Kerze aus und machte die Schübe zu. Sie drehte den kleinen Schlüssel in dem Schloß so um, als würde sie ihre Jugend, ihr neues Verlangen und ihre Hoffnungen auf ewig wegschließen.

»Vorbei«, sagte sie mit aller Entschiedenheit. Dann setzte sich sich in den Sessel vor den kalten Kamin und griff ein paar Taschentücher, die gesäumt werden mußten. Sie nähte, als könnte sie die Stiche durch ihre verweinten Augen noch gut erkennen.

So fand Josiah sie vor, als er wegen seines Frühstücks hereintrat. Etwas Eisiges um ihre Person erweckte seine Aufmerksamkeit. «Geht es dir gut, Mrs. Cole?« fragte er besorgt.

Frances lächelte. »Mir geht es ausgezeichnet, danke. Hast du mich gesucht?«

»Ich habe eine kleine Überraschung für dich, meine Liebe«, sagte Josiah. »Ich habe mich erinnert, daß du sagtest, du wärest auf Whiteleaze immer so gern ausgeritten. Und in den Stallungen kann man ein Damenpferd mieten. Ich habe es für heute nachmittag reservieren lassen. Einer der Diener kann dich begleiten. Von denen wird doch einer reiten können, nicht wahr?«

»Ich glaube, Cicero kann reiten.« Frances Stimme wirkte gelassen. »Aber ich werde Julius fragen.«

»Und freust du dich denn darüber?« fragte Josiah. »Du siehst heute ein bißchen blaß aus.«

Frances nickte. »Ich danke dir. Das ist sehr aufmerksam von dir«, sagte sie ruhig. »Das Reiten wird mir bestimmt Spaß machen. Ich werde Julius fragen, ob er reiten kann.«

Sie ging in die Halle. Kbara kam mit einem schweren Tablett in Händen die Treppe herunter.

»Julius, kannst du reiten?« fragte Frances.

Er runzelte die Stirn. »Auf einem Pferd?« fragte er. »Nein, Mrs. Cole. Das kann ich nicht.«

»Oh.« Frances drehte sich um. Hinter ihr stand Mehuru, einen Kohlenkasten in der Hand. Eine grobe Juteschürze schützte seine Livree gegen den Staub.

»Kannst du reiten, Cicero?«

»Ja«, sagte er kurz.

»Du mußt sagen: Ja, Mrs. Cole«, berichtigte ihn Frances.

Mehuru nickte daraufhin, wiederholte aber den Satz nicht.

»Ich werde heute nachmittag ausreiten«, sagte sie. »Du wirst mich begleiten. Vorher mußt du zum Mietstall und auch für dich ein Pferd aussuchen und Reitkleidung ausborgen. Stiefel wirst du ebenfalls brauchen.«

Mehuru zeigte keine Dankbarkeit. Er lehnte sich gegen den schweren Kohlenkasten und wartete darauf, daß sie ihn entließ.

»Wir werden in die Hügel ausreiten«, sagte sie. »Im Sonnenschein. Das wird ein wahrer Feiertag.«

Immer noch schwieg er.

»Was hast du gegen einen Ausritt mit mir?« fragte sie voller Ungeduld über sein Schweigen. »Ich hätte gedacht, du würdest dich über eine Abwechslung freuen. Weg von der ständigen Schinderei hier?«

Mehuru senkte ganz leicht den Kopf. »Ja, Mrs. Cole«, sagte er.

Der Mietstall schickte zwei schöne Jagdpferde zum Queens Square. Als Frances gerade in ihrem alten grauen Reitkostüm aus der Haustür trat, sah sie, wie sich Mehuru, der vorn bei den Tieren stand, mit dem Stalljungen unterhielt. Wegen des grellen Sonnenlichts mußte sie ihre Augen beschatten. Die Silhouette seines großgewachsenen, schlanken Körpers wirkte wie eine schwarze Kamee. Es war kurz nach Mittag, und der Platz war hell und warm. Die Zweige der kleinen Bäume nickten unter dem zunehmenden Gewicht ihrer frischen Knospen. Auch der Rasen in den Gärten sproß in hellem, saftigem Grün hervor und war mit Gänseblümchen übersät. Vor einem der Häuser stand ein Kirschbaum in einem Kübel, dessen Blüten wie ein rosafarbener, hauchzarter Schleier über den goldenen Sandstein geworfen waren. Auf den Dächern und den jungen Bäumen besangen die Vögel mit munteren Tonfolgen den Sonnenschein. Frances biß sich auf die Lippe, um ihr unerwartetes Freudengefühl zu unterdrücken.

Mehuru hatte vom Stall eine Reitkleidung und Stiefel geliehen bekommen. In den hohen Stiefeln und den rehbraunen Reithosen, dem weißen Hemd mit steifem Kragen und dem dunkelbraunen Reitjackett sah er sehr stattlich und richtig englisch aus. Gegen den hohen weißen Kragen an seinem Hals wirkte sein Gesicht tiefschwarz. Als er Frances an der Tür bemerkte, drehte er sich um und lächelte. Er hielt ihr Pferd, und der Stalljunge verschränkte seine Hände, um ihr beim Aufsteigen zu helfen und sie in den Damensattel hochzuheben.

Nun stieg Mehuru auf und bewegte sich mit dem Pferd, das Seitenschritte machte und kurbettierte. »Es ... es tanzt«, sagte er. »Ich kenne das Wort nicht.«

»Tanzen ist ein gutes Wort«, stimmte ihm Frances zu, die bemerkte, wie leicht er sich im Sattel hielt. »Wir würden sagen – es ist frisch –, was heißen soll, daß es ganz ungeduldig ist.«

»Ich dachte, man nennt Lebensmittel frisch.« Mehuru gewann die Kontrolle über das Pferd und begab sich an ihre Seite, während sie vom Platz zur Park Street ritten.

Frances hatte das Gefühl, daß sie keinen klaren Gedanken fassen konnte, wenn er so dicht neben ihr war. »Manchmal«, sagte sie unbeholfen. Sie sammelte ihre Gedanken und erklärte: »Frische Lebensmittel sind neu, es sind eben vorzügliche Lebensmittel. Ein frisches Pferd kommt gerade aus dem Stall und ist in vorzüglicher Verfassung.«

»Ich verstehe«, sagte er. »Das ist eine interessante Sprache.«

Frances, deren Französisch mal eben für eine Unterhaltung langte, und die auf italienisch nur ziemlich oberflächlich plaudern konnte, hatte angenommen, daß Englisch überhaupt die wichtigste Sprache auf der Welt war. »Worin unterscheidet es sich von deiner Sprache?«

Sie wurden von einem Wagen überholt, und Mehurus Pferd hob den Kopf und scheute, doch er hielt es fest in den Zügeln, strich ihm über den Hals und murmelte beruhigende Worte, bis der Wagen vorbeigezogen war. »Sie haben Wörter, die wir nicht kennen, und wir haben feine Bedeutungsunterschiede, die es bei Ihnen nicht gibt.«

»Was zum Beispiel?« Ihre Stimme klang kühl. Sie hatte sich in der Gewalt.

»Oh, bei Ihnen gibt es das Wort ›Schönheit‹, bei uns nicht.«

»Also glaubt ihr nicht an Schönheit?«

»Doch, wir glauben daran, sie ist ja sichtbar. Aber wir haben nicht wie Sie ein Wort dafür. Wir haben Wörter, die bedeuten, daß etwas gut oder richtig ist, das Richtige am richtigen Ort, die richtigen Farben. Wir haben ein Wort, daß es bei Ihnen nicht gibt; es bedeutet, daß nichts fehlt. Aber wir nennen das dann nicht schön, wir nennen es vollkommen.«

Frances warf ihm ein kurzes kokettes Lächeln zu. »Wenn du also eine Dame liebst, dann würdest du ihr nicht sagen, daß sie schön ist?«

Er schaute von ihr weg, denn er wollte nicht die Linie ihrer Wangen oder den nach unten führenden Schwung ihrer Wimpern sehen. »Nein«, sagte er kurz.

Seite an Seite ritten sie die Park Street entlang. Zu beiden Seiten gab es Baugerüste, blaßgelbe Steinhäuser wuchsen aus den Fundamenten, die sich wie Terrassen den Hügel hinaufzogen. Hier und da fanden sich Lücken, wenn ein Grundstück nicht verkauft worden war oder der Bauherr die Arbeiten wegen Geldmangels eingestellt hatte – wie ausgefallene Zähne gähnten diese Lücken. Die Stadt entstand stückweise, jegliche Planung und Ordnung war im Profitrausch außer acht gelassen worden.

»Was würdest du also sagen?« fragte Frances beharrlich weiter. »Wenn du einer Dame sagen willst, daß du sie liebst, daß du glaubst, sie sei schön?«

»Ein Mann würde ihr sagen, daß er sie zur Frau haben will«, sagte Mehuru einfach. »Er würde ihr nicht sagen, daß sie so gut wie eine andere Frau aussieht. Was würde das schon bedeuten? Er würde ihr nicht sagen, daß sie schön ist – wie eine Statue oder ein Bild. Er würde ihr sagen, daß er mit ihr schlafen will. Er würde ihr sagen, daß er keine Ruhe fände, ehe sie nicht in seinen Armen läge, unter ihm, neben ihm, über ihm, daß ihr Mund für ihn der See wäre, aus dem er trinken wolle, und ihr Körper sein Garten. Beim Verlangen geht es nicht um ›Schönheit‹, so als sei eine Frau ein Kunstwerk. Beim Verlangen geht es um den Besitz einer Frau, da mag sie so schlicht wie ein Tontopf sein, und er wird doch krank vor Sehnsucht nach ihr werden.«

Ein Schrei der Empörung blieb Frances im Hals stecken. Sie gab ihrem Pferd die Sporen und ritt in entrüstetem Schweigen weiter, nach vorn blickend, wobei ihre Wangen glühten und ihr die Röte ins Gesicht stieg.

Mehuru holte sie ein. »Was ist?« fragte er fordernd und aufgebracht. »Was ist denn los?«

»Du solltest mir gegenüber nicht solche Reden führen«, sagte Frances gedämpft. Sie wollte ihm nicht ins Gesicht sehen.

»Sie haben gefragt!« stieß Mehuru hervor. »Sie haben mich danach gefragt, wie ich Verlangen empfinde. Also habe ich es Ihnen erzählt.«

»Du solltest nicht solche Reden führen«, wiederholte Frances leise und wandte immer noch ihren Kopf ab.

»Und wie sollte ich dann empfinden?« fragte er fordernd. »Sie befehlen alles, warum nicht auch das? Was sollte ich empfinden, Mrs. Cole?« Er zügelte sein Pferd etwas und ritt nun hinter ihr her wie ein Lakai.

Schweigend ritten sie die ganze Park Street entlang. Frances hielt ihren Kopf gerade. Sie konnte spüren, wie ihr Blut vor Wut und Sehnsucht pochte: es war eine atemberaubende Mischung der Leidenschaften. Mehuru trieb wütend sein Pferd voran und beobachtete ihren schmalen Rücken, der sich vor ihm hin und her wiegte. Auf dem Hügel lief die Straße in einen Feldweg aus, der von Bauhütten und Höfen mit Steinen, Rohrleitungen und Bauholz gesäumt war. Unter den provisorischen Holzdächern arbeiteten Steinmetze, die den Steinen die richtige Größe gaben und ornamentale Friese, dekorative Köpfe und Säulen meißelten. Über eine Riesenfläche verteilt, zogen sich auf dem Hügel die Bauhöfe für eine Stadt hin, die vom Baufieber gepackt war. Man konnte das Wachsen und Erneuern der Stadt förmlich mit den Händen greifen.

Frances und Mehuru ritten weiter. Um den überall umherfliegenden feinen Staub der Steinmetze abzuhalten, preßte sie sich ein Taschentuch vor den Mund, bis sie die Bauhöfe hinter sich gelassen hatten und sich am Weg nun kleine Gemüsegärten hinzogen, die dann in Viehweiden übergingen. Mehuru schaute sich um und betrachtete das dicke, glänzende Fell der Kühe und das unglaublich saftige Grün der Wiesen. Selbst die Hecken schienen in diesem warmen Frühlingsmonat Mai von der Frische des anhaltenden Regens zu strahlen. An den Sträuchern prangten Weidenkätzchen, die so gelb wie die Himmelschlüsselchen am Fuße der Hecken waren. Mehlbeerbaum und Weißdorn standen in weißer Blütenpracht. Die Buchen waren von einem grünen Knospenschleier überzogen, und der Weißbirkenhain am Rande eines Feldes war ein einziges strahlendes, knospendes Grün.

In Mehurus Heimat kam es nur in der kurzen Regenperiode vor, daß die Bäume wie hier leuchteten und solch süße Düfte verbreiteten. Von der Köchin hatte er erfahren, daß es in diesem Land immer feucht war. Ständig regnete es. Kein Wunder, daß hier Felder wie Wälder so üppig waren und daß das Fell der Kühe so wie das der Löwen glänzte. Er blickte zu Frances hin. Wie konnte eine Frau in einem so blühenden, reichen und unbeschwerten Land nur dazu erzogen werden, so verbittert, trocken und sträflich kalt sich selbst gegenüber zu sein?

Frances spürte, daß er sie anschaute. »Es tut mir leid. Ich hätte nicht fragen sollen«, sagte sie.

Er tat die Entschuldigung ab. »Es ist schon vergessen. Bleiben die Kühe immer auf diesen kleinen Feldern? Können sie zum Fressen nicht weiterziehen?«

Frances schaute ihn von der Seite an. Sie war erheitert und machte sich ein wenig lustig über sich selbst. »Bist du mehr an den Kühen als an meiner Entschuldigung interessiert?«

Er führte sein Pferd dicht an sie heran, so daß sein Knie die Flanke ihres Pferdes streifte. Sie hätte ihn mit einer Hand berühren können. Er warf ihr ein bezauberndes Lächeln zu. »Frances«, sagte er freundlich. »Wie können wir uns aufrichtig unterhalten, wenn ich Ihr Sklave bin und Sie mir nach Lust und Laune befehlen können? Alles, was Sie sagen, kann bedeutungsvoll oder nichtig sein. Wenn ich Sie beleidige, dann können Sie mich schlagen oder verkaufen. Wenn ich Ihnen gefalle, können Sie mir Zucker geben oder ein Lob aussprechen. Ich bin Ihr Hund, ich bin Ihr Pferd. Zu einem Hund oder einem Pferd sagen Sie nicht ›es tut mir leid‹. Sie verhalten sich, wie es Ihnen genehm ist, und Sie leiden, wie es Ihnen gefällt. Nichts zwischen uns ist aufrichtig.«

»Wenn es nach mir ginge, sollte es nicht so sein«, entgegnete Frances nun ganz leise. »Du bist kein Hund, du bist ein Gentleman, ein Edelmann in deinem Land, der in der Regierung einen hohen Posten bekleidete. Ich will nicht, daß du mein Sklave bist. Ich möchte vielmehr …« Sie hielt inne. »Ich möchte vielmehr, daß du mein Freund bist.«

Einen Moment lang herrschte Schweigen. Sanft zogen die Pferde an den Zügeln und richteten die Ohren nach vorn, als sich vor ihnen die Landschaft auftat, ein kleiner Hügel und ein sich hinaufschlängelnder Pfad, ein von Bäumen gesäumter Weg und von irgendwoher der ferne salzige Geruch der See.

»Dann lassen Sie mich doch frei«, sagte Mehuru einfach. »Nur ein freier Mann kann jemandem seine Freundschaft schenken. Wenn Sie möchten, daß wir Freunde sind, dann muß ich frei sein. Alles andere ist sklavenhafte Unterwürfigkeit – die nichts bedeutet. Frances, Sie müssen mich freilassen.«

Sie ließ ihr Pferd in Trab fallen und dann in einen leichten Galopp übergehen. Mehurus Pferd folgte ihr und schlug ein schnelleres Tempo an. Er saß ruhig im Sattel und betrachtete Frances, die sich nach vorn beugte und ihr Pferd schneller galoppieren ließ. Seite an Seite preschten sie den Hügel hinauf und jagten am höchsten Punkt in das Hügelland hinein. Frances' Pferd griff aus und fiel dann auf der kurzgeschorenen grünen Grasnarbe in scharfen Galopp. Die Sonne strahlte heiter vom Himmel, ein leichter und doch scharfer Wind wehte, der nach Salz und den zeitigen Knospen des wilden Thymians roch. Mehuru stieß den Schrei eines wilden Jägers aus. Das Gefühl der Erregung und der plötzlichen Freiheit des Reiters übertrug sich auf sein Pferd, das die Ohren nun nach vorn richtete und Frances' Jagdpferd verfolgte. Kopf an Kopf stürmten sie davon, bis Frances ihr Pferd zügelte und rief: »Brrr! Brrr!« und dann: »Vorsicht! Vorsicht! Der Rand der Klippe!«

Mehuru riß sein Pferd zu ihr herum. Vor ihnen befand sich ein grober, den Klippenrand kennzeichnender Holzzaun. Dahinter fiel jäh ein Steilhang von weißem Kalkstein Hunderte von Metern abwärts in die Tiefe bis zur Biegung des trägen, schmutzigen Flusses hinunter, der sich zwischen schlammigen Ufern dahinwand. Gegenüber stürzten hohe Klippen, teils bewaldet, teils mit großartigen weißen zutageliegenden Felsschichten, unmittelbar zum Flußufer hinab. Es war ein überwältigender Anblick. Die mächtige Schlucht führte weiter westwärts, auf das entfernte Meer hinaus.

»Sind wir hier hereingekommen?« fragte Mehuru. »Unser Schiff, den Fluß aufwärts?«

Frances bejahte das. »Man benutzt flache, geruderte Boote, die die Schiffe schleppen. Es ist äußerst schwierig, bei den veränderlichen Winden durch die Schlucht zu segeln, und die Durchfahrt ist sehr eng.«

Mehuru nickte und sah in die tiefe Klamm zum Fluß hinunter. »Ich bin froh, daß es damals Nacht war und ich unten hockte und es nicht sah«, sagte er. »Ich hätte angenommen, es wäre der Eingang zu einem ewigen Gefängnis – diese hohen Wände.«

»Ich kann dich nicht freilassen«, sagte sie plötzlich.

»Wem gehöre ich denn?«

»Mir. Aber ich kann dich nicht freilassen.«

Mehuru blickte nach Westen. Der Fluß machte eine Biegung, und er konnte nicht sehen, wo er ins Meer mündete. Gern hätte er die Wellen und das klare Wasser des Meeres gesehen und sich vorgestellt, daß auf der anderen Seite jenes Ozeans, Meilen über Meilen entfernt, sich womöglich die gleichen Wellen an den weißen Stränden seiner Heimat brachen.

»Was würdest du machen, wenn du frei wärst?« fragte Frances.

»Ich sollte nach Hause zurückkehren«, erwiderte er unverzüglich. »Dort werde ich gebraucht.« Er dachte daran, was er über die Weißen berichten konnte, wieviel er über sie erfahren hatte. Er dachte daran, wie dringend seine Landsleute dieses Wissen benötigen, und auch seine Kenntnisse der englischen Sprache, um sicher durch diese so gefährlichen Zeiten zu gelangen. »Und auch ich brauche meine Heimat«, fügte er mit sehr leiser Stimme hinzu.

Frances bemerkte die Sehnsucht, die sich in seinem Gesicht spiegelte, sagte aber nichts. Er warf ihr einen Blick zu. »Ich bin nicht glücklich, ehe ich nicht zu Hause bin«, sagte er schlicht.

»Ich kann dich nicht gehen lassen«, wiederholte sie. Und für einen Augenblick dachte er, sie redete eher wie eine besitzergreifende liebende Frau als wie eine Sklavenhalterin. »Ich kann dich unmöglich gehen lassen.«

Josiah hatte die Zahlen von Hot Well in seinem Arbeitszimmer, einem hinteren Raum am Queens Square, vor sich liegen. Stephen Waring hatte sie ihm verschafft und ihm mit einem Augenzwinkern zu verstehen gegeben, sie rasch zu überprüfen und noch vor der monatlichen Versammlung im Mai zurückzugeben. Josiah hatte begriffen, daß sie extra für ihn ausgeborgt waren und daß sich Stephen Warings Freundschaft bereits rentierte, ebenso wie die Mitgliedschaft bei den Merchant Venturers.

Die Eintragungen reichten bis zu den ersten Tagen im vorigen Jahrhundert zurück, als die Quelle entdeckt wurde. Sie sprudelte den ganzen Tag unsichtbar unter Wasser, mit Ausnahme einer knappen Stunde bei Ebbe, wenn man sie heiß und Blasen bildend herausbrodeln sah und sich dabei ein leichtes Kräuseln von reinem Wasser in dem Braun des Flusses zeigte. Ein tüchtiger Geschäftsmann hatte dann ein Badehaus eröffnet und später auch das Wasser auf Flaschen gezogen und verkauft. Josiah nickte; sobald sich die Sache als profitabel erwies, hatten die Merchant Venturers ihr Interesse daran bekundet. Sie kauften die Quelle und begannen sie an spekulierende Pächter zu vermieten.

Der letzte Pächter, Mr. James, hatte den plötzlichen Aufschwung von Kurbädern und Mineralwasser gewittert und beschlossen, das vornehme, florierende Geschäft von Bath hierher zu übertragen. Das war ihm gelungen. Das Kurbad hatte sich nun neben Bath etabliert. Genesende waren, wie allgemein bekannt, ruhelos, und viele zogen von Bath nach Hot Well und nahmen dort Quartier. Rettungslos Kranke zahlen für eine Kur jeden Preis, und der Ruf von Hot Well, wo man Diabetes, Hautleiden, Magenbeschwerden und auch Herz- und Lungenkrankheiten kurierte, gab ihnen wieder Hoffnung. Der Methodistenprediger John Wesley selbst war durch die Behandlung geheilt worden. Er und andere vornehme Invalide gewährleisteten, daß das Unternehmen aufblühte, und die Merchant Venturers nahmen sich vor, noch weiter zu expandieren.

Die Zahlen beschrieben die Kosten – eine Investition von zweitausend Pfund in das Brunnenhaus, um es zum größten Kursaal des Landes zu machen. Eintausend Pfund für die hübschen Kolonnaden mit den Läden gleich nebenan. Eine doppelreihige Baumallee führte zu den Kurräumen, und es gab ein kompliziertes System von Pumpen und Filtern, die das Wasser von dem verseuchten Fluß abhielten, der täglich immer mehr die Reinheit der Quelle bedrohte, denn er wurde zunehmend aus den Rohren der Bristoler Abwässerröhren und von den Fabriken verdreckt. Die Venturers hatten alles getan, um das

Unternehmen erfolgreich in Schwung zu bringen, doch wollten sie sich die Mühe, das Bad selbst zu betreiben, ersparen. Der Grund, Hot Well in andere Hände zu übergeben, lag darin, daß sie ihre Geldeinlagen rasch herauskriegen wollten.

Josiah lachte in sich hinein und läutete dann. Kbara kam auf leisen Sohlen und hübsch anzusehen in seiner Livree herein. »Ja, Sir?«, fragte er.

»Rum mit Wasser«, befahl Josiah.

Er nahm sich ein Blatt Papier und kritzelte einige Zahlen darauf. Er stellte sich vor, zweitausend Pfund für den Pachterwerb von Hot Well vorab auf die Fracht der *Daisy* zu borgen, die in den großen Häfen der Afrikanischen Kompanie Ladung nehmen und im Dezember in Bristol eintreffen sollte. Wenn Josiahs Kapitän günstig kaufte und schnell auslief, würde Josiah ein kleines Vermögen machen.

Er würde es brauchen. Die launischen Gegebenheiten des Sklavenhandels brachten es mit sich, daß manchmal alle drei Schiffe zur gleichen Zeit von Bristol weg waren. Josiah blieb dann nichts anderes übrig, als untätig zu warten. Von April bis Juli nahmen seine Schiffe Ladung vor Afrika, während zu Hause die Schulden ständig wuchsen. Er konnte keinen Pfennig bezahlen, ehe sie nicht wieder im Hafen waren. Die Gewinne aus Hot Well würden die horrenden Schwankungen im Sklavenhandel ausgleichen, in dem ein Mann an einem Tag bankrott sein konnte und am anderen sein vollbeladenes Schiff sicher im Hafen ankam.

Josiah hatte ein Darlehen von eintausend Pfund für das Haus am Queens Square aufgenommen und fünfhundert Pfund für das Mobiliar. Auf die Fracht der *Rose* hatte er sich im voraus eintausend Pfund Kredit geben lassen, wobei er die Bezahlung der halben Ladung schuldig geblieben war, statt das Risiko gleichwertig unter andere Partner aufzuteilen. Mit seiner Entscheidung, in Afrika Frauen und Kinder aufzunehmen, sie so eng wie möglich zusammenzupferchen und an die Spanier zu verkaufen, hatte Josiah die Seereise riskanter aber auch profitabler gemacht. Der Verkauf an die Spanier galt als

Schmuggel und brach die Gesetze, die den Handel mit den konkurrierenden Plantagen Spaniens begrenzen sollten. Aber da es sich um Konterbande handelte, wurde sie auch in Gold bezahlt. Josiah mußte den Pflanzern keine Kredite gewähren, die erst ein oder zwei Jahre später getilgt würden. Die *Rose* sollte im November in Bristol einlaufen und gut verkäuflichen Zucker und Gold mit sich führen. Sie wäre der Lohn für eins der größten Risiken, die er in seinem kaufmännischen Leben eingegangen war – loszusegeln ohne die volle Anzahl von Partnern und ohne eine vollständige Versicherung –, eine Belohnung, die den größten Gewinn darstellte, den er je gemacht hatte. Dann müßte die *Daisy* im Dezember folgen und zwei Monate später die *Lily*, und Josiah würde als reicher Mann dastehen.

Er brauchte diesen öffentlichen Erfolg. Trotz seiner Freundschaft zu den Merchant Venturers mußte Josiah feststellen, daß seine Schiffe keine Investoren mehr anzogen. Die Gewinne aus dem Sklavenhandel waren mit einem zu hohen Risiko verbunden, verglichen mit den garantierten Einnahmen aus Grund und Boden. Die drei Märkte, wo man Gewinne oder Verluste machte, in Afrika, auf den Westindischen Inseln und in England, beflügelten die Phantasie von Handelsleuten nicht mehr. Diejenigen, die bisher auf dem Sklavenmarkt eine Rolle gespielt hatten, um dreifachen Profit zu machen, zogen es jetzt vor, Zucker direkt zu kaufen und zu verkaufen – sie trieben Handel nur mit Westinidien. Preise ließen sich so leichter kalkulieren und die Erträge kamen schneller herein. Indem man zwei Strecken der bisher drei Routen umfassenden Schiffsreise kappte, verringerte man das Risiko um zwei Drittel, man beschleunigte die Rückkehr der Schiffe, und daraus resultierte der Gewinn. Einzig die Traditionalisten, die schon immer im Atlantikhandel tätig gewesen waren, und die kleinen Geldanleger, die anderswo nicht unterkamen, investierten noch im Sklavengeschäft und in Josiahs Schiffe.

Aber Josiah Cole war zuversichtlich. Seine Mitgliedschaft bei den Merchant Venturers zeitigte bereits Vorteile. Durch diese Handelsgesellschaft erhielt er volle Versicherung für alle künftigen Fahrten, inbegriffen sogar der Verlust von Sklaven mit Ausnahme der an Krankheiten Gestorbenen. Er konnte folglich künftige Investoren beruhigen, daß ihr Geld gut angelegt war und für jeden Fall versichert.

Doch am wichtigsten war: als einer der Merchant Venturers war er auch Mitglied der Königlichen Afrikanischen Kompanie. Zum erstenmal seit Bestehen der Firma Cole & Söhne müßten deren Schiffe nicht mehr die fieberverseuchte Küste auf und ab nach einzelnen Sklaven suchen und dabei mit Stammeshäuptlingen an der Küste Tauschhandel treiben, feilschend um einen Sklaven hier und den anderen dort, dabei noch Krankheiten ausgesetzt, Gefahren vom Ufer und Meuterei an Bord. Ab sofort würden die Schiffe von Cole & Söhne im Fort der Kompanie festmachen, wo sie neue Nahrungsmittelvorräte und sauberes Wasser aufnehmen konnten. Sklaven zum Kauf warteten bereits in den riesigen Verliesen dort, und der Kapitän konnte sich die Sklaven aussuchen, und wenn er mehr brauchte, genügte eine Nachricht an die Niederlassungen der Kompanie weiter flußaufwärts, daß sie die gewünschte Menge schicken sollten. Die Überholung des Schiffes ging so rasch vonstatten wie im Dock in Bristol. Das Zusammentreiben der Sklaven war so perfekt organisiert wie ein gutes Industrieunternehmen. Endlich waren für Josiah die unsicheren, risikoreichen Zeiten vorbei. Solange das Meer freundlich gesonnen war, konnte er für jede Überfahrt einen Profit garantieren. Wenn die Investoren unter diesen Bedingungen in die Rechnungsbücher seiner Firma Einblick nahmen, war Josiah sich sicher, daß sie ihm erneut ihr Geld anvertrauen würden.

Gegen all diese angenehmen Vorzeichen sprachen lediglich Josiahs Schulden für das Haus und für die *Rose* – insgesamt dreitausend Pfund – und seine steigenden Kosten für den Haushalt. Doch nichts beunruhigte ihn im Augenblick. Der Wert des Hauses rechtfertigte seine Schulden, das Darlehen auf die *Rose* war Anlagekapital, und die Lebenshaltungskosten stiegen eben naturgemäß. Ein Mann wie er, der den Status eines Gentlemans anstrebte, müßte auch generös mit seinen Haushaltsrechnungen umgehen, meinte er.

Er griff nach einem Blatt Papier und schrieb an Stephen Waring.

Lieber Waring!

Auf schnellstem Wege reiche ich Ihnen, wie gewünscht, anbei diese Schriftstücke zurück und bedanke mich sehr dafür. Ich werde mich ganz sicher um den Pachtvertrag für Hot Well bewerben – unter der Bedingung, daß ich eine Garantie erhalte, daß die Pacht mindestens über zehn Jahre läuft und während dieser Zeit nicht erhöht wird. Für Ihre Unterstützung in dieser Angelegenheit danke ich Ihnen. Ich treffe Sie beim Dinner, wo ich auch mein Angebot der ehrenwerten Gesellschaft unterbreiten werde.

Ihr etc.

Cole

Josiah verschloß den Brief mit Siegelwachs und preßte seinen Ring in die heiße Masse, läutete dann und trug Mehuru auf, einen der Jungen mit dem Brief und dem Aktenpäckchen zu Mr. Warings Geschäftshaus zu schicken.

Mehuru zögerte.

»Was gibt's?«

»Ich werde selbst gehen.«

»Gut, gut«, sagte Josiah ungeduldig. »Solange wie jemand von euch geht und geradewegs wieder nach Hause kommt!«

Immer noch zögerte der Mann. »Wenn ich eine Blumenverkäuferin treffe, soll ich da ein paar Blumen für Mrs. Cole mitbringen?«

Josiah drehte sich in seinem Sessel um. »Was?«

»Die Blumen in der Halle sind verwelkt. Mrs. Cole liebt Blumen, und auf der Straße kann man welche kaufen. Soll ich welche für sie mitbringen?«

»Oh!« Josiah war ernsthaft überrascht. Die lauten Ausrufe

der Blumenverkäuferinnen und der Messerschleifer waren auch an sein Ohr gedrungen, aber nie hatte er daran gedacht, daß sie etwas anboten, das er brauchen könnte. »Sie mag Blumen, wie?«

Mehuru kam Frances' verträumt sinnliches Entzücken über die gelben Osterglocken in den Sinn, und er senkte die Augen, so daß ihr Ehemann seine Belustigung nicht bemerkte. »Jawohl.«

»Hier gebe ich dir einen Penny, hol ihr ein Sträußchen.«

Mehuru nahm die Münze. »Sie würde lieber mehr haben wollen«, sagte er vorsichtig, »für die große Schale in der Halle.«

Josiah ließ ein T-t-t vernehmen, schob seine Hand in die Tasche und warf Mehuru eine Handvoll Münzen hin. »Da! Nimm eine halbe Krone, nimm eine Krone, und bring mir das Wechselgeld wieder! Bring ganz bestimmt das Wechselgeld zurück, merke dir das.«

Mehuru verbeugte sich flüchtig, ergriff den dicken Brief und verschwand, ehe noch Josiahs angeborene Vorsicht in Geldsachen seine großartige Geste rückgängig machte.

Er nahm Hut und Mantel und schlüpfte aus der Hintertür, schritt flott zu Mr. Warings Speicherhaus im Norden auf der Bristoler Seite des Docks, lieferte den Brief ab und fand rasch eine Blumenverkäuferin, die ihre Ware auf dem Kai in der Nähe der Brücke nach Redclift anpries.

Sie trug einen Bauchladen um den Hals, vollgefüllt mit Blumen. Üppige Sträußchen von Waldveilchen, diesen Morgen in den Wäldern von Rownham gepflückt, mit Blättern, die noch feucht waren, und Blüten, die einen starken Duft verströmten. Und sie hatte Hunderte spätblühender Osterglocken mit dicken Knospen, die in blaßgelbe Blüten aufbrachen und sich trompetenförmig in der Morgensonne öffneten.

»Wieviel?« fragte Mehuru.

»Halben Penny der Strauß.«

Ihr Bristoler Akzent war so stark, daß er sie kaum verstand. »Wo stammen Sie denn her?« fragte er neugierig.

Sie setzte eine unverschämte Miene auf. »Bin näher an Zuhause dran wie du«, sagte sie.

Er lächelte. »Ich will keinen Strauß. Was kosten alle zusammen?«

Aufgescheucht starrte sie jetzt Mehuru an. »Alle?«

»Ja, rasch. Ich muß nach Hause.«

»Hab noch nie im Leben alle auf einmal losgekriegt.«

»Ich brauche das Brett da auch, um sie zu tragen.«

Nun sah sie ihn mit offenem Mund an. Mehuru mußte losprusten. Sie war so schwer von Begriff und dumm wie ein Bauer in einem Dorf seiner Heimat. »Noch nie hat hier einer alle auf einmal gekauft«, sagte sie fast stotternd.

»Mag sein«, meinte Mehuru geduldig. »Aber ich will sie alle haben. Was kosten die?«

»Bist du etwa aus London?« fragte sie, als ob nur das seine Überspanntheit erklären könnte.

»Spielt doch keine Rolle. Sehen Sie mal, wenn Sie am Abend nach einem guten Tag nach Hause kommen und fast alles verkauft haben, was haben Sie dann eingenommen?«

»Eine halbe Krone«, sagte sie bereitwillig. »Doch das kommt nie vor.«

»Gut, ich gebe Ihnen für alle Blumen drei Shilling, und Sie können bis zu meinem Haus mit dem Bauchladen mitgehen, und ich bringe die Blumen dann hinein«, sagte Mehuru beharrlich. »Dann können Sie sich neue Ware holen oder für den Rest des Tages freinehmen.«

Bei diesem Vorschlag blinzelte sie erstaunt. »Wenn du mir vier Shilling gibst, kann ich mir eine leckere Mahlzeit kaufen«, sagte sie hoffnungsvoll.

»Warum nicht?« erklärte Mehuru, freigebig mit Josiahs hart erworbenem Geld umgehend. »Also los!«

»In Ordnung«, entschied sie plötzlich.

Mehuru schritt flott voran, die Blumenverkauferin trottete rasch hinterher.

»Sind die für 'ne Lady?« fragte sie schlau. »Eine Lady, die Blumen liebt?«

»Ja«, erwiderte Mehuru, ohne sich umzuwenden.

»Und du liebst sie?« Sie stieß mit ihm zusammen, als er vor dem Hoftor stehenblieb.

Mehuru war unschlüssig, ob er nein sagen sollte. Er dachte an Frances und die widersprüchlichen Empfindungen, die zwischen ihnen aufkeimten. Er wußte, daß für ihn alles einfacher wäre, wenn er sie nicht liebte, und ungefährlicher, wenn das Wort zwischen ihnen niemals erwähnt würde. »Ich liebe sie nicht«, leugnete er mannhaft. »Ich habe nur Blumen besorgt.«

Er drückte der Blumenverkäuferin Josiah Coles Münzen in die Hand und nahm beide Arme voll Osterglocken auf. Die Veilchensträuße hatte er vorsichtig in die tiefen Taschen seines Mantels gepackt.

»Du riechst wie der Frühling«, sagte die Blumenverkäuferin und sah ihn an, wobei sie zum erstenmal seine breiten Schultern, seinen schlanken, wohlproportionierten Körper und die tiefe, samtige Schwärze seiner Haut wahrnahm. »Liebt sie dich?«

Mehuru schüttelte den Kopf über sie und lachte. »Auf Wiedersehen«, sagte er ruhig. »Viel Spaß beim Essen.«

Die Küche war leer bis auf die Köchin, die gerade in einem Tiegel auf dem Herd herumrührte und sich nicht umdrehte, so daß sie ihn mit den Armen voller Blütenknospen und den Taschen voller Veilchen nicht bemerkte.

Er schlüpfte in die Halle und dann die Treppe hinauf zu Frances' Schlafzimmer. Das Bett war gemacht, alles war aufgeräumt. Ihm fiel die kühle Eleganz ringsum auf. Die Haarbürste und der Kamm lagen ordentlich aufgereiht auf dem Toilettentisch, kleine Bilder hingen – mit Überlegung angebracht – an den hellen seidenbespannten Wänden, ein blaßblauer Teppich lag da, der kleine blaue Seidensessel war im rechten Winkel zum leeren Kamin hingestellt. Er hatte vorgehabt, die Blumen in Vasen im Zimmer zu verteilen, aber etwas in der altjüngerferlichen Ordentlichkeit des Schlafgemachs erweckte in ihm ein Gefühl von Anarchie und Verspieltheit. Er dachte an den

Gott der Gauner und Schwindler, gekleidet in dunkles Indigoblau, dekoriert mit Kaurimuscheln, der die Schicksale von Frauen und Männern in eine spielerische Unordnung brachte. Mehuru lachte bei dem Gedanken an die Verrücktheit, Frances mit Blumen zu überschwemmen.

Er zerrte die Decken von dem frischgemachten Bett weg und streute die Osterglocken kreuz und quer auf die weißen Leinenlaken. Dann verzierte er die Kissen mit Veilchen, Dutzende Sträußchen. Schließlich trat er zurück und überschaute das Durcheinander mit Entzücken.

Sofort erfüllte das Zimmer ein süßer Duft, denn die zerdrückten Veilchen verströmten nun ihren Wohlgeruch und die sich öffnenden Osterglocken hauchten ihr verborgenes, feines Parfüm aus. Mehuru lachte erneut leicht auf und schlich sich hinaus, wobei er die Tür hinter sich mit einem Gefühl zuzog, als habe er etwas Beunruhigendes, Gefährliches und Wildes in dem ordentlichen Haus freigesetzt.

So geschah es, daß Frances, als sie am Mittag nach oben kam, um ihr Morgenkleid gegen eine andere Garderobe zu wechseln, ihr Zimmer von einem die Sinne benebelnden, goldenen, mächtigen Duft erfüllt und ihr Bett von Blumen überflutet vorfand.

Sie dachte nicht nach, sie zögerte keinen Augenblick. In einem archaischen, intuitiven Teil ihres Gemüts, der noch nicht in Kälte erstarrt und noch ungezähmt war, wußte sie ganz genau, wer die Blumen gebracht hatte. Niemand im Haus hatte eine Ahnung, daß sie Osterglocken liebte und daß dieser Frühling ihr unverdorbenes, wildes, aufblühendes Verlangen nach oben gespült hatte. Verwegen zog sie ihr Kleid und ihren Unterrock aus und ließ sich wie ein junges Mädchen nackt auf das Bett fallen. Sie vergrub ihr Gesicht in dem kühlen leidenschaftlichen Grün der Blumen und badete in deren feuchtem, matt verströmendem Duft. Sie wälzte sich herum und wühlte sich in sie hinein, drehte sich darin wie ein Taucher in einem grünen Teich, bis ihr Körper glitschig von dem Saft glänzte und ihr das Haar voller Blütenblätter über die bloßen

Schultern fiel. Weißer Saft von den Osterglocken klebte ihr auf der Haut und lag glänzend auf den Lippen, scharf und bitter im Geschmack – und befleckte die weiße Keuschheit ihrer Laken. Und Frances lachte und war schließlich atemlos und ausgelassen wild, endlich.

22. Kapitel

Josiah saß an seinem Schreibtisch und wartete darauf, daß man ihn zum Dinner rief; unterdessen vertrieb er sich die Zeit damit, Zahlenkolonnen zusammenzurechnen. Vor ihm lagen ein halbes Dutzend Blätter, jedes mit einer anderen Berechnung. Die *Rose* mußte zuerst heimkommen, doch Josiah hatte für ihre Fracht schon Zahlungen erhalten, um das Haus am Queens Square zu kaufen. Vom Schmuggel mit den Sklaven sollte sie einen Extragewinn in Gold mitbringen; aber Josiah konnte keinen Vorschuß auf die Konterbande nehmen, denn die mußte ein streng gehütetes Geheimnis bleiben. Die *Daisy* sollte bereits einen Monat danach eintreffen. Wenn man sie so zügig wie ein Schiff der Merchant Venturers abfertigte und die Fracht löschte, könnte sie Ende Dezember in Bristol einlaufen, und die *Lily* käme gleich zwei Monate später.

Josiah hoffte, er könne einen Kredit gegen den zu erwartenden Gewinn von der *Daisy* aufnehmen, den er als Sicherheit anbieten wollte, um den Erwerb von Hot Well zu finanzieren. Auf jedem Blatt rechnete er aus, wieviel er bei drei Prozent Zinsen zurückzahlen müßte, und dann folgte die weitere Kalkulation, wieviel das ausmachte, wenn die *Daisy* später einträfe eine Woche, zwei Wochen, einen Monat später. Als Schiffseigner für große Überseeschiffe konnte man nichts genau vorhersehen. Die Fahrt dauerte im Durchschnitt vierzehn Monate. Stürme konnten ein Schiff aufhalten, ein Mastbruch konnte das Anlaufen eines fremden Hafens wegen der Reparatur bedeuten und damit eine Verzögerung von Monaten. Der Kapitän besaß Vollmacht, in so einer Notlage Reparaturen ausführen zu lassen, aber man konnte ihn übers Ohr hauen, und am Ende kam er ohne jegliches Gold nach Hause, weil er gezwungen war, zur Deckung der Kosten Frachtgüter zu verkaufen.

Erst wenn ein Schiff anlegte, erfuhr Josiah, ob er ein Vermögen gewonnen oder verloren hatte. Gelegentlich schickte ein Kapitän eine Nachricht von unterwegs mit einem anderen Schiff aus Bristol mit, das vor ihm heimkehrte, doch das passierte ganz selten. Man konnte nichts anderes tun als abwarten und sich davor hüten, Geld auf eine Fracht zu borgen, die sich im selben Augenblick vielleicht auf einem sinkenden Schiff befand.

Es klopfte, und Frances schaute herein.

»Störe ich dich, Josiah?« Das Haar trug sie auf neue Art, einfach über die Schultern gekämmt. Sie strahlte über das ganze Gesicht und sah so hübsch aus, wie es Josiah noch nie bemerkt hatte.

»Neues Kleid?« fragte er.

»Nein.«

»Oh.«

»Muß ich mich bei dir für die Blumen bedanken?« fragte sie vorsichtig.

»Ich habe Cicero nach einem Strauß geschickt«, erwiderte Josiah. »Hat er einen schönen ausgesucht?«

Unwillkürlich stieg Frances die Röte in die Wangen. »Er hat eine Menge gekauft«, sagte sie. »Sie sind schön. Danke.«

Josiah winkte ab. »Gibt es sonst noch etwas, Mrs. Cole? Rufst du zum Essen?«

Mit ernstem Gesicht schüttelte Frances den Kopf. »Ich möchte wegen einem der Kinder den Doktor holen lassen. Der kleinste Junge hat Fieber. Seit Ostern hustet er, und es wird immer schlimmer.«

Josiah sah sie nachdenklich an. »Können wir ihm nicht eine Breipackung oder so etwas auflegen? Ein paar Tage Bettruhe?«

»Er liegt schon im Bett«, entgegenete Frances. »Und die Köchin hat mit ihren Hausmitteln bereits getan, was sie konnte. Sie will, daß ihn der Doktor untersucht, und ich glaube, sie hat recht.«

»Für den Jungen tut es mir leid«, sagte Josiah verlegen, »aber wir führen hier ein Handelsgeschäft, Frances. Er ist schließlich nicht unser Sohn. Jeder Arztbesuch kostet Geld, und denk an die Kosten für die Medizin. Da möchte ich doch lieber abwarten, bis wir sicher sind, daß es nötig ist.«

»Das Kind ist sehr krank«, sagte Frances beharrlich.

»Das mag ja sein. Doch laß den Doktor ein paarmal kommen, und schon stecken wir im Minus.«

Frances wandte sich zum Gehen, die Hübschheit war aus ihrem Gesicht gewichen. »Aber ich darf doch nach dem Arzt schicken, wenn es schlimmer wird? Schließlich verlierst du mehr, wenn der kleine Junge stirbt, Josiah.«

»Klar, man sollte sich irgendwie um ihn kümmern«, gab Josiah zurück. »Aber wir müssen unsere Kosten gegen den voraussichtlichen Gewinn aufrechnen. Sonst wäre das hier kein Geschäft, sondern eine Missionsstation. Das Geschäft mit den kleinen Kindern aus Afrika lohnt sich nicht, wenn wir sie in einem zivilisierten Haus großziehen und ein Vermögen für ihre Medizin ausgeben. Sie müssen sich ihren Unterhalt selbst verdienen.«

»Ich weiß«, räumte Frances ein. »Aber ich kann nicht dafür, daß er mir leid tut.«

Josiah lächelte sie an. »Du hast ein weiches Herz. Also, laß den Doktor kommen, wenn du darauf bestehst; laß ihn kommen, wenn es dich quält! Aber vergiß nicht, daß wir die Ausgaben einschränken müssen.«

»Das tue ich«, sagte Frances. Sie warf ihm ein flüchtiges Lächeln zu und schlüpfte aus dem Zimmer. Dann stieg sie in den obersten Stock hoch, wo die Sklaven schliefen. James, der kleinste der Jungen, lag auf seinem Strohsack, Elizabeth war bei ihm. Sie wischte ihm das heiße Gesicht mit Wasser und Essig ab. Er warf den Kopf von einer Seite auf die andere, seine glasigen schwarzen Augen sahen nichts.

»Sehr krank«, sagte Elizabeth, als Frances eintrat.

»Nicht besser?«

»Nein.«

Frances beugte sich herunter und legte dem Kind die Hand auf die Stirn. Sie fühlte seine brennende Haut. Die kurzgeschnittenen Locken waren naß vor Schweiß, seine glatte schwarze Haut glühte noch dunkler vom Fieber.

»Heute abend schicke ich nach dem Doktor, wenn es ihm nicht besser geht«, sagte Frances.

Elizabeth schüttelte den Kopf. »Nicht besser.«

»Du hast mich nicht verstanden«, sagte Frances ärgerlich. »Ich sagte: ›Ich schicke nach dem Doktor, wenn es ihm nicht besser geht.‹«

Wieder schüttelte Elizabeth den Kopf. »Nicht besser.«

»Sie sind es, die nicht versteht«, sprach Mehuru leise von der Tür her. »Sie sagt, es geht ihm nicht besser, und es wird ihm auch nicht besser gehen.«

Frances war entrüstet. »Natürlich wird er sich erholen«, rief sie. »Das ist doch nur Fieber. Kinder kriegen öfter Fieber. Heute noch wird er es ausschwitzen, und dann ist das Fieber weg. In ein paar Tagen rennt er wieder herum und spielt.«

»Er hat nicht viel gespielt«, bemerkte Mehuru, »selbst als er nicht krank war.«

Frances errötete. »Wenn er auf die Plantagen gekommen wäre, müßte er jeden Tag von früh bis spät auf den Zuckerrohrfeldern Unkraut jäten«, betonte sie. »Hier hat er ein besseres Leben.«

Mehuru bejahte. »Und wenn er in Afrika geblieben wäre, hätte ihn die Mutter bei der Feldarbeit sicher auf dem Rücken getragen. Und wenn sie ihm das Abendbrot bereitete, hätte er mit den anderen Kindern zu ihren Füßen gespielt. Und nachts hätte sie ihn neben sich gebettet.«

Frances schwieg. In der Stille vernahmen sie James' mühsames Keuchen. »Man hätte ihn in seiner Heimat lassen sollen«, sagte Frances leise.

Ruhelos drehte James den Kopf, er suchte einen kühlen Platz auf dem Kissen. Frances lehnte sich über ihn und hob den kleinen Kopf an. Elizabeth wendete das Kissen um, und Frances legte ihn dann wieder auf die kühle, frische Baumwolle. »Ich schicke jetzt nach dem Arzt«, entschied sie.

»Ich hole ihn«, sagte Mehuru. »Wo wohnt er?«

»In der Trenchard Lane beim Krankenhaus. Dr. Hadley. Warte, ich gebe dir meine Karte mit.«

Frances ging ins Damenzimmer hinunter, um eine Visitenkarte aus ihrem Kästchen zu holen; Mehuru folgte ihr. Auf die Rückseite schrieb sie eine Nachricht. »Da«, sagte sie. »Bitte ihn, rasch herzukommen.«

Mehuru lief in die Küche, um sich die Jacke überzuwerfen und den Hut aufzustülpen; er verließ das Haus durch die Hintertür und begann seinen Weg am Kai des Frome im gleichmäßigen Dauerlauf Richtung John's Bridge.

Der Arzt war nicht zu Hause. Mehuru folgte seiner Spur durch die Stadt von einer vornehmen Adresse zur anderen und fand ihn, als er in seinem leichten Einspänner von einem Kindbett in der Culver Street kam. Es war ein junger, blonder Schotte, ein notorischer Freidenker und politischer Radikaler. Von den konservativen Bürgern Bristols wurde er nur wegen seiner bemerkenswerten Tüchtigkeit und seiner Promotion an der Universität von Edinburgh geduldet.

»Bist du freigelassen?« fragte er neugierig.

»Nein«, antwortete Mehuru. »Ich gehöre Mrs. Cole.«

»Du scheinst ein gebildeter Mann zu sein. Du sprichst sehr gut.«

»Bei Mrs. Cole habe ich die Sprache gelernt, und das Lesen habe ich mir selbst beigebracht.«

»Lesen, wie? Liest du Zeitungen?«

»Wenn ich welche in die Hand kriege. Ich habe kein Geld für Zeitungen oder Bücher.«

»Du könntest in ein Lesezimmer oder ein Kaffeehaus gehen.«

»Ich habe kein Geld«, betonte Mehuru, »und keine freie Zeit. Ich bin kein Bediensteter, ich bin Sklave. Ich darf das Haus nicht verlassen.«

Der Arzt murmelte ein kurzes Schimpfwort. »Schon was von Granville Sharp gehört?« fragte er.

»Nein.«

»Der stammt aus London. Er wohnt in London. Der hat sich schon einen gewissen Namen damit gemacht, daß er sich für Leute deiner Rasse einsetzt.«

»Für Sklaven oder Freie?«

Als sie auf den Platz einbogen, schnalzte der Doktor seinem Pferd zu. »Sklaven«, antwortete er. »Er verteidigte einen entlaufenen schwarzen Sklaven – wie hieß der doch gleich? Strong, Jonathan Strong, und noch einen anderen, James Somerset. Ihre Fälle kamen vor Gericht, der Richter entschied, sie könnten gegen ihren Willen nicht des Landes verwiesen werden. Wenn man versucht, dich auf die Plantagen zu schicken, kannst du dich weigern, ob Sklave oder nicht. Hast du das gewußt?«

Mehuru sprang von seinem Sitz und lief nach vorn zum Pferd, um es am Zügel zu halten. »Habe ich nicht gewußt. Ich dachte, ich gehöre denen ganz und gar.«

»Nicht ganz und gar«, erwiderte der Arzt mit schneidender Ironie. »Selbst in Britannien, im Lande der Freiheit, hast du ein paar Rechte. Zum Beispiel dürfen sie dich schlagen, aber nicht totschlagen.«

»Kann ich wieder einmal mit Ihnen reden?« bedrängte Mehuru ihn.

»Montags speise ich immer im Kaffeehaus am Crossways«, teilte ihm der junge Arzt mit. »Dort treffe ich einige Freunde, und wir debattieren. Schön, wenn du vorbeikämst.«

»Das mache ich«, sagte Mehuru.

»Paß auf, daß du vor Montag nicht verschifft wirst«, warnte ihn der Doktor sarkastisch und nahm seine Tasche aus dem Wagen. »Es gibt immer ein Schiff nach Westindien, und du wärst nicht der erste geraubte Neger.«

»Montag komme ich«, versprach Mehuru.

Der Arzt nickte und rannte die Stufen hinauf.

Sofort öffnete sich die Tür, denn Martha hatte nach ihm Ausschau gehalten, und sie brachte ihn in James' kleine Kammer. Als er wieder herunterkam, stand Frances am Fuß der Treppe.

»Ist er sehr krank?«

»Er kommt vielleicht durch«, antwortete Dr. Hadley. »Er hat hohes Fieber und einen böse entzündeten Hals. Außerdem ist er unterernährt. Ich habe der Frau ein paar Räucherkerzen für das Zimmer dagelassen und einen Sirup gegen das Fieber.«

»Ich habe nicht gewußt, daß es so schlimm um ihn steht.« Frances merkte selbst den Ton der Rechtfertigung in ihrer Stimme.

»Er ist noch sehr klein«, sagte Dr. Hadley unvermittelt. »Wie alt ist er? Drei? Fast noch ein Baby. Er sollte bei der Mutter sein. Was macht er denn überhaupt hier?«

»Das ist eine Idee meiner Schwägerin«, erklärte Frances Cole. »Wir importieren Sklaven direkt aus Afrika und bilden sie hier für die Hausarbeit in vornehmen Häusern aus ...« Unter dem scharfen Blick der blauen Augen des Arztes versagte ihr fast die Stimme. »Das ist eine bessere Arbeit und ein besseres Leben für sie als auf den Plantagen«, schloß sie matt.

»Da bin ich sicher«, entgegnete er ironisch. »Ich glaube sogar, daß der Tod der Plackerei auf den Pflanzungen vorzuziehen ist.«

»Sie sind gegen die Sklaverei, wie ich sehe«, warf ihm Frances vor. »Sie sind ein Anhänger der Abolitionisten.«

»In dieser Stadt?« Er zog seine sandfarbenen Brauen hoch. »Wenn man hier eine solche Auffassung verträte, würden die Leute einem an die Kehle springen. Ich übe einen freien Beruf aus als Arzt und behandle jeden, der mich ruft; und im allgemeinen behalte ich meine Meinung für mich.«

»Werden Sie wiederkommen?«

»Ich werde später noch einmal nach ihm sehen. Die Frau sagte mir, daß es noch einem anderen kleinen Jungen schlechtgeht.«

»Das wußte ich nicht«, meinte Frances. »Würden Sie bitte auch nach ihm sehen?«

»Wenn ich heute abend wiederkomme. Jetzt ist er mit einer Nachricht von Ihrem Mann weggeschickt worden.« Dr. Hadley blickte aus dem Fenster nach den dahinjagenden Wolken. »Ein häßlicher Tag für einen fiebrigen kleinen Jungen, der Botengänge in der Stadt erledigen muß«, äußerte er. »Ich will Sie nicht länger aufhalten, Mrs. Cole.« Mit einer knappen Verbeugung begab er sich zur Haustür. »Guten Tag.«

Stephen Waring befand sich in seiner Buchhaltung und sprach mit zwei anderen Herren über seine Kohlenmine. Als sie gehen wollten, hielt er einen von ihnen zurück, als sei ihm gerade noch etwas eingefallen.

»Oh! Green! Was ich Sie noch fragen wollte. Sie haben vor, Ihre Häuser am Kurbad Hot Well aufzugeben, das stimmt doch? Und Sie wollen Ihre Geschäfte nach Clifton verlegen?«

Rasch schloß der Mann die Tür hinter sich, damit sie nicht belauscht würden. »Nun ja, ich werde die Wohnhäuser an der Dowry Parade bei Hot Well verkaufen. Ich bin überzeugt davon, daß Clifton die aufstrebende Gegend ist – mit all den hübschen Villen und der guten Gesellschaft.«

»Vielleicht haben Sie recht«, äußerte Stephen Waring in ruhigem Ton. »Ich kenne jemanden, der möglicherweise an Hot Well interessiert ist. Vielleicht will er auch mit Ihnen ins Geschäft kommen.«

»Weiß er denn, was ihn die Pacht für den Brunnen kosten wird?«

»Eigentlich ja. Doch er denkt, er schafft es, daß sich das Kurbad rentiert.«

»Ich dachte schon, man würde niemanden finden, der es pachtet!« rief Green unvorsichtigerweise aus.

»In Hot Well ist einfach zuviel Geld der Merchant Venturers gebunden«, erklärte Waring gleichmütig. »Mir wäre es lieber, wenn das Kapitel für andere Projekte zur Verfügung stünde. Aber wenn sich Hot Well bezahlt macht, kommt es uns allen zugute. Die Schulden würden getilgt, und ich denke, das ist der Mann, der das für uns erledigt.«

Mr. Green zögerte. »Wenn er dafür sorgen kann, daß es sich rentiert«, sagte er. In seiner Stimme schwang ein Zweifel mit. »Die vornehme Welt zieht es hinauf auf die Höhen von

Clifton und nicht hinunter an den Fluß. So elegant der Kursaal auch ist – er befindet sich am falschen Ort. Wenn es sich um einen Freund von Ihnen handelt, sollten Sie ihn vielleicht warnen. Es ist ein schönes Gebäude, aber ich glaube, Clifton wird das Rennen machen.«

»Das ist ein Wagnis wie jedes andere«, bemerkte Waring heiter. »Es gibt immer ein Risiko, wo man Gewinn machen will. Es handelt sich um einen Kaufmann – der sollte das wissen.«

Als Dr. Hadley am späten Abend jenes Tages wiederkam, ging es James noch schlechter. Das Fieber war zwar gesunken, doch eine Besserung war nicht eingetreten. Jetzt war er kalt statt heiß. Sehr still und ruhig lag er auf dem kleinen Bett, es fiel ihm schwer, Luft zu holen, und er atmete keuchend und langsam. Als der Arzt das schwache, dunkle Handgelenk nahm, konnte er den Puls kaum finden. Er schaute die schwarze Frau an, die am Kopfende des Bettes saß. Sie hatte den weichen Saum ihres Schultertuchs in den Fingern, beugte sich über den Jungen und streichelte damit sanft seine Wangen. Den Kopf hatte er zu ihr gedreht, aber die Augen waren geschlossen.

Der Arzt blickte sie mit hochgezogener Braue fragend an.

»Nicht besser«, sagte sie leise.

Er öffnete seine Tasche, nahm eine kleine Flasche Laudanum heraus und ließ vier Tropfen in ein Glas Wasser fallen. »Wenn er weint«, sagte er schlicht, »wenn er vor Schmerzen weint, kann er das hier bekommen, immmer nur ein bißchen. Mehr kann ich nicht für ihn tun. Er wird rasch schwächer. Ich denke, es geht zu Ende mit ihm.«

»Geht heim«, sagte sie einfach.

Stuart Hadley fand, daß ihm die Augen weh taten. Er beugte sich nieder und legte seine Hand an die kleine, feuchte Wange. Der Junge war so klein, daß die weiße Hand das ganze Gesicht von dem gekräuselten Haar bis zum Kinn bedeckte. Er war nur wenig größer als ein Baby.

»Geht heim«, stimmte er leise zu.

Er klappte seine Tasche zu und verließ den Raum.

In der Halle wartete Frances auf ihn. »Geht es ihm besser?« fragte sie.

Er sah sie mit kalten Augen an. »Er liegt im Sterben, Madam. Bis morgen ist er tot.«

Sie wankte ein wenig und erblaßte.

»Dieses Risiko müssen Sie tragen«, sagte er ohne Umschweife, »wenn Sie Sklaven nach England bringen. Sie holen sich leicht die einheimischen englischen Krankheiten, genau wie Weiße in Afrika schnell sterben. Sie vertragen die Kälte und die Feuchtigkeit hierzulande nicht. Ist das der erste, den Sie verloren haben?«

»Nein«, gab Frances zu. Sie erinnerte sich an die Frau, die Gestorben-vor-Schande genannt wurde, und an das namenlose Grab auf dem Friedhof von Redclift.

»Woran ist der andere gestorben?«

Wortlos schüttelte Frances den Kopf.

»Eine Frau? War sie krank?«

»Sie aß Erde«, antwortete Frances kaum hörbar. »Und eines Morgens fand man sie tot. Sie starb im Schlaf.«

»Wie peinlich«, bemerkte der Arzt schroff. »Nun, ich muß weiter. Die Rechnung schicke ich an Cole & Söhne, nicht wahr? Das sind doch Geschäftskosten, oder nicht?«

Frances wurde rot. »Ich werde bezahlen.«

Der Doktor verbeugte sich und ging zur Haustür.

»Sie verachten mich, weil wir Sklaven haben«, tadelte sie ihn.

Er schaute sie an. Sie hatte Tränen in den Augen und zitterte.

»Nein«, antwortete er mit plötzlicher Ehrlichkeit. »Das wäre nicht anständig von mir. Ich habe immer Zucker in den Tee genommen, und ich esse immer noch süße Nachspeisen gern. Ich rauche und trage Sachen aus Baumwolle. Mir kommt der Sklavenhandel genauso zugute wie Ihnen, aber mir gelingt es, mir die Hände nicht schmutzig zu machen, weil ich den Nutzen aus diesem Handel aus der Entfernung ziehe. Wie kann ich abschätzen, was ich davon habe? Meine Universität ist mit Stiftungen von reichen Männern ausgestattet, deren

Reichtum aus den Kolonien stammt. Meine Patienten sind alle auf die eine oder andere Art am Sklavenhandel beteiligt. Wir alle profitieren vom Raub an Afrika. Wenn wir ihn morgen abschafften, hätten wir immer noch den auf ihre Kosten erzielten Reichtum.«

»Wollen Sie, daß man die Sklaverei abschafft?«

»Ich glaube, mit dem Sklavenhandel geht es zu Ende«, sagte er mit Gewißheit. »Und ich bete zu Gott, daß ich erlebe, wie er noch diesen Monat vom Parlament beendet wird. Aber die Grausamkeit, die wir erlernt haben, wird uns für immer vergiften.«

Hinter Frances ging die Tür zum Salon auf, und sie zuckte schuldbewußt zusammen. »Oh! Schwägerin! Das ist Dr. Hadley, der gerade am Gehen ist.«

»Geht es dem Jungen besser?« fragte Sarah.

Frances verneinte. »Dr. Hadley meint, er wird sterben.«

Sarah nickte auf brüske Art. »Jedenfalls danke ich für Ihren Besuch, Doktor.«

Dr. Hadley verbeugte sich vor beiden und verließ das Haus durch die Vordertür.

Sarah sah Frances verärgert an. »Noch ein Begräbnis«, sagte sie mit spitzer Zunge. »Das kostet alles Geld, wie du weißt. Ich bestelle die Leichenbestatter für morgen früh.«

»Wenn sie kommen, möchte ich dabeisein«, sagte Frances.

»Das ist nicht nötig.« Sarah blies alle Kerzen im Salon aus, ohne Frances zu fragen, ob sie schon zu Bett gehen wolle.

»Ich weiß, daß es nicht nötig ist; aber ich möchte, daß der kleine Junge beerdigt wird, wie es sich gehört.«

Sarah nahm ihre Tasse und schüttete den Rest des Tees auf das Kaminfeuer, um das letzte schwelende Kohlenstückchen auszulöschen, vor dem sie seit dem Abendessen gesessen hatte. »Die verstehen ihr Handwerk. Du kannst es ruhig ihnen überlassen.«

»Es ist ein Kind aus Afrika«, wandte Frances ein. »Da gibt es Dinge, die werden sie gern selbst tun wollen. Die Frau, die immer bei ihm saß, Elizabeth, sie hat ihn bemuttert, als wäre es ihr eigenes. Sie wird nicht wollen, daß man ihr den Jungen einfach wegnimmt und in ein Grab wirft. Sie wird von ihm auf ihre Art Abschied nehmen wollen.«

Sarah richtete sich auf, das Gesicht voll unterdrückten Zorns. »Du kannst ja deine Gefühle richtig hochkochen lassen«, brauste sie auf. »Ich habe mit angehört, wie du mit diesem Doktor geredet hast. Du kannst ja zum Begräbnis gehen, du kannst einen Leichenwagen mieten. Wirf nur das Geld zum Fenster hinaus. Das Kind stirbt, dabei hast du von Anfang an gewußt, daß zwei oder drei im ersten Jahr sterben würden. Das ist der natürliche Verlust. Das ist die natürliche Einbuße des Bestandes. Wenn wir jedesmal Trauer tragen sollten, wenn ein Sklave stirbt, dann können wir ebensogut um ein kaputt gegangenes Faß Zucker trauern.«

»Er ist ein Kind«, rief Frances voller Wut aus, »ein kleiner Junge …«

»Er ist ein Teil unseres Handelsunternehmens«, sagte Sarah. »Und wenn wir nicht dafür sorgen, daß sich dieser Handel rentiert, dann geht es mit uns bergab. Trage nur einen schwarzen Trauerflor, wenn du willst, Schwägerin. Aber sieh zu, daß diese Sklaven eine Ausbildung kriegen und rasch zum Verkauf zur Verfügung stehen.«

23. Kapitel

Am nächsten Morgen schickte Frances nicht nach Mehuru, um ihn zu fragen, wie die Sklaven vom kleinen James Abschied nehmen wollten. Sie lief den Gang entlang zur Küche, wo sie Elizabeth halb schlafend, den Kopf in den Händen, am Küchentisch vorfand.

»Darf ich eintreten, Köchin? Ich möchte mit Elizabeth sprechen.«

Die Köchin machte einen steifen, widerborstigen Knicks. »Natürlich, Mrs. Cole. Das arme Mädchen ist ganz kaputt. In den letzten Tagen hat sie wohl nur wenig Schlaf gefunden.«

Frances zog sich einen Schemel heran und berührte Elizabeth sanft am Arm. Sofort fuhr diese hellwach auf. Frances sah, daß ihr die Augen vom Weinen und vom fehlenden Schlaf geschwollen waren.

»Die Männer kommen, um James zu beerdigen«, sagte Frances, wobei sie langsam und deutlich sprach und Elizabeths Gesicht beobachtete. »Aber ich werde sie wissen lassen, daß du ihn vielleicht fertigmachen möchtest auf eure Art.«

Elizabeth nickte.

»Ich werde Mehuru sagen, er soll am Vormittag bei dir und den Männern bleiben und dafür sorgen, daß alles so gemacht wird, wie du es willst«, versprach Frances. Sie erhob sich vom Schemel. »Es tut mir so leid«, sagte sie leise. Sie blickte Elizabeth an, als bäte sie um Vergebung. »Es tut mir so leid, daß James krank war und wir ihn schließlich verloren haben.«

Elizabeth nickte mit ernstem Gesicht.

Dann ging Frances in die Halle, um Mehuru zu suchen. Er kniete im Salon vor dem Kamin und säuberte die Roste.

»Cicero, die Männer kommen heute, um James wegzubringen. Bleib bei Elizabeth und sorge dafür, daß sie alles tun, was sie wünscht. Er soll so in die Erde kommen, wie sie es will – soweit das möglich ist. Du kannst ihnen mitteilen, daß ich alle zusätzlichen Kosten trage.«

Mehuru stand auf und wischte sich die Hände an der groben Schürze ab, die seine Livree bedeckte. »Wie wollen Sie es denn haben?« fragte er.

Frances schaute ihn nun zum erstenmal an. »Auf eine Art ...«, stotterte sie. »Wie ihr es haben wollt. Auf afrikanische Art und Weise.«

Er machte eine verneinende Geste und sah ihr ins Gesicht. »Elizabeth ist eine Yoruba, wie ich, James war ein Sonke. Kbara ist ein Mandinka. Wie wollen Sie also das Begräbnis haben?«

Entmutigt schüttelte Frances den Kopf und schlug die Hände zusammen. »Ich weiß es nicht!« rief sie aus. «Ich habe nur versucht, es richtig zu machen, Mehuru!«

Er nahm ihre Hand und drückte sie sanft. Vom Kohlenstaub wurde ihre Hand so schwarz wie seine. »So leicht läßt sich das nicht bewerkstelligen«, sagte er freundlich, fast zärtlich. »Es ist alles so unrecht, wie nur möglich. Aber ich werde mich darum kümmern, daß er mit liebevoller Sorgfalt begraben wird.«

Frances trat zurück, die Hände ließen sich los. »Danke«, flüsterte sie und entfernte sich.

Mehuru zog es vor, nicht erst um die Erlaubnis zu bitten, am Montagabend weggehen zu dürfen, wenige Tage nach dem Begräbnis. Statt dessen legte er seinen Arm der Köchin um die breite Taille, als sie die Hintertür verriegelte, und flüsterte ihr etwas ins Ohr. Sie schlug ihm auf die Finger. »Unverschämtheit!«

»Um Mitternacht bin ich wieder da«, bettelte er sie an, »und ich verspreche, wieder richtig abzuschließen.«

»Und was ist, wenn wir alle bis dahin in unseren Betten abgemurkst werden?« wollte sie wissen, »Wenn die Hintertür jedem vorbeischleichenden Dieb offensteht?«

»Ich werde Kbara bitten, daß er in der Küche auf mich wartet«, sagte er. »Ihnen wird bestimmt nichts passieren.«

»Und was ist, wenn der Hausherr runterkommt und entdeckt, daß du weg bist und Julius nicht im Bett liegt, sondern auf dich wartet?«

»Aber Köchin, der kommt doch nie in die Küche herunter. Sie füttern ihn viel zu gut, als daß er sich nachts was zu essen suchen muß. So eine wunderbare Köchin, wie Sie sind!«

Wieder gab sie ihm einen Klaps. »Das reicht. Wo willst du überhaupt hin?«

»Bloß in ein Kaffeehaus, um zu reden«, antwortete Mehuru. »Sie haben einen freien Abend, wieso bekomme ich keinen?«

Sie nickte. »Na gut«, stimmte sie widerwillig zu. »Aber paß auf, daß sie dich nicht als Matrosen pressen oder einfach entführen. Die Kapitäne von Sklavenschiffen rauben jeden zum Dienst auf ihren Schiffen, vergiß das nicht! Und die Patrouillen der Marine sind auch nicht zimperlich! Und betrinke dich nicht! Und geh nicht mit einer Frau mit, denn die einen haben schlimme Krankheiten, und die anderen schleppen dich bis zur nächsten dunklen Ecke, wo du gepackt und verprügelt wirst.«

Lachend warf Mehuru die Arme hoch. »Ich gehe ins Kaffeehaus und komme geradewegs nach Hause, das schwöre ich.«

Die Köchin öffnete die Hintertür einen Spaltbreit, damit er hindurchschlüpfen konnte. »Du hast kein Geld in der Tasche«, sagte sie. »Hier.« Sie wühlte unter der Schürze nach ihrer Börse und hielt ihm ein Sixpence-Stück hin.

»Das kann ich Ihnen nicht wiedergeben«, sagte Mehuru zaudernd. »Ich habe überhaupt kein Geld und keine Aussicht, welches zu verdienen.«

»Ich weiß«, erwiderte sie. Ihr großes Mißfallen über die Coles veranlaßte sie, ihm die Münze und dann noch eine in die Hand zu drücken. »Das ist nicht richtig. Es kann nicht richtig sein, jemand so schwer arbeiten zu lassen wie dich, und dann hat er noch nicht mal Geld für ein Glas am Abend im Beutel.«

Im Kaffeehaus war es laut und voll, eine Rauchwolke

schwebte in Kopfhöhe, und die Fensterscheiben waren angelaufen. Wenn die Tür aufging, wogten Dampf und Rauch hinaus auf die dunkle Straße. Unsicher blieb Mehuru an der Tür stehen, doch dann bemerkte er, daß einige Männer drinnen genau so schwarze Gesichter hatten wie er. Mit einem Ausruf der Überraschung schritt er über die Schwelle und sah Dr. Hadley mit vier anderen Gentlemen an einem Tisch sitzen, einer von ihnen ein Neger.

»Dr. Hadley«, rief er, »ich bin da.«

»Cicero! Setz dich«, forderte ihn der Arzt auf. Ohne Jackett und mit nachlässig nach hinten gebundenen, ungepuderten Haaren sah er etwas ramponiert und unordentlich aus. »Hier ist ein Landsmann von dir, Caesar Peters, und außerdem Edgar Long und James Stephenson.«

Mehuru zögerte. Einen Augenblick lang konnte er es nicht glauben, daß er zu seiner Freude mit Menschen als Gleichgestellter zusammentraf, er unter Menschen war, die ihm ins Gesicht schauten und ihm als lockeren Gruß einfach zunickten. Lange Monate hatte man durch ihn hindurchgesehen, als wäre er ein Nichts, ein Frachtstück, ein Tier, das mit einem Strick angebunden, gefüttert und abgerichtet wurde. Nur von seinen Mitsklaven und den Frauen – der Köchin und Frances – wurde er als Mensch betrachtet, als wirklicher Mann. Was ihm gefehlt hatte, war die ungezwungene Gesellschaft von Freunden, die unbeschwerte Heiterkeit freier Männer. Plötzlich schwand das anhaltende, quälende Heimweh und der stetige Schmerz der Ungerechtigkeit. Er fühlte, wie er nun hochaufgerichtet dastand, mit breiten Schultern. Ihm fiel ein, wie er damals, als ihm das Halseisen abgenommen wurde, wieder gehen lernen mußte, um den Schlurfgang der Sklaven loszuwerden.

Er zog einen Stuhl heran und lächelte in die Runde. »Guten Abend«, sagte er. »Ich freue mich, hier bei Ihnen zu sein. Ich heiße Mehuru, Cicero ist mein Sklavenname.« Er sah den Schwarzen an. »Bist du ein Mandinka?« fragte er gespannt.

Der Mann lächelte. »Ich bin Jamaikaner«, antwortete er mit leichter Ironie. Er sprach mit einer schwungvollen Melodie in der Stimme, mit einem Rhythmus wie Musik. Mehuru konnte ihn nur schwer verstehen. »Ich wurde auf einer Plantage geboren und aufgezogen und als kleiner Junge meiner Mutter weggenommen. Afrika habe ich nie gesehen. Ich kann auch keine afrikanische Sprache sprechen. Die meisten meinen, ich sehe wie ein Mandinka aus – aber das sagt mir nichts.«

»Bist du jetzt frei?«

Er nickte. »Ich wurde auf ein Schiff gepreßt. Denen war es egal, ob ich Sklave war oder frei, die brauchten Leute für ihre Mannschaft. Am Ende der Überfahrt wurde mir in London die Heuer ausgezahlt, und jetzt arbeite ich dort bei einem Drucker. Diesen Gentlemen hier habe ich ein paar Flugblätter mitgebracht.«

»Gibt es in London viele freie Schwarze?« Mehuru wollte sich ein Bild von England machen. Er hatte angenommen, daß in diesem Land nur Weiße lebten.

»Tausende« sagte der Mann. »Allein in London gibt es mehr als zehntausend. Ich wohne in einem Haus, das einem Schwarzen gehört, mit schwarzen Nachbarn.«

»Tausende?« staunte Mehuru.

Der Mann nickte.

»Aber was sind sie – was machen die alle hier?«

Der andere gluckste in sich hinein, ein tiefes, warmes Glucksen. »Einige sind Sklaven, aus Jamaika und von den Westindischen Inseln, mitgebracht von ihren Eigentümern, die nach England zurückgekehrt sind. Andere sind frei; sie haben sich selbst freigekauft. Die meisten sind Entflohene. Eine größere Anzahl stammt aus Amerika; sie sind während des Unabhängigkeitskrieges befreit worden oder geflohen.«

»Willst du in deine Heimat zurück?« fragte Mehuru neugierig.

»Heimat? Meine Heimat ist Jamaika, und dort gibt es für einen Schwarzen nur Prügel und harte Arbeit. Da bleibe ich lieber hier und verdiene mir meinen Lebensunterhalt in London.«

Mehuru schüttelte den Kopf, und Dr. Hadley lachte über seine verdutzte Miene. »Hast du dich für den einzigen Schwarzen in England gehalten?«

»So ziemlich«, antwortete Mehuru verdattert. »Ein oder zwei habe ich im Hafen arbeiten sehen, aber nur vom Fenster des Speicherhauses aus.«

»Da mußt du sehr einsam gewesen sein.«

Mehuru bejahte das.

»Nun jetzt bist du unter Freunden. Wir sind eine Gesellschaft der Radikalen.« Er senkte die Stimme, aber niemand hätte sie bei dem Lärm im Kaffeehaus belauschen können. »Mr. Stephenson hier ist Stellmacher, und Mr. Long schreibt für eine Zeitung. Wir sind die Bristoler Gesellschaft zur Information über die Verfassung – sie setzt sich für die Reform des Parlaments ein. Wir stehen in Verbindung mit vielen Gesellschaften im Land und sammeln Unterschriften für eine Petition ans Parlament. Die Zeit ist reif, daß das Wahlrecht ausgedehnt wird, jeder Mann sollte seine Stimme abgeben können, um die Regierung zu wählen. Die Gesetze werden von der grundbesitzenden Oberschicht gemacht, und die unterdrückt die Arbeitenden. Und« – er wies mit dem Kopf auf Caesar und Mehuru – »wir müssen die Sklaverei in Britannien und in den britischen Kolonien abschaffen. Wie können wir wahre Freiheit erreichen, wenn unsere Nation aus Menschen besteht, die andere versklaven und als Sklaven benutzen? Ob Schwarze oder Weiße, die Menschen müssen frei sein.«

»Der Feldzug zur Abschaffung der Sklaverei gewinnt an Stärke«, sagte Caesar. »Überall werden Versammlungen abgehalten und Petitionen vorbereitet. Die Parlamentsdebatte darüber wurde einmal vertagt, doch am Elften – das ist nächste Woche – wird der Unterhausabgeordnete Wilberforce eine Gesetzesvorlage einbringen. Die großen Politiker Pitt, Burke, Fox, alle unterstützen sie.«

»Aber die Regierung ist ziemlich ängstlich«, dämpfte Edgar Long den voreiligen Optimismus. »Wir müssen genau aufpassen, daß wir nicht gegen ein Gesetz verstoßen. Zuerst wurden die Amerikaner so radikal, und jetzt sind es die Franzosen – das macht unsere hohen Herren nervös.«

»Schon jetzt befinden wir uns außerhalb der Gesetze«, sagte

Dr. Hadley schroff, »weil wir so oft gegen die Rechtsvorschriften verstoßen; wenn man mit mehr als zwei Leuten zusammensitzt und etwa die Regierung kritisiert, begeht man ein Verbrechen.«

»Die Londoner Gesellschaft steht unter Beobachtung«, sagte Caesar. »Zweifelsohne werden unsere Briefe geöffnet.«

»Es ist nicht die Regierung, vor der ich mich fürchte, sondern der Mob.« Edgar Long leerte seinen Bierkrug und bestellte noch eine Runde. »Die Grundherren wiegeln den Mob gegen uns auf, machen die Leute betrunken und hetzen sie auf uns. Wir leben in gefährlichen Zeiten.«

»Die Zeiten bieten auch eine Chance«, widersprach Dr. Hadley vehement. »Nehmt Amerika, Frankreich. Veränderungen liegen in der Luft, und wir stecken mittendrin. Die Welt verändert sich, und wir sind ganz vorn dabei. Der Mob macht mir keine Angst. Allmählich werden die Leute begreifen, daß es nur mit einer Reform weitergeht. Anständige Löhne, anständige Lebensbedingungen werden auf die Abstimmung folgen. Seht auch Frankreich an! Dort machen sie etwas Großartiges, das Volk übt Macht über das ausschweifende, tyrannische Regime aus. Ich sage euch, bei der Arbeit, die ich im Stadtkrankenhaus leiste, würde selbst der König zu einem Radikalen.«

Eine Bedienung trat an den Tisch und setzte fünf große Bierkrüge darauf ab. Mehuru wurde sich bewußt, daß er hier zum erstenmal, seit er Siko verloren hatte, von jemandem bedient wurde. Einen Augenblick lang vergaß er die Wärme des Kaffeehauses und das heitere Stimmengewirr. Er mußte an Siko denken, an dessen lebhaftes Lächeln und seine lausbübische Dreistigkeit. Mehuru verzog das Gesicht, hob seinen Humpen und kostete das Bier. Es war warm und wäßrig, doch eine angenehme Abwechslung nach dem schalen Dünnbier der Küche und dem ewigen schwachen Tee der Köchin.

»Und die Gesetzesvorlage zur Abschaffung des Sklavenhandels?« wollte Edgar Long wissen. »Wie schätzt man denn die Chancen dieses Gesetzes ein?«

»Es muß kommen«, sagte Caesar. »Es kann nicht scheitern. Die Stimmung ist für uns, die Führer im Parlament sind für uns. Zwölf Beschlüsse wird Wilberforce vorlegen, um die Gefangennahme und das Verschiffen von Sklaven zu verbieten.«

»Sie werden dagegen stimmen«, wandte Edgar Long warnend ein. »Eine Menge Geld in diesem Land ist mit dem Sklavenhandel verknüpft. Die Opposition verbirgt sich vor lauter Scham – aber sie ist dennoch da.«

»Diese Leute schämen sich nicht«, argumentierte Stuart Hadley. »Ich komme mit ihnen zusammen und kenne sie, Edgar, du aber nicht. Die sind schamlos. Sie leben vom Profit, und sie essen von Gold, und sie kriegen es fertig, zu vergessen, daß jeder Penny, den sie einstreichen, mit Folterqualen und Blut bezahlt wurde.«

»Die Sache kann nicht scheitern«, wiederholte Caesar. »Eine stattliche Mehrheit ist dafür. Wir haben bei den Parlamentsmitgliedern geworben, und sie haben uns ihre Unterstützung feierlich zugesagt. Der Sklavenhandel wird abgeschafft, und dann können wir weitermachen und die ganze Sklaverei abschaffen, und mein Volk ...« – er schielte lächelnd zu Mehuru hinüber – »... *unser* Volk, Bruder, wird frei sein.«

Mehuru konnte nicht antworten, es hatte ihm die Sprache verschlagen. »Ich wußte nicht ...«

»Du wirst deine Heimat wiedersehen«, sagte Caesar, »und einen afrikanischen Sohn haben.«

Plötzlich legten sich Falten über Mehurus Stirn, und er hielt seine Hand vor die Augen. »Verzeih mir«, murmelte er leise, »ich hatte die Hoffnung schon fast aufgegeben.«

Dr. Hadley klopfte ihm auf die Schulter. »Die Zeit läuft für uns. Du wirst kommen und gehen können, wie du willst.«

Beim Gedanken an das Kommen und Gehen stellte Mehuru fest, daß es schon spät sein mußte. »Ich kann jetzt nicht länger bleiben«, rief er, »obwohl ich zum erstenmal in diesem Lande fühle, unter Freunden zu sein. Ich habe der Köchin versprochen, daß ich vor Mitternacht wieder zurück bin und die Hintertür verriegele, und ich möchte Wort halten.«

»Kannst du wieder mal raus?«

»Das ist schwierig«, antwortete Mehuru. »Ich würde es ja gern riskieren, aber die Köchin ist dafür verantwortlich, das Haus abzuschließen, und sie ist eine gute Frau. Wenn die Herrschaft herausfindet, daß ich nicht da bin, würde sie großen Ärger bekommen.« Er trank das Bier in vier großen Zügen aus. »Aber ich werde es versuchen. Sie können sicher sein, daß ich es versuche. Sind Sie jede Woche hier?«

»Die anderen sind jede Woche hier«, bestätigte Caesar. »Ich komme einmal im Monat oder so her.«

»Ich gehe mit dir nach Hause«, bot sich Dr. Hadley vorsorglich an. »Meine Herren, wir sehen uns nächste Woche, bis dahin haben wir bestimmt Caesars Pamphlete gelesen. Und am Dienstagabend reden wir über die Parlamentsdebatte.«

Als sie auf die Straße traten, empfing sie kalte Luft. Mehuru fröstelte und schlug den Mantel enger um sich.

»Das habe ich dir mitgebracht.« Dr. Hadley zog eine Handvoll Flugschriften aus seiner Manteltasche hervor. «Pamphlete der Gegner der Sklaverei. Eins davon hat ein Landsmann von dir verfaßt, Equiano – ein freigelassener Sklave.«

»Wie hat er denn seine Freiheit erlangt?«

»Er hat sich selbst freigekauft. Er ist mit einer Engländerin verheiratet und hat ein schönes Buch geschrieben, das ich dir borgen kann, wenn du willst.«

»Er ist mit einer Weißen verheiratet?« fragte Mehuru verwirrt. »Das hätte ich nicht für möglich gehalten.«

»Es ist gesetzlich nicht verboten. Die meisten Landsleute von dir heiraten weiße Frauen. Wie sonst sollten sie eine Lebensgefährtin finden?«

»Gibt es denn keine freigelassenen afrikanischen Frauen?«

»Die meisten Sklaven, die von den Sugar Islands nach England gebracht werden, sind Pagen oder Lakaien. Und natürlich werden nur Männer zum Soldatendienst gepreßt. Deshalb kommen nur wenige schwarze Frauen hierher. Aber die Ehen mit weißen Frauen gehen gut, und sie haben entzückende Kinder mit hellerer Hautfarbe.« Dr. Hadley mußte kurz lachen.

»In zweihundert Jahren wird man die Nachkommen von Afrikanern nicht mehr erkennen. Aber jeder in England mit schwarzem Haar oder schwarzen Augen wird sich fragen müssen, ob der Urgroßvater nicht ein Sklave war. Vielleicht besteht darin eure Rache – um 1900 wird es überhaupt keine rein Weißen mehr geben.«

»Ich will keine Rache«, sagte Mehuru leise. »Ich will in meine Heimat zurückkehren. Dort werde ich gebraucht, und wenn ich einmal heiraten will, dann nehme ich zuallererst eine Frau meines Volkes.« Einen Moment dachte er an die Linie von Frances' bleicher Wange und daran, daß ihre Haut wie Buttermilch schimmerte.

»Es gibt da ein Projekt, Männer nach Afrika zurückzubringen«, sagte Dr. Hadley. »An der Küste wurde Land gekauft, das man Sierra Leone genannt hat. In London finden sich viele Schwarze, die genauso fühlen wie du, die zurück nach Afrika wollen – es sind Wegbereiter. Ihnen wurde Land zugewiesen, das sie bebauen können.«

»Nein«, lachte Mehuru in sich hinein. »Sie mißverstehen mich. Ich bin kein Farmer, kein Pionier. Wenn ich sage, ich möchte wieder in meine Heimat, dann meine ich damit nicht, daß ich draußen im Urwald mein Lager aufschlage. Ich will in meine Heimat, in mein Haus, zu meiner Arbeit, in mein eigenes Land.«

Dr. Hadley schwieg kurz. »Entschuldige«, sagte er. »Ich habe gedacht, alle Afrikaner leben vom Land, in ... äh ... vermutlich in Lehmhütten.«

Mehuru dachte an die hohen Steinmauern von Oyo und an die Architektur der großen Häuser und Paläste. »Da könnte ich genausogut vermuten, alle Engländer wohnen in Speicherhäusern an stinkenden Flüssen«, entgegnete er bissig.

Jetzt befanden sie sich an der Rückseite von Queens Square. Wie ein riesiger Galgen warf der große Kran der Merchant Venturers einen Schatten über den Kai.

»Du korrigierst mich zu Recht«, sagte Dr. Hadley mild. »Weißen fällt es schwer, sich euer Land vorzustellen.«

»Ist schon gut«, erwiderte Mehuru düster. »Manchmal fällt es sogar mir schwer, mich daran zu erinnern.«

Kbara machte ein Nickerchen auf seinem Stuhl, als sich Mehuru durch die Hintertür hereinschlich. Er schreckte hoch, und Mehuru verschloß ihm mit der Hand den Mund. »Pst! Du Narr!« sagte Mehuru schnell in der Sprache der Mandinka. »Ist alles ruhig?«

»Der kleine Junge ist krank.«

»Wie James?«

»Genauso.«

»Geht es ihm auch so schlecht?«

»Elizabeth sagt, noch nicht, aber sie macht sich Sorgen um ihn.«

Mehuru überlegte. »Sollten wir jetzt den Doktor rufen?«

»Elizabeth sagte, du sollst zu ihr kommen, wenn du wieder da bist.«

Mehuru zog sich die Schuhe aus, nahm sie in die Hand und ging vorsichtig die Treppe hoch. Kbara blieb unten, um die Küchentür abzuschließen und die geölten Riegel vorzuschieben.

Auf dem Treppenabsatz blieb Mehuru stehen. Die beiden großen Vorderräume waren Josiahs und Frances' Schlafzimmer. Aus dem linken hörte er ein ratterndes Schnarchen – Josiah –, was bedeutete, daß Frances allein schlief. Mehuru zögerte. Ein großes Verlangen befiel ihn, sie schlafen zu sehen. Er wollte sie sehen, ohne daß sie seine Anwesenheit am Fußende des Bettes bemerkte. Er wollte sie als schlafende Frau sehen, ohne daß sie sich ihrer Macht als seine Sklavenherrin bewußt war. Er wollte sie warm und halb nackt im Bett sehen. Ganz leise lief er über den türkischen Läufer auf ihre Tür zu. Er drehte den Türknauf und machte einen Schritt in ihr Zimmer.

Die Vorhänge waren nur halb zugezogen, und das Mondlicht tauchte den Raum in fahle Farben. Er trat ein Stück näher. Frances schlief auf dem Rücken, eine Hand hing nach draußen. Das lange Haar hatte sich zu einem nachlässigen Zopf verdreht. Sie trug ein weißes Nachtkleid aus reinem Batist, um den Hals bestickt und oben von einer Spange zusammengehalten. Im Schlaf war sie aufgegangen, und er konnte den langen, bleichen Hals und die beiden glatten Linien ihrer Schlüsselbeine erkennen.

Mehuru mußte schlucken. Im Mondlicht war sie eine wunderschöne Frau. So bleich wie eine Frau aus weißem Mehl, wie eine aus geschlagener Sahne geformte Frau. Ihm fiel ein, was Dr. Hadley ihm erzählt hatte – daß viele schwarze Männer weiße Frauen heirateten –, und er fragte sich, ob er je wieder bei einer Frau liegen würde. Er konnte es nicht glauben, daß es ihm verboten war, ihre ausgestreckte Hand zu berühren und seine Lippen dorthin zu drücken, wo der Puls an ihrer Kehle langsam und gleichmäßig schlug.

Als er Kbaras verstohlene Schritte auf der Treppe hörte, schlüpfte er aus der Tür, schloß sie leise hinter sich und traf ihn auf dem Treppenabsatz. Gemeinsam stiegen sie weiter nach oben und klopften sacht bei den Frauen an. Natürlich war die Tür verschlossen. Die Köchin war dafür verantwortlich, die Sklaven einzuschließen, bevor sie die Vorder- und Hintertür verriegelte. Kbara nahm den Schlüssel vom Haken herunter, drehte ihn im Schloß um, und Elizabeth machte die Tür von innen auf. Sie sah abgespannt und müde aus. Sie hatte sich beim Tod von ihrem kleinen Pflegekind James so gegrämt und zugesehen, wie er weggebracht und in kaltem, fremdem Boden begraben wurde. Nun hustete John genauso schlimm, und sein Fieber stieg.

»Sollten wir jetzt nicht besser den Doktor holen?«

Sie nickte. »Das ist ein guter Mann. Bitte ihn herzukommen.«

»Da muß ich erst Frances fragen«, sagte Mehuru.

»Müssen wir warten, bis sie aufwacht?« fragte Kbara. »Warten bis zum Morgen?«

Der Versuchung, Frances aufzuwecken, konnte er nicht widerstehen. »Ich werde die Lady jetzt gleich wecken«, entschied Mehuru. »Ich versuche es. Kbara, du gehst zu Bett. Ich werde den Doktor holen. Frances wird mir den Schlüssel zur Vordertür geben.«

Schnell lief er die Stufen hinunter, bevor sie etwas einwenden konnten, klopfte leise bei Frances an und trat ein. Als er ins Zimmer kam, schlug sie die Augen auf und glaubte einen Augenblick, sie träume und er sei in einem Traum der Sehnsucht zu ihr gekommen. Dann zwinkerte sie, bis sie wach war, und da konnte man ihren Gesichtsausdruck nicht mißdeuten. »Mehuru!« sagte sie voller Freude.

Er berührte ihre ausgestreckte Hand, und ohne zu überlegen, faßten sie sich bei den Händen, und er beugte sich zu ihr hinunter und drückte sie an sich. Sie legte ihm die Arme um den Hals, er küßte ihre Kehle und gab ihr Küsse bis hinauf zu ihrem warmen, süßen Mund, der sich unter dem seinen willig öffnete. Ihre Haut duftete nach Rosenwasser. Er rieb sein Gesicht an ihrem Hals und spürte unter seinen wandernden Lippen die weiche Schwellung ihrer Brüste.

Sie zog an seinem Kragen, an seiner Jacke, und er wollte seine Jacke wegwerfen, hielt aber plötzlich inne. »Frances! Nein ...«

»Was hast du? Was hast du, Mehuru?«

»Ich darf nicht ... ich bin gekommen, um dir zu sagen ... es geht um John. Er ist krank.«

Einen Augenblick flackerten ihre Augenlider, dann legte sich ein kalter, verschlossener Ausdruck über ihr Gesicht. Die Jahre ihrer Erziehung senkten sich wie ein bleiernes Tuch über ihr Verlangen. Sie fuhr mit der Hand an das offene Nachtgewand und zog es zu am Hals. »Oh! Oh! Ich verstehe.«

»Elizabeth möchte, daß der Arzt kommt. Darf ich ihn holen?«

Sie schlug die Decken zurück, so daß er flüchtig ihre langen, bleichen Beine erblickte. »Frances ...«

Doch sie hatte sich ganz in der Gewalt. Sie sah ihn nicht einmal an. Sie warf sich ein Tuch um die Schultern, und als sie sich ihm schließlich zuwandte, war ihr Gesicht eisig. »Mr. Cole wünscht nicht, daß man den Doktor ruft. Nur im Notfall.«

»Das Kind ist krank.«

»Ist es schwerkrank?«

Mehuru machte seinem Ärger Luft und streckte die Arme aus, doch sie wich zurück. Ihre kalte Miene erschreckte ihn, und er fühlte gleichzeitig Zorn in sich aufsteigen.

»Ich bitte um Verzeihung«, sagte er schneidend. »Entschuldigen Sie, Mrs. Cole. Ja, er ist krank. Er ist so krank wie der kleine James. Wollen Sie ihn sterben lassen, oder soll ich den Doktor holen?«

Bei seinem beleidigenden Ton wurde sie rot. »Du kannst den Doktor holen.«

Zögernd ging er zur Tür und fragte sich, ob sie ihn zurückrufen würde. Immer noch spürte er ihre leidenschaftlichen Küsse. Er konnte nicht begreifen, woher sie die plötzliche Eiseskälte und Zurückhaltung nahm.

»Der Schlüssel zur Vordertür liegt im Tischkasten in der Halle«, sagte Frances deutlich.

»Ja, Mrs. Cole.«

Dr. Stuart Hadley las noch in seinem Arbeitszimmer, als Mehuru atemlos und ohne Kopfbedeckung bei ihm eintraf. Er packte seine Tasche und machte sich mit einem Wasserguß ins Gesicht munter, während Mehuru das Pferd anspannte und die leichte Kutsche vors Haus fuhr.

»Die gleichen Symptome?«

»Symptome? Das Wort kenne ich nicht.«

»Anzeichen, Krankheitsmerkmale.«

»Ja. Ich glaube schon.«

Dr. Hadley nickte. »Beten wir, daß es kein Typhus ist.«

Die Turmuhr von St. Mary Redclift schlug zwei, und ihr antwortete die Uhr der Kathedrale auf der anderen Seite der Stadt.

»Kommen wir gut ins Haus?«

»Ja.«

Die Wagenräder ratterten über John's Bridge, und Mehuru lenkte das Pferd scharf nach rechts, um über die Kopfsteine am Kai entlangzufahren. Es herrschte Ebbe, und der Schlick dampfte vom frischen Abwasser. Selbst in der kalten Nacht war der Gestank kaum zu ertragen.

»Es ist ein Wunder, daß das jemand überlebt«, äußerte Dr. Hadley.

Mehuru kutschierte weg vom Kai auf den weißumzäunten Queens Square zu.

»Wird das Pferd stehenbleiben und alleine warten?«

»Es ist daran gewöhnt.«

Mehuru schlang die Zügel über ein Geländer und ging voran ins Haus, die Treppe hinauf, an Frances' Schlafzimmer vorbei und weiter hoch zum Quartier der Sklaven.

Auf den ersten Blick bemerkte der Arzt, wie überfüllt der Raum war. Die anderen Frauen und Mädchen hatten sich vor Müdigkeit oder Schamgefühl die Decke über den Kopf gezogen und schliefen. Nur Elizabeth wachte am Bett des kleinen Jungen, der ihrem eigenen kleinen Kind so ähnlich sah, das in Afrika zurückgeblieben war und sich nun gar nicht mehr an seine Mutter erinnern konnte. Sie blickte auf, als der Arzt hereinkam.

»John«, sagte sie und wies auf den kleinen Jungen.

Er war heiß, doch bei vollem Bewußtsein. Erschrocken schaute er hoch, als der weiße Mann vor ihm stand, und Mehuru flüsterte ihm rasch zu, daß dies ein guter Mann sei, der ihn wieder gesund machen werde. Dr. Hadley lächelte ihn an, fühlte ihm den Puls und legte seine Hand auf die Stirn und die Wange des Kindes.

»Es ist nicht so schlimm«, bemerkte er. Dann öffnete er seine Tasche. »Hier sind wieder Räucherkerzen. Die sollen verhindern, daß du noch ganz und gar krank wirst.« Danach wandte er sich an Elizabeth. »Außerdem muß er besser untergebracht werden. Morgen früh werde ich mit Mrs. Cole darüber sprechen. Ein Raum von dieser Größe ist nur für vier Personen geeignet. Und hier ist etwas, damit er schlafen kann. Und reibt ihn oft genug mit Essigwasser ab, damit das Fieber sinkt, und gebt ihm soviel sauberes Wasser, wie er mag.«

Mehuru nickte und übersetzte es für Elizabeth.

»Wenn es noch jemanden erwischt, dann mußt du mich sofort rufen«, ermahnte der Arzt Mehuru, als sie zusammen die

Treppe hinuntergingen. »Ich glaube nicht, daß es Typhus ist, aber ich bin mir nicht sicher.«

»Was ist denn Typhus?«

»Eine sehr schwere Krankheit, mit hohem Fieber verbunden, und viele Leute sterben daran.«

Mehuru verstand. Leise gingen sie an Frances' verschlossener Tür vorbei und weiter in die Halle hinunter.

Auf der Türschwelle versprach Dr. Hadley: »Morgen früh schaue ich wieder vorbei.«

»Vielleicht will sie nicht, daß Sie herkommen«, sagte Mehuru mit zusammengepreßten Lippen. »Das wird zu teuer.«

Die beiden Männer wechselten einen wütenden Blick. »Sie wird mich ganz schnell rufen, wenn sie Typhus im Hause hat«, erwiderte Dr. Hadley. »Ich werde also kommen.«

Er schwang sich auf seinen Sitz und griff nach den Zügeln. »Gute Nacht noch einmal«, sagte er leise, wendete den Wagen und rollte in Richtung seiner Wohnung.

Mehuru schaute der Kutsche nach und freute sich über die Stille des nächtlichen Platzes und über das seltene Gefühl von Freiheit. Über ihm standen viele Sterne am blauschwarzen Himmel, Hunderte und Tausende schienen es zu sein. Langsam drehte er sich zum Haus um; er ging hinein, machte die Tür zu und schloß ab; dann legte er behutsam den Schlüssel an seinen Platz zurück.

Leise stieg er die Stufen hoch und blieb vor Frances' Schlafzimmer stehen. Ob sie schlief oder wach war, konnte er nicht feststellen. Ein unwiderstehliches Verlangen packte ihn, die Tür zu öffnen und zu sehen, ob sie wieder in seine Arme käme, doch dann dachte er an die plötzliche Kälte ihrer Züge und daran, daß er ihr niemals Vorwürfe machen könnte, ganz gleich, ob sie nun ein freundliches oder ein kaltes Gesicht zeigte. Sie konnte sich ganz ihren Launen hingeben, und er war gezwungen, immer nur zu gehorchen. Nachts in ihrem Schlafzimmer, wenn Josiah nebenan schlief, würde er es ohnehin nie wagen, seine Stimme laut zu erheben.

Mit einem gedämpften Laut der Wut drehte er sich von der

Tür weg. Auf einmal ging sie auf, ganz sacht, und Frances stand vor ihm.

Ihr langes dunkles Haar war über die Schultern gebürstet, im Halbdunkel des Flurs bildeten ihre Augen schwarze Schattenkreise. Er wandte sich um, ging auf sie zu und sah sie lächeln. Sogleich wußte er, daß sie aus irgendeinem unerklärlichen Grund die vielen sie trennenden Schranken durchbrochen hatten und daß Frances die ihr anerzogene Zurückhaltung überwunden hatte. Für diese Nacht waren sie frei, einander als Gleichgestellte zu lieben.

Frances stand ganz still da und wartete halb ängstlich und halb entzückt, daß er etwas tat. Einen Augenblick dachte sie an ihr Bett voller Osterglocken und daran, ob von Mehuru im Arm gehalten zu werden jenem Gefühl von damals gleichkäme – jenem plötzlich alles um sich vergessenden Versinken in Freiheit und Sinnlichkeit.

Er streckte ihr die Hand entgegen und legte den Finger an ihre Wange. Frances schloß die Augen und lehnte sich an ihn. Sein Verlangen nach ihr wuchs, und er preßte sie an sich und hielt sie fest. Er spürte die Wärme ihres zarten Körpers und die Lust ihrer Lippen, als sie seine Küsse erwiderte und suchte. Leicht hob Mehuru sie hoch, trug sie in ihr Zimmer und schleuderte sie so verwegen auf das Bett, wie er die Blumen hingestreut hatte.

24. Kapitel

Am nächsten Morgen fuhr Dr. Stuart Hadleys Kutsche zeitig vor dem Haus Nr. 29 am Queens Square vor. In der Halle erwartete ihn Frances Cole mit hochaufgetürmtem Haar in einem weiten pfirsichfarbenen Kleid. »Ich glaube, es geht ihm besser«, begrüßte sie ihn.

»Haben Sie selbst nach ihm gesehen?«

Die Hausherrin lächelte ihn von der Seite an. »Ich bin kein ausgemachter Sklaventreiber! Natürlich habe ich nach ihm geschaut, und ich glaube, es geht ihm viel besser. Jetzt ist Elizabeth bei ihm. Wollen Sie hinaufgehen?«

Mehuru kam die halbe Treppe herunter. Frances blickte flüchtig zu ihm auf.

Mehuru machte eine kleine Verbeugung und sah sie an.

»Führe den Doktor nach oben, Cicero«, sagte sie mit spitzer Betonung.

Mehuru verbeugte sich mit übertriebener Höflichkeit und ging die Treppe hinauf voran. Dr. Hadley drehte sich noch einmal kurz zu Frances Cole um und sah ein so strahlendes Lächeln auf ihrem Gesicht, als sie den beiden Männern nachstarrte, daß er auf den Stufen innehielt. »Mrs. Cole?«

Frances wurde tiefrot. »Entschuldigen Sie«, sagte sie ertappt, »ich dachte ... ich dachte ...«

Auch Mehuru war stehengeblieben. »Woran dachten Sie denn, Mrs. Cole?« fragte er mit warmer Stimme, die ein Lachen unterdrückte.

Frances errötete wie eine Rose; sie wollte etwas erwidern, verschwand dann aber rasch im Salon und machte die Tür zu.

Einen Moment schwiegen die beiden Männer. »Verstehe«, sagte Dr. Hadley, denn er hatte alles begriffen.

Mehuru warf ihm einen Blick zu. »Gar nichts verstehen Sie.«

Wortlos stiegen sie zum Schlafraum im Dachgeschoß hoch. Bevor Mehuru die Tür aufmachte, legte Dr. Hadley die Hand auf seinen Arm.

»Ich hoffe, du begibst dich nicht in eine sehr große Gefahr, mein Freund«, sagte Dr. Hadley leise. »Das ist ein gefährlicher Weg für dich und für sie.«

Mehuru nickte. »Ich kann nicht anders. Das ist mein Ifa – mein Schicksal.« Damit trat er beiseite, um dem Doktor den Vortritt zu lassen. Der kleine Junge saß auf Elizabeths Schoß und aß Brei vom Löffel.

»Na, da geht's dem kleinen Patienten ja viel besser!« rief er aus. »Das Fieber sank in der Nacht, nicht wahr?«

Sie nickte und legte ihre Hand auf sein Gesicht. »Kühl«, sagte sie. »John geht es gut.«

»Behalte ihn für die nächsten Tage bei dir«, riet ihr Dr. Hadley. »Und laß ihn nicht wieder im Regen Botengänge machen. Viel essen, damit er zu Kräften kommt. Ich denke, diesmal haben wir Glück gehabt.«

Elizabeth freute sich.

»Und du brauchst Ruhe«, sagte er freundlich zu der Frau. »Es hat keinen Sinn, daß du den Schlaf übergehst und dich auch noch krank machst. Schlafe!«

Ihre Augen richteten sich kurz auf Mehuru. Beide wußten, daß ein Sklave die Erlaubnis zum Ausruhen brauchte. »Ich werde es Mrs. Cole sagen«, meinte er. »Du ruhst dich heute mit John aus. Ich werde es Mrs. Cole sagen. Sie wird es erlauben.«

Gemeinsam verließen die beiden Männer den Raum und gingen hinunter. Mehuru klopfte unten an und trat beiseite.

»Das Fieber ist gesunken«, berichtete Dr. Hadley kurz. Er trat nicht ein, sondern blieb auf der Schwelle stehen und redete Frances und Sarah Cole gleichermaßen an. »Es ist kein Typhus. Sie hatten Glück.«

Frances lächelte. »Da bin ich froh«, sagte sie.

»Die Frau, die sich um ihn gekümmert hat, sollte sich heute

ausruhen«, fuhr der Arzt fort. »Sie hat die ganze Nacht an seinem Bett gesessen.«

Miss Cole machte eine Gesicht, als wollte sie widersprechen, aber ihre Schwägerin stimmte sofort zu. »Natürlich«, sagte sie. »und danke, daß Sie mitten in der Nacht gekommen sind, Doktor.«

Er verbeugte sich kurz vor beiden Damen und ging. In der Halle reichte Mehuru ihm den Hut und lief mit hinaus zur Kutsche.

»Ich will meine Freiheit haben«, verkündete Mehuru unvermittelt. »Ganz gleich, was sonst ist. Das spielt keine Rolle. Ich will nur meine Freiheit.«

Der Doktor pflichtete ihm bei. »Vollkommen richtig. Hier hast du keine Zukunft, so wie es ist. Und die Sklaverei korrumpiert euch alle, verdirbt euch allen das Leben, das ihre genau wie deines. Das wollen sie nicht wahrhaben, die Sklavenhändler und -besitzer. Wenn man einen anderen Menschen knechtet, werden beide zu Sklaven, es verdirbt beide. Und nächste Woche, wenn am Dienstag Wilberforces Gesetz durchkommt, werdet ihr euch alle auf dem Weg in die Freiheit befinden!«

Er kletterte auf den Kutschersitz. »Dienstagabend!« sagte er leise zu Mehuru, und das Pferd zog an.

Queens Square 29
Bristol *7. Mai 1789*

Lieber Onkel!

Heute habe ich etwas von Sir Charles gehört. Auf dem Wege zum Anwesen von Lord Bartlett will er uns besuchen. Er hat sich entschlossen, den Herrensitz Shelby von Ihnen zu erwerben, und er möchte den Pachtvertrag hier unterzeichnen. Auch in dieser Angelegenheit sollen wir als seine Agenten fungieren: seine Einkünfte von der Weiterverpachtung investieren und die Schulden auf Shelby Manor tilgen. Da soll es einen Verwalter von Grund und Boden geben, der sich um die täglichen Belange der Wirtschaft auf den Bauernhöfen kümmert. Deshalb erwarte ich den Pachtvertrag von Ihnen, den ich Ihnen unterzeichnet zurücksenden werde, zusammen mit dem Geld des Kaufpreises.

Hier herrscht immer noch unbeständiges Wetter. Der Winter scheint schon eine Ewigkeit anzuhalten. Die Stadt neigt zu dichtem Nebel und tiefhängenden Wolken, und von den Fabriken kommt ein übler Geruch. Josiah und Miss Cole merken es nicht, weil sie daran gewöhnt sind. An schönen Tagen mache ich eine Ausfahrt und erfreue mich der reineren Luft auf den Hügeln. Trotzdem bin ich sehr glücklich. Mich erfüllt eine große Freude, und ich habe mich noch nie so gesund gefühlt. Jeden Morgen wache ich ganz leicht auf und werde nie müde.

Eine Bekannte von mir hat mich um einen vertraulichen Rat gebeten, zu dem ich gern Ihre Meinung hören würde. Sie hat einen Bristoler Kaufmann geheiratet, fühlt sich aber zu einem Besucher Bristols sehr hingezogen – einem äußerst stattlichen Edelmann in seinem Land, der zu ihr höchst zärtlich ist. Er hat ihr gesagt, daß er sie liebe, und sie glaubt, daß es wahr ist. Mir erzählte sie, daß sie noch nie so glücklich war, als würde ihr Leben von ihm abhängen. Sie fragte mich, was sie tun solle. Ich möchte gern wissen, wie Sie darüber denken. Natürlich haben die beiden keine Zukunft. Ich habe ihr meine Meinung dargelegt: daß die Bande der Ehe nie gelöst werden können.

Ich hoffe, Sie sind bei bester Gesundheit, mein lieber Onkel, und bleibe Ihre Sie liebende Nichte

Frances

Mehuru klopfte an und trat ins Damenzimmer, als Frances die Tinte löschte und den Brief versiegelte.

»Kann ich Sie sprechen?«

Sofort stieg ihr die Farbe ins Gesicht. Sie lächelte ihn an und flüsterte: »Mach die Tür zu.«

Er zog sie hinter sich zu, kam aber nicht näher.

»Ich wollte gern wissen, ob wir nicht Lohn ausgezahlt bekommen können«, sagte er.

»Was?« Sie wich zurück, als hätte er ihr ins Gesicht geschlagen. »Lohn?«

»Wir arbeiten genauso wie die Köchin«, fuhr er voller Überzeugung fort. »Sie erhält Lohn und hat ihre freie Zeit. Wir sind Bedienstete genau wie sie.«

»Aber ihr seid Sklaven!«

»Ich wünschte, wir könnten Bedienstete sein. Als Ihr Diener wäre ich zufrieden. Ich könnte Ihnen dienen und meinen Stolz dabei behalten.«

»Das ist unmöglich …«

»Nein, Frances«, unterbrach er sie rasch. »So wie die Dinge jetzt stehen, ist es unmöglich. Ich kann nicht länger dein Eigentum sein. Ich muß meine Freiheit haben. Ich kann nicht mit dir so zusammensein, wie ich möchte, wenn ich kein freier Mann bin. Alles andere erfüllt uns beide mit Scham. Ich möchte, daß du mich bezahlst, daß alle bezahlt werden. Dann wäre ich wenigstens aus eigenem Willen hier, dann würde ich mir selbst gehören.«

»Josiah Cole würde dem niemals zustimmen … Sarah Cole würde es niemals erlauben.«

»Wenn du mir genug zahlst, könnte ich mir ein Zimmer mieten, und du könntest zu mir kommen – wir wären unter einem Dach zusammen, nicht heimlich, nicht versteckt.«

Sie schüttelte den Kopf. »Das ist unmöglich, mein Lieber. Das ist unmöglich.«

»Du bist die Besitzerin.«

»Nur dem Namen nach. Alles, was ich besitze, von meiner Kleidung bis zum Eßtisch meines Vaters, ging bei der Heirat an Josiah über. Es ist sein Geschäft, er hat dich und die anderen gekauft. Wenn er dich und deine Gefährten freiließe, wer würde denn das bezahlen? Meine Schwägerin führt Buch, da sind die Kosten für die Überfahrt, für eure Verpflegung und die Livreen …«

»Wir könnten es von unserem Lohn zurückzahlen.«

Wieder schüttelte sie den Kopf. »Mehuru, du und John, ihr seid bereits jeder für einhundertzehn Guineas verkauft! Das könntest du niemals verdienen! Die Köchin erhält im ganzen Jahr nur dreizehn Pfund, und sie ist obendrein auch ausgebildet dafür. Ihr gehört zum Geschäft, ihr sei die erste Lieferung, und danach werden andere Sklaven kommen, und sie …« Als sie sah, daß er wie vom Donner gerührt dastand, sprach sie nicht weiter. »Was ist los? Was hast du?«

»Sagtest du, ich bin verkauft? Und der kleine John ist auch verkauft?«

Sie nickte.

»Du hast mich verkauft?«

Ihre Augen huschten von ihm zur Tür, als wünschte sie, daß jemand sie unterbrechen würde. »Cicero, ich …«

»Nenne mich nicht so!«

»Wie bitte?«

»Nenne mich nicht Cicero!« sagte er mit scharfem Unterton. »In deinem Schlafzimmer nanntest du mich Mehuru! Ich möchte nicht in deinem Bett ein freier Mann und im Empfangszimmer ein Sklave sein.«

»Mehuru … der Verkauf ist noch nicht perfekt. Josiah hat lediglich ein Angebot gemacht, euch vorgemerkt. Das war vor Ostern … bevor ich wußte … Das war, bevor wir … Ich habe nicht gedacht …«, stammelte sie.

Jäh drehte er sich um und schritt zum Fenster, um auf den Hof hinauszustarren. Es war ein warmer, sonniger Vormittag. Der an der Mauer emporwachsende Rosenbusch öffnete langsam seine Knospen. Er sah, wie eine Biene angeflogen kam und sich durch die dichten Blütenblätter in die orangefarbene Mitte drängte.

»Du willst mich verkaufen?«

Sein Gesicht konnte sie nicht sehen, und sie wußte nicht, was sein strenger Ton bedeutete.

»Nein«, beteuerte sie. Sie spürte einen panischen Schrecken in sich aufsteigen. Noch nie hatte sie sich mit einem Mann gestritten oder sich dem Zorn eines Mannes gegenübergesehen. »Bitte, Mehuru, hab Geduld. Du weißt, ich könnte es nicht ertragen, wenn du nicht da wärst. Das weißt du! Ich werde Josiah sagen, daß wir dich behalten müssen, und wir werden statt dessen Julius verkaufen.«

Er drehte sich auf der Stelle um. »Bis du mich satt hast«, sagte er bissig. »Wenn du von mir genug hast, dann kannst du mich ja verkaufen. Du könntest mich dann an eine Frau verkaufen, die einen Mann sucht, mit besonderer Empfehlung. Du könntest ihr ja erzählen, ich sei zwar nicht in der Lage, Lohn für anständige Arbeit zu bekommen, aber daß man mit mir spielen und ...« – in seiner Wut fielen ihm die richtigen englischen Wörter nicht ein, doch er machte mit einer Hand eine obszöne Geste – »... mich wie einen Bullen für eine Kuh benutzen könne.«

Frances wurde kreidebleich und ließ sich in einen Sessel fallen. »So ist es nicht ... so ist es nicht ...«

Steifbeinig ging er zur Tür. »Entschuldige mich. Ich habe noch nicht den Nachteimer aus dem Zimmer der Frauen heruntergetragen. Der wird stinken. Ich muß meine Arbeit tun.«

»Mehuru!« rief sie, aber die Tür war hinter ihm zugeschlagen, und er war schon weg.

Frances stand auf, rannte zur Tür und riß sie auf. Doch in der leeren Halle zauderte sie. Sie griff sich ans Herz, um das schmerzende Flimmern zu dämpfen. Sie konnte ihm nicht hinterherrufen, sie konnte ihm nicht durch das ganze Haus nachlaufen. Er war ihr Diener, er stand noch unter einem Diener, er war ihr Sklave. Auch nur einen Augenblick zu verraten, daß sie ihre und seine Stellung vergessen hatte, wäre eine absolute Schande, schlimmer als der Tod. Wenn Josiah davon erführe, wenn Sarah davon erführe ... Frances schauderte es bei dem bloßen Gedanken, und sie ging zurück, setzte sich wieder an den Tisch und hielt die Augen auf das Briefpapier gerichtet, ohne es zu wahrzunehmen.

Wenn jetzt jemand das Zimmer beträte, würde er eine vornehme, feingekleidete Lady sehen, die einen Brief schreibt. Frances saß so reglos und elegant da, als ließe sie sich malen. Sie lauschte, ob Mehuru vielleicht nachgab und zurückkam. Den ganzen Vormittag lauschte und wartete sie. Jedesmal, wenn sie Schritte in der Halle hörte, begann ihr unruhiges Herz zu rasen, aber er kam nicht zurück.

25. Kapitel

Zu Mittag kehrte Josiah aus dem Kaffeehaus heim, wo er die Fracht der *Daisy* im voraus verkauft hatte. Sie war beim Beladen vor der afrikanischen Küste gesehen worden und müßte im Dezember zurückkehren. Josiah wollte Geld aufnehmen, um für die Haushaltskosten Bares zu haben. Er setzte darauf, daß das Schiff rechtzeitig einträfe, und zwar mit einer reichen Ladung Zucker. Er lernte einen Freund von Stephen Waring kennen, Mr. Green, der sich begeistert über Hot Well äußerte. Josiah Cole versicherte er, es sei ein günstiges Unternehmen und es läge nur an seinen Bauvorhaben in Clifton, daß er sich nicht darum bewerbe. Inzwischen bot er Josiah in Hot Well eine Pension zu einem, wie jedermann einsehe, attraktiven Preis an. Er machte ihm ein Kompliment, weil dieser Hot Well als das betrachtete, was es sei, eine wahre Goldmine. Aufgeregt kam Josiah nach Hause. Er hatte das Gefühl, er bewege sich in den höchsten Kreisen der Mächtigen von Bristol, wo ein Fingerschnippen über das Wohl oder Wehe eines Mannes entschied.

Eilig benachrichtigte Frances die Köchin unten, daß der Hausherr da sei und seinen Lunch haben wolle. Nach einer halben Stunde wurde eine kalte Platte im Damenzimmer serviert. Sarah gesellte sich dazu.

»Du bist blaß«, bemerkte er. »Geht es dir wieder schlecht?«

Frances schüttelte den Kopf. »Mir geht es sehr gut«, sagte sie. Ein leichtes, nagendes Stechen am Herzen widersprach dem, doch sie ignorierte es.

»Willst du etwas Rum mit Wasser?« bot er an.

Frances lehnte ab. »Nein. Ich möchte ein Glas Fruchtsaftlikör und nur ein Stück Brot mit Butter.«

Er half ihr auf ihren Platz und läutete. »Ich habe eine Anfrage nach einem von den Jungen. Der, der die Krankheit überlebt hat, ist Mr. Waring versprochen. Kann er jetzt verkauft werden?«

Frances stockte der Atem. »O nein«, sagte sie eilig, »noch nicht. Er ist noch nicht soweit. Und außerdem ist er sehr klein.« Dabei warf sie einen Blick auf Mary, die von der Anrichte aus servierte und genug Englisch verstand, um der Unterhaltung folgen zu können.

»Wie alt ist er denn deiner Meinung nach?« fragte Josiah mit einem Bissen Schinken im Mund.

»Ungefähr vier, vielleicht fünf Jahre«, antwortete Frances, ohne zu zögern.

»Alt genug also, um Botengänge zu machen. Er könnte als Page gehen.«

»Mit seiner Gesundheit bin ich noch nicht zufrieden«, äußerte Frances verzweifelt. »Es würde keinen guten Eindruck machen, wenn wir ihn verkaufen, und dann wird er krank oder stirbt. Wir müssen sichergehen, daß er kräftig und gesund ist, wenn wir ihn abgeben.«

»Na gut«, stimmte Josiah zu. »Aber das Geld könnten wir gut gebrauchen, Frances.«

»Etwas von der *Rose* gehört?« erkundigte sich Sarah. »Hast du schlechte Nachrichten bekommen, Josiah?«

»Nein, nein, keinerlei Nachrichten, Schwester. Ich dachte nur, daß es Zeit wird, die Sklaven zu verkaufen. Sie sind schon länger als ein halbes Jahr hier, und wir sind doch davon ausgegangen, daß sie innerhalb von sechs Monaten weggehen.«

»Wegen des Umzugs hierher hat in dem ganzen Wirrwarr ihre Ausbildung gelitten«, erwiderte Frances mit atemloser Beharrlichkeit. »Du mußt mir einfach mehr Zeit lassen. Wenn sie Ehre einlegen sollen … Alle sprechen noch nicht so gut … und wir müssen Mehuru behalten, ich meine Cicero, damit er sich um das Haus kümmert und den anderen Verschiedenes beibringt.«

»Schon gut«, sagte Josiah besänftigend. »Nicht so wichtig. Wann immer du es für richtig hältst, meine Liebe.«

Ohne daß es jemand sah, preßte sich Frances die Faust gegen die Brust, wo sie einen zunehmend scharfen Schmerz verspürte.

»Und was hast du heute vormittag gemacht?« fragte Josiah in dem Bemühen, ein anderes Thema anzuschneiden.

»Ich habe Onkel Scott geschrieben«, antwortete Frances wahrheitsgemäß. »Er besucht gerade Freunde in Yorkshire.«

»Yorkshire, wie?« rief Josiah. »In Yorkshire habe ich ganz bestimmt keine Freunde. Von dort kommt dieser Lumpenkerl Wilberforce. In Yorkshire sind sie ganz wild auf die Abschaffung der Sklaverei, das ist ein Nest von Aufwieglern.« Josiah nickte Sarah zu. »Ich glaube, wir brauchen uns da noch keine Sorgen zu machen. Die Merchant Venturers sagen, das geht alles vorüber. Wilberforce wird nur von wenigen Leuten unterstützt, und wir haben mächtigen Einfluß auf die Parlamentsabgeordneten. Alle großen Städte in unserem Königreich und alle Fabrikbesitzer sind gegen ihn.«

»Wann wird darüber abgestimmt?« fragte Frances. »Das ist doch diesen Monat, nicht wahr?«

»Am Elften«, erwiderte Josiah düster.

»Was würden wir denn tun, sollte der Sklavenhandel abgeschafft werden?«

Josiah lächelte pikiert. »Betteln, borgen oder Schiffe kaufen und so viele Überfahrten machen wie möglich. Der Profit von den Sklaven würde ins Unermeßliche steigen.«

»Wenn es verboten wäre?«

»Ein solches Verbot tritt doch nicht gleich in Kraft«, erklärte Sarah. »Es dauert mehrere Jahre, bis eine Sperre des Sklavenhandels wirksam wird, und während dieser Zeit schnellen die Preise in die Höhe. Jeder will seinen Bestand vermehren, solange es noch geht.«

»Und den Sklavenhändlern müßte eine Entschädigung gezahlt werden«, ergänzte Josiah. »Je größer die nachgewiesenen Gewinne, desto erheblicher die Entschädigung. Jedenfalls habe ich keine Angst, daß die Sklaverei abgeschafft wird. Wir haben zuviel Macht. Das ist unser Parlament, gewählt von unseren

Wahlberechtigten und besetzt mit unseren Pöstchenjägern. Selbstverständlich wird es den Interessen der ehrbaren Sklavenhändler und Grundherren dienen.«

Frances nickte.

»Heute nachmittag fahre ich nach Hot Well hinaus«, sagte Josiah. »Willst du mitkommen, Frances? Mich interessiert, was da mitten in der Woche los ist. Jetzt haben wir Hochsaison. Aus dem Kurbad müßte das Geld nur so sprudeln.«

»Gewiß«, erwiderte Frances. Sogleich kam ihr in den Sinn, daß sie Mehuru erst am Abend sehen könnte. Aber Josiahs Wünsche gingen vor. »Natürlich komme ich mit.«

»Du kannst dort ein Glas Brunnenwasser trinken«, sagte Josiah vergnügt. »Begleitest du uns, Schwester? Du mußt mitkommen und es dir angucken. Die Sache mit dem langfristigen Pachtvertrag ist mir Ernst; ich hatte Einblick in die Bücher, und die zeigen, daß die größten Aufwendungen schon geleistet wurden. Stephen Waring ist davon überzeugt, daß wir da eine Menge herausschlagen können.«

»Einen Gewinn wie mit den Schiffsfahrten nach Afrika und Westindien?« wollte Sarah wissen. »Das bezweifle ich.«

»Das ist eine andere Art Unternehmen mit anderen Kosten und anderem Nutzen«, versicherte ihr Josiah. »Wir müssen Schritt halten mit der Zeit, Sarah. Alle großen Merchant Venturers' Companies haben Schiffe, aber sie besitzen ebenso Grund und Boden sowie Bergwerke und Bauunternehmen. Wir müssen es so machen wie sie – einen Teil unseres Kapitals müssen wir draußen auf See haben und einen anderen sicher zu Hause an Land. Und das ist ein stetiges Geschäft, Sarah. Da wartet man nicht Ewigkeiten auf Profit. Jetzt, wo wir laufend hohe Ausgaben haben, muß ein Geschäft her, das jeden Monat etwas abwirft, nicht nur alle zwei Jahre einmal.«

Sarah räusperte sich. »Du kannst gehen, Mary«, sagte sie. Mary machte einen Knicks und verließ das Zimmer. Sarah wartete, bis sie die Tür hinter sich schloß. »Vor ihr wollte ich das nicht besprechen, Bruder, aber ich muß mit dir und Frances ganz offen reden.«

Josiah machte ein sehr unglückliches Gesicht. »Sprich, Sarah. Du weißt, auf deinen Rat lege ich den größten Wert, denn davon hängt dein Geschick wie auch meins ab.«

Sarah warf Frances einen flüchtigen Blick zu. »Ich bin nicht gegen Frances oder gegen dich, Bruder«, begann sie. »Aber die Frage sei erlaubt, was mit unserer Firma geschieht. Zu Zeiten meines Vaters und am Anfang, als du und ich die Firma führten, da war es unser Stolz, mit Bargeld in der Hand Handel zu treiben. Wir kauften Handelsgüter mit Bargeld, wir kauften Sklaven mit Handelswaren, wir verkauften Sklaven für Gold, mit dem Gold kauften wir Zucker, und den Zucker haben wir am Kai zu noch mehr Geld gemacht, mit dem wurde dann das nächste Schiff ausgerüstet.«

Josiah nickte.

»Als uns klar wurde, daß uns der Sklavenhandel entglitt, daß sich immer mehr Großinvestoren an den Reisen beteiligten, da beschlossen wir, die Sklaven direkt in England zu verkaufen. Du hast Frances geheiratet, um mit ihrer Mitgift den Sklavenverkauf hier zu finanzieren und damit sie die Sklaven umsonst unterrichtet und sie an ihre vornehmen Freunde vermittelt.«

Eine derart unverblümte Erklärung für Josiahs Heiratsantrag hatte Frances noch nicht gehört; sie kniff die Augen zusammen, konnte ihr aber nicht widersprechen.

»Wieso glauben wir nun, daß wir das alles ändern müssen?« fragte Sarah mit gebieterischer Heftigkeit. »Mit dem Geld aus dem Verkauf dieser Sklaven sollten wir mehr Sklaven kaufen. Der Gewinn aus einer Schiffsreise sollte die nächste ermöglichen. Doch statt dessen wird das Geld für dieses Haus und ein kostspieliges Leben verschwendet. Und von dir höre ich nichts anderes mehr als hier ein neues Vorhaben und dort das nächste. Wir brauchen keine neuen Projekte. Wie man Profit macht, wissen wir doch längst. Immer haben wir Handel getrieben, und daran sollten wir festhalten – Handel treiben mit Bargeld in der Hand.«

Josiah und Frances schwiegen.

»Es gibt noch etwas«, fuhr Sarah etwas ruhiger fort. »Ich

weiß, du hast dich dein ganzes Leben lang danach gesehnt, ein Merchant Venturer zu werden, und ich gratuliere dir zu deiner Aufnahme in diese Gesellschaft. Sie mußte ja eines Tages erfolgen, weil du ein ehrlicher, Gewinn machender Bristoler Kaufmann bist. Aber ich möchte dich daran erinnern, Bruder, daß es neue Freunde sind, die sich als solche noch nicht erwiesen und bewährt haben. Wenn dich Mr. Waring auf eine günstige Gelegenheit aufmerksam macht oder sich Geld borgen will, dann solltest du ihm mit dem gleichen Mißtrauen begegnen wie einem unbeschäftigten Kapitän im Kaffeehaus. Er hat uns mit diesem Haus betrogen ...«

»Also, Sarah! Das hat er nicht getan!« rief Josiah aus.

»Doch! Doch!« donnerte sie los. »Zu dem Zeitpunkt, als wir die Anzahlung machten, wurden drei weitere Häuser auf dem Markt angeboten. Alle gehörten Freunden und Nachbarn von ihm. Alle waren billiger als dieses hier! Er sagte ihnen, sie sollten abwarten, bis er seinen Fisch an Land gezogen hatte, Josiah. Und du bist so versessen darauf, zur Oberschicht zu gehören, daß du es nicht bemerken willst.«

Sarah hatte ihn an einer empfindlichen Stelle getroffen. Nun wurde er so laut wie sie. »Wie kannst du so etwas sagen! Während all der Jahre bin ich noch nie in die Klemme geraten, sondern habe immer Möglichkeiten ausgeschöpft, die du gar nicht gesehen hättest. Du hast nie mit allem Schritt gehalten, Sarah. Du hast stets nur zurückgeblickt. Am glücklichsten warst du, als du mit deinem Papa über dem Speicher gewohnt hast und er nur einen alten, verrotteten Kahn hatte. Du bist engstirnig, Sarah, und du möchtest mich auf dein Verständnis von der Welt zurechtstutzen.«

Frances zog den Kopf ein und schnitt das Butterbrot in winzige Häppchen; sie sehnte sich danach, das Zimmer zu verlassen und weit weg zu sein von den aufbrausenden Stimmen.

»Ich denke so, wie du denken solltest«, zischte Sarah. »Ich denke, du bist ein kleiner Mann im Handel und schwimmst jetzt im großen Teich, wo dich die großen Hechte verschlingen werden, Josiah. Stephen Waring traue ich am allerwenigsten über den Weg. Ich traue seinen Ideen nicht. Und zu Hot Well habe ich schon überhaupt kein Vertrauen, wenn er es empfiehlt. Wieso begreifst du das nicht? Wieso kannst du nicht bei dem Handel bleiben, den du verstehst?«

Josiah schob den Teller weg und schritt zum Fenster. Er war rot geworden und stampfte vor Wut mit den Füßen auf. Zornig stierte er aus dem Fenster. Ein Straßenhändler, der gerade seine Ware zum Verkauf anpreisen wollte, packte seine Siebensachen zusammen und zog eilig weiter.

Josiah krallte sich am Fensterbrett fest, bis seine Knöchel weiß wurden. Er kämpfte gegen seinen Zorn an, bis er sich endlich gefaßt hatte. Dann räusperte er sich und kam zum Tisch zurück. »Also, Sarah«, sagte er freundlich, »mach nicht solch Geschrei wegen mir. Ich tue doch mein Bestes. Laß mich dir die Sache erklären, und dann vertragen wir uns wieder.«

Sie bebte noch, nickte aber, daß sie zuhören wolle. Bruder und Schwester schauten über den Tisch hinweg Frances an. Mit gesenktem Kopf faltete diese immer wieder die Serviette auf ihrem Schoß zusammen. Die Geschwister betrachteten sie mit gelindem Ärger und richteten dann aber ihre Aufmerksamkeit wieder aufeinander.

»Wenn wir Waren einkaufen – Handelsgüter, Sklaven, ganz gleich was –, dann transportieren wir sie, um einen Gewinn zu erwirtschaften. Wir bringen sie auf einen anderen Markt, wo sie einen besseren Preis erzielen.«

Sarah verstand.

»Und es kostet uns allerlei, sie woandershin zu schaffen. Wir wissen nie genau, was dem Schiff unterwegs passiert – ein Mast kann brechen oder die Segel können reißen. Im schlimmsten Fall ist sogar das ganze Schiff samt Mannschaft und Fracht hinüber.«

Sarah nickte erneut. »Und?«

»Der Vorteil von einem Grundstück – wie zum Beispiel die Quelle von Hot Well – ist doch, daß das an Ort und Stelle bleibt. Wir kennen die Risiken. Da kann nichts schiefgehen. Das Wasser kommt heiß aus der Tiefe gesprudelt, wir füllen es in Flaschen ab und verkaufen die, oder wir verkaufen das Brunnenwasser direkt im Kurbad. Das ist sicheres Geld, Sarah. Sicherer als das von den Schiffen. Und da ist noch ein anderer Gewinn, ein verborgener Gewinn.«

»Wieso?« fragte sie widerstrebend.

»Alles wird immer teurer«, sagte Josiah. »Es war Seine Lordschaft selbst, Lord Scott, der mir das deutlich gemacht hat. Wir sprachen seinerzeit über seine Pachteinkünfte, als Frances' Mitgift fällig wurde, und er zeigte mir die Bruttoerträge. In der Landwirtschaft wenden sie jetzt neue Methoden an; die bringen höhere Ernten, und deshalb ist jeder Bauernhof in England jetzt mehr wert als noch vor zwanzig Jahren. Der Wert des Bodens unter unseren Füßen, sogar hier in der Stadt, ist inzwischen sonstwie gestiegen. Sollten wir dieses Haus einmal verkaufen, werden wir mehr bekommen, als wir dafür bezahlt haben. Und wenn wir einmal Hot Well loswerden wollen, werden wir mehr erzielen, als wir dafür auf den Tisch gelegt haben. Mit jedem Tag gewinnt unser gesamter Besitz an Wert.«

Über diese unglaubliche Vorstellung schüttelte Sarah den Kopf.

»Es ist wie ein Wunder«, stieß Josiah atemlos hervor. »Ein Wunder, Sarah. Unser gesamter Besitz gewinnt an Wert. Selbst das Speicherhaus, selbst der Felsen mit seinen Höhlen. Der Wert steigt einfach. Alles, was wir tun müssen, ist, das Speicherhaus, den Felsen und den Boden unter unseren Füßen zu Geld zu machen.«

Sarah hätte ihn gern unterbrochen, aber Josiah war so hingerissen von der Vorstellung des sich selbst vermehrenden Reichtums. »Schau dir mal die Bodenpreise von der Park Street an. Hätten wir zum Beispiel vor zehn oder zwanzig Jahren ein Grundstück an dieser Straße erworben, hätten wir zehn Pfund für runde viertausend Quadratmeter zahlen müssen. Weißt du, was man jetzt dafür kriegt?«

Sarah verneinte.

»Hundert Pfund«, sagte Josiah. »Du könntest beinahe jeden Preis verlangen.«

»Aber wir haben dort kein Grundstück gekauft«, wandte Sarah hartnäckig ein. »Wir hatten ja keine Ahnung, daß da einmal eine vornehme Gegend entsteht. Das war nicht vorhersehbar. Außerdem hast du dich immer nur um dieses Haus hier bemüht.«

»Das stimmt, aber heute wissen wir mehr«, meinte Josiah. »Wir konnten nicht ahnen, daß Leute wie die Warings den Hügel hinauf auf die Park Street ziehen würden, weil wir sie nicht kannten. Doch jetzt sitze ich mit ihnen an einem Tisch, Sarah, und ich höre die Gerüchte. Jetzt weiß ich, was die vornehme Welt vorhat. Und ich sage dir, es ist Hot Well, es ist die Park Street. Für die Park Street kommen wir zu spät, aber wir können bei Hot Well zugreifen, und in zehn Jahren können wir es für das Zehnfache von dem verkaufen, was wir dafür bezahlt haben, und wir können es jetzt mit Gewinn betreiben.«

Sarah war fast überzeugt. »Aber wenn das so ist«, fragte sie leise, »wenn das so ein ausgezeichnetes Geschäft ist, warum verkaufen es dann die Merchant Venturers? Warum kauft es dann Mr. Waring nicht selbst?«

Josiah schlug seine Faust in die andere offene Hand. »Weil ich genau zum richtigen Zeitpunkt da war! So ist es! Ich! Das ist mein großer Augenblick! Waring kauft Land in Clifton – in den nächsten fünfzig Jahren wird Clifton nicht erschlossen werden, er hat sich da vergaloppiert. James, der Besitzer von Hot Well, hat sich auch zu zeitig darauf eingelassen. Die Gesellschaft hat den gesamten Ausbau vorgenommen und will nun ihr Geld wieder hereinholen. Ich packe im richtigen Moment zu – Clifton wird vielleicht in zwanzig Jahren die große Mode sein, Park Street lockte alle vor zehn Jahren an, aber für Hot Well ist jetzt der richtige Moment! Und ich bin da! Ich bin bereit, es jetzt zu kaufen!«

»Womit denn?« wollte Sarah wissen. Wie immer traf sie den Nagel auf den Kopf.

»Ich werde die Fracht der *Daisy* verpfänden und zweitausend Pfund Kredit auf die *Rose* aufnehmen.«

Sarah stöhnte fast. »Einen Kredit auf die *Rose*? Du hast

schon deren Ladung verpfändet, um dieses Haus zu kaufen. Wenn sie nicht heimkommt, sind wir ruiniert!«

»Mir gehört die halbe Fracht«, bekannte er. »Ich habe keine Teilhaber gefunden, und jetzt bin ich froh darüber. Ich werde auf jeden Penny ihres zu erwartenden Gewinns einen Kredit aufnehmen und für den der *Daisy* auch.«

»Zwei Schiffe mit Schulden belastet?« verlangte sie zu wissen.

»Jawohl«, antwortete Josiah voller Trotz. »Schau dich doch um, Sarah! Kein Mensch treibt mehr Handel mit eigenem Geld. Alle großen Vorhaben werden mit geliehenem Kapital bestritten. Alle neuen Bergwerke, alle Gießereien, alle neuen Fabriken werden mit geborgtem Geld in Gang gesetzt. Du weißt, daß es so ist.«

»Das ist nicht unsere Art.«

»Nein. Unsere Art ist langsam und sicher. Aber ich möchte schneller vorankommen, Sarah. Ich will Hot Well haben. Ich kann dir die Zahlen zeigen, dann wirst du sehen, daß ich recht habe. Wir müssen borgen, um den Pachtvertrag zu bekommen. Ich bin entschlossen, das zu tun.«

Sarah wandte ihre Augen von seinem störrischen Gesicht ab. »Frances!« appellierte sie an die Schwägerin. »Es geht auch um dein Schicksal. Möchtest du zusehen, wie Josiah einen Kredit auf ein Schiff aufnimmt, das noch nicht einmal angelegt hat?«

Frances' Anspannung war gewichen, als Josiah seinen Zorn gebändigt hatte und die beiden sich nicht mehr so anschrien. Sie dachte an Mehuru und fragte sich, wie sie ihn wohl von seiner Forderung nach Lohn abbringen könne. Sie zuckte leicht zusammen und gab ihre übliche Antwort. »Tut mir leid. Ich verstehe doch so wenig vom Geschäft.«

Sarah wandte sich wieder dem Bruder zu. »Ich sehe, daß du entschlossen bist«, sagte sie. Die Farbe war aus ihrem Gesicht gewichen.

»Bin ich.«

»Du wirst dein Vorhaben durchsetzen, ganz gleich, was ich sage?«

Er nickte.

Sarah schwieg einen Augenblick, um ihre Willenskraft an seiner zu messen. »Meinem Vater hast du versprochen, daß ich an der Führung der Firma beteiligt werde«, erinnerte sie ihn voller Bitterkeit. »Das hast du ihm auf dem Sterbebett versprochen, Josiah.«

»Das habe ich stets eingehalten«, verteidigte er sich.

Sie starrte ihn an. »Du brichst das Versprechen jetzt, wenn du nicht auf meinen Rat hören willst, wenn du dich kopfüber in Schulden verstrickst und dich in Projekte verrennst, von denen wir keine Ahnung haben.«

»Ich versprach, daß du an der Führung der Firma beteiligt wirst«, sagte er. »Ich habe nie zugesagt, daß du das Regiment führen sollst. Mein Versprechen besagt nicht, daß du dich mir in den Weg stellen und mich so in den Ruin treiben kannst.«

»Ich!« schrie sie. »Ich! Dich in den Ruin treiben?«

Seine Antwort war rasch und bissig. »Ja, du. Du führst immer noch die Haushaltsbücher, du siehst, wieviel Geld wir jeden Monat ausgeben. Wo soll das herkommen, Sarah? Wir werden abstürzen, wenn wir nicht neue Wege einschlagen, nicht neue Wagnisse eingehen, um Geld zu verdienen. Nicht einmal du kannst dir wünschen, daß wir alles verkaufen und zurück an den Kai ziehen müssen.«

Das brachte sie zum Schweigen.

»Wir müssen voranschreiten«, darauf beharrte Josiah. »Zögern heißt untergehen.«

Beide schwiegen eine Weile. »Ich habe die Schiffsbücher seit dem Umzug nicht mehr gesehen«, sagte Sarah. »Sie sind nicht auf dem laufenden gehalten worden. Ich werde diese Schulden eintragen müssen; ich muß vermerken, daß du die Ladung verpfändest hast.«

»Sie befinden sich im Speicherhaus«, erklärte er. Er stand auf und ging zur Tür. »Dort habe ich mein Kontor und meinen neuen Schreiber. Er wird die Buchhaltung für mich übernehmen. Das ist bequemer so.«

Er wagte es nicht, sie anzuschauen. Dann öffnete er die Tür und stahl sich davon, ohne ihr sorgenvolles Gesicht zu sehen.

26. Kapitel

Die Ausfahrt nach Hot Well war recht unerquicklich. Der Himmel hatte sich bezogen, und unter den dunklen Massen der Gewitterwolken wirkten die kleine Ladenkolonnade und das Brunnenhaus nicht hübsch und einladend, sondern schienen von den Klippen darüber erdrückt zu werden. Es herrschte Ebbe, das Wasser versickerte zwischen den schmutzigen Ufern im braunen Schlick, und der süßliche Geruch der Abwässer hing in der Luft. Zu dieser Jahreszeit brannte die Sonne an jedem Tag heißer und verstärkte den Gestank. Der Wind, der das wenige Wasser kräuselte, führte ihn mit sich.

Das Brunnenhaus besaß imponierende Ausmaße, sah aber zwangsläufig von außen wie ein Speicher aus. Als Frances die dem Fluß zugewandte schmucklose Seite und die absolut unverzierten, einfach in die dreigeschossige Front eingeschnittenen Fenster sah, kam ihr der Gedanke, daß Bristol an jeder Ecke vom Handel beherrscht wurde. Selbst dieses gewichtige Gebäude hatte ein unregelmäßiges Dach, eine ungerade Anzahl von Schornsteinen und wandte dem Fluß eine glatte Mauer zu wie eine bei Flut arbeitende Kornmühle.

An der Rückseite des Brunnenhauses befand sich die Zapfstelle der warmen Quelle, an der das Brunnenwasser gratis abgegeben wurde; dort stand eine Schar kränklicher, armer Leute. Als sie die Kutsche ankommen sahen, liefen sie mit ausgestreckten Händen auf sie zu und bettelten. Josiah scheuchte sie weg, und der Kutscher schwang die Peitsche. Eine junge Frau hob das Gesicht, das von einer Hautkrankheit bläulich verfärbt war. Frances wich ängstlich in die Kutsche zurück.

»Jaja, die stören ganz erheblich«, gab Josiah zu. »Geht weg, ihr!« schrie er. »Ihr belästigt meine Frau.«

Sie traten zurück, aber Frances hörte einen gedämpften Fluch, als sie von der Straße in den großen Kursaal eilte. Es herrschte viel Betrieb. Josiah schaute sich um und zählte ganz offen die Besucher, während Frances ein Glas von dem Wasser trank. Sie hoffte, daß es das Flattern in ihrer Brust eindämmen würde, das ihr seit dem morgendlichen Streit mit Mehuru Schmerzen bereitete. Josiah nahm die blassen Gesichter der Schwindsüchtigen wahr und hörte den marternden trockenen Husten derjenigen, die es auf den Brust hatten. Es gab vornehme Tagesbesucher, die Tee tranken oder teure Gewächshauserdbeeren mit Schlagsahne aßen, doch es waren im Ganzen nicht genug Gäste da.

»Irgendwie müßte man das hier noch vornehmer einrichten. Was meinst du?«

Frances überlegte. »Ich würde Behandlungsräume an tüchtige Ärzte vermieten«, antwortete sie. »Die werden Patienten mit herbringen. Und vielleicht sollte man ein Badehaus bauen mit schönen Mosaiken und Pflanzen und Möbeln, ganz so wie ein Wintergarten.«

Josiah nickte wohlgefällig. »Das Badehaus«, sagte er, »wie sollte das aussehen?«

»Wie wär's mit großen Fenstern und einer Terrasse auf den Fluß hinaus? Und leg es so wie ein Treibhaus an, wie das Treibhaus in Whiteleaze. Oh! Ich vergaß, daß du das ja nicht kennst. Aber es ist ein schöner, großer Raum, sehr hell, gut geheizt mit vielen Pflanzen. Im Winter kann man dort wunderbar sitzen. Und wenn die Früchte reifen, ist es da wie im Garten. Wir könnten es den Bristoler Wintergarten nennen! So daß Hot Well das ganze Jahr hindurch einen Anziehungspunkt bildet.«

»Das ist es!« rief Josiah aus. »Frances, du bist großartig! Kennst du jemanden, der das entwerfen kann? Wer ist der beste Architekt?«

»Wir brauchen einen, der ein paar verschrobene Einfälle hat, der Lusthäuser und Grotten baut«, sagte sie, »etwas Bezauberndes und Romantisches, etwas ganz Ungewöhnliches.«

Josiah schüttelte den Kopf. »Mit solchen Leuten verkehre ich doch nicht. Im Goldney House in Clifton gibt es eine Grotte, ich weiß. Aber ich habe gehört, sie soll sehr ausgefallen sein. Voller Muscheln und heidnischer Figuren und mit einem Springbrunnen.«

»Genau das richtige«, sagte Frances mit Entschiedenheit. »Ein Springbrunnen und klassische Statuen. Ein gotisches Badehaus muß her. Lord Scott wird schon wissen, wer uns das am besten entwerfen kann.«

»Gotisch!« rief Josiah aus. »Wirkt das nicht sehr merkwürdig?«

»Ein bißchen nur.« Frances lächelte über seine besorgte Miene. »Aber es muß ein wenig ausgefallen sein, um Leute von Bath abzuziehen. Bath ist ein anerkannter Badeort, jeder kennt ihn, jeder geht dorthin. Wir brauchen etwas Kurioses, etwas, das Leute mit Sinn für Neuheiten anzieht.«

»Du weißt das am besten«, sagte Josiah mit fester Stimme, um sich selbst zu beruhigen. »Wirst du Seiner Lordschaft schreiben und ihn um Rat fragen?«

»Gewiß«, stimmte Frances zu. »Heute morgen habe ich ihm geschrieben, habe aber den Brief noch nicht versiegelt und zur Post bringen lassen. Ich habe ihm mitgeteilt, daß Sir Charles Fairley Shelby Manor zu kaufen gedenkt. Er wird uns besuchen, um die Papiere zu unterschreiben, und er möchte, daß wir das Kapital für sein Haus bei uns halten und mit seinem Grund-und-Boden-Verwalter verhandeln.«

Josiah verzog das Gesicht. »Verursacht das nicht eine Menge Korrespondenz und Mühe?« fragte er.

»Josiah!« rief Frances aus. »Wir sollen sein Kapital verwalten! Wir können es nach unserem Ermessen investieren. Ich hätte gedacht, daß sich eine Menge Korrespondenz und Mühe dafür lohnen!«

»Meine Geschäfte habe ich immer von Mann zu Mann abgeschlossen«, antwortete er, sich entschuldigend. »Ich hasse es, Briefe zu schreiben.«

»Das kostet wenig Mühe«, sagte Frances. »Das kann ich

übernehmen, und mein Onkel berät mich mit den Investitionen für Sir Charles. Ich brauche das nur zu vermerken und ihm die Zahlen zu schicken.«

»Das willst du wirklich tun? Oder wollen wir lieber Sarah bitten?«

»Ich mache das schon«, sagte Frances unbeschwert. »Sarah kümmert sich lieber um die Schiffe.«

»Sie hätte Kapitän werden sollen«, pflichtete Josiah ihr bei. «Hast du sie heute beim Lunch gehört? Sie kann sich nicht an den Gedanken gewöhnen, Geld für etwas auszugeben, was nicht schwimmt.«

»Ihr liegt dein Wohl am Herzen«, sagte Frances in versöhnlichem Ton. »Und es war eine große Umstellung für sie, meine Ankunft und der Umzug und alles.«

Josiah nickte und schaute sich noch einmal im Saal um. »Wird es später voller?« fragte er die Frau, die das Wasser reichte. »Wie viele kommen im Winter?«

»Im Winter ist es an Wochentagen wie im Totenhaus«, antwortete sie vergnügt. »Manchmal ist überhaupt niemand da, und zuweilen sieht man nur die Unheilbaren. Sehr düster, Sir. Wenn sie Sie einen fröhlichen Ort suchen, dann fahren Sie besser nach Bath.«

»Nun, ich danke Ihnen«, fuhr er sie sofort verärgert an. »Wir müssen ohnehin gehen.« Er bot Frances den Arm an und fegte mit ihr hinaus. »Sobald Hot Well an uns verpachtet ist, wird die Frau entlassen«, sagte er. »Erzählt den Gästen, daß es hier wie im Totenhaus ist!«

Draußen war der Himmel so dunkel wie noch nie. Als sie in die Kutsche stiegen, hörte man ein warnendes Donnergrollen, und es fielen die ersten Tropfen. Die Pferde wurden unruhig. »Hier!« sagte Josiah zum Kutscher. »Bitte schlagen Sie das Verdeck hoch.«

Der Mann rief einen Jungen und hieß ihn, die Pferde zu halten. Dann stieg er vom Kutschbock, ging zur Rückseite der Kutsche und versuchte das Dach aus Segeltuch, das auf Holzbügel zusammengefaltet war, anzuheben. Es hätte sich ganz leicht hochschieben lassen müssen, von hinten und von vorn, um die Sitze abzudecken und sich in der Mitte der Kutsche zu schließen. Doch die Scharniere waren verrostet und bewegten sich kein Stück. Der Kutscher zog daran, während der Regen zunahm. Frances stieg ein und legte sich ein Plaid über die Knie.

Von der Schlucht her blies ein kalter Wind. Die Gezeiten wechselten gerade, und kleine Wellen, die der Wind zu Schaumkronen peitschte, plätscherten gegen den Schlick. Das Gewitter wurde mit der Flut hereingetrieben; direkt über ihren Köpfen krachte es laut, und der Regen prasselte stärker. Frances wich auf ihrem Platz zurück und versuchte, die Decke enger um die Knie zu schlagen. Sie trug nur einen leichten Mantel und darunter ein seidenes Kleid. Ihr Hut flatterte gefährlich im Wind.

»Meine Frau wird ganz durchnäßt!« rief Josiah aus. »Kriegen Sie das Faltdach nicht hoch?«

»Es tut mir leid, Sir, es klemmt fest«, entschuldigte sich der Mann. »Ich versuche es ja.« Seine Worte gingen in einem gewaltigen Donnerschlag unter. Frances schrie auf, als die ganze Welt eine Sekunde grell weiß wurde und dann wieder schwarz.

Josiah sprang aus der Kutsche und zog auf der anderen Seite, um die eingerosteten Gelenke zu lösen. Die Pferde traten unruhig auf der Stelle, und Frances schrie gellend: »Halte die Pferde, Josiah! Sie werden durchgehen!«

Plötzlich brachte eine Böe bitterkalten Regen. »Es ist aussichtslos!« rief Josiah. »Komm herunter, Frances, wir warten, bis es vorüber ist.«

»Ich bin so naß«, jammerte sie und weinte fast. »Ich will so schnell wie möglich hier weg.«

»Fahren Sie los!« schrie Josiah den Kutscher an. »Aber diese Fahrt werde ich nicht bezahlen!«

Der Kutscher schwang sich auf den Bock und ließ die verängstigten Pferde anziehen. Die fielen gleich in Trab, und er mußte sie zügeln. Frances peitschte der Regen ins Gesicht, er zerzauste ihre Haare und zerrte am Hut. Das Reiseplaid hielt sie sich eng um die Beine, doch es war im Nu feucht. Auf dem Hutrand sammelte sich das Wasser und lief ihr dann hinten in den Hals. Sie bibberte und fror.

Der Regen prasselte immer stärker. Es gab überhaupt keinen Schutz davor. Die Decke um ihre Beine war inzwischen durchweicht, und sie spürte, wie die Nässe ihren Rock und die dünnen Schuhsohlen durchdrang.

Als sie vor ihrem Haus vorfuhren, war sie bis auf die Haut naß, und ihre Zähne klapperten. Martha, die nach ihnen Ausschau gehalten hatte, riß die Haustür auf, und Mehuru kam die Stufen heruntergerannt. Er öffnete den Kutschenschlag und klappte den Tritt herunter, so daß Frances aussteigen und er sie rasch ins warme Haus bringen konnte.

Elizabeth begleitete sie hinauf, und im Handumdrehen war sie die nassen Sachen los und saß, in warme Decken gehüllt, am Kamin. Aber sie zitterte immmer noch wie Espenlaub, alle Farbe war aus ihrem Gesicht gewichen, und die Lippen waren bleich.

»Sie kalt, Mrs. Cole?« fragte Elizabeth besorgt. »Sie krank?«

»Bloß durchgefroren«, sagte Frances, wobei sie sich zu lächeln und die klappernden Zähne stillzuhalten bemühte. »Hole mir einen heißen Tee. Es geht mir schon besser.«

Elizabeth nickte und verließ das Zimmer. Draußen wartete Mehuru. »Geht es ihr gut?« fragte er in der Sprache der Yoruba. »Kann ich hineingehen zu ihr? Geht es ihr gut?«

Elizabeth schüttelte den Kopf. »Du kannst nicht hinein, sie hat sich ausgezogen. Sie sagt, es geht ihr besser. Mir scheint sie nicht gesund. Du bist der Schlangenpriester und Heiler, was kannst du sehen?«

Mehuru zauderte. Es war lange her, daß er seine priesterlichen Fähigkeiten gebraucht hatte; sie kamen ihm vor wie ein verlegtes Handwerkszeug. Frances hatte er als Liebhaber beobachtet, nicht als Heiler. Einen Augenblick hielt er inne, um sich ihr Gesicht vorzustellen. Er bemerkte ihren dichten dunklen Haarschopf und die Schatten unter ihren Augen, die immer da waren, die durchsichtige Haut und das häufige, rosige

Erröten. Er spürte einen Schmerz in seiner Brust, von dem er wußte, es war ihr Schmerz, ein dauerndes Sich-Krümmen vor Unbehagen – wie ein Murmeln im Herzen. Seine Lungen fühlten sich eingespannt an, und er dachte an Frances' ständige Geste, sich die Hand auf die Kehle zu legen, wenn sie keine Luft bekam. »Sie ist eine Weiße«, sagte er, um sich, ungeachtet seiner Erkennntnis, selbst zu beruhigen. »Für mich sehen sie alle krank aus.«

Josiah gönnte sich eine Schale dampfenden Punsch und rief Kbara, damit er das Kaminfeuer im Arbeitszimmer anzündete. Als er sich in seinem Morgenmantel Gesäß und Rücken wärmte, klopfte es, und Sarah kam herein.

»Ich habe gehört, ihr seid beide vom Gewitter überrascht worden«, sagte sie. »Die Sklavin Elizabeth meint, wir sollten Dr. Hadley holen. Brauchst du auch einen Arzt, Bruder?«

Er bemerkte ihren beherrschten Ton. »Nein, mir geht es gut. Was ist mit Frances?«

Sarah verbarg ihr mangelndes Mitgefühl nicht. »Sie hat doch immerzu etwas.«

»Was willst du, Sarah?« fragte er.

Sie holte tief Luft und schaute ihn an. »Ich möchte die Bücher sehen«, sagte sie barsch. »Die Rechnungsbücher der Schiffe. Mein ganzes Leben lang habe ich sie geführt, Bruder. Selbst wenn du einen Schreiber hast, braucht der eine Aufsicht. Ich möchte seine Arbeit überprüfen. Zeige mir die Schiffsbücher.«

Josiah kehrte ihr den Rücken zu, um sich die Hände am Feuer zu wärmen. Er konnte sie ihr nicht zeigen. Die *Rose* war ohne Versicherung für die mittlere Überfahrt losgesegelt, und Sarah würde das sofort erkennen. Sarah hatte keine Ahnung von den Schulden für den Haushalt und auch nicht von den Zinsen, die Josiah für die Kredite bezahlte. Er konnte ihr kummervolles Gesicht nicht ertragen, wenn sie sämtliche Zahlen zu sehen bekäme.

»Sicher«, sagte er. »Ich werde sie dir mit nach Hause bringen, damit du sie prüfen kannst. Im Augenblick beschäftigt sich gerade der Schreiber damit, um sicherzugehen, daß er es genauso macht wie du.«

»Ich könnte ihn unterweisen ...«, schlug Sarah eilig vor.

»In ein, zwei Wochen«, unterbrach Josiah sie. »Da kannst du mit ihm zusammen die Bücher durchgehen.«

»Es geht nicht bloß um die gewohnte Arbeit«, sagte Sarah zögernd, »obwohl es mir schwerfällt, nichts zu tun. Etwas Schlimmeres gibt es für mich nicht, wo ich mich doch mein Leben lang nur abgerackert habe.«

Josiah sah sie über die Schulter hinweg an. Ihr Mund verzog sich, sie verkniff sich die bei ihr so seltenen Tränen.

»Hier fühle ich mich nicht zu Hause«, äußerte sie kummervoll. »Es ist nicht das, woran ich gewöhnt bin.«

»Du kannst dich doch nicht nach dem Lärm und Gestank vom Kai zurücksehnen, Sarah.«

Sie nickte. »Selbst nach dem Hafengeruch bei Ebbe«, gestand sie. »Hier habe ich nichts zu tun. Und ich bin dir überhaupt nicht nützlich. Frances führt das Haus, und deine Vorhaben besprichst du mit ihr.«

Beinahe hätte er sich umgedreht und ihr die Arme entgegengestreckt, beinahe hätte er ihr seine tiefe, beständige Liebe gezeigt, der Schwester, die ihn während der harten, lieblosen Kindheit bemuttert hatte. Aber in beiden waren die Gewohnheiten kühlen Abstands zu fest verwurzelt. Er hob verlegen die Schultern hoch und räusperte sich. Doch ihm fehlten die Worte.

Einen Augenblick stand sie reglos da und wartete, ob er etwas erwidern würde. Als er nichts sagte, wandte sie sich um und ging zur Tür. »Ich schicke nach dem Doktor, wenn du darauf bestehst«, bemerkte sie unfreundlich. »Ich kann mir vorstellen, daß Frances jetzt wochenlang im Bett herumtrödeln wird.«

27. Kapitel

Nach dem Regenguß beim Ausflug nach Hot Well wurde Frances ernstlich krank, und Mehuru konnte sie mehrere Tage lang nicht sehen. An der Tür zu ihrem Zimmer mußte er den Kohlenkasten Elizabeth oder einer der anderen Frauen übergeben, und das warme Wasser für ihre Waschschüssel wurde ihm von Martha, Mary oder Elizabeth abgenommen. Die Mahlzeiten brachte eine der Frauen auf einem Tablett hinauf, und Elizabeth wies man zum Schlafen eine niedrige Liege am Fußende von Frances' Bett an, für den Fall, daß es ihr nachts einmal schlechter ginge.

Da Josiah mit seinen Plänen für Hot Well beschäftigt und Frances krank war, genossen die Sklaven mehr Freiheiten denn je. Am Nachmittag konnten die Frauen mit den Kindern in den Gärten am Queens Square spielen. Niemand beschwerte sich, und die Leute gewöhnten sich daran, daß der kleine John und die achtjährigen Susan und Matthew unter den jungen Bäumen im Gras die kleinen ausgeklügelten afrikanischen Spiele machten, die Elizabeth ihnen beibrachte.

Sie wuchsen zu einer neuen Art von Familie zusammen, eine eigene Erfindung in der Fremde. Eine afrikanische Familie, die meist englisch sprach, eine schwarze Familie, gekleidet in Baumwolle und schweres Tuch, eine Gemeinschaft mit zwei Männern, doch fraglos von den Frauen angeführt; eine Familie, die ein bißchen Raum und ein bißchen Zeit für sich ergatterte und die doch mit der Angst im Nacken lebte, jeden Augenblick auseinandergerissen und getrennt verkauft zu werden.

Keinen Moment vergaßen sie, daß sie Sklaven waren und daß ihr Glück und ihre Sicherheit an dem dünnen Faden der

Laune ihres Eigentümers hing. Wenn sie am Abend um den Küchentisch saßen und die Jungen und Mädchen fleißig lasen oder die Mädchen nähten, während die Jungen mit Steinchen spielten, da redeten die Erwachsenen oft darüber, wie sie die Freiheit erlangen und dabei zusammenbleiben könnten.

Dr. Hadley kam, um nach der Hausherrin zu sehen, und er sagte, sie habe eine Lungenentzündung. Er verordnete Ruhe und Wärme. Mehuru hielt vor dem Haus sein Pferd, um mit ihm sprechen zu können.

»Schwer krank ist sie nicht«, verkündete der Arzt erfreut. »Aber sie ist nicht besonders kräftig. Sie gehört zu diesen zerbrechlichen, zartbesaiteten Frauen und verträgt nicht viel Aufregung und Ärger. Außerdem hatten einige in ihrer Familie ein schwaches Herz. Die Mutter starb an Herzversagen, und Mrs. Cole hat dieses blasse Aussehen mit den Schatten um die Augen. Sie braucht Ruhe. Eigentlich sollte sie auf dem Lande leben, denn sie ist schwach auf der Lunge, und die Luft hier ist das reinste Gift für sie.«

»Würde es ihr auf dem Lande gutgehen?« fragte Mehuru. Ihm stand plötzlich das Bild vor Augen, wie Frances müßig auf der Terrasse eines kleinen Bauernhauses in der warmen, verläßlichen Sonne seiner Heimat saß. Er stellte sich vor, wie sie sich mit einem Seidenschirm vor der Sonne schützte und wie ihre Haut vor Wärme und guter Gesundheit Farbe bekam.

»Es würde ihr besser gehen«, antwortete Dr. Hadley. »Kommst du Dienstag abend? Wir warten auf die Nachrichten von der Parlamentsdebatte. Wilberforce wird am Montagabend seine Rede im Parlament halten. Caesar hat versprochen, uns gleich einen Boten zu schicken.«

»Das will ich auf keinen Fall verpassen«, erklärte Mehuru. Er blickte auf die Fenster des Hauses. »Jetzt sollte ich besser wieder hineingehen.«

Dr. Hadley drückte ihm eine Münze in die Hand. Wie angestochen wich Mehuru zurück. »Ich möchte das nicht.«

»Für das Pferdhalten«, sagte der Arzt ruhig. »Das würde jeder bekommen, der mir das Pferd hält.«

Stolz und Bedürftigkeit rangen miteinander in Mehurus Gesicht. »Nun gut«, stimmte er unwillig zu. »Ich danke Ihnen.«

Mit einem jungenhaften Grinsen schaute ihn der Arzt an. »Nun, ich danke dir, daß du es annimmst. Ich dachte schon, du schleuderst mir die Münze ins Gesicht.«

Widerstrebend lächelte Mehuru. »Ich bin es nicht gewöhnt, in jemandes Diensten zu stehen«, sagte er. »Und ich möchte mich auch gar nicht erst daran gewöhnen.«

»Hast du schon Gelegenheit gehabt, diese Pamphlete zu lesen?« fragte Dr. Hadley, als er auf den Kutschersitz kletterte.

Mehuru ließ das Pferd los und trat zurück. »Ich habe sie gelesen, und ich lese sie laut meinen Freunden vor. Dann reden wir abends in der Küche darüber.«

»Ausgezeichnet«, sagte Dr. Hadley. »Je mehr das verstehen, um so besser! Wir leben in einer Zeit großer Veränderungen, und du und ich, wir können unseren Teil dazu beitragen.«

Mehuru nickte. »Ich bin ein Radikaler«, probierte er das neue Wort aus.

Beunruhigt blickte Dr. Hadley die Straße hinauf und hinunter. »Also um Himmels willen behalte das für dich«, warnte er ihn eindringlich, »oder du bist ganz schnell ein toter Radikaler, und ich komme bei den Bristoler Kaufleuten auf die schwarze Liste.«

Mehuru grinste. »Schwarz sein ist gar nicht so schlecht.«

»Und wenn du mit Wortspielen in der englischen Sprache anfängst, dann hast du zuviel gelernt«, sagte der Arzt. Er schwang die Peitsche. »Auf Wiedersehen!«

Scott House *9. Mai 1789*

Liebe Nichte!

Anbei sende ich Dir den Pachtvertrag zur Unterzeichnung durch Sir Charles. Es ist ein stattliches Anwesen, und ich überlasse es ihm zu einem fairen Preis. Du wirst bemerken, daß ich ihm nicht die Rechte an den Bodenschätzen eingeräumt habe. Er hat um diese nicht gebeten, und ich möchte sie lieber für mich behalten. Ich wäre Dir dankbar, wenn Du ihn auf dieses kleine Versäumnis nicht extra hinweisen würdest.

Als Antwort auf Josiahs Anfrage nach der Kampagne zur Abschaffung des Sklavenhandels teile ich ihm meine Überzeugung mit, daß Wilberforce nur Pitts Unterstützung und die von wenigen anderen findet. Doch außerhalb des Parlaments wächst eine radikale Stimmung im Land, die alle wahren Patrioten nur in Angst und Schrecken versetzen kann.

Wie ich vermute – und diese Nachricht ist nur für Dich und Josiah bestimmt –, plant man, so zu tun, als stimme man mit Wilberforce überein, verschiebe aber die Debatte, und zwar für immer. Ich bin davon überzeugt, daß kein Sklavenhändler während dieser Parlamentsperiode um seine Einkünfte fürchten muß. Liverpool, Bristol und die Londoner Kaufleute stopfen ihren Pfründnern und Pöstcheninhabern die Taschen voll, damit sie die Debatte hinauszögern, und es gibt keinen Zweifel, daß die Sklaveneigegner im Unterhaus deutlich in der Minderheit sind. Im Oberhaus gibt es natürlich gar keine und wird es nie welche geben. Jeder Lord und die meisten Gentlemen haben einen Teil ihres Vermögens in die Sklaverei investiert, sei es in Zucker, Rum, Baumwolle, Tabak oder auch in die Schiffahrt, in Kanäle und den Häuserbau – die alle vom allgemeinen Wohlstand abhängen.

Zwischen den Arbeitern und den freien Negern gibt es in London eine machtvolle Einheit. Die betrachten ihre Ziele als ein und dieselben. Als Arbeitgeber der einen und Eigentümer der anderen müssen wir ein Interesse haben, sie zu trennen. Wenn wir die weißen Arbeiter überzeugen können, daß Neger tieferstehende Wesen sind, dann werden wir diese unbequeme Einheit entzweien. In der Zwischenzeit habe keine Angst. Die Arbeiter und die Neger haben etwas gemeinsam, ihnen fehlt die Macht. Weder haben sie Geld, noch hört ihnen jemand zu, noch besitzen sie das Wahlrecht, um andere Herren zu wählen. Wir können uns vollkommen in Sicherheit wiegen.

Im Augenblick habe ich eine sehr hübsche Investition im Auge. Wenn Du als Bevollmächtigte für Sir Charles eintausend Pfund seines Vermögens zum Einsatz bringen könntest, kann ich ihm einen Anteil kaufen. Schreibe mir bitte umgehend. Es geht um ein künftiges Bergwerk in Kent.

Von der Familie ist zu berichten, daß Lady Scott ein weiteres Kind erwartet, und sie ist zuversichtlich, daß sie mir einen Erben schenken wird. Du kannst Dir vorstellen, wie sehnsüchtig ich hoffe, daß sie recht behält. Bis zum Herbst wird sie in ihrem Logis an der See weilen, und dann erwarte ich, daß sie bis zur Geburt meines Sohnes in aller Ruhe in Whiteleaze bleibt.

Nun zu Deiner Anfrage bezüglich Deiner Bekannten, die sich zu einem Edelmann hingezogen fühlt. Ich will ganz offen zu Dir sein, meine Liebe. Mir gefallen solche Mischehen zwischen unterschiedlichen gesellschaftlichen Rängen nicht. Eine Lady kann sich doch nicht mit einem Mann zufriedengeben, der in jeder Hinsicht – außer der finanziellen vielleicht – unter ihr steht. Sie wird bestimmt einen Mann ihres Standes kennenlernen, dessen Gesellschaft sie vorzieht. Außerdem hat sie in eine Klasse geheiratet, die in solchen Angelegenheiten keine Freiheiten duldet, und eine Unbedachtheit hätte fatale Folgen. Eine Lady muß ihre Zuneigung hintanstellen und dem Ehemann treu sein. Jedes andere Verhalten wäre für sie und für ihre Familie eine Katastrophe. Ihr Ehrverlust brächte Schande über alle – die Familie und die Freunde. Mir tut die Frau herzlich leid, die sich in diesem Dilemma befindet, aber es gibt keinen anderen Weg für sie. Sie hat ihre Wahl getroffen und muß sie nun ertragen. Bitte mache das Deiner Freundin klar. Sie hat keine andere Wahl. Den Gentleman, den sie liebt, muß sie vergessen, und ihre Pflicht und die Heiratsschwüre erfüllen. Sie hat keine andere Wahl.

Es tut mir sehr, sehr leid, meine Liebe.

In Erwartung Deiner baldigen Antwort, was die geschäftlichen Angelegenheiten betrifft

verbleibe ich als

Dein Dich liebender Onkel

Scott

Frances schob den Brief in das Schubfach ihres kleinen Schreibbänkchens, das auf der Decke ihres Bettes balancierte.

Sie war zu erschöpft, um sofort zu antworten. Sein Rat bestätigte nur, was sie schon wußte. Nur einen Augenblick lang hatte sie sich dem Traum hingegeben, er würde ihr schreiben, daß einem Menschen, der so glücklich war, eine die ganze Welt um ihn herum verwandelnde Liebe zu finden, nichts im Wege stehen dürfe. Sie lächelte matt. Es war wohl kaum damit zu rechnen, daß ihr Onkel ihr raten würde, den Konventionen zu trotzen, und das eigene Leben hatte sie nichts anderes als Vorsicht und Furcht gelehrt.

Den ganzen Dienstag machte sich Mehuru in Josiahs Arbeitszimmer zu schaffen, in der Hoffnung, etwas über die Parlamentsdebatte aufzuschnappen. Auch Josiah war unruhig. Den halben Vormittag wartete er auf Nachricht aus London, doch dann hielt er es nicht länger aus und verließ das Haus, um am Kai herumzulungern.

Überall an den Docks standen Leute herum und erörterten die Lage. Wilde Gerüchte machten die Runde: Wilberforce sei niedergeschrien worden und habe das Parlament in Tränen aufgelöst verlassen. Nein! Ganz und gar nicht! Man habe Wilberforce Beifall gespendet , und er habe vor Freude geweint. Der Sklavenhandel sei gänzlich verboten, und zwar von morgen an. Josiah und die anderen Männer, denen zuerst die Hoffnung Auftrieb gab und die dann in Verzweiflung versanken, hatten einen unruhigen, unglücklichen Tag.

Am Abend trafen sie sich im Kaffeehaus. Stephen Waring war dabei.

»Cole!« rief er vergnügt. »Kommen Sie und trinken Sie eine Schale Punsch mit mir! Ich warte auf meinen Boten aus London mit den Neuigkeiten aus dem Parlament.«

Josiah bahnte sich den Weg durch die debattierenden Männer zum oberen Tisch. »Ich nehme gern etwas Punsch«, bekannte er. »Das ist ein aufregender Tag heute.«

»Ich bin zuversichtlich«, sagte Mr. Waring entspannt. Er quetschte sich noch eine Zitrone in die Punschschale, kostete und goß Josiah ein Glas ein.

»Ja, aber Sie haben ja Ihr Geld im ganzen Land angelegt«, knurrte Josiah gereizt. »Während ich hier sitze, habe ich drei Schiffe auf See. Was geschieht mit Leuten wie mir, wenn man über Nacht den Sklavenhandel verbietet?«

Stephen Waring lächelte Josiah lange an. »Verbieten!« schnaubte er verächtlich. »Katzen das Sahneschlecken verbieten? Schweinen den Trog verbieten? Die Regierung wird die Sklaverei erst dann abschaffen, wenn die Leute kein Geld mehr damit verdienen. Sie sind die Melker, und Afrika ist ihre Kuh. Das Geschäft mit den Sklaven wird weiter florieren, bis es kein Geld mehr abwirft, Josiah. Das wissen Sie doch.«

Der Punsch und Warings arrogante Gewißheit erwärmten Josiah. »Sie klingen ja wirklich sehr sicher.«

»Nehmen sie noch ein Glas«, sagte Waring angeregt. »Jedes Geschäft birgt Risiken, Josiah. Das weiß keiner so gut wie Sie und ich. Übrigens, sind Sie entschlossen, Hot Well zu übernehmen?«

Josiah ergriff das Glas und trank einen stärkenden Schluck. Als er sich seinen Plänen für Hot Well zuwandte, schwand seine Angst. Draußen ging die Sonne langsam über den Kais von Bristol und Redclift unter. Mit der Abendflut kam ein Bristoler Sklavenschiff den engen Flußlauf herein, seine Decks glänzten golden, die Takelage schimmerte wie Messingdrähte. Von den Masten flogen Möwen wie flatternde Wimpel auf; sie schrien und schrien. Der Wind wehte den Geruch von Tod und Verzweiflung in den Hafen. Es war eine durchschnittliche Reise: Vierhundert Männer, Frauen und Kinder sechs Monate während des Beladens in Buchten gepfercht und dann eine dreimonatige Überfahrt des Schreckens, der Krankheit und der Qualen. Einige waren wahnsinnig geworden, andere hatten sich umgebracht, viele waren an Krankheiten gestorben. Achtzig waren auf See krepiert und wie Abfall aus der Kombüse achtlos über Bord geworfen worden. Mit Profit in Jamaika verkauft, wären sie nach vier Jahren fast alle tot.

»Ein prächtiger Anblick«, sagte Josiah Cole, der das Schiff flüchtig vom Fenster des Kaffeehauses aus sah und liebevoll an die *Daisy*, die *Lily* und die *Rose* dachte, die vor der afrikanischen Küste beladen wurden.

»Wunderschön«, stimmte Stephen Waring zu.

Um neun Uhr abends schlüpfte Mehuru aus der Hintertür. Da Frances krank in ihrem Zimmer lag, Josiah am Kai auf Nachrichten aus London wartete und Sarah im Salon Predigten las, würde ihn niemand vermissen. Er rannte durch die dunkler werdenden Straßen zum Kaffeehaus und traf dort ein, als Dr. Stuart Hadleys Kutsche gerade davor anhielt.

»Gibt's was Neues?« wollte Mehuru wissen.

»Noch nicht«, antwortete Dr. Hadley. Ernst und erregt sah er aus, wie ein Mann, der nicht glauben kann, daß seine Schlacht gewonnen ist. »Caesar hat versprochen, uns Nachricht zu geben, sobald klar ist, wie die Debatte ausgeht. Er wird uns nicht im Stich lassen.«

Sie gingen zusammen hinein, bestellten sich Bier und setzten sich in die Ecke. Edgar Long kam herüber und noch zwei andere Männer. Ein freier Schwarzer kam hinzu, um Mehuru kennenzulernen. Er war ein Zulu aus dem tiefen Süden Afrikas. Zu beider Erheiteruung entdeckten sie, daß sie sich am besten auf englisch verständigen konnten.

»Ich bekomme schon eine weiße Zunge«, bemerkte Mehuru voller Abscheu. »Bald werde ich alles vergessen haben, was ich einmal wußte.«

Es herrschte eine gespannte Atmosphäre. Edgar Long machte einige Vorhersagen über die Abstimmung im Unterhaus. Er war sich sicher, daß das vorgelegte Gesetz über die Abschaffung des Sklavenhandels im Handumdrehen angenommen würde. »Und danach kommt das Verbot der ganzen Sklaverei«, verkündete er mit Eifer.

Der Abend zog sich hin. Gegen Mitternacht murmelten viele, daß sie in weniger als sechs Stunden zur Arbeit gehen müßten, und verabschiedeten sich. Dr. Hadley, Edgar Long und Mehuru harrten aus.

»Caesar sagte mir, er schickt einen Boten«, wiederholte

Dr. Hadley. »Da kann doch bestimmt nichts schiefgehen. Jeder weiß doch, wo er steht. Es ist, weiß Gott, alles genug erörtert worden.«

»Es sei denn, die Befürworter haben mehr Leute gekauft, als wir ahnen«, meinte Edgar Long.

»Das kann nicht sein«, widersprach Dr. Hadley. »Es darf nicht mißlingen.«

Um zwei Uhr morgens kam ein von der Reise mit Staub bedeckter Mann herein und schaute sich um. »Hier drüben!« rief Dr. Hadley. Der Mann trat an den Tisch, und sie zogen ihn auf einen Sitz. Andere Männer drängten sich dazu und warteten.

»Was Neues?«

»Nichts«, sagte er bitter.

»Was?«

»Nichts Neues, was den Weg lohnte«, antwortete er grimmig. »Ich habe gewartet, bis die Debatte vertagt wurde, dann schlief ich sechs Stunden, und dann bin ich hergeritten, um euch zu berichten, wie versprochen. Den ganzen Tag bin ich unterwegs gewesen, um euch die Neuigkeiten zu melden – es gibt keine Neuigkeiten.«

»Hier«, sagte Mehuru hastig und schob dem Mann einen Krug Bier hin.

Er leerte ihn und setzte ihn wieder ab. »Wilberforce begann seine Rede am Nachmittag«, erzählte er. »Er sprach einfach und klar. Er sagte, alle trügen sie Schuld, er auch, und sie sollten die Sache aus der Welt bringen.«

Die Zuhörer murmelten. »Er nannte zwölf Punkte, um den Sklavenhandel zu beenden«, berichtete der Bote weiter. »Und er war dabei, das Gesetz zur Abstimmung zu stellen.«

»Und?« fragte Hadley gequält.

»Und nichts«, antwortete der Mann.

»Was dann?« schrie Hadley ungeduldig.

»Nichts«, sagte der Mann störrisch. »Sie lehnten es ab, darüber abzustimmen, und ein halbes Dutzend Abgeordnete sprangen auf, um zu reden. Allerdings debattieren sie nie bis nach Mitternacht – ihr könnt sicher sein, wegen dem da versäumt keiner von denen seinen Schlaf ...« Dabei machte sein Daumen eine Geste auf Mehurus Gesicht zu. »Alle Günstlinge der Sklavenhändler saßen da in ihren feinen Röcken und mit ihren goldenen Uhren. Alle warteten darauf, daß sie das Wort erhielten. Die werden die Sache hinziehen, alles auf die lange Bank schieben.«

»Wurde die Debatte vertagt?«

»Wie fette Spatzen zwitscherten sie weiter bis um elf, und dann vertagten sie die Angelegenheit um zehn Tage.«

»Dann werden sie abstimmen?«

»Das magst du vielleicht glauben«, erwiderte der Mann bissig. »Aber ich wette, die werden quasseln und quasseln, bis die Sache verloren und Wilberforce geschlagen und dieses Land so weit von Freiheit und Gerechtigkeit entfernt ist wie eh und je und für alle künftigen Zeiten ebenso.«

Stuart Hadley sackte auf seinem Stuhl zusammen, nahm den Kopf zwischen die Hände und stöhnte.

Die Männer schauten einander bestürzt an. Mehuru wurde übel.

»Wir kämpfen weiter«, sagte Hadley gedämpft. »Aber jetzt gehe ich schlafen.« Er blickte auf. »Danke für die Nachricht, auch wenn es eine schlechte war. Werden Sie in meinem Haus übernachten?«

»Da wäre ich dankbar«, sagte der Mann. »Ich bin hundemüde.«

»Was geschieht nun also?« wollte Mehuru wissen.

Hadley warf ihm ein gezwungenes Lächeln zu. »Wir kämpfen weiter, nächste Woche, in zehn Tagen, nächsten Monat, nächstes Jahr. Soll ich dich bis zu deinem Haus mitnehmen?«

»Ich laufe«, antwortete Mehuru niedergeschlagen. »Ich habe keine Eile.«

»Dann bis zum nächsten Montag«, sagte Stuart Hadley. »Da gibt es neue Informationen.«

Mehuru nickte und ging hinaus in die Dunkelheit der Mainacht.

In den folgenden Wochen ging es Frances nicht besser. Von der Lungenentzündung, die sie sich in Hot Well geholt hatte, war sie schwach und müde, und sie hatte nicht die Kraft, ihre Erschöpfung abzuschütteln. Zwei Wochen schon hatte sie ihr Bett nicht verlassen. In der ersten Woche hatte sie nur die Frauen und den Arzt um sich gehabt. Jetzt ging es ein wenig bergauf mit ihr. Manchmal setzte sich Josiah nach dem Dinner zu ihr, und er hatte gestattet, daß Mehuru nachmittags zum Lesenlernen heraufkam.

Bei diesem Unterricht trug Frances ihre hübscheste Haube und das weiße, bestickte Gewand. Elizabeth wurde angewiesen, sich sozusagen als Aufsichtsperson ans Fenster zu setzen und Tischtücher zu stopfen. Mehuru hatte seinen Platz am Fußende von Frances' Bett. Ab und zu beugte sie sich vor, um ihm eine Stelle zu zeigen, die er lesen sollte, und unter dem Schutz des Buches konnte Mehuru ihre Finger berühren.

Das war zwar nicht viel an werbender Zärtlichkeit, doch Frances beruhigte es. Ihr gefiel es, wenn Mehuru bei ihr war, und er seine plötzlichen und unwägbaren Gefühlsausbrüche unterdrücken mußte. Sie liebte es, ihn dicht bei sich zu haben.

Diese intime Vertrautheit verwirrte Mehuru sehr. Wenn seine Finger ihre Hand streichelten, konnte er sich kaum bezähmen, sie zu nehmen und ihre Handfläche zu küssen. Wenn sie sich vorbeugte, kam sie ihm so nahe, daß er den leichten Lavendelduft ihrer Wäsche riechen konnte. Wenn sie sagte: »Katalog, das Wort heißt Katalog, es bedeutet eine Liste von Dingen«, dann beobachtete er ihre Lippen und lauschte dem Tonfall ihrer Stimme und vernahm dabei kaum den Sinn ihrer Worte.

Ein unerfülltes Begehren schwebte am Nachmittag in der Luft. Selbst die am Fenster nähende Elizabeth wurde von der Atmosphäre angesteckt. Sie legte die Hände in den Schoß und sah auf den Platz hinaus, auf dem die Bäume in vollem grünem Blattschmuck standen und Vögel kreuz und quer darüberhuschten, den Schnabel voller Futter für die Nestlinge.

Frances lehnte sich aufs Kissen zurück und hörte zu, was

Mehuru las. Sie hatte ihm einen Abschnitt aus dem *London Magazine* über die Verbreitung von Leihbüchereien gegeben. Er las fließend und mühelos und stolperte nur ein-, zweimal über ihm unbekannte Wörter.

»Wie hast du das nur so schnell gelernt?« unterbrach sie ihn.

Er schaute auf, und ihre Blicke trafen sich. Ein ungestilltes Verlangen erfüllte beide, es bedurfte keiner Worte. Elizabeth gab sich an ihrem Fensterplatz Tagträumen hin und war blind für die stille Zwiesprache der beiden.

»Ich mag unterschiedliche Sprachen und bin darin geübt«, erklärte Mehuru, langsam die Worte formend, während er Frances' Gesicht beobachtete, ihre dunklen Augen und den weichen Mund. Er dachte, sie sah jetzt ganz anders aus als vor Monaten die Frau im Keller des Speicherhauses. Sie war auf eine besondere Art lebendig. Ihr Puls ging schneller, ihre Haut war so rein und hell wie die eines Mädchens. Als er ihr zum erstenmal begegnet war, hatte er sie für halb tot gehalten, und nun glaubte er, daß sein Begehren nach ihr und ihre Sehnsucht nach ihm sie vom Rande des Totseins und der Kälte zurückgeholt hatten, an dem all diese Engländerinnen offenbar existierten.

»Du hast viel schneller gelernt als die anderen«, bemerkte Frances.

Sie faszinierte die Art, wie seine Augen sie anlächelten, während sein Mund von gewöhnlichen Dingen sprach. Es war ein höchst köstliches sinnliches Spiel, dieses Sprechen und Zuhören, während er sie die ganze Zeit mit den Augen verschlang und sein Verlangen nach ihr unübersehbar war. Sein Blick über den Rand der Lektüre hinweg glich einem zärtlichen Streicheln, und wenn die Augen wie brennend auf ihrem Kragen ruhten, konnte sie beinahe seine Berührung spüren.

»Ich spreche vier afrikanische Sprachen und etwas Portugiesisch«, sagte Mehuru. »Bevor ich nach England verschleppt wurde, glaubte ich, daß alle Weißen Portugiesisch sprechen. Englisch ist nicht weit davon entfernt. Einige Wörter sind die gleichen, wie Sie wissen müssen.«

»Ich spreche nicht Portugiesisch«, gestand Frances, »bloß Französisch und ein bißchen Italienisch.«

»Dann sind Sie sehr beschränkt«, sagte Mehuru mit herausfordernder Unverschämtheit.

Frances streckte den Arm aus, um ihm einen Klaps auf die Hand zu geben, beherrschte sich aber gerade noch in letzter Sekunde.

Das Kokettieren in seiner Stimme blieb nicht verborgen. Am Fenster wandte Elizabeth plötzlich ihre Aufmerksamkeit den Vorgängen im Zimmer zu und schaute beide erstaunt an. Frances stieg die Röte ins Gesicht.

»Was halten Sie von der Forderung nach einer Abstimmung im Parlament?« fragte Mehuru, indem er ganz diplomatisch das Thema wechselte.

»Ich halte das für falsch«, antwortete Frances ernst mit der angestammten Weisheit ihrer Familie. »Es kann doch nicht angehen, daß Leute, die nichts in die Gesellschaft investieren, sie leiten wollen. Die einzigen, die in einem Land Macht haben sollten, sind die Grundbesitzenden, denn sie haben ein aufrichtiges Interesse daran.«

»In meiner Heimat besitzt überhaupt niemand Land«, sagte Mehuru.

»Wie kann das sein?«

Er lachte über ihr erstauntes Gesicht. »Weil es so viel Land gibt. Mehr als man sich vorstellen kann. Mehr als alle Familien je in Besitz nehmen können. Dort kann man tagelang reiten oder laufen, ohne jemandem zu begegnen. Wenn man ein eigenes Feld bestellen will, dann steckt man es ab und beackert und bewässert es; das kann dann als deins bezeichnet werden. Wir sind auf eine Weise reich, die Sie sich nicht vorstellen können – Sie in diesem kleinen Land, in dem jedem alles als Besitz gehören muß aus Angst, es könnte ein anderer kommen und es wegnehmen.«

Frances wurde müde und machte die Augen zu. »Erzähle mir davon«, murmelte sie. »Erzähle mir alles darüber.«

»Die Hauptstadt ist eine große Stadt mit einer Mauer

darum, viel größer als Bristol«, sagte Mehuru. »Sie heißt Oyo, und der Alafin wohnt im Palast im Herzen der Stadt. Er ist so etwas wie ein König, nur daß er den Rat der Leute annimmt und sich nach ihrem Begehren richtet. Jedes Jahr wird er in seinem Amt bestätigt. Ihm obliegt es, die Wünsche des Volkes in Einklang zu bringen und eine Übereinstimmung zu erzielen. Ich war der Schlangenpriester dort, ein Seher, und diente dem Orakel von Ifa. Mein Herr hatte die Aufgabe, das Orakel dem König zu deuten, und ich diente ihm dabei.«

»Oh, kannst du wahrsagen?« fragte Frances mit geschlossenen Augen.

Mehuru schaute ihr blasses Gesicht voller Zärtlichkeit an. »Kann ich«, erwiderte er. »Kleinen Mädchen wie Ihnen, die wissen wollen, wer sie lieben wird, sagte ich die Zukunft voraus.«

Elizabeth verstand seinen Spaß. Sie hielt sich die Hand vor den Mund, um ihr Kichern zu dämpfen. Mehuru warf ihr einen Blick zu und zwinkerte.

»Und wer wird mich lieben?« fragte Frances kühn, die Augen immer noch fest geschlossen.

»Ich«, hauchte er leise.

»Und wie werden wir zusammensein?«

»Dazu muß ich mir Ihre Hand anschauen«, sagte er leise.

Blind streckte sie ihm die Hand entgegen. Er öffnete ihre Finger und streichelte die sanfte, weiche Haut ihres Handgelenks und der Handfläche. »Was steht darin?« flüsterte sie.

»Ich lese, daß wir zusammen in meine Heimat ziehen, und Sie werden in meinem Haus wohnen«, sagte er. Frances lächelte und kuschelte sich tiefer in ihr Kissen wie ein Kind, das einer Gute-Nacht-Geschichte lauscht.

»Und was noch?«

»Sie werden indigoblaue Seidenkleider tragen und einen dunkelblauen mit einer goldenen Nadel befestigten Kopfschmuck. Sie werden meine Frau sein und mir viele schöne Kinder schenken.«

Schockiert gluckste Frances vergnügt. »Pst!«

»Der Sonnenschein und die warmen Winde aus der Ebene werden Ihnen gut bekommen«, versprach er. »Die Landschaft wird Ihnen gefallen. In der Ebene sind die Bäume breit ausladend und stark und werfen einen lieblichen Schatten. Wenn der Wind in die Palmwipfel fährt, dann rauschen und brausen sie wie ein heftiger Regen. Wenn er sich gelegt hat, kann man hundert, ja tausend Vögel singen hören. Die Flüsse sind tief und ganz grün, denn sie spiegeln den Wald so deutlich, daß es scheint, es seien zwei Wälder – einer über dem Wasser, der zum Himmel emporwächst, und einer unter dem Wasser, der in die Tiefe reicht. Ich werde Sie zum Schwimmen im Fluß mitnehmen, wo der Sand weiß und rein ist, und wenn Sie im Wasser liegen, werden die kleinen Fische um sie herumschwärmen und an ihrer weißen Haut knabbern. Weiße und rosafarbene Lilien treiben wie kleine Boote auf dem Wasser, und ihre süßen Wurzeln sind äußerst schmackhaft.

Ich werde Sie in die Wälder führen, dort können Sie allerlei Früchte kosten, die gerade reif sind, umsonst, Frances. Niemandem gehören sie, man kann den ganzen Tag dort essen, wenn man will. Sie werden Affen in den Baumkronen sehen, Sie werden nachts den Löwen brüllen hören, Sie werden die Elefanten in großen Herden durch die Ebene ziehen sehen und Antilopen und Hochwild wie ein Meer von braunen Fellen und spitzen Hörnern.« Seine Stimme verklang.

»Sie schläft«, sagte Elizabeth in ihrer Muttersprache.

Er nickte.

»Du bist in sie verliebt.« Das war eine Feststellung, keine Frage.

Er nickte noch einmal.

»Und sie liebt dich?«

»Ich glaube.«

Elizabeth stand vom Fensterplatz auf und legte ihm die Hand auf die Schulter. »Du armer dummer Mann«, sagte sie voller Mitleid. »Mehuru, du hast schon schlimme Dinge erlitten. Jetzt hast du alles noch hundertmal schlimmer gemacht.«

28. Kapitel

Oberhaus
Westminster *29. Mai 1789*

Lieber Josiah!

Nur rasch ein paar Zeilen aus dem Parlament, um Ihnen mitzuteilen, daß wir – die Besitzenden, die Herren, die Grundeigentümer – gesiegt haben, wie ich angekündigt hatte. Die Gesetzesvorlage zur Abschaffung des Sklavenhandels wurde zu Tode geredet. Man hat einen Ausschuß gebildet, der ewig tagen kann. Es wird eine Menge Händeringen und Unruhe geben, aber das wird nichts ändern. Wenn man will, kann man ganz Afrika in die Sklaverei schicken, und kein Mensch in England kann einen daran hindern. Das ist ein großer Tag für die Begüterten. Wilberforce ist krank vor Gram. Einige meinen hier, daß er die Enttäuschung nicht verkraften wird. Beste Grüße an Miss Cole und an meine Nichte,

Scott

Mit wütendem Gesicht las Mehuru den Brief, der offen auf Josiahs Schreibtisch lag. Er wandte sich zur Tür und fühlte sich niedergeschlagen – als einer, der wenig erwartet und noch weniger bekommt. Er wußte, daß Stuart Hadley nun verzweifelt und wie ein Wahnsinniger Pamphlete verfassen und heimlich agitieren würde. Doch Mehuru spürte, wie sein eigener Zorn verrauchte. Man mußte frei sein, um von spontaner Wut aufgerüttelt zu werden. Als sich abplackendes Arbeitstier dachte man nicht weiter als an den schmutzigen Fußboden und an den verrußten Kaminrost. Als der Bote aus London im Kaffeehaus berichtete, daß Wilberforce nicht einmal eine Abstimmung hatte durchsetzen können, da war Mehuru klar, daß ihn die Weißen nicht freilassen würden. Die würden ihre Investitionen nicht einfach aufgeben, die würden nicht auf ihren Profit verzichten. Warum auch!

Mehuru hob den schweren Kohlenkasten hoch und schüttete ihn in den Marmorkamin. Wenn er seine Freiheit erlangen wollte, so überlegte er, würde er fliehen müssen.

Die Merchant Venturers hielten wie stets ihr Juni-Essen im Zollhaus ab. Die Tafel war aufgehoben worden, und Portwein und Rum wurden nun herumgereicht. Josiah saß mitten an der langen Dinnertafel, nahm etwas Rum mit Wasser und rauchte Pfeife. Er ließ die anderen an seinem frischen, aromatischen Tabak riechen.

»Ihr Tabak, Cole?« fragte ihn jemand, und er nickte.

»Können Sie mir ein großes Packfaß herumschicken«, fragte der Mann weiter, verstummte aber, als der Gentleman am Kopfende mit dem Messergriff auf den Tisch klopfte.

»Kommen wir zur Sache?« fragte Sir Henry Lord. »Ehe der Ernst des Abends beginnt?«

Er fand brüllende Zustimmung. Sir Henry gab dem Sekretär ein Zeichen, und der ging sehr schnell eine Liste von Punkten durch, über die die Gesellschaft abstimmen mußte. Alle wurden durch Kopfnicken abgesegnet. Die Kaufleute von Bristol faßten einstimmige Entscheidungen, denn sie hatten die gleichen Interessen und arbeiteten zusammen. Als sie zur Verpachtung von Hot Well kamen, sprach sich Stephen Waring für Josiahs Bewerbung aus.

»Darf ich sagen, Sir Henry, ich unterstütze die Bewerbung meines Freundes Josiah Cole um den Pachtvertrag. Er ist ein neues Mitglied unserer Gesellschaft und ein unternehmungsfreudiger Kaufmann, dessen Geschäfte uns allen wohlbekannt sind. Er bat um die Zusicherung, daß die gegenwärtige Pacht für Hot Well von jährlich neunhundert Pfund für die nächsten zehn Jahre gleichbleibt, damit er, davon ausgehend, seine Investitionen einrichten kann.«

Sir Henry blickte die Tafel hinunter bis zu Josiah. »Planen Sie neue Bauten auf dem Gelände?« fragte er.

»Ich habe vor, einen Wintergarten zu bauen«, antwortete Josiah. »Ein Badehaus im romantischen Stil mit einem Blick über den Fluß und mit Pflanzen. Wie ein Treibhaus etwa, Sir Henry.«

»Sie sollten vielleicht erst einmal Ihre Bilanz ziehen«, bemerkte Sir Henry.

»Ich möchte aus Hot Well den besten Badekurort Britanniens machen«, erklärte Josiah.

Sir Henry nickte wie jemand, der seine Meinung für sich behält, und sagte nichts dazu.

»Mein Freund Cole ist bereit, zweitausend Pfund für den Vertragsabschluß und die Pacht für das erste Jahr zu bezahlen, und zwar auf der Stelle«, erinnerte ihn Stephen Waring.

Mr. James, der bisherige Pächter, der zurückgetreten war, als die Gesellschaft ihre Verbesserungen vornahm, erhob sein Glas zu Josiah Cole hin mit einer Geste, die man als Anerkennung von dessen überlegenem finanziellem Scharfblick verstehen konnte. Josiah lächelte und beugte den Kopf.

»Sehr gut«, sagte Sir Henry und schaute den Sekretär an. »Haben Sie die Papiere, Browning?«

Der Sekretär zog den Pachtvertrag hervor und brachte ihn Sir Henry. »Dann unterschreiben wir«, verkündete er. Er kritzelte seine Unterschrift unten auf die Seiten und wedelte die Blätter trocken. Der Sekretär brachte sie samt Feder und Tinte zu Josiah Cole. Der strahlte vor Triumph, setzte seinen Namen in seiner redlichen, runden Schrift unter den Vertrag und wußte, daß seine Laufbahn als Unternehmer jetzt erst richtig begonnen hatte.

»Ich wünsche Ihnen viel Glück damit, ganz großes Glück!« brabbelte Sir Henry von der anderen Seite der Tafel.

Josiah bemühte sich, keine Überlegenheit hervorzukehren.

»Sie werden einen stattlichen Gewinn machen, zweifellos«, fuhr Mr. James fort. »Ich hätte es länger behalten sollen, ich weiß. Doch ich brauchte flüssiges Kapital für andere Projekte. Sie haben da eine Goldgrube erworben.«

»Das hoffe ich«, entgegnete Josiah bescheiden.

»Ist das Ihre einzige Investition?«

»Meine erste, nicht meine einzige, meine erste in Grund und Boden.«

»Ich bin überrascht, daß Sie nicht Land erwerben und bauen«, sagte Mr. James. »Ich dachte, alle kaufen Bauland.«

»Ich habe Verbindungen, die Hot Well besonders attraktiv machen werden«, erwiderte Josiah diskret. »Und ich verstehe nicht viel vom Baugewerbe.«

»Oh, daran stoßen sich die anderen auch nicht. Die Hälfte meiner Geschäftsfreunde baut. Das ist wie eine Seuche, und wir alle sind angesteckt.«

Josiah nickte. »Den richtigen Zeitpunkt wählen, darauf kommt's an. Clifton und das Hügelland sind ein langfristiges Projekt. Hot Well ist unmittelbarer, das paßt zu meinen Vorhaben.«

»Nun, alles Gute«, sagte Mr. James. »Das ist ein hoher Pachtzins, ein erdrückender, wie Sie wissen. Wie wollen Sie den denn aufbringen?«

»Natürlich werde ich die Preise erhöhen«, erklärte Josiah. »Keine Familienpreise mehr, keine Ermäßigung für Einheimische mehr. Kein Brunnenwasser wird umsonst weggegeben. Und ich hoffe, ich werde mehr Kundschaft aus London bekommen. Die feine Gesellschaft, wissen Sie. Die Freunde und Verwandten meiner Frau.«

Die Runde beruhigte sich wieder, und der Vorsitzende fuhr mit der Tagesordnung fort. Sie beschlossen neue Abgaben für die Benutzung des Docks und des großen Krans. Sie machten einen Witz über die Ratsherren der Stadt, den Josiah nicht ganz verstand, aber er grinste und lachte mit den anderen. Ihn erfüllte das belebende Gefühl, als stoße er in unbekanntes Terrain vor. Endlich verkehrte er mit den Leuten, die in Bristol das Sagen hatten. Die Witze, die internen Anspielungen entgingen ihm noch, doch er spürte, daß er drauf und dran war dazuzugehören. In ein, zwei Jahren würde er weiter oben an der Tafel sitzen und an den vertraulichen Gesprächen teilhaben, deren Ergebnis jetzt gutgeheißen wurde. Josiah war in die Gesellschaft eingedrungen, nur um zu entdecken, daß es darin einen engeren Kreis Eingeweihter gab. Im nächsten Jahr oder im darauffolgenden würde er alle Andeutungen begreifen und zu denen gehören, nach denen man sich richtete. Dieses Jahr freute er sich darüber, daß er als einer der Neuen bei Entscheidungen, die noch über seinen Horizont gingen, »Ja« brüllen konnte, und daß er denen, die das Sagen hatten, voll vertraute, alles richtig zu beurteilen. Es hatte das Gefühl, Freunde um sich zu haben, die seine Interessen schützten.

In einem schäbigen Kaffeehaus am anderen Ende der Stadt nahm Mehuru ebenfalls an einer Versammlung teil, einer offiziellen Veranstaltung der Bristoler Gesellschaft zur Information über die Verfassung. Weniger bemittelt, doch unendlich viel ehrgeiziger, gehörte sie zu einem von vielen Verbänden, die für die Reform der korrupten politischen Machtstruktur und die Einführung das Wahlrechts für alle Männer eintraten. Mit diesem Treffen reagierte Stuart Hadley auf das enttäuschende Scheitern von Wilberforces Gesetzesvorlage. Er war entschlossen, die Kampagne insofern zu erweitern, als das Ringen um die Freiheit für weiße Arbeiter auch die Freiheit der Schwarzen einschließen sollte. Vom Kopfende des Tisches in dem Hinterzimmer und geschützt vor Lauschern leitete Dr. Hadley die Diskussion über den Antrag eines der radikaleren Mitglieder: »Diese Gesellschaft sollte sich mit unseren Brüdern verbünden, die in Frankreich, in Amerika und in den Kolonien um ihre Rechte kämpfen.«

Mehuru hörte aufmerksam zu und versuchte den hitzigen Reden zu folgen. Die Gesellschaft hatte sich in zwei Lager gespalten, in die Gruppe jener, die befürchteten, eine Verbindung zu ausländischen Reformern würde einen patriotischen Gegenschlag heraufbeschwören, und in diejenigen, welche die Reformbewegung als naturgemäß international betrachteten.

»Wir leben in einer großen Zeit«, faßte Stuart Hadley zusammen. »Es ist eine Zeit für große Veränderungen. In Frankreich ergreift das Volk die Macht, in Amerika ergreift das Volk die Macht, in allen Kolonien erheben sich Sklaven gegen ihre Herren – wer kann noch daran zweifeln, daß auch in England das Volk die Macht ergreifen wird? Ist die englische Tyrannei von König, Kirche und Grundherren dagegen gefeit? Kann irgend jemand daran zweifeln, daß wir hundert Jahre nach der letzten gewaltlosen englischen Revolution auf die nächste zusteuern?

Überall im ganzen Land kommen die Menschen zusammen, um zu fordern, daß sie im Parlament wirklich vertreten werden, daß sie von Männern ihrer Wahl geführt werden und nicht von willigen Marionetten, die ihnen vor die Nase gesetzt werden. In den neuen Industriestädten, selbst in den stillen Marktflecken verlangen alle vernünftigen Leute eine Veränderung und das Recht, gehört zu werden. Und in den Häfen hierzulande und in den Kolonien Großbritanniens fordern auch die schwarzen Bürger Rechte. Sie verlangen einen Lohn, von dem sie leben können, sie verlangen Freiheit. Und sie verlangen das Recht, in ihre Heimat zurückzukehren. Das ist ein herrlicher Kreuzzug! Ich bin stolz, die Sache zur Abstimmung vorzulegen. Alle, die dafür sind, sollen ja sagen.«

»Ja«, sagte Mehuru gemeinsam mit den zwei Dutzend Männern in dem vollen Raum. Er fühlte, daß Hadley recht hatte, daß er an der vordersten Front einer mächtigen internationalen Bewegung stand, die nicht scheitern konnte. Sie besaß eine zu starke Überzeugungskraft und eine unwiderstehliche moralische Stärke. »Ja«, sagte Mehuru aus vollem Herzen.

Sorgfältig protokollierte Stuart Hadley das Abstimmungsergebnis im neuen Hauptbuch der Gesellschaft und schloß die Veranstaltung. Die Männer bestellten sich zu trinken, Kaffee oder Dünnbier. Mehuru bemerkte, daß sich alle an das selbstauferlegte Verbot hielten: sie nahmen keinen Zucker in den Kaffee und tranken keinen Rum. Alle hatten sie die Petitionen zum Verbot des Sklavenhandels unterschrieben, und alle weigerten sich, den Handel mit den Plantagen zu unterstützen, bis die Sklaverei abgeschafft würde.

»Hast du die Pamphlete lesen können, die ich dir gab?«

fragte Dr. Hadley. Er nahm einen Schluck aus seinem großen Krug. »Was hältst du nun von dem Projekt Sierra Leone?«

»Ich halte es für riskant«, antwortete Mehuru. »Die Männer, die es sich ausdachten, scheinen keine Ahnung davon zu haben, wie es an der Küste zugeht. Seit Eintreffen der Sklavenjäger ist dort jegliche Ordnung zusammengebrochen. Man muß sich darüber im klaren sein, daß man keine Siedlung in die Wüste pflanzt, in eine leere Gegend. Dort leben immer noch Leute, und sie leben nicht friedfertig in einem geordneten Gemeinwesen. Die gesamte Küste befindet sich meilenweit bis ins Innere des Landes in einem Zustand ständigen Aufruhrs und kriegerischer Auseinandersetzungen. Jeder Bandit wird von Weißen bezahlt, und man erlaubt ihm, andere zu bekriegen und Sklaven zu erbeuten. Jedes Dorf gleicht einer Festung, außer jenen Dörfern, die schon zerstört sind und deren Überlebende sich in der Wäldern verbergen. Das ist jetzt ein wildes, gesetzloses Land. Auf der Landkarte läßt sich keine Linie ziehen, hinter der es anders wäre.«

»Es wurde doch über Verträge verhandelt ...«

Mehuru stieß ein kurzes, bitteres Lachen aus. »Ich war Gesandter des Königreichs Yoruba, des mächtigsten Königreichs von Afrika. Ich spreche drei Sprachen benachbarter Völker und genug Portugiesisch, um mich verständlich zu machen. Auf einer Mission für meinen König und unter seinem Schutz stehend, wurde ich gefangengenommen, mein Diener wurde mir geraubt, und ich wurde wie ein zugeschnürter Sack in ein Kanu geworfen. Mir wurden die Kleider weggenommen, man ernährte mich mit Gewalt, ich lag gefesselt im Rumpf eines Schiffes, und ich mußte mich in meinem eigenen Erbrochenen und meinen Exkrementen hin und her wälzen. Wenn Sklavenhändler einem das antun können, weshalb sollten sie dann eine Gruppe armer Bauern respektieren, die nichts weiter haben als ein Stück Papier, in London vor einer zweimonatigen Reise unterschrieben?«

Stuart Hadley nickte. »Es tut mir leid, dich so reden zu hören«, sagte er. »Ich bin mit einem der Initiatoren befreundet, und wir brauchen dringend Führer dort. So einer wie du, der viele Sprachen spricht, wäre willkommen. Aber es beunruhigt mich, daß du die Sache für derart undurchführbar hältst.«

»Nur die Beendigung des Sklavenhandels könnte für Sicherheit sorgen«, erklärte Mehuru.

»Und die wird schnell kommen«, versprach Hadley. »Nächstes Frühjahr wird Wilberforce im Parlament erneut dafür plädieren. Dann müssen sie zustimmen. Und dann hätte Sierra Leone eine Zukunft. Wir könnten das Land in eine Kronkolonie umwandeln und es unter den Schutz der Kriegsmarine stellen ...« Er brach ab, als er Mehurus sarkastisches Lächeln bemerkte.

»Oh! Ich hatte ja keine Ahnung! Wir reden über eine neue Kolonie Englands! Ich dachte, es geht um die Befreiung schwarzer Männer, damit sie auf ihr eigenes Land zurückkehren können, statt dessen planen wir neue Plantagen!«

»Ich meine keine Kolonie, die einer Plantage gleicht«, hielt Hadley ihm entgegen. »Und du weißt, das wäre niemals meine Absicht.«

»Die Gefahr besteht aber«, meinte Mehuru nachdenklich. »Wenn die europäischen Länder Schluß machen mit der Sklaverei, werden sie dann auch aufhören, Afrika als ihren Absatzmarkt zu betrachten? Werden sie zulassen, daß wir unserem Land wieder eine Ordnung geben, daß wir unsere eigenen Gesetze wiedereinführen?«

»Natürlich ist die Meinung weit verbreitet, daß Afrika zum Christentum bekehrt und ihm die Zivilisation gebracht werden müsse.«

Es entstand eine kleine Pause. »Sie haben vor, Afrika zum Christentum zu bekehren und ihm die Zivilisation zu bringen?« fragte Mehuru.

Stuart Hadley nickte.

»Dann ist Afrika verloren«, sagte Mehuru schlicht.

Stephen Waring stand am Eingang des Zollhauses und atmete die warme Abendluft. Andere Mitglieder der Merchant Venturers' Company gingen an ihm vorbei in den dunklen Garten, wobei einige im Zickzack liefen, hatten sie doch beim Dinner bereits viel Wein getrunken und hinterher noch mehr.

Sir Henry kam und nahm Waring beim Arm. »Gehen Sie nach Hause?« erkundigte er sich.

»Warum nicht?« antwortete Stephen gemütlich.

Sir Henry warf die Zigarre weg und pfiff nach einem Fackelträger, der ihnen leuchten sollte. Als sie sich von den anderen entfernten, sagte er: »Ein vergnüglicher Abend, meine ich.«

»Durchaus.«

»Mir tut der kleine Josiah Cole leid«, bemerkte Sir Henry plötzlich.

»Oh, wieso das?« fragte Stephen Waring. »Er wollte sein Hot Well haben, und er hat es gekauft.«

»Einen hohen Preis hat er dafür bezahlt«, sagte Sir Henry. »Und wir beide wissen, daß es ihm noch leid tun wird.«

»Er hat es so gewollt«, äußerte Stephen Waring gemächlich. Langsam schlenderten sie über die heruntergelassene Zugbrücke. Ebbe setzte ein, und das Flußufer begann zu stinken. Im dunklen Schlamm und im restlichen Wasser spiegelte sich das Licht der Fackel.

»Er kann ja sein Geld noch herausbekommen«, prophezeite Sir Henry heiter, »wenn er durchhält.«

»Wichtiger ist, daß die Merchant Venturers ihr Geld herausbekommen haben«, sagte Stephen Waring. »Alles, was er von nun an als Pacht zahlt, stellt einen Profit für uns dar.«

»Wo sollte es denn Ihrer Ansicht nach investiert werden?« fragte Sir Henry. »In Clifton? Im Hügelland?«

»Ich denke, wir sollten Geld für den Hafen ausgeben«, sagte Stephen Waring. »Mit jedem Tag büßt unser Handel gegenüber Liverpool ein. Wir müssen den Fluß begradigen und für Liegeplätze sorgen, wo das Wasser ständig tief ist. Es ist Wahnsinn, wenn man versucht, von einem Hafen aus, der den Gezeiten unterworfen ist, Seehandel zu betreiben.«

»O ja«, pflichtete Sir Henry träge bei. »Aber das würde sich erst in fünfzig Jahren bezahlt machen.«

»Trotzdem muß es in Agriff genommen werden.«

»Ich dachte, Sie wollten vielleicht etwas Geld in Clifton anlegen«, fühlte ihm Sir Henry auf den Zahn. »Ich habe gehört, Sie hätten schon Pläne für Häuserreihen am Hang und für Festsäle und alle Arten von großartigen Projekten.«

»So, so?«

»Aber ich sagte bereits, Clifton ist und bleibt eine hübsche, kleine, abgelegene Gegend.«

»Glauben Sie das?« fragte Stephen Waring interessiert.

»Das bleibt so, solange man dort kein Wasser hat«, versicherte ihm Sir Henry. »Kalkstein. Auf Kalkstein läßt sich keine Stadt errichten. Da ist es trocken, knochentrocken drunter. Um an Wasser zu kommen, müßte man bohren, äh, hundert Meter tief.«

Stephen Waring nickte. Das auf und nieder tanzende Licht der Fackel beschien sein Gesicht und ließ es dann wieder im Dunklen verschwinden. »So tief soll das sein?« fragte er nachdenklich.

»Aber wenn man auf Wasser stößt, dann würden die Preise in Clifton in die Höhe schnellen«, erläuterte Sir Henry.

»Da haben wir aber Glück, daß wir dort Land besitzen«, meinte Stephen Waring treuherzig. »Und daß der Gesellschaft der gesamte Herrensitz gehört, Clifton und auch Durham Down.«

»Höchst zufriedenstellend das«, murmelte Sir Henry. An seinem Hauseingang auf der College Street hielt er an. »Ich unterhalte mich gern mit Ihnen, Waring. Sie sind immer so wenig mitteilsam.«

Stephen Waring lachte kurz. »Ich dachte, wir hätten uns sehr gut verstanden«, meinte er.

Anfang Juli ging es Frances so gut, daß sie aufstehen konnte, aber sie ermüdete noch schnell und kam leicht außer Atem. Einmal die Woche kam Dr. Hadley vorbei, und eines Tages nahm er Josiah beiseite, um mit ihm in aller Ruhe zu reden, während er zu seinem leichten Zweispänner ging. »Die Luft ist hier nicht gut für sie«, sagte er. »Vom Fluß kommt ein sehr ungesunder Dunst. Man kann die Krankheit förmlich riechen. Jeden Tag rechne ich mit der Nachricht, daß wir in der Altstadt Cholera haben. Kaum eine halbe Meile von hier ist Typhus aufgetreten. Alle Abwässer aus der Altstadt fließen in den Fluß, der Sie hier umgibt. Mrs. Coles Herz ist so schwach, daß sie eine ernste Krankheit nicht überstehen würde.«

Mehuru hielt Stuart Hadleys Pferd und bemühte sich zu verstehen, was er sagte.

»Ich kann nicht umziehen«, rief Josiah. »Dieses Haus hier haben wir doch gerade erst gekauft.«

»Das ist schade«, sagte der Arzt behutsam. »Könnte Mrs. Cole vielleicht für ein Jahr zu Besuch aufs Land fahren, gerade jetzt im Hochsommer?«

»Sie könnte jeden Tag nach Hot Well gehen«, schlug Josiah vor. »Ich habe gerade das Bad erworben, wissen Sie, Doktor. Jeden Tag könnte sie dort verbringen.«

»Nun, das habe ich nicht gemeint. Im Sommer braucht sie mehr frische Luft und im Winter ein wärmeres Klima, etwa ein Klima wie in Frankreich oder Italien. Besonders im Winter braucht sie warme, trockene Luft.«

Josiah schüttelte den Kopf. »Wir sind noch nie im Ausland gewesen. Ich wüßte gar nicht, wie ich da zurechtkommen sollte.«

Mehurus Gesicht versteinerte, er zersprang fast vor Unruhe.

»Das könnte man schon einrichten«, sagte der Arzt ernst. »Ich fürchte für sie, wenn sie den nächsten Winter in Bristol verbringt. Ihre Frau hat eine zarte Konstitution, glaube ich, und eine neue Erkältung oder Entzündung wie jetzt könnte verhängnisvolle Folgen haben.«

Josiah war schockiert. »Meine Frau könnte sterben?«

»Sie könnte noch Jahre leben«, sagte Stuart Hadley schnell. »Aber was eine so empfindliche Lunge macht, läßt sich kaum voraussagen. Sie sollte den Winter in einer wärmeren Gegend verbringen, um sie zu kräftigen.«

Josiah war ziemlich erschüttert. »Das werde ich bedenken«, versicherte er dem Arzt. »Es ist bloß, wir haben noch nie an so etwas gedacht. Meine Schwester und ich haben uns immer nur einen Tag freigenommen. So sind wir noch nie aus Bristol herausgekommen. Ich wüßte gar nicht, wie man das in Angriff nimmt.«

Mehuru spielte unruhig am Kopf des Pferdes herum und konnte vor Zorn nicht stillstehen.

»Das ließe sich leicht arrangieren«, sagte der Arzt. »Zweifellos kennt Mrs. Cole Leute, die ins Ausland reisen. Sie hat doch viele Freunde und Verwandte, nicht wahr?«

»Aber dann wäre sie ja so lange aus Bristol weg«, wandte Josiah ein. »Dieses Haus habe ich zu ihrer Freude gekauft, und nur sie weiß, wie es geführt werden sollte. Ich dachte, dieses Haus wäre das richtige für sie.«

»Ganz gewiß ist es das auch«, besänftigte Dr. Hadley ihn. »Aber das sehr heiße Wetter wie jetzt in den letzten paar Wochen ist für niemanden heilsam. Und vielleicht wird sie im kommenden Winter eine Zeitlang Sonne brauchen. Das ist alles.«

»Ich werde das bedenken«, versicherte ihm Josiah. »Ich werde für die Gesundheit meiner Frau keine Kosten scheuen. Was immer eine Reise ins Ausland kostet, ich bin bereit, das zu bezahlen. Ich werde alles in meiner Macht Stehende tun.«

Er schüttelte Stuart Hadley die Hand und kehrte ins Haus zurück.

»Narr«, spie Mehuru durch die Zähne, endlich erlöst. »Was für ein Narr!«

»Er tut mir leid«, sagte der Arzt plötzlich. »Er hat sich eine Frau genommen, die ihm Geld und Verbindungen bringt, und er entdeckt, daß er ihre Ansprüche erfüllen muß, von denen er keine Ahnung hat.«

»Er ist Besitzer einer Reederei.« Mehuru sprach leise und mit unterdrückter Wut, eigentlich hätte er losbrüllen mögen. »Er hat drei verdammte Schiffe, die in der ganzen Welt herumfahren. Er könnte sie auf ein Schiff setzen, oder nicht? Er könnte sie nach Afrika schicken, oder nicht? Oder auf die Sugar Islands? Gütiger Gott, wenn sie meine Frau wäre und

Sie mir sagen würden, sie braucht Sonne, da würde ich sie auf meinem Rücken hintragen, wenn es nicht anders ginge.«

Über Mehurus Wut lächelte der Arzt matt. »Liebst du sie so sehr?«

Mehuru hielt prüfend inne, er suchte Anzeichen von Spott in Hadleys Gesicht, fand aber keine. »Ja«, sagte er kurz.

Der Arzt schüttelte den Kopf und stieg auf den hohen Sitz seines leichten Gefährts. »Dann tust du mir leid«, äußerte er im Plauderton. »Und sie mir auch.«

Mehuru wollte das Pferd nicht loslassen und hielt die Zügel fest. Er machte ein bedrücktes Gesicht, als litte er Qualen. »Weil sie krank ist? Steht es schlechter um sie, als Sie Mr. Cole gesagt haben? Tue ich Ihnen leid, weil sie sterben muß?«

Seine wahre Meinung über Frances Coles Gesundheitszustand behielt Stuart Hadley für sich. »Du tust mir leid, weil ihr nirgends hinkönnt«, antwortete er. »Sie kann ihn nicht verlassen, und du kannst sie nicht bedingungslos lieben. Wenn ich du wäre, mein Freund, würde ich trotz aller Risiken, die das mit sich bringt, lieber nach Sierra Leone gehen, als mich in eine verheiratete Frau verlieben, die die Nichte eines Peers dieses Reiches ist und deine Herrin.«

Mehurus Miene hellte sich auf, sein Lächeln ging von den Augen aus, und dann erstrahlte sein ganzes Gesicht. »Wenn Sie es so ausdrücken«, sagte er trübselig, »dann klingt das nicht sonderlich gut. Aber Stuart Hadley, wenn ich Frances' Hand berühre, dann bedeutet mir das mehr als alles andere auf der Welt.«

Einen Augenblick schwiegen die beiden Männer.

»Haben Sie neue Nachrichten aus Frankreich?« fragte Mehuru. »In Josiahs Zeitung las ich, daß die Bastille erstürmt wurde. Was glauben Sie, wie weit werden sie gehen?«

Sofort lebte Stuart Hadley wieder auf. »Wer weiß. Für alle freiheitsliebenden Menschen ist das eine großartige Nachricht. In Westminster werden ihnen vor Angst die Knie schlottern. Auf der ganzen Welt ergreift das Volk die Macht. Die Zukunft muß uns gehören.«

»Werden sie die Sklaven freilassen?«

»Sicher. Ich kann mir vorstellen, sie wandeln ihre Kolonien in Departements von Frankreich um, und wir werden noch erleben, wie schwarze Franzosen eine weiße Wählerschaft vertreten.«

Mehuru freute sich. »Es ist wie ein Wunder.«

»Und so rasch!« sagte Stuart Hadley. »Sie werden den König schon zu der Einsicht bringen, daß er das Volk zu Rate zu ziehen hat. Und unser König«, sprach er leiser, »Gott helfe dem armen Irren, wird ebenfalls ein König des Volkes werden. Mit dem Sklavenhandel wird Schluß sein, die Sklaverei wird abgeschafft, und die Arbeiter werden das Wahlrecht erhalten.«

»Für mich muß es irgendwie einen Platz geben«, verkündete Mehuru entschlossen. »In diesen Zeiten großer Veränderungen muß ich gehört werden.« Einen Augenblick dachte er nach. »Und ich muß Frances haben«, fuhr er fort. »Wenn man Gefängnisse öffnen kann, dann kann man auch Ehen beenden. Wenn wir frei werden sollen, dann müssen wir auch die Freiheit zu lieben haben.«

»Sie würde ihn doch bestimmt nicht wegen dir verlassen?« fragte Stuart Hadley. »Das wäre ihr Ruin.«

»In einem Zeitalter, in dem Wunder geschehen?« erinnerte ihn Mehuru. »Wieso soll das unmöglich sein?«

Der Arzt zuckte die Schultern. Er brachte es nicht fertig, Mehuru seine Ansicht mitzuteilen, daß Frances Cole die Befreiung der englischen Sklaven nicht mehr erleben würde. Auch wollte er Mehuru nicht sagen, daß eine Lady wie diese aus ihrer lieblosen Ehe zu reißen schwieriger wäre, als Mehuru aus der Sklaverei zu befreien.

»Willst du nun mein Pferd loslassen?« fragte Stuart Hadley. »Wenn es dir nichts ausmacht, ich muß noch andere Patienten aufsuchen.«

»Ich habe gerade an meine Heimat gedacht und daran, wie gut die Sonne dort ist«, sagte Mehuru geistesabwesend. »Ich könnte Frances dorthin mitnehmen, dort würde es ihr gutgehen.«

»Sieh mal, da kommt jemand zu Besuch«, sagte Stuart Hadley.

Hinter dem Zweispänner hielt eine große Reisekutsche mit

einem Wappen an der Tür. Bei einem flüchtigen Blick auf Mehuru sah Stuart Hadley zu seiner Überraschung dessen kalte, haßerfüllte Miene, wie er sie noch bei niemandem wahrgenommen hatte. Auf einen Schlag hatte sich Mehurus Charme und seine Herzenswärme in eine Grimasse größten Abscheus verwandelt.

»Wer ist das?«

»Ein Mann namens Sir Charles Fairley« antwortete Mehuru. In seiner Stimme lag bittere Verachtung. »Bei seinem letzten Besuch vergewaltigte er eine Frau, eine Sklavin aus Yoruba, und als sie danach Erde aß, wurde auf seine Empfehlung eine Art eiserner Maulkorb angefertigt. Jetzt ist sie tot. Er hat die Syphilis und schwängerte sie.«

Hadley blickte verstohlen zu der Kutsche hinüber. Ein Lakai ließ den kleinen Tritt herunter, und ein schwarzer Sklave kletterte zuerst heraus, um Sir Charles behilflich zu sein.

»Ein Sklavenhalter«, bemerkte Stuart Hadley leise.

»Ein Nabob von den Sugar Islands«, sagte Mehuru. »Er sollte gehängt werden.«

Dem konnte Hadley nicht widersprechen. »Und bald wird er nach England zurückziehen, einen Wahlbezirk kaufen und für das Parlament kandidieren«, prophezeite er. »Wirklich, wir müssen England säubern. Aber nächstes Frühjahr ... Mehuru! Nächstes Frühjahr!«

Mehuru machte ein finsteres Gesicht. »Sie sind so voller Hoffnung«, sagte er schroff. »Aber ich habe ja erlebt, wie sicher Sie das letztemal waren, und dann hat man Ihren Mann niedergeredet.«

»Dieses Mal wird es anders. Wir müssen unsere Kampagne weiterführen, damit es klappt. Wir sind klüger geworden, wir kennen unsere Gegner. Und dann wird dein feiner Freund entdecken, daß sich an seinem Geschäft eine Menge ändert.«

Sir Charles stolzierte an ihnen vorbei, die Treppe zum Haus hinauf, und bedeutete seinem Sklaven, er solle anklopfen.

»Ich wünschte, er wäre mit seinem Geschäft vollständig am Ende«, meinte Mehuru, »und seine Sklaven wären befreit.«

»Ich auch. Aber wir müssen schrittweise vorgehen. Als erstes verbieten wir den Handel mit Sklaven; das wird sie zwingen, ihre Sklaven besser zu behandeln. Dann ist es mit der Sklaverei aus, die wird einfach verschwinden, Mehuru. Allmählich werden sie Löhne zahlen, und deine Brüder werden sich die Freiheit verdienen. Das werden wir noch erleben.«

Mehuru zog ein schiefes Gesicht. »Sie haben eine Zuversicht!«

»Ich bin mir da sicher! Jetzt laß mich weiterfahren, Mehuru. Ich habe noch zu tun.«

Mehuru nickte und trat vom Wagen zurück. Stuart Hadley schnalzte mit der Zunge und fuhr los, gerade als der schwarze Sklave den Türklopfer betätigte.

Mary öffnete, und Mehuru bemerkte, wie sie zurückprallte, als sie Sir Charles erkannte. Dann trat sie beiseite, um den Gast und seinen Sklaven hineinzulassen. Mehuru folgte ihnen.

Frances saß im Damenzimmer und bestickte Josiahs Weste, doch als Sir Charles eintrat, legte sie die Handarbeit beiseite und streckte ihm beide Hände entgegen. »Sir Charles! Ich bin entzückt!« sagte sie. »Und Sie kommen so zeitig! Die Landstraßen müssen in sehr gutem Zustand gewesen sein.«

Er küßte ihr beide Hände und dachte insgeheim, daß sie sehr blaß und abgespannt aussah. »Staub und Schmutz waren beträchtlich«, erklärte er. »Aber sie waren wenigstens passierbar. Ich weiß nicht, wie die im Winter zu befahren sind!«

Die Hausherrin lachte und winkte Mary. »Nimm das Tablett, Mary, und melde Miss Cole, daß Sir Charles da ist. Trinken Sie Tee, Sir Charles? Oder wollen Sie bei der Hitze lieber Limonade? Oder besser einen Punsch? Ich weiß nicht, was Sie bevorzugen.«

»Ich nehme etwas Punsch«, entschied er sich.

Frances setzte sich und lud Sir Charles ein, in einem Sessel Platz zu nehmen, aber er blieb am Fenster stehen und starrte auf den Queens Square hinunter.

»Und wie gefällt es Ihnen in Ihrem neuen Heim, Madam?« fragte er. »Hier haben Sie alles sehr imposant. Das ist schon ein Unterschied!«

Frances behielt das Lächeln auf ihrem Gesicht. »Nach Whiteleaze ist es ein bißchen klein«, bemerkte sie, als hätte sie nie in dem beengten Wohnzimmer über dem Lagerraum ein Dinner servieren lassen und sich dann im gleichen Raum an den Kamin zurückgezogen. »Aber hier haben wir es sehr bequem.«

»Und es ist ganz nach der Mode eingerichtet«, lobte Sir Charles, als er die beiden roten Porzellandrachen in der Zimmerecke erblickte, die einander anknurrend verharrten.

»Bleiben Sie länger in Bristol?« fragte Frances.

»Nein, ich fahre weiter zu Lord Bartlet, wenn ich mein Papier bei Ihnen unterschrieben habe«, erwiderte Sir Charles. »Miss Honoria ist schon dort. Unter uns gesagt, Mrs. Cole, ich glaube, da bahnt sich etwas zwischen ihr und Lord Bartlets Sohn an.«

»Nicht mit Sir Frederick!« rief Frances aus, als ihr sogleich klar wurde, daß Lord Bartlet wirklich das Wasser bis zum Halse stehen mußte, wenn er zuließ, daß sich jemand wie Miss Honoria seinen Sohn und Erben schnappte, wie reich sie auch sein mochte.

»Nein, mit seinem zweiten Sohn, Nicholas.«

»Ah, Nicholas«, sagte Frances. Er taugte weder für die Kirche noch für die Armee und würde gut wegkommen mit einer Erbin von den Sugar Islands. »Das ist ja ein so furchtbar netter junger Mann.«

»Eine gute Partie«, erklärte Sir Charles voller Genugtuung. »Es ist noch nichts fest vereinbart, sollten wir nicht vergessen, aber Lord Bartlet und ich haben uns zugezwinkert.«

Frances lächelte höflich, aber innerlich schauderte es ihr, wenn sie sich vorstellte, wie der verarmte alte Glücksspieler mit seinen geröteten Augen Sir Charles zuzwinkerte. Im Vergleich zu diesem geschmacklosen Kuhhandel kam Frances die eigene Ehe mit Josiah wie eine Liebesheirat vor.

»Dann will ich Sie nicht lange aufhalten«, sagte Frances. »Ich habe den Pachtvertrag zur Hand.«

Sie ging an ihren Schreibtisch, nahm den Vertrag heraus und

breitete ihn vor Charles Fairley aus. Er nahm ihn sich vor und ging die einzelnen Paragraphen durch. Er bemerkte nicht, daß er das Recht auf das Fördergut nicht erworben hatte.

»Sie unterzeichnen hier«, sagte sie höflich.

Sir Charles unterschrieb.

»Und hier sind die Geschäftsbücher über Ihr bei uns hinterlegtes Kapital« erläuterte sie. »Zinsen sind noch nicht vermerkt, denn sie werden jährlich erstattet. Aber Sie können erkennen, welche Anlagen ich in Ihrem Namen vorgenommen habe. Lord Scott schlug vor, in eine Kohlengrube in Kent eintausend Pfund zu investieren.«

»Ausgezeichnet, ausgezeichnet«, rief Sir Charles strahlend. »Seine Lordschaft ist zu gütig, und ich bin sehr froh, daß Sie sich um mein Kapital kümmern. Ohne Ihre guten Dienste, Mrs. Cole, hätte ich so schnell kein neues Haus gefunden! Ich stehe in Ihrer Schuld!«

Frances lächelte. Da öffnete sich die Tür, und Sarah trat ein, gefolgt von Mary mit dem Teetablett und Mehuru mit der Punschschüssel auf einem silbernen Tablett, das er vor Sir Charles absetzte.

Sofort spürte Frances Mehurus Zorn. Er war an der Art, wie er Rum, Wasser, Zucker und Zitronen in Sir Charles' Reichweite hinstellte, genau zu erkennen; auch an der Art, wie er sie mit frostigen Augen anschaute und fragte: »Noch einen Wunsch, Mrs. Cole?«

»Ich meine, er spricht gut!« rief Sir Charles aus. Er drehte sich in seinem Sessel um und musterte Mehuru, als wäre der ein exotisches Schoßtier.

»Seit Sie das letztemal hier waren, haben wir große Fortschritte gemacht«, sagte Sarah Cole vergnüglich. »Meine Schwägerin hat unermüdlich gearbeitet. Jetzt können alle Englisch verstehen und sprechen, und die beiden jungen Männer und der hier können sogar lesen.«

»Nun, das ist bemerkenswert«, sagte Sir Charles und starrte Mehuru offen an. Mehuru starrte mit ausdrucksloser Miene dreist zurück.

Frances holte tief Luft. »Er hat jetzt andere Pflichten. Ein andermal wird er Ihnen etwas vorlesen.«

»Ein stattlicher Hirsch«, bemerkte Sir Charles.

»Du kannst gehen, Cicero«, sage Frances rasch.

Seine Verbeugung war eine einzige Beleidigung.

»Ich sage Ihnen, was ich Ihnen schicken werde«, verkündete Sir Charles. »Kleine eiserne Halsbänder für Sklaven, sehr hübsch.«

Mehuru blieb auf der Türschwelle stehen und schaute zurück in Frances' gequälte Augen.

»Sie sind der letze Schrei«, fuhr Sir Charles fort. »Wie ein Hundehalsband, wissen Sie, aber gut gearbeitet. Eine kleine Kette und vorn ein kleines Metallschild; mir selbst gefallen silberne Schilder mit den eingravierten Namen der Sklaven. In London tragen alle welche. Die sehen sehr apart aus. Schreiben Sie mir doch die Namen von allen auf, da schicke ich Ihnen einen Satz.«

»Sie sind sehr freundlich«, sagte Frances. Aus Besorgnis, daß Mehuru eine Szene machen würde, wurde ihr Atem kürzer, wie sie spürte.

Mehuru machte an der Tür kehrt und schritt plötzlich zurück in den Raum. Frances schreckte hoch, und ihr Nähkasten flog polternd zu Boden, wobei Seidenfäden, Bänder und Baumwollgarnrollen herausfielen. »Oh, wie ungeschickt!« rief sie. »Wie ungeschickt von mir! Wie dumm ich nur bin! Cicero, hole Martha oder eins von den Mädchen. Geh bitte gleich! Geh!« Einen Augenblick zögerte er, als wollte er ihr trotzen.

»Sofort!« verlangte sie ängstlich in scharfem Ton. »Geh sofort eins von den Mädchen holen, bitte.«

Unwillig wandte er sich um und gehorchte; der Zorn kochte in ihm, als er steif den Raum verließ.

»Ich bitte um Verzeihung«, sagte Frances. Sie bekam kaum Luft. »Zu ungeschickt von mir.«

Miss Cole betrachtete sie mit unterdrückter Beunruhigung. »Soll ich Tee eingießen, Schwägerin?«

»O ja, bitte! Und Sir Charles, bereiten Sie sich doch bitte

Ihren Punsch, und erzählen Sie uns von London. Und vom Ball bei Lord Scott im Winter. Hat sich Miss Honoria gut amüsiert?«

Das Mädchen Ruth kam herein, um Frances' Nähkasten aufzuräumen. Als sie beim Eintreten Sir Charles erblickte, schreckte sie zurück und wurde ganz grau im Gesicht. Frances wußte, daß sie mit einem Frauenschänder Tee trank und daß sie von den Menschen verlangte, ihn zu bedienen, der ihre Gefährtin auf dem Gewissen hatte.

»Beeil dich, Ruth«, befahl sie. »Schmeckt Ihnen der Punsch, Sir Charles?«

Es bedurfte all ihres in der Gesellschaft erlernten Geschicks, während Ruths grollendem, langsamem Aufräumen weiterzuparlieren, und es bedurfte all ihres Charmes, Sir Charles zu unterhalten und Sarah von Marys unmutigem Tee-Eingießen abzulenken. Sie hörte ihre Stimme, ein wenig atemlos, aber dennoch leicht und frivol, und sie verachtete sich, weil sie so eine Fassade aufrechterhielt. Sie packte das Verlangen, Sir Charles ins Gesicht hinein zu sagen, daß sie wußte, was er für ein Mensch war, daß sie ihn verabscheute und ihm niemals den Mißbrauch einer Frau verzeihen würde, die unter ihrer Obhut stand. Doch die Lady der Gesellschaft, die bei ihr immer die Oberhand gewann, rührte den Tee um, reichte das Gebäck und lachte über seine Witze, alles entsprecehnd ihrer Erziehung. Genau wie ein kleines Schoßhündchen, so dachte sie unglücklich, das brav dasitzt und auf Kommando Männchen macht und ein bißchen bellt und womöglich ganz und gar vergessen hat, daß es ein richtiger Hund ist.

Glücklicherweise zog sich der Besuch nicht lange hin. Sir Charles wollte losfahren zu Lord Bartlets Landsitz in Kings Weston.

»Mein Bruder wird es bedauern, Sie verfehlt zu haben«, äußerte Sarah Cole.

»Ein andermal werde ich gewiß das Vergnügen seiner Gesellschaft haben«, sagte Sir Charles galant. »Dies war nur ein geschäftlicher Besuch.«

Sarah nickte ein wenig erstaunt. »Es freut mich, daß Mrs. Cole Ihre Geschäfte wahrnehmen konnte. Ich hätte gedacht, daß Sie die Zahlen mit meinem Bruder durchgehen wollten.«

Sir Charles lächelte. »Mrs. Cole ist eine ausgezeichnete Kommissionärin für meinen kleinen Fonds. Ich brauche keinen anderen!«

»Solange Sie zufrieden sind«, sagte Sarah mit einem zweifelnden Unterton.

»Ich bin wirklich überaus zufrieden. Ich bedaure es nur, daß ich nicht zum Dinner bleiben kann, aber ich hoffe, zum Abendessen bei Lord Bartlet zu sein.«

Frances lächelte, und Sir Charles' eigener Sklave kam mit seinem Mantel, Hut und Stock herein.

»Wollen Sie einen heißen Ziegel für die Füße im Wagen haben, Sir Charles?« fragte Sarah. »Trotz der warmen Jahreszeit kann es nachts kühl werden.«

»Ich hoffe, mein Boy hat mir schon einen hingelegt«, antwortete Sir Charles. »Heißen Stein gebracht, Sammy?«

Der Mann schaute ihn mit matten Augen an. »Ja, Sir«, sagte er.

Einen Augenblick schloß Frances die Augen, um sich die devote Haltung und den leeren Blick des Mannes nicht ansehen zu müssen.

»Hier, Sammy hat ein Halsband um«, sagte Sir Charles. »Sammy! Zeig Kette! Zeig Kette!«

Der Mann nahm die Hand hoch, um den Kragen seiner Jacke zu öffnen. Eng um seinen Hals lag eine silberne Kette mit einem Schildchen. In einer eleganten, schwungvollen Schrift war der Name eingraviert, »Sammy«.

»Entzückend, nicht?« wollte Sir Charles wissen. »Sie schreiben mir die Namen Ihrer Sklaven auf, und ich schicke Ihnen einen Satz Schilder.«

Frances behielt das Lächeln wie eine Karnevalsmaske bei. Von ihrem Schreibtisch nahm sie ein Blatt und schrieb die elf Namen sorgfältig auf, von Cicero bis zu dem fünfjährigen John.

»Entzückend«, sagte Sir Charles. »Elf sind's, wie? Sie haben elf?«

»Von einer urspünglichen Sendung von zwanzig«, teilte ihm Sarah bereitwillig mit. »Wir hatten nur neun Abgänge. Sieben auf der Überfahrt und zwei hier. Glück gehabt.«

Frances' Hand zitterte, und sie machte einen Klecks auf das Blatt. Sie wollte ihm sagen, daß die von ihm vergewaltigte Frau gestorben war. Sie wollte ihn beschuldigen. Statt dessen reichte sie ihm das Blatt mit den Namen und schaute den Sklaven an. Der Mann erwiderte den Blick nicht. Sie wußte nicht, daß er zu Hause in Jamaika dafür Prügel erhielt, wenn er eine weiße Frau ansah. Unter ihren starren Augen duckte er den Kopf und stierte auf seine Stiefel. Auf der Haut seines Nackens konnte Frances die tiefe Narbe eines üblen Peitschenhiebs erkennen, die bis hinters Ohr verlief.

»Ich sage Ihnen auf Wiedersehen«, sprach Sir Charles. Er warf sich den Mantel um, beugte sich über Sarahs Hand und ließ seine feuchten Lippen eine Weile auf Frances' Handrücken ruhen.

»Gute Reise«, wünschte ihm Frances ruhig.

Sie begleiteten ihn zur Haustür und blieben auf der Schwelle in der späten Nachmittagssonne stehen, um ihm zum Abschied zu winken, als die Kutsche losfuhr.

»Ist das nicht ein charmanter Mann!« seufzte Sarah vor Vergnügen, als die Kutsche die Auffahrt verließ und den Augen entschwand.

»Umwerfend«, erwiderte Frances. Sie ließ sich die Lüge nicht anmerken. »Einfach umwerfend!«

29. Kapitel

Am nächsten Morgen wachte Sarah früh auf und war schon vor Josiah angekleidet und aus dem Haus. Sie rief Mehuru in die Halle und befahl ihm, die grüne Livree anzulegen und sie auf einem Spaziergang zu begleiten. Mehuru verbeugte sich, ließ sich seine Neugier nicht anmerken und folgte ihr in gebührendem Abstand vom Queens Square Richtung Fluß.

Mehuru rief ein Fährboot herbei und hielt Sarah Coles Sonnenschirm, als sie von den schmierigen Stufen ins Boot kletterte. Das Hafenbecken stank in der Hochsommerhitze, doch Sarah schien das nicht zu bemerken. Auf der anderen Seite stieg Mehuru als erster aus und reichte Miss Cole die Hand die Stufen hinauf zum Redclift Kai.

Die Speicherhaustür war verschlossen, da der Schreiber noch nicht eingetroffen war. Geduldig stand Sarah auf der Schwelle ihres alten Heimes. Mehuru wartete neben ihr. Sie sprach nicht mit ihm; mit Sklaven sprach sie nur, um ihnen etwas zu befehlen.

Genau als die Turmuhr von St. Mary Redclift acht Uhr schlug, sah Mehuru den Schreiber auf dem Kai angejagt kommen. S-ofort spürte er, wie Sarah Cole gespannt aufmerkte.

»Guten Morgen«, sagte sie. »Ich bin Miss Cole. Ich möchte mir die Logbücher der Schiffe und die Rechnungsbücher der Firma ansehen. Bitte führen Sie mich ins Kontor.«

Der Mann zögerte und schaute Mehuru an, der eine teilnahmslose Miene aufgesetzt hatte.

»Ich weiß nicht …«, begann der Schreiber.

»Danke«, sagte Sarah Cole gebieterisch. Sie nahm ihm den Schlüssel aus der Hand, schloß auf und stieg in Josiahs Kontor hinauf. Wie sie gehofft hatte, lagen die Bücher an der gewohnten

Stelle auf seinem Schreibpult. Über die Schulter gab sie Mehuru einen Wink. »Du kannst draußen warten«, sagte sie zu ihm.

Mehuru und der Schreiber kehrten um. Sarah machte die Tür hinter ihnen zu, und dann hörten sie, wie sie abschloß. Der Schreiber sah Rat suchend Mehuru an, aber der zuckte die Schultern und wartete, wie ihm Miss Cole befohlen hatte.

Drinnen setzte sich Sarah an Josiahs Schreibpult und zog die Hauptbücher zu sich heran. Die Handschrift des Schreibers gefiel ihr nicht, aber sonst war alles recht ordentlich. Sie blätterte um zu den Schuldposten und runzelte die Stirn. Bei Hibbard & Söhne, einer kleinen Bank, stand Josiah mit massiven 5400 Pfund in der Kreide, einschließlich 2000 Pfund für den Pachtvertrag über Hot Well und 1000 Pfund für das Haus am Queens Square. Josiah hatte ihnen einen Schuldschein über 500 Pfund für die Möbel und die Einrichtung des Hauses ausgestellt. Sarah dachte an die roten chinesischen Drachen und hielt sich den Mund zu. Auch hatte er sich für das erste Jahr die Pacht von Hot Well in Höhe von 900 Pfund geliehen. 1000 Pfund hatte er sich für die Ausrüstung der *Rose* geborgt und 500 Pfund für die Ladung. Sarahs Gesichtsmuskel gerieten außer Kontrolle. In all den Jahren, in denen Cole & Söhne Handel trieben, hatte es noch nie eine so hohe Summe auf der Debetseite gegeben. Sie verurteilte Josiah nicht, sie fühlte keine Wut. Ihr war eisig kalt und übel vor Angst. Es bedurfte eines Wunders, einer überwältigend erfolgreichen Schiffsreise, um diese Schulden zu begleichen, und die Profite sanken, statt zu steigen.

Sie wußte, daß es sich um langfristige Kredite handelte, die Josiah aufgenommen hatte. Die erste Zahlung war erst im November fällig, wenn die *Rose* erwartet wurde, und die *Daisy* sollte kurz darauf einlaufen; aber die Bücher waren bislang immer Sarahs Aufgabe gewesen, und sie ärgerte sich über jeden Eintrag auf der Debetseite. Sich in einem Zustand permanenter Schulden vorzustellen deprimierte sie so sehr wie andere Frauen ein Kleid, das hinten nicht richtig saß. Und es handelte sich nicht um kleine Summen. Wohlhabendere Kaufleute als

Cole & Söhne waren schon an geringeren Schulden pleite gegangen. Die *Rose* allein würde dafür nicht ausreichen. Man würde vier, vielleicht fünf Überfahrten brauchen, um die Schulden im Laufe von zwei Jahren zu tilgen.

Um die *Rose* gleich nach ihrer Ankunft zu reparieren und neu auszurüsten, würden sie Geld borgen müssen, denn sie hatten keins in der Hand. Sie wären nicht in der Lage, sich mit einem großen Betrag an ihrer nächsten Reise zu beteiligen. »Wir werden das Schiff zum Nutzen unserer Partner auf die Überfahrt schicken«, murmelte Sarah kläglich vor sich hin.

Sie nahm sich das Rechnungsbuch der *Rose* vor und ging deren Frachtliste durch. Die üblichen Frachtgüter zum Verkauf an die afrikanischen Sklavenhändler waren eingetragen: Messingtöpfe und -kessel, Messer, falscher Halsschmuck, der aufpoliert wie Diamanten glänzte, besondere schlechte Baumwolle, die als Negerleinen bezeichnet wurde, ebenso Negerspiegel und Negergewehre. Dann sah Sarah noch einmal hin. Einen Moment dachte sie, Josiah sei ein Fehler unterlaufen, indem er die Fracht zweimal anführte, denn der Gesamtwert war doppelt so hoch. Auf den Seiten davor prüfte sie noch einmal die Mengen der einzelnen Posten. Die waren ebenfalls verdoppelt. Josiah hatte das Schiff für den Afrikahandel doppelt ausgestattet.

Sarah legte die Stirn ein wenig in Falten und nahm sich das Rechnungsbuch der *Lily* vor, ihres letzten Schiffes auf See. Nein, die *Lily* fuhr wie immer. Nur die *Rose* hatte Josiah vollgepackt und zum Handeltreiben ausgeschickt. Sarah überflog die anderen Summen von dieser Reise. Die Eintragungen stammten von Josiahs sorgfältiger Hand und waren gut zu lesen. Sie hatte sich damals darüber gewundert, daß er darauf bestanden hatte, die Beträge selbst zu notieren, denn gewöhnlich war er nur zu gern bereit, ihr einen Stapel Frachtbriefe in die Hand zu drücken, damit sie die Endsummen in das Hauptbuch eintrug. Aber dieses Mal hatte das Josiah gemacht, und dieses Mal lauteten sie anders.

Im Hauptbuch fiel ihr nichts Beunruhigendes auf, bis sie zu den Versicherungskosten kam. Sie waren ungewöhnlich niedrig. Sarahs Finger glitt über die Seite bis zu Josiahs deutlichem Eintrag:

4. September 1788
Für die Versicherung des Schiffes Rose *und ihrer Fracht auf der Fahrt nach Afrika und auf der Rückfahrt von den Westindischen Inseln nach England …*

Ganz still saß Sarah da, in ihrem Kopf drehte sich alles. Josiah hatte Schiff und Fracht nicht für den gefährlichen mittleren Abschnitt der Reise versichert, die Überfahrt der Sklaven auf der langen, stürmischen, Krankheit und Meuterei ausgesetzten Passage von Afrika über die ungeheuren Weiten des Atlantischen Ozeans bis zu den schützenden Westindischen Inseln. Die kostbare Fracht von Sklaven auf deren einziger gefahrvoller Überfahrt hatte er nicht versichert.

Sie nickte und reimte sich alles zusammen: Josiahs Schwierigkeiten, eine Versicherung zu bekommen; seine Klagen über die Schiffsführung auf der *Zong*, die alle Versicherer vermuten ließ, daß die Sklavenhändler die Sklaven einfach über Bord warfen, um die Versicherungssumme zu kassieren; die Beteiligung von zu wenigen Partnern. Josiah hatte sich eine Frau genommen und zum gleichen Zeitpunkt sein Hasardspiel begonnen. Er war so erpicht, aufzusteigen in der Welt, und so entschlossen, für seine Familie ein Vermögen zu erringen, daß er die Anzahl der zu transportierenden Sklaven verdoppelt und das Schiff mit dieser Fracht nicht versichert hatte. Den möglichen Verlust hatte er nicht einmal auf die volle Anzahl von Partnern verteilt. Er wollte das Risiko allein tragen und den Gewinn ganz allein einstreichen.

Sarah kniff die Lippen zusammen, ihr Gesicht war eingefallen, und sie sah alt aus. Sie haßte das Risiko, sie haßte Ausgaben. Die Kindheit hatte sie gelehrt, ein kleines Vermögen durch ständige fleißige Arbeit anzuhäufen. Sie hatte erlebt, wie ihr Vater eine kleine Schiffsfahrt nach der anderen machte und Güter den Severn hinauf und hinab beförderte. Josiahs Kindheit war hingegen schon von der Aussicht auf großen Reichtum erfüllt gewesen. Der entscheidende Moment für ihn war der, als ihr Pa die gekaperte französische Brigg *Marguerite* in den Hafen brachte. Seitdem liebte Josiah das große Wagnis, das große Glücksspiel. Die zehn Jahre ältere, von der frühen Armut gezeichnete, immer konservative Sarah zog die Sicherheit stabiler Einkünfte vor.

Ein Geräusch von unten beunruhigte sie. Sie nahm die Hand vom Mund. Während sie die Rechnungsbücher durchsah, hatte sie an den Nägeln gekaut, und der Zeigefinger war ganz aufgerieben und blutig.

»Was zum Teufel ist hier los?« wetterte Josiah auf der Treppe.

»Miss Cole ist da«, antwortete der Schreiber. »Und sie hat sich im Kontor eingeschlossen.«

Sarah ging zur Tür und öffnete sie. »Komm herein, Josiah«, sagte sie.

Josiah war drauf und dran, loszudonnern, doch ein Blick auf ihr Gesicht genügte, und er schwieg. Sie schloß die Tür vor dem wartenden Schreiber, setzte sich wieder an Josiahs Schreibpult und ließ ihn stehen wie einst den kleinen Bruder, dem sie immer, wenn er ungezogen war, einen Klaps versetzt und den sie ausgeschimpft hatte.

Josiah schaute von ihrem Gesicht weg auf das Rechnungsbuch mit dem Aufdruck *Rose*.

»Oh«, sagte er.

»Ja«, sagte sie mit düsterer Miene. »Du hast keine Versicherung für die mittlere Passage.«

»Ich konnte keine kriegen, Sarah. Bei Gott, ich habe mich darum bemüht. Es war unmöglich.«

»Die anderen hast du versichert?«

»Sarah, sobald ich zu den Merchant Venturers gehörte, war es leicht. Wir versichern uns alle gegenseitig, wir tragen alle einen Teil des Risikos. Aber die *Rose* segelte los, bevor ich

Mitglied war. Ich habe ganz Bristol abgeklappert. Niemand wollte die mittlere Überfahrt auf sich nehmen. Von hier nach Afrika ist sie versichert, ebenso für die Rückreise nach Hause.«

Schaudernd holte Sarah Luft. »Aber das Risiko …«

Er zuckte die Schultern. »Was konnte ich schon tun? Sie mußte auslaufen. Am Kai zu liegen kostete mich Geld. Ich dachte, wenn sie auf See ist, könnte ich sie möglicherweise versichern. Aber es klappte nicht.«

»Hast du etwas vom Kapitän gehört?« fragte Sarah. Ihre Stimme klang so, als sehnte sich eine Frau nach dem Geliebten. »Ist die *Rose* unversehrt?«

»Von ihm habe ich nichts gehört, seit er in Afrika Fracht lud. Und ich erwarte erst wieder aus Jamaika eine Nachricht, wenn er zufällig einem nach Bristol fahrenden Schiff begegnet. Beruhige dich, Sarah. Es wird schon alles in Ordnung gehen, bis er anlegt.«

Sie nickte. »Ich weiß«, sagte sie. »Ich weiß.«

»Es tut mir leid«, entschuldigte sich Josiah verlegen. »Die Versicherer ließen mir keine Wahl.«

»Und die Fracht? Du nimmst so viel Fracht?«

Josiah schaute kurz zur Tür, als verberge sich dahinter ein Spion. »Es wird dir nicht gefallen, Sarah, aber ich mußte ganz schnell zu Kapital kommen.«

Sie verstand ihn sofort. »Gott! Du schmuggelst!«

»Eine Ladung«, sagte er. »Nur eine Ladung. Ich habe angeordnet, daß sie so eng wie möglich zusammengepfercht werden, und Kapitän Smedley hat Order, sie auf den spanischen Plantagen zu verkaufen. Er wird keine Kreditbriefe annehmen, sondern nur Gold oder Zucker zu den günstigsten Preisen. Niemand erfährt etwas davon, und ich mache ein kleines Vermögen.«

»Du hast schon ein kleines Vermögen ausgegeben«, antwortete seine Schwester verbittert. »Und deshalb sitzen wir in der Klemme.«

»Diese eine Seereise macht alles wett«, sagte er. »Wenn die *Rose* im November nach Hause kommt, begleiche ich meine

Schulden, und dann haben wir noch Geld übrig. Es ist ein Glücksspiel, Sarah; wir sind das Wagnis gewöhnt. Weshalb sollten wir gerade jetzt ein Schiff verlieren? Hundertmal haben wir die Seereise gemacht und noch nie ein Schiff verloren.« Josiah sprach voller Zuversicht, aber er vergaß nie, dreimal auf Holz zu klopfen.

»Was springt dabei für uns heraus?« fragte Sarah. Ungern ließ sie sich von dem Gedanken an eine Schiffsladung Gold hinreißen.

»Sagen wir, sie befördert sechshundert Sklaven ...«

»Sechshundert!« rief Sarah aus. »Aber auf der *Rose* haben nur dreihundert Platz!«

Josiahs Augen leuchteten. »Ich habe gesagt, er soll sie eng verstauen. Das macht er auch. Sie nimmt sechshundert auf und kommt mit vierhundertfünfzig an.«

»Einhundertfünfzig sterben auf der Überfahrt?«

»Wenn man sie so zusammenpfercht, da müssen doch welche krank werden«, argumentierte Josiah. »Und bei so vielen muß er Wasser und Lebensmittel rationieren. Vielleicht wird es aber nicht so schlimm. Egal, sagen wir also, er bringt vierhundertfünfzig hin und verkauft sie für je fünfzig Pfund ...«

»Nicht mehr?« wollte Sarah wissen.

»Darunter befinden sich viele Kinder ... das macht zusammen 22500 Pfund.«

Sie öffnete das Rechnungsbuch. »Abzüglich 8732 Pfund für die mitgenommenen Waren.«

Josiah strahlte. »Ein Gewinn von fast 14000 Pfund.«

»Ein Vermögen«, sagte sie. »Das deckt deine Schulden auf dem Haus und auf Hot Well. Damit werden wir schuldenfrei.«

Josiah nickte. »Ich schulde tausend für das Haus, und ich habe mir zweitausend für die Anzahlung auf Hot Well geborgt. Ich habe Schulden für die Möbel und Teppiche für Queens Square, und ich habe mir zum Saisonbeginn für Hot Well Geld geborgt. Mehr als tausend muß ich für die Ausstattung der *Rose* zurückzahlen. Alles zusammen ergibt das mehr als fünftausend Pfund, sagen wir sechstausend mit Zinsen. Ich habe vor, bei der Rückkehr der *Rose* alles auf einen Schlag zu begleichen. Bis dahin sind es nur noch vier Monate.«

Sarah nickte. »Es hängt also alles von der *Rose* ab. Wenn sie unversehrt zurückkehrt, dann haben wie ein Vermögen gemacht, das eines Nabobs würdig ist. Aber wenn nicht …«

»Es ist so sicher, wie man bei dem Handel eben sicher sein kann«, meinte Josiah. »Ich habe Vertrauen, Sarah. Habe auch du Vertrauen. Du bist die Tochter eines Handelsmannes und die Schwester eines Bristoler Kaufmanns. Wir müssen etwas wagen. Und wir werden solche Gewinne einfahren!«

»Sie segelt unversichert«, sagte Sarah bedrückt. »Auf dem gefährlichsten Meer der Welt, überladen und mit illegalem Bestimmungsort. Wenn wir sie verlieren, sind wir ruiniert, Josiah. Nicht einmal das neue Haus ist uns sicher. Uns gehört nichts außer den beiden anderen Schiffen und diesem Speicherhaus, und die Schiffe müßten wir verkaufen.«

Josiah klopfte wieder auf das Holz der Türfüllung. »Ich weiß! Ich weiß das, Sarah. Warum, meinst du, bin ich so verzweifelt darauf aus, daß sich Hot Well rentiert? Warum, meinst du, bin ich jeden Vormittag hier am Kai und verkaufe und handle faßweise mit der Fracht anderer Schiffe? Warum, meinst du, nehme ich jedes bißchen Kredit von den Merchant Venturers wahr? Ich weiß, wie hart am Wind ich segle! Das weiß niemand besser als ich! Aber wenn ich Erfolg habe, dann sind wir reich und haben uns etabliert. Es ist ein Risiko, Sarah, gewiß. So ist es nun einmal mit dem Sklavenhandel!«

Wieder hielt sie sich die Hand vor den Mund und biß sich in die Nagelhaut. Sie schmeckte ihr eigenes Blut.

»Hör auf, Sarah«, bat Josiah. »Ich habe gehofft, dir das ersparen zu können.«

»Es ist besser, daß ich Bescheid weiß«, sprach sie leise. »Ich hatte noch Schlimmeres befürchtet.«

»Nun, jetzt weißt du Bescheid«, sagte Josiah.

»Du wirst mich nicht mehr hinters Licht führen?«

»Und du wirst mir keine Steine mehr in den Weg legen?«

»Josiah …«

»Ich will der Herr im Hause sein, ich will Cole & Söhne auf meine Art führen, Sarah.«

»Frances ist an allem schuld!« platzte sie plötzlich heraus. »Wenn du sie nicht geheiratet hättest, wärst du mit allem Bisherigen zufrieden gewesen!«

»Ich war nicht zufrieden!« rief er aus. »Ich habe sie geheiratet, weil ich mit dem Speicherhaus unzufrieden war. Ich wollte mehr, und ich kriege mehr. Du wirst dich mir nicht in den Weg stellen, Sarah, das dulde ich nicht.«

Sie wandte sich ab und schaute aus dem Fenster. Unter ihnen hatte das Schiff eines Konkurrenten sicher angelegt. Es wimmelte vor Segelmachern, die die Segel zum Ausbessern abholten, und ein halbes Dutzend Matrosen krochen auf dem Deck herum und kalfaterten die Planken mit Werg und Teer.

»Wir haben immer zusammengehalten«, sagte sie.

»Das hab ich nicht vergessen.«

Eine Pause entstand. Sarah seufzte. »Ich stelle mich nicht gegen dich. So vertraue mir doch, Josiah. Verbirg nichts vor mir. Ich bin kein dummes kleines Mädchen. Und keine müßige Lady. Ich bin mit dem Geschäft groß geworden, ich kann dir helfen.«

Er nickte und ging auf sie zu, dann legte er einen Arm um ihre Hüfte und hielt sie einen kurzen Moment fest. »Das hab ich nicht vergessen«, wiederholte er. »Diese Sorgen trage ich mit mir ganz allein herum.«

Eine Weile standen sie schweigend da und beobachteten das Schiff, wie Eltern, die ihr Kind verloren haben und sich anderer Leute Baby in der Wiege anschauen.

»Ich muß gehen«, sagte Josiah munter. »Unten wartet ein Pferd.«

»Du hast dir wieder ein Pferd gemietet?«

Josiah lachte. »Sarah, ich habe Hot Well gekauft. Ich muß mich um meine Geschäfte kümmern! Natürlich habe ich mir ein Pferd gemietet, und sobald ich eins finde, das mir zusagt, werde ich mir eins kaufen! Ich muß herumreiten und dafür sorgen, daß meine Geschäfte gedeihen. Ich würde ja meine

Arbeit vernachlässigen, wenn ich nicht überall alles unter Kontrolle hätte. Das wirst du gewiß begreifen.«

Widerwillig lächelte sie ihn an. »Ja. Nur die Ausgaben machen mir Sorgen.«

»Es würde mich mehr kosten, wenn ich nicht alles inspizieren würde«, entgegnete er energisch. »Und nun laß mich gehen.«

Vom Fenster schaute sie ihm nach. Mehuru hielt das Pferd, als er aufstieg. Es war schon merkwürdig, Josiah zur Arbeit wegreiten zu sehen. Das ganze Leben hatte er sonst auf dem Kai vorm Haus zugebracht. Jetzt sah er in den Reitstiefeln und mit dem Umhang über den Schultern wie ein Gentleman aus. Sarah dachte, auf größere Entfernung würde sie ihn nicht erkennen. Der kleine Bruder, den sie aufgezogen hatte, entfernte sich immer weiter von ihr, und sie verstand ihn wie auch seine Geschäfte nicht mehr. Bei den Zahlen im Hauptbuch handelte es sich nicht mehr um überschaubare Summen, die man leicht verstehen, addieren und subtrahieren konnte. Es waren gefährliche Transaktionen, beängstigende Schulden. Und Josiah fragte sie nicht mehr als kleiner Bruder um Rat und schickte auch Schiffe nicht mehr erst dann auf die Reise, wenn sie die Zahlen geprüft hatte. Er war nun ein Mann, der große Risiken auf sich nahm und sich auf waghalsige Spekulationen einließ, um das zu bekommen, was er für die von ihm erwählte Frau haben wollte.

Ohne daß Josiah es sehen konnte, winkte sie ihm zum Abschied mit einer Geste, die eher so wirkte, als wolle sie ihn zurückrufen.

Als Josiah am Fluß entlang nach Hot Well ritt, belebten sich seine Geister wieder. Die Flut kam herein, und die Sonne glitzerte auf dem Wasser. Die Bäume auf beiden Ufern hatten ihr üppiges Grün verloren, die Blätter hingen matt in der Hitze und im grellen Schein der Julisonne. Josiah fühlte sich besser, nachdem er sich Sarah anvertraut hatte. Sie war so lange seine Beraterin im Geschäft gewesen, daß ihn jedes Geheimnis vor ihr verunsicherte. Und indem er sie beruhigte, überzeugte er auch sich selbst.

Die von den Merchant Venturers angelegten teuren Alleen bedeckte Staub, nachdem monatelang Wagen unter den ausladenden Ästen hin und her gefahren waren. Mit unregelmäßigem Geräusch schlugen Wellen gegen die Mauern des Brunnenhauses. Eine auflandige Brise hatte den ständigen Dunst über der Stadt weggefegt, und weiße Schäfchenwolken zogen über den blauen Himmel. Eine Hand in die Hüfte gestemmt, ritt Josiah die kleine Prachtstraße entlang; ihn erfüllte die neue Freude, Grundbesitzer zu sein. Die Gebäude inspizierte er mit selbstgefälliger Sorgfalt, und er nahm den Himmel darüber und die kreisenden Vögel in sich auf, als gehörten sie zu seiner Investition und bestätigten seine Geschäftstüchtigkeit.

Auf der Rückseite des Gebäudes befand sich der Zapfhahn, der bisher Wasser gratis spendete; er war nun verschlossen. Die Arbeiter schauten auf, als Josiah vorbeiritt, und zogen an ihrer Mütze. Josiah erwiderte das mit einer kleinen lässigen Geste.

Er hätte das Pferd an einen der Pfosten vor dem Brunnenhaus anbinden können. Andere standen schon dort mit dem für Bristol charakteristischen Sattel – einem Doppelsattel –, auf dem eine Dame hinter dem Reitknecht sitzen konnte. Josiah pfiff statt dessen einen herumtrödelnden Staßenjungen heran und versprach ihm einen Penny, wenn er das Pferd hielt. Und das nicht, weil das Pferd zu hitzig oder übernervös war, um es unbewacht stehenzulassen. Der Stall kannte Josiah als unsicheren Reiter und schickte ihm immer einen friedlichen, trägen Gaul. Sondern Josiah lernte das Vergnügen kennen, Geld auszugeben. Ein Penny war eine Kleinigkeit, aber für Josiah bedeutete es einen Luxus, ein Kind fürs Pferdehalten zu bezahlen, wenn es freie Halteringe umsonst gab. Er sah sich schon in Zukunft als einen freigebigen Austeiler von Trinkgeldern, als einen vergnügten Verschwender im Kleinen, als einen Mann, der Münzen lose in der Tasche trug und am Ende des Tages alles ausgegeben hatte.

Er spazierte in sein Brunnenhaus und schaute sich dort um. Die Kranken, die das ganze Jahr dort zubrachten, waren da, wo sie sich immer aufhielten; sie tranken Wasser und bummelten unter der Kolonnade entlang, um sich die verschriebene körperliche Betätigung zu verschaffen. Josiah sah kaum nach ihnen. Von diesen Leuten hing der Erfolg von Hot Well nicht ab. Er brauchte die vornehmen Besucher, die vergnügungssüchtigen Londoner, die Tagesgäste aus Bath. In den vorangegangenen Jahren waren sie zu Hunderten gekommen, und Josiah hatte sich Mühe gegeben und damit geworben, daß das Bad unter neuer Leitung stand und für die erste Saison vorteilhafte Preise bot. Wo der Himmel so blau war und man aus den Fenstern der Räume eine so verführerische Aussicht genoß, da würden sie doch gewiß wieder zu Hunderten herbeiströmen?

»Ah, Mr. Cole.« Der von Josiah neu angestellte, aber von Frances ausgesuchte Empfangschef trat vor und verbeugte sich. »Mr. Cole, der Eigentümer! Wir stehen alle bereit, wie Sie sehen! Alles ist fertig für die Eröffnung unter neuer Leitung. Ich habe schon mehrere Karten mit der Anmeldung von Ladys hohen Standes erhalten. Ich meine, das wird ein erfreuliches Jahr! Das glaube ich wirklich! Wir liegen mit der Neueröffnung ein bißchen spät, für unsere Saison gewiß ein bißchen spät. Aber nach London fahren die Leute erst im Oktober oder November, und ich bin zuversichtlich, daß wir sie von ihren Landsitzen hierherlocken können. Wir haben ja schließlich noch den Rest dieses Monats und den ganzen August und September.«

Josiah lächelte. Er konnte nichts dafür, aber ihm war nicht ganz wohl, als er den Mann mit dem äußerst enggeschnürten Korsett unter dem Überrock sah, dessen Weste ohne eine Falte saß; alles an ihm bildete eine gerade Linie, von den wattierten Schultern bis zu dem steifen Saum. »Gut«, sagte er kurz angebunden. »Ich sehe, man hat den Hahn für das Gratiswasser auf der hinteren Seite abgedreht.«

»Gewiß«, bestätigte der Empfangschef. »Es wäre unserer

Atmosphäre von Eleganz höchst abträglich, wenn sich hinter dem Gebäude verwahrloste und kranke Leute drängten. Außerdem – wie können wir hier drin für das Wasser Geld fordern, wenn wir es draußen umsonst weggeben?«

»Jawohl«, stimmte ihm Josiah etwas schroff zu. »Es sieht gut aus hier drin. Ich möchte das Gäste- und das Kassenbuch mit nach Hause nehmen.«

»Gewiß, gewiß«, säuselte der Mann. »Und ich glaube, Sie werden sich darüber freuen. Ich jedenfalls bin außerordentlich zufrieden, wie es läuft. Wir haben unsere armen Kranken hier wie üblich, aber auch eine stattliche Anzahl von Vergnügungen Suchenden, und die sind es ja schließlich, die unserem Badeort die nötige Eleganz verleihen.«

»Ja«, sagte Josiah ein wenig verlegen.

»Darf ich ein paar kleine Verbesserungen vorschlagen?« fuhr der Empfangschef listig fort. »Ich hätte sie schon in Angriff genommen, aber sie kosten Geld, und ich wollte sie erst dem Verwalter der Finanzen vortragen. Ich möchte nicht, daß Sie mich jetzt für verschwenderisch halten.«

»Was sind das für Verbesserungen?«

Der Mann erhob seine schlanke Hand und zählte sie an den manikürten Fingern auf. »Erstens: Das Quartett spielt nur in der Sommersaison, und ich halte das für eine Schande. Wenn im Winter alles grau draußen ist, da brauchen wir hier drin dringend Musik und Licht und Lachen, meinen Sie nicht, Mr. Cole? Stimmen Sie mir darin nicht zu, Sir?«

»Ja«, antwortete Josiah, von dem Angestellten angespornt. »Behalten Sie die Musiker weiter.«

»Und ich würde gern eine kleine Frau einstellen, eine hübsche kleine Frau, die am Nachmittag hinter einem Teekocher steht und Tee macht. Man kann jetzt zwar Tee bestellen, doch ich möchte ihn hier haben, sichtbar, so daß man zuschauen kann, wie er bereitet wird, und Appetit darauf bekommt. Und daß man den Tee im Nu erhält. Im Nu! Begreifen Sie?«

Josiah schüttelte den Kopf über die Zungenfertigkeit des Mannes. «Tun Sie, was Sie für richtig halten«, sagte er. »Aber alle Ausgaben von mehr als zehn Pfund müssen von mir abgesegnet werden.«

»Nun, das ist die vernünftigste Art, das Geschäft zu führen«, rief der Mann. »Aber wie dumm von mir, Sie sind doch in erster Linie Geschäftsmann, nicht wahr, Mr. Cole? Also, gibt es noch etwas, was ich Sie fragen wollte?« Er neigte den Kopf zur Seite. »Nein! Alles geklärt! Darf ich Sie nun zu einem Glas Ihres eigenen Wassers einladen?«

Hastig fuhr Josiah zurück. »Nein, nein. Nicht nötig. Die Männer bringen meiner Frau Flaschen, wenn sie in der Stadt ausliefern. Ihr schmeckt es. Ich – äh – ich trinke es nicht. Gott sei Dank befinde ich mich bei bester Gesundheit.«

Der Mann legte seine nunmehr behandschuhte Hand auf Josiahs Ärmel. Ein schwacher, aber unverwechselbarer Duft von Geranien wehte süßlich in Josiahs strenges Gesicht. »Sind Sie sicher, daß ich Sie dazu nicht überreden kann?«

»Nein, nein.« Josiah erstickte fast vor Unbehagen. »Ich muß gehen! Geschäfte, Sie wissen, Geschäfte.«

Eilig stürzte er aus dem Raum, stieg aufs Pferd und warf dem Jungen einen Penny zu. Doch sobald er sicher außer Reichweite war, wandte er den Kopf und schaute zurück. Stillvergnügt lachte er in sich hinein. Unwillkürlich fragte er sich, was sein Pa – der Sohn eines Kohlengräbers – von dem kometenhaften Aufstieg und diesem neuen kuriosen Gewerbe wohl gehalten hätte.

30. Kapitel

»Ich habe darüber nachgedacht, was wir tun können«, sagte Mehuru zu Frances. Sie saß auf einer Bank im Garten inmitten des Queens Square, und er stand neben ihr. Frances war gerade um den Platz spaziert, Stuart Hadleys Anweisungen folgend, der empfohlen hatte, daß sie sich an der frischen Luft leichte Bewegung verschaffen sollte.

Frances wandte sich ihm zu, wobei sie ihr blasses Gesicht mit einem kleinen Sonnenschirm vor der Sonne schützte. Es war ein heißer Augusttag; sie trug ein rosa gepunktetes Musselinkleid und ein rosa Tuch über der Schulter. Mehuru mußte sein Verlangen zügeln, ihr das Tuch zu glätten und es enger um sie zu schlagen. Seit der Arzt ihn mahnend auf ihren Gesundheitszustand hingewiesen hatte, bemühte er sich verzweifelt, daß sie nicht fror, als wäre sie eine seltene afrikanische Pflanze, die unter dem kalten, nassen Himmel Englands welken und zugrunde gehen würde.

»Wir« wiederholte sie mit einem leichten Lächeln. Sie verriet nicht, ob er das Recht hätte, von ihnen als einem Paar zu sprechen, oder nicht.

»Hat der Doktor mit Ihnen über Ihre Gesundheit gesprochen?«

»Nein«, sagte sie. »Mir geht es jetzt gut.«

Mehuru verzog das Gesicht. »Er glaubt, Sie haben eine schwache Lunge.«

»Oh, das wußte ich schon«, sagte Frances. »Meiner Mutter ging es ebenso.«

»Er hat zu Mr. Cole gesagt, Sie sollten im Winter ins Ausland reisen.«

»Davon hat mir Josiah kein Wort erzählt.«

»Mr. Cole weiß nicht, wie man das bewerkstelligt«, erwiderte Mehuru verbittert. »Drei Schiffe besitzt er, und er weiß nicht, wie man Sie im Winter in eine warme Gegend schicken kann.«

Frances zwirbelte ihren Sonnenschirm und schaute unter seinem Rand zu Mehuru. »Rede nicht unfreundlich von Mr. Cole«, wies sie ihn zurecht. »Es ist nicht fair, ihn zu kritisieren.«

»Mhm.« Er unterdrückte seinen Widerspruch. »Der springende Punkt ist der, der Doktor glaubt, Sie sollten den Winter in einem besseren Klima als dem hiesigen verbringen.«

»Woher weißt du das alles?« wollte Frances plötzlich wissen.

»Ich habe das Pferd des Doktors gehalten und dabei zugehört«, antwortete Mehuru, ohne in Verlegenheit zu geraten. »Diener wissen immer über alles Bescheid, Frances, das ist Ihnen doch bekannt.«

»Aber nicht über uns? Sie wissen doch nicht über uns Bescheid?«

»Frances«, sagte er geduldig, »ich versuche, Pläne für uns zu schmieden.«

»Mein Ruf ...«

»Sie wissen nichts von uns«, log er schnell. »Ich möchte gern planen ...«

»Was planen?«

»Der Doktor sagt, Sie sollten im Winter aus gesundheitlichen Gründen verreisen. Das ist nicht unwichtig. Er meint es ernst. Er befürchtet, daß Ihre Lunge angegriffen ist und daß das naßkalte Wetter Ihnen nicht bekommt. Das Haus liegt zu tief, zu nahe am Fluß. Und die Luft in dieser Stadt ist unerträglich.«

Nun nickte Frances ernster. »Seit ich in Bristol bin, habe ich mich nie mehr wohl gefühlt.«

»Ich möchte, daß Sie mit mir weggehen.« Endlich wagte Mehuru den entscheidenden Schritt. »Ich möchte, daß wir nach Italien gehen, oder noch besser, nach Frankreich. Ich glaube, die politische Situation in Frankreich kommt uns ganz und gar zupaß. Ich möchte, daß wir in Frankreich zusammenleben als Mann und Frau.«

Frances war sprachlos. Sie setzte sich kerzengerade auf und klappte den Sonnenschirm zu. »Frankreich!« stieß sie hervor.

»Die kriegen eine Regierung nach dem Willen des Volkes«, prophezeite Mehuru. »Und Neger aus den französischen Kolonien werden Seite an Seite mit den weißen Abgeordneten im Parlament sitzen. Sie werden die Sklaven in den Kolonien freilassen, und schwarze und weiße Männer werden vor dem neuen französischen Recht gleich sein. Für uns ist das der ideale Ort. Ich werde als Journalist arbeiten und den Lebensunterhalt als Schriftsteller verdienen.«

Sie schüttelte den Kopf. Das Büschel rosafarbener Seidenblumen auf ihrem Hut zitterte wie vor Angst.

»Warum nicht?«

»Sie können die Sklaven nicht freilassen«, sagte sie ungläubig. »Das werden sie nicht tun.«

»Ich bin überzeugt davon, daß sie es tun werden, und Frankreich wäre so genau das richtige Land zum Zusammenleben für uns.«

Wieder schüttelte sie den Kopf. »In Frankreich könnte ich nicht leben«, sagte sie mit matter Stimme.

»Dann in Italien.«

»In keinem fremden Land! Die einzigen Verwandten, die ich habe, wohnen hier, da kann ich nicht ins Ausland gehen.«

»Aber Sie sehen ja Ihre Verwandten nie.«

»Mein Familienname bedeutet mir etwas.« Sie schaute ihn an, als würde sie ihm das niemals erklären können. »In England wissen die Leute, wer ich bin. Ich gehöre hierher.«

Mehuru hielt sich zurück. »Gehen wir ein Stück«, schlug er vor. Er konnte es nicht ertragen, hinter ihr stehen zu müssen und sie nicht berühren zu dürfen, während sie die Chance, gesund zu werden, und ihre einzige Chance, glücklich zu werden, wegwarf. Gehorsam erhob sie sich, und sie liefen den Weg zur Mitte des Platzes entlang, er immer einen knappen halben Schritt hinter ihr.

»Nun gut«, meinte er. »Suchen wir uns ein Haus in einer Gegend mit guter Luft, vielleicht in der Nähe Ihrer früheren Heimat. Dort gefiel es Ihnen doch, nicht wahr? In Bath?«

Frances spürte, daß ihr Herz schneller pochte und ihr das Atmen schwerer fiel.

»Du verstehst nicht. Wir könnten nicht zusammenleben, Mehuru, das wäre mein Ruin.«

»Ich verstehe, daß Mr. Coles Freunde und Verwandte Sie nicht mehr kennen würden«, sagte er vorsichtig. »Aber Ihre Verwandten würden sich doch noch um Sie kümmern und zu Ihnen stehen?«

Sie legte ihre Hand an die Kehle, um ein Keuchen zu verhindern. »Nein«, sagte sie. »Ich wäre zugrunde gerichtet, Mehuru. Sie würden sich von mir lossagen. Ich würde keinen von Ihnen jemals wiedersehen.«

»Und Ihr Onkel, der Ihnen immer schreibt, Lord Scott?«

Als Frances an Seiner Lordschaft unmißverständlichen Hinweis auf die fatalen Folgen von Untreue dachte, mußte sie kurz auflachen. »Ihn am allerwenigsten!« sagte sie. »Wenn ich Josiah Cole je verlassen würde, bedeutete das mein Ende, Mehuru! Wenn ich ihn wegen dir verließe, würde ich von meiner Familie verstoßen. Für die wäre ich gestorben!«

In ihm stieg das quälende Gefühl auf, daß seine Schlacht bereits verloren war, ehe sie überhaupt begonnen hatte. »Frances«, sagte er, »ich habe alles eingebüßt, mein Haus, meine Familie, mein Land und meine Arbeit, die mir die allergrößte Freude bereitete. Warum können wir beide nicht noch einmal von vorn anfangen?«

Sie schüttelte den Kopf. »Das ist unmöglich, unmöglich. Du verstehst das nicht.« Sie drehte sich um und wollte ein bißchen schneller weitergehen, den westlichen Weg nach Hause.

»Warum nicht?« wollte er wissen, als er sie einholte.

»Wir hätten kein Geld«, erwiderte sie. Vom schnellen Laufen bekam sie keine Luft. »Außer dem, was mir Josiah gibt, besitze ich nichts, und du hast überhaupt nichts. Wir könnten kein Haus mieten, ja nicht einmal ein Zimmer. Ich könnte mich vielleicht irgendwo als Gouvernante verpflichten, aber du kannst überhaupt nichts verdienen.«

»Die Leute würden uns helfen« argumentierte er. »Wir könnten nach London gehen. Mit einigen Engländern von der Gesellschaft zur Information über die Verfassung bin ich bereits befreundet. Das wären unsere Freunde, wir könnten in ihrer Nähe wohnen. In London gibt es eine Gegend, Wapping genannt, wo ein Freund von mir wohnt. Wir könnten Bristol verlassen und dorthin ziehen.«

Sie warf ihm einen Blick schieren Unglaubens zu. »Du warst auf Versammlungen der Radikalen?« Sie war sprachlos. »Mehuru, wie konntest du? Wie bist du überhaupt hingekommen?«

»Ich habe mich weggeschlichen. Ich war mehrmals dort.«

Sie rang nach Luft. »Aber diese Leute sind gefährlich! Die bedrohen die ganze Nation. Es sind gefährliche, radikale Unruhestifter!«

Über ihren Schrecken wollte er beinahe lachen, doch die Kluft, die sich zwischen ihnen auftat, erfüllte ihn mit wachsender Angst. »Sie haben die Leute nicht kennengelernt, Frances, aber ich. Es sind keine gefährlichen Unruhestifter; es sind stille, vernünftige Männer, die vernünftige Veränderungen in diesem Lande und die Abschaffung des Sklavenhandels anstreben. Zwei oder drei sind sogar Landsleute von mir, und sie verstehen meine Lage.«

Sie wurde bleich vor Entsetzen. »Du hast dich mit weggelaufenen Sklaven verbrüdert?«

»Es sind keine weggelaufenen Sklaven«, fuhr er sie an. »Es sind freie Männer.«

Frances nahm die behandschuhte Hand an ihre Wange, als sie Atem zu holen versuchte. »Mehuru, das ist ja schrecklich. Ich hatte keine Ahnung, daß du so etwas tust. Es sind gefährliche Unruhestifter, dabei bleibe ich, die man festnehmen und hängen oder deportieren wird. Wenn man dich ergreift, kommst du nach Australien oder auf die Plantagen. Du mußt mir versprechen, nie, nie wieder dort hinzugehen.«

»Oder?«

Den warnenden Ton in seiner Stimme vernahm sie nicht, denn sie war zu sehr mit ihrer Angst um seine Sicherheit beschäftigt. »Ich werde Mr. Cole sagen, daß die Türen nachts besser verschlossen werden müssen. Du darfst diese Leute nicht mehr sehen.«

»Besser Sie lassen mich anketten«, empfahl er bissig, »oder mich auspeitschen.«

Plötzlich wurde ihr bewußt, was sie gesagt hatte. »Das habe ich nicht gemeint«, widerrief sie rasch. »Ich meinte, du bist ein Ausländer, du sprichst die Sprache nicht, du verstehst die Leute nicht, mit denen du dich abgibst. Ich will dich doch nur beschützen.«

»Ich denke, ich brauche einen solchen Schutz nicht, der einen erwachsenen Mann einschließt und ihm verbietet, sich mit seinen Freunden zu treffen«. Er platzte bald vor Zorn. »Ich denke, ich kann auf eine Frau verzichten, die mir mit Einkerkern droht. Und ich mag keine Frau, die mich begehrt, aber nicht zugibt, daß sie mich begehrt, und immer noch vorhat, den Rest ihres Lebens bei ihrem Ehemann zu bleiben.«

Er machte auf der Stelle kehrt und lief weg. Frances rannte ihm ohne Rücksicht auf mögliche Beobachter nach und packte ihn am Jackenärmel. »Nicht«, rief sie. Sie rang nach Luft. »Bitte! Mehuru!«

Als er bemerkte, wie weiß sie im Gesicht war und daß sie kaum Luft bekam, blieb er stehen.

»Oh!« seufzte er und drehte sich zu ihr. »Setzen Sie sich, holen Sie langsam Luft.« Er drückte sie auf eine Bank. »Los, Frances, atmen Sie richtig. Ich bin Ihnen nicht böse. Atmen Sie!«

Er hatte die Hand auf ihrem Rücken, und so konnte sie dreimal zittrig Luft holen. Er beobachtete, wie ihr Gesicht wieder Farbe bekam.

»Es tut mir sehr leid«, sagte sie, sobald sie wieder sprechen konnte. »Bitte sei mir nicht böse, Mehuru.«

»Ich bin es, dem es leid tut«, sagte er. »Ich hätte auf Ihre Gesundheit Rücksicht nehmen müssen.« Er schaute sich nach allen auf den Platz hinausgehenden Fenstern um, denn er hätte sie gern in die Arme geschlossen, doch das durfte er nicht wagen. Er wartete, bis sie wieder gleichmäßig atmete. »Also«, begann er, »ich muß Ihnen sagen, Frances, daß es gute Menschen sind und meine Freunde. Alles Schlechte, was Sie über diese Gesellschaften gehört haben, entspricht nicht der Wahrheit.«

Sie nickte, um Streit zu vermeiden. »Vielleicht.«

»Und sie haben mir erzählt, daß Engländerinnen oft Männer meiner Hautfarbe heiraten«, fuhr er fort. »Und sie sind glücklich mit ihnen.«

Wieder nickte sie. »Ich habe davon gehört.« Sie verriet ihm aber nicht, daß sie davon in einem Zeitungsartikel gelesen hatte, der die Neigung weißer Frauen, freigelassene Sklaven zu heiraten, beklagte und letztere der ungeheuerlichsten Unsittlichkeit beschuldigte.

»Das wären dann unsere Freunde«, sagte er. »Unsere Nachbarn. Für uns beide würde ein neues Leben beginnen.«

Frances holte tief Luft und versuchte, ganz ruhig zu sprechen. »Mehuru, ich weiß sehr gut, was du meinst, aber das kann nicht sein. Das sind arbeitende Frauen, keine Ladys. Wapping ist eine ärmliche Gegend in London, nichts ist da wie hier am Queens Square, und alles ist noch krasser als am Kai von Redclift. Der Schmutz macht die Leute krank, und es gibt nur Arme, Männer und Frauen, die arbeiten. Die würden mich verachten. Außerdem würde ich kaum verstehen, was sie reden. Ich könnte dort unmöglich leben. Die Armut würde mich ganz unglücklich machen und dich auch.«

Er warf ihr einen flüchtigen trostlosen Blick zu und richtete sich auf.

»Josiah könnte uns verfolgen«, erklärte sie. »Du würdest als entflohener Sklave eingesperrt, und dann wäre ich ganz auf mich gestellt.« Sie sprach mit bebender Stimme. »Der ganze Abgrund von Armut steckt mir noch in den Gliedern. Du hast mich nicht vor meiner Ehe gekannt. Ich mußte arbeiten, um nicht auf die Barmherzigkeit anderer angewiesen zu sein, und meine Arbeit verrichtete ich nie sehr gut. Ich wage es nicht,

Josiah oder meine Familie zu verlassen. Deren Name und deren Reichtum ernähren und kleiden mich und geben mir ein Dach über dem Kopf. Ohne sie wäre ich verloren.«

Mehuru sagte nichts. Er stand hinter ihr, wo ein Sklave hingehört, um auf ihre Befehle zu achten, doch er hielt Abstand. Er schaute über sie hinweg, über den Hut mit den kleinen wippenden Blumen, und er fühlte sein Herz vor Verlangen nach ihr pochen und nach der nie zu verwirklichenden romantischen Zukunft, die er sich für sie beide erträumte. Sie wandte den Kopf und blickte zu ihm auf. Sie sah sehr klein und verletzlich aus, wie ein gescholtenes Kind. Unter den großen Augen, die so dunkel wie seine waren, zeichneten sich blaue Ringe von der Krankheit ab.

»Was sollen wir also machen?« fragte er sie zärtlich. »Was werden Sie tun?«

Sie schüttelte den Kopf. »Ich weiß es nicht.«

Josiah stand am Kai und schaute zu, wie das Schiff seines Konkurrenten zum Ablegen bereitgemacht wurde. Seine eigener Ladekai blieb schmerzlich leer. Die Segelmacher zogen schwerbeladene Lastschlitten über das Kopfsteinpflaster, und die Kufen kreischten aus Protest. Als einer der Segelmacher Josiah sah, hielt er inne und ging zu ihm hin.

»Ihre Rechnung, Mr. Cole«, sagte der Segelmacher. »Für die *Lily* im März. Ich wäre Ihnen dankbar, wenn Sie sie jetzt begleichen würden.«

Josiah fuhr mit der Hand in seine Tasche, um nachzuschauen. »Tut mir leid, George«, sagte er. »Ich habe meine Geldbörse zu Hause gelassen.«

George blickte ihn ungemütlich an. »Haben Sie nichts in Ihrem Kontor, Mr. Cole?«

»Nein«, antwortete Josiah. »Ich habe kein Geld hier, es wäre nicht sicher, wo hier niemand mehr wohnt. Heute abend schicke ich einen meiner Sklaven mit dem Geld, das ich schulde, zu Ihrem Speicherboden.«

Der Mann verbeugte sich kurz und rief seinem Gehilfen zu,

die Segel abzuladen. Josiah stieg die Stufen zur Fähre hinunter, die ihn auf die Bristoler Seite des Flusses übersetzen sollte. Er ließ sich im Bug nieder und schaute zu dem Schiff zurück. Es fuhr auf direktem Wege zu den Westindischen Inseln und wieder zurück. Der Nachbar und Rivale hatte den Sklavenhandel aufgegeben. Josiah räusperte sich und spukte in das dreckige Wasser – so dumm war er nicht. Wenn die *Rose* im November eintraf, wenn die *Daisy* hinter ihr einlief und die *Lily* bald darauf folgte, dann würden alle wissen, daß Josiah recht getan hatte, bei seinem Handel zu bleiben – dem einzigen, den er verstand. Das Fährboot stieß an die Stufen des Kais, und er warf dem Burschen einen halben Penny zu, als er ausstieg und sich zum Kaffeehaus der Kaufleute und Händler aufmachte.

Am oberen Ende des Tisches saß Stephen Waring beim Frühstück. Er hob den Kopf und nickte dem eintretenden Josiah einladend zu. Als Josiah zu ihm kam, betrachtete er ihn ziemlich grimmig, ohne das übliche Lächeln.

Josiah bestellte Fleisch und Brot und eine Pinte Porter.

»Mir ist so einiges zu Ohren gekommen, und ich hoffe, Sie nehmen es nicht übel«, begann Stephen Waring. Er schob den letzten Bissen Fleisch in den Mund, nahm ein Stück Brot, um den Teller abzuwischen und den Saft des wenig durchgebratenen Rindfleischs und den Rest Senf aufzutunken.

Josiah zog eine Augenbraue hoch.

»Unserer Gesellschaft wurde berichtet, daß Sie in Hot Well den Hahn mit dem kostenlosen Heilwasser zugedreht haben.«

Josiah nickte. »Den habe ich in der Tat abstellen lassen.«

»Und warum?«

Josiah lächelte. »Ich dachte, das wäre klar. Hot Well habe ich von der Gesellschaft in Pacht genommen, und das kostet mich zweitausend Pfund Depositeneinlage und neunhundert Pfund im Jahr. Ich muß das Personal bezahlen, und ich habe heute zweihundert Pfund für den Entwurf des Architekten zum Wintergarten ausgegeben. Folglich kann man von mir nicht erwarten, daß ich Wasser verschenke. Geben Sie bei Ihrer Kohlengrube jedem, der vorbeikommt, Kohle gratis mit?«

Stephen Waring nickte bei dem Scherz, lächelte aber immer noch nicht. »Ich habe die Grube nicht gepachtet«, sagte er leise. »Sie gehört mir.«

»So?«

»Ich habe keinen Pachtvertrag, der festlegt, daß ich jedem Kohle schenken muß, der welche haben will.«

Josiah wirkte ein wenig irritiert. Als sein Frühstück kam, schob er es beiseite. »Sie wollen mir doch nicht erzählen, daß ich laut Pachtvertrag verpflichtet bin, Wasser zu verschenken?«

»Ich fürchte, er legt ganz klar fest, daß die Armen und Kranken der Stadt das Recht haben, sich Wasser vom Brunnen von Hot Well zu holen«, erklärte Stephen Waring in aller Ruhe. »Das wurde vereinbart, gleich als die Quelle gefaßt und in das Gebäude einbezogen wurde. Man ist allgemein der Auffassung, daß Sie sich daran halten müssen.«

Josiah nahm einen großen Schluck. »So mag es dem Buchstaben nach im Vertrag stehen«, hielt er ihm entgegen, »aber gewiß erwartet doch niemand von mir, daß ich Wasser verschenke! Nach allem, was mich Hot Well kostet? Nach allem, was wir noch hineinstecken, um daraus ein elegantes, exklusives Bad zu machen, das seinesgleichen sucht?«

Waring schob seinen Stuhl zurück und zuckte leicht die Schulter. »So steht's im Pachtvertrag«, sagte er lässig. »Ich wollte Sie nur warnen – als Freund –, daß die Gesellschaft Wert darauf legt, daß die Vertragsbedingungen erfüllt werden, auch diese.«

»Aber das ist doch absurd!« rief Josiah aus; immer noch konnte er es nicht glauben. »Wir können doch nicht zulassen, daß der Pöbel von Bristol sich Tag und Nacht mit Kesseln und Töpfen am Zapfhahn anstellt und Wasser haben will! Für die ist da kein Platz. Das ist nicht vorgesehen! Die werden den Kutschen im Wege stehen, die werden herumspucken und die Gartenanlagen verunreinigen! Das kann doch die Gesellschaft nicht wollen!«

Wieder zuckte Stephen Waring die Schultern. »Das haben Sie unterschrieben, Josiah«, sagte er. »Der Vertrag besagt eindeutig, daß die Bedürftigen von Bristol kostenlos mit Wasser zu versorgen sind. Ich denke, daß Sie sich daran halten müssen.« Er stand auf. »Ich muß gehen. Jeden Tag erwarte ich jetzt ein Schiff. Warten ist schon eine Qual, nicht wahr? Wo sind denn Ihre Schiffe im Augenblick?«

»Gott weiß wo!« fuhr ihn Josiah gereizt an. »Die *Lily* könnte in Afrika Ladung nehmen, die *Daisy* müßte sich auf der mittleren Überfahrt befinden und die *Rose* sollte unterdessen in Westindien sein. Und ich stünde heute besser da, wenn ich mich auf den Überseehandel beschränkt hätte. Bei meinen Schiffen kenne ich mich mit meinen Rechten aus. Bisher hat mir noch niemand gesagt, ich solle die Hälfte meiner Fracht verschenken. Ich muß Ihnen sagen, Waring, ich sehe keine Möglichkeit, die Zapfstelle freizugeben. In Hot Well ist kein Platz für die Bedürftigen.«

Stephen Waring nickte. »Wie Sie wollen, Cole«, sagte er gleichmütig und verließ das Kaffeehaus. Draußen setzte er sich den Hut auf und spazierte auf den Kai zu. »Ich glaube, er wird schon noch dahinterkommen, daß er im Unrecht ist«, murmelte er nachdenklich zu den am klaren Himmel kreisenden Möwen hinauf. »Er wird schon sehen, daß die Gesellschaft weiß, was sie tut.«

Frances und Sarah erhoben sich vom Dinnertisch, um Josiah bei seinem Portwein allein zu lassen.

»Ich habe stark angenommen, daß Lady Scott nach Hot Well kommt«, sagte Josiah mißgelaunt. »Ich habe fest mit deiner adligen Verwandtschaft gerechnet und damit, daß sie es weitersagen.«

Frances zog die Brauen hoch. »In ihrem Zustand darf sie nicht reisen«, sagte sie. »Dieses Jahr haben sie sich wegen Lady Scott länger an der See aufgehalten. Mein Onkel kündigte allerdings an, er werde später einmal herkommen. Und Lady Scott wird sich gewiß im Frühling hierherbegeben.«

»Aber jetzt ist die entscheidende Zeit«, entgegnete Josiah beharrlich. »Jetzt ist der Höhepunkt der Saison, im Sommer ist hier viel mehr los als im Winter. Im Winter fahren alle nach London. Im Sommer hält man sich auf dem Lande und in den Badeorten auf. Jetzt müssen die Leute kommen. Wenn sie jetzt nicht kommen, sehen wir sie vielleicht erst in einem Jahr.«

»Ich kann meine Cousins und Cousinen fragen«, schlug Frances vor.

»Was nützen mir die schon?« entgegnete Josiah schroff. »Du kannst die Pfarrkinder deines Vaters fragen, aber wenn es keine Lords und Ladys sind, bringen sie nicht die vornehme Welt mit und nützen mir gar nichts.«

Bei seinem einschüchternden Ton zuckte Frances zusammen. »Es tut mir leid, Josiah«, sagte sie unnatürlich ruhig und geziert. »Ich bin sicher, Lady Scott wollte dir gegenüber bestimmt nicht ungefällig sein.«

»Ich dachte, du sorgst dafür, daß Leute von Stand erscheinen«, sagte Josiah. »Darauf habe ich gebaut, Frances.«

»Ich habe ja mehrere Damen eingeladen«, betonte sie. Sie spürte, wie ihr Atem kurz und ungleichmäßig wurde. »Und wenigstens zwei von ihnen versprachen, mit ihren Familien zu kommen.«

»Wir haben den Preis kräftig angehoben«, erklärte Josiah. »Bisher betrug er zehn Shilling für die Familie, ganz gleich, wie groß sie ist; und nun liegt er bei sechsundzwanzig Shilling pro Person und Monat.«

»Wird das nicht die Kundschaft vertreiben?« wollte Sarah wissen.

Ihr Ton trieb Josiah die Röte ins Gesicht. »Keinesfalls. Was sind schon ein paar Shilling für diese Leute! Wir müssen im großen Stil denken! Ich mache mir nur um die ersten Wochen Sorgen.«

Sarah musterte ihren Bruder. »Wir sollten nicht zu raffgierig sein«, bemerkte sie.

»Ich muß den Merchant Venturers die Pacht bezahlen«, erläuterte Josiah. »Ich schulde ihnen eine Jahrespacht im voraus, die muß entrichtet werden. Aber wenn die *Rose* einläuft und ich den Gläubigern den Kaufpreis für Hot Well zurückerstatten kann, dann werde ich mich besser fühlen. Letztlich bin ich ja als kreditwürdig bekannt, und ich erwarte mir von der Reise der *Rose* einen Riesengewinn.«

»Ist die Zuckerernte so gut zu dieser Jahreszeit?« fragte Frances.

Sein Profit hatte nichts mit dem Zuckerpreis zu tun, aber Josiah konnnte ihr nichts von den Sklaven erzählen, die doppelte Anzahl auf engem Raum zusammengepfercht, oder von der spanischen Vorliebe für Frauen und Kinder, die gehorsamer waren und nicht so schnell gegen die besonders grausame Behandlung auf diesen Plantagen rebellierten. »O ja«, antwortete er einfach, »sehr gut.«

»Und für welchen Tag ist die *Rose* angesagt?« fragte Frances.

»Sie ist doch keine Postkutsche«, erwiderte Sarah bissig. »Es läßt sich nicht sagen, an welchem Tag und zu welcher Stunde sie eintrifft.«

»Im November soll sie einlaufen«, sagte Josiah. »Aber wenn es Gott gefällt, kommt sie zeitiger, und dann bin ich meine Sorgen los.«

»Es tut mir leid, daß du Sorgen hast«, meinte Frances freundlich.

Josiah nickte mit ernstem Gesicht. »Du könntest deine Ausgaben etwas einschränken«, bemerkte er.

Flüchtig blickte Frances auf Sarah. Ihre Schwägerin starrte beide voller Neugier an. Frances wurde klar, daß so ein Gespräch nur unter vier Augen geführt werden sollte, was Josiah gar nicht bemerkte.

»Ich werde mir Mühe geben«, sagte sie mit gelassener Würde. »Aber ich hatte wirklich keine Ahnung, daß wir nicht so wohlhabend sind, wie es den Anschein hat. Hättest du etwas gesagt, Josiah, hätte ich doch nicht meine Herbstkleider bestellt. Das werde ich rückgängig machen.«

Einen kurzen Moment rang Josiahs Ehrgeiz mit seinen Befürchtungen. »Oh, laß sie nur kommen! Laß sie kommen!« murmelte er gereizt. »Von meiner Frau soll man nicht sagen, daß sie in den Sachen der letzten Saison herumläuft. Die neuen Kleider müssen sein, Frances, aber spare bei den Dingen, die man nicht sieht. Bei der Unterwäsche oder bei den Schuhen und so.«

Über diese Taktlosigkeit errötete Frances und ging zur Tür. »Gewiß. Ich bin im Damenzimmer, wenn du das Gespräch unter vier Augen fortzusetzen wünschst.«

Als Frances die Tür schloß, prustete Sarah vor Lachen los. Frances lief durch die Halle zum Damenzimmer, schlug die Tür hinter sich zu und lehnte sich mit einem Seufzer der Erleichterung an die weißgestrichene Täfelung.

Mehuru war bereits dort und machte Feuer. Obwohl der September strahlende Tage brachte, lag Kälte in der Luft, und deshalb zündete Mehuru immer dort den Kamin an, wo Frances sich aufhielt. Um sechs sollten ihr die Kinder zum Katechismusunterricht gebracht werden.

»Oh! Cicero!« rief sie.

»Nennen Sie mich bei meinem Namen!«

»Mehuru«, sagte sie mit leiser, leidenschaftlicher Stimme.

Er wollte sie an sich drücken und küssen, doch er hörte Schritte in der Halle und verhielt sich abwartend. Sie blickten einander durch den Raum hin an.

»Frances«, sagte er zärtlich, »geht es Ihnen heute gut?«

»Mir geht es sehr gut«, antwortete sie. Sie setzte sich an den Kamin und lächelte ihm zu. Er forschte in ihrem Gesicht nach irgendwelchen Anzeichen von Schmerzen.

»Wirklich«, versicherte sie ihm. »Absolut gut.«

Er kniete vor dem Kamin, um Kohle aufzulegen, und hockte sich auf seine Fersen, um sie zu betrachten.

»Mir geht es gut«, sagte sie leise. »Wenn du es möchtest …« Sie sprach nicht weiter. Gründlich musterte er sie. Sie war rot geworden, lächelte aber, und ihre Augen leuchteten.

»Wenn ich was möchte?« fragte er und erriet halb, was sie sagen würde.

»Wenn du in mein Zimmer kommen möchtest …«, flüsterte sie so leise, daß er es kaum hören konnte.

Einen Augenblick lang schwieg er. »Sie wissen, daß ich Sie begehre«, sagte er zögernd.

Sie nahm ihre Stickarbeit zur Hand, als wollte sie seinem Blick ausweichen. Er sah, wie ihre dunklen Wimpern über ihre Wangen wischten. »Ich denke eben«, sagte sie. »Ich dachte eben …«

»Aber das geht nicht …« Er unterbrach sich. »Nicht hier. Nicht in Josiah Coles Haus, wo er nebenan schläft. Er könnte wach werden und jederzeit hereinkommen.«

Sie nickte kurz und warf ihm einen verstohlenen Blick zu. »Ich hatte schon befürchtet …«

»Was?«

»Daß du nicht …«

»Daß ich kein Verlangen nach dir habe?«

Sie schaute hinunter auf ihre Stickerei und bekam erneut Farbe. »Ja.«

Er mußte kurz auflachen. »Frances, jede Nacht liege ich wach und brenne vor Verlangen nach dir. Die ganzen langen Wochen der Krankheit hindurch habe ich an nichts anderes gedacht als daran, dich wieder im Arm zu halten. Ich kann nicht schlafen wegen dir. Ich kann nicht essen wegen dir. Manchmal glaube ich, ich werde noch verrückt wegen dir.«

»Oh«, hauchte sie.

»Ich sehe, du machst dir keine Sorgen wegen meiner Schlaflosigkeit«, sagte er.

Sie stieß ein entzückendes, glucksendes Lachen aus. »Tut mir leid, vermutlich sollte ich mir wohl welche machen.«

»Aber ich kann nicht zu dir kommen, wenn er im Nebenzimmer liegt«, sagte er mit mehr Ernst. »Ich würde mir wie ein Narr vorkommen. Ich würde … mich schämen.«

»Einmal bist du gekommen«, erinnerte sie ihn flüsternd.

»Das vergesse ich nicht«, sagte er. »Ich war verrückt nach dir, wir waren beide verrückt in jener Nacht. Aber ich kann nicht jede Nacht wie ein Dieb im Haus herumschleichen, Frances.«

Sie nickte. »Ich verstehe, wie dir zumute ist. Ich bin froh, daß du es mir gesagt hast.«

Er legte den langen Schürhaken und die Kohlenzange zu beiden Seiten des Kaminrosts ab und fegte den Kohlenstaub auf. Dann erhob er sich. »Was sollen wir also tun?« fragte er. »Sollen wir nie mehr beisammensein? Willst du ihn nicht verlassen und zu mir kommen? Oder laß mich frei, so daß ich irgendwo etwas finden kann, wo wir zusammensein können!«

Sofort schwand die Freude aus ihrem Gesicht. »Ich habe nachgedacht«, sagte sie. »Ich habe die ganze Zeit nachgedacht. Wir finden einen Weg. Irgendwie müssen wir einen Weg finden.«

»Ich werde warten«, erwiderte er. »Nicht ewig, aber eine Weile. Vielleicht gewinnt Wilberforce nächstes Frühjahr die Abstimmung und die Sklaverei wird abgeschafft. Vielleicht komme ich laut Gesetz frei, frei, um von hier wegzugehen, und dann wirst du dich entscheiden müssen.«

Immer noch ernst, nickte sie. »Kann sein.«

»Und wie würdest du dich entscheiden?« fragte Mehuru. »Euer ganzes Vermögen hängt vom Sklavenhandel ab. Josiah Coles Reichtum, dieses Haus, alles, was du besitzt. Wärst du für die Abschaffung des Sklavenhandels, wenn du die Wahl hättest?«

Frances schaute auf. Das war eine Frage, die sie sich noch nie gestellt hatte. Auf der einen Seite empfand sie Zärtlichkeit für Mehuru und erkannte sie das schreckliche Unrecht, das ihm und anderen Millionen, zehn Millionen Afrikanern angetan worden war. Auf der anderen Seite war sie entschlossen, an ihrem Stand, ihrem Platz in der Oberschicht festzuhalten, und ihre tiefe Angst vor der Armut half ihr dabei. Alles, was ihre Wohlhabenheit gefährden konnte, mußte ihr Feind sein.

Sie zauderte und traute sich nicht, ihm die Wahrheit zu sagen: daß sie es nicht wußte. Daß sie sich keine Entscheidung abverlangen würde. »Ich wünschte, ich hätte nicht angefangen«, sagte sie, um auszuweichen. »Ich wünschte von ganzem Herzen, daß wir Afrika in Ruhe gelassen hätten. Ich wünschte, sie hätten dich nicht gefangengenommen, ebenso nicht all die anderen. Das wünsche ich, Mehuru.«

Er nickte, stellte den Kohlenkasten sorgfältig an seinen Platz und verließ das Zimmer.

In der Küche zerteilte die Köchin eine Pastete für die Mahlzeit der Dienerschaft, und Mary und Elizabeth machten eine Schale später roter Erdbeeren aus Cheddar für Frances' Abendessen fertig.

»Mehuru«, begann Mary schüchtern, »wir denken daran, Elizabeth und Martha und ich …«

»Ja?«

»Wir denken daran, zu fliehen«, sagte sie.

31. Kapitel

Von der Rose
auf See zwischen Afrika
und den Westindischen Inseln *4. Juli 1789*

Sehr geehrter Mr. Cole!

Diesen Brief sende ich Ihnen durch einen verläßlichen Freund, der heute bei uns anlegte, um Nachrichten auszutauschen. Es ist der Erste Maat Stephens von der Bright Guinea, *die sich auf dem Weg nach Bristol befindet und voraussichtlich Anfang September dort eintreffen wird, zwei Monate vor uns, die wir ja noch zu den Westindischen Inseln unterwegs sind. Ich habe ihm aufgetragen, den Brief nur Ihnen und niemand anderem auszuhändigen, und er ist vertrauenswürdig.*

Erst einmal werden Sie sich freuen zu hören, daß wir auf der mittleren Passage bei klarem Himmel und günstigem Wind gute Fahrt machen. Ich rechne damit, die spanischen Inseln, so es Gott gefällt, in einem Monat zu sichten. Gemäß der Anordnung in Ihrem Brief habe ich hauptsächlich Frauen und Kinder an Bord genommen und sie so eng zusammengepackt, wie ich es kaum für möglich hielt. Wir transportieren fast doppelt soviel wie sonst und haben bislang eine ruhigere Überfahrt, als ich je zuvor hatte, dank der Tatsache, daß sie niemals gemeutert oder sich zu widersetzen gedroht haben, sondern einfach in aller Stille und Traurigkeit sterben. Ich kann Ihnen versichern, daß ich alles von Ihnen Gewünschte tue, um sie munter und lebendig zu erhalten, aber es ist nutzlos. Die Kleinkinder habe ich bei ihren Müttern gelassen, und ich hole sie an Deck, so oft ich kann; ich halte sie sauber, und die Matrosen haben sie nicht übermäßig belästigt. Doch trotz aller meiner Anstrengungen haben wir viele Verluste auf der Fahrt we-

gen ihrer Natur, denn die ist die schlimmste, die ich je erlebt habe. Wir haben Netze gespannt, um zu verhindern, daß sie über Bord springen, doch wenn ich Ihnen berichte, daß eine Frau ihr Kind durch die Maschen zwängte und es ins Meer warf, damit es nicht bei ihr in unseren Händen bleibt, dann werden Sie begreifen, was das für ein rücksichtsloses Pack ist.

Von der Fracht von 573 habe ich nur zehn verloren, die sich selbst ertränkten, und bei so einer langen Seereise, bei der die meisten nicht angekettet waren, werden Sie begreifen, wie ich mich um sie sorge. Einer von ihnen gelang es, sich eine Ader am Arm durchzuschneiden, denn sie hatte sich einen Löffel flach gehämmert und so lange zugestoßen, bis sie durch die Haut kam. Auf diese Weise verlor ich fast ein Dutzend, die den Trick nachahmten und sich nachts verbluten ließen, und weitere zwanzig, deren Wunden eiterten und schwarz wurden und die sich so vergifteten. Einundzwanzig hungerten sich zu Tode und erbrachen sich, wenn wir sie in den Eisenbügel spannten und ihnen ihr Gesabber wieder hineinzwangen, aber wir konnten sie nicht retten. Jetzt wird fast ein Dutzend gewaltsam gefüttert. Vier andere taten sich zusammen, um sich zu erhängen; den Strick hatten sie sich zu diesem Zweck aus ihren Kleidern gedreht. In der von Ihnen angeordneten Eile beim Beladen haben wir einige mit dem Ausfluß an Bord genommen, und damit stecken sie nun andere an. Dreißig sind bereits an der Krankheit gestorben, auch vier meiner Besatzung, die ich schmerzlich vermisse. Vier Babys sind in den Armen der Mütter gestorben, aber wir kennen den Grund nicht.

Insgesamt haben wir also knapp 500 zum Verkauf, und wir werden beginnen, sie nächsten Monat auf die Besichtigung und Auktion vorzubereiten. Fast hundert sehen erbärmlich aus, einige sind alte Weiber mit hängenden Brüsten und andere krank. Aber wir werden die mit dem Ausfluß zustöpseln und die mit offenen Wunden mit Stiefelwichse schwärzen. Vertrauen Sie mir – ich werde sie schon los.

Diejenigen, die ich nicht absetzen kann, werde ich verramschen, und solche, die mir niemand abnimmt, werde ich auf den Weg nach Jamaika ins Meer werfen.

Ich werde soviel erstklassigen Zucker kaufen, wie ich günstig bekommen kann, und werde ihn laden und schnellstens heimkehren. Ich hoffe, alles fällt zu Ihrer Zufriedenheit aus, Sir. Bei all meinem Stolz bedauere ich den Verlust von so vielen Sklaven, aber das war ein Risiko, das wir, wie Sie selbst seinerzeit bestätigten, eingehen mußten. Zweifellos wird der Gewinn uns beide versöhnen.

Ich verbleibe Ihr ergebener Diener
Stephen Smedley
Kapitän

Diesen Brief las Josiah im hinteren kleinen Salon, den Frances für ihn als Arbeitszimmer eingerichtet hatte. Er las ihn noch einmal und nahm sich dann ein Blatt Papier. Er schätzte, daß etwa 450 Sklaven als tauglich gelten konnten, wenn der Kapitän die offenen Wunden geschwärzt und die After verschlossen hätte. Ihr Verkauf könnte insgesamt 22000 Pfund einbringen. Bei einem Ramschverkauf – bei dem geizige oder arme Pflanzer in den Laderaum gelassen wurden und im Dunkeln auf gut Glück sich so viele Sklaven grapschten, wie sie nur konnten, um dann bei Tageslicht zu erkennen, daß sie kranke oder gar sterbende Arbeitskräfte besaßen – kamen bei den einzelnen Käufern höchstens zweihundert Pfund zusammen.

Lag die Rose erst einmal am Kai und Josiah teilte den Profit mit seinen Partnern, dann blieben ihm nur etwas mehr als 10000 Pfund. Er nickte. Er hatte den Gewinn, wie es wohl jeder gern tut, zu hoch kalkuliert, als er Sarah gegenüber von 4000 Pfund sprach. Doch selbst diese Summe würde alle Schulden abdecken und einen noch größeren Gewinn abwerfen, als Cole & Söhne je zu verzeichnen hatten.

Nun gut. Eine größere Anzahl von Sklaven war gestorben, als er einkalkuliert hatte, und es gab mehr Kranke und Unverkäufliche, als Cole & Söhne jemals verschifft hatten. Noch nie hatte ein Kapitän so sachlich darüber berichtet, daß Frauen und Kinder über Bord geworfen wurden. Josiah zuckte die Schultern. Mit diesem Unternehmen bekäme er genug, um die

Schulden zu begleichen, und er hätte immer noch eine schöne Summe zur Verfügung.

Er ging zum Kamin, vor dem Kohle und Anzündholz lagen. Er nahm eine Zunderbüchse, zündete den ihn belastenden Brief an einer Ecke an und hockte sich hin, um zuzuschauen, wie er aufflammte und dann zu Asche zerfiel. Zwei Monate war der Brief unterwegs gewesen. Mit einiger Gewißheit konnte er annehmen, daß der Verkauf der Sklaven nun abgeschlossen war und die *Rose* sich gerade jetzt wieder auf See befand Richtung Heimat, mit Zucker im Laderaum und Goldbarren in der Kajüte des Kapitäns, sicher verschlossen. Auf dieser Strecke der Reise war sie versichert, überversichert. Josiahs waghalsige Spekulationen – ein mit Sklaven überladenes Schiff in die spanischen Kolonien zu schmuggeln – hatte sich ausgezahlt.

»Noch zwei Monate, und ich bin schuldenfrei«, murmelte er vor sich hin. »Noch zwei Monate, und wir haben November, und die *Rose* wird zu Hause liegen mit Gold und Zucker.«

Er setzte sich wieder an den Schreibtisch und sah sich die anderen Briefe an. Eine Adresse war von einer ihm unbekannten Hand geschrieben. Er öffnete ihn und las, las den Brief noch einmal.

Er wurde vorgeladen, vor der Obrigkeit der Stadt Bristol zu erscheinen. Die Merchant Venturers' Company hatte ihn vorladen lassen, weil er die Bedingungen ihres Pachtvertrags nicht einhielt – nämlich, die Bedürftigen von Bristol mit Wasser aus der berühmten Heilquelle von Hot Well zu versorgen.

Einen Augenblick war Josiah zu verblüfft, um das zu begreifen. Dann packte ihn eine solche Wut, daß er den Brief in seiner Hand nicht mehr sah, auch nicht den Schreibtisch oder das Fenster vor ihm, das auf den kleinen hinteren Hof hinausging, den Kbara gemächlich fegte.

»Mein Gott«, sagte er. Er bekam beinahe selbst Furcht vor seiner Aufwallung. »Mein Gott!«

Er konnte sich nicht vorstellen, warum sie ihn wegen des kleinen Zapfhahns schikanierten, warum sie, die vom Schweiß der Armen Bristols und vom Blut der afrikanischen Sklaven reich geworden waren, nun wegen eines kleinen Zapfhahns plötzlich Gewissensbisse bekamen. Stephen Warings Warnung hatte er vernommen, aber er hatte sich nicht träumen lassen, daß die Merchant Venturers' Company – sein eigener Club sozusagen, seine neuen Freunde – etwas gegen ihn unternehmen würden.

Er stand auf, taumelte fast dabei und drückte den Brief an seine Brust. Er wollte Frances aufsuchen.

Sie saß in dem mit den chinesichen Drachen überladen ausgestatteten Damenzimmer mit ihrer Handarbeit, die sie sogleich weglegte, als sie sein Gesicht sah.

»Josiah?«

»Lies das«, sagte er und hielt ihr den Brief hin.

Er beobachtete ihre Miene, als sie ihn durchlas, und bemerkte erschrocken, wie sie plötzlich argwöhnisch wurde, als hätte sie etwas entdeckt, vor dem sie sich fürchtete.

»Was hältst du davon?« fragte er sie. »Waring hat mich neulich gewarnt, aber ich hatte keine Ahnung, daß sie so weit gehen würden. Warum zerren sie mich wegen so einer Lappalie vor Gericht?«

Frances runzelte die Stirn. »Hat er dich davor gewarnt, daß sie dich vor Gericht bringen würden?«

»Nein! Das hätte ich ihm auch nicht abgenommen! Er hat mir nur deutlich gemacht, daß die Gesellschaft den Zapfhahn wie bisher offen haben will. Ich hatte ja keine Ahnung ...« Josiah ließ seine Worte in der Luft hängen. »Ich hätte ihn nicht zugedreht, wenn sie darauf bestanden hätten, daß er offen bleibt. Doch warum sollten sie das tun? Warum wollen sie das Kurbad entwerten, indem sie kränkelnde Arme dort herumlungern lassen, die eimerweise Wasser wegschleppen? Warum wollen sie Bettler in Hot Well haben?«

Frances schüttelte den Kopf. »Ich weiß es nicht. Es ergibt keinen Sinn. Ich dachte, die wollten auch, daß Hot Well ein elegantes, exklusives Bad würde.« Einen Augenblick dachte sie nach. »Wann ist der Termin?«

»Nächste Woche.«

»Kannst du den Hahn vorher wieder aufdrehen? Und damit verhindern, daß die Sache vor Gericht kommt?«

»Ich denke schon. Er ist nur abgedreht. Aber ich sehe nicht ein, warum ich das tun sollte! Warum verlangt man das von mir?«

»Hast du einen Rechtsanwalt, Josiah?«

Er schüttelte kläglich den Kopf. »Ich habe noch nie einen gebraucht«, sagte er. »Alle meine geschäftlichen Abmachungen wurden – wie es schon mein Vater tat – mit Handschlag besiegelt. Da kannst du jeden fragen; mein Wort zählt genausoviel wie eine schriftliche Bürgschaft. Nie habe ich einen Rechtsanwalt benötigt. Stets habe ich gedacht, daß sie mehr Schwierigkeiten und Kosten verursachen, als sie wert sind.«

»Jetzt brauchen wir aber einen«, stellte Frances fest. »Hier geht irgend etwas vor, und wir brauchen jemand, der uns sagt, was da im Gange ist.« Noch einmal öffnete sie die Vorladung. »Wer ist der vorsitzende Richter? Mr. John Shore?«

»Das ist Stephen Warings Schwager«, sagte Josiah, »und sein Geschäftspartner.«

Frances machte ein ernstes Gesicht. »Ich glaube, wir brauchen rasch einen Anwalt.«

Der Rechtsanwalt gab einen einfachen Rat. Selbst Josiah Cole räumte ein, daß er sein Geld wert war. Der Zapfhahn sollte jeden Tag zu festgesetzten Zeiten offen sein, und nur während dieser Stunden konnten die Bedürftigen von Bristol die vornehmen Standespersonen des Kurbads stören, indem sie sich nach ihrem Wasser anstellten. Josiah mußte keine Geldstrafe zahlen, und außer den Anwaltskosten entstanden ihm keine weiteren Ausgaben. Er trat vor Richter John Shore, der ihn von der Richterbank freundlich anlächelte, als Josiah erklärte, daß er etwas übersehen hatte, nun aber alles in Ordnung gebracht worden sei. Das Ganze stellte sich als eine Bagatelle heraus.

Wenn Josiah gekonnt hätte, hätte er die Sache vor Sarah verheimlicht, doch eine Woche nach der Vernehmung fand sie einen Artikel in der Zeitung. Ein Journalist machte eine Menge Wind und stellte es so dar, als habe man einen moralischen Sieg über den habgierigen neuen Pächter von Hot Well errungen. Es las sich so, als hätten sich die Merchant Venturers entschlossen für die Rechte der Armen und deren Gesundheit eingesetzt. Die Merchant Venturers hatten den wehrlosen armen Teufeln das Recht auf das wundertätige Heilwasser gesichert. Die Merchant Venturers hatten die Quelle von Hot Well für die Bristoler gerettet. Irgend jemand mußte dem Journalisten eine Menge Informationen geliefert haben, die Josiah Cole in keinem günstigen Licht erscheinen ließen. Irgend jemand hatte große Anstrengungen unternommen, Josiah Cole als einen neureichen, geldgierigen Grundbesitzer hinzustellen, der versucht hatte, sich rücksichtslos über die Rechte der kleinen Leute hinwegzusetzen. Es wurde behauptet, das Wasser von Hot Well sei die Rettung für die Armen Bristols – das einzige Wasser, das sie in der ganzen verseuchten, dreckigen Stadt unbeschadet trinken könnten. Es war ein Wunderwasser, das zahllose Patienten mit Hautkrankheiten geheilt habe, mit Verdauungsstörungen sowie mit Lungen- und Herzbeschwerden; und nun wollte der neue Besitzer, ein Emporkömmling, ein Händler, diesen Segen der Natur den Bedürftigen streitig machen.

»Das hat nichts zu bedeuten, Sarah«, sagte er. Sie war mit der Zeitung in sein Arbeitszimmer gestürzt.

»Wir haben noch nie in der Zeitung gestanden«, klagte sie mit bebender Stimme. »Und sie nennen dich einen Emporkömmling.«

Josiah wurde rot. »Das bedeutet weiter nichts.«

»Du hast mir nichts davon erzählt«, warf ihm Sarah vor.

»Es hat nichts mit unserem Seehandel zu tun, und ich wollte dich nicht beunruhigen. Ich war bei einem Anwalt und ließ mich beraten. Nichts weiter als ein Sturm im Wasserglas.«

»Das alles übersteigt meinen Horizont. Letzten Monat noch war die Merchant Venturers' Company dein neuer Freund, und diesen Monat bringen sie dich vor Gericht!«

Josiah nickte. »Das hat mich auch überrascht«, gab er offen zu. »Ich betrachte es als einen Warnschuß vor meinen Bug, Sarah. Es ist oft anders, als es scheint.«

»In dieser Stadt ist es immer anders, als es scheint«, erwiderte Sarah.

Josiah lächelte. »Du bist voreingenommen. Im Inneren bist du eben eine Waliserin, Sarah.«

Sie schüttelte den Kopf. »Ich bin die Tochter eines aus eigener Kraft emporgekommenen Mannes«, sagte sie schlicht. »Den hochgestellten Leuten werde ich nie trauen.«

Beim Oktober-Dinner der Gesellschaft wurde Josiah von allen Seiten gehänselt, er unterdrücke die Armen. Er nahm es mit einem bitteren Lächeln gelassen hin. Niemand sah sich in der Lage, ihm zu verraten, warum die Gesellschaft so weit gegangen war, eines ihrer Mitglieder mit gerichtlicher Verfolgung zu bedrohen, und Josiah mangelte es an Selbstvertrauen, eine Erklärung zu verlangen. Als die Beschlüsse durch Kopfnicken verabschiedet wurden, hörte er zu seinem Erstaunen, daß Cole & Söhne die Gebühren für die Leuchtfeuer den ganzen Weg durch den Kanal von Bristol für die nächsten zwei Jahre erlassen wurden.

Ein freundliches Nicken von Stephen Waring deutete an, daß er für diese Vergünstigung verantwortlich war. Zum Dank erhob Josiah das Glas, wobei er seine Verwirrung verbarg. In der lauten Gemütlichkeit von Gesängen und Trinksprüchen fand er keine Gelegenheit, Waring beiseite zu nehmen und ihn zu fragen, wie er zu der unerwarteten Gunst komme. Als er am nächsten Morgen mit widerlichen Kopfschmerzen aufwachte, nahm er einfach an, die Merchant Venturers hatten ihn nur deshalb verklagt, um zu demonstrieren, wie sehr sie sich um die Bewohner Bristols kümmerten, und ihn hätten sie mit dem Gebührenerlaß entschädigt.

Als das Wasser wieder floß, schadete es dem Ruf von Hot Well überhaupt nicht. Die Nachricht ließ das Kurbad noch exklusiver erscheinen. Eine Londoner Zeitung druckte den

Artikel nach und betonte dabei die überaus feine Eleganz von Hot Well, was gewiß zu ein paar neuen Anmeldungen führte. Dann verlor die Geschichte an Zugkraft und wurde schließlich ganz vergessen.

Nur Frances wunderte sich, warum die Merchant Venturers solche Anstrengungen unternommen hatten, als Helden und Verteidiger des einfachen Volkes aufzutreten. Sie wunderte sich, warum sie die Zahlung für den Vertragsabschluß und die Pacht für ein ganzes Jahr im voraus genommen hatten und dann sein Geschäft schon in der ersten Saison bedrohten. Und sie fragte sich, warum sie Josiah, den neuen Pächter und das jüngste Mitglied ihrer Gesellschaft, in diesem Schmierentheater die Rolle des Schurken zugewiesen hatten.

Als sie ihre Bedenken äußerte, fuhr Josiah sie an und verlangte, sie solle doch hingehen und sich von Hot Well ein Bild machen und ihm dann sagen, was er tun solle, um mehr aus dem Bad herauszuholen. An einem strahlenden Sonnentag gegen Ende Oktober fuhren Frances und Sarah zusammen hinaus.

Die Allee war kahl und nackt, die breiten gelben Blätter von den kleinen Platanen weggeweht. Am anderen Ufer des Flusses leuchteten die Herbstfarben von Rownham Woods, rote, gelbe und goldene Bäume. Frances trug eins ihrer neuen Kleider und eine hübsche pelzbesetzte Jacke, doch als sie sah, daß die Reitpferde vor dem Brunnenhaus untätig herumstanden und die Plätze für die wartenden Kutschen leer waren, da dachte sie, sie hätte sich Josiahs finsteres Drängen zu Herzen nehmen und auf ihre neue Garderobe verzichten sollen.

»Es sieht so ruhig aus«, äußerte sie besorgt zu Sarah.

Sarah sagte nichts.

Die beiden Frauen stiegen aus und gingen hinein.

»Mrs. Cole! Miss Cole!« Der Empfangschef stürzte auf sie zu. »Welch ein Vergnügen, Sie beide hier willkommen zu heißen. Sie wollen Ihren Tee hier einnehmen?«

Sarah nickte, und Frances gestattete ihm, sie zu einem der kleinen Tische zu führen. Ein schmuckes Mädchen trat heran und schenkte den Tee ein.

Frances schaute sich um. Ringsum in dem widerhallenden Raum lehnten ein paar Kranke in ihren Sesseln. Das Quartett spielte munter auf. Niemand saß an den Kartentischen, auf denen in jeder Ecke frische, noch verpackte Kartenspiele lagen. Ein paar Leute liefen mit betrübten Mienen auf und ab und verschafften sich so Bewegung. Es war äußerst deprimierend.

»Ich bin überrascht, daß nur so wenige Leute hier sind«, sagte Frances.

»Heute ist es vielleicht ein bißchen leer«, sagte der Mann, als ob er es erst jetzt bemerkte. »Mitten in der Woche geht es meist ruhig zu. Wir haben nicht mehr die Geschäftswelt hier, derer wir uns früher erfreuen konnten, doch unsere ständige einheimische Kundschaft ist uns treu geblieben.«

»Weil es zu teuer ist«, warf Sarah unvermittelt ein.

»Sagen wir, es ist zu erlesen!« antwortete er sofort.

»Wenn es für die Bristoler Kaufleute und ihre Familien zu erlesen ist, dann ist es eben zu erlesen, um Furore zu machen.«

»Sarah!« flüsterte Frances. Zum Empfangschef sagte sie: »Ich hoffe, es wird besser werden. Was meinen Sie, Mr. Tucker, gibt es Aussichten dafür?«

»Davon bin ich überzeugt«, antwortete er eilfertig. »Wenn unser neuer Wintergarten errichtet ist, werden wir jeden Winter bestens besucht sein. Und im Sommer herrscht immer Andrang. Das sind die schlechtesten Monate für Hot Well – der Herbst und natürlich der Winter. Das können Sie aus den Unterlagen ersehen. In diesen Monaten hält sich die vornehme Welt in London auf. Da heißt es Geduld haben und auf den Frühling warten. Noch etwas Tee, Miss Cole?«

»Nein, danke«, erwiderte Sarah, die ihren Ärger kaum zurückhalten konnte.

»Vielleicht sollten wir besser gehen«, bemerkte Frances. »Mr. Cole bat uns, hier draußen einmal nachzuschauen, wie die Sache läuft.«

»Berichten Sie ihm, es läuft gut«, sagte Mr. Tucker mit unbeschwerter Zuversicht. »Ein bißchen wenig los heute natürlich, doch es wird mit jedem Tag, an dem die Sonne scheint, besser.

Und unser Personal hier, die ganze kleine Schar, ist bereit und vertraut auf den Frühling.«

»Aber jetzt haben wir Oktober!« zischte Sarah durch die Zähne, als sie in die Kutsche stiegen. »Wie stellt sich der Trottel vor sollen wir bis zum Frühling mit den Ausgaben zurechtkommen?«

»Vielleicht läuft die *Rose* früher ein«, warf Frances ein. Beide Frauen drehten sich um und schauten Richtung Flußmündung. Möwen kreisten kreischend über dem leeren Fluß.

»Sie muß nächsten Monat hereinkommen«, verkündete Sarah. »Sie muß zum fälligen Termin einlaufen. Jetzt brauchen wir nicht mehr lange zu warten. Nur noch vier Wochen, wenn sie pünktlich ist. Wo sie soviel mitbringt, muß sie pünktlich heimkehren.«

32. Kapitel

Am 1. November wurde Josiah Coles Rückzahlung an Hibbard & Söhne fällig. Er hatte vorgehabt, die Schulden aus dem Gewinn zu begleichen, den die Rückkehr der *Rose* versprach. Aber die *Rose* war noch nicht da. In einem kurzen Brief an Hibbard & Söhne erklärte er, daß sich das Schiff leicht verspäten werde und er ihnen sehr verbunden wäre, wenn sie die Laufzeit des Kredits um einen Monat verlängerten.

In der gleichen Woche antwortete Hibbard & Söhne in einem ebenso kurzen Brief einfach, daß sie die Frist nicht um einen Monat verlängern wollten. Sie wären ihm sehr verbunden, wenn er seine Schulden von 4500 Pfund zuzüglich Zinsen sofort begleichen würde.

Lange Zeit blickte Josiah den Brief schweigend an. Er wußte nicht, was er nun machen sollte. Er öffnete die Haustür und schaute die Straße entlang auf den Fluß. Sein Liegeplatz war leer, und die Flut kam gerade herein. Mit dieser Flut könnte die *Rose* einlaufen oder mit der nächsten oder übernächsten.

Er rief Kbara und beauftragte ihn, zum Mietstall zu gehen und ein Pferd zu mieten. Vielleicht waren in Hot Well die Einnahmen gestiegen.

Ohne besonderes Vergnügen ritt er am Fluß entlang. Große Boote waren nicht zu sehen, das Wasser war zu flach und zu unberechenbar. Ein einzelner Fischerkahn – ähnlich dem ersten Schiff seines Vaters – segelte, rasch auf der Flut dahingleitend, gegen die leichte Strömung. Josiah kam der merkwürdige Gedanke, daß er heute besser dran wäre, wenn er bei dem einzigen Flußboot geblieben wäre, das mit kleiner Fracht den Fluß hinauf und hinunter fuhr und mit dem er abends zu Sarah nach Hause käme.

Er band das Pferd an den Ring in der Mauer des Brunnenhauses fest und schritt hinein. Der schöne, langgestreckte Kursaal, den er hatte neu tünchen lassen, war so gut wie leer. Das Streichquartett spielte lustlos in der einen Ecke, niemand saß an den Kartentischen, auf deren grünem Tuch neue, noch ungeöffnete Kartenspiele einladend herumlagen. In der anderen Ecke zischte ein silberner Teekessel, neben dem ein schmuck livriertes Mädchen darauf wartete, Tee zu servieren. Das am Eingang ausgelegte Gästebuch verzeichnete keine neuen Namen.

Nur die krank und blaß aussehenden Gebrechlichen saßen verstreut im Saal, zusammengesackt in den Sesseln. Josiah starrte sie an, als wünschte er, sie würden einen Rückfall erleiden und sterben, statt hier dahinzusiechen und dem Ort die bedrückende Atmosphäre eines Spitals zu verleihen.

»Wo sind sie alle?« wollte er vom Empfangschef wissen. »Wir haben zwar Mitte November, aber hier sollte dennoch mehr los sein. Nach den Zahlen vom vergangenen Jahr müßte mehr Publikum dasein. Natürlich haben wir nicht Hochsommer, aber trotzdem hätte ich erwartet, daß sich die vornehme Gesellschaft von den Strapazen der Londoner Saison erholen würde. Wo sind sie alle?«

»Höchst enttäuschend auf der ganzen Linie«, antwortete der Mann. »Auch ich bin höchst enttäuscht.«

»Das tut mir leid«, sagte Josiah Cole grimmig. »Zu meinen anderen Sorgen kommt nun also noch Ihre Enttäuschung! Warum ist denn niemand hier?«

Der Mann schüttelte den Kopf, den eine Perücke krönte. »Ich kann es nicht sagen. Ich weiß es nicht.«

»Nun gut«, sagte Josiah bedachtsam. »Woran könnte es denn Ihrer Meinung nach liegen? Haben Sie überhaupt eine Meinung? Würden Sie eine Vermutung äußern?«

Der Angestellte betrachtete ihn argwöhnisch. »Ich glaube, es liegt an einer Reihe von Gründen«, meinte er vorsichtig. »Einer ganzen Reihe. Nehmen wir einen Tee?«

»Nein. Welche Reihe von Gründen?«

»Nun, die Preise«, antwortete der Mann mit einigem Feingefühl und schaute dabei voll Verlangen auf den Teekessel und das Serviermädchen und die ablenkenden Teetassen. »Die sind jetzt ziemlich hoch. Höher als in Bath, glaube ich. Vielleicht zu hoch, wissen Sie, Mr. Cole. Die Leute wollen das nicht zahlen. Ich denke, sie wollen sie wirklich nicht zahlen. Aus Bristol kommt jetzt überhaupt kein Mensch; in der Stadt hat das Bad den Ruf, zu teuer zu sein, zu elegant.« Er lächelte. »Vielleicht ging alles ein bißchen zu schnell?«

Josiah nickte. »Und was noch?«

»Nun, die Atmosphäre« fuhr der Mann fort. Mit seiner in exquisiten weißen Glacéhandschuhen steckenden Hand wies er auf die elend kranken Leute. »Sehr trübselig. Wirklich nicht der Ort, den man sich aussucht, wenn man sich vergnügen will.«

»Es ist ein Kurbad!« rief Josiah aus. »Natürlich sind da Kranke. Man kommt wegen der Gesundheit her. Das Ganze soll doch kranke Leute anziehen.«

»Natürlich. Doch sie scheinen einfach zu krank zu sein, verstehen Sie? Man nennt hier die Dowry Parade den ›Totenkorso‹, wissen Sie.«

»Was?«

»Hm, sehr diffamierend, nicht wahr? Daran erkennen Sie doch, wie das die Leute verscheucht.«

Josiah biß die Zähne aufeinander. »Noch etwas?«

»Frankreich, fürchte ich.«

Josiah hörte seine Zähne knirschen. Mit Bedacht entspannte er den Unterkiefer. »Was hat das mit Frankreich zu tun?«

»Eine Menge von diesen jungen, ungestümen vornehmen Leuten sind weg in die französischen Badeorte. Dieses Jahr haben sie sich Frankreich in den Kopf gesetzt. Die Franzosen, wissen Sie.«

»Was?«

»Die Franzosen, Sir, die Jakobiner! Sie wissen schon, Liberté, Egalité ...«

»Was zum Teufel hat das mit meinem Hot Well zu tun?«

bellte Josiah. Das Quartett verstummte. Vor unterdrückter Wut und vor Verlegenheit wurde Josiah puterrot. »Sagen Sie ihnen, sie sollen weiterspielen«, murmelte er.

Der Empfangschef forderte sie mit einem Wink auf fortzufahren. Die Musiker verbeugten sich vor Josiah Cole und begannen wieder mit ihrer kleinen dahinplätschernden Melodie.

»Was hat die Erstürmung der Bastille mit meinem Hot Well zu tun?« fragte er zwischen den Zähnen hindurch.

»Es herrscht große Begeisterung für die Freiheit und für Frankreich und so weiter. Dieses Jahr jagen sie alle davon nach Frankreich. Wir können überhaupt nichts tun, damit das arme kleine Bristol Anklang findet.«

Josiah seufzte. »Das begreife ich alles nicht. Was noch?«

Der Mann zuckte die Achseln. »Ich weiß nicht. Es ist eine Schande. Ich denke wirklich, es ist eine Schande.«

»Also brauchen wir nichts weiter zu tun«, sagte Josiah verbittert, »als unsere Preise zu senken, die Kranken nicht mehr hereinzulassen und der Revolution in Frankreich den Garaus zu machen, und schon sind wir unsere Sorgen los?«

Der Empfangschef sah ihn affektiert an. »Eine ziemliche Aufgabe, wie?« lächelte er.

»Verdammt noch mal!« sagte Josiah Cole. Er verließ den Saal, der Empfangschef flatterte hinter ihm her.

»Aber verzagen Sie nicht, flehe ich Sie an. Wir haben erst November. Da kann noch viel passieren. Ist der Winter erst einmal vorüber – und ich fürchte mich so vor dem Winter, Sie auch? Ist der Winter erst einmal vorüber und der Frühling zieht ein, dann, so bin ich überzeugt, kann viel passieren ...«

Josiah drehte sich zu ihm um, und der Angestellte rutschte fast weg, seine hochhackigen Schuhe glitten auf dem blanken Boden entlang.

»Das passiert schon jetzt!« schrie Josiah Cole in scharfem Ton. »Dieses Bad kostet mich fast tausend Pfund Pacht im Jahr, und dazu kommen die laufenden Kosten von annähernd hundert Pfund die Woche! Alles das passiert hier – nur das nicht, daß diese Einrichtung sich von selbst trägt.«

»Oh! Geldsorgen! Geldsorgen!« rief der Mann »Immer und ewig das leidige Geld, nicht wahr?«

»Wieviel zahle ich Ihnen?« fragte Josiah unwirsch.

»Nun, für die Saison zahlen Sie mir achtzig Guineas, Mr. Cole.«

»Wenigstens die kann ich mir sparen«, sagte Josiah. »Sie sind entlassen.«

»Ich?« Der Empfangschef war ehrlich erstaunt. »Sie können mich nicht entlassen, Sir. Sie machen da einen Fehler.«

Mit gesenktem Kopf trottete Josiah zu seinem Pferd. »Ich habe Sie entlassen«, sagte er schroff. »Sie können Ihre Sachen packen.«

»Ich? Packen?«

»Oder sie hierlassen. Aber Ende der Woche sind Sie weg, so wahr mir Gott helfe. Sie wurden eingestellt, um die vornehmen Leute herzulocken. Und ich sehe keinen einzigen von der Sorte. Deshalb sind Sie gefeuert.«

»Nun, ich bezweifle sehr, daß Ihnen das helfen wird.« Der Empfangschef blieb wippend stehen und schleuderte Josiah die Worte hinterher.

Josiah band das Pferd los und stieg mürrisch schweigend auf.

»Hot Well wird sich nicht bezahlt machen, weil Sie es zu einem viel zu hohen Preis erworben haben!« rief ihm der Mann hinterher. »Sie können mir die Schuld geben, aber es ist Ihr eigener Fehler! Beschuldigen Sie mich, wie Sie wollen! Aber alle wissen, der Fehler liegt bei Ihnen!«

Josiah lief vor Zorn im Gesicht so rot an, daß der Mann halb aus Angst vor ihm zurücksprang, aber Josiah riß nur den Kopf des Pferdes herum und ritt los, hinunter zu den Docks, wo die *Rose* mit ihrer Fracht von Gold und Zucker diesen Monat anlegen sollte.

Josiah ritt nicht nach Hause, obwohl es fast Zeit zum Dinner war. Er brachte das Pferd zum Mietstall zurück und lief, ein bißchen unbequem in den Reitstiefeln, zum Kai hinunter. Das

Fährboot lag am anderen Ufer, doch auf Josiahs Ruf hin kam der junge Bursche herübergerudert.

»Ausgeritten, Mr. Cole?« fragte er.

Josiah blickte ihn finster an und gab keine Antwort.

Ein wenig überrascht, ruderte der Bursche ohne ein Wort los. Am Kai war Josiah Cole für seine stets freundliche Art und Leutseligkeit bekannt. Doch seit kurzem verbreitete sich das Gerücht, daß er sich übernommen habe. Stumm nahm der Junge den halben Penny und zog die Mütze, als Josiah die glitschigen Stufen zu seinem Kai hinaufstieg.

Die vertrauten Geräusche und das geschäftige Treiben besänftigten ihn. Die Lastschlitten der Schauerleute kreischten auf den schmutzigen Kopfsteinen, und beim Ziehen der schweren Lasten stießen die Männer wie immer grobe Flüche und Verwünschungen aus. Am Kai neben dem von Cole & Söhne war Betrieb, denn ein Schiff war gerade aus Westindien eingetroffen. Während Josiah zuschaute, schob man gerade eine Laufplanke auf das Schiff, und der Kapitän kam herunter und begrüßte den Eigentümer. Josiah hielt sich abseits, bis ihr Gespräch beendet war und der Reeder an Bord gegangen war, um den vollen, süß riechenden Laderaum selbst zu inspizieren. Dann erst rief Josiah dem Kapitän zu: »Holla! Kapitän Smythe?«

Der Mann drehte sich um. »Oh! Mr. Cole, nicht wahr?«

»Gute Überfahrt?«

»Es ging.«

»Wie lange haben Sie gebraucht?«

»Achteinhalb Wochen von Kai zu Kai.«

»Sie werden mein Schiff, die *Rose*, gesichtet haben?«

»Die *Rose*? Nein, habe ich nicht getroffen.«

Josiah versuchte zu lächeln, aber er wußte, es war ein gezwungenes Lächeln. »Hören Sie, Sie müssen sie doch gesehen haben. Meine letzte Nachricht von ihr stammt vom Juli. Da lag sie kurz vor den Sugar Islands. Sie wird Zucker geladen haben und nach England losgesegelt sein. Sicher sind Sie ihr im Kanal begegnet. Ich kann mir nicht erklären, wieso sie nicht vor Ihnen hier eingetroffen ist.«

Mit ernstem Gesicht schüttelte der Mann den Kopf. »Ich habe sie nicht gesehen, Mr. Cole. Weder auf der Fahrt nach Hause noch in Westindien. Es hat auch niemand von ihr gesprochen. Ich hoffe, sie ist nicht von der Route abgekommen.«

Josiah lachte, ohne sich erleichtert zu fühlen. »Nicht die *Rose*! Sie ist das gesegnetste Schiff, das es gibt. Und die *Rose* wird von Kapitän Smedley geführt. Wenn er den Heimweg nicht kennt, dann kennt ihn auf See keiner! Binnen einer Woche wird sie schon zu Hause sein, da bin ich mir sicher.«

»Das hoffe ich doch«, sagte der Kapitän. »Außerdem gab es einige heftige Unwetter. In manchen Nächten hätte ich wenige Zollbreit an ihr vorbeifahren können, ohne sie zu sehen.«

»Na also!« rief Josiah aus. »Nein. Ich werde mir weiter keine Sorgen machen. Sie wird nun jeden Tag einlaufen.«

Mit strahlendem Gesicht kam der Schiffseigner aus dem Laderaum. »Es gibt auf der Welt keinen schöneren Anblick, nicht wahr, Mr. Cole?« wollte er wissen. »Eine solche Ladung und der Geruch von frischem Zucker!«

Josiah brachte ein schwaches Lächeln zustande. »Da haben Sie recht«, gab er mit einiger Mühe zu.

»Mr. Cole hier fragt mich nach seinem Schiff *Rose*«, bemerkte der Kapitän recht indiskret.

»Hat sie sich verspätet?«

»Nein!« antwortete Josiah rasch. »Sie müßte etwa um die Zeit eintreffen. Ich habe bloß gedacht, der Kapitän könnte ihr begegnet sein.«

»Nun, ich glaube, das spielt doch für Sie im Augenblick keine Rolle«, sagte der Reeder neidvoll. »Bei allem anderen, was Sie beschäftigt. Ihr schönes Haus, Ihre Mitgliedschaft bei den Merchant Venturers und Ihr Hot Well. Ich würde meinen, ob die *Rose* pünktlich kommmt oder später, hat da wenig zu sagen.«

Josiah setzte ein schreckliches Grinsen auf. »Sehr wenig in der Tat.«

Um dem Angestarrtwerden zu entkommen, ging er in sein Speicherhaus und hinauf in das alte Wohnzimmer. Es war leer und voller Staub. Nur die Möbel, die für das neue Heim zu schäbig waren, standen noch da. Er entdeckte den alten durchgesessenen Stuhl seines Vaters und zog ihn zum Fenster.

Da saß er nun und schaute auf den Kai, auf das Hafenbecken und den Fluß. Ebbe setzte gerade ein, und das Schiff am Kai würde morgen entladen werden müssen. Die Matrosen lockerten die Taue, damit es sich im abfließenden Wasser senken und im Schlick aufsetzen konnte. Selbst bei der schweren Fracht würde es nicht auseinanderbrechen, denn es war nach Bristoler Art gebaut, so stark und fest, daß es in diesem Hafen standhielt, in dem die Gezeiten alle Schiffe täglich zweimal mit dem Kiel auf den schlammigen Grund setzten.

Es hatte keinen Sinn, nach der *Rose* Ausschau zu halten. Bei ablaufendem Wasser würde sie nicht hereinkommen. Morgen konnte er mit ihr rechnen. Einen Augenblick malte sich Josiah sein Schiff aus, wie es mit der gleichmäßig verstauten Ladung Zucker leicht auf dem Wasser lag, für die Nacht sicher am Ankerplatz von Kingsroad festgemacht, an Bug und Heck von Laternen beleuchtet. Still saß er da, die Augen auf das rasch sinkende Wasser gerichtet, und er stellte sich sein Schiff so lebhaft vor, daß ihm bald so war, als könnte er es mit den Händen ergreifen.

»*Rose*«, sagte er.

Als Josiah, zum Dinner verspätet, um fünf Uhr zu Hause eintraf, wunderte er sich, eine Reisekutsche mit dem Scott-Wappen vor dem Haus zu sehen. Im Damenzimmer saß Lord Scott bei Frances und Sarah. Widerwillig trat Josiah ein.

»Nanu, Cole!« rief Lord Scott. »Wir dachten schon, Sie wären mit einem Ihrer Schiffe abgesoffen.«

Bei der Vorstellung eines sinkenden Schiffes zuckte Josiah zusammen. »Ich habe gearbeitet«, sagte er gereizt.

Frances schaute flüchtig auf seine Reithosen und Stiefel. »Du bist in Hot Well gewesen! Ist dort alles in Ordnung?«

»Nein«, antwortete Josiah kurz angebunden.

Ein peinliches Schweigen entstand. Frances gab ihr sanft

plätscherndes Lachen von sich. »Das tut mir aber leid«, sagte sie. »Beim Dinner mußt du uns davon erzählen. Soll ich der Küche sagen lassen, mit dem Dinner noch zu warten, bis du umgezogen bist, Mr. Cole?«

»Nein«, erwiderte Josiah eigensinnig. »Ich kann ja so essen.«

Ein Schatten huschte über Frances' Gesicht. »Ganz wie du willst«, sagte sie ruhig.

»Ungeheuer freundlich, daß Sie mir beistehen, Cole«, lächelte Lord Scott. »Hier sitze ich in meiner Reisegarderobe, aber meine Nichte bestand darauf, daß ich zum Dinner bleibe. Auf dem Weg nach Whiteleaze kam ich nur zum Tee vorbei.« Lord Scotts Reiseausrüstung bestand aus einem makellosen grauen Tuchanzug mit einem dazu passenden grauen Mantel. Er sah aus, als hätte er sein Lebtag keine staubige Straße gesehen.

Josiah nickte kurz. »Ich hoffe, daß Sie wiederkommen, um Hot Well zu besuchen, und Ihre Gattin mitbringen.«

Lord Scott warf Frances einen Blick zu, als wollte er sich vergewissern, wie sie auf so eine plumpe Einladung reagierte. »Na, aber natürlich werden wir kommen«, sagte er mit ruhiger Stimme, »sobald Lady Scott nach der Niederkunft kräftig genug ist, um wieder Besuche zu machen. Ich höre mit Bedauern, daß bei Ihnen hier nicht alles so gut läuft? Doch Sie haben ja gerade erst angefangen, gewiß. Und es ist ein neues Betätigungsfeld für Sie.«

»Was ist los, Josiah?« unterbrach Sarah das leichte Geplänkel konventionellller Höflichkeit.

Er blickte ihr in die Augen. »Hibbard & Söhne üben Druck auf mich aus, Hot Well macht minus, und ich warte immer noch auf die *Rose*.«

Sie nickte, ohne die Augen von ihm abzuwenden. »Es ist noch zu früh«, sagte sie tapfer. »Manches unserer Schiffe kam später, und alles nahm immer einen glücklichen Ausgang.«

Sarahs Gelassenheit wirkte wie ein Notanker im Sturm. Ein bißchen hellte sich seine Miene auf. »Ja«, sagte er. »Du hast recht.«

Ein kurzes Schweigen folgte.

»Ich habe Ihnen etwas mitgebracht«, verkündete Lord Scott, um den peinlichen Moment zu überbrücken. »Nicht von mir, muß ich leider gestehen, ich bin nur der Bote von Sir Charles Fairley. Er hat nach seinem letzten Besuch hier ein paar Halsketten für Sklaven bestellt und sie an mich liefern lassen. Sie befinden sich in der Halle. Möchten Sie sie gern sehen?«

»Natürlich«, sagte Frances. Sie streckte den Arm aus und zog an der Klingel. Mary kam herein, und Lord Scott trug ihr auf, seinem Kutscher zu sagen, er solle die Schachteln hereinbringen.

»Was sind das für Sachen?« fragte Josiah, als der Kutscher elf schmale Schachteln hereintrug und sie neben Lord Scott auf den Tisch stellte.

»Halsketten für Sklaven«, antwortete Lord Scott vergnügt. »In London sind sie groß in Mode. Für Sie hat Sir Charles einen überaus hübschen Satz bestellt, jede Kette mit einem Schildchen, in das der Name Ihrer Sklaven eingraviert ist.«

Lord Scott griff nach der ersten Schachtel und hielt eine Kette hoch. Es war eine leichte, verzierte Silberkette mit einem Schildchen, auch aus Silber. Darauf war der Name »Julius« eingraviert.

»Wie heißt du?« fragte Lord Scott die Dienerin.

»Mary« antwortete sie mit ernster Miene.

Er öffnete ein paar Schachteln. »Ah ja! Hier ist sie.« Er drehte die schwarze Frau herum, als wäre sie eine Puppe, legte ihr die Kette um und machte sie hinten am Hals zu. »Das letzte Glied läßt du dir am besten vom Schmied zuschmieden«, erklärte er Frances, »damit sie fest sitzen. Es handelt sich natürlich nur um Schmuck mit einer Art symbolischem Wert, wenn du so willst. Wenn ein Sklave flieht und frei sein will, kann er die Kette zerbrechen, wenn er sich Mühe gibt. Es ist nur so eine Marotte.«

»Sehr hübsch«, meinte Sarah. »Mary, rufe die anderen. Sie können sich alle ihre Kette abholen.«

Frances streckte die Hand aus, um sie aufzuhalten, doch fiel ihr keine Ausrede ein. Nacheinander traten die anderen Sklaven ein. Mehuru kam mit dem kleinen John und sah zu Frances hin. Sie erwiderte seinen Blick mit einem Ausdruck unmerklicher Warnung.

Sarah hatte sich ein paar Schachteln genommen, die anderen Lord Scott. Ohne den Sklaven zu erklären, was sie vorhatten, befahlen sie ihnen stillzustehen, banden ihnen die Ketten um den Hals und schickten sie zurück in die Küche. Mehuru kam als letzter dran; er war nun mit den Weißen allein im Raum. Als Lord Scott die Kette hochhielt, sprang er zurück. »Ich will das Ding nicht tragen.«

Lord Scott zögerte. »Ich glaube nicht, daß dir etwas anderes übrigbleibt«, sagte er mit leichtem Lächeln. »Komm her.«

Mehuru wich noch einen Schritt zurück. »Ich will das nicht tragen«, wiederholte er.

»Cicero ...«, sagte Frances ruhig.

Er warf ihr einen hilfeflehenden Blick zu. »So heiße ich nicht«, äußerte er verzweifelt.

Lord Scott drehte das Schildchen um. »Cicero«, las er. »Das ist dein Name. Wirklich. Siehst du das ›C‹? Das bedeutet Cicero.«

»Ich kann lesen«, rief Mehuru. »Ich heiße nicht Cicero. Ich heiße Mehuru. Ich bin Gesandter der Föderation von Yoruba. Mir wird man nicht einen Namen umhängen wie einem Hund.«

Mit Josiah Coles Geduld, die schon den ganzen Tag auf eine harte Probe gestellt worden war, war es plötzlich vorbei. »Du wirst tragen, was man dir sagt!« brüllte er entsetzlich laut in dem hübschen Zimmer los. »Du wirst tragen, was man dir sagt, und verdammt noch mal tun, was man dir befiehlt!«

Mit einem Satz stürzte er durchs Zimmer und stieß Mehuru die Faust ins Gesicht, schlug ihn aufs Auge. Frances kreischte los und sprang auf. Als Mehuru vor Josiahs Ansturm zurückwich, prallte er gegen einen Tisch und fiel hin. Sofort packte Josiah ihn, zwang ihn ganz zu Boden und hämmerte mit Fäusten auf Gesicht und Schultern ein. Auf einen Wink von Lord

Scott nahm der Kutscher Josiah von hinten, hielt ihm die Arme fest und zerrte ihn weg.

»Josiah! Josiah!« sagte Lord Scott hastig. »Nicht hier. Doch nicht vor den Ladys!«

Der Kutscher ließ ihn wieder los, und Josiah griff nach einer Sessellehne, um sich aufzurichten; dann zog er sich das Halstuch zurecht. Der Kutscher hatte sich auf Mehuru geworfen, sobald Josiah von ihm abgelassen hatte, kehrte ihn nun mit dem Gesicht auf den Boden und drehte ihm die Arme auf den Rücken. Mehuru leistete keinen Widerstand, er lag still da, das Gesicht in den Teppich gepreßt.

»Bitte ...« sagte Frances. Sie war aschfahl, hielt sich die Hand an die Kehle und schnappte nach Luft. »Bitte ...«

»Setz dich hin, Frances, und beruhige dich«, sagte Lord Scott mit einem Blick zu ihr. Noch ganz vom Gehorsam aus der Kinderzeit beseelt, sank sie in ihren Sessel, wandte aber die Augen nicht von Mehuru.

»Leg ihm die an.« Lord Scott reichte die Kette mit dem Schild dem Kutscher. »Ich rate dir, still liegenzubleiben«, sagte der Lord leise zu Mehuru, »oder man wird dich packen und auspeitschen.«

Nichts verriet, daß Mehuru das hörte. Er lag vollkommen still da. Selbst als sie ihm die Kette umlegten und den schwachen Metallverschluß zudrückten, so daß sie nicht mehr abgemacht werden konnte, rührte er sich nicht.

»Laß ihn aufstehen«, gebot Lord Scott dem Kutscher. Der Mann ließ Mehuru los, trat aber rasch zurück, bereit, ihm beim geringsten Anzeichen von Ungehorsam niederzuschlagen.

Langsam arbeitete sich Mehuru auf die Beine hoch. Sein Auge war übel zugerichtet und schwoll rasch an. Frances stieß einen kleinen Schrei aus und wandte sich ab. Er schaute sie an, und sein Mund zuckte, weil ihm vor ihr so eine Schmach angetan wurde. Lord Scott dachte, er habe noch nie einen Menschen so erniedrigt gesehen.

»Du gehst jetzt besser und wäschst dir dein Gesicht«, riet er ihm freundlich.

Mehuru warf ihm einen funkelnden Blick zu und schritt hinaus. Als er sich zur Tür wandte, fiel Licht auf das Namensschild. Da stand ganz deutlich »Cicero«.

Josiah hob den Kopf. «Schließt ihn ein«, sagte er scharf.

Lord Scott hatte Bedenken. »Ist das denn nötig?« fragte er. »Sie sind doch nicht brutal aufgetreten. Gewiß rennt er nicht gleich zu einem Anwalt mit einer Beschwerde wegen Ihrer Grausamkeit. Und das ist hier schließlich Bristol, kein Mensch würde sich anhören, was ein Sklave sagt.«

»Ich will nicht, daß er überhaupt irgendwohin rennt«, erwiderte Josiah ungehobelt.

»Befehlen Sie Ihrem Mann, ihn für die Nacht in sein Zimmer zu sperren und mir den Schlüssel zu bringen.«

»Nun gut.« Lord Scott gab seinem Kutscher einen Wink, und der verbeugte sich und folgte Mehuru ohne Aufhebens. »Vielleicht tun Sie recht, auf der Hut zu sein.«

»Da läuft eine Vollblutherde herum, von der jeder einzelne einhundertundzehn Guineas wert ist«, sagte Josiah verdrossen, »und ich möchte nicht, daß sie in den Avon gehen und sich aus Verzweiflung ersäufen.«

Das Dinner kam spät und wurde mit düsterem Unwillen serviert. Kbara und die Jungen hatten ihre Sklavenketten unter den hohen Halstüchern versteckt, aber bei den Frauen verhinderte das der weite Halsausschnitt ihrer Kleider. Wenn sie um den Tisch liefen, glitzerten ihre Ketten im Kerzenlicht; wie eine Weinkaraffe trug jede ein Etikett. Frances dachte, nun sind sie endlich für alle sichtbar als Bristoler Ware gekennzeichnet, genau so ein Handelsgut der Stadt wie Sherry und Portwein.

Beim Dinner trank Josiah viel und aß wenig. Der rechts neben Frances und Sarah gegenübersitzende Lord Scott hielt das leichte Geplauder in Gang. Er wußte Neues von Frances' Cousins und Cousinen und über die Gesundheit von Lady Scott zu berichten, die wegen der bevorstehenden Entbindung in Whiteleaze bleiben mußte. Und er hatte Nachrichten aus

London und den Tratsch der City und über das Parlament mitgebracht.

»Um die Debatte über die Abschaffung der Sklaverei ist es gegenwärtig ziemlich still geworden«, sagte er. »Aber es besteht kein Zweifel daran, daß sie nächstes Jahr wieder aufflammen wird. Sie werden damit nicht durchkommen, solange die Oberschicht dagegen ist, aber sie können eine Menge böses Blut verursachen.«

»Daraus wird nie etwas«, warf Sarah mit fester Überzeugung ein. »Mr. Wilberforce weiß überhaupt nicht, wovon er redet. Er sollte sich lieber um die Zustände in den nördlichen Baumwollspinnereien kümmern, in deren Nähe er wohnt. Aber nein, er ist einer von der Sorte, die sich dauernd in fremde Angelegenheiten einmischt – und das aus einiger Entfernung. Also hat er sich sogar daran beteiligt, eine Schule für die Kinder von Landarbeitern bei Cheddar zu gründen. Viele Gutspächter haben sich schon beschwert, daß die Kinder nicht mehr so arbeiten, wie sie sollten, denn sie laufen andauernd weg in Mr. Wilberforces Schule. Ich möchte mal sehen, wie ihm das gefallen würde, wenn wir uns in seine Geschäfte einmischten und Gesetze einbringen würden, die das verbieten.«

»Nein«, entgegnete Lord Scott und lächelte über Sarahs Entrüstung. »Ich glaube nicht, daß ihm das gefallen würde. Aber gewiß können wir nicht damit rechnen, daß die Sklaverei ewig bestehen bleibt. Ihre Firma täte gut daran, sich vielleicht nach einem anderen Betätigungsfeld umzusehen.«

»Das überlege ich mir schon«, sagte Josiah verbittert. »Jeden Tag betrachte ich mir meinen Immobilienerwerb, und jeden Tag kostet er mich mehr.« Eine Weile herrschte betretenes Schweigen. Lord Scottt schaute kurz zu Frances.

»Ich habe mit Bedauern gehört, daß es dir nicht gutging, Frances«, bemerkte er. »Hast du dich wieder erholt? Bristol sagte dir doch so zu. Ich habe mich so gefreut, als du schriebst, daß du dich so stark und glücklich fühlst.«

Frances schreckte auf, denn sie war der Unterhaltung überhaupt nicht gefolgt. »Mir geht es ganz gut«, antwortete sie zerstreut. Sie war ganz verzweifelt und wollte unbedingt wissen, ob Mehuru sehr verletzt war, und sie stand noch immer unter dem Schock, daß es in ihrem Damenzimmer so gewalttätig zugegangen war. Sie brachte es nicht fertig, Josiah anzusehen. Da sie in einem Pfarrhaus aufgewachsen war und ihre gesellschaftliche Stellung und ihr Geschlecht sie von den Realitäten des Lebens abgeschirmt hatten, erschreckte sie jedes kleinste Anzeichen von Gewalt. Josiahs Wutausbruch in ihrem eigenen Damenzimmer stempelte ihn in ihren Augen zu einem Ungeheuer.

Als sich die Damen nach dem Mahl zurückzogen, flüsterte Frances ihrem Onkel zu, daß ihr nicht wohl sei und sie sich von ihm verabschieden wolle. Er erhob sich, zog sie an sich und küßte sie auf die Stirn. »Es tut mir leid, dich so anzutreffen«, sagte er, und das bezog sich auf den ganzen Abend: Frances' Blässe und Josiahs Wutanfall.

»So etwas ist noch nie passiert ...«

»Ich komme wieder«, besänftigte er sie, »sobald Lady Scott entbunden hat. Und du mußt uns besuchen und bei uns wohnen.« Dann wandte er sich Sarah und Josiah zu. »Und Sie auch, Miss Cole, und Josiah. Lady Scott würde sich über Ihre Gesellschaft sehr freuen.«

Sarah zeigte ganz offen ihre ungläubige Miene, und Josiah vernahm die Einladung kaum. Er hockte zusammengesunken auf seinem Stuhl und starrte auf sein Glas. Lord Scotts abschätzender Blick glitt rasch über ihn hinweg.

»Gute Nacht«, sagte Frances und schlüpfte aus dem Zimmer.

33. Kapitel

Sobald die Familie zur Ruhe gegangen war, schlossen die Sklaven mit den Reserveschlüsseln der Köchin Mehurus Tür auf und holten ihn in die Küche herunter. Er saß am Herd, die Kinder hockten zu seinen Füßen. Die Frauen saßen in einer Reihe auf der Küchenbank und schauten ihn mit ernsten Gesichtern an. Mit den Füßen auf dem Ofenblech saß die Köchin ihm gegenüber; sie rang die Hände in ihrem Schoß, um ihrer ungeheuren Entrüstung Herr zu werden. Im flackernden Licht des Feuers glänzten die Sklavenketten am Hals der Frauen.

»Das ist nicht richtig«, sagte die Köchin leise. »Damit will ich nichts zu tun haben. Ich ordne auch nicht mehr an, was ihr tun sollt. Wenn sie euch so behandeln, bin ich die längste Zeit hier gewesen. Es gibt viele Küchen, die mich gern nehmen würden. Ich muß nicht hierbleiben und das mitmachen.« Sie stand auf und stocherte mit dem Schürhaken durch die Ofentür in der Kohle herum. »Das ist nicht richtig«, wiederholte sie.

Mehuru nickte. Einen Augenblick erinnerte ihn die Situation an die endlosen Beratungen in den Dörfern seiner Heimat. Für einen Außenstehenden mochte das so aussehen, als wäre niemand imstande, eine Entscheidung zu fällen, und als säßen die Männer nur untätig herum und palaverten. Dabei war es immer um komplizierte Dinge gegangen, die man erörterte, bis man zu einer mühsam errungenen Übereinstimmung gelangte. Vom Regieren hatte man die Vorstellung eines permanenten Kriegszustands – zuerst behielt die eine Seite die Oberhand, dann die andere. Das englische Rechtssystem war um kein Haar besser – ein Kampf zwischen zwei entgegengesetzten Ansichten. In Afrika ging es langsamer und mühevoller, aber alles geschah in dem Glauben, daß eine Übereinkunft möglich ist, die alle akzeptieren können. Es gab weder Sieg noch Niederlage.

Kbara sprach sich dafür aus, daß sie mit Sack und Pack noch in derselben Nacht fliehen sollten. Doch die Frauen, besonders Elizabeth, hatten Angst. In den Zeitungen standen viele Anzeigen über entlaufene Sklaven, und die ausgesetzten Belohnungen könnten jeden reizen.

»Aber seht ihr nicht«, führte Mehuru an, »die Kopfgelder beweisen doch, daß Sklaven von Engländern verborgen werden. Die Besitzer müssen hohe Summen aussetzen, damit man ihre entlaufenen Sklaven ausliefert. Gerade deswegen sollten wir mehr Zuversicht haben, nicht weniger. Natürlich müssen wir aus Bristol weg und uns nach London durchschlagen, wo bereits viele Tausende unserer Hautfarbe leben.«

»Vielleicht«, sprach Mary langsam. »Aber für uns elf würden sie ein sehr hohes Kopfgeld aussetzen, und wenn wir zusammenbleiben, würde man uns leicht finden. Und außerdem, was könnten wir denn tun?«

»Mehuru und ich könnten arbeiten«, erklärte Kbara.

»Was denn?«

»Am Kai. Eine Menge schwarzer Männer arbeiten im Hafen.«

»Und wir könnten als Hausmädchen gehen«, schlug Mary vor. »Wäsche waschen oder bei Tisch bedienen oder Hausarbeit machen. Wir haben doch genug gelernt. Elizabeth könnte als Stubenmädchen gehen oder sogar als Zofe bei einer Lady. Ich würde es als Köchin versuchen.«

»Kämen die Jungen dort in eine Lehre?« fragte Elizabeth. »Die brauchen etwas Richtiges. Ich will nicht, daß sie in den Docks schuften, wo es so hart zugeht und gefährlich ist, und außerdem jeder, der einen Sklaven haben will, einfach dort hingeht und einen wegschleppt.«

Mehuru machte ein strenges Gesicht. »In London gibt es für uns nichts dergleichen. Der Lord Mayor selbst ordnete an, daß schwarze Jungen keine Lehrausbildung erhalten. Dazu haben sie extra ein Gesetz erlassen.« Er lächelte bitter. »Die müssen uns für sehr geschickt halten, daß man die Weißen vor unseren Lehrlingen schützen muß.«

»Und was ist mit den Mädchen?« fragte Elizabeth hartnäckig. »Auch die Mädchen sollen etwas Vernünftiges werden und nicht nur diese Schmutzarbeiten machen. Die kleine Susan ist genauso gescheit wie andere Kinder. Wenn wir zu Hause wären, sollte sie in die Schule gehen ...« Sie hielt inne. Zu Hause konnte sich ein gescheites Mädchen etwas aussuchen; sie konnte im Palast arbeiten und so hoch aufsteigen, wie es ihre Fähigkeiten erlaubten. »Das scheint jetzt unerreichbar zu sein«, sagte sie traurig.

»Was haltet ihr davon, in die Heimat zurückzukehren?« fragte Kbara. »Was meint ihr zu Sierra Leone? Von London aus gibt es ein Schiff nach Sierra Leone. Das ist nicht Yoruba, das ist nicht mein Volk, aber wenigstens wären wir in Afrika. Und vielleicht könnten wie durchs Land ziehen, zurück zu unseren Familien.«

Mehuru schüttelte den Kopf. »Unser Zuhause gibt es nicht mehr. Die Handelswege sind zerstört, es gibt keine Karawanen mehr, denen wir uns anschließen könnten, und keine Dörfer. Meilen über Meilen von der Küste entfernt ist das ganze Land verwüstet. Die Menschen wurden in die Sklaverei verschleppt, oder sie verbergen sich, auf den Feldern wuchert das Unkraut. Auf den Flüssen fahren nur noch die Sklavenjäger. Das Land ist nicht sicher.

Und ich zweifle auch sehr daran, daß dieses Sierra Leone sicher ist. Ich habe euch aus den Flugschriften vorgelesen, aber ich habe auch etwas von einem Mann von dieser Verfassungsgesellschaft erfahren. Er sagte, das sei überhaupt keine richtige Kolonie, sondern bloß ein Ort, an dem England die unerwünschten befreiten Sklaven ablädt. Für die erste Siedlung beschafften sie sich die Freiwilligen dadurch, daß sie schwarzen Bettlern die Unterstützung vorenthielten, falls sie sich nicht für Sierra Leone eintrügen. Als die Schiffe bei Plymouth wegen der Stürme vor der Küste ankerten, ließ der Kapitän die Luken vernageln, damit die Leute nicht an Land konnten. Sie mußten also während der Wartezeit ihren Reiseproviant verzehren, so daß sie auf der Überfahrt dann hungerten. Sie gaben ihnen auch keine Öfen oder Kerzen. An was erinnert euch das? Eine lange Seereise voller Hunger und Kälte? Woran erinnert dich das, Kbara?«

»Aber wenn es nach Afrika geht? Nach Afrika und in die Freiheit?«

»Und was ist, wenn es dort ein paar Farmen gibt und einen Staketenzaun und wenn das ganze Land von Norden bis Süden Krieg führt, um Sklaven zu fangen und sie mit Profit zu verkaufen? Wie lange, glaubst du, könnten wir uns halten? Und diese Kleinen hier würden am Ende wieder von Sklavenjägern gefangen! Glaubst du, sie würden die Überfahrt zweimal überstehen?«

Kbara schwieg. »Was sollen wir tun?« wollte er wissen. »Was sollen wir tun? Der Zeitpunkt ist günstig, wo der Herr den ganzen Tag aus dem Haus ist und seine Schwester sich zuviel Sorgen um das Geschäft macht und die Zügel hier schleifen läßt. Diese Halsketten wollen wir nicht länger tragen. Das ist unsere Chance, Mehuru.«

»Ich weiß« stimmte Mehuru zu. »Du hast recht. Jetzt bietet sich eine Gelegenheit, und wir sollten sie nutzen. Allerdings können wir nicht nach Afrika zurückkehren und auch nicht in Bristol bleiben. Aber es gibt noch andere Städte, wo wir Arbeit finden, wo vielleicht die Kinder in die Schule gehen und ein Handwerk erlernen können. Stuart Hadley würde uns helfen. Ich kann nicht hierbleiben.« Er griff an sein Hemd, wo die silberne Kette ihn am Hals rieb. Sie war glatt und gut gearbeitet, doch er zuckte zusammen, als scheuerte sie bei jeder Bewegung. »Ich kann das nicht tragen«, sagte er.

»Wir bleiben zusammen«, meinte Mary mit Entschiedenheit. »Ich möchte bei euch bleiben, bei euch allen.«

Elizabeth legte ihre Hand auf Marys. »Du bist mir wie eine Schwester. Ohne dich könnte ich es nicht aushalten.«

»Ich werde Stuart Hadley um Rat bitten«, sagte Mehuru.

»Ich werde mich morgen hinausschleichen und ihn aufsuchen.«

Am Morgen wachte Josiah mit brennendem Kopf und einem schlechten Geschmack im Mund auf. Er wusch sich schnell und zog sich ohne große Sorgfalt an. In der Halle fegte er an Kbara vorbei, dessen wortloses, mürrisches Beiseitetreten Josiah daran erinnerte, daß Mehuru immer noch eingesperrt war.

Er machte kehrt, rannte die Treppe hinauf und klopfte leise an Frances' Schlafzimmertür. Sie war wach, lag aber noch im Bett. Als sie ihn erblickte, wich sie in ihre Kissen zurück und griff sich an den Hals. Sie fürchtete sich vor ihm. Sie erinnerte sich an die verbissene Wut, mit der er beim Dinner getrunken hatte, und an seine plötzliche Gewalttätigkeit, als er Mehuru zu Boden schlug. Bei seinem Anblick schreckte sie zurück; in ihrer Furcht lag ein tiefer Groll.

Josiah bemerkte das nicht einmal. Er beschäftigte sich zu eifrig mit seinen Unternehmungen – er versenkte sich zu sehr in die Katastrophe, die mit jedem Tag näher rückte. Vergessen hatte er das langsam zwischen ihnen entstandene Vertrauen und das Wohlgefühl, und er hatte vergessen, welche Freude es ihm bereitete, Frances ein Lächeln zu entlocken. Vergessen hatte er das Behagen am Überfluß in dem luxuriösen Haus und die allmählich aufblühende Schönheit seiner Frau. Jetzt spürte er nur noch das zunehmende Gewicht seiner Schulden und das ständige Ticken der ansteigenden Zinsen. Als er Frances so blaß und so voller Abwehr im Bett erblickte, sah er nur noch weitere Unkosten.

»Du sollst doch die Aufsicht über die Sklaven führen«, sagte er schroff. »Sieh zu, daß Cicero heute vormittag herausgelassen werden kann und bereite ihn zum Verkauf vor. Wenn ich Stephen Waring erreichen kann, schließen wir den Kauf heute ab. Und den kleinen Jungen. Die anderen werde ich sobald wie möglich abstoßen. Wir brauchen dringend Geld, und ich habe es satt, daß das Haus vollgestopft ist mit ihren faulen Leibern.«

Den Schlüssel zu Mehurus Zimmer warf er ihr mit gewichtigem Geklingel aufs Bett.

»Der kann nicht verkauft werden«, wandte Frances ein. Gegen Josiahs wütendes Donnern klang ihre Stimme wie ein dünnes Gezirpe.

»Zum Teufel warum nicht?«

In ihrer Gegenwart hatte er noch nie geflucht. Frances zuckte zusammen. »Ich ... er ist meinem Onkel Scott versprochen«, schwindelte sie schnell. »Julius kannst du an Mr. Waring verkaufen. Er wird sie nicht unterscheiden können, aber mein Onkel bat ausdrücklich um Cicero.«

»Dann ist dein Onkel aber ein Narr«, fuhr Josiah sie an. »So, wie der sich aufgeführt hat, sollte er auf die Plantagen verschifft werden.«

»Du würdest doch nicht ...«

»Nur weil es sich nicht auszahlt«, sagte Josiah gehässig. »Wenn ich ihn mit Gewinn als Hundefutter verkaufen könnte, würde ich das tun. Jetzt steh aber auf, Madam, und schau im Haus nach dem Rechten. Du faulenzt hier herum, während alles schiefläuft. Du hast die Aufsicht über die Sklaven, und die spielen verrückt. Gott weiß, was die mich kosten. Gott weiß, was ihr alle mich kostet.«

Er stampfte aus ihrem Schlafzimmer und ließ die Tür sorglos sperrangelweit offen. Erstarrt vor Angst, blieb Frances ganz still liegen, bis sie seine Schritte die Stufen hinunter und durch die Halle poltern hörte und die Haustür zuschlug.

Draußen auf dem Platz herrschte das frische Wetter eines Novembermorgens. Ein Gärtner fegte die abgefallenen Blätter zu großen feuchten Haufen zusammen. Josiah blickte nicht zu dem fahlen Himmel empor und genoß auch nicht die kühle Luft in seinem Gesicht. Er konnte den Tang nicht riechen, den die hereinkommende Flut zusammen mit dem Treibgut und Abfall wieder zurück in die Stadt schwemmte. Mit dieser Flut sollte die *Rose* eintreffen, dachte er, und er stolzierte hinunter zum Kai, um das platschende Wasser nach seinem Schiff abzusuchen. Er schaute die ganze Länge seiner leeren, verlassenen

Anlegestelle entlang. Dann blickte er flußabwärts, wo die Schlucht begann. Kein ozeanmüdes Schiff wurde landeinwärts geschleppt. Es gab keine Spur von ihr. Es gab immer noch keine Spur von ihr.

Im Haus am Queens Square zog sich Frances schnell an und stieg dann zu Mehurus Dachkammer hinauf, den Schlüssel in der Hand. Sie klopfte an.

»Ja«, antwortete er in der Yoruba-Sprache.

»Ich bin's«, sagte Frances. »Ich habe den Schlüssel.«

Sie steckte ihn ins Schloß und öffnete. Mehuru hatte sich gewaschen und rasiert und die Wäsche gewechselt. Er wirkte elegant und gelassen. Am Auge hatte er einen blauen Feck, einen dunklen Schatten auf der dunklen Haut. »Es tut mir leid«, sagte Frances, was nicht ganz passend war.

»Machst du mir die Kette ab?«

Sie blickte zu Boden. »Ich traue mich nicht«, gab sie unumwunden zu. »Ich wage es nicht, mich ihm zu widersetzen.«

»Ich werde fliehen«, sagte er warnend. »Ich werde fliehen, und du wirst mich nie mehr wiedersehen.«

Flüchtig sah sie ihm ins Gesicht, dann wandte sie die Augen wieder ab. »Ich glaube wirklich, du solltest weggehen«, erklärte sie sehr leise. »Er will dich verkaufen und meinte, das Geschäft heute noch abzuschließen. Mit einer Lüge habe ich das erst einmal von dir abgewendet, und deshalb wird er Julius verkaufen. Ich kann dich hier nicht schützen, Mehuru. Keinen von euch kann ich schützen. Es tut mir leid. Es tut mir so leid.«

»Wir gehen heute nacht weg«, sagte er.

Ohne ihn anzusehen, nickte sie. »Sehr gut.«

»Wir kommen nie mehr zurück.«

Einen Fußbreit getrennt, standen sie einander gegenüber, ohne sich zu berühren oder auch anzuschauen.

»Ich weiß, ich werde dich nie mehr wiedersehen«, flüsterte sie. »Gott sei mit dir.«

»Willst du nicht mit mir fliehen?« fragte er. »Nimm die Gelegenheit wahr, Frances. Jetzt gibt es nichts mehr, was dich hier hält. Josiah ist in Nöten, Sarah zeigt offen, daß sie dich nicht mag. Komm mit mir mit, wir finden schon einen Ort, wo wir zusammensein können.«

Sie zuckte die Schultern, ein kleines unglückliches Zeichen der Niederlage. »Ich kann nicht«, sagte sie. »Ich wage es nicht. Ich habe kein Geld, und ich kann nicht arbeiten. Ich bin krank, Mehuru. Mit einer Kranken kämst du nicht weit. Und mir fehlt der Mut.« Sie blickte ihn mit aller Aufrichtigkeit an. »Ich besitze überhaupt keinen Mut. Gestern abend sah ich zu, wie er dich schlug, und das einzige, was ich tat, war, aufzuspringen und ›Josiah!‹ zu sagen, und dann goß ich ihm Tee ein. Ich schäme mich.«

»Du konntest kaum etwas anderes tun«, sagte er nüchtern. »Und ich habe schon härtere Schläge einstecken müssen.«

»Aber ich habe nichts getan«, beharrte sie. »Nichts, um dich zu schützen, nichts, um Gestorben-vor-Schande zu retten. Mir fehlt der Mut, Mehuru. Als Mädchen hatte ich Schwung und Mut, aber man hat aus mir eine typische englische Lady gemacht – ich kann nur noch zuschauen, die Hände ringen und Tee einschenken.«

»Du könntest dem allen entfliehen«, riet er ihr. »Laufe weg, um die Frau eines Afrikaners zu werden, eine afrikanische Frau.«

»Ich getraue mich nicht.«

Sie hörten, wie unten eine Tür geöffnet wurde. »Frances?« rief Sarah mit scharfer Stimme.

Als sie sich sofort gehorsam zum Gehen wandte, stieg ihr das Blut ins Gesicht. Mehuru legte seine schwarze Hand auf den weißen Ärmel ihres Kleides.

»Miete eine Kutsche«, flüsterte er rasch und eindringlich. »Wir wollen heute nachmittag ausfahren, zum letzenmal, Frances. Wir wollen heute nachmittag zusammensein, denn wir werden uns nie mehr wiedersehen.«

Sie hielt den Kopf zur Seite, sie brachte es nicht fertig, ihn anzublicken, sie wagte es nicht, ihm in das entschlossene

Gesicht zu schauen und das Verlangen in seinen Augen zu sehen.

»Ja«, flüsterte sie und ging hinunter.

Zum Frühstück ging Josiah in das Kaffeehaus am Kai. Die Tür schwang auf und zu, wenn die geschäftigen Männer hineingingen oder herauskamen. Kalte Zugluft wehte hinein, und Schwaden des süßen Geruchs von Rum, Tabakrauch und Zucker wehten heraus. Als die Handelsleute Josiah erblickten, trat eine kurze Stille ein – eine Pause, nicht länger als ein Herzschlag –, aber Josiah nahm sie wahr. Es war die Stille, die bei einer Herde eintritt, wenn sie ein todkrankes Tier bemerkt. Sie waren bereit, sich auf Josiah zu stürzen und ihn hinauszujagen. Sie waren bereit, ihn bei lebendigem Leibe aufzufressen. Das eigene Überleben war als Antrieb stärker als jede Freundschaft oder Loyalität. Es hatte sich herumgesprochen, daß sich Josiah finanziell übernommen hatte und daß die *Rose* zwei Wochen überfällig war.

Von einem Tisch, an dem er vorbeiging, erhob sich ein Mann und faßte ihn am Ärmel. »Josiah«, sagte er freundlich, »auf ein Wort.«

Josiah wollte zum oberen Tisch gehen, an dem die Merchant Venturers saßen. Er hielt inne und blickte den Mann finster an. »Ja?«

»Eine kleine Rechnung ist noch offen, eine Kleinigkeit«, äußerte der Mann. »Für das Ausrüsten der *Lily*, als sie letztens im Hafen lag.«

Josiah nickte. »Ein Versehen«, sagte er schroff. »Ich erledige das. Schicken Sie sie mir noch einmal. Ich muß sie verlegt haben.«

»Ich habe sie Ihnen bereits geschickt«, entgegnete der Mann. »Zweimal. Ich möchte jetzt das Geld einfordern. Es sind dreißig Guineas.«

Josiah riß seinen Ärmel aus dem festen Griff des Mannes los. »Glauben Sie, ich bezahle meine Rechnungen beim Frühstück?« fragte er gebieterisch. »Kommen Sie mittags in mein Speicherhaus, dann bezahle ich Sie.«

»Ich erinnere mich, wie Sie seinerzeit beim Frühstück Rechnungen bezahlten und beim Dinner aufdringlich um Partner warben«, erwiderte der Mann zornig. »Und gestern war ich zweimal in Ihrem Speicherhaus und heute auch schon einmal, und ewig ist niemand da. Wenn es Ihnen nichts ausmacht, Josiah, dann möchte ich jetzt meine dreißig Guineas haben.«

»Oh, zur Hölle mit Ihnen!« wetterte Josiah. Er fuhr mit der Hand in die große Tasche seines losen Mantels und zog eine Lederbörse heraus, die er dem Mann hinwarf. »Nehmen Sie das, und wenn es nicht reicht, werde ich das später begleichen; es ist alles, was ich bei mir habe. Falls Sie nicht noch meine Mantelknöpfe haben wollen? Die sind aus massivem Messing.«

Der Mann blieb beharrlich. »Es tut mir leid, daß ich so direkt auf Sie zugegangen bin, aber es reichte mir. Ich kann Ihnen keinen Kredit mehr gewähren. Das Risiko ist mir zu groß.«

»Ich spekuliere nicht auf Kredit!« stieß Josiah hervor, der das nicht länger ertragen konnte. »Ich bin kein Risiko.«

Der Mann schwieg jetzt, das ganze Kaffeehaus war still und hörte dem Wortgefecht zu. Als Josiah sich umschaute, steckten die Männer, die hergestarrt hatten, sogleich wieder die Köpfe zusammen und palaverten laut oder widmeten sich ihrem Frühstück. Sie alle erkannten den Zorn eines in die Ecke getriebenen Mannes, dem das Glück den Rücken kehrte.

»Ich wünsche Ihnen einen guten Tag«, murmelte Josiah und schritt zum oberen Tisch.

Der Mann wandte sich um und ging wieder zu seinen Freunden. Unter dem Tisch schüttete er den Inhalt von Josiahs Börse in seine Hand. Es waren 23 Pfund, 10 Shilling und 8 Pence. Er zählte das Geld rasch, steckte es wieder in die Börse und verstaute diese in seiner Tasche. »Es ist nicht der gesamte Betrag«, sagte er leise zu seinem Nachbarn. »Aber ich glaube, mehr werde ich unter diesen Umständen von ihm wohl nicht kriegen.«

»Mir schuldet er Geld für einige Vorräte«, entgegnete der andere mit Unbehagen. »Ich habe nicht daran gedacht, die

Schulden einzufordern.« Er blickte zum oberen Tisch hin. »Und jetzt kann man von ihm nichts mehr bekommen. Du hast das letzte aus ihm herausgeholt, Tobias.«

Der Mann nickte. »Packe ihn dir an einem anderen Vormittag. Das ist die einzige Möglichkeit, daß du deine Rechnungen bezahlt bekommst, sag ich dir. Von meiner Firma wird Cole & Söhne keinen Kredit mehr kriegen. Das kannst du mir glauben: mit ihm geht's bergab.«

34. Kapitel

Frances zog sich die Ausgehgarderobe an und wartete an ihrem Schlafzimmerfenster auf die bestellte Mietkutsche. Als sie das Rattern der Räder und das Klappern der beschlagenen Hufe auf der Straße hörte, eilte sie die Treppe hinunter. In der Halle stand Sarah.

»Hast du die Kutsche holen lassen?« wollte sie wütend wissen.

»Ich wollte ausfahren«, antwortete Frances.

»Deine Extravaganzen können wir uns nicht leisten«, sagte Sarah verbittert. »Hast du den Überblick, wieviel wir dem Mietstall bereits schulden?«

»Ich werde mich in Zukunft zurückhalten.« Frances streifte sich die Handschuhe über und wich Sarahs vorwurfsvollem Blick aus. »Nur noch dieses Mal, Sarah.«

»Dieses Mal und dann noch einmal und noch einmal. Wir können uns das nicht leisten«, wiederholte sie wütend. »Verstehst du das nicht? Wir haben kein Geld für derartigen Luxus. Es geht einfach nicht, du mußt die Kutsche zurückschicken.«

Mehuru kam in die Halle und machte Frances die Tür auf.

»Warte!« fuhr Sarah ihn an.

»Ich muß gehen!« hauchte Frances und schlüpfte aus der Tür und lief die Stufen hinunter, bevor Sarah sie festhalten konnte.

Mehuru machte einen Diener vor Sarah, folgte Frances rasch zur Kutsche und half ihr auf den Kutschbock.

»Setz dich neben mich«, sagte Frances atemlos. Mehuru nickte dem Pferdeburschen vom Stall zu, er solle die Pferde loslassen, und schwang sich neben sie hinauf. »Du mußt die

Arme verschränken und dich ganz gerade hinsetzen«, sagte sie. Er lächelte schief und tat, wie ihm geheißen. Frances schnippte mit den Zügeln, damit die Pferde losgingen.

Als sie Queens Square hinter sich hatten, entspannte sie sich etwas. »Ich dachte schon, sie läßt mich nicht fort.« Sie gab ein leises, zittriges Lachen von sich. »Am liebsten hätte sie mich wohl in mein Zimmer eingesperrt, damit ich kein Geld ausgebe.«

»Sie ist total verzweifelt«, bemerkte Mehuru.

»Ich hätte aber darauf bestanden, ganz gleich, wie wütend sie war.« Frances knallte mit der Peitsche und holte sie mit einem Schwung geschickt zurück. »Wollen wir hinauf auf die Hügel fahren?«

»Egal wohin«, sagte er. »Fahren wir nach Afrika.«

Ein Laut – halb Lachen, halb Seufzen – kam aus ihrem Mund. »Du weißt doch, ich wünschte, ich könnte das«, sagte sie.

Er nickte. »Das ist unser letzes Zusammensein, Frances. Ich werde nicht fragen, und du brauchst auf nichts einzugehen. Laß uns einfach diesen Nachmittag zusammensein. Wenigstens haben wir diese Stunden, und die Sonne scheint warm, und dir geht es gut, und ich werde bald frei sein.«

»Vielleicht können wir nur noch diesen Nachmittag glücklich sein«, sagte sie mit leichtem Zweifel.

Sie lenkte die Pferde über die kleine Brücke und ließ sie dann den steilen Berg von Park Street hinauflaufen. Selbst in der kurzen Zeit seit ihrem letzten Ausritt waren neue Gebäude entstanden und weitere Fundamente gelegt.

Die Arbeiter hatten sich in der kühlen Novembersonne bis auf ihre Kniebundhosen ausgezogen und die zerrissenen Hemden heruntergestreift. Mehuru fielen ihre ausgemergelten, muskulösen Rücken und ihre erschöpften Gesichter auf. »Es ist ein grausames Land«, sagte er. »Weder Mann noch Frau, die arbeiten müssen, habe ich hier gut genährt und ausgeruht angetroffen.«

Frances wandte die Augen nicht von der Straße ab, die sie zwischen den auf und ab wippenden Ohren des Pferdes auf ihrer Seite überblickte.

»Siehst du das nicht?« fragte er.

»Es gibt viel Elend«, räumte sie ein, schaute aber immer noch nicht hin.

»Ich rede von diesen Männern«, forderte er sie wieder auf. »Von diesen da, die die Fundamentgrube ausheben.«

Sie schaute immer noch nicht hin.

»Willst du sie dir nicht ansehen?« fragte er mit Nachdruck.

Sie blickte ihn flüchtig an, und er konnte erkennen, daß sie vor Verlegenheit rot geworden war. »Sie sind halb nackt, Mehuru!« sagte sie leise voller Entrüstung. »Ich kann sie nicht anstarren.«

Er lachte laut auf. »Oh, Frances!« rief er aus. »Und wenn ich bis ins hohe Alter hier leben sollte, werde ich es nie verstehen. Du bist doch verheiratet, du siehst doch Josiah, nicht wahr? Du hast mich gesehen.«

Frances hielt den Atem an. Das Bild von Mehuru in ihrem Schlafzimmer im Mondlicht, das über seinen dunklen Körper glitt, tauchte vor ihr auf.

»Wieso kannst du dir keinen armen Arbeiter in Hosen ansehen?«

»Weil ich eine Lady bin«, erwiderte sie schroff, zu dieser Antwort gedrängt. »Es gibt Dinge, die ich nicht sehen sollte. Und es gibt Dinge, über die ich nicht reden sollte – nicht einmal mit dir.«

»Ich wünschte, ich könnte dich im Arm halten«, sagte er sanft, »und dir diesen Unsinn mit Küssen austreiben.«

Sogleich bekam sie einen zärtlichen Ausdruck. »Das wünsche ich auch«, flüsterte sie.

Er lächelte sie von der Seite an. »Manchmal denke ich, du bist zwei Frauen, nicht eine«, sagte er. »Die steife, kühle Lady mit ihren strengen Gewohnheiten und Prinzipien, und manchmal bist du meine Liebe, meine kleine Liebe, und so natürlich und ungezwungen wie eine Afrikanerin.«

Sie nickte. »Ich bin zur englischen Lady erzogen worden; ich glaube, es ist jetzt zu spät, mich zu ändern.«

»Das glaube ich nicht«, murmelte er störrisch im Flüsterton.

Aber sie schütelte einfach den Kopf und wollte nichts weiter dazu sagen.

Oben auf der Park Street verloren sich die Häuser im struppigen Gelände, und die Straße verwandelte sich in einen Feldweg. Bei der Weggabelung nahm Fances die linke Spur nach Clifton, wobei sie den runden Hügel von Brandon Hill umfuhr. Oben auf dem Berg breiteten Wäscherinnen ihre Wäsche zum Trocknen im Gras aus.

Frances schnalzte den Pferden zu, und sie fielen in einen flotten Trab.

»Das sind gute Pferde«, lobte sie die Tiere. »Josiah versprach, mir ein Paar Pferde und eine Kutsche zu kaufen, wenn es mit dem Handel aufwärtsgeht … falls es mit dem Handel aufwärtsgeht.«

»Warum hast du ihn überhaupt geheiratet?« fragte Mehuru.

Eine kurze Weile schwieg Frances. »Ich weiß nicht, ob ich dir das erklären kann«, sagte sie. Die Pferde gingen nun langsamer, und Frances ließ einen Wagen mit Glasflaschen vorbei, die sorgfältig in Stroh verpackt waren. Vor sich sahen sie die hübschen Hügel und Täler auf dem Weg nach Clifton. Linker Hand lag das sumpfige Gelände von Rownham Meads. Zugvögel zogen über den Himmel auf der Suche nach einem Aufenthaltsort während des kommenden langen, kalten Winters. Über ihnen schwebten kreisend die Möwen, deren weiße Schwingen wie Silber in der Sonne glänzten. Im stehenden Wasser der Teiche und in dem sumpfigen Schlamm fischte ein großer Graureiher.

»Es gab für mich keine andere Möglichkeit«, begann Frances. »Absolut gar keine. Ich hatte kein Vermögen, ich hatte nicht einmal eine Bleibe. Meine Zuhause war das Pfarrhaus gewesen, und dann zog dort der neue Pfarrer mit seiner Familie ein. Ich wollte nicht als arme Verwandte, angewiesen auf die Mildtätigkeit anderer, in Scott House wohnen.«

Sie hielt inne und warf Mehuru einen Blick zu. Er hörte aufmerksam zu und versuchte ihre Worte zu begreifen. In seinem Land wäre eine junge Frau ohne Geld und ohne einen Mann immer noch ein geachtetes Familienmitglied. Selbstverständlich würde man sie aufnehmen, und sie würde der Familie bei der Arbeit helfen und mit ihnen essen und mit den Kindern spielen. Die Vorstellung, daß jemand übrig wäre, war ihm fremd.

»Gab es nirgendwo einen Platz für dich?« fragte er.

Frances schüttelte den Kopf. »Ich nahm eine Arbeit an«, antwortete sie, »als Hauslehrerin.«

»Wie eine Bedienstete?«

Frances verzog das Gesicht. »In mancher Hinsicht noch schlimmer. Es wird sehr schlecht bezahlt, aber man wagt nicht, sich zu beklagen. Die Kinder können einen behandeln, wie sie wollen, und sie können grausam sein ...« Sie unterbrach sich. »Ich hatte keine Ahnung, wie grausam Kinder sind«, sagte sie. »Ich konnte sie nicht dazu bringen, auf mich zu hören, und ihre Mutter lachte mich aus. Jeden Morgen wachte ich auf und fürchtete mich vor dem, was auf mich zukommen würde. Den ganzen Tag über war ich unglücklich.« Sie machte eine Pause. »Ich übertreibe nicht. Den ganzen Tag!« Mehuru schwieg. Die Pferde stapften flott den Weg vom Fluß hinauf Richtung Clifton, wo sie das Rumpeln von Wagen und Behauen von Steinen hören konnten.

»Josiah suchte eine Gouvernante. Ich bewarb mich und lernte ihn kennen. Er erklärte mir nicht, um was es sich handelte, sondern sagte, er werde mir schreiben. Dann erhielt ich einen Brief mit dem Heiratsantrag. Es kam mir vor, als wären meine Gebete erhört worden. Als Gegenleistung dafür, daß ich seine Frau bin, bekomme ich Nahrung und Kleider, und wenn ich alt werde, bin ich immer noch versorgt und wohne in einem hübschen Haus. Ich hätte alles getan, um nicht wieder als Gouvernante arbeiten zu müssen, Mehuru. Es war schlimmer als Sklaverei ...« Sie zögerte. »Es tut mir leid. Das war dumm von mir, so etwas ausgerechnet zu dir zu sagen, aber irgendwie war es in mancher Hinsicht ein bißchen wie Sklaverei. Ich hatte nicht die Freiheit, zu tun, was ich wollte. Ich konnte nicht kommen und gehen, wie es mir gefiel. Und sie hatten das Recht, mich loszuwerden, wann immer es ihnen paßte.«

»Jetzt bist du auch nicht frei«, machte Mehuru sie auf ihre Lage aufmerksam.

»Aber Josiah ebenfalls nicht«, entgegnete sie. »Durch den Ehevertrag sind wir beide gebunden. Er muß für meinen Unterhalt sorgen, egal, was passiert.«

Eine Weile fuhren sie wortlos weiter, die Pferde legten sich bergauf ins Geschirr. Sie fuhren den ansteigenden Rand der Schlucht hoch nach Clifton. Tief unten zur Linken, verborgen von der überhängenden Klippe, lagen der Fluß und Josiahs Geschäftskolonnade und das Brunnenhaus von Hot Well. Ein hübscher Weg zog sich in einer Zickzacklinie den Abhang hinunter bis Hot Well; er führte so steil hinab, daß ihn nur die geschicktesten Bristoler Reitpferde bewältigen konnten. Gelegentlich stiegen die wenigen gesunden Kurgäste dort nach Clifton hinauf, um sich an der Aussicht zu erfreuen und durch die Wälder zu spazieren.

Vor sich sahen sie eine schöne Straße, hübsch angelegt mit einer Reihe stufenförmig ansteigender Häuser. Sie fuhren die Granby Place genannte Straße entlang, die ein Stück weiter plötzlich endete und in einen Lehmweg überging mit Haufen von Bausteinen zu beiden Seiten. Frances lachte und hielt die Pferde an. »Wir hätten uns einen Führer nehmen sollen«, sagte sie. »Ich habe mich hoffnungslos verfahren.«

Sie schauten auf die rechte Seite. Dichte Waldungen zogen sich bis zum Weg herunter; hier und da wurden sie von Kalkbrennereien unterbrochen, deren Steinöfen gelegentlich durch das sich lichtende Laubwerk schimmerten. Über ihnen erhoben sich ein stattliches Gebäude und ein hohes Gerüst mit einer Art Winde.

»Das kann doch keine Mine sein«, meinte Frances. »Hier in Clifton gibt es doch keine Bergwerke.«

»Möchtest du dir das ansehen?« fragte Mehuru. »Wir finden schon jemand für die Pferde.«

»Warum nicht?« antwortete Frances. Mehuru pfiff einem Jungen, der auf einer Mauer saß und sie beobachtete; er kam bereitwillig näher und hielt die Zügel.

Mehuru stieg vom Kutschbock, half Frances herunter und nahm ihren Arm. Zusammen spazierten sie den Grasweg hinauf zu dem neuen Bau. In einer Staub- und Dreckwolke bohrten Arbeitsleute ein Loch in den Boden, wobei die Winde mit dem Flaschenzug über ihren Köpfen kreischte. Zur Rechten legten andere mit rechtwinklig behauenen Steinblöcken das Fundament für ein offenbar imposantes Bauwerk.

»Frage sie, was das werden soll«, befahl Frances. »Es sieht ja so großartig aus wie ein Rathaus.«

Mehuru ging hin, um mit einem Mann zu sprechen, der einen Bauplan vor sich hatte, befestigt auf einem Brett. Der Mann schaute sich nach Frances um, zog die Mütze und kam zu ihr.

»Guten Tag, Madam«, sagte er. »Der Neger hier meint, Sie erkundigten sich nach dem Bau.«

»Ja.«

Er hielt ihr die Zeichnung hin. Es war der Grundriß eines großen, rechteckigen Gebäudes, das an einem Ende in kleine Räume unterteilt war und am anderen einen großen Fest- oder Ballsaal aufwies. Oben stand in schönen Buchstaben zu lesen: »Neues Hot Well: Trinkhalle und Badehäuser.«

Frances las es und las es gleich noch einmal. »Was ist das?« verlangte sie zu wissen.

»Das neue Hot Well«, antwortete der Mann.

»Es ist eine neue heiße Quelle, Madam. Ein neues Kurbad. Hier bohren wir nach heißem Wasser, und hier entsteht die eigentliche Anlage des Kurbades. Auf dem Plan können Sie es hier sehen. Das wird ein prächtiger Festsaal, und hier sehen Sie die einzelnen Warmwasserbecken zum Eintauchen für die Kurgäste. Zu beiden Seiten entstehen auch noch Häuser, die vom Kurbad aus mit warmem Wasser versorgt werden. Fließendes warmes Wasser! Denken Sie nur!«

Frances griff sich an die Kehle, die ihr wie zugeschnürt vorkam. »Das verstehe ich nicht. Da muß ein Irrtum vorliegen!«

»Ich hoffe nicht!« Der Mann grinste von einem Ohr zum anderen. »Denn wir bohren schon in einer Tiefe von fast sechzig Metern und werden bald auf die Quelle stoßen.«

»Doch welche Quelle ist das?« wollte Frances wissen. »Sie müssen da doch dicht bei Hot Well am Fuße dieser Klippe sein.«

»Wir sind genau darüber, Madam«, sagte der Polier. »Die Quelle von Hot Well liegt genau unter uns. Deshalb wissen wir ja, daß wir auf eine Heißwasserquelle stoßen werden. Die alte Quelle von Hot Well befindet sich dort, und die werden wir anzapfen.«

Frances wich taumelnd zurück. Sofort legte Mehuru seinen Arm um ihre Taille, aber sie bemerkte seine Berührung nicht einmal. »Wer weiß davon?« fragte sie mit scharfer Stimme. »Wer hat die Erlaubnis dazu erteilt? Wem gehört der Grund und Boden? Wie können Sie hier einfach ohne Erlaubnis bohren?«

Der Mann war gekränkt. »Das sollten Sie alles den Eigentümer fragen. Ich habe lediglich die Anweisung, die Leute hier zu beaufsichtigen. Es tut mir leid, wenn ich Ihnen zu nahe getreten bin, Madam. Aber Sie fragten ja.« Er verbeugte sich und wandte sich zum Gehen.

Frances löste sich aus Mehurus stützendem Arm und lief ihm nach. »Aber wer ist denn der Besitzer?« Sie packte ihn am Ärmel, um ihn aufzuhalten. »Sie müssen den Männern befehlen, alle Arbeiten einzustelllen! Sie haben kein Recht dazu. Das erzähle ich meinem Mann.«

Er riß sich los und sah Mehuru bittend an, sie wegzubringen. Frances war ganz weiß in ihrer Verzweiflung, so daß der Mann befürchtete, es käme zu einem unangenehmen Auftritt. »Ich vermute, auf dem eigenen Grund und Boden kann jeder tun, was er will«, entgegnete er, sich verteidigend. »Ich muß meine Arbeit tun, ich habe meine Anweisungen. Entschuldigen Sie mich.« Mit dem Plan in der Hand verließ er sie.

»Das ist unmöglich«, schrie sie. Wieder rannte sie hinter ihm her und ergriff seinen Arm. »Sie werden mir jetzt sagen, wer das angeordnet hat! Wem gehört das? Sie müssen mir das sagen! Mein Mann ist eine bedeutende Persönlichkeit und Mitglied der Merchant Venturers. Er wird dafür sorgen, daß damit Schluß gemacht wird.«

»Also, es gehört den Merchant Venturers von Bristol!« rief er ungehalten. Damit riß er sich los und wollte schnell weg. »Das ist deren Vorhaben, das sie an Mr. Stephen Waring und Mr. James von dem alten Hot Well verpachtet haben«, warf er ihr über die Schulter zu. »An die müssen Sie sich wenden, wenn Sie sich beschweren wollen, Madam. Ich habe damit nichts zu tun.«

Frances wankte zur Kutsche zurück. Blind strauchelte sie auf dem unebenen Boden, und Mehuru mußte sie auf den Kutschbock heben.

»Was ist los? Was bedeutet das?« fragte er mit Nachdruck.

»Bring mich nach Hause«, keuchte sie.

Mehuru kutschierte, während sich Frances mit blassem Gesicht und schief sitzendem Hut festhielt.

»Was ist los? Was fehlt dir, Frances?«

Sie stöhnte leise. »Ich muß zu Josiah.«

»Was zum Teufel ist los?« Fast brüllte er sie an. Er schlug leicht auf die Pferde ein und ließ die Kutsche den Berg hinunterrattern.

»Das ist unser Ruin«, sprach sie mit erstarrten Lippen. »Ich muß zu Josiah.« Mehr wollte sie nicht sagen.

»Sag mir, was los ist. Ich verstehe es nicht.«

Sie schaute ihn an, aber sie sah durch ihn hindurch; er schien für sie nicht zu existieren. »Ich muß zu Josiah«, flüsterte sie. »Bring mich nach Hause.«

Mehuru biß die Zähne zusammen und fuhr los, so schnell, wie es der schlechte Weg erlaubte. Er sah, daß sich Frances seitlich an das kleine Geländer des Kutschbocks klammerte und arg durchgeschüttelt wurde, aber er zügelte die Pferde nicht, und sie forderte ihn nicht auf, langsamer zu fahren. Einmal schaute er sie von der Seite an und bemerkte ihren starren, verzweifelten Ausdruck. Als sie die Park Street den Berg hinunterrumpelten, hielt sie sich noch immer fest und blickte geradeaus. Eine entgegenkommende Kutsche hielt an, von der ihr Mrs. Waring zuwinkte. Ohne das zu sehen, fuhr Frances mit grauenvoll verzerrtem Gesicht weiter.

»Bring mich rasch nach Hause«, sagte sie, als er die Pferde zurückhielt, damit eine andere Kutsche die Brücke passieren konnte. »Ich muß zu Josiah.«

Sobald sie vor dem Haus anlangten, kletterte sie herunter, noch bevor er herumgekommen und sie in einem kostbar vertraulichen Moment herunterheben konnte. Sie hatte vergessen, daß sie das letztemal zusammen waren. Ihr Bedürfnis, mit Josiah zu reden, löschte alles andere aus. Vom Trittbrett sprang sie herunter, hob den Saum ihres Mantels an, jagte zur Haustür und tippelte mit den feinen Lederstiefelchen die Stufen hoch. Sie packte den Türklopfer und hämmerte drauflos, bis sie jemanden kommen hörte.

Kbara machte ihr rasch auf. Hastig drängte sie sich an ihm vorbei und stürzte durch die Halle zu Josiahs Arbeitszimmer. Ohne anzuklopfen, riß sie die Tür auf. Erstaunt wandte sich Josiah von den Firmenbüchern zu ihr um.

»Nanu, Frances!«

»Weißt du das schon von dem neuen Hot Well?« fragte sie, wobei sich ihre Worte überschlugen. »Hast du von einer neuen Heißwasserquelle oben in Clifton gehört?«

»Was?« fragte er. Er bemerkte, wie weiß sie war und wie zerzaust sie aussah. »Frances, was ist passiert? Setz dich doch, ich läute nach Elizabeth. Du bist ja ganz durcheinander.«

Sie schrie ihn förmlich an. »Josiah! Antworte mir um Himmels willen! Ist dir bekannt, das in Clifton ein neues Hot Well gebaut wird?«

Langsam begriff er, was sie sagte. »Ein neues Hot Well?« fragte er. »Ein neues Hot Well? In Clifton? Das ist unmöglich. In Clifton gibt es keine Quelle. Clifton liegt auf Kalkstein. Da gibt es kein Wasser.«

Sie fiel in einen Sessel, zerrte ihre Hutbänder auf und zog sich die Handschuhe aus. »Ich bin nach Clifton hinaufgefahren«, erzählte sie mit leiser Stimme. Josiah kam es vor, als wäre sie Zeuge eines tödlichen Unfalls gewesen und müßte nun alles haarklein beschreiben.

»Mir fiel dort oben ein neues Gebäude auf und daneben ein

Bohrgerüst mit Winde. Aus Neugier habe ich mir das von nahem betrachtet.«

»Ja«, sagte er. Er spürte eine Kälte an sich heraufziehen, als ob die Sonne nicht zum Fenster hereinschien und im Kamin kein gemütliches Feuer brannte. »Ja. Was weiter?«

»Mehuru sprach mit dem Polier, und der zeigte mir die Zeichnungen«, berichtete sie erregt. »Das wird ein großer Fest- oder Ballsaal und eine Wandelhalle und Badehäuser. Sie bohren über unserem Hot Well in den Felsen. Sie werden uns das Wasser aus der Quelle wegnehmen. Hörst du mich? Sie graben uns das Wasser von Hot Well ab. Sie haben sogar vor, das Wasser in die noch in Clifton zu errichtenden Häuser zu pumpen. Das wird ein großer Badeort mit Häuserreihen, von denen jedes Haus ein eigenes warmes Mineralbad erhält.« Sie leckte ihre trockenen Lippen und schluckte den imaginären Brocken in ihrer Kehle hinunter. »Er hat mir den Plan gezeigt«, erklärte sie hilflos. »Und die Fundamente sind schon gelegt, und die Mauern werden gerade hochgezogen.«

»Das ist unmöglich«, sagte Josiah mit matter Stimme. »Da muß ein Irrtum vorliegen. Ich werde sofort hinausfahren. Steht deine Kutsche noch draußen? Cicero soll mich gleich dort hinbringen. Das ist unmöglich, Frances. Du mußt dich irren.«

Sie schüttelte den Kopf. »Ich habe die Winde gesehen, da, wo sie bohren. Der Polier versicherte mir, sie sind schon sechzig Meter tief, und sie wissen, daß sie auf heißes Wasser stoßen werden, weil sie hinunter zur Quelle von Hot Well bohren.«

Josiah konnte es nicht glauben. »Das kann nicht sein. Wie kann das geschehen ohne die Erlaubnis der Gilde? Ohne die Zustimmung der Merchant Venturers? Das muß ein Irrtum sein.«

»Es geschieht ja mit Zustimmung der Merchant Venturers!« rief Frances mit plötzlich aufwallender Empörung aus. »Begreifst du nicht! Begreifst du das nicht, Josiah. Das Land gehört ihnen. Sie sind die Grundbesitzer. Deshalb kaufen alle Land in Clifton! Nun verfügen sie also über das unbegrenzte

Eigentumsrecht an Clifton mit all seinen Hügeln bis an den Rand der Klippe über dem Fluß. Ihnen gehört alles! Und sie werden Clifton in einen mondänen Kurort verwandeln. Sie haben dich hinters Licht geführt, Josiah. Sie haben dich schmählich betrogen, und jetzt besitzt du ein Kurbad ohne Quelle, und du hast einen über zehn Jahre laufenden Pachtvertrag unterschrieben!«

Offenen Mundes starrte er sie an. »Wer hat das gesagt?« schrie er wütend. »Das ist pure Verleumdung! Es sind meine Freunde. Das ist ein Irrtum.«

»Wer gab dir den Rat, Hot Well zu erwerben, und wer zeigte dir die Rechnungsbücher und legte für dich beim Dinner der Merchant Venturers ein gutes Wort ein?« zischte Frances ihn an. Ihr Haar fiel über ihr aschfahles, knochiges Gesicht herab.

In diesem Augenblick haßte Josiah sie. »Waring«, antwortete er. »Mein Freund Stephen Waring.«

Sie sank in ihren Sessel zurück, als hätte man ihr einen Dolch ins Herz gestoßen. »Er ist der Grundeigentümer des neuen Hot Well.« Sie konnte kaum sprechen und bekam fast keine Luft. »Er zusammen mit Mr. James, dem früheren Pächter von Hot Well. Sie haben es dir angedreht, Josiah. Sie haben dein Geld kassiert, und jetzt graben sie dir auch noch das Wasser von der heißen Quelle ab.«

Josiah taumelte zurück und griff suchend hinter sich nach einem Halt. Ihm wurden die Knie weich, und er ließ sich in den Schreibtischsessel fallen. »Das ist unmöglich«, flüsterte er, grau im Gesicht. »In Erwartung meines Gewinns habe ich immer mehr Kredit aufgenommen. Hot Well allein kostete zweitausend Pfund. Laut Pachtvertrag muß ich zehn Jahre lang jährlich fast tausend Pfund aufbringen, außerdem noch die Zinsen für das geliehene Geld und die Löhne und Ausgaben für die Einrichtung.«

Mit geschlossenen Augen wiegte Frances ihren Kopf hin und her.

Josiah schaute auf seinen Schreibtisch, legte die Hand auf die Papiere vor sich und strich über das Blatt mit der Buchführung seines Schiffs. »Ich bin ruiniert«, sagte er ungläubig. »Sie haben mich hereingelegt und in den Ruin getrieben.«

Frances griff sich an die Kehle und zog an ihrem Kragen. Sie war jetzt noch weißer. »Josiah«, brachte sie, nach Luft ringend, hervor. Es reichte kaum, um seinen Namen auszusprechen.

»Ich bin ruiniert«, wiederholte er. »Sie haben mich in den Ruin getrieben.«

»Josiah …«, begann sie. Dann stieß sie einen lauten Schmerzensschrei aus.

Der in der Halle auf und ab gehende Mehuru konnte sich nicht länger beherrschen. Er stürzte gerade in dem Moment herein, als Frances vornüber aus dem Sessel kippte. Er fing sie auf, doch mit dem Kopf hatte sie sich schon am Kamingitter gestoßen und blutete nun an der Schläfe. Sie hatte blaue Lippen und atmete nicht.

»Holt den Doktor!« schrie Mehuru. »Holt Stuart Hadley!« Er drückte sie an sich, um sie zu wärmen. Ihr Kopf hing schlaff wie bei einer zerbrochenen Puppe. Da er nicht wußte, was er machen sollte, hielt er sie fest und wiegte sie hin und her. »Frances!« rief er eindringlich. »Frances!«

Sie atmete nicht. Mehuru sprang auf.

Da wiederholte Josiah leise: »Ich bin ruiniert.« Er hatte sich nicht von seinem Schreibtisch weggerührt.

Mehuru warf ihm einen kurzen verächtlichen Blick zu und rannte in die Halle. »Kbara!« brüllte er.

Kbara kam von der Küche heraufgerannt. »Spann ein Pferd von der Kutsche ab und reite zu Stuart Hadley, dem Arzt!« befahl Mehuru. »Sage ihm, die Lady ist krank, sie ist wie eine Tote. Mach schnell!«

Kbara nickte und verschwand durch den Haupteingang. Mit Frances auf den Armen wandte sich Mehuru zur Treppe. In dem Moment erschien Sarah Cole in der Tür vom Wohnzimmer. »Was in aller Welt geht hier vor?« fragte sie gebieterisch.

»Holen Sie die Frauen«, sagte Mehuru über die Schulter zu ihr. »Frances ist krank.«

Sarah blickte ihn ungläubig an, wie er Frances in seinen

Armen trug, und rannte ihm die Treppe hinauf hinterher. »Laß sie herunter!« befahl sie. »Sofort.«

Mehuru lief weiter, ohne auf sie zu achten. Mit dem Fuß stieß er die Tür zu Frances' Schlafzimmer auf und legte sie sanft aufs Bett. Er packte ihr hoch zugeknöpftes Ausgehkleid hinten am Hals und riß es auf, so daß die Knöpfe durch das ganze Zimmer rollten.

»Wie kannst du es wagen!« schrie Sarah.

Er richtete Frances im Bett auf und schüttelte sie sacht. »Atme!« drängte er sie leise und leidenschaftlich in seiner Sprache. »Atme! Was gibt es denn, daß du nicht atmen willst? Atme, du kleines Dummerchen!«

Vor seiner Leidenschaft schreckte Sarah zurück. Elizabeth machte einen Bogen um sie und trat mit einem Branntweinglas in der einen und einer Flasche Wasser in der anderen Hand ein. Sie bespritzte Frances' blau angelaufenes Gesicht mit Wasser, und dann hielt Mehuru Frances an den schlaffen Schultern, während Elizabeth ihr Branntwein einflößte.

Frances würgte und stemmte sich dann gegen die Haltenden. Hustend setzte sie sich auf und schnappte nach Luft.

Mehuru nickte, riß das Kleid noch weiter auf und hielt den Stoff von ihrer Haut weg. Elizabeth griff nach einer kleinen warmen Wolldecke vom Fußende, Mehuru legte sie Frances um die nackten Schultern und drückte sie an sich.

»Sprich lieber nicht«, redete er beruhigend auf sie ein. »Der Doktor wird jeden Moment hier sein. Atme einfach, Frances. Atme!«

Das schreckliche Blau wich aus ihren Lippen, obwohl sie immer noch weiß wie Wachs aussah.

»Hol eine Wärmflasche«, wies Mehuru Elizabeth an. »Ihr ist kalt.«

Elizabeth schob sich an Sarah Cole vorbei und rief etwas in der für Sarah unverständlichen Yoruba-Sprache hinunter. Aus der Küche erschallte eine Antwort, und einer der Jungen kam mit einer Zunderbüchse heraufgerannt. Er duckte sich unter Miss Coles Ellbogen hindurch und kniete sich hin, um Feuer zu machen. Elizabeth kam wieder herein und begann, Frances die Röcke auszuziehen.

»Cicero, verlaß sofort das Zimmer«, verlangte Sarah, die vortrat, um wieder das Regiment zu führen. Er warf ihr einen Blick zu, der sie fast durchbohrte, und setzte Frances wie ein kleines Mädchen aufrecht hin. Von ihrem Toilettentisch nahm er eine Schere und durchschnitt die Bänder ihres Korsetts. Elizabeth zog den Rock weg und schlug das Bett auf. Mehuru hob Frances vorsichtig hoch, die in das Wolltuch gewickelt war und nur ihr Unterhemd trug, und legte sie ins Bett. Martha, die mit der Wärmflasche kam, machte ebenfalls einen großen Bogen um Miss Cole und steckte die Wärmflasche am Fußende unter Frances' Decke.

Als der Zunder brannte, flammte bald das Feuer mit den kleinen Kohlenstücken auf. Frances öffnete die Augen und brachte ein kleines Lächeln für Mehuru zustande. Er packte ihre Hand und drückte sie an seine Lippen. »Dummerchen« sagte er. »Bleib still liegen und sprich nicht.«

Wieder schloß sie die Augen. »Ich habe Schmerzen«, flüsterte sie mit schwacher Stimme. Sie legte ihre Hand zwischen ihre Brüste. »Hier drin«, sagte sie, »mein Herz.«

»Soll ich das Fenster aufmachen?« fragte Elizabeth Mehuru.

Er schaute Frances' abgehärmtes Gesicht an. »Nein«, sagte er aus Angst vor der kalten englischen Luft. »Wir wollen sie warm halten, bis der Doktor kommt.«

Nun wandte er sich um. »Geh jetzt«, sagte er zu dem Jungen. »Martha – geh.« Plötzlich bemerkte er Miss Cole, die wie versteinert mitten im Zimmer stand und alles aufnahm, die Leichtigkeit, mit der er Anordnungen traf, den instinktiven Gehorsam der anderen und seine liebevolle Vertraulichkeit Frances gegenüber. Er zögerte keine Sekunde. »Bitte gehen Sie, Miss Cole«, sagte er. »Frances braucht Ruhe.«

»Was denkst du dir eigentlich, was du hier tust?« fragte sie gebieterisch in messerscharfem Ton.

Er trat vor und schob sie aus dem Zimmer. »Ich sagte, sie braucht Ruhe«, wiederholte er, als die Tür hinter ihnen beiden geschlossen war und Frances nichts hören konnte. »Ihre Gesundheit geht jetzt vor. Mit mir können Sie später reden.«

»Ich werde dich auspeitschen lassen«, versprach sie. »Was glaubst du denn …«

»Ihr Bruder ist auch krank«, unterbrach er sie. »Sie sollten zu ihm gehen.«

Sie stutzte, halb ungläubig, halb geängstigt, während Mehuru sich von ihr abwandte und wieder in Frances' Schlafzimmer ging. »Das hat noch ein Nachspiel«, drohte sie, als sich die Tür schloß. »Mein Bruder soll das alles wissen!« Einen Augenblick stand sie unschlüssig da, doch dann übermannte sie die Sorge um Josiah, und sie lief eilig die Treppe hinunter in sein Zimmer.

Josiah saß an seinem Schreibtisch und blätterte die Seiten in dem dicken Hauptbuch von vorn nach hinten und wieder zurück. Irgend etwas an diesem sorglosen, nahezu kindlichen Tun hielt Sarah auf der Türschwelle fest.

»Josiah?«

Als er sich zu ihr umdrehte und sie sein Gesicht sah, schienen darin die Jahre wie ausgelöscht, und er hatte den offenen, unschuldigen Blick eines Kindes. »Sie haben mich hinters Licht geführt, Sarah«, sagte er. Er sprach mit der gekränkten Stimme eines kleinen Jungen, dem man Unrecht getan hatte. »Sie haben mich an der Nase herumgeführt und mich um unser ganzes Geld gebracht.«

Kälte fuhr ihr in alle Glieder. »Wie das denn?« fragte sie nüchtern. »Wie denn das, Josiah? Was haben sie dir angetan?«

»Sie haben mir Hot Well auf zehn Jahre verpachtet für insgesamt neuntausend Pfund und zweitausend gleich für den Vertragsabschluß«, antwortete Josiah.

Sarah schloß die Augen, denn diese großen Summen jagten ihr Angst ein. »Aber du hast doch in den Büchern gesehen, daß es sich rentiert«, sagte sie. »Das wußten wir doch – und auch, daß wir das schaffen. Wenn die *Rose* einläuft …«

Josiah nickte. »Es sah ganz wie eine sichere Investition aus. Und ich habe mir Geld geborgt, um Hot Well zu bekommen.«

»Aber es ist eine gute Investition«, wiederholte Sarah. »Du hast Einblick in die Bücher gehabt. Es läuft doch mit Gewinn. Du würdest doch kein Risiko eingehen. Nicht mit solchen Summen!«

Josiah räusperte sich. »Das hätte geklappt«, sagte er. »Und ich war jeden Tag dort, um das Unternehmen zu inspizieren. Du weißt, wie oft ich dort war, Sarah. Du weißt, ich habe einen Architekten mit den Entwürfen beauftragt, ich habe mich um alles gekümmert. Ich habe mich um unsere Firma gekümmert.«

Sarah nickte. »Ich weiß, Bruder. Ich weiß.«

»Dann haben sie mich verklagt, damit ich den Zapfhahn offenlasse«, fuhr er leise fort. »Ich konnte mir nicht vorstellen, was sie dazu bewogen hat …, aber jetzt scheint es mir … es scheint mir …« Er brach ab. »Wenn ich mich über sie beschwere, wird mir niemand zur Seite stehen. Die Leute aus der Stadt, die Gilde, die Handelsgesellschaft – alle glauben, ich sei im Unrecht. Den Merchant Venturers liegt das Wohl der Stadt am Herzen, und ich bin – wie haben sie mich genannt? – ein Emporkömmling.«

Wortlos stimmte Sarah zu.

»Sie haben meinen Ruf zerstört«, fuhr Josiah gekränkt mit der dünnen kleinen Stimme fort. »Jetzt wird mich niemand verteidigen. Sie haben mich als Betrüger abgestempelt. Keiner würde jetzt mehr einen Finger für mich krumm machen.«

»Aber Hot Well wird uns doch immer noch etwas einbringen …«, begann Sarah.

»Ich habe nicht daran gedacht, nach oben zu schauen«, sagte Josiah, was zusammenhanglos schien. »Auf der Klippe hoch über meinem Hot Well …«

»Wieso?« fragte Sarah eindringlich und wollte ihm weiterhelfen. »Wieso hättest du denn nach oben schauen sollen?«

»Weil sie von oben in die Tiefe bohren«, sagte er einfach und war totenbleich geworden. »Sie bohren meine Quelle an. Sie bauen einen neuen Festsaal, neue Badehäuser, sie graben mir das Wasser von meinem Kurbad ab. Und sie nennen es das neue Hot Well. Nicht einmal einen anderen Namen haben sie sich ausgedacht. Damit geben sie allen kund, daß mein Hot Well das alte ist, dessen Quelle bald versiegt. Ihre nennen sie das neue Hot Well.«

Wie eine Schlange zischte Sarah durch ihre zusammengebissenen Zähne: »Das neue Hot Well? Weißt du das genau?«

Er nickte. »Frances hat die neuen Anlagen gesehen. Der Polier hat ihr die Pläne gezeigt.«

Sarah schritt zum Fenster hinüber und starrte auf den Hof, ohne etwas wahrzunehmen. Dann wandte sie sich zu ihm um. »Können wir nichts tun?« begehrte sie auf. »Hast du dir den Pachtvertrag durchgelesen? Besitzt du nicht das Recht auf die Quelle? Man erwirbt doch kein Kurbad ohne den Brunnen?«

Er schüttelte den Kopf, immer noch benommen von dem Schock. »Ich habe die Gebäude und die Einrichtungen gekauft«, sagte er. »Das habe ich nicht gewußt. Man hat mich übertölpelt, und ich habe nicht an den Brunnen gedacht! Ich bin ein Handelsmann, ich lasse meine Schiffe über die Meere fahren – ich kaufe nicht das Meer. Dort gibt es immer Wasser.«

»Wer steckt dahinter?« rief Sarah heftig. »Wer hat dir das eingebrockt? Wem gehören die neuen Gebäude?«

Er konnte ihr nicht in die Augen sehen. »Stephen Waring«, antwortete er abgestumpft. »Der hat sich auf auf unsere Kosten gesundgestoßen! Er hat mir das Fell über die Ohren gezogen.«

Sie machte ihm keine Vorwürfe. Als hätte sie eine schwere Last zu tragen, spannte sie die Schultern. »Wir haben immer noch die Schiffe«, sagte sie. »Denk an die Schiffe und die Sklaven und das Speicherhaus. Wir sind noch nicht am Ende, Bruder.«

Er blätterte in seinem Hauptbuch. »Wir müssen abwarten«, meinte er kraftlos. »Aber ich weiß nicht, was uns noch bleibt, wenn alle Schulden bezahlt sind. Wenn man Hot Well schließt und das gesamte Personal entläßt und die Einrichtung verkauft – ich weiß nicht, Sarah. Ich wußte immer alles bis auf den Pfennig, stimmt's? Als du noch die Bücher führtest und der Handel blühte. Aber jetzt geht alles für Zinsen drauf, und sie geben mir keinen Aufschub – ich habe die Übersicht verloren, Sarah.«

Mit wackligen Beinen stand er auf. »Ich denke, ich werde jetzt gehen.« Ausdruckslos sah er sie an. »Die *Rose* kann jeden Tag einlaufen, wie du weißt, mit Gold und Rum bis obenhin voll. Ich möchte am Kai stehen, wenn mein Schiff einläuft. Sie ist überfällig, aber vielleicht kommt sie heute. Mit der nächsten Flut. Oder mit der übernächsten.«

Sarah streckte die Hand aus, um ihn am Gehen zu hindern, doch er schritt an ihr vorbei, als hätte er sie nicht gesehen, als wäre sie gar nicht da. In der Halle nahm er seinen Hut vom Tisch. Einen Mantel trug er nicht, und so ging er wie ein Arbeiter in Hemdsärmeln in die graue Dämmerung und die aufkommende scharfe Abendluft hinaus.

»Wenn die *Rose* ankommt, dann lachen wir uns ins Fäustchen«, sagte er etwas unsicher zu sich selbst. »Dann werden wir reich sein.«

Erst als Josiah gegangen und die Tür hinter ihm ins Schloß gefallen war, sank Sarah in einen Sessel. Fassungslos stierte sie auf den Sockel des Kamins und fragte sich, ob sie wirklich ruiniert waren.

35. Kapitel

Sarah hörte das Pochen an der Haustür, doch sie bewegte ihren Kopf nicht. Das Geräusch kam von sehr weit her. Sie vernahm Stuart Hadleys angenehme Stimme, doch sie ging nicht hinaus, um ihn zu begrüßen, sondern überließ das Elizabeth.

Der Arzt trat in Frances' Schlafzimmer und schickte Mehuru hinaus, während er sie untersuchte. Sie war nicht mehr ganz so bleich, doch sie krümmte sich vor Schmerzen. Das Blut auf der Stirnwunde war getrocknet, und eine kleine bläuliche Prellung zog sich über ihre Schläfe.

Die Fragen des Arztes beantwortete sie mit angestrengter, schwacher Stimme. Vor Schmerzen konnte sie sich kaum bewegen. Er nahm an, die Aufregung habe einen Herzanfall bewirkt und die angegriffene Lunge habe möglicherweise darauf auch reagiert. Er verabreichte ihr eine hohe Dosis Laudanum und beobachtete, wie die Farbe langsam in ihre Wangen zurückkehrte, als das Mittel zu wirken begann.

Stuart Hadley hatte seine Patientin noch nie ohne das eng geschnürte Korsett gesehen. Zum erstenmal konnte er nun die Umrisse ihres Körpers erkennen, der sich unter der Bettdecke abzeichnete. Er bat sie um Erlaubnis und tastete sanft die Rundung ihres Bauches ab. Sie war fest und hart. Einen Augenblick befürchtete er irgendeine Wucherung, doch dann zeigte sich ein Lächeln auf seinem Gesicht.

»Wie lange sind Sie schon schwanger?«

Sie warf ihm einen entrüsteten Blick zu. »Schwanger?« wiederholte sie mit dünner, krächzender Stimme.

»Ich denke schon«, sagte er. Wieder drückte er ihren Leib. Die Festigkeit war unverkennbar. »Ja.«

Ihr Gesicht verriet sie, die Röte, die ihr vom Hals bis zur

Stirn stieg. Sie schloß die Augen und drehte sich auf dem Kissen zur Seite. »O mein Gott«, murmelte sie leise.

»Haben Sie das nicht gemerkt?«

Wie betäubt schüttelte sie den Kopf. »In den letzten sechs Monaten bin ich nicht unwohl gewesen«, sagte sie. »Aber ich dachte ... ich dachte ... ich habe es nie regelmäßig gehabt ...«

Er nickte. Die wenigsten Damen ihres Standes wußten über die Empfängnis Bescheid. Vor der Heirat wurden die Mädchen nur selten von der Mutter oder dem Gatten über Schwangerschaft und Geburt aufgeklärt. Selbst auf dem Lande hielt man sie vom Kreislauf von Geburt und Tod der Haustiere fern, und Frances hatte das Landleben nur durch die Fenster des Pfarrhauses betrachet. Sie war nicht die erste Lady, die er behandelte und die schon eine Weile schwanger war, ohne es zu wissen.

»Ich war so lange krank gewesen«, sagte sie, »mit der Erkältung. Ich dachte, davon war es ausgeblieben. Und ich bin nicht viel dicker geworden.«

»Es gibt keinen Zweifel, daß sie ein Kind erwarten«, erklärte er. Dann räusperte er sich. »Verzeihen Sie, Mrs. Cole. Das muß ein Schock für sie sein.« Er wußte kaum, wie er die Frage vorbringen sollte, entschied sich aber dann für schonungslose Offenheit. »Ich nehme an, Sie sind sich sicher, daß das Kind von Mr. Cole ist?«

Frances machte große Augen, drehte dann aber den Kopf zur Wand. Er befürchtete, daß sie tief beleidigt wäre. Doch als sie sprach, tat sie es mit ruhiger, klarer Stimme. »Es gibt einen Zweifel«, brachte sie in festem Ton vor. »Mr. Cole ist ...« Sie unterbrach sich, teils aus Verlegenheit, teils weil sie einfach nicht die richtige Bezeichnung kannte. »Ich halte es für unwahrscheinlich, daß Mr. Cole ein Kind macht«, erklärte sie schließlich sehr leise.

Eine ganze Weile schwiegen sie. Ohne sie gefragt zu haben, setzte sich Hadley an ihr Bett und nahm ihre schmale Hand in seine Hände. Trotz des Feuers war sie kalt. Er wußte nicht, wie sie bei ihrer ohnehin angegriffenen Gesundheit mit dieser Neuigkeit fertig werden würde. »Haben Sie keine Angst«, ermutigte er sie. »Wir werden einen Weg finden. Haben Sie keine Angst, Mrs. Cole.«

Sie sagte nichts.

»Mehuru ist ein Freund von mir«, sagte er ruhig. »Ich achte und respektiere ihn. Er ist ein Gentleman.« Innerlich mußte er schmunzeln, als er sich die Phrase ihres Standes benutzen hörte. »Ein Gentleman«, sagte er mit Bestimmtheit.

Sie schaute ihn kurz an. »Sind Sie es, der ihn zu den radikalen Vereinen mitnimmt?« wollte sie verbittert wissen. »Der ihm einredet, daß er frei sein muß?«

Hadley verkniff sich eine verärgerte Erwiderung. Sie war seine Patientin, er mußte sich um sie kümmern. »Was ich sagen wollte«, fuhr er sehr leise fort, »das Kind einer weißen Frau mit ihm als Vater würde eine dunkle Hautfarbe haben ...«

Sie blickte ihn so verständnislos an, daß er meinte, sie habe nicht begriffen, was er sagte, weil die Herzattacke womöglich ihr Denkvermögen beeinträchtigt hatte. Einen Moment hatte er Angst, er habe den allergrößten und dümmsten Fehler begangen, indem er vermutete, daß sich Mehuru und Frances liebten und daß das Kind von Mehuru stamme.

»Jedes Kind von ihm wird seine Vaterschaft erkennen lassen«, sagte er behutsam. »Jedes Kind von ihm hätte eine dunkle Haut.«

»So schwarz wie er?«

»Auf den Sugar Islands werden sie Mulatten genannt«, machte er ihr klar. »Sie haben braune Haut, sehr schöne Babys, ganz entzückende Kinder.«

Sie blickte erstaunt drein. Dann erinnerte sie sich, daß Miss Honoria – es schien eine Ewigkeit her – erwähnt hatte, sie bevorzugten als Hausdiener immer Mulatten. Ihr fiel ein, wie Honoria mit Leichtigkeit über unappetitliche Tatsachen hinweggegangen war: »Papa vermischt gern den Bestand.«

Mit versteinertem Gesicht öffnete sie den Mund und stieß ein hohes, kreischendes Lachen aus. Hadley schreckte zurück, aber sie hörte nicht auf, sondern lachte und lachte, als könne sie nie mehr aufhören.

»Schluß damit!« befahl Hadley in einem Ton, der ihren hysterischen Ausbruch beendete.

Mit großen Augen sah sie ihn an. »Was soll ich tun?« fragte sie einfach. »Das ist mein Ende.«

»Wissen Sie, wann das Kind kommen wird?«

»Ja«, antwortete sie ruhig. »Empfangen wurde es im Mai.« Ihr Gesicht entspannte sich, als sie an die Osterglocken auf ihrem Bett und die dunkle Mainacht dachte.

»Dann kommt es im Januar zur Welt«, erklärte er.

»Es könnte sterben«, sagte sie kühl, doch ihre Hand tastete ihren Bauch ab, und sie legte die Hand dorthin, wo sich der kleine Kopf befand.

»Möchten Sie, daß es stirbt?«

Ihre Züge belebten sich wieder, und die Farbe kehrte zurück. »Nein«, antwortete sie überraschend mit spontaner Überzeugung. »Es ist ein Kind der Liebe. Es ist mein Kind. Es ist Mehurus Kind. Ich möchte, daß es lebt. Oh!« Sie gab einen kleinen Laut des Verlangens von sich. »Oh! Ich möchte so sehr, daß es lebt!«

»Dann müssen wir sehr sorgsam mit Ihrer Gesundheit umgehen«, sagte der Arzt. »Vermeiden Sie alle Aufregung und alle Sorgen, und ruhen Sie, soviel Sie können. Das ist für Sie wie für Ihr Kind wichtig.«

Sie nickte. »Aber wenn mein Herz so schwach ist …«

»Sie müssen ruhen«, beharrte er. »Wir werden das schon schaffen – für Sie beide.«

Einen Augenblick schwieg sie. Dann drehte sie sich um und schaute ihn offen an. »Ich sorge mich nicht um mich«, sagte sie ruhig. »Ich habe nicht viel Glück gehabt, verstehen Sie, Mr. Hadley. Nicht in meiner Mädchenzeit und nicht in meiner Ehe und nicht einmal in meiner Liebe zu Mehuru. Oh! Er ist nicht schuld daran! Aber die Kluft zwischen uns ist so groß, wir hätten sie nie überbrücken können. Und ich bin nicht gut zu ihm gewesen.« Sie hielt inne, um nachzudenken. »Wenn es um mich schlecht steht und Sie sich entscheiden müßten … dann werden Sie das Kind retten, nicht wahr?«

Stuart Hadleys Gesicht verzerrte sich. »Ich hoffe, niemals diese Entscheidung fällen zu müssen.«

»Aber wenn ich im Sterben liege und Sie das Kind retten können, dann werden Sie das doch tun, nicht wahr?«

»Wenn das Ihr Wunsch ist«, entgegnete er zögernd.

»Es ist mein Wunsch«, sagte sie. »Mehurus Kind. Stellen Sie sich nur vor, was das für ein kostbares Kind sein wird.«

»Können Sie jetzt schlafen?« fragte er.

»Ja«, antwortete sie. »Das Laudanum macht mich schläfrig.«

Er hielt ihre Hand. »Ich bleibe bei Ihnen, bis sie eingeschlafen sind«, sagte er sanft.

»Sagen Sie Mehuru nichts.«

Er zögerte. »Sie wollen es ihm selbst erzählen?«

Ihre Augenlider wurden schwer. »Er muß frei sein, weggehen zu können«, flüsterte sie so leise, daß er es kaum vernahm. »Er muß frei sein. Ich muß ihn freilassen.« Einen kurzen Moment blickte sie eifersüchtig auf ihn. »Sie wollen doch, daß er ein freier Mann ist«, sagte sie.

»Ja, das stimmt.«

»Und Sie werden ihm raten, wo er hingehen kann, wo sie alle Unterschlupf finden, damit Josiah sie nicht findet und wieder zu Sklaven macht.«

»Das tue ich.«

»Dann muß er jetzt fort«, sagte sie schlicht. »Bei mir kann er nicht bleiben.«

Als ihr die Augen wieder zufielen, blieb der Arzt noch eine Weile bei ihr sitzen und schaute ihr bleiches Gesicht an. Leise öffnete sich die Tür, und Mehuru stand da.

»Du kannst hereinkommen«, sagte Hadley leise. »Sie schläft.«

Leichtfüßig wie eine Katze trat Mehuru näher. Als er Frances sah, weiß wie Wachs, und wie sich beim langsamen, schmerzenden Atmen ihre Brust nur ein wenig hob und senkte, da verharrte er.

»Sie wird jemanden brauchen, der auf sie aufpaßt«, erklärte ihm Hadley. »Tag und Nacht. Sie hat ein sehr schwaches Herz und muß Ruhe haben. Jegliche Aufregung sollte vermieden werden.«

Mehuru schwieg, die Augen ständig auf ihr Gesicht gerichtet.

»Sie braucht jemanden zur Pflege. Für die ersten paar Tage kann ich eine Krankenschwester schicken, aber auf die ist nicht groß Verlaß. Wird sich Miss Cole um sie kümmern?«

»Ich werde das übernehmen«, beschloß Mehuru.

»Du kannst nicht …«

Mehuru schüttelte den Kopf. »Ich habe ein Recht dazu«, sagte er mit vornehmer Würde. »Ich werde auf sie aufpassen, wenn sie schläft, und dasein, wenn sie wach ist.«

An jenem Abend kam Josiah nicht nach Hause, auch nicht am darauffolgenden Tag. Allein lief Sarah in der Winterdämmerung den Kai entlang zum alten Speicherhaus. Wie die Tochter eines Kaufmanns trug sie einen Schal über dem Kopf. Ihr Bruder hatte die Nacht in dem alten Haus verbracht. Nun saß er in seinem alten Kontor und schaute hinaus auf den Kai – er wartete auf die *Rose*.

Auch in der nächsten Woche kam er nicht in das teure Haus am Queens Square zurück. Er zog es vor, in dem kleinen Speicherhaus zu bleiben und dort auf einem Strohsack auf dem Fußboden zu schlafen, eingehüllt in seinen alten Mantel. Vom ersten Morgengrauen an saß er am Fenster, das auf den leeren Liegeplatz hinausging. Tagsüber schacherte er am Kai um verschwindend kleine Summen Bargeld, während die größeren Schuldenbeträge in den dunklen Kontobüchern fett wie die Maden wurden und die Briefe von Hibbard & Söhne sich ungeöffnet auf seinem Schreibpult stapelten, die androhten, sie würden ihn wegen unterlassener Zahlung verklagen.

Das Essen nahm er im Kaffeehaus ein, wo er sich weit weg vom oberen Tisch setzte. Er hätte dort seinen Platz beanspruchen können und wäre gewiß geduldet worden, denn es gab einige Männer, die ihn vielleicht freundlich begrüßt hätten, aber Josiah ließ es nicht darauf ankommen. Er wollte nicht mehr mit ihnen zusammensein. Er setzte sich weder zu den neuen noch zu den alten Freunden, sondern an einen kleinen Tisch, ganz für sich in der Nähe des Fensters, von wo er jedesmal, wenn er aufblickte, seinen Kai und die Hafeneinfahrt im Auge hatte. Ohne Unterlaß hielt er Ausschau nach der *Rose*, und jedesmal, wenn sich die Silhouette einer reisemüden Brigg vom glitzernden Wasser der hereinkommenden Flut abhob, reckte er sich ein bißchen auf seinem Stuhl, ließ die Serviette auf den Boden fallen und sprang auf. Aber nie war es die *Rose*. Obwohl Josiah fest an sie glaubte, traf sie an den grauen kurzen Novembertagen nicht ein.

Im stillen Haus am Queens Square lag Frances den ganzen Tag bei geöffneten Vorhängen in ihrem Zimmer und schaute hinaus auf die viereckigen Ausschnitte des Himmels, soweit die Fensterscheiben es zuließen. Das dicke Glas machte aus ihm graue Wellen und Wirbel. Ein- oder zweimal versuchte sie aufzustehen, doch sie bekam so wenig Luft und wurde so bleich, daß der Arzt darauf bestand, sie solle im Bett bleiben oder zumindest auf dem Sofa ruhen.

Das Wetter trug nichts zum Wohlbefinden bei. Die strahlenden Herbsttage waren von einer Nebeldecke vertrieben worden. Als Elizabeth auf Frances' Anordnung einmal die Fenster aufmachte, wälzte sich eine Wolke von gelbem Dunst herein. Der intensive üble Gestank des Flusses drang in die Häuser und sogar durch die Vorderfenster am Queens Square. Elizabeth schloß sie und zündete duftende Kerzen an, um die Luft zu reinigen. Nichts konnte die Stadt von dem erstickenden Qualm befreien, und jede Zugluft von draußen wehte eisige, schweflige Schwaden wie von brennendem Müll ins Zimmer.

An den Nachmittagen saß Sarah bei Frances, doch die Frauen verstanden einander nicht. Mit wächsernem Gesicht und kurzem Atem lag Frances ganz still da. Ihr dicker werdender Leib verschwand vollkommen unter den Falten ihres Gewandes und unter der Bettdecke. Sie spürte keine Lust, sich Sarah oder irgend jemand anderem anzuvertrauen, und Sarah hatte auch nichts mitzuteilen. Niemals hatte sie eine Schwägerin haben wollen; um des Geschäfts willen hatte sie sich mit ihr abgefunden und weil Josiah sie haben wollte. Jetzt, da Frances krank und still im Bett lag, sah Sarah überhaupt keinen Nutzen mehr in Frances. Deren Verbindungen zu Familien der Aristokratie hatten keine Besucher nach Hot Well gezogen, und das Wasser der Quelle kühlte sich ohnehin ab und tröpfelte nur noch. Das neue Hot Well in Clifton zapfte die Quelle an, und sie pumpten jetzt schon jeden Tag eine riesige Menge warmes Wasser in die prächtigen, modernen Häuser oberhalb der Klippe. Die einzigen Benutzer des alten Hot Well waren Leute, die zu arm oder zu schwach waren, woanders hinzugehen. In Josiahs Abwesenheit und ohne den überschwenglichen Empfangschef ging es mit Hot Well immer weiter bergab. Von Tag zu Tag sanken die Einnahmen, aber die Löhne und die Pacht mußten weiter bezahlt werden. Nur die Bedürftigen kamen noch an den festgesetzten Tagen. Das neue Hot Well war unerreichbar für sie, zu weit weg von der Stadt, und außerdem hatten die Merchant Venturers dafür gesorgt, daß sie nicht vertraglich verpflichtet wurden, in Clifton den Armen gratis Heilwasser an einem offenen Zapfhahn zu spendieren.

Sarah brachte immer ihre Handarbeit mit in Frances' Zimmer und nähte gereizt drauflos, machte kleine, saubere, wütende Stiche, während Frances mit halboffenen Augen dalag und das leise, monotone Luftholen ihrer Schwägerin und die Stiche der Nadel in Leinen hörte und dabei deren Verachtung spürte.

Mit Mehuru sprach Frances kaum, obwohl er darauf bestand, sie zu bedienen. Keinem anderen erlaubte er, ihr den Krug mit warmem Wasser am Morgen oder das Dinnertablett am Nachmittag zu bringen. Das Tablett stellte er neben dem Bett ab und fragte sie dann immer, wie sie sich fühle. Aber sie wollte nicht mit ihm reden, sondern drehte sich zur Wand. Von der Schwangerschaft wollte sie ihm nichts sagen. Zu deutlich erinnerte sie sich an ihr verzweifeltes Verlangen, zu Josiah zu eilen, und an ihre panikartige Flucht nach Hause. In jenem Augenblick hatte sie Mehuru gezeigt, wo sie hingehörte: zu ihrem Ehemann. Sie spürte, daß sie ihn verraten hatte, und sie schämte sich dafür.

Und sie wappnete sich für seinen Weggang. Er hatte ihr zu verstehen gegeben, daß er weggehen würde, und sie hatte ihn gewarnt, daß sie ihn in dem Haus am Queens Square nicht beschützen könne. Sie wollte ihn nicht zurückhalten. Sie wollte nicht, daß ihn sein Kind, ihrer beider Kind, zurückhielt. Er sollte frei sein!

»Geht es dir heute besser, Frances?« fragte Mehuru sanft, als er das Dinnertablett auf dem Tisch neben dem Bett absetzte.

»Ja, danke«, sagte sie leise. Doch als er sie verließ und Elizabeth das Bett glattstrich, bemerkte diese, daß Frances in das Kissen geweint hatte.

»Also, was ist denn das jetzt?« fragte sie freundlich. »Was hat er denn gesagt, daß Sie so weinen müssen?«

Doch Frances schüttelte nur den Kopf und antwortete nicht.

Auf der Treppe hielt Elizabeth Mehuru an, als er in die Küche unterwegs war. »Sie weint, wenn sie dich sieht«, beschuldigte sie ihn. »Was hast du ihr getan?«

Mehuru breitete die Hände aus. »Ich? Nichts habe ich getan! Ich habe ihr gesagt, daß ich sie liebe, und ich habe sie gebeten, mit mir fortzugehen. Aber seit dem Tag, als sie die Sache mit dem neuen Hot Well herausfand, hat sie nicht mehr mit mir geredet. Sie ist Josiah Coles Frau, nicht meine. Das läßt sie mich recht grausam spüren.«

»Nun, wie auch immer, es bricht ihr das Herz«, bemerkte Elizabeth.

»Was kann ich da machen?« fragte Mehuru. »Ich will nicht ihr gezähmtes Schoßtier sein, Elizabeth. Ich gehöre ihr bis in den Tod, aber wenn sie sich von mir abwendet, was kann ich da machen?«

»Du könntest deinen Stolz zügeln«, erwiderte sie in scharfem Ton. »Du könntest sie fragen, was los ist, statt so zu tun, als wüßtest du alles. Alles! Oder du könntest mal deine Augen aufsperren. Du bist doch der Schlangenpriester, ein Seher! Du müßtest es doch sehen, was mit ihr los ist.« Sie ließ ihn stehen und stampfte die Treppe hinunter; als sie durch die Küchentür ging, schimpfte sie über die Dummheit der Männer. Mehuru blickte ihr finster nach und lief ihr dann hinterher. Die anderen saßen bereits am Küchentisch. Mehuru ließ sich auf seinem Platz am Kopfende nieder, senkte die Stirn und nahm sich einen Augenblick Zeit, um der Erde für ihren Reichtum und für den Atem zu danken, mit dem man ihre Güter ißt.

Kbara nickte ihm zu, als er den Kopf wieder hob. »Wir haben über alles nachgedacht«, sagte er mit dem flüssigen, warmen Akzent seiner Heimat. »Unser Entschluß steht fest: wir sollten bald weggehen. Wegen Frances' Krankheit haben wir es hinausgezögert, doch jetzt können wir nicht mehr warten.«

Mehuru nahm ein Stück Brot und brach es entzwei. Eines der Mädchen stellte ihm eine Schüssel Suppe hin. Er nickte. »Ich habe mit Stuart Hadley gesprochen, und er weiß, wo ihr euch hinwenden könnt«, sagte er. »Er wird euch Geld für die Reise geben, und er hat Freunde, die euch freundlich aufnehmen werden. Natürlich ist das jetzt für euch der rechte Zeitpunkt ...«

»Für uns?« unterbrach ihn Kbara sogleich. »Und was machst du?«

»Wir sind jetzt eine Familie«, warf Mary ein. »Wir können dich nicht zurücklassen, Mehuru.«

»Es tut mir leid. Aber ich muß bei Frances bleiben.«

Ärgerlich murmelten alle durcheinander. »Du mußt mitkommen«, entgegnete Martha beharrlich, und die anderen pflichteten ihr bei. »Wir haben vereinbart, uns nicht zu trennen. Das gilt auch für dich.«

»Ich liebe sie«, sagte er einfach. »Und sie ist sehr krank, sie könnte sterben. Ich kann sie nicht im Stich lassen, allein mit dieser Schwägerin. Wer wird sie liebevoll im Arm halten? Wer wird ihr das Gesicht und den Körper waschen, wenn sie kalt ist? Ihr müßt das verstehen, ich kann erst weg, wenn ich weiß, was sie wünscht.«

»Aber sie redet ja nicht mit dir«, wandte Elizabeth ein. »Du sagst doch selbst, sie liebt ihren Mann und nicht dich.«

Mehuru schüttelte den Kopf. »Das hat nichts zu sagen. Es

ist für uns nicht einfach, einander zu lieben. Es spielt keine Rolle, daß sie mit mir nicht reden will und daß sie seine Frau ist. Was zählt, das ist, daß sie mich liebt, trotz all der Dinge, die wie eine Mauer zwischen uns stehen, und daß ich sie immer noch liebe. Ich werde sie erst verlassen, wenn ich von ihr Abschied nehme.«

»Und was ist, wenn sie sich wieder erholt und dich verkauft?« bedrängte ihn Kbara ziemlich unfreundlich. »Sie haben für dich und John schon einen Preis vereinbart. Was ist, wenn sie euch beide morgen verkauft? Die brauchen das Geld. Die haben nichts als Schulden.«

Mehuru nickte. »Ihr müßt weg. Wegen John und wegen eurer Sicherheit. Ich warte, bis sie mich wegschickt. Wenn sie mir sagt, ich soll gehen, dann gehe ich und werde euch finden. Ich liebe euch. Die Kinder liebe ich, als wären es meine eigenen, und ich liebe dich, mein Bruder, und euch, meine Schwestern. Aber Frances liebe ich, als wäre sie meine Frau. Wenn sie mich wegschickt, werde ich nachkommen.«

»Was ist, wenn wir in alle Winde verstreut werden?« fragte Mary besorgt.

»Das Risiko muß ich eingehen«, antwortete Mehuru. »Aber Stuart Hadley kennt den Ort, und ich werde euch überall finden. Wir haben soviel durchgemacht und alles überstanden!«

Kbara verzog sein Gesicht. »Ich habe gedacht, du kommst mit uns. Ich habe gedacht, dir gehen die eigenen Leute vor.«

»Ich fühle mich hin und her gerissen«, gestand Mehuru. »Ihr seid meine Gefährten. Aber Frances wird vermutlich sterben. Wie kann ich sie da verlassen?«

»Und ich bleibe auch da«, sagte Elizabeth plötzlich.

Erstaunt drehte sich Mary zu ihr um. »Du auch?«

Unterhalb der Tischkante machte Elizabeth eine kleine bezeichnende Geste in ihre Richtung. »Ich habe hier zu tun«, sagte sie mit schlichter Würde. Den mißbilligenden Blicken der beiden Männer bot sie die Stirn. »Das würdet ihr nicht verstehen. Hier gibt es Arbeit für mich, Frauenarbeit. Ich muß hierbleiben und mich um Frances kümmern.«

»Ich glaube nicht ...«, begann Mehuru.

»Ich weiß«, entgegnete Elizabeth mit abschließender Entschiedenheit.

Angesichts ihrer Bestimmtheit mußten sich die beiden Männer geschlagen geben. Mehuru wurde an die kleinen Dorfberatungen zu Hause erinnert, bei denen die Männer den ganzen Tag reden konnten, aber wenn eine der älteren Frauen hinzutrat und sagte, daß irgendeine Sache getan werden mußte, dann setzte das der Debatte sofort ein Ende.

»Um Frances' willen bin ich froh darüber«, meinte er. »Mir erlaubt man nicht, sie zu pflegen, und Miss Cole ist eine harte, kalte Frau.«

»Ich werde sie pflegen, bis sie stirbt«, erklärte Elizabeth. »Und sobald sie tot ist und gewaschen und zur Beerdigung bereit, folge ich euch.« Sie nickte allen am Tisch zu. »Und ich werde Mehuru mitbringen. Bloß weil wir jetzt dableiben, werden sie uns schon nichts antun.«

»Na gut«, sagte Kbara. Er schaute Mehuru an, der früher mit der Voraussicht des Priesters gewußt hätte, welche Zeit eine kranke Frau noch zu leben hat. »Es wird nicht mehr lange dauern, nicht wahr? Der Doktor hat das gesagt. Du mußt das doch voraussehen können?«

»Ich weiß es nicht«, sagte Mehuru, der sich lieber für Blindheit entschied, als Frances' Tod vorherzusagen. »Woher soll ich das wissen? Ich weiß es nicht.«

36. Kapitel

Josiah saß in seinem alten Sessel am alten Schreibpult vor dem Fenster im Kontor, das auf den Kai hinausging. Das Haus am Queens Square, um das er so gerungen und das ihn soviel gekostet hatte, war in Vergessenheit geraten. Sein Hot Well hatte er vergessen und seine ehrgeizigen Pläne. Er saß da, als hätte es die Jahre nie gegeben, als würde Sarah oder gar sein Vater ihn jeden Augenblick zum Essen nach nebenan ins Wohnzimmer rufen.

Bei flüchtigem Hinschauen sah es so aus, als arbeitete er. Vor ihm lagen die Bücher aller seiner Schiffe, und er ging deren Gewinnbeträge sorgfältig durch, addierte sie und rechnete sie dann von allen Schiffen zusammen. Auf einem anderen Blatt standen die Schulden, die er begleichen mußte, und ab und zu zog er die Gesamtsumme seines Gewinns vom Schuldenbetrag ab. Es war eine unsinnige Aufgabe: eine Milchmädchenrechnung. Jedesmal verringerte sich der Schuldenbetrag kaum. Josiah stand vor dem Ruin, und er war zu bestürzt, um es zu erkennen.

Nur der Verkauf der Schiffe selbst, des Speicherhauses und die Kündigung seines Liegeplatzes am Kai würde die Schulden tilgen. Immer wieder rechnete er den Wert des Tabaks unter Zollverschluß, den Wert des Rums in seinem Keller und des Zuckers in seinem Lager zusammen, und wieder zog er die Summe ab von seinen Schulden für die *Rose*, von der Pacht für Hot Well und vom Wert des Hauses am Queens Square und bemerkte, daß er noch Tausende von Pfund aufbringen mußte.

Der Raum war kalt, der Regen klopfte an die verrußten Fenster und zog Schmutzspuren über die ungeputzten Scheiben. Wenn der Wind aus der Schlucht blies, klapperten die Fenster, und Zugluft wehte um Josiahs gebeugten Kopf, als er sich über die Verlustrechnung wunderte. Ihm wurde die Kälte an seinem unbedeckten Kopf nicht bewußt. Er sah nur noch das blendende Weiß der Seiten vor sich und fühlte das glatte Papier unter seinen Händen. Wie immer er addierte und subtrahierte und wieder addierte, er bekam nie das rechte Ergebnis heraus. Was immer er mit den Zahlen anstellte, das Ergebnis war immer ein Minus.

Nur die *Rose* könnte ihn retten, wenn sie bald zurückkehrte, tüchtig beladen mit Goldbarren und Rum und gut riechendem Zucker. Nur die *Rose* könnte ihn retten, wenn sie recht bald einliefe, bevor die nächste Jahrespacht für Hot Well fällig wurde und ehe Hibbard & Söhne ihm den Kredit aufkündigten und das zu teuer bezahlte Haus am Queens Square oder das Kurbad Hot Well und alle seine Schiffe zur Tilgung seiner Schuld forderten. Wenn sie nicht bald einträfe, würde er das Haus hergeben und zum kleinen Kai und ins Speicherhaus zurückkehren müssen, das sein Vater so stolz sein eigen genannt und das Josiah ebenso stolz vor knapp zehn Monaten verlassen hatte.

Frances erwachte aus leichtem Schlaf mit dem Gefühl, als habe sie jemand am Ärmel gezupft. Oder war es ein Geräusch, das sie aufgeweckt hatte. Sie lag still da zwischen Wachen und Schlafen und fragte sich, was es war – ein Geräusch draußen auf der Straße vielleicht, oder jemand hatte ihren Namen gerufen.

Dann spürte sie es wieder. Eine kleine, deutliche Bewegung, ein Sich-Winden, eine Berührung, ein Liebkosen. In ihrem Leib hatte sich das Kind bewegt, und sie hatte es in ihrem leichten Schlaf gefühlt. Es war die wundersamste Empfindung der Welt, und sie war so deutlich, als rufe ein Kind nach der Mutter. Sie legte die Hand auf den anschwellenden Bauch und spürte, wie das Kind mit dem Fuß stieß. Es war lebendig und stark. Sie bemerkte seine Bewegung und glaubte, daß sie es lieben gelernt hatte, dieses kleine, ausgelassen schwimmende und stoßende Wesen.

»Nicht mehr lange«, flüsterte sie.

Leise klopfte jemand an. Sie drehte den Kopf und sagte: »Herein!«, weil sie meinte, es sei Elizabeth.

Aber es war nicht Elizabeth, die still in der Tür erschien, sondern Mehuru. Er machte ein ernstes Gesicht.

Frances zog sich die Bettdecke höher, um ihren runden Leib zu verbergen.

»Darf ich hereinkommen?« fragte er bescheiden. Er stand auf der Türschwelle und wartete auf ihre Erlaubnis.

»Ja«, sagte Frances. Sie konnte ihm nicht in die Augen sehen. Ihr war, als habe sie ihn genau an dem Tage verraten, der ihr letzter gemeinsamer hatte werden sollen, ein Tag des Abschiednehmens, erfüllt von Liebe; und dann hatte sie an nichts anderes gedacht als an Josiah und an seinen Untergang. »Natürlich darfst du hereinkommen«, antwortete sie leise. »Was gibt es?«

»Es gibt da eine Schwierigkeit«, begann er.

Einen Augenblick dachte sie, Stuart Hadley habe ihr Vertrauen mißbraucht und Mehuru von der Schwangerschaft erzählt. Hadley hatte hoch und heilig Verschwiegenheit gelobt, und außerdem war er von Berufs wegen an die Schweigepflicht gebunden, doch immerhin war er auch Mehurus Freund und könnte meinen, ein Mann habe das Recht es zu erfahren, wenn eine Frau ein Kind von ihm erwartet. Unbewußt legte sie zum Schutz die Hand auf den Bauch; sie konnte fühlen, wie das Kind wieder stieß.

»Was für eine Schwierigkeit?«

Er wußte nicht recht, wie er es ihr beibringen sollte, daß die Sklaven geflohen waren, ohne daß sie einen Anfall bekam. Irgendwie registrierte ein weises, uraltes Wahrnehmungsvermögen tief im Innern seines Herzens ihre Geste. In Afrika hätte er es sofort erkannt, aber Mehuru wurde immer mehr zum Engländer. Er war zu sehr auf einen Gegenstand fixiert, was ihn für andere Eindrücke blind machte.

»Hat der Doktor eine Medizin dagelassen?«

Mit einer hastigen Geste wies sie auf den Nachttisch mit der

Flasche Laudanum. »Aber ich brauche sie nicht«, sagte sie, obwohl ihr Herz warnend pochte. »Was gibt es? Geht es um Josiah? Ist er krank?«

»Nein, deinem Mann geht es gut, soweit ich weiß. Bitte beunruhige dich nicht.«

»Sag es mir sofort.«

»Es geht um die Sklaven«, teilte er ihr leise mit. »Alle außer Elizabeth. Sie sind weggelaufen, Frances. Sie sind alle weg.«

Einen Moment begriff sie nicht. Sie schaute ihn an, als hätten seine Worte keinen Sinn. »Weg?«

»Letzte Nacht sind sie auf und davon«, erklärte er. »Nachdem die Köchin sie eingeschlossen hatte. Die Köchin weiß nichts davon. Ihr darf man keine Schuld geben.«

»Aber du hast es gewußt«, sagte sie.

Er nickte. »Ich habe es gewußt.«

Eine kurze Pause entstand, dann richtete sie sich im Bett auf. »Und du bist nicht mitgegangen?«

Er trat näher. »Ich habe mich entschlossen hierzubleiben.«

»Weißt du, wo sie sind?«

»Auf einem Bauernhof in einer Gegend namens Yorkshire. Wir wollen dort das Land bestellen.« Ein unvermitteltes Lächeln vertrieb den ernsten Gesichtsausdruck. »Doch auf diesem kalten Boden wird kaum etwas wachsen! Zum Glück verstehen sich die beiden Fulani auf Viehzucht. Ich glaube, damit schaffen wir es und werden unser Auskommen finden.«

»Du wirst dich ihnen anschließen?«

»Das hängt von dir ab.« Er schwieg eine Weile, um genau zu überlegen, was er zu ihr sagen könne. »Ich habe mich nicht verändert, Frances. An jenem Tag sagte ich dir, daß ich dich liebe, und ich liebe dich nach wie vor. Ich weiß, daß du krank bist, und ich weiß, daß Josiah vor dem Ruin steht und daß hier alles drunter und drüber geht. Wir könnten immer noch zusammen nach Yorkshire aufbrechen. Oder ich bleibe bei dir. Oder du kannst mich wegschicken … Ich richte mich ganz nach dir.«

Er nahm ihre Hand. Die Art, wie sie die andere Hand auf ihren Leib unterhalb der Rippen preßte, erinnerte ihn an etwas.

Er hielt inne, schaute sie an und sah zum erstenmal die liebliche Kurve ihres dicken Bauches, die sich unter ihrem Gewand und der Bettdecke abzeichnete.

»Du erwartest ein Kind«, sagte er.

Es sah aus, als wollte sie es leugnen, doch dann nickte sie.

»Josiahs Kind«, sagte er mit bitter verzerrtem Mund. »Für Josiahs Kind setzt du dein Leben aufs Spiel.«

Wieder nickte Frances, denn sie traute es sich nicht zu, die volle Wahrheit auszusprechen.

Er wandte sich von ihrem blassen, angespannten Gesicht ab, ging zum Fenster und blickte hinaus über den Platz. Die Bäume trugen keine Blätter mehr, die leuchtenden Farben hatten sie abgestreift, und das Grau des Grases erinnerte Mehuru an seine Heimat am Ende der Trockenzeit. »Ich wünsche mir immer noch, wir könnten nach Afrika«, äußerte er halb zu sich selbst.

»Du solltest gehen«, flüsterte Frances leise. Sie brachte es nicht fertig, ihn wegzuschicken; sie konnte ihm lediglich erlauben zu gehen und durfte ihm nichts anvertrauen, was ihn an sie binden würde. Er war bereit gewesen zu fliehen, und sie hatte zu oft erlebt, wie er vor ihren Augen gedemütigt wurde. Sie spürte, daß sie ihm die Freiheit schuldete, obwohl er der Vater ihres Kindes war – gerade weil er es war.

Er schüttelte den Kopf. »Das ändert nichts«, sagte er schließlich. »Das ändert nichts an meinen Gefühlen für dich – ob du Josiahs Kind trägst oder nicht. Du bist krank, und dein Mann ist nie zu Hause. Ich liebe dich und habe mir gelobt, bei dir zu bleiben!«

»Ich habe dich nie um ein Versprechen gebeten«, unterbrach sie ihn, »und werde dich nicht halten.«

»Ich habe es mir gelobt«, erwiderte er. »Du bist die erste Frau, die ich je geliebt habe, Frances, und ich weiß, daß das ein Fehler war. Zwischen uns gibt es zuviel Trennendes. Die Hautfarbe ist nicht so wichtig wie alles andere.« Seine Geste bezog sich auf ihrer beider politische Einstellung, ihre Kultur, ihre Erwartungen und darauf, was jeder für wichtig hielt. »Aber das spielt keine Rolle. Nichts zählt, jetzt, wo du so krank bist und deine Welt zusammenbricht. Ich liebe dich, und ich bleibe bei dir, bis du mir sagst, ich soll gehen.«

»Und wenn ich es sage?«

»Dann gehe ich zu meinen Leuten.«

»Und wenn ich sage, bleib da?«

»Dann bleibe ich da.«

Sie blickte ihn quer durch das Zimmer hin an, sah sein offenes, liebevolles Gesicht. Sie überlegte, daß sie ihn zur Flucht bewegen müßte, solange er sich noch mit seinen Leuten ein neues Leben schaffen konnte. Sie zweifelte nicht daran, daß sie den Bauernhof erfolgreich bewirtschaften würden. Alle waren zähe Überlebenskünstler, und alle waren mit den Realitäten bodenständigen Lebens vertraut und von einer Zärtlichkeit beseelt, wie sie Josiah, Sarah und sie selbst sie nicht kannten. Sie würden heiraten und Kinder haben, und die würden zu englischen Männern und Frauen heranwachsen und Afrika nur als Erinnerung kennen, tief verborgen in ihren Herzen.

Sie streckte eine Hand nach ihm aus. »Ich werde dich nicht bitten dazubleiben«, sagte sie standhaft. »Es wäre sicherer für dich wegzugehen. Immer noch könnte dich Josiah verkaufen, und ich könnte dich nicht beschützen und ...« Sie brach ab. »Ich bin krank«, sagte sie ehrlich zu ihm. »Ich bin todkrank, Mehuru. Ich habe meine Mutter so sterben sehen. Es gibt keinen Grund hierzubleiben.«

Er ging wieder zu ihr hin und nahm ihre Hand. Sie hatte so zierliche Knochen wie ein Vögelchen. In der kurzen Zeit ihrer Krankheit war sie völlig vom Fleisch gefallen; er konnte die leichten Knochen ihres Handgelenks spüren. Er drehte ihre Handfläche nach oben und drückte einen zarten Kuß darauf.

»Ich bleibe da, solange du mich brauchst«, versprach er.

Beide wußten, daß das nicht mehr lange sein würde.

Frances sah Sarah erst wieder, als sie am Nachmittag vor dem Dinner in ihr Zimmer kam. Die beiden Frauen führten ein nahezu getrenntes Leben. Sarah nahm das Essen immer noch allein in dem überladenen Speisezimmer ein, Frances bekam es oben auf einem Tablett serviert. Beide aßen nicht viel. Josiah kam überhaupt nicht mehr nach Hause. Sarah störte ihn nicht. Sie hatte eine blasse Hoffnung, eine Spur von optimistischem Wunschdenken, daß Josiahs Ringen mit seinen Schulden sich plötzlich zum Guten wenden könnte und er wieder nach Hause stolziert käme, den Hut lässig aufgesetzt und den Plan für ein neues Vorhaben in der Hand, um alles in Ordnung zu bringen. Sie wußte, daß es aussichtslos war, doch sie konnte nicht anders, als sich an diese Hoffnung zu klammern.

Mittlerweile fiel es ihr schwer, ihn derart verbissen in seine Berechnungen vertieft zu sehen. Nachdem er an drei Abenden nicht zum Dinner erschienen war, war sie zum Kai gegangen, um ihn zu holen. Beim Hochschauen hatte sie Licht in seinem Fenster erblickt. Oben hatte sie ihn über das Schreibpult gebeugt angetroffen, wo er die Blätter von einem Haufen auf den anderen stapelte und sie dann hin und her schob und wieder zurücklegte, ohne sie zu bemerken. Eine halbe Stunde lang hatte sie schließlich am Kai gewartet und den Mut aufzubringen versucht, erneut hineinzugehen und Josiah aufzufordern, nach Hause mitzukommen. Aber sie konnte ihre gewohnte Kälte und den Abstand zwischen ihnen nicht überwinden. Am Ende hatte sie den Bruder seiner sinnlosen Nachtwache über seinen Schulden überlassen und war allein zurückgegangen.

An dem Ruin gab Sarah ganz und gar Frances die Schuld. Nur mit der kühlsten Höflichkeit konnte sie mit ihr reden. Selbst als sie ihre Schwägerin immer schwächer werden sah, konnte sie kein Mitleid für sie aufbringen. Stuart Hadley teilte ihr mit, daß Frances ein verhängnisvoll schwaches Herz habe und keiner Aufregung ausgesetzt werden dürfe, und Sarah nickte bloß und sagte: »Keiner von uns ist so stark, wie es scheint«, als ob seine Worte für sie nichts bedeuteten.

Hadley hatte hinzugefügt: »Vielleicht habe ich mich nicht klar genug ausgedrückt. Ein weiterer Schock könnte sie umbringen.«

Sarah hatte ihn nur angeschaut und gemeint: »Sie war schon

immer schwächlich.« Sie sprach, als wäre Frances ein Ballen schlechter Baumwolle, die als gute Qualität verkauft wurde, und in der Tat glaubte sie, die Scotts hätten sich mit dem Rest der Welt verschworen, sie und Josiah übers Ohr zu hauen, und ihnen eine minderwertige Ware angedreht und sie damit in den Ruin getrieben.

Einmal am Tage konnte sie sich durchringen, Frances zu besuchen, und zwar kam sie immer vor dem Dinner, um sich eisig bei der Schwägerin zu erkundigen, ob es ihr ein bißchen besser ginge.

»Nicht besser«, erwiderte Frances. »Aber ich habe heute eine sehr schlechte Nachricht erhalten.«

Sarah hob eine Augenbraue. Sie setzte sich nicht. Am Fuß von Frances' Bett blieb sie stehen, um das Zimmer gleich nach dem Austausch von Höflichkeiten wieder zu verlassen.

»Die Sklaven sind weg«, sagte Frances unverblümt.

»Was?«

»Weggelaufen«, erklärte Frances.

»Aber ich habe doch Cicero gesehen!«

»Er und Elizabeth sind die einzigen, die hiergeblieben sind.«

Sarah entfernte sich vom Bett und sank in den blauen Sessel am Kamin. »Ich verstehe nicht«, sagte sie.

»Letzte Nacht sind sie verschwunden«, berichtete Frances. »Cicero hat es mir heute früh erzählt.«

»Warum hast du mir das nicht sofort gemeldet?« wollte die aufgebrachte Sarah wissen. »Wir hätten die Obrigkeit einschalten können …«

»Ich glaube, das hätte nichts genützt. Gewiß haben sie das gut geplant«, entgegnete Frances trocken.

»Haben sie uns bestohlen?«

»Das weiß ich nicht.«

»Warum hast du mich nicht gleich benachrichtigt?«

Frances sah sie müde an. »Es schien mir nicht so wichtig zu sein«, antwortete sie kühl. »Jetzt nicht.«

Beiden wurde ihr nicht mehr aufzuhaltender Ruin bewußt. Sarahs Einsprüche verstummten. Bald würden sie weder ein

Haus noch eine Firma besitzen, dachte sie. Falls sie ganze fünfzehnhundert Pfund für die Sklaven gekriegt hätten, wären die nur an die Gläubiger gegangen.

»Sie waren sozusagen deine Mitgift«, sagte sie mürrisch. »Und was haben sie uns nun genutzt?«

Frances nickte angesichts der versteckten Kritik. »Nichts hat Glück gebracht«, bemerkte sie. »Weder die Sklaven, noch das Geschäft, noch die Ehe. Wann hast du Josiah zum letztenmal gesehen?«

»Gestern abend. Er hält sich unten am Kai im Speicherhaus auf. Mich hat er gar nicht bemerkt.«

»Ist er krank?«

»Er versucht zu retten, was zu retten ist«, antwortete Sarah loyal. »Er arbeitet Tag und Nacht.« Frances gegenüber wollte sie sich nicht eingestehen, daß er sich wie ein Wahnsinniger gebärdete und lauter Dinge tat, die nichts bewirkten.

Frances nickte. »Wirst du ihm von den Sklaven berichten?«

Sarah schüttelte den Kopf. »Ich werde eine Suchanzeige aufgeben. Und wenn wir sie nicht zurückbekommen, dann erfährt er es immer noch früh genug. Es hat keinen Sinn, ihn mit Hiobsbotschaften zu behelligen. Josiah hat genug Sorgen.«

Sie stand auf, als hätte sie eine schwere Bürde zu tragen. »Dieser Cicero und diese Elizabeth«, sagte sie, »wissen die, wo die anderen hin sind? Werden die uns helfen, daß wir sie wiederbekommen?«

»Sie haben keine Ahnung, und selbst wenn sie es wüßten, würden sie es uns nicht sagen.«

»In dem Fall könnten wir sie mit der Peitsche zum Reden bringen.«

Frances seufzte verärgert. »Alle sind geflohen außer diesen beiden. Belohnen wir so ihre Treue? Mit Prügel?«

»Warum sind sie dageblieben?«

Frances wandte die Augen von Sarah ab. »Ich weiß es nicht«, erwiderte sie. »Aber ich bin froh, daß sie da sind. Ohne Bezahlung hätten wir sonst niemand mehr für den Haushalt hier, vermute ich.«

Sarah bestätigte das. »Es ist kein Bargeld mehr da. Die Kaufleute schreiben für uns an, aber bald werden sie dahinterkommen, daß nichts mehr zu holen ist. Ich weiß nicht, ob vom Gewinn der *Lily* überhaupt noch etwas übrig ist. Josiah kann ich nicht danach fragen, aber ich muß es bald wissen. Am Ende ist alles für das Haus und für Hot Well draufgegangen. Alles ist weg, nichts ist mehr übrig.«

37. Kapitel

An einem kalten Dezembermorgen mit frostigem Rauhreif hämmerte jemand um sieben Uhr an die Eingangstür. Mehuru, der gerade warmes Wasser zu den Schlafzimmern im ersten Stock tragen wollte, setzte die schweren Kannen ab und ging zur Haustür.

Ein rundgesichtiger Mann in brauner Sergekleidung trat ein, gefolgt von zwei anderen Männern, und legte seine Hand auf Mehurus Arm.

»Gerichtsvollzieher«, sagte er schroff. »Ist dein Herr zu Hause? Kapiert? Der große Chef? Kapiert?«

Mehuru riß seinen Arm los. »Mr. Cole befindet sich im Speicherhaus in seinem Kontor.«

Vor Erstaunen über das perfekte Englisch blickte der große Mann verständnislos drein. »Hier, dich nehmen wir gleich mit«, sagte er und packte wieder fest zu.

»Was soll das?« fragte die Köchin, die auf dem Gang von der Küche heranwogte.

»Gerichtsvollzieher«, sagte der Mann kurz angebunden. »Sind da, um Gegenstände im Wert von mehr als 2000 Pfund einzuziehen.«

Die Köchin pflanzte sich vor ihm auf. »Und was glauben Sie, was Sie mit dem da machen?« fragte sie gebieterisch und zog ihm Mehurus Ärmel aus der Hand.

»Er ist eine Ware«, erklärte der Mann, »und eine Menge wert, sollte ich meinen.«

»Er ist frei«, log die Köchin sofort. »Er ist ein freier Mann, ein Bediensteter.«

»Darum kümmern wir uns«, entgegnete der gestrenge Gerichtsvollzieher. »Ich habe Vollmacht, hier Einrichtungsgegenstände zu beschlagnahmen.«

»Sie warten hier«, befahl die Köchin. Sie gab Mehuru einen Wink hinaufzugehen. »Wecke Miss Cole und berichte ihr«, sagte sie.

Mehuru nickte und ging hinauf zu Sarahs Schlafzimmer. Leise klopfte er an. Auf Miss Coles schneidende Antwort hin öffnete er die Tür einen Spaltbreit und sprach von dort aus.

»Ein Mann ist da, der sich Gerichtsvollzieher nennt.«

Er hörte einen jähen Ausruf und die Geräusche, wie Sarah eilig aus dem Bett stieg und sich einen Umhang überwarf. Sie spähte durch die halboffene Tür. »Gerichtsvollzieher?« fragte sie.

»Ja«, bestätigte er.

Ihr Gesicht zeigte Wut und Anspannung, wie er sie noch nie gesehen hatte. »Verschwinde durch die Hintertür«, zischte sie. »Renne zum Speicherhaus und suche Mr. Cole. Sage ihm, er soll sofort herkommen. Sage ihm, er soll umgehend herkommen und alles mitbringen, was er hat, das ganze Bargeld, alle Kreditbriefe und eine Aufstellung, was wir noch unter Zollverschluß haben.«

Mehuru nickte.

»Geh, ohne daß sie dich sehen«, mahnte ihn Sarah, »und mach schnell.«

Mehuru eilte hinunter. In der Halle versperrte die Köchin den Weg. Ein weiterer Mann mit einem Handkarren war eingetroffen und nach ihm noch ein Ponywagen. Wie ein Schatten schlich sich Mehuru durch die Halle nach hinten auf den Hof.

Er rannte zum Dock und pfiff dem Fährboot, ihn überzusetzen.

»Halber Penny«, sagte der junge Bursche.

»Mr. Cole wird auf dem Rückweg bezahlen«, versprach Mehuru. Er hatte immer noch kein Geld in der Tasche.

»Das sollte er wahrlich tun!«

Das kleine Boot stieß mit der Nase gegen die grüne, glitschige Treppe. Mehuru sprang über die Gezeitenmarke von Unrat und Schmutz an Land und rannte die Stufen hoch zum Speicherhaus von Cole & Söhne. Er hämmerte an die Vordertür und rief laut, bis oben das Fenster aufging und Josiah den Kopf hinaussteckte.

»Ach, du bist es«, sagt er. »Was gibt's?«

»Gerichtsvollzieher«, antwortete Mehuru. »Miss Cole hat gesagt, Sie sollen sofort nach Hause kommen und alles mitbringen, was Sie haben, das ganze Geld und alle Kreditbriefe und eine Aufstellung, was noch unter Zollverschluß ist.«

Josiah lachte kurz auf – ein kalter, freudloser Mißton – und starrte hinunter auf Mehuru. »Ich komme«, sagte er. »Aber ich habe nichts mitzubringen. Nichts. Hörst du?«

Mehuru wartete. Ein bitterkalter Wind wehte von der Schlucht her, und über dem Kai lag Reif. Der Unrat im Hafen trug weiße Ränder. Die Tür ging auf, und Josiah Cole trat heraus. Er hatte einen alten, braunen Homespunanzug an und ein schmutziges Hemd. Die Halsbinde war schlecht gebunden und die Jacke nachlässig übergestreift, die eine Taschenklappe in die Tasche gestopft. Nebeneinander liefen die beiden Männer zum Fährboot, der makellos angezogene Schwarze in Livree und sein schäbig gekleideter Herr.

»Haben Sie einen Penny für den Jungen?« fragte Mehuru.

Josiah entblößte seine tabakfleckigen Zähne. »Das ist ungefähr alles, was ich noch besitze«, sagte er. »Und ich vermute, für dich muß ich auch noch bezahlen, gutes Geld, bloß damit du mir schlechte Nachrichten bringst. Du hättest außen herum rennen und mir dein Fährgeld ersparen können.«

Das Boot legte an den Stufen auf dem Bristoler Ufer an. Mehuru stieg zuerst aus und reichte Josiah Cole die Hand. Der Ältere bewegte sich, als sei er steif und müde, doch beim Einbiegen auf den Queens Square, als er die wartenden Karren und die Begleiter des Gerichtsvollziehers sah, da vergrößerte er seine Schritte.

»Was soll das?« rief er laut, sobald er an der Haustür anlangte. »Wer hat das angeordnet?«

Der Gerichtsvollzieher drehte sich zu ihm um. »Sind Sie Josiah Cole?«

»Wer will das wissen?« fragte Josiah voll sinnloser Schläue.

»Der Gerichtsvollzieher. Ich habe die Anweisung, Gegenstände zu beschlagnahmen.«

Josiah blickte in die düstere Halle hinein. Sarah, die im einfachen Kleid die Treppe herunterkam, nickte ihm zu. Bruder und Schwester sahen sich an. Keiner von beiden lächelte, doch sie erkannten mit Bitternis, daß sie einander brauchten und sich gegenseitig beistehen wollten. Mehuru fielen die Krieger von Oyo ein, die davon singen, daß nur jene mit ihnen marschieren dürfen, die nichts fürchten, nicht einmal den Nashornvogel, der sich an den Augen der Toten weidet. Sarah und Josiah zeigten sich voller Anspannung bereit, der Katastrophe die Stirn zu bieten. Oben schlief Frances noch.

»Wieviel?« fragte Josiah mit ruhiger Stimme. Er dachte, er könne sich von einigen der extravaganten Porzellanstücke trennen und die lebensnotwendigen Dinge behalten.

Der Gerichtsvollzieher schaute auf seine Liste. »Es sind 2300 Pfund und 17 Shilling«, sagte er wichtig.

Josiah taumelte, als habe ihm jemand einen Messerstich versetzt. Rasch trat Sarah vor und zog ihn in die Halle, wobei sie ihn mit dem Arm um seine Hüfte stützte.

»Zeigen Sie her«, sagte Josiah. »Wer hat das veranlaßt?«

Der Gerichtsvollzieher übergab ihm den Vollstreckungsbefehl mit den beigefühgten Rechnungen und Unterschriften. Josiah las alles mit größter Aufmerksamkeit, als hoffte er, einen Fehler von ein paar Pfennigen aufzuspüren. Seine Lippen bewegten sich, als überprüfe er die Aufstellung genauestens. Aber Mehuru konnte erkennen, daß er überhaupt nichts sah. Seite für Seite blätterte er um, doch er hatte einen Schleier vor den Augen.

»Zeig mal her«, bat ihn Sarah beinahe sanft. Sie nahm ihm die Papiere aus der Hand und besah sich eine Rechnung nach der anderen. Es waren die Ausgaben für die Wandbespannungen, die Teppiche, die Vorhänge und die Bilder; eine Rechnung vom Stukkateur, der den abgebrochenen Schnabel von einem seiner geliebten Ziervögel aus Gips repariert hatte; eine vom Zimmermann für eine neue Treppenstufe; eine vom Schornsteinfeger, der die Essen vor ihrem Einzug gekehrt hatte, und eine vom Kohlenhändler für die letzte Lieferung. Seit dem Umzug in Josiahs großes Haus war keine einzige Rechung bezahlt worden. Während Sarah im Haushaltsbuch immer für eine ausgeglichene Bilanz bei Fleischer und Bäcker sorgte, hatte Josiah die Ausgaben für das Haus auf das Doppelte und Dreifache anwachsen lassen, weil er nur Hot Well und seine Schiffe im Auge hatte.

Der zweite Stoß bestand aus Rechungen für Hot Well: Löhne, neues Mobiliar, laufende Kosten. Sarah ging alle Seiten durch, während der Gerichtsvollzieher ihr mit absichtlich teilnahmslosem Gesicht zuschaute.

Es gab außerdem ein drittes Bündel Rechnungen von den Kerzenziehern, den Segelmachern und den Seilern, die noch offen waren, seit die *Lily* abgesegelt war und seit dem Auslaufen der *Daisy* vor fast einem Jahr.

»Sie müssen uns ein paar Tage Zeit geben, das zu erledigen«, sagte sie.

Der Gerichtsvollzieher schüttelte den Kopf. »Tut mir leid, Missis«, erwiderte er. »Mein Auftrag lautet, Gegenstände in diesem Wert zum Verkauf mitzunehmen. Sie sollen heute abgeholt werden.«

»Ich glaube nicht, daß wir Sachen im Wert von zweitausend Pfund haben«, sagte Sarah mit scharfer, leidenschaftsloser Stimme. »Von den Möbeln gehören viele meiner Schwägerin.«

»Verheiratet mit Mr. Cole?«

»Natürlich.«

»Dann gehören ihre Sachen ihm«, sagte er, »wenn sie verheiratet sind.«

»Dennoch«, beharrte Sarah, »wir haben nichts im Werte dieser Rechnungen.«

Der Gerichtsvollzieher nickte. »Dann muß ich Sie bitten, das Grundstück zu verlassen, Missis. Ich habe Anweisung, Anspruch auf den ganzen Besitz zu erheben. Sie dürfen Ihre persönliche Habe und ein paar Sachen mitnehmen.«

»Zurück ins Speicherhaus?« Josiah war plötzlich aus seiner

Versponnenheit gerissen. »Zurück ins Speicherhaus? Wir sind doch gerade erst von dort hierhergezogen!«

Sarah wandte sich zu ihm um. »Das macht doch nichts, Josiah«, flehte sie ihn an. »Wir kehren dorthin zurück, bis wir das hier geregelt haben. Es dauert Wochen bis zum Verkauf des Hauses. Die *Rose* kann jeden Tag einlaufen, da können wir die Schulden begleichen. Laß uns fürs erste zurückgehen.«

»Nein!« schrie Josiah. Plötzlich stürzte er auf den Gerichtsvollzieher zu und griff nach dessen Kehle. Jener wich jedoch leicht aus, und sein hinter ihm wartender Mann packte Josiah Cole und zog ihn weg. Der Mann mit dem Handkarren rannte die Stufen hinauf, und die drei drehten Josiah den Arm auf den Rücken und hielten ihn fest. »Nein!« schrie Josiah wieder.

Mehuru zauderte, dann hörte er Frances' Schlafzimmertür aufgehen. Sofort lief er die Treppe hinauf zu ihr. Er erblickte ihr blasses Gesicht und ihr zerwühltes dunkles Haar.

»Nicht so schnell, du!« brüllte der Gerichtsvollzieher. Mit drei geschwinden Schritten stürzte er ihm die Stufen hinterher und packte Mehuru mit festem Griff. »Hier! Sam! Hilf mir mal dabei!«

Mehuru wand sich in der Umklammerung. »Lassen Sie mich sofort los«, sagte er mit fester Stimme. »Ich muß zu Mrs. Cole hinaufgehen ... sie ist krank ...«

»Du giltst als Handelsgut«, sagte der Mann mit unvermittelter Bösartigkeit. »Und ich beschlagnahme dich zusammen mit allem anderen.«

Der zweite Mann sprang ebenfalls die Treppe hinauf. Von oben konnte Frances erkennen, in welcher Gefahr sich Mehuru befand. »Mehuru!« schrie sie. »Renne weg! Renne weg!«

Beim Klang ihrer Stimme trat Mehuru um sich und schleuderte den Gerichtsvollzieher rückwärts gegen einen Geländerpfosten. Man hörte das Holz splittern, und der Pfosten neigte sich knarrend zur Seite. Der Gerichtsvollzieher taumelte gegen den anderen Mann, und Mehuru stieß ihn mit ausgestreckten Fingern in den dicken Bauch, so daß er, keuchend und nach Luft ringend, zusammensackte und den anderen

Mann aus dem Gleichgewicht brachte. Mehuru riß sich von dessen Griff los und eilte weiter nach oben.

Frances hielt sich am Türrahmen fest. »Was geht hier vor? Wer sind diese Leute?«

Mehuru hob sie hoch und trug sie ins Zimmer zurück, wobei er die Tür mit einem Fußtritt hinter sich schloß. »Es ist nichts weiter, nichts. Bleib ruhig, Frances!«

Sie befreite sich aus seinen Armen und stand unsicher vor ihm. »Mehuru! Sag es mir! Was wollen die?«

Er spürte, wie ihr Puls heftig in den Fingern pochte.

»Bitte«, sagte er, »bitte Frances, sei still. Sie sind nach Geld gekommen, das ist alles. Sie wollen Geld.«

»Gerichtsvollzieher?«

Er nickte. »So haben sie gesagt.«

Sie wurde kreidebleich. »Wir werden das Haus verlieren. Wir werden alles verlieren.«

Jemand klopfte an die Tür und riß die Tür sofort auf. Der Gerichtsvollzieher trat ein. »Bitte um Verzeihung«, sagte er ernst, »aber ich beschlagnahme ihn zum Verkauf.«

Das verblüffte Frances, doch aus dem Stegreif sagte sie umgehend: »Er ist bereits verkauft.« Sie war aschfahl im Gesicht. »Sie können ihn nicht mitnehmen, er gehört Mr. Waring.«

Der Mann zögerte. »Mr. Waring?«

Frances griff sich ans Herz. Sie fühlte, daß es ungleichmäßig schlug. »Fragen Sie ihn!« sagte sie. »Und er wird sehr böse, wenn Sie seinen Diener anrühren.«

Der Gerichtsvollzieher wich zurück.

»Verlassen Sie mein Zimmer«, befahl sie. »Wie können Sie es überhaupt wagen, hier hereinzukommen?«

Ihn beeindruckte ihre kalte, gebieterische Haltung. »Bitte um Verzeihung, Ma'am. Versuche nur, meine Pflicht zu tun, und er hat mich angegriffen.«

»Mr. Waring wird Sie entschädigen«, versicherte ihm Frances. »Sie müssen sich bei ihm beschweren.«

Er nickte und ging. Sie schwiegen, als sie seine schweren Schritte auf der Treppe hörten.

Frances stieß einen kleinen Seufzer aus, sie war aschfahl. »Du mußt fliehen«, flüsterte sie atemlos. »Verlaß das Haus durch die Hintertür, Mehuru. Und nimm Elizabeth mit.«

»Ich gehe jetzt nicht weg von dir«, sagte er störrisch. »Mich wird er nicht anrühren. Er glaubt, ich sei Mr. Warings Sklave.«

»Das wird dich nicht retten. Mr. Waring könnte kommen und seinen Anspruch auf dich geltend machen. Du mußt fort.«

Er schloß sie in die Arme. »Ich habe versprochen, daß ich bei dir bleibe.«

»Schau mich an!« rief sie mit plötzlich aufwallender Leidenschaft. »Ich sterbe, Mehuru! Und du hast ein neues Leben vor dir! Geh! Ich möchte wissen, daß du frei bist!« Sie nahm alle Kraft zusammen und stieß ihn weg, schob ihn zur Tür. Doch als sie das tat, änderte sich plötzlich ihr Gesichtsausdruck, und sie wurde von einem Schmerzanfall gepackt. Sie krümmte sich. »O Gott, Mehuru! Das Baby kommt! Das Baby!«

Er nahm sie hoch und legte sie aufs Bett. Ein durchdringender Schrei raubte ihr die letzte Luft.

Ohne weitere Rücksicht riß er die Tür auf und rief nach Elizabeth. »Das Kind kommt«, sagte er. »Geh zu ihr, ich hole den Doktor. Schließ die Tür hinter dir ab, und laß niemanden herein außer mir.«

Dann schaute er in die Halle hinunter. Die Gerichtsbüttel kümmerten sich im Augenblick nicht um ihn, sondern stritten mit Josiah. Schulter an Schulter blockierten Bruder und Schwester den Hauseingang und bestanden darauf, sich jede einzelne Rechnung anzusehen, und feilschten, als ob eine Verminderung um ein paar Pfund etwas an der Sache ändern würde. Mehuru dachte, nun hatten sich die beiden Welten dieses Hauses endgültig voneinander getrennt. Unten bemühten sich Sarah und Josiah immer noch um Geld, oben bemühten sich die Sklaven und Frances darum, neues Leben zu gebären und dem Tod ein Schnippchen zu schlagen.

Leise schlich Mehuru hinunter und zur Hintertür hinaus. Er lief wie um sein Leben Richtung Stuart Hadleys Haus.

Er hatte Glück, er sah den leichten Zweispänner des Doktors

hinter dem Platz vor dem Armenspital der Merchant Venturers. »Dr. Hadley!« rief er vor der weißgetünchten Fachwerkfassade und wurde belohnt, als dessen Gesicht an einem kleinen Bleiglasfenster oben erschien.

»Es geht um Frances! Das Kind kommt!«

Hadley verzog das Gesicht wegen Mehurus furchtbarem Mangel an Diskretion, verschwand vom Fenster und tauchte kurz danach aus der kleinen Tür auf.

»Sie hat die Wehen! Schnell!«

Hadley schwang sich auf den Kutschensitz, und Mehuru sprang auf den Dienstbotenplatz hinten auf.

»Hat irgend etwas die Wehen ausgelöst?« rief der Arzt über seine Schulter.

»Die Gerichtsvollzieher sind da«, berichtete Mehuru. »Es kam zu Tätlichkeiten. Sie versuchten, mich mitzunehmen.«

Hadley machte ein finsteres Gesicht.

»Sie haben von dem Kind gewußt«, beschuldigte ihn Mehuru.

»Ich bin ihr Arzt.«

»Mir haben Sie nichts davon erzählt.«

»Warum hätte ich das tun sollen?« wich Hadley aus. Er lenkte den Wagen behutsam um den Platz und stellte ihn in gebührlichem Abstand vom Gefährt des Gerichtsvollziehers ab.

»Weil ich mir Sorgen um sie gemacht habe«, antwortete Mehuru. »Ich hätte davon wissen müssen. Sie braucht meinen Schutz, wo Josiah sich die ganze Zeit nicht um sie gekümmert hat. Sie hätten es mir sagen müssen.«

»Und wer, glaubst du, ist der Vater?« fragte Hadley beiläufig. Er nahm seine Tasche aus dem Wagen.

»Kommen Sie schon! Rasch!« Mehuru tanzte vor Ungeduld auf dem Pflaster herum. Die Gerichtsbüttel hatte er vollkommen vergessen.

Stuart Hadley warf ihm einen kurzen, spöttischen Blick zu und ließ sich zum Haus drängen. In der Halle konnten sie hören, wie Josiah und Sarah die Gerichtsvollzieher von einem Zimmer zum anderen führten.

»Das ist Porzellan, es ist hundert Pfund wert«, sagte Josiah im Damenzimmer. »Und das hier ist ein Erbstück. Sie können da das Wappen sehen, das Wappen der Familie Scott.«

Die Treppe hinauf ging Mehuru voran; er nahm immer drei Stufen auf einmal. Hadley folgte ihm. An Frances' Tür blieb er plötzlich stehen und lauschte auf das leise Stöhnen drinnen.

»Der Vater?« wollte er auf einmal wissen, als er sich Hadleys Blick und Frage bewußt wurde. »Der Vater von dem Kind?«

Vorsichtig schob Hadley ihn beiseite und klopfte an. »Ich werde dich rufen, wenn sie dich sehen kann«, versprach er. »Aber Mehuru, erwarte nicht zuviel. Sie ist nicht stark.«

»Ich möchte gleich zu ihr.«

»Es dauert einen Moment.« Die Tür ging auf, und der Arzt ging hinein und schloß sie hinter sich. Draußen ließ sich Mehuru auf der Treppe nieder und lauschte angespannt.

Er konnte Frances nach Luft ringen hören, wenn die Wehen sie überwältigten. Er hörte, wie Sarah Josiah in die Halle zog und die Gerichtsvollzieher beim Abschätzen der Möbel allein im Damenzimmer ließ.

»Sollen sie alles haben, Josiah«, bat sie ihn dringend. »Sollen sie es haben!«

»Die Erbstücke ...«, sagte Josiah, »und die Drachen.«

Sarah faßte ihn an den Aufschlägen seiner Jacke. »Josiah, hör mir mal zu! Wir haben eine Chance, wir haben noch eine Chance.«

Josiah blickte sie mit seiner alten munteren Aufmerksamkeit an. »Wie denn?«

»Die können es haben«, sagte sie unbekümmert. »Das Haus, die Möbel, das Kurbad Hot Well, alles. Sie können sogar ein Schiff haben! Sie können sogar zwei Schiffe haben! Wir werden damit fertig! Begreifst du nicht? Wir werden mit den Schulden fertig.«

»Wir verlieren das Haus?« fragte Josiah.

»Sollen sie es haben!« wiederholte Sarah. »Solange wir den Liegeplatz haben und das Speicherhaus und ein Schiff. Das ist alles, was wir brauchen, Josiah! Wir können noch einmal anfangen. Das Speicherhaus, der Liegeplatz und ein Schiff!«

»Dort kann Frances nicht leben«, sagte Josiah plötzlich.

»Frances kann auch gehen. Zusammen mit den anderen Luxusgegenständen.«

»Sie ist meine Frau«, wandte Josiah ohne großen Widerstand ein.

»Wir sind nicht für die Ehe geschaffen, du und ich«, entschied sie. »Du hast vergessen, wie unsere Mutter starb. Sie starb allein, während Pa mit seinem Frachtboot unterwegs war. Danach sagte er, Geschäft und Liebe vertragen sich nicht. Weißt du noch?«

Josiah schüttelte den Kopf.

»Hat er gesagt«, bekräftigte Sarah. »Und wir haben uns für den Handel mit Sklaven entschieden. Wir haben uns für das grausamste Geschäft entschieden, das es je gegeben hat. Das es je geben wird. Man kann sein Geld nicht auf diese Weise verdienen und dabei ein zartfühlendes Gemüt bewahren, Josiah. Deine Frau ist krank und stirbt da oben. Hier unten können wir mit den Gerichtsbütteln verhandeln und dann unser Küchengeschirr ins Speicherhaus zurückschaffen und von vorn anfangen. Entscheide, was du tun willst.«

Einen Augenblick zauderte Josiah. »Wenn die *Rose* morgen einläuft …«

»Dann sind wir reich. Und wenn sie überhaupt nicht mehr kommt, dann haben wir immer noch die *Daisy* und die *Lily*.«

Er nickte. »Pack das Küchengeschirr und alles ein, was wir deiner Meinung nach mitnehmen können«, sagte er leise. »Ich werde versuchen, für die anderen Sachen den bestmöglichen Preis zu erzielen. Diese Drachen sind einiges wert. Ich habe immer gesagt, die sind was wert.«

»Und ihre Möbel«, sagte Sarah. »Verkauf ihre Möbel. Sie hat uns von Anfang an genug gekostet. Jetzt kann sie bezahlen.«

Oben auf der Treppe saß Mehuru und hörte halb ihnen zu, halb dem qualvollen Keuchen aus Frances' Zimmer. Beim Dasitzen konzentrierte er sich auf seine alten Fähigkeiten. Er blieb ganz ruhig und richtete seinen Geist darauf, ihr Erleichterung zu verschaffen. Er schloß die Augen. Die Geräusche von unten, wo Josiah Cole protestierend von einem Raum in den anderen lief, verklangen wie das Plappern eines Papageis. Alles, was er noch hören konnte, war das leise Stöhnen von Frances, und dann wurde es allmählich stiller.

Mehuru fühlte, wie er ihr Schmerzen entzog und wie diese durch seinen eigenen Körper fuhren, die quälende Pein im Herzen, den heißen Sog in den sich abmühenden Lungen und die kräftige, unvorstellbare, schraubstockartige jähe Wehe der Geburt. Er öffnete seinen Körper wie eine Höhle und ließ den Schmerz wie einen reißenden Fluß hindurchströmen, ohne daß er anstieß. Mit wachen Sinnen vernahm er, wie Frances' schweres Atmen schwächer wurde, als der Schmerz sie verließ, und er hielt den Fluß der Schmerzen fest bei sich, um sie davon zu befreien.

Die Tür ging auf, und Hadley schaute mit abgespanntem Gesicht heraus. »Komm besser herein«, sagte. »Ich verliere sie.«

Mehuru richtete sich auf und ging langsam hinein. Frances lag zurückgelehnt auf ihrem feinen Leinenkissen, ihr Gesicht so weiß wie die Bettdecke, und das verschwitzte Haar klebte ihr auf der Stirn und am Hals.

Als sie ihn sah, lächelte sie sanft. »Mehuru«, sagte sie.

Er kniete sich neben das Bett und umfaßte sie zärtlich mit den Armen; er bettete ihren Kopf auf seine Schulter und hielt sie fest. Sie schloß die Augen und hing an ihm, eine Hand um seine Schulter, und die andere reichte hinauf, um seine Kehle zu berührern. »O Gott, Mehuru. Ich bin eine Närrin gewesen.«

»Wir sind beide Narren gewesen«, sagte er. In der eigenen Brust fühlte er nun einen langsam kommenden tiefen Schmerz, von dem er glaubte, er rühre wahrscheinlich vom Kummer.

»Ich bin so eine Närrin gewesen«, sagte sie und schnappte ein wenig nach Luft. »Die ganze Zeit habe ich versucht ...« Ihr blieb die Luft weg, und sie mußte stammeln, als sie einzuatmen versuchte. »... ver... versucht, eine Position ...«

Er nickte. »Ich weiß.«

»Eine Lady zu sein!« Wieder keuchte sie ein bißchen. »Um so einen Preis!«

Voller Verlangen, die Schmerzen mögen vorübergehen, hielt er sie eng an sich. »Ich weiß«, sagte er sanft. »Ich habe es von Anfang an verstanden.«

»All deine Qualen … und die Verwüstung Afrikas …« Zärtlich wiegte er sie hin und her und ließ sie sprechen, endlich aus ehrlichem Herzen zu ihm sprechen. »Und du … und ich … So eine Vergeudung, Mehuru!«

Er legte sie zurück auf ihr Bett und vergrub seinen dunklen Kopf in der warmen Kurve ihres Halses. Sie schloß ihre Arme um ihn und hielt ihn fest. »Ich liebe dich«, sagte sie leise.

Er nahm den Kopf zurück und schaute sie an. Der verzerrte, gequälte Ausdruck war gewichen, ein kleines Lächeln lag auf ihrem Gesicht. Mehuru blickte ihr in die Augen. Er hatte viele Männer und Frauen sterben sehen, und er wußte, daß er Frances jetzt nicht zurückhalten konnte. »Das habe ich noch nie gesagt«, flüsterte sie. »Aber ich habe dich vom ersten Moment, als ich dich sah, geliebt.«

»Bleib da«, bat er flehend. »Bleib bei mir, Frances.«

Sie lächelte beinahe träge. »Schau in meine Schreibmappe. Später. Jetzt halte mich.«

»Bleib da …« Er sprach wie ein Mann und nicht wie ein Obalawa, ein Schlangenpriester.

»Eines Tages vielleicht«, sagte sie sehr leise, »eines Tages vielleicht wird es eine Welt geben, wo ein Mann und eine Frau wie wir einander lieben können, meinst du nicht?«

»Bleib jetzt da …«

Plötzlich beugte sie sich mit einem Ruck vor, die Augen verfinsterten sich vom schlagartigen Schmerz, und sie schrie auf, einmal. Er fing sie auf und rief ihren Namen. Als ihr Körper erschlaffte und er sie auf das Kissen zurückgleiten ließ, war sie von ihm gegangen.

Stuart Hadley zerrte ihn vom Bett weg und stieß ihn zum Fenster. »Schau nicht her«, sagte er mit Nachdruck. »Schau zum Fenster hinaus!«

Mehuru taumelte zum Fenster und lehnte die Stirn an die kalte Glasscheibe; ohne etwas zu sehen, richtete er die Augen auf den Reif unter den Bäumen und auf die weißgefaßten Grashalme.

Dann rief Hadley: «Hier haben wir es schon!« Und Mehuru vernahm einen merkwürdigen kleinen Laut, einen Schrei, einen winzigen Atem und noch einen Schrei.

Er drehte sich um und sah, wie Elizabeth ein ganz kleines Etwas in ein weiches, weißes Tuch einwickelte, kleiner als eine Puppe, und den Kopf abtupfte.

»Siehst du?« sagte Elizabeth lächelnd, obwohl ihr noch Tränen übers Gesicht liefen. »Dein Sohn, Mehuru. Du hast einen Sohn.«

Ohne richtig zu wissen, was er tat, streckte er die Hände aus, und sie legte ihm das kleine Bündel vorsichtig in die Arme. Das Baby blinzelte ihn an. Es hatte tiefschwarze Augen, so dunkel wie Frances' und so dunkel wie seine. Das kleine Gesicht hatte eine kräftige Farbe wie Rum mit Milch, wie die Farbe von Mehurus zarter Handfläche. Einen Augenblick wankte Mehuru, als ihm die Wahrheit bewußt wurde. Die glatte Haut des Kindes war von sattem Braun, eine Mischung von Frances und von ihm. Das Kind gehörte nicht Josiah, es war niemals Josiahs Kind gewesen. Es war sein eigener Sohn.

»Mein Sohn«, sagte er ungläubig. »Mein Sohn.«

Das Baby schaute ihn mit klugen, dunklen Augen an, als verstünde es alles, alles, was es auf der Welt gab. Es machte den kleinen Mund auf und gähnte; es war ein gründliches Gähnen, ein so gehöriges Gähnen wie bei einem Kätzchen.

»Hallo, mein Sohn«, sprach Mehuru auf englisch und dann in der Yoruba-Sprache: »Baa woo ne o moo me.«

Das Kind machte große Augen, als es seinen Vater wahrzunehmen schien. Dann verzog es das kleine Gesicht, kniff die Augen zusammen und begann zu weinen.

»Es wird Hunger haben«, sagte Elizabeth. »Reich ihn mir.«

»Kannst du ihm was geben?« fragte Mehuru.

Mit einem Blick voller Liebe sah sie ihn an. »Seit Monaten

habe ich mich darauf vorbereitet und gewartet«, antwortete sie. »Frances wußte das. Sie hat gewußt, daß ich mich um das Kind kümmern werde.«

Der Arzt trat vom Bett weg. »Es tut mir leid, Mehuru. Ich konnte sie nicht retten. Ich schicke eine Frau, die sie aufbahrt.«

»Ich werde das tun«, sagte er sogleich. »Ich bin die ganze Zeit über hiergeblieben, um es so zu machen, wie es sich gehört. Sie ist jetzt Afrikanerin. Sie ist die Frau eines Yoruba-Mannes, sie ist die Mutter meines Kindes.«

Hadley nickte. »Ich warte auf dich in der Küche. Ich nehme Elizabeth und das Baby dorthin mit und sorge dafür, daß sie in Sicherheit sind. Wir sollten das Haus verlassen, sobald du fertig bist. Jetzt könnt ihr zu den anderen nachkommen.«

Mehuru neigte zustimmend den Kopf. Er hielt ihnen die Tür auf und beobachtete, wie Elizabeth seinen Sohn nach unten trug. Sie hielt ihn eng an ihren Hals gedrückt, und alles, was er sehen konnte, war der kleine schwarze Kopf. Sein Sohn hatte sein Haar geerbt; es war so dicht und lockig wie das Fell eines schwarzen Lamms.

Mehuru schloß die Tür hinter ihnen. Unten hörte er, wie die Männer des Gerichtsvollziehers Möbel zu dem Karren hinausschafften; Josiah Coles sinnloses Streiten und Sarah Coles heftige Beschwerden drangen an sein Ohr. Doch er vernahm alles, als käme es von weit her.

Er legte Frances ausgestreckt im Bett zurecht und nahm das blutige Laken weg. Aus dem Krug schüttete er warmes Wasser in die kleine Kanne und wusch ihr mit dem Schwamm den Leib, das Gesicht, die Arme und die dünnen weißen Finger. Er kämmte sie und flocht das Haar nach der Art seines Volkes eng an den Kopf angelegt. Mit den afrikanischen Haarflechten sah sie sehr schön aus, dachte er bei sich. Sie hoben die feine Linienführung ihres Gesichts hervor, und sie wirkte auch nicht mehr müde. Sie machte nun nicht mehr den Eindruck, als ringe sie mit sich selbst. Friedlich schaute sie aus, so, als habe sie endlich verstanden, daß es nicht mehr nötig sei, zu hungern und zu kämpfen.

Er ging zu ihrer Truhe und nahm ein blaues Kleid heraus; blau war die Farbe der Gelassenheit, der *itutu*. Sorgfältig zog er es ihr an und drückte sie sacht an sich, als er es hinten zumachte. In die Taschen des Kleides steckte er die Dinge, die sie bei sich haben sollte, wenn sie sie in die Erde legten: ihren Kamm, einen Teelöffel vom Frühstückstablett, eine Prise Salz. Dann öffnete er den Nähkasten und nahm die kleine silberne Schere heraus. Damit schnitt er sich eine dichte, schwarze Stirnlocke ab und verbarg sie unter ihrem Taschentuch. Er schloß ihr die Augen und küßte ihre kalten Augenlider, ihre Lippen und die immer noch warme Grube am Schlüsselbein. Als letztes deckte er sie mit dem Leinentuch zu.

An der Tür verharrte er. Sie hatte ihn auf ihre Schreibmappe hingewiesen. Er trug sie zum Fenster und öffnete sie. Obenauf war sorgfältig ein Deckblatt gelegt mit Frances' Siegel, ihrem Namen sowie zwei weiteren Unterschriften, die von Stuart Hadley und von der Köchin Mary Allen. Der Text lautete:

Dies ist der Letzte Wille und das Testament von mir, Frances Jane Scott Cole, heute am 29. Tag des Novembers 1789 unterschrieben im Beisein von Stuart Hadley und Mary Allen.

Meiner Schwägerin Sarah Cole hinterlasse ich meine gesamte Kleidung und all meinen Schmuck. Meinem lieben Ehemann Josiah hinterlasse ich all meine Möbel und Erbstücke.

Ich weise beide auf meine Tätigkeit als in England agierende Beauftragte von Sir Charles Fairley hin. Sie werden feststellen, daß das Unternehmen nun eine Größe erreicht hat, die es ermöglicht, es als Bank ins Handelsregister eintragen zu lassen, und ich hinterlasse meiner Schwägerin und meinem Ehemann gemeinsam alle meine Anteile daran und empfehle ihnen, die Bank als ihr Unternehmen mit dem Ziel zu führen, den Sklavenhandel abzuschaffen.

Was meine eigenen Sklaven betrifft, so verleihe ich ihnen hiermit die uneingeschränkte und absolute Freiheit: Julius, Mary, Martha, Elizabeth, John, Susan, Ruth, Naomi, Matthew und Mark sind hiermit befreit. Der Mann Mehuru, einst Cicero genannt, ist ebenfalls uneingeschränkt und absolut frei.

Ich erteile ihnen meinen innigsten Segen und gebe meiner Hoffnung Ausdruck, daß sie in England eine Heimat finden und von Herzen mir – und allen Engländern – das überaus große Unrecht vergeben können, das wir ihnen und ihrem Land angetan haben. Ich habe sehr, sehr lange gebraucht, um zu erkennen, was wir euch angetan haben. Es tut mir leid, es tut mir so leid. Vielleicht werden wir eines Tages lernen, in Liebe und Achtung voreinander zusammenzuleben?

Frances Jane Scott Cole

Nachbemerkung der Autorin

Für keins meiner Bücher habe ich bislang eine Nachbemerkung geschrieben, denn ich bin der Meinung, daß Historie und dichterische Erfindung sich in einem Roman nahtlos vermischen sollten. Doch dieses Buch handelt von einem so wichtigen Thema, daß ich noch einige historische Fakten hervorheben möchte.

Josiah, Sarah und alle Gestalten dieses Buches sind erfunden, aber sie arbeiten und mühen sich so ab wie Bristoler Kaufleute des 18. Jahrhunderts. Es war ein ungewöhnliches, aber nicht einmaliges Vorhaben, Sklaven direkt nach England zu bringen. Den geschichtlichen Hintergrund und die statistischen Tatsachen des Sklavenhandels habe ich so genau geschildert, wie es mir möglich war. Auch das Bild von Mehurus Heimat in dem zivilisierten und komplexen Königreich Yoruba entspricht genau der Wirklichkeit. Die groteske Gestalt von Sir Charles Fairley ist nicht ärger als Thomas Thistlewood aus Jamaika, der ein offen sexuelles Tagebuch seiner Vergewaltigungen von Sklavinnen führte. Das Zaumzeug, das Gestorben-vor-Schande umgelegt wird, wurde auf Plantagen der Westindischen Inseln allenthalben benutzt.

Der Wahrheit entspricht auch, daß im 18. Jahrhundert eine stattliche Anzahl von Schwarzen in England lebte. Allein London hatte ungefähr fünfzehntausend schwarze Einwohner. Vom Ende der Sklaverei im 18. Jahrhundert an sank die schwarze Bevölkerungszahl in England, bis dann im 19. und 20. Jahrhundert billige Arbeitskräfte aus dem Empire angeworben wurden. Die ersten schwarzen Männer und Frauen heirateten Weiße, und innerhalb weniger Generationen erschienen die Nachkommen als Weiße. Es ist eine der entzückenden Launen der Geschichte, daß heute ein rassistischer Anhänger der British National Party sehr gut einen schwarzen Ururgroßvater haben kann.

Die Geschichte dieser überaus mutigen Menschen – die gegen ihren Willen von ihren fest gegründeten und stabilen Ländern weggeschleppt und in barbarischen Lebensumständen versklavt wurden – kann man in einer Reihe leicht zugänglicher Bücher nachlesen. Besonders hervorzuheben ist James Walvius' Buch *Black Ivory* (Schwarzes Elfenbein), Harper Collins 1992. Was die lange und ehrenvolle Geschichte schwarzer Briten angeht, empfehle ich Peter Fryer, *The History of Black People in Britain* (Die Geschichte der Schwarzen in Großbritannien), Pluto Press 1984. Fryers Geschichte beginnt mit einem schwarzen römischen Soldaten am Hadrianswall und nimmt eine faszinierende Entwicklung. Doch das letzte Wort sollten die afrikanischen Völker selbst haben, in einer von Paul Edwards und David Dabydeen herausgegebenen Anthologie, *Black Writers in Britain 1760–1890* (Schwarze Schriftsteller in Großbritannien 1760–1890), Edinburgh University Press 1991.

Bristol 1994 *Philippa Gregory*

Geschichten von starken Frauen: Heldinnen bei AtV

LISA APPIGNANESI
In der Stille des Winters
»›In der Stille des Winters‹ ist ein Thriller für alle, die sich an Henning Mankells Büchern erfreuen, weil sie Muße haben für viel Atmosphäre und nachdenkliche Momente.« NORDDEUTSCHER RUNDFUNK
Roman. Aus dem Englischen von Wolf-Dietrich Müller. 412 Seiten. AtV 1812

LISA HUANG
Jade
Das exotische China zu Beginn des 20. Jahrhunderts: Jade führt als Tochter eines hohen kaiserlichen Beamten ein behütetes Leben. Der Tod ihres Vaters jedoch markiert das jähe Ende ihrer Kindheit. Während das Kaiserreich durch heftige Unruhen erschüttert wird, verliert ihre Familie beinahe all ihren Besitz. Jade muß heiraten, um sich in den Schutz einer neuen Familie zu begeben, doch stellt sich ihr angeblich wohlhabender Mann als opiumsüchtig und bettelarm heraus.
»Besser kann man Geschichte nicht erzählen.«
NÜRNBERGER NACHRICHTEN
Roman. Aus dem Amerikanischen von Wolfgang Neuhaus unter Mitwirkung von Michael Kubiak. 576 Seiten. AtV 1759

PHILIPPA GREGORY
Die Schwiegertochter
Elizabeth ist die perfekte Schwiegermutter. Nur leider hat ihr Sohn Patrick mit Ruth nicht die perfekte Schwiegertochter geheiratet. Was bleibt Elizabeth da weiter, als sich selbst um Patricks Wohlergehen zu kümmern, vor allem aber um das ihres kleinen Enkels Thomas. Für Ruth wird ihre mehr als gutgemeinte Fürsorge bald zum Alptraum.
»Ein Gänsehaut machendes Psychodrama.« JOURNAL FÜR DIE FRAU
Roman. Aus dem Englischen von Ulrike Seeberger. 400 Seiten. AtV 1649

GILL PAUL
Französische Verführung
Nach einem wunderschönen Wochenende in der Bretagne verschwindet Jennys Geliebter Marc spurlos. Ein New Yorker Privatdetektiv arrangiert für sie ein »zufälliges« Zusammentreffen mit ihm. Doch vor Jenny steht ein Fremder. Wer aber ist der Mann, den sie liebt? Die Geschichte einer Obsession verbindet gekonnt Kriminalistisches, Erotisches und politisch Brisantes zu einem hochspannenden Roman.
Roman. Aus dem Englischen von Elfi Schneidenbach. 412 Seiten. AtV 1796

Mehr Informationen erhalten Sie unter www.aufbau-verlag.de oder bei Ihrem Buchhändler

AtV